践行四力

一名中国县域记者新时代传播案例

王茂浪 著

中国传媒大学出版社

·北京·

图书在版编目（CIP）数据

践行四力：一名中国县域记者新时代传播案例／王茂浪著. -- 北京：中国传媒大学出版社，2021. 10
ISBN 978-7-5657-3027-6

Ⅰ. ①践…　Ⅱ. ①王…　Ⅲ. ①新闻—作品集—中国—当代　Ⅳ. ①I253

中国版本图书馆 CIP 数据核字（2021）第 189515 号

践行四力：一名中国县域记者新时代传播案例

JIANXING SILI: YIMING ZHONGGUO XIANYU JIZHE XINSHIDAI CHUANBO ANLI

著　　者　王茂浪
策划编辑　李水仙
责任编辑　李水仙　蒋　倩　姜颖昳
封扉设计　关蕴文
责任印制　李志鹏

出版发行　中国传媒大学出版社
社　　址　北京市朝阳区定福庄东街 1 号　　邮　　编　100024
电　　话　86-10-65450528　65450532　　传　　真　65779405
网　　址　http://cucp.cuc.edu.cn
经　　销　全国新华书店

印　　刷　三河市东方印刷有限公司
开　　本　787mm × 1092mm　1 / 16
印　　张　17.75
字　　数　545 千字
版　　次　2021 年 10 月第 1 版
印　　次　2021 年 10 月第 1 次印刷

书　　号　ISBN 978-7-5657-3027-6/I · 3027　　定　　价　158.00元

本社法律顾问：北京李伟斌律师事务所　郭建平

代序

中国记协倡议书

增强脚力、眼力、脑力、笔力
更好履行新闻舆论工作职责使命

2018 年 8 月，习近平总书记在全国宣传思想工作会议上强调，要不断增强脚力、眼力、脑力、笔力，努力打造一支政治过硬、本领高强、求实创新、能打胜仗的宣传思想工作队伍。我们倡议，全国广大新闻工作者牢记嘱托、勇担使命，在增强“四力”实践中学在前、走在前，书写新时代的精彩答卷。

我们倡议，在增强“四力”中着力提高政治能力，始终保持清醒的政治头脑。深入学习领会习近平新时代中国特色社会主义思想，增强“四个意识”，坚定“四个自信”，突出“两个维护”，把党的理论路线方针政策和重大决策部署宣传好、阐释好、落实好，始终在政治立场、政治方向、政治原则、政治道路上同以习近平为核心的党中央保持高度一致。牢牢坚持马克思主义新闻观，坚持政治家办报办刊办台办新闻网站，把旗帜鲜明讲政治的要求贯穿并融入新闻舆论工作的各环节、全过程，真正把政治方向、政治要求体现到新闻采编工作中去。

我们倡议，在增强“四力”中着力提升业务本领，练就一身好把式、真功夫。勤于学习，善于思考，自觉运用马克思主义立场、观点、方法认识和分析问题，既有敏于发现的眼睛，又有深刻洞察的头脑，练就透过现象看本质、廓清迷雾辨是非的本领。不断提升专业素养，打牢专业功底，加快知识更新，掌握好“看家本领”，全面提高采、写、编、评各项业务水平。科学把握、自觉遵循新闻传播规律，善于把握时效，采写更多有思想、有温度、有品质的精品佳作。

我们倡议，在增强“四力”中着力推进创新创造，让新闻作品更富时代性、更有实效性。增强融合意识，掌握全媒体传播技术，提高全媒体采编能力，做到有“几把刷子”，会“十八般武艺”，真正成为“全媒化”“复合型”媒体人才。增强受众意识，研究受众特征，把握受众需求，精准定位，量身定做，互动传播。增强创新意识，大胆进行业务探索，创新节目栏目形态，创新语言表达方式，让新闻作品能够满足人民期待、经得住时代考验。

我们倡议，在增强“四力”中着力锤炼优良作风，深入基层、深入实际、深入群众，进一步转作风、改文风。坚持以人民为中心的工作导向，以人民为报道主角，以人民为服务对象，心系人民，讴歌人民，始终保持人民情怀。发扬“脚板底下出新闻”的好传统，深入基层一线“抓活鱼”，从火热社会实践中发掘素材，从群众生产生活中发现选题，采写更多“沾泥土”“带露珠”“冒热气”的文章。坚持短实新、反对假长空，多使用群众听得懂、听得进的语言，让报道吸引人、打动人，传得开、传得远。

希望广大新闻工作者通过“脚力”的勤快深入、“眼力”的广大精微、“脑力”的深思熟虑、“笔力”的表达呈现，更好地体察世情、国情、党情、民情，更好地反映亿万人民的奋斗实践，更好地讲述中国故事、传播中国声音，为实现中华民族伟大复兴中国梦汇聚强大精神力量、营造良好舆论氛围。

（原载 2019 年 1 月 17 日《人民日报》第 6 版）

目录

第四部 9 年时间伏案的笔力

后记

前言

我在基层践行“四力”

我与我的团队一直在镇街、乡村践行“四力”，连续 9 年获佛山传媒集团、珠江商报社表彰

顺德是广东省佛山市的一个区，作为顺德本土主流媒体，也是 2003 年全国取消县域报纸后，仅保留的几份县域报纸之一，由《顺德报》改变而来的《珠江商报》扎根本土，服务顺德，在城市升级、产业转型、改革创新的潮流中，发出强有力的顺德本土主流声音。同时，《珠江商报》也始终不忘媒体的社会责任和初心，为事关民生的大事小事奔走，用商报和商报人的温度，温暖着这座城市。比如，我与我带领的团队就是用脚力、眼力、脑力、笔力行走在顺德的 10 个镇街、205 个村居。

我从 1998 年开始扎根顺德这片包容、开放的土地，并在这里从事电子技术、文学创作、新闻报道、社会调查、保护古迹、发掘典故等工作。其中，2013 年到 2021 年我连续 9 年在镇街、村居跑新闻、办活动，把读者喜闻乐见的新闻人物和事件展示出来，特别是 2018 年 12 月参加中国记协增强“四力”首期培训班之后，我更注重脚力、眼力、脑力、笔力的培养，长年浸泡在农村、田野、企业，书写新时代的华章。

脚力 · 跑腿获赞

2014 年 12 月 1 日，市民向《珠江商报》记者反映公交车公安局站位置设立不合理，给附近居民的出行带来了不便。12 月 2 日，《商报帮帮帮》栏目通过记者的实地走访体验，报道了公交车公安局站的位置设立问题。

该问题见报后，顺德区公共交通管理有限公司第一时间会同相关部门前往现场进行实地

我利用业余时间做党员志愿者，为群众维修家电产品

调研，并在一个星期内就完成了站点的迁移工作。

由于关注速度快，且部门反应、行动快，事事有回音，《商报帮帮帮》栏目得到了不少顺德街坊的点赞，一些原来向《珠江商报》报料热线反映问题的街坊，成了《商报帮帮帮》的“粉丝”。一些和民生相关的政府职能部门，把《珠江商报》当成了解民情、解决民困的重要窗口之一。

2016 年 2 月 29 日，大良新滘社区的居民郭淑霞专程来到珠江商报社，把一面写有“为民解忧，敬业正直”字样的锦旗交到《珠江商报》记者杜达雄手中，感谢杜达雄对其兄嫂遭遇交通事故后家庭出现困难给予的及时报道、跟进和提供的相关帮助。

郭淑霞说，在整个过程中，杜达雄都在持续关注，多次到她家了解情况，并为帮助其兄嫂筹集救治资金提供了不少宝贵的建议。

实际上，这已经不是我的老师、我管理部门的记者杜达雄第一次收到群众的感谢。在近 20 年的记者生涯中，作为一名资深和热心的民生记者，杜达雄收到的锦旗、感谢信有多少，他自己也已经记不清了。

一直以来，《珠江商报》的民生热线及相关版面担负着传递弱势群体心声，为他们鼓与呼的工作。为传播公益慈善正能量，搭建爱心互助桥梁，2014 年 4 月，《珠江商报》开辟出“公益顺德”这一阵地。借助“公益顺德”平台，《珠江商报》从做好宣传报道，到策划、参与慈善项目的运作、评选，更广泛地发挥着媒体的作用。

基于良好的合作基础，顺德区慈善会、顺德区福彩发行中心，邀请《珠江商报》一起策划、参与福彩慈善班项目。“顺德福彩慈善班”项目自 2012 年开始运作，到 2015 年已开展了 4 个年头。该项目除每年直接资助 30 名区内困难大学生学费外，还在受资助的大学生中开展志愿服务、成长教育、社会公益服务等活动，取得了较好的慈善效益。

2015 年，顺德区福利彩票发行中心共向区慈善会捐款 64 万元，资助第四批共 30 名品学兼优的顺德籍低收入家庭大学生完成从大二到大四的本科学业。该届福彩慈善班继续贯彻“概念化办班，实体化运营”的理念，探索与《珠江商报》进行长效合作，联动社会更多资源，打造平台优势，为受助大学生提供长效的慈善帮扶服务。

2016 年年初，为了丰富同学们的假期生活，增进同学之间的友谊，《珠江商报》结合顺德本地主流媒体优势，寒假期间组织策划了 2015 届福彩慈善班迎新春系列活动。这些活动既有参观位于佛山新城的中德工业服务区，让同学们感受家乡顺德的发展变化，紧贴家乡发展脉搏，又有走入勒流黄连，让同学们感受家乡古村的魅力，还有适合年轻人口味的电影分享活动，邀请《珠江商报》优秀记者及骨干分享成长故事，鼓励同学们放下过去，走好未来之路。

在电影分享会上，我登上讲台，讲述了我 20 多年来从一个草根打工仔蜕变成新闻工作者的故事。“听完王茂浪的演讲，感觉像是接受了一场心灵的洗礼。他用自身的成长、成功经历告诉我们：家庭背景并不能决定我们的人生高度，更重要的是要有坚定的信念，心之所向，必向往之。满满的正能量呀！”2015 届同学阿梅发出了这样的感叹。

在组织策划更多受欢迎活动的同时，《珠江商报》结合自身媒体宣传优势，通过报纸、微信、网站等多平台发布信息，强化了福彩班的品牌效应，呼吁社会各界更多关注困难大学生群体。

参与顺德区公益创新大赛，并获得扶持资金的“安全帽”巴蜀建筑工人服务项目，是《珠江商报》与佛山巴蜀企业家俱乐部、北滘镇一心社会综合服务中心共同发起的服务四川、重庆籍建筑工人的项目。项目前期，三方多次深入工地调研，了解四川、重庆籍建筑工人状况。该项目在评选中获得了评委的好评。

在深度参与项目策划、运作的同时，《珠江商报·公益顺德》也参与到了顺德区慈善会的同行善计划、本土公益支持项目（青年公益方向）资助计划、“顺工·益”2015年顺德工会职工服务创投大赛等评选活动中，发挥了媒体自身的影响力。

就在这些跑腿获赞的过程中，我的脚力深入最基层的村庄，为更多读者排忧解难。此外我还主导把《公益顺德》改为了《慈善顺德》。

眼力·远看谋赞

至2016年，顺德岭南美食文化节已举办9届，私房菜大赛已举办10届。自第六届起，佛山传媒集团和珠江商报社成了美食文化节的承办方，通过市场的手段、媒体的担纲，顺德岭南美食文化节影响力逐年升级，已经成为展示顺德美食发展进步成果、展示顺德城市形象的重要名片。

2015年10月4日下午，受强台风“彩虹”环流影响，作为国庆期间顺德规模最盛大的活动，美食节却没有遭受任何损失。原来早在前一天接到台风蓝色预警后，区委宣传部、旅游局、气象局、安监局、三防办、大良街道、珠江商报社等各部门负责人便召开了紧急会议，决定美食节于当晚22时提前结束并组织当晚撤展。

美食节的策划给力、保障有力，其实早已收获了无数的点赞。“商报策划得非常成功！”两大主题餐厅展区之一的邂逅餐厅的叶小，就在微信上称赞了2014年的美食节活动。天天在现场巡场的顺德饮食协会会长张海涛也认为2014年的美食节是历届以来档次最高、规模最高、最有情怀的一届。他指着干净的地面直言，“美食节已经第四天了，地面上还是干干净净的，这是本届美食节的一大亮点。”

由珠江商报社承办的顺德岭南美食文化节的品牌影响力越来越大。据统计，从第六届至第九届，美食节客流量由40万人次逐年提升到超百万人次。一串串数字的背后折射出顺德餐饮业的壮大，以及顺德美食经济的空前繁荣。2015年是顺德获得联合国教科文组织颁发的“世界美食之都”称号的元年，美食节在前九届的基础上有了较大的提升，活动品牌影响力越来越大，内涵也越来越丰富。美食节上，值得一提的是旅游文化配套活动带来的全产业链延伸，唱龙舟、咸水歌、粤剧折子戏……这些顺德人耳熟能详的文化精髓，在美食节的舞台上大放异彩。同时，通过珠江商报的策划，顺德岭南美食文化节牵手支付宝，着力打造手机上的“互联网+”顺德岭南美食文化节。支付宝的优惠和便利让这一场美食盛会更显贴心，实现了顺德岭南美食文化节的又一次创新和提升，为广大市民及游客提供了一场参与性强的旅游美食文化盛宴，将其打造成了《寻味顺德》的总营地。

就是在这样的有效预见中，2014年12月24日晚，188份旅游文化节门票全部派发给188名幸运网友，标志着“顺德镇街通”微信试运行满月，25日起正式开通。“顺德镇街通”微信是由珠江商报社打造、由我主导的微媒体群的一部分，微信号为“sdzjt101”，旨在为广大微友提供大良、容桂、伦教、勒流、陈村、北滘、佛山新城、乐从、龙江、杏坛、均安、

珠江商报
凭珠江通四海
立潮头观天下
顺德区委区政府
向广大市民致新年的祝福
值此猴年新春来临之际，衷心祝愿：
全区事业蒸蒸日上，再创辉煌！
广大企业生意兴隆，大展宏图！
全体市民吉祥如意，幸福安康！
中共佛山市顺德区委员会
佛山市顺德区人民政府
2016年2月8日
拜年啦
广东万士发饼业有限公司
全体同仁
恭祝顺德人民新年进步
福迎新岁
顺德农商银行恭祝广大市民，
新年进步，万事胜意！
顺德农商银行

2016 年大年初一的《珠江商报》头版附上了顺德 10 个镇街领导向市民拜年的二维码

“两德”合作区的各类招聘、招生、供水、供电、医疗、医保、社保、环保等便民信息。同时，“顺德镇街通”微信也接受网友对镇街工作及各类民生事务的建议、投诉，会针对这些信息及时回复并转交镇街相关部门跟进解决。

“顺德镇街通”微信的开通，只是珠江商报社服务镇街、“两德”合作区工作的一部分。2014 年，《珠江商报》开辟了“镇街”新闻版块；开设了“镇能量 街地气”“镇街视通”专栏；启动了“《珠江商报》记者百村行”大型采访活动，深入全区 205 个村居进行采访并刊发村居见闻。珠江商报社在 2014 年还走进各镇街进行了“魅力小城春来早”“智造新城国际范儿”“解读中德工业服务区”“勒流名片”“龙眼点睛”“龙江文化大观园”“容桂观音开库”“伦教珠宝”“文化名城精彩凤城”等大型走基层采访。

2014 年，珠江商报社还开通了 @ 珠江商报大良新闻、@ 珠江商报容桂新闻、@ 珠江商报伦教新闻、@ 珠江商报勒流新闻、@ 珠江商报陈村新闻、@ 珠江商报北滘新闻、@ 珠江商报中德工业服务区乐从新闻、@ 珠江商报龙江新闻、@ 珠江商报杏坛新闻、@ 珠江商报均安新闻以及 @ 珠江商报镇街新闻总共 11 个微博。

2015 年开始到 2021 年，我主导进一步加强与顺德 10 个镇街、“两德”合作区的联系，加大对镇街、村居的关注，深入镇街、村居，走进老百姓家中，采写各类发生在顺德人身边的新闻，讲好顺德话、写好顺德事。我在《珠江商报》纸媒的基础上，利用新媒体把精彩的“顺德镇街故事”传播出去。同时，我在报纸上刊登了我的手机号码以及我带领的团队中各同事的电话号码，顺德 10 个镇街和“两德”合作区的读者、网友，以及各镇街的部门、村居、单位，可以通过电话直接与我和我的团队联系，其中我的号码被设为《珠江商报》镇街新闻 24 小时服务热线。

2015 年 2 月 17 日下午 5 时起，读者只要扫一扫《珠江商报》全媒体群的二维码，顺德 10 个镇街书记或镇长（主任），就会“出现”在读者的面前，“向您拜年喽”。

这是我在春节前主导地方干部与读者互动的策划，读者只要加“顺德镇街通”微信，就可以听到顺德 10 个镇街书记、镇长（主任）的拜年声，看到顺德 10 个镇街书记、镇长（主任）向读者作揖拜年的视频。同时，也可下载珠江商报 App、登录顺德新闻网，收听收看顺德 10 个镇街书记、镇长（主任）送出的羊年祝福。后来，我一直主导加大纸媒与新媒体的互动，比如读者在阅读报纸内容后，扫描文章相对应的二维码，就能看到文章对应的视频或

360 度全景图片。

脑力 · 文思得赞

2015 年 4 月 25 日，注定是一个特殊的好日子。

当天上午，《珠江商报》全媒体在全程播报“2015 一路向前——美丽佛山 50 公里徒步”活动中，受到佛山传媒集团肯定；下午，作家贾平凹在当天发行的《珠江商报》头版上题写“向《珠江商报》读者问好”；晚上，在“金长城传媒奖”颁奖盛典上，《珠江商报》被评为“2014 中国最具融合创新商报”。

在顺德区第十五届人民代表大会第五次会议闭幕之后，区人大常委会主任周志坤走到大堂时停下脚步，扫一扫二维码，就在手机上开始阅读由《珠江商报》全媒体出品的顺德人大杂志《求实立新》的电子版，他赞叹道：“代表们是怎么履职的，过去一年重点监督了哪些政府工作，用手机就能看得到。这样的宣传方式非常有新意！”

同期，“龙江获授中国家具电子商务之都”的视频，以及“顺德星光大道”海选活动公告，在顺德人的朋友圈内又刷屏了。你可知道，“龙江获授中国家具电子商务之都”的视频是我按照电视新闻的形式拍摄、制作、推送的；“顺德星光大道”则是由《珠江商报》全媒体倾力打造的第一档全民文化娱乐节目。

令顺德人的朋友圈惊爆以及我在践行“四力”过程中觉得很有成就感的还有：2015 年 3 月 26 日 13 时，我策划推出的均安自梳女欧阳焕燕与李光耀家关系的报道，在中央电视台中文国际频道《华人世界》播出，央视罕见地在报道中打出了“《珠江商报》记者综合报道”字样。对此，均安镇政府蔡汉华表示，《珠江商报》全媒体的运作是宣传报道模式的创新，就像均安人用同一种食材可以做出 5 道菜一样，《珠江商报》除了纸媒，还积极利用 App、微信、微博、网站，立体地把同一件事情呈现给了外界，这对镇街文化的有效传播是一种全新的尝试，央视中文国际频道此次的报道就极大地体现了均安的文化内涵。

求新，我一直在努力。比如在国家、广东省、佛山市、顺德区举行各类大会前推出系列报道或特刊，并联系相关部门，把特刊作为会议材料下发给参会人员。2015 年 2 月 2 日，我策划出版的《扬鞭踏春 镇街先行》特刊所刊登的内容，在中共佛山市顺德区第十二届委员会第五次全体（扩大）会议上一经亮相，便引起了与会人员的共鸣。我注意到，在全会召开前以及各镇街分组讨论前，与会人员都在认真阅读特刊，有位与会代表还拿着报纸说：“你们看，龙江镇镇长说了要整治内河涌，他还划船去了河涌实地调查，我们也要学习他的实干作风，不看《珠江商报》还不知道，我们跟其他镇街还有很大差距。”结合《扬鞭踏春 镇街先行》特刊中报道的内容，顺德区委副书记、佛山新城党工委书记、乐从镇党委书记列海坚在讨论中提到，在城市配套建设方面，佛山新城、乐从镇计划在辖区内打造一个湿地公园，这利于打造佛山新城、乐从镇独具特色的城市旅游、农村旅游，“这一点，我们的做法与报告宗旨是一致的”。

这次区委全会的报告提出了“开放”的概念，容桂街道党工委书记赖雪晖说，《扬鞭踏春 镇街先行》特刊中各镇街书记或镇长的图片也体现了这种精神，“各镇街书记或镇长的图片中，手势大都是打开的，体现了一种开放的胸怀，与报告传递的精神相重合”。很多村支部书记说，《扬鞭踏春 镇街先行》能提前让基层干部了解政府的一些想法，对政府的一些发展规划也能有所了解，“今天看到区的报告，发现镇街的很多想法与报告的内容相一致，看了报纸以后，对我们理解这份报告也有很大的帮助”。

我还有一个策划，时隔多年仍是读者津津乐道的话题，那就是《魅力小城春来早》。2014 年元旦放假前的那天上午 11 点，我拿着《魅力小城春来早》方案又一次去到北滘镇政府，镇政府的主要领导看到我的方案后惊呆了，特别是当我告诉他们这 9 个版内容的发表分别恰逢新年、元宵节上班后第一个工作日、顺德区党代会召开、佛山市“两会”召开、全国“两会”期间后，他们当即就决定接受我的采访，并将采访时间定在了 2 月 17 日。

笔力 · 稿件谀赞

为了提高自己与团队的脚力、眼力、脑力、笔力，我带着我的团队连续四年到《佛山日报》三水记者站、珠江商报社、宝安日报社、江西省新余市分宜县融媒体中心学习交流。在参观《佛山日报》三水记者站后，我全方位助推政务策划专题，从栏目、系列报道、特刊到新媒体、活动，我们一个接一个地做，比如光特刊就有《平安顺德》《开放顺德》《精准——新时期扶贫脱贫，顺德在攻坚》《光辉——建党 95 周年，顺德在奋进》《激情与速度——地铁 7 号线开建》等。

去《宝安日报》学习前，我关注了《宝安日报》《中山日报》《番禺日报》《增城日报》有 8 个多月的时间，仔细分析了商报的特点与不足后，我选择带领镇街工作室团队前往深圳学习。果然，宝安日报社的一些做法就是我们欠缺的，比如 2018 年 4 月 12 日的《宝安日报》从头版到最后一个版都是专题，有区委区政府的，更多是区属部门、街道办、村居的。我数了数，《宝安日报》总共有 17 个栏目与专栏。学习后，我积极学习宝安日报社的做法，着力强化创新力度。经过 3 年多的努力，《珠江商报》终于有了《智慧龙江》《匠心勒流》《绿色陈村》《容桂力量》《宜居伦教》《品质大良》《家在乐从》《水乡杏坛》《顺德高新区》《顺德设计》《中德工业服务区》《广州大学城卫星城》总共 12 个栏目，以及各镇街的新媒体平台 35 个。有了栏目、新媒体平台，镇街的同事就会有事干，他们每天都在围绕如何服务镇街打转，每天都会与镇街干部沟通，彼此间增加了了解与信任。

用质量说话这一点用到我带领的镇街工作室一样很重要。顺德企业众多，它们都是靠质

我与中央广播电视总台、《南方日报》记者于 2020 年记者节在顺德同台分享践行“四力”的故事

量占据全国乃至全球市场的，如果我们的作品、出品质量不好，那就没有人买单，我们就会失去市场。这跟一个人一样，不论是身体还是品行，都需要用质量领跑自己的一生。

在吸引读者方面，《宝安日报》对用图的要求非常高，报社要求图片里的每个人都要在图片说明里署名，这样就能吸引人阅读这份报纸。《宝安日报》的做法对我们镇街同样很重要。2017 年党的“十九大”召开期间，我们镇街工作室隆重推出了《砥砺奋进的五年——党的“十九大”特别报道》，10 个镇街做了 38 个版，取得了非常好的效果。2018 年“两会”期间，我们再次借势推出了《新时代 新气象 新作为——顺德镇街访谈特别报道》，18 个版连续推出，获得了前所未有的好评。

每一年的《平安顺德》《精准扶贫》《党建引领》等特刊，同样是靠质量说话，特刊做到了连续 6 年出版发行。面对新的要求与新的契机，我们从 2018 年 5 月 9 日起推出了“以新

我在北京参加了中华全国新闻工作者协会主办的“2018 中国新媒体大会”

的更大作为实现‘四个走在全国前列’大型报道”，就是要用质量对顺德全区十镇街党委（党工委）书记进行专访，发出我们有权威、有质量的好声音。

2019 年 4 月，我带领团队到江西省新余市分宜县融媒体中心学习交流。那天，我与福建省福州日报社、山西汾阳市委宣传部组成考察团，一同到江西省新余市分宜县融媒体中心参观考察，大家先后参观了融媒体中心演播大厅、编辑机房、融媒体演播室、指挥调度中心，详细了解了分宜县媒体融合的进展情况。

之所以到一个我们报社没人听过的内地小县学习，是因为分宜县将原分属于县委宣传部、县文广新局和县政府办的广播电台、电视台、报纸、政务微博、微信公众号、手机报和分宜政府网等七家媒体整合为一，升格为县委直属正科级全额拨款社会公益类事业单位，归口县委宣传部管理，并于2016年9月1日正式挂牌成立分宜县融媒体中心，实现了一体策划、一次采集、多种生成、多元发布。其改革经验与做法被新华社《国内动态清样》报道，得到了中央领导批示，并在 2019 年的全国文化体制改革经验交流会上做了典型介绍，受到中宣部的高度肯定。

更厉害的是，分宜县融媒体探索出了“三中心”融合的新路子，其改革做法在中央办公

在广东省“好记者讲好故事”决赛中，我讲述了碧桂园教育扶贫的故事

这一证书是我践行“四力”的一个成果

厅《业务通讯》《中央网信动态》上刊发，两次在中宣部干部培训学院做过专题介绍，迎来了中宣部第46期地方党委宣传部部长培训班现场教学，入选全国网信创新工作50例，被国家广电总局评为“最具影响力县级融媒体”。同时，值得媒体人尊重的是，分宜县融媒体中心新闻作品《搞一次卫生何需9份“痕迹”》喜获第29届中国新闻奖二等奖，实现了新余市历史上获中国新闻奖“零”的突破。《搞一次卫生何需9份“痕迹”》从搞一次卫生前后做了9份“痕迹”小切口入手，以小见大，摆事实，讲道理，谈危害，话根源，提建议，深入浅出地阐明“形式主义”勿泛滥，基层工作应重实绩、做实效。作品结构严谨，评述恰当合理，正中时弊，有很好的教育意义，是一份有高度、有深度、有温度、有特色的新闻精品。

带着学习所获，当我得知全国首家全免费大学——广东碧桂园职业学院将落成开学后，就赶紧制订了不一样的报道计划。我带领3名记者，带着报社准备的月饼、食用油等物品及慰问金，从顺德驱车来到广东省清远市佛冈县龙山镇，在镇上我们又买了两只鸡以及一些食物，驾车前往溵镇村，我们要与大一新生、广东省优秀共青团员、孤儿曹源芳一起度过这个中秋佳节。在驾车去溵镇村时，我们遇到了狂风暴雨、山洪暴发，去村里的桥也被冲垮了，我们的车子差一点被冲入河内，幸好车子在距离崩溃处不到1米的地方停了下来，现在想想还感到后怕。当晚，我们好不容易到达了曹源芳的家里，我看到这个不幸的女孩仿佛并未受到命运的打击，脸上始终挂着笑容。看到我们时，虽然当晚并没有看到月亮，但曹源芳十分开心：“没想到还有这么多人关心我，你们《珠江商报》的记者还专程过来和我一起过中秋节，我实在是太高兴了。”中秋节当晚，我们就在龙山镇一家小小的旅馆住下了。

我们陪同曹源芳带着行李来到龙山客运站，一起搭车送她上学。到底是什么让这么多学生选择广东碧桂园职业学院呢？我跟曹源芳一块儿走进了位于清远的广东碧桂园职业学院，试图为读者揭开以“一人就业、全家脱贫”为目标的全免费慈善大学的神秘面纱。后来，《全国首所全免费大学开学》的报道获得广东新闻奖二等奖。我也将这次采访经历写成了演讲稿，这篇演讲稿经过报社、顺德、佛山的层层选拔，代表佛山市进入广东省新闻战线第五届“好记者讲好故事”决赛，让我有机会向更多人讲述我国脱贫攻坚的民间大爱。

第一部
2020 年新闻的**脚力**

我是珠江商报社第一党支部副书记、采访中心副主任、镇街部主任。2017年，我患上了腰椎间盘突出的疾病，但作为一名党员，我一直带头冲在采编一线。

面对来势汹汹的新冠肺炎疫情，2020 年 1 月 27 日开始，连续 57 天，身为采访中心值班主任，我不忘初心、牢记使命，除了白天、夜里统筹安排各类采访、报纸稿件、新媒体推送初审等工作之外，我还践行脚力、眼力、脑力、笔力，带头前往疫情一线进行了连续三天的蹲点采访，并参与了晚上的值夜班，每天我基本只有 6 个小时休息时间，连我原本每天下午必须做的腰部敷药都要推到凌晨，等所有版面做好签印后才开始进行。

《人民日报》曾这样说："路是人的脚走成的"，"蜗"在办公室里翻资料，不可能得到鲜活的素材、生动的细节。从"三贴近"到"走转改"，事实证明，越接近、越真实，越贴近、越出彩。多扎根基层，常深入一线，掌握第一手材料，"脚底板下出文章"的箴言就会应验。

我看到一线人手不足，而且采访的地方比较容易受到感染，我没有安排下属去发热门诊、隔离区、居家隔离户、留观点、药店采访，而是自己带着腰痛在 2 月 1 日至 11 日连续深入多个镇街、村居、企业，进入顺德区疾控中心核酸检测检验室，大良、陈村集中隔离点，桂洲医院发热门诊部，杏坛社区、近良社区、锦龙社区居家隔离的人家等地进行蹲点采访，采写出了 11 篇近 3 万字的新闻报道。

顶着有可能被感染的危险，我每天步行超过 2.5 万步，及时采写出了一系列新闻报道，这些报道用作顺德区委宣传部、区卫生和健康局的新闻通稿，向全国数十家新闻媒体推送，其中 7 篇通讯被"学习强国"平台采用。

7 月 23 日，我获得"2020 年顺德最美逆行者"称号。我想，这是组织对我 2020 年脚力的肯定。

第一章 武汉采访归来

2012 年 12 月 9 日，习近平总书记视察广东工业设计城，提出了聚集 8 000 名设计师的殷切期望。

2013 年 12 月起，我成了《设计顺德》的主编。6 年后的 2019 年 12 月 12 日，我参加了广东工业设计城策划的“不止于思，不惑于行 2019 走进产业集群·武汉站”活动。当天 11 时 36 分，我与 50 多人的团队一起，搭乘广州南至武汉的 G1152 高铁，于 4 小时 24 分钟后抵达此前我去过两次的大武汉，入住了距离华南海鲜市场较近的一家酒店。

2019 年 12 月我在武汉采访

在广东工业设计城的“不止于思，不惑于行 2019 走进产业集群·武汉站”活动中，我策划拍出的“工”字图片

13 日早晨，我早早起床。武汉的天气很冷，我穿着羽绒衣来到位于武汉国际博览中心的第三届中国工业设计展览会会场。

为期三天的第三届中国工业设计展览会在那天上午举行了开幕仪式。

展览会由国家工业和信息化部与湖北省政府共同作为指导单位，由工业和信息化部国际经济技术合作中心与武汉市政府共同主办。

我们接待了一波又一波的观众后，中午 12 点多，我看到广东工业设计协会秘书长周红石、顺德东方麦田工业设计股份有限公司董事长刘诗锋、北滘镇经济线党委书记李京、广东工业设计城发展有限公司总经理黎霭莹一行人，拿起了展位上的展品，结合展会讨论起了如何规划广东工业设计城未来的发展、如何围绕人民生活需求设计出更多更好的产品等问题。

在展览会现场，广东工业设计城、美的集团、新宝电器、东方麦田工业设计、万家乐、潜龙、宏翼、永爱等顺德工业设计元素，引起了我国工业设计业界的关注，浙江等多地代表团专门来广东工业设计城展位观摩。

此后，我们到武汉一些地方参观、学习、交流。其中，在武汉东湖景区东南方向，有一片规划面积 518 平方公里的产业集聚园区——东湖高新区，又称“中国·光谷”；位于武汉市汉江湾“古田之心”的新工厂高新技术产业园，硚口区积极改造升级旧厂区、老厂房的典范项目，也是硚口区科创小微企业园建设重点园区之一；在武汉浪尖 D+M 工业设计小镇，小镇总经理李少康对广东工业设计城企业集体的到来很是欢迎，他用了差不多两个小时介绍了小镇与广东工业设计城的不同。

跟团采访时，我突发奇想，在专访顺德臻信电器科技有限公司产品经理张宏、顺德区乐卡尼工业设计有限公司负责人陈超敏、广东同天投资管理有限公司总经理冯家宁、佛山市奇门设计顾问有限公司技术总监黎兆进、佛山好物电子科技有限公司总经理王俊、佛山诺贝依科技有限责任公司副总经理曾国亮、顺德区托迪创意设计有限公司总经理吴春柳、顺德东方麦田工业设计股份有限公司品牌推广员郑颖思、顺德区工业设计

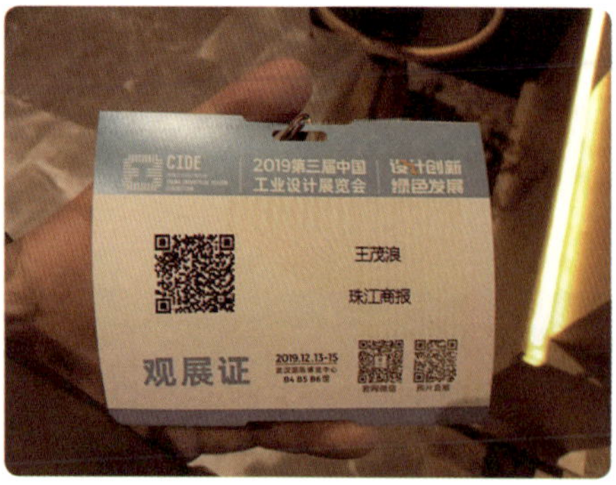

武汉封城前一个月我在武汉采访

协会秘书长肖亚男、广东永爱养老产业有限公司总经理崔晶雪、广东工业设计城发展有限公司总经理黎玺莹、佛山卡蛙科技股份有限公司创始人林文杰、广东同天缔造者科技有限公司总经理李建平、顺德搜沃电子科技有限公司总经理助理张泳斯、佛山基准工业设计有限公司总经理刘开、佛山市米朗工业设计有限公司总经理敖链、佛山市尚致设计有限公司总经理刘益春、佛山市俊铭三维科技有限公司总经理黄海兴、顺德潜龙工业设计有限公司客户经理罗君钟之后，让他们这些企业老板、骨干在武汉浪尖 D+M 工业设计小镇坐成一个“工”字造型拍了合影。

在武汉的 4 天时间里，我还利用休息时间独自走访了汉阳王家湾、王府井酒店、湖锦酒楼、西藏印象以及武汉长江大桥、中共五大会址、黄鹤楼，收获很大。

12 月 15 日 10 时 26 分，我在武汉站搭乘武汉至广州南的 G1113 高铁去了长沙，并写出了《“设计顺德”亮相第三届中国工业设计展览会——顺德工业设计元素受业界关注》《“双城会”寻找工业设计发展新动力——广东工业设计城企业从世界美食之都直奔世界设计之都取经》等报道。

但我没有想到这时的武汉已经充满危险。

【策划方案】 **2019 中国设计活动日 · 广东工业设计城创意设计周报道计划**

【A】 12 月 2 日新闻发布会——12 月 3 日设计顺德专版见报，三分之二版。

1. 主稿消息：新闻发布会召开，介绍设计周活动亮点以及活动背景（1000 字，配图）。
2. 亮点活动介绍（800 字）。
3. 活动日程安排表格。

【B】 12 月 4 日（见报）：设计顺德产业综述。

12 月 5 日（见报）：设计顺德国际化。

12 月 6 日（见报）：设计顺德联盟。

【C】 12 月 6 日湾区创新设计工作坊——12 月 7 日见报，半个版。

稿件内容：湾区创新设计工作坊活动介绍，包括项目的目的、意义等，采访参与工作坊的设计师；预告接下来创意设计周的其他主要活动。

【D】 12 月 7、8（周末）两日多个活动——12 月 9 日（周一）见报，4 个版。

1. 封面、工业设计 · 述。

2. 工业设计 · 展

（1）核心提示（200 字）。

（2）创意集市 & 系列展览启动仪式：启动仪式现场，介绍活动整体情况等（1 000 字）。

（3）亮点扫描：创意集市（500 字）、国际工业设计产品展（500 字）、广东工业设计城十年成果展（700 字）、创新设计巡回展（700 字）。

3. 工业设计・人

“新中国成立 70 周年・支持广东设计发展”功勋人物证书颁发仪式。

4. 工业设计・研

（1）粤港澳工业设计合作研讨：活动现场、研讨会观点（2 000 字）。

（2）工业设计行业的发展趋势主题交流会（2 000 字）。

【E】 12 月 9 日 2019 中国设计活动日启动及相关活动。

A3 版：消息，800 字。

A4 专版内容：

1. 主稿：“2019 中国设计活动日・广东工业设计城创意设计周”启动仪式（要与消息错位，1 500 字）。

2. “设计升维・智引未来”国际设计分享会。

3. 跨界融合城市激活分享会。

4. 设计师之夜——激活・设计游乐园。

5. 各项活动配图。

【F】 12 月 9 日 D-DAY 大赛终评。

12 月 10 日两项活动——12 月 11 日设计顺德专版见报（篇幅视实际再定）。

1.“创设计 创未来”广东工业设计城教育研学项目启动仪式暨工业设计教育发展分享交流会。

2. 中韩设计顺德中心专题学术分享活动。

3. 12 月 9 日，2019 设计顺德 D-DAY 大赛终评。

设计顺德

2019年12月18日星期三 A5

“双城会”寻找工业设计发展新动力

广东工业设计城企业从世界美食之都直奔世界设计之都取经

核心提示：12月12日，“12·9”2019中国设计活动日刚过三日，广东工业设计城的企业没有沉浸在过去10年的成绩上，而是集体背上行囊从世界美食之都直奔世界设计之都，寻找“设计顺德”下一个十年的新动力。

设计顺德：产品有动感海内外有市场

武汉做法：老工业遗址变身综合性产业园区

我从武汉发回的整版报道

【G】 7 场巡展，根据展出时间推出。

【H】 湖北、武汉活动，根据活动时间推出。

【I】 总结报道，根据巡展结束时间推出。

第二章 澳门红色学校

2020 年 1 月 13 日，我在澳门向尤端阳校长赠送我的书籍

珠江商报 深度 A6 2020年1月16日 星期四

一所爱国爱澳学校的"顺德风"

顺德通过教育助力澳门文化和人心回归，为落实"一国两制"伟大实践作出了有益贡献

濠江中学的"顺德旋风"

有顺德支持 压力也变成了动力

顺澳教育合作 开启下一个十年

传统教育以获得全国奖项为荣

我发现的新闻亮点：顺德通过教育助力澳门文化和人心回归，为落实"一国两制"伟大实践做出了有益贡献

2019 年 12 月 19 日上午，习近平总书记来到澳门濠江中学附属英才学校看望这里的师生，了解澳门教育情况。

此后近一个月，学校接待了全国 60 多批次的新闻机构、29 批学校来访。2020 年 1 月 12 日，75 岁的尤端阳到北京参加《感动中国：2019 年度人物》节目录制后回到澳门。

1 月 13 日早晨，我带着我的同事苏淑婷、陈炳辉，跟随顺德区教育局局长闵乐萍、顺德区教育局办公室主任李海源、顺德一中教育集团校长谢大海、顺德一中南校区筹建办主任刘丽华、顺德一中办公室副主任邹高大、顺德一中外国语学校执行校长曾祥明、容桂实验学校副校长欧阳平凡、顺德本真未来学校校长助理宋敏、顺德京师励耘实验学校副校长廖双水，从顺德区政府东停车场出发，到达珠海拱北口岸过关进入澳门。

在珠海拱北口岸迎接顺德区参访团的濠江中学老师岑耀昌很是高兴："我是乐从沙滘村的，看到老家来客很激动，马上过年了，我也会回家过年。我们校长以及一些老师都是顺德人，大家带着顺德人敢为天下先的精神，在澳门从事爱国爱澳教育。"

1999 年澳门回归，正值岑耀昌在濠江中学教书的第一年，"我当时抱着极大的信念，立志成为一名好老师，教导学生日后为祖国发展做贡献。"立下这番雄心的岑耀昌，经过 20 年的实践，如今已经是澳门中华教育会副理事长兼秘书长。

2020 年 1 月 13 日下午，五星红旗高高飘扬在澳门濠江中学，顺德一中教育集团校长谢大海与外衣上别着一枚红色的国旗标识的濠江中学校长尤端阳，在协议书上郑重地签上名字，双方所在学校正式缔结为姊妹学校。这意味着顺德与澳门教育事业的合作将从教研活动的探讨延伸到中华传统文化艺术的传承。

濠江中学创立于 1932 年，是澳门当地一所历史悠久，以爱国、爱澳、为社会培育人才为宗旨的学校。1949 年 10 月 1 日，第一任校长杜岚在濠江中学升起了澳门第一面五星红旗。此后，每年校庆和"十一"

珠江商报
ZHUJIANG BUSINESS
综合 A8

澳门濠江中学校长尤端阳谈到爱国爱澳的情结时表示：

教学技巧是向顺德学习的

濠江情 顺德缘

人物档案

澳门濠江中学校长尤端阳

人物印象

澳门濠江中学校长尤端阳跟我谈爱国爱澳的情结

国庆日，濠江中学都要举行隆重的升国旗仪式。

在濠江中学，除了迎风飘扬的五星红旗，“不忘初心、牢记使命”的话语镶嵌在教学楼墙上。濠江中学作为一所爱国主义教育的典范学校，从每周一的升国旗到普通话教学，从教材的选用、课程的开设到学生手工作品中的长城、四大发明、三峡工程模型，爱国教育和公民教育已渗透到每一次教育教学活动中。

1 月 13 日晚，我自费在澳门住宿了一晚，也完成了对尤端阳的专访。我送了我的新书《顺德的桥》《顺德的山和树》给尤端阳，他很高兴。交谈中，我才知道尤端阳竟然和我的好友欧阳雪乔的父亲是好朋友。1 月 14 日，我离开澳门回到顺德，写出了《互赠教学资源 促进文化融合——顺德一中教育集团与澳门濠江中学缔结姊妹学校，共育湾区教育之花》《澳门濠江中学校长尤端阳谈到爱国爱澳的情结时表示：教学技巧是向顺德学习的》《一所爱国爱澳学校的“顺德风”——顺德通过教育助力澳门文化和人心回归，为落实“一国两制”伟大实践做出了有益贡献》系列报道。

我没有想到，那次澳门之行后，再次前往澳门除了要戴口罩外，还需要办理很多超出原本边境管理的手续，比如隔离、进行核酸检测、出示健康码绿码等。

【策划方案】 这所爱国爱澳学校的顺德风采报道计划

国家主席习近平在 2020 年新年贺词中说：“澳门小朋友和义工老人，给我写了信。我在回信中肯定了大家取得的成绩，也表达了良好祝愿……我出席了澳门回归祖国 20 周年庆祝活动，我为澳门繁荣稳定感到欣慰。澳门的成功实践表明，‘一国两制’完全行得通、办得到、得人心。”

2019 年 12 月 19 日上午，习近平总书记来到澳门濠江中学附属英才学校看望这里的师生，了解澳门教育情况。

澳门的教育，特别是濠江中学的教育，一直是向顺德学习，与顺德交流的，顺德一中体系的各学校、大良顺峰中学、容桂城西小学等，一直以来都与濠江中学保持着互动及师生交换学习。

濠江中学创立于 1932 年，是澳门当地一所历史悠久，以爱国、爱澳、为社会培育人才为宗旨的学校。1949 年新中国成立，濠江中学第一任校长杜岚女士带领全校师生升起了澳门第一面鲜艳的五星红旗，从此爱国主义教育成了该校德育教育的主线。由于澳门的特殊历史文化背景，濠江中学在办学中体现了文理兼通、中西合璧的特色。他们在课余时间学习中国文学，传承中国文化，成立了书法社、舞龙舞狮等传统文化社团，并取得了可喜的成绩。校园文化节已成了濠江的品牌活动，达到了“育德、启智、健体、树人”的目的。

濠江中学校长尤端阳是顺德一中 1963 届高中校友。历任第十一届全国政协委员、澳门特别行政区教育委员会委员、澳门中华教育会监事长、中国教育学会高中教育专业委员会副理事长、澳门书法家协会副主席等职务。2000 年 2 月至今任澳门濠江中学校长。

2020 年 1 月，顺德区政府将派出访问团，前往濠江中学交流，报社将安排 2 名文字记者、1 名摄影记者前往采访，报道安排如下：

1. 动态、交流报道。

2. 专访尤端阳校长，提问如下：

（1）1963 年您从顺德一中毕业至今有 57 年了，差不多是一个甲子，您还记得当年读书的样子吗？

（2）当年顺德的学习，或者说顺德教育，给您后来的从业带来了什么？

（3）杜岚老校长的爱国爱澳教育理念，您在传承中如何与顺德教育相结合？

（4）顺德的教育模式是如何在濠江中学落地的？特别是历史课、思想品德课、传统书法与书画课等方面的教学模式，给濠江中学带来了什么变化？

（5）对于新时代的教育，您是怎么带领濠江中学与内地对接的？您的期望值是什么？

（6）您目前回顺德走亲访友还多吗？老家哪道菜是儿时的记忆？

3. 通讯——这所爱国爱澳学校的顺德风采。

以 2019 年国内十大新闻、习近平总书记新年贺词等为由头，深入顺德、濠江中学采访，回顾过往校际的交流、学习，如何促进澳门与内地教育的融合，着力突出顺德给濠江中学带来的变化。

珠江商报
ZHUJIANG BUSINESS

综合 A4

责任编辑:梁杨开 版式:吴惠南 周惠芬 校对:吕惠婷

互赠教学资源 促进文化融合

顺德一中教育集团与澳门濠江中学缔结姊妹学校，共育湾区教育之花

濠江情 顺德缘

珠江商报讯 昨日，在五星红旗高高飘扬的澳门濠江中学，顺德一中教育集团校长谢大海与濠江中学校长尤端阳，在协议书上郑重地签上名字，双方正式缔结为姊妹学校。这意味着顺德与澳门教育事业的合作将从教研活动的探讨，延伸到中华传统文化艺术的传承。

濠江中学创立于 1932 年，是澳门一所历史悠久，以爱国爱澳、为社会培育人才为宗旨的学校。1949 年新中国成立时，濠江中学第一任校长杜岚带领全校师生升起了澳门第一面鲜艳的五星红旗，从此爱国主义教育成为了该校长期办学的德育教育主线。

“抓实抓好爱国主义教育的同时，我校还十分注重教学质量的提升。”尤端阳介绍，为提高学校的教育质量，作为顺德一中 1963 年的优秀毕业生，他接手濠江中学成为新一任校长后，就将目光瞄准自己的母校——顺德一中，“顺德的教育水平很高，顺德一中更是顺德的标杆学校，我对家乡顺德有着深厚的感情。”

经过多次的沟通、交流后，濠江中学 2008 年起先后有 28 批次、共 83 位教师到顺德一中交流学习，每次都是连续跟班两周。同时，顺德一中也派出了总共 120 多人次赴濠江中学交流。

谢大海表示，两校同课异构、面对面交流互动，由学科教学研讨延伸到班级管理、学校内涵发展，两校各具特色的教学理念与学校管理，给彼此都带来了更多的思考和启示。“濠江中学德育成效和教育质量的快速提升，得到了国家与社会的肯定及关注。”尤端阳说，上个月 19 日，习近平总书记来到濠江中学附属英才学校看望师生，在充分肯定学校爱国主义教育成果的同时，还寄语全体师生经常到内地去走一走，看一看祖国大好河山。

昨日，顺德一中教育集团与澳门濠江中学结为姊妹学校。

走进内地，濠江中学把顺德作为重要的一站。担任着新的使命，濠江中学与顺德一中教育集团结为姊妹学校，意义更加深远。根据协定，包括顺德一中高中部、顺德一中外国语学校、容桂实验学校、顺德本真未来学校、顺德京师励耘实验学校等在内的顺德一中教育集团，接下来会与濠江中学实现师生定期互访，互赠教学资源，除历史教学资源外，两校还将通过互派学术、文体、科技代表团进行交流，用“顺德情”加速两地的文化融合发展。

顺德与澳门地理相近，同根同源的文化为两校的合作提供了良好的基础。目前，在建设粤港澳大湾区的背景下，顺德发布了《顺德推进粤港澳大湾区建设重大发展平台规划》，包括港澳城、科技、教育等一系列的发展平台正加紧推进建设。

顺德区教育局局长闵乐萍、顺德区侨联主席黄建雄，对顺德一中教育集团与澳门濠江中学的合作充满期待，希望通过两地学校的沟通与交流，能促进两地的文化、教育事业的共融发展，更能助力顺德教育事业的高质量发展。

采访濠江中学后所写的报道之一

第三章 山里有我名字

我撰写的《大山深处有我的名字》一文

我老家在江西省吉安市青原区富田镇的一处大山里，名叫湖圷村。

在老家，清明节时人们很少祭拜先人，都是在冬至到大年二十九这段时间，去为已逝的人挂冬、清理坟墓四周的杂草。我很久没有回家了，更是好些年没在老家过春节了。2020 年 1 月 23 日，我带着妻女于大年二十九用了 13 个小时从广东省佛山市顺德区，赶到了我出生、长大的小山村，为的就是赶在这一年的最后一个挂冬日能去给先人挂冬，这也是我第一次带妻女去追寻湖圷村数百年的习俗。哥哥提着祭品，走在前面，踏着荆棘，带着我们在原本就是大山的小村子后面的深山里行走。

每到一座墓前，孩子都会问我："这是谁的？为什么要来这里？"

我也只能问过哥哥"是谁的"后，再为孩子一一作答。在山间行走接近一个小时，我们又来到一座坟墓前，哥哥擦拭了墓碑，我看到墓碑上有"茂浪"两个字。这是我的名字，我不由自主地喊了出来。哥哥笑了："你这人啊，前面几座墓碑上都有我们的名字。"那以后，孩子再也不问我"为什么要来这里"了。

从深山返回家里，我接到"因为新冠肺炎疫情防控需要，请立即返岗，取消春节假期"的通知，我匆匆带着妻女告别父母与亲人，离开刚刚回到的大山小村，往刚刚回来时的反方向赶路。

在大广高速吉安服务区停留时，我看到反方向的车流很大，人们都在赶回家过年，而往广东方向的车辆很少，同时我也看到了这则新闻报道：

湖北省新型冠状病毒感染的肺炎疫情防控指挥部发布通告

湖北日报讯（记者 黄璐）1 月 23 日，湖北省新型冠状病毒感染的肺炎疫情防控指挥部发布通告，为加强人员流动管理，最大限度阻断疫情传播扩散渠道，就有关事项进行通告。

通告称，全省旅行社从即日起暂停经营活动，不再组团收客；已经组团的一律取消或延期。省内大专院校、中小学、幼儿园推迟开学时间。省内党政机关、企事业单位、驻军及武警部队所属人员出差取消。各地招商引资活动一律暂停。省内进出武汉的客运航班、旅客列车、客运汽车、客轮一律暂时停运。

第四章 街头商场变脸

新冠肺炎疫情发生后，街头只有横幅宣传语，基本无人外出

我带着一家人用了 7 个小时，从江西吉安顺利回到广东顺德，但一路上，关于湖北、武汉、疫情、防控的信息不断从孩子口中传到开车的我的耳中。

这让我想到了 2003 年的“非典”。

女儿那年才 3 岁，2020 年已经 20 岁。17 年前，她连续高烧 7 天后才渡过难关。

新型冠状病毒感染的肺炎疫情！

这一切来得太突然。

车子进入顺德城区，大年三十之日，安静得可怕，街上除了“勤洗手 戴口罩 少出门”等宣传横幅，以及防疫海报之外，往年街头过年的喜庆气氛全部没有了。

到了我们小区门口，这里没有了往日的人来人往，更没有熙熙攘攘。

我有点不相信这是我熟悉的顺德大街小巷与商场。

可，这是现实。

也就这样，我开始上班了。

第五章 女店主送口罩

我在送口罩的药店采访

汶生药房面积不大，有着所有药店一样的枯燥，可里面摆放的 6 盆陈村花卉却充满阳光。

这正是店主林丽玲的写照，她对顾客总是带着笑脸，哪怕是多次来领口罩的村民。

在新冠肺炎疫情的采访中，林丽玲说得最多的就是：我们不要间接伤害他人，我做的事情没什么，不要出我的名字。

临走的时候，我向她说了一句“祝生意兴隆”，她却回答：药店不要生意兴隆，大家都健康才好。

我想，26 岁的女店主，面对疫情与生意，能如此阳光灿烂地选择过日子，我们大家也都能，不是吗？

后来，林丽玲通过快递给我寄来 3 瓶消毒水，让我很是感激。

【报道侧记】

“我一家 5 口人只买到 2 个口罩，我该怎么办？”

“我留手机号码给你，你也留个电话号码给我，我朋友送给我的 20 个口罩，顺丰快递很快会送来，到了我就给你打电话，送你 5 个。”

“真的吗？这真是太感谢了，口罩有钱也买不到，你们店铺还送给我家，我们瑶族人谢谢你。”

“真的，接到我电话你就来取。”

“好，好，好。”

2020 年 1 月 29 日上午 10 时 13 分，我通过四次测量体温，来到顺德区陈村镇大都村委会大埠北便三巷 1 号，就听到了佛山市中天药业连锁有限公司陈村汶生药房女店主林丽玲，与居住在大都村 11 年、来自湖南宁远县荒塘瑶族乡茶坪源村六组的赵春付的对话与约定。

事实上，从大年三十起，也就是从 2020 年 1 月 24 日早上开门营业那刻开始，林丽玲已经给群众送出了 2 200 多只爱心口罩。

赵春付（右）给林丽玲留下电话号码，留下了一个关于口罩的约定

林丽玲今年 26 岁，在大都村经营药店 3 年了，每年大年三十至初六都是药店放假的时间。1 月 21 日，她与朋友在闲聊“猪肉贵”时，从新闻里得知“钟南山院士对新型冠状病毒感染肺炎”的谈话，就意识到口罩作为预防上呼吸道感染的重要性。

“我当即就进了一批口罩，每家药店平时很少有口罩的存货，因为日常销售量很少很少。”林丽玲说，1 月 22 日一大早，看到有人来药店一下子要买 20 包总共 200 只口罩，引发其他村民排队来购买，“大家都是大都村里人，大部分我都认识，我就决定限购，每个人只能买 1 包 10 个，每包 3 元钱。”

“每个人只能买 1 包”限购不久，林丽玲看到还是有很多人前来购买口罩，就于 1 月 23 日开始执行“每个人只能买 5 只独立包装口罩”的限购。此时，林丽玲为了防止村民大批来抢购，就把原本 0.5 元 / 个的口罩，降价到每个 0.3 元，“降价的方法有效减少了村民购买的焦虑。”

这一做法确实有效缓解了大都村村民面对疫情的焦虑情绪，但林丽玲却做出了一个新的决定：让其他员工回家过年，她留下来营业，她还要把店里剩下的 2 200 多个口罩送给有需要的村民，送口罩更能稳定村民的心。

“90 后”的林丽玲为什么会有这样的想法与决定？原来，她还是一名学生时，曾经亲历了日本福岛核泄漏引发的抢购食用盐事件，“当时我父母让我去买盐，我一包也没买到，这对我伤害很大。现在看到原本便宜的口罩脱销，我又是药店的经营者，我不能让需要口罩的人来到药店因为没有口罩而间接受到伤害，我就给每个进店的人送 2 个口罩。”

大年三十早上开始，林丽玲在朋友圈连续发送了 3 条“免费送口罩”的消息后，药店开始对外派送口罩，每人两个、限领一次。而当天，大都村村委会党委委员梁锐成发现，村里只有林丽玲的药店在营业，其余的已经关门停业放假了。“汶生药房的做法，让我们整个村平静了下来，不但家家户户都买到、领到了口罩，而且村里人还不用担心春节有需要时，还会像往年那样在村里买不到药品。”

大年三十，汶生药房派出去 500 多个口罩。接下来的大年初一、初二、初三、初四，药房每天都坚持向进店村民派送口罩。到 1 月 29 日上午 10 时，库存的 2 200 多个口罩全部派发出去了，这才出现了林丽玲与瑶族同胞赵春付的温情对话。

1 月 29 日，我在大都村看到，村民都在有序地生活着，他们戴着口罩卖菜、买菜。我问及口罩的事件，岑小芹等村民都会说：“汶生药房那位女老板送的。”

非常时刻，做公益如何做到底？林丽玲发挥她的专业精神，不断发朋友圈、朋友群请她的业界同行不要囤积口罩、不要涨价，有存货的就大家互相提供。1 月 27 日，有 2 名朋友通过快递分别向林丽玲寄来 10 个与 20 个口罩。同时，陈村镇的大参林等不少药店也开始了营业，并向群众免费派发口罩。

“药店营业我也是有间接被传染的风险，但一线的医务人员面临的是直接的风险，医生、护士在付出，我们卖药的也要做贡献。”林丽玲对我说，她还在想办法进货，所有买回来的口罩都将免费派送，“值不了多少钱，但可以安很多心，我做的是一件好小的事情，我相信很多人也会这样做，因为我们的社会充满爱。”

赠送口罩给市民 社会各方显大爱

“值不了多少钱，但可以安很多心”

陈村一家药店店主林丽玲向附近村民送出2200多只爱心口罩

新春走基层

文/图 珠江商报记者王茂浪

“我一家五口人只买到2个口罩，我该怎么办？”

“我留手机号码给你，你也留个电话号码给我，我朋友送给我的20个口罩，顺丰快递很快会送来，到了我就给你打电话，送你5个。”

“真的吗？这真是太感谢了，口罩有钱也难买，你们店铺还送给我家，我们瑶族人谢谢你。”

“真的，接到我电话你就来取。”

“好，好，好。”

这是1月29日上午10时13分，在顺德区陈村镇大都村委会大埠北便三巷1号，佛山市中天药业连锁有限公司陈村汶生药房女店主林丽玲，与居住在大都村11年、来自湖南宁远县荒塘瑶族乡茶坪源村六组的赵春付的对话与约定。

从限购到降价买口罩

事实上，从大年三十起，也就是1月24日早上开门营业那刻开始，林丽玲已经给群众送出了2200多只爱心口罩。

林丽玲今年26岁，在大都村经营药店3年了，每年大年三十至初六都是药店放假的时间。1月21日，她与朋友在闲聊“猪肉贵”时，从新闻里得知“钟南山院士对新型冠状病毒感染肺炎”的谈话，就意识到口罩作为上呼吸道感染的重要性。

“我当即就进货了一批口罩，每家药店平时都很少对口罩进行存货，因为日常销售很少很少。”林丽玲说，1月22日一大早，看到有人来到药店一下子要买20包总共200只口罩，还引发其他村民排队来购买。“大家都是大都村里人，大部分我都认识，我就决定限购，每个人只能买1包10个，每包3元钱。”

“每个人只能买1包”限购不久，林丽玲看到还是很多人前来购买，就于1月23日开始执行“每个人只能买5只独立包装口罩”的限购。此时，林丽玲为了防止村民大批来抢购，还把原本0.5元每只的口罩，降价到每只0.3元，“降价的方法有效减少村民购买的焦虑。”

林丽玲告诉村民正确使用口罩的方法。

免费送口罩带好业界风气

这确实有效缓解了大都村民面对疫情的情绪，但林丽玲却做出了一个新的决定：让其他员工回家过年，她留下来营业，还要把店里剩下的2200多只口罩送给有需要的村民，送口罩更能稳定村民的心。

“90后”的林丽玲为什么会有这样的想法与决定？原来，她还是一名学生那年，经历日本福岛核泄漏引发的抢购食用盐事件，“当时我父母让我去买盐，我一包也没买到，这对我伤害很大，现在看到原本便宜的口罩脱销，我又是药店的经营者，就不能让需要口罩的人来到药店没有口罩，而间接受到伤害，我就给每个进店的人送2个口罩。”

从大年三十早上开始，林丽玲在朋友圈连续发送3条“免费送口罩”的消息后，药店开始对外派送口罩，每人两只，限领一次。而当天，大都村委会党委委员梁锐成已经看到，村里的其它的药店，只有林丽玲的药店在营业，其余的已经关门停业放假了，“汶生药房的做法，让我们整个村平静下来，不但家家户户都买到、领到了口罩，村人还不用担心春节有需要时，还会像往年那样在村里买不到药品。”

大年三十，汶生药房派出去500多只口罩。接下来的大年初一、初二、初三、初四，药房每天都坚持向进店村民派送口罩。到1月29日上午10时，库存的2200多只口罩全部派发出去了，这也就出现了林丽玲与瑶族同胞赵春付的温情对话。

1月29日，《珠江商报》记者在大都村看到，村民都在有序地生活着，他们戴着口罩卖菜、买菜。记者问及口罩的事件，岑小芹等村民都会说：“汶生药房那位女老板送的。”

非常时刻，做公益如何做到底？林丽玲发挥她的专业精神，不断发朋友圈、朋友群请她的业界同行不要囤积口罩、不要涨价，有存货的就大家互相提供。1月27日，就有2名朋友通过快递分别向林丽玲寄来10个与20个口罩。同时，陈村镇的大参林等不少药店也开始了春节营业，并向群众免费派发口罩。

“药店营业也是有间接传染风险，但一线的医务人员是直接的风险，医生、护士在付出，我们卖药的也要贡献。”林丽玲对《珠江商报》记者说，她还在想办法进货，所有进货回来的口罩还都将免费派送，“值不了多少钱，但可以安很多心，我做的是一件好小的事情，我相信很多人也会这样做，因为我们的社会充满爱。”

2020 年新冠肺炎疫情期间，我深入药店采访后所写的报道

第六章 直击核酸检测

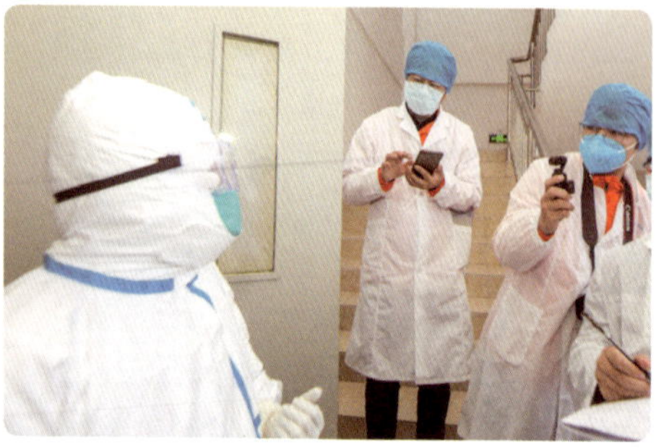

我在隔离区采访

2020 年 1 月 22 日开始，有 96 名与众不同的顺德人，一直默默地奋战在被新型冠状病毒感染的病人与病原体之间。他们大年三十喝八宝粥、大年初一忍着大小便、每天 8 点开工凌晨两三点收工。

1 月 30 日，我作为疫情发生后的第一名记者，走近了他们，跟随顺德区疾控中心工作队，深入肺炎病原体检测室、疑似病例隔离区、发热门诊部，跟踪体验了他们的不一样：顺德是主动作为，第一时间向上级申请了顺德自主对疑似病例进行检验检测的资质。

【全景式报道】

镜头一：“希望结果出来都是阴性”

1 月 30 日早上起床后，顺德区疾控中心应对新型冠状病毒感染的肺炎疫情工作队检验检测组组员陈善华，放下才 10 个月大的孩子，简单吃了一点食物就来到单位。她一直对我念叨：“我以前每天早上起来都要喝一大杯水，但现在不能喝水，等下我就要进样品核酸提取室，一进去就要 4 个小时以上。”

进检验检测室就不能喝水？带着疑问，我跟随陈善华来到顺德区疾控中心五楼，穿上白大褂和手套、套上鞋套、戴上防尘帽，与她的同事梁玉萍、刘闪闪、冯文希准备踏入有着 5 间全封闭房间的走廊。冯文希提醒我：“不要触摸里面的所有物体，包括门锁。”陈善华则提出还要去一次厕所：“我要尽量清空小便，中途不出来了，万一要出来就会消耗从头到脚的防护品。”

穿过样品室、试剂准备室，陈善华、梁玉萍直接进入了样品核酸提取室。我看到，这个室内还有一道门，她们在门口用了大概 30 分钟换上全副武装的防护服，这才推门进入有仪器的区域。“样品核酸提取室，就是要对全区各医院提取的疑似病例的血液等样品进行检验检测，这些样品就是病原体，防护不当就会直接感染。”冯文希说，有仪器的区域温度很高，检验员要在里面忍受高温、忍住饥渴、忍住大小便，“每 4 小时轮换一组人员。”

此时，在抗增结果分析室，刘闪闪正在紧张地分析陈善华她们隔着玻璃窗传来的数据，以确保疑似病例的检测结果准确无误。

11 时 47 分，陈善华、梁玉萍完成了检测，她们相互给对方脱下防护衣，走出样品核酸提取室那刻，很是疲惫的陈善华被口罩盖了 4 个多小时的脸上出现了深深的凹痕，她却笑着说：“我就希望结果出来都是阴性。”

与此同时，顺德区疾控中心应对新型冠状病毒感染的肺炎疫情工作队现场流行病调查组，已经从各医院又取回来一些疑似病例样品，放入样品室等候检验检测。

镜头二：“出现疑似病例，我们出发”

“桂洲医院刚刚出现 2 名疑似病例，需要调查，我们出发。”12 时 7 分，刚刚领到盒饭的现场流行病调查组第三组组长梁谨璀在接到顺德区新型冠状病毒感染的肺炎防控工作指挥部的指令后，喊上组员李文萌、梁彩凤、何建宇、黄捷玲，把盒饭放到门口的车上，带上 10 多斤重的新型冠状病毒感染的肺炎流调专用箱、送检专用箱就向容桂出发了。

专用箱里除了防护用品、取样工具，还有 4 页纸的《新型冠状病毒感染的肺炎病例个案调查表》，以及《佛山市顺德区新型冠状病毒感染的肺炎病例密切接触者登记表》《广东省疑似新型冠状病毒病例样本送检单》。

12 时 26 分，车子在全封闭的桂洲医院发热门诊楼前停下，梁谨璀对着从另一辆车子下来的我说：“我们在车上把午饭吃完了，现在就上楼去调查、取样。”

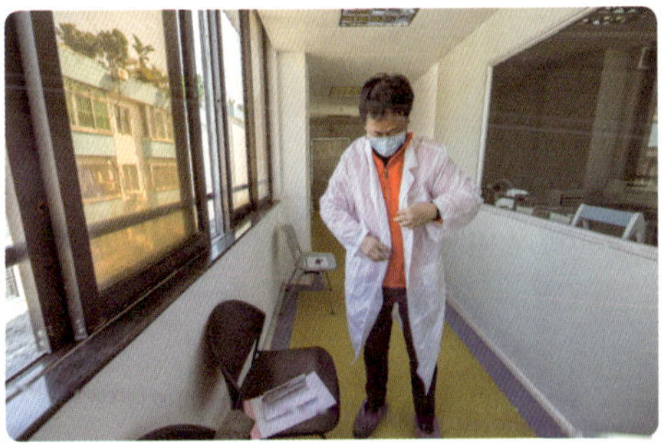

我深入核酸检测室采访

13 时 12 分，穿上防护服，梁谨璀他们 5 人就直接进入了住着疑似病例患者的隔离病房，我停止了脚步。

“他们这么一去调查就要 2 个小时以上才能出来，有时要 6 个小时。”顺德区疾控中心副主任老倩群告诉我，现场流行病调查组总共分为 8 个小组，负责跟进全区各医院疑似病例的调查与取样，“他们多数需要直接对接患者，感染的风险很大。”

13 时 33 分，我正要离开隔离区时，桂洲医院一名女性医务人员穿着短袖走了出来。原来，她怀疑身上的衣物有可能在某个环节接触到了感染物，就主动换下御寒的长袖衣服去消毒了。

镜头三：“第一次面对面跟患者进行了接触”

梁谨璀他们 15 时多才结束取样，回到中心还要进行全方位消毒，包括车辆。“我们从 1 月 22 日起，没有休息一天。”梁谨璀说，当天他接到指挥部说乐从医院出现疑似病例后，就和老倩群等同事去了现场。“最后忙到凌晨才回来，饭都没有吃，那例疑似病例最后确诊为顺德首例病例。”老倩群说，他们从乐从回到大良，已经是大年三十了，“连盒饭都没有买到，可大家没有一丝抱怨，回家路上只好去吃了个麦当劳。”

大年三十 17 时，梁谨璀又接到指挥部通知，说桂洲医院有 4 例疑似病例，“我带上八宝粥就出发了，这是我第一次面对面跟患者进行接触，那几例病例，现在想想都有点害怕。”

原来，这 4 名疑似病例为一家人，检测结果 3 人阳性、1 人阴性，最终有 2 人被确诊为新型冠状病毒感染的肺炎。梁谨璀与他的团队用了近 9 个小时的时间对这家人的 26 名密切接触者进行了调查，“这个调查要非常翔实才能为指挥部提供部署依据。”

在与老倩群的交谈中，我得知梁谨璀与他爱人都是医务人员，他 2019 年才从湛江挂职扶贫回来，2008 年 5 月还到汶川进行过医疗支援，“他是我们中心最卖力的成员之一，也是带头冲在一线的党员之一。”老倩群说。

镜头四："生孩子后有需要，会提前回来"

是的，梁谨璀只是顺德区疾控中心的一员，但他与很多工作人员在2019年登革热、基孔肯亚热等疫情防控中，加班加点，很长时间未好好休息过；他们累积了很多加班假都未来得及补休，家人生病也没能好好照顾，还没好好地陪伴家人共享天伦，这次又要放弃假期、放弃团圆，再次投入新的战斗中。

在春节休假取消的"集结号"吹响后，顺德疾控人都立即行动起来。有人毅然退掉了好不容易抢到的归家票；有人刚回到老家，立马义无反顾地买票返程；有人果断取消了计划已久的外出旅游，退掉了机票；有人新婚宴尔，放弃了归家见长辈，留守顺德；有人家人生病，答应了春节回家看看，但在疫情面前，他们还是选择了舍小家为大家；4名孕妇，其中2人已近临产期，她们克服困难，依然坚守在工作岗位；2名产妇主动放弃产假回归工作，用实际的行动诠释了"若有战，召必回"。

1月30日上午，在工作岗位上忙碌的李丽泉，原本要到3月31日才结束产假，但她已经提前上班10天了。这让她身边的同事、也是孕妇的黄月群很是感动："生孩子后，如有需要，我也会提前回来。"

事实上，我从顺德区疾控中心应对新型冠状病毒感染的肺炎疫情工作队名单中看到，这96名队员从1月22日的5个组，到25日变成了9个组，27日变成10个组，28日起变成11个组，其中现场流行病调查组人最多，为36人。采访中，他们说得最多的就是："我们义无反顾的脚步不是生来无畏，为的是更多人的平安喜乐，我们时刻'不忘初心，牢记使命'，请市民放心，只要做好室内通风、个人卫生，疫情就会远去。"

我走进顺德区疾控中心采访

镜头五:“顺德主动申请检验检测资质”

碰头会，研判疫情，综合协调。

标本运输人员出发前往各个发热门诊收集标本。

第一批标本交接。

实验室人员准备开展检测。

消杀人员对标本运输车辆进行消毒。

消杀工作组赴集中医学观察场所开展现场技术指导。

实验室工作人员仍在工作，盒饭已经凉透，等待检测的标本还排着长队。

综合协调、疫情处置、疫情报送、检验检测、健康教育、后勤保障、物资管理、信息整理、舆情监测、消毒消杀、密切接触者追踪管理……

这是顺德区疾控中心应对新型冠状病毒感染的肺炎疫情工作队每天24小时重复的工作。

“防控新型冠状病毒感染的肺炎，这场战役对每个人都是前所未有的考验，临阵退缩的要严肃处理。”佛山市委副书记、顺德区委书记郭文海指出，全区上下必须将中央、省、市的所有部署100%落实到位，必须精准把握顺德实情，全区上下要充分认识疫情形势的严峻性、复杂性、艰巨性，深刻认识到当前既是疫情加快蔓延的“危险期”，也是遏制蔓延势头的“关键期”。

这其中，顺德区疾控中心的工作是关键所在。

我从他们的工作群看到，每项工作安排的回应都是“认真完成与执行”的满满正能量。这一切，得益于顺德区新型冠状病毒感染的肺炎防控工作指挥部的领导。“区里已经把全区的应急物资管理工作也交给我们中心了。”老倩群说，中心从1月16日起就多次组织防控培训，而疫情发生后，“顺德主动作为，第一时间向上级申请了顺德自主对疑似病例进行检验检测的资质，省市对顺德很信任，当天就同意了，这是因为我们日常的技术工作到位。只有精湛的技术、严谨的方法、认真的态度，才能为病例确诊和防控措施提供可靠的依据。”

全力以赴防控新型肺炎疫情

2020年1月31日 星期五 A4

顺德疾控中心主动作为，积极承担自主对疑似病例进行检验检测的任务

这96名顺德人的与众不同

珠江商报记者深入病毒核酸PCR检测实验室、疑似病例隔离区，跟随体验一线人员的工作

镜头一:“希望结果出来都是阴性”

镜头二:“出现疑似病例，我们出发”

镜头三:“第一次面对面跟患者进行了接触”

镜头四:“生孩子后有需要，会提前回来”

镜头五:“积极承担自主对疑似病例进行检验检测的任务”

清算公告

我从核酸检测室、发热门诊部发回的整版报道

第七章 居家隔离的福

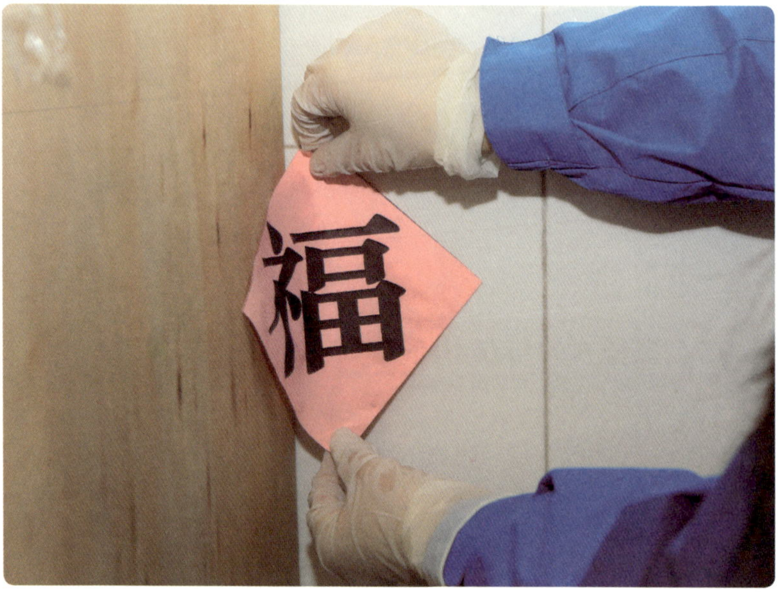

居家隔离人家用“福”字作封条

疫情防控关键在村居。在顺德区新型冠状病毒感染的肺炎防控工作最前线，社区卫生服务中心党员医生、村居党员干部、民警，需要不断入户进行流行病学调查、疫区接触人员排查以及社区卫生、居家隔离等艰辛的工作。

2020 年 1 月 31 日，我跟随大良社区卫生服务中心医生、近良居委会干部、区公安局驻社区民警，到居家隔离人家蹲点采访，记录了基层党员干部在人海里找人的全过程，用记者的脚力、眼力、脑力、笔力体验了这种危险的艰辛。

【全景式报道】

“好，就出发”

2020 年 1 月 31 日早上 7 时多，大良社区卫生服务中心村居防控小组中南片区组组长李雪娴，在均安的家里还没出门，就接到中心团委负责人吴小龙的电话：“近良居委会排查到 7 户 21 人、府又居委会排查到 40 户 70 人来自疫区，赶紧召集人员入户进行流行病学调查。”

“好，就出发。”挂了电话后，出门前，李雪娴就在中南片区组的工作群中通知成员梁燕娟、温春燕、曾燕、谭少珊、龚绮霞，9 时到近良居委会集合。

7 时 12 分

吴小龙放下电话就立即回到单位，他要准备李雪娴她们入户的物资。大良社区卫生服务中心公共防卫部门自从1月22日以来，在大良就对1 700多名来自疫区的人员进行了建档立卡，跟踪健康状态。吴小龙记得1月29日那天，他入户调查时就出现有人发烧的情况，“这1 700多人是从人海中排查出来的，我们每天都要对他们进行观察，至今已经出现7个人发热，我们都及时给予了转入医院治疗与疫情筛查。”

8时许

吴小龙回到单位时，工作人员吴少霞已经提前回来，她正在电脑前准备当天的报表。

此时，近良居委会业务主管、党员黄秀珊也在办公室忙碌着，她在等候李雪娴她们到来后一同入户。

9时多

经过前期工作，李雪娴领到体温计、《新型冠状病毒防控重点关注人员信息汇总表》、雨衣、《健康告知书》《实施居家隔离观察告知书》等入户调查物资，“我们走在街上、小区入户调查不能太张扬，穿着白大褂会引起群众惊慌，所以我们就用塑料雨衣来替代工作服。”

“喂，李医生，我是府又居委会的，我要一份《解除居家隔离观察告知书》，有一人连续14天没有发热了。”面对意外的来电，李雪娴第一反应就是：“有14天吗？”

9时20分

经过一番沟通以及吴小龙同意，吴少霞要李雪娴签名后，府又居委会才拿到一份《解除居家隔离观察告知书》。李雪娴刚要走，医生吴秀芹走进来提醒说：“你还是多带一些物资，昨天我去近良，说是16人，其实是28人，屋主没有把儿童报告进去。”

9时25分

李雪娴在工作群发出了消息：“我来了，你们都到居委会了吗？”

一路上，李雪娴听到手机传来5声“嗯嗯”的微信信息响声。

9时36分

李雪娴等6名医务人员到来后，在居委会大院穿上了雨衣。此时，黄秀珊对着准备就绪的人员喊道：“党员吴家星、赵桂燕、梁燕玲、冯淑君、叶翠莹、梁潮佳、黄远琼出来，带上物资跟随医生们立即入户。”

“好！”

听到大家齐声喊“好”，党员医生龚绮霞说：“曾燕，我们6个人，就你小孩最小，看看今晚你能不能早点回去。”曾燕笑了笑：“习惯了，每天走访、调查20户人家没问题。”黄秀珊也笑了：“昨天我在社区走路11 103步，在我的朋友圈排名第29名，大部分人宅在家里作贡献，我们党员干部都在外面走街串巷工作作贡献。”

“范先生，你在近良的出租屋只要有涉及疫区的人员居住，都要告诉居委会；目前在疫区没有回来的人员，你要主动告诉他们暂时不要回来。”此刻，近良居委会的工作人员张筱杏、党员许嘉欣嘴里含着润喉片，正通过电话对出租屋业主进行电话调查。她们自 1 月 22 日起，每天从上班到下班，都在不断打电话给出租屋屋主，寻找关联人员，“我们找到 1 300 多人，其中 560 多人过年前回到了疫区。”

9 时 44 分

近良居委会干部赵桂燕、黄远琼与大良社区卫生服务中心医务人员梁燕娟、曾燕分在同一组，她们先要到大良同晖路的出租屋，对一家 1 月 21 日来自湖北利川的人家进行流行病学调查以及实施居家隔离。可他们刚要前往，黄秀珊就追了过来说：“驻我们社区的民警跟你们一起前往，民警是疫情发生后区公安局临时借调来的，这户人家在我们电话沟通过程中，感觉有那么一点点抗拒。”

9 时 51 分

赵桂燕等人来到同晖路一栋楼房门口，正要推门进去，一名男子走出来挡在门口，激动起来：“你们进去干吗？这是我家，不是出租屋，快走快走。”经过了解，赵桂燕这才发现要去的人家报错了门牌号，并向人家道歉。

“你戴口罩下来接我们。”9 时 58 分，来到入户人家的门口，赵桂燕打电话通知对方下来接人。

10 时 1 分

一名男子提着两袋垃圾打开大门，对着来人说：“上楼吧，五楼。”

“把垃圾处理好再上去。”

10 时 9 分

赵桂燕、黄远琼、梁燕娟、曾燕与民警一同上到五楼。这名男子叫罗力（化名），一直在近良租房子居住，很长时间没有回过湖北。1 月 21 日，他父母带着读小学的女儿，搭乘 G1314 高铁经过广州南火车站来到顺德。

“体温都是在 36.1 至 36.5 度之间。”10 时 15 分，梁燕娟、曾燕对一家四口测量体温的同时，赵桂燕、黄远琼已经收集了他们的身份证、火车票进行登记，并根据《新型冠状病毒防控重点关注人员信息汇总表》的调查项目进行了问话。

“根据上级规定，现在需要对你家进行封门隔离观察……”10 时 44 分，赵桂燕还没完成告知，罗力就跳了起来，指着调查人员大叫：“这怎么可能？把门封住我们怎么过日子？怎么上天台晒衣服？”

“你听我说……”梁燕娟刚要说，罗力更是激动不已：“不行！我们家不要隔离！我等会就找车回湖北去。”

“你们不隔离也不能回湖北，何况不能离开现在的住处……”

“不行，我们马上就走。”

“罗先生，请你冷静，我是顺德区公安局民警，警号 190287，我跟你说。”11 时许，随组调查的民警见状，用一句话就说服了罗力：“那你说。”此时，罗力的父母板着脸，他的女儿拉着奶奶的衣服。

民警看到罗力的态度，就说：“我们根据顺德区新型冠状病毒感染的肺炎防控工作指挥部要求，要在你们门缝上贴上一个‘福’字作为封条，你们已经连续 10 天没有出现发热情况，这就需要你家在家居家隔离 4 天，到时候根据实际情况，会发给你家《解除居家隔离观察告知书》，你们就可以自由活动了。如果这些天你们擅自开门损坏这个‘福’字，就必须按 14 天重新进行隔离。”

“还是不行，我家怎么买菜、丢垃圾？”罗力打断了民警的话。

赵桂燕接过话：“等下我加你微信，你也保存一下我的电话号码，你要买什么食物就列一个清单给我，我们安排人员帮你家购买，你们只需要支付买菜的费用，不需要支付其他任何费用，垃圾我们也会上门回收。”

“是的，送菜、收垃圾后，我们会重新贴上‘福’字。”民警补充道。

“不行，不行，不能封门！”11 时 20 分，罗力又一次激动起来时，好在他父亲说了一句：“看看能不能把五楼楼道封闭，五楼就我一家人居住，这样方便我们上楼顶晒衣服，毕竟房子太小，还有小孩。”

“是啊，我以前来过顺德玩，顺德是个好地方。”罗力的母亲，面对调查人员，也开口说了一句。

11 时 34 分

经过现场观察、论证，民警与赵桂燕、黄远琼、梁燕娟、曾燕她们一致接受了罗力一家人的建议。民警到楼顶找来一块木板床，竖立在五楼与四楼之间的楼梯上，掏出警戒线把楼梯扶手与木板绑在了一起。

见状，罗力的女儿笑了：“我们可以晒到太阳了，我要写一篇这次经历的作文，谢谢你们。”

“你真乖，不用谢。”曾燕回应女孩时，罗力与他父母都笑了，他与父亲向调查组拱手致谢，他父亲说：“我们会坚持居家隔离，直到拿到《解除居家隔离观察告知书》那天，不给社会添乱。”

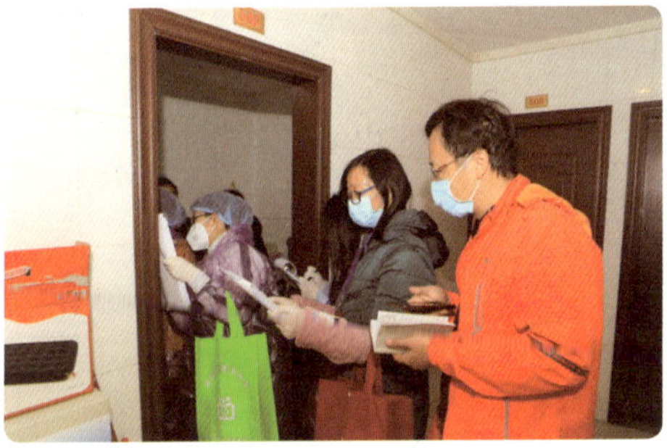

我跟随工作人员来到解除隔离的人家采访

11 时 44 分

黄远琼将一个“福”字贴在了床板、警戒线与墙壁之间。

“好了，我们走了，你们好好居家观察，有需要电话联系、微信沟通。”

“好的，谢谢！”

12 时 4 分

离开罗力家不久，赵桂燕的电话响了：“妈妈，你回来吃午饭吗？”

“不回来，还要入户调查，你们吃吧，晚上也不要等我。”赵桂燕匆匆挂了电话，和黄远琼、梁燕娟、曾燕，以及民警又去了下一户人家，“再去一户人家再吃盒饭，不然今天调查不完，万一有人发热就麻烦。”

“好！”

……

19 时许，完成近良居委会 7 户 21 人的调查后，赵桂燕、黄远琼回到居委会，就开始整理报表进行上报；梁燕娟、曾燕回到大良社区卫生服务中心时，吴小龙正在等候她们的数据进行分析；民警也准备下班回家：“我的警服就是防护服，我们明天继续。”

“好！”

赵桂燕补上一句：“今天又走了 1 万多步。”

大家笑了。

这篇通讯写好后，顺德区委宣传部、区卫生和健康局把此稿当成新闻通稿对全国数十家新闻媒体推送，获得了“疫情信息最公开之一”的好评。

党旗引领 顺德战“疫”

A4 珠江商报 ZHUJIANG BUSINESS 2020年2月2日 星期日

责任编辑:彭梦青 版式:王叶德 陈思韬 校对:刘天志

人海里找人的这群顺德人

珠江商报社记者跟随医生、居委会干部、民警，到居家隔离人家蹲点采访，记录了基层党员干部一天的工作

基层先锋

【核心提示】

防控疫情，关键在村居。在顺德区新型冠状病毒感染的肺炎防控工作最前线，社区卫生服务中心党员医生、村居党员干部、民警，需要不断入户进行流行病学调查、疫区接触人员排查以及社区卫生、居家隔离等艰辛的工作。

1月31日，珠江商报社记者跟随大良社区卫生服务中心医生、近良居委会干部、区公安局驻社区民警，到居家隔离人家蹲点采访，记录了基层党员干部在人海里找人的一天工作。

“好，就出发”

1月31日早上7时多，大良社区卫生服务中心村居防控小组中南片区组组长李雪娴，在均安的家里还没出门，就接到中心团委负责人吴小龙的电话：“近良居委会排查到7户21人、府又居委会排查到40户70人来自疫区，赶紧召集人员入户进行流行病学调查。”

“好，就出发。”挂了电话、出门前，李雪娴就在中南片区组的工作群，通知成员梁燕娟、温春燕、曾燕、谭少珊、龚绮霞，9时到近良居委会集合。

7时12分，吴小龙放下电话就立即回单位，他要准备李雪娴她们入户工作的物资。大良社区卫生服务中心公共防卫部门自从1月22日以来，在大良就对1700多名来自疫区的人员进行了建档立卡，跟踪健康状态。吴小龙记得1月29日那天，他入户调查时就出现有人发烧的情况。“这1700多人是从人海中排查出来的，我们每天都要对他们进行观察，至今已经出现7个人发热，我们都及时给予转入医院治疗与疫情筛查。”

8时许，吴小龙回到单位时，工作人员吴少霞已经提前回来，她正在电脑前准备当天的报表。

此时，近良居委会业务主管、党员黄秀珊，也在办公室忙碌，她在等候李雪娴她们的到来，一同入户。

“党员出来，立即入户”

9时多，经过前期工作，李雪娴领到6份装入体温计、《新型冠状病毒防控重点关注人员信息汇总表》、雨衣、《健康告知书》《实施居家隔离观察告知书》的入户调查物资。“我们走在街上、小区入户调查不能太张扬，穿着大白褂会引起群众惊慌，所以我们就用塑料雨衣来替代工作服。”

“喂，李医生，我是府又居委会的，我要一份《解除居家隔离观察告知书》，有一人连续14天没有发热了。”面对意外的来电，李雪娴第一反应就是：“有14天吗？”

9时20分，经过一番沟通以及吴小龙同意，吴少霞要李雪娴签名后，才拿到一份《解除居家隔离观察告知书》。李雪娴刚要走，医生吴秀芹走进来提醒说：“你还是多带一些物资，昨天我去近良，说是16人，其实是28人，屋主没有把儿童进行报告。”

9时25分，李雪娴在工作群发出了信息：“我来了，你们都到居委会了吗？”

一路上，李雪娴听到手机传来5声“嘀嘀”的微信信息响声。

9时36分，看到李雪娴等6名医务人员的到来，此时，黄秀珊就对着准备就绪的人员喊道：“党员吴家星、赵桂燕、梁燕玲、冯淑君、叶聚莹、盛潮佳、黄远琼出来，带上物资跟随医生们立即入户。”

“好！”

不宅家的逆行者

听到大家齐声喊“好”，党员医生龚绮霞说：“曾燕，我们六个人，就你小孩最小，看看今晚你能不能早点回去。”曾燕笑了笑：“习惯了，每天走访、调查20户人家没问题。”黄秀珊也笑了：“昨天我在社区走路11103步，在我的朋友圈排名第29名，大部分人宅在家里作贡献，我们党员干部都在外面走街串巷工作作贡献。”

“范先生，你在近良的出租屋只要有涉及疫区的人员居住，都要告诉居委会；目前在疫区没有回来的人员，你要主动告诉他们暂时不要回来。”此刻，近良居委会的工作人员张筱杏、党员许嘉欣嘴里含着润喉片，正通过电话对出租屋业主进行电话调查。她们1月22日起，每天从上班到下班，都要不断打电话给出租屋屋主，寻找关联人员。“我们找到1300多人，其中560多人过年前回到了疫区。”

9时44分，近良居委会干部赵桂燕、黄远琼与大良社区卫生服务中心医务人员梁燕娟、曾燕分为同一组，她们先要到大良同御路的出租屋，对一家1月21日来自湖北利川的人家进行流行病学调查以及实施居家隔离。可他们刚要前往，黄秀珊就追了过来说：“驻我们社区的民警跟你们一起前往，民警是疫情发生后区公安局临时借调来的，这户人家在我们电话沟通中，感觉有那么一点点抗拒。”

居村工作人员在出租屋为疫情发生地户籍人员进行逐一登记健康情况。

警察与镇区居村工作人员劝疫情发生地户籍人员在家进行自我隔离。

居村工作人员到出租屋登记疫情发生地户籍的人员情况。

替隔离观察家庭买菜倒垃圾

昨日9时51分，来到同御路一栋楼房门口，正要推门进去，一名男子走出来挡住了门口，激动起来：“你们进去干嘛？这是我家，不是出租屋，快走快走。”经过了解，赵桂燕这才发现要去的人家搞错了路牌，并向人家道歉。

“你戴口罩下来接我们。”9时58分，来到入户人家的门口，赵桂燕打电话通知对方下来接人。

10时1分，一名男子提着2袋垃圾打开大门，对着来人说：“上楼吧，五楼。”

“把垃圾处理好再上去。”

10时9分，赵桂燕、黄远琼、梁燕娟、曾燕与民警一同上到五楼。这名男子为罗力（化名），他一直在近良租房子居住，很长时间没有回湖北。1月21日，他父母带着读小学的女儿，搭乘G1314高铁经过广州南火车站来到顺德。

“体温都是在36.1至36.5度之间。”10时15分，梁燕娟、曾燕对一家四口测量体温的同时，赵桂燕、黄远琼已经收集了他们的身份证、火车票进行登记，并根据《新型冠状病毒防控重点关注人员信息汇总表》的调查项目进行了问话了解。

“根据上级规定，现在需要对你家进行封门隔离观察……”10时44分，赵桂燕还没完成告知，罗力就跳了起来，指着调查人员大叫：“这怎么可能？把门封住我们怎么过日子？怎么上天台晒衣服？”

“你听我说……”梁燕娟刚要说，罗力更是激动不已：“不行！我们家不要隔离！我等会就找车回湖北去。”

“你们不隔离也不能回湖北，何况不能离开现在的住处……”

“不行，我们马上就走。”

费了一番功夫赢来一声谢谢

“罗先生，请你冷静，我是顺德区公安局民警，警号190287，我跟你说。”11时许，随组调查的民警见状，用一句话就说服了罗力：“那你说。”此时，罗力的父母板着脸、她的女儿拉着奶奶的衣服。

民警看到罗力的态度，就说：“我们根据顺德区新型冠状病毒感染的肺炎防控工作指挥部要求，要在你们门缝上贴上一个‘福’字作为封条，你们已经连续10天没有出现发热情况，这就需要你家在家居家隔离4天，到时候根据实际情况，会发给你家《解除居家隔离观察告知书》，你们就可以自由活动了。如果这些天你们擅自开门损坏这个‘福’字，就必须按14天重新进行隔离。”

“还是不行，我家怎么买菜、丢垃圾？”罗力打断了民警的话。

赵桂燕接过话：“等下我加你微信，你也保存我的电话号码，你要买什么食物就列一个清单给我，我们安排人员帮你家购买，你们只需要支付买菜的费用，不需要其它任何费用，垃圾我们也会上门回收。”

“是的，送菜、收垃圾后，我们会重新贴上‘福’字。”民警补充道。

“不行，不行，不能封门！”11时20分，罗力又一次激动起来时，好在他父亲说了一句：“看看能不能把五楼楼道封闭，五楼就我一家人居住，这样方便我们上楼顶晒衣服，毕竟房子太小，还有小孩。”

“是啊，我以前来过顺德玩，顺德是个好地方。”罗力的母亲，面对调查人员，也开口说了一句。

11时34分，经过现场观察、论证，民警与赵桂燕、黄远琼、梁燕娟、曾燕她们一致接受了罗力一家人的建议。民警到楼顶找来一块木板床，竖立在五楼与四楼之间的楼梯上，拖出警戒线就把楼梯扶手与木板绑在了一起。

“把经历写成作文谢谢你们”

见状，罗力的女儿笑了：“我们可以晒到太阳了，我要写一篇这次经历的作文，谢谢你们。”

“你真乖，不用谢。”曾燕回应女孩时，罗力与他父母都笑了，他与父亲向调查组拱手致谢，他父亲说：“我们会坚持居家隔离，直到拿到《解除居家隔离观察告知书》那天，不给社会添乱。”

11时44分，黄远琼将一个“福”字贴在了床板、警戒线与墙壁之间。

“好了，我们可以走了，你们好好居家观察，有需要电话联系、微信沟通。”

“好的，谢谢！”

12时4分，离开罗力家一会，赵桂燕的电话响了：“妈妈，你回来吃午饭吗？”

“不回来，还要入户调查，你们吃吧，晚上也不要等我。”赵桂燕匆匆挂了电话，和黄远琼、梁燕娟、曾燕，以及民警又去了下一户人家。“再去一户人家再吃盒饭，不然今天调查不完，万一有人发热就麻烦。”

“好！”

……

19时许，完成近良居委会7户21人的调查后，赵桂燕、黄远琼回到居委会，就开始整理报表进行上报；梁燕娟、曾燕回到大良社区卫生服务中心时，吴小龙正在等候她们的数据进行分析；民警也准备下班回家：“我的警服就是防护服，我们明天继续。”

“好！”

赵桂燕补上一句：“今天又走了1万多步。”

大家笑了。

文/珠江商报记者王茂浪
图/珠江商报记者陈炳辉

我从隔离点发回的整版报道

第八章 检疫站缺食物

2020 年 2 月 2 日上午，一辆银色小货车驶入佛山一环高速新桂路西行出口联合检疫站点，人员、车辆经检测无问题后，小货车没有驶离，而是靠边停下，随即，现场发生了暖心一幕——几名男女从货车上搬出上千瓶矿泉水和 20 箱泡面，赠予站点的执勤民警，带头的正是我与我的 3 名同事，同行的还有热心企业负责人。

疫情发生以来，抗疫一线民警艰苦奋战，顺德区内众多本地企业纷纷行动，欲向一线捐献物资。珠江商报社作为顺德本地主流媒体，主动将战“疫”前线需求和企业爱心对接，于是，我牵头促成了这场暖心行动。

我在防控点做义工

【报道侧记】

2020 年 2 月 2 日上午 10 时许，佛山一环高速新桂路西行出口联合检疫站点的执勤人员正忙碌着对途经车辆进行检查，“逢车必检、逢人必查”，民警联合医务人员、武警官兵及政府相关部门工作人员，按照要求对车内人员进行体温检测，询问有无疫情接触史，做好翔实登记。

不一会儿，几辆小车连同一辆银色货车接连赶到该检疫站，原来，他们是珠江商报社和热心企业的负责人及员工。向执勤民警简单说明来由后，他们从货车上搬下 1 000 瓶矿泉水和 20 箱泡面，现场举行了简单的捐赠交接仪式。“谢谢商报和热心企业，有社会各界的关心支持，更加坚定了战‘疫’一线民警的信心！”顺德区公安局副局长郭金波从马志良手中接过捐赠物资，表示感谢。

在新桂路检疫站旁，鲜红的党旗和“顺德区公安局志愿服务总队公关科分队”的旗帜随风飘扬，十分醒目。记者了解到，现场 10 名执勤人员中，有 7 名是党员。2 月 1 日凌晨 1 时 20 分许，他们在发现一名发热患者后，迅速反应，无缝交接至医院做进一步检查。

“春运返程高峰即将到来，民警执勤的压力会随之增加，一线人员的辛苦，老百姓都看在眼里。”马志良表示，疫情发生后，在区委区政府的坚强领导下，尤其是“党旗引领，顺德战‘疫’”行动发起以来，顺德已形成了“众志成城，共抗疫情”的良好氛围，社会各界纷纷行动，想方设法为抗击疫情提供物资保障。顺德本地制造业发达，很多企业生产的产品与抗击疫情密切相关，众多企业积极行动，从各自企业特点出发，为抗击疫情贡献力量。“在这种情况下，珠江商报社作为本地主流媒体，希望能从中牵线搭桥，将企业的爱心和战‘疫’前线需求对接起来，发挥媒体之力，为共抗疫情搭建桥梁。”马志良对此次发起的捐赠行动做了如是解释。

媒企为一线执勤人员送暖

珠江商报社搭建桥梁对接企业爱心和战“疫”前线需求

文/珠江商报记者谢意

昨日上午10时许，珠江商报社和热心企业的代表来到佛山一环高速新桂路西行出口联合检疫站点，向执勤民警送上1000支矿泉水和20箱泡面。“谢谢商报和热心企业，有社会各界的关心支持，更加坚定了战疫一线民警的信心！”顺德区公安局副局长郭金波接过捐赠物资，表示感谢。

“珠江商报社作为本地主流媒体，希望能牵线搭桥，将企业的爱心和战‘疫’前线需求对接起来，发挥媒体之力为共抗疫情搭建桥梁。”珠江商报社副总编辑马志良对此次发起的捐赠行动如是解释。

昨日，珠江商报社和爱心企业代表向联合检疫点值班民警捐赠物资。/珠江商报记者林安迪摄

爱心企业巴马巴美山泉顺德分公司负责人黄云告诉记者，自己是《珠江商报》的老读者，这次通过报社的平台，向顺德公安捐赠一批生活物资，考虑到执勤人员在户外工作，天气寒冷，除了送水，还特意增加了方便面作物资，希望为抗击疫情贡献绵薄之力。

筹集物资捐给防疫点的报道

我了解到，检疫点24小时运作，因昼夜温差较大，对执勤人员是较大的考验，有个别人员着凉出现轻微感冒症状。深知战“疫”一线民警的辛劳，近期，陆续有企业、热心市民向公安赠送生活、医疗物资，此次参与捐赠行动的巴马美怡鑫健康产业发展有限公司便是其中之一。

“因近期物流不顺畅，不少店铺年前进货量少，我们提前安排了三组人员，开车跑了十多条街才收集到这20箱方便面。”巴马巴美山泉顺德分公司负责人黄云告诉记者，自己是《珠江商报》的老读者，平日与报社沟通密切，这次通过报社的平台，向顺德公安捐赠一批生活物资，考虑到执勤人员在户外工作，天气寒冷，除了送水，他们特意增加了方便面作为物资，希望为抗击疫情贡献绵薄之力。我了解到，黄云还是北滘镇决咨委委员，平时就热衷于公益行动。

在现场，作为一名党员，我主动放下手中的笔，与我的同事马志良、谢意、林安迪加入了搬运物资的队伍当中。

第九章 父子村口防疫

我在村庄防控点采访

阻击新型冠状病毒的号角早已吹响。在这一场战“疫”中，每一个人不分年龄，都是“命运共同体”中的一环，没有人可以置身事外。顺德区杏坛镇各级党组织和广大党员以及各行各业，更是让党旗在防控疫情的一线高高飘扬，推出了一项项创新的新举措、留下一个个动人的新故事，他们都在为打赢这场战役添砖加瓦，奉献自己力所能及的光与热。

2020 年 1 月底开始，杏坛镇各部门、各村居始终奋战在抗击新型肺炎疫情的第一线，与党员、群众并肩作战，不断加强重点场所、重点人员的宣传、排查工作，坚持在入村路口和主干道定员设卡、全天值守，合力强化疫情防控工作，织牢疫情“联防联控网”。我也在这个时刻来到了这张“网”里，更是到达了鲜活的新闻现场，用了“画外音”的写法把所见所闻写得丰富多彩。

【全景式报道】

新举措

A. 楼长“置顶聊天”解决居家隔离人家所需所盼

2 月 3 日，星期一，作为杏坛镇居家隔离工作组成员的镇行政服务中心工作人员梁剑美、梁丽彩早上出门去上班，她们没有去到她们共同熟悉的 18 号窗口为民办事，而是分别来到顺宝花园、可园小区，更是进社区入户直接进行疫情防控工作。梁丽彩说：“我 2 月 1 日下午就来物管处干活了，现在全天在小区服务居家隔离的群众，以及做好疫情的二次排查工作，我也被群众称为‘楼长’。”

我跟随送货员到居家隔离人家采访

梁剑美担任楼长的顺宝花园有 500 多户人家，她入驻小区后朋友圈就多了 7 名居家隔离的朋友，为了方便、及时地了解这 7 户人家的所需所盼，“我把他们全部设为‘置顶聊天’的模式，把其他亲人全部取消了置顶。”

“我家今天要买一桶油、两斤肉、一把青菜，一包口罩。”9 时 6 分，梁剑美收到一户人家的信息后，就去附近的菜市场买菜了。

“方便的话，帮我家买两斤肉，有肥有瘦的那种，还要2斤珍珠米。”9时20分，梁剑美正在买菜，又收到另一家买菜的信息。

“麻烦今天帮我家买火腿肠一包，米酒、耗油、生抽各1瓶，30元的纯瘦肉、5元的小白菜、10元大蒜，苹果、砂糖橘各20元，蚊香一盒。”10时22分，刚刚回到小区，第三户人家向梁剑美发来购买清单后，她就向物管处保安队长王小兵求援。王小兵接到任务，立即往菜市场去了。“我还是不愿意去人多的地方，但政府部门的党员干部都忙前忙后，我深受感染，现在都主动去给居民买菜。”

11时24分，来到3座的人家放下买回来的菜，梁剑美又走向了30座的人家。提着超过15斤的东西，面对没有电梯的楼房，梁剑美硬是爬楼梯到了贴有《健康告知书》的人家门口，放下物品刚要走，大门突然被打开，走出来的马先生说："我家今天开始解除隔离了，这些天谢谢你们又是买菜又是倒垃圾，还要给我们检查身体，真心点赞，让我家每天都能吃到新鲜菜，我都不断在朋友圈发动与疫地有关的亲朋好友，要主动联系居委会进行居家隔离。”

11时30分，还要给最后一户人家送菜时，梁剑美看到小区地面有一个被丢弃的口罩，就弯腰捡起，用纸包好放在自己口袋里，“等会儿放到口罩回收桶去。”此时，王小兵收到居民发来“我要的米酒是煮菜用的，你买错了”的信息，梁剑美赶紧告诉王小兵："我一个女人给人家买菜，比我家买菜还紧张、细心，菜市场买菜还要讨价还价，你要回复‘不好意思，我这个大男人不懂买菜，刚刚给你家的口罩不是买的，现在暂时买不到，是我们物管送给你家的’。”

穿着杏坛镇党群先锋队的马夹，胸佩党徽、口戴口罩的梁剑美这么一说，逗笑了杏坛镇居家隔离工作组的其他成员，劳累、不理解、难沟通等烦恼都消散了。

画外音

疫情防控过程中，杏坛镇行政服务中心创新思路，抽调20名党员干部和积极分子加入居家隔离防疫点，一名名办事窗口的工作人员成了楼长和抗疫战士，直接守护在基层一线。

“我们的工作人员平日在窗口是直接面对群众、熟悉情况，所以安排他们去到小区更加直接地服务群众。”杏坛镇行政服务中心主任刘颖告诉我，楼长们通过广泛动员物管、小区党员、群众全力以赴做好杏坛镇辖区内16个楼盘的防控抗疫、居家隔离工作，“16个小区楼盘已设置总楼长，实现楼盘网格化管理，由总楼长带头到各大楼盘张贴抗疫宣传资料，并协助物管人员向户主派发公告，加强宣传。”

这个做法带动了社区党员、群众的积极参与，筑起了由党员干部牵头、物管公司、热心群众协助的防护网，多方位、多层次、多角度地开展防控、居家隔离工作。

2月2日上午，杏坛镇党委书记柯宇威要求落实好杏坛首创的“楼长制”，压实各方责任，提升防控能力。

B. 承诺“十带头”
护村队推进到群众“最后100米”

展开折叠桌，拿出体温计、宣传册子，摆好交通锥，为过往行人进行检测……2月3日上午8时，高赞村党员骨干梁柳凤、胡喜锋、胡健康和村民胡世全，穿上红马甲来到高西大道测量点，开始了他们第四天的护村工作。1月31日以来，高赞村党委就以党群先锋队为基础，由村党员干部带头，成立了护村队志愿组织，守在7个重要路口。胡喜锋说："那天很快就有50多个党员、村民在微信群里报名，我差点没赶上。"

同一时间，高西大道测量点对面的西九小组村口，也出现了一批红马甲。"那是西九村小组自发组织的村民志愿队，昨天下午，有两个村民一直站在村口，我们一问才知道，他们也想站出来护村，但是缺少装备，我和胡喜锋就向村党委报告了情况，党组织立刻派了一批物资过去，不到半小时，就把测量点布置起来了。"70岁的老党员梁柳凤说，组建护村队之前，他还和其他党员一起在《众志成城抗疫情，杏坛镇高赞村党员干部"十带头"承诺书》上签了名，做好表率。

9时10分，高赞村党委委员梁建聪来到测量点，梁柳凤向他反映问题："阿聪，你看，老鼠都快把旁边这个垃圾堆当成'旅游区'了，村民经常在这里进出，大家都担心传播病菌，希望你们尽快协调处理一下。"梁建聪立即联系镇上"除四害"工作队，对方也马上回复："尽快安排工作人员前往处理。"

9时30分，高赞村党委委员梁广洪和同事骑着摩托车来到测量点，他们带来了一面党旗，竖立在了现场，鲜红的党旗格外显眼。

2月的顺德，室外气温已经让人感觉到钻骨的冷，但是测量点现场却透出浓浓的暖意。10时9分，又一辆小车将要驶入，胡世全拿起测温仪为车上的一对父女测量体温，后座的小朋友主动撩起刘海配合，然而测温仪却亮起了黄灯，"你家小朋友37.2℃，要再测一次，你是开了暖气吗？请先关一下。"胡世全把手伸进车内试了试。司机马上关掉暖气，果然，第二次测出体温是36.2℃，"好了，体温正常，可以进去了，感谢配合！"

经过4天的执勤工作，胡世全和他的搭档们已经总结出一套经验："开摩托车的人，测出的体温大多数都比较低；开小车的人，如果车里开着暖气，就容易导致测量结果不准确，我们会劝说他们下车，再测一次。"

13时，轮岗的另一组"红马甲"又出现在高西大道测量点。如今，对于护村队的队员们来说，守护村民的生命安全与健康，他们之间已经有了一种自觉的默契。

画外音

杏坛镇30个村居守好最基层防控的第一道防线，确保做到早发现、早报告、早隔离、早治疗，村居干部、党员带头分村包干，参与设卡轮流值守、外来人员摸排、入户走访排查、公共场所消毒等工作，同时通过发放宣传单、张贴公告等方式引导村民做好自我防护，不信谣、不传谣，不恐慌、不松懈，将疫情防控工作推进到群众"最后100米"。

战胜疫情是艰难的，但杏坛镇各村居党员干部主动想办法、出力气、解难题，积极为抗击疫情献出一个个"金点子"，不断强化辖区疫情防控工作，以最大努力防止疫情蔓延扩散，确保全镇群众的生命安全和身体健康。

新故事

两对阳光父子
感染了很多人加入防控队伍

“停一下，我给你量一下体温。”

“好啊！咦，怎么是你啊？苏伟桐。”

“苏荣新啊，体温 36.5℃，你可以走了。”

“有疫情，你勇敢地出来做义工，我要向你学习，我会告诉同学们。”

这是 2 月 2 日上午，在杏坛镇杏坛社区龙母桥体温测量点，杏联中学初二（1）班学生苏伟桐与从养殖区给鱼投放饲料后骑自行车回来的好朋友苏荣新的对话。

苏伟桐是杏坛社区居委会工作人员、党员苏平芳的儿子，他们父子两人已经在测量点工作 3 天了。“我看到我爸爸天天在外进行疫情防控，我妈妈麦丽英也去麦村发放消毒物资了，我就主动加入了社区的疫情防控志愿活动中。”2 月 3 日上午 8 时，站在茧站路冲边桥头测量点忙碌、今年 14 岁的苏伟桐说，虽然年纪还小，但他是一名少先队员，在学校已经申请志愿加入共青团，成为党的后备军，“我是我们班的学习委员，平时就很关注国家大事，我出的黑板报都是说国家安全的，我在开学前都会来参与测量体温工作，我会把这个过程做成黑板报。”

此时，杏坛社区党委第五党支部书记、有着 22 年党龄的退伍军人罗同发，带上正在胡宝星职校平面 194 班读书、刚满 15 岁的儿子罗致鹏，主动参与到社区测量点的志愿服务中来。罗致鹏对我说，他与爸爸从 1 月 31 日就开始每天出来做志愿者，“这种经历很锻炼我们这代人。”

这两对父子的付出，感染了很多杏坛人，激发了很多党员、群众加入防控工作当中。74 岁、1965 年入党的苏杏芳，2020 年 55 岁、在容桂开办企业的苏万安等都参与了杏坛的防疫工作，他们用实际行动来践行共产党员的初心和使命，用实际行动去带领和发动身边更多年轻党员参与疫情防控阻击战。

画外音

《中共杏坛镇委办公室关于动员我镇基层党员参与疫情防控工作的通知》要求，全体党员要亮身份、作表率，充分发挥党员先锋模范作用。全镇 6 000 多名党员要坚定站在疫情防控工作第一线，按照所属村（社区）党组织的工作安排，参与疫情防控工作；全镇各村（社区）50 岁以下的党员必须参加所在村（社区）党组织的疫情防控工作，鼓励 50 岁以上党员积极参与。

《通知》要求，党员要坚决服从组织安排，落实党员包片、包户、包人的职责，广泛动员群众、组织群众、凝聚群众，及时解疑释惑，不信谣不传谣，做到哪里任务重，哪里就有党组织的旗帜，哪里有困难，哪里就有共产党员的身影。

截至 2 月 3 日，共计有 1 500 多名党员到所属或户籍所属的村（社区）党组织报到，现场领岗，投身到疫情第一线，参与路口设卡、协助检测体温、入户派发宣传资料、劝导村民配戴口罩等工作，有序有效地推进疫情防控工作。

党旗引领 顺德战“疫”
珠江商报 ZHUJIANG BUSINESS
2020年2月5日 星期三
责任编辑:黄秀娴 版式:王叶进 林春梅 校对:刘天志
A3

全民战疫 镇街力量 杏坛篇

“楼长”每天帮隔离人员采购食品

杏坛镇各级党组织和广大党员、各行各业在防控疫情一线奉献自己的光与热

文/珠江商报记者王茂浪 陈家好

核心提示：

阻击新型冠状病毒的号角早已吹响。在这一场战“疫”中，每一个人不分年龄，都是“命运共同体”中的一员，没有人可以置身事外。顺德区杏坛镇各级党组织和广大党员、各行各业，更是让党旗在防控疫情的一线高高飘扬，推出了一项项创新的举措、留下了一个个动人的故事，他们都在为打赢这场战役奉献自己力所能及的光与热。

如今，杏坛镇各部门、各村居始终奋战在抗击新型冠状病毒感染的肺炎疫情的第一线，党员、群众并肩作战，不断加强重点场所、重点人员宣传、排查工作，坚持在入村路口和主干道定员设卡、全天值守，合力强化疫情防控工作，织牢疫情“联防联控网”。

杏坛民兵守在重要路口对过往车辆进行检查。/杏坛镇宣传文体办公室供图

新举措

A 新任“楼长” 居家隔离人员成为“置顶好友”

2月3日，星期一，早上出门去上班，作为杏坛镇居家隔离工作组成员的镇行政服务中心工作人员梁剑美、梁丽彩，没有去到她们共同熟悉的“18号窗口”为民办事，而是分别来到顺宝花园、可园小区，进社区入户直接进行疫情防控工作。梁丽彩说：“我2月1日下午就来物管处干活了，现在全天都在小区服务居家隔离的群众，以及做好疫情的二次排查工作，被群众称‘楼长’。”

由梁剑美担任“楼长”的顺宝花园有500多户人家，她入驻小区后，其朋友圈就多了7名居家隔离的朋友，为了及时了解这7户人家的所需所盼，“我就把他们全部设为‘置顶聊天’的模式，把此前置顶的其他亲人全部取消了。”

“我家今天要买一桶油、两斤肉、一把青菜、一包口罩。”9时6分，梁剑美收到一户人家的信息后，就去附近的市场买菜了。

“方便的话，帮我家买两斤肉，有肥有瘦那种，还要2斤珍珠米。”9时20分，梁剑美正在买菜，又收到一户人家的信息。

“麻烦今天帮我家买一包火腿肠，米酒、蚝油、生抽各1瓶，30元纯瘦肉、5元小白菜、10元大蒜，苹果、沙糖桔各20元，蚊香一盒。”10时22分，刚刚回到小区，第三户人家向梁剑美发来购买清单后，她就向物管处保安队长王小兵求援。王小兵接到“任务”，立即往菜市场方向去了。“我本来不太愿意去人多的地方，但看到政府部门的党员干部都在忙前忙后，我觉得自己也应该出份力，于是主动揽下给居家隔离人员买菜这个活。”王小兵说。

梁剑美为隔离户送上为其采购的食品。/珠江商报记者朱德文摄

11时24分，给3座的人家买菜回来后，梁剑美又走向了30座的人家。提着超过15斤的东西，面对没有电梯的楼房，梁剑美只好上下爬楼梯。到了贴有《健康告知书》的人家门口，放下物品刚要走，大门突然有人打开，走出来的马先生说：“我家今天开始解除隔离了，这些天谢谢你们又是买菜又是倒垃圾，还要给我们检查身体，真心为你们的服务点赞。希望从疫情发生地返顺的人员，也要主动联系居委会进行居家隔离。”

画外音

疫情防控过程中，杏坛镇行政服务中心创新思路，抽调20名党员干部和积极分子加入居家隔离防疫点，一名名办事窗口工作人员，成为了“楼长”和抗疫战士，更直接守护基层一线。

“我们的工作人员平日在窗口是直接面对群众，服务群众，所以安排他们去到小区，更加直接地服务群众。”杏坛镇行政服务中心主任刘颖告诉记者，楼长们通过广泛动员物管、小区党员、群众全力以赴做好杏坛镇辖区内16个楼盘的防控抗疫、居家隔离工作。“16个小区楼盘已设置总楼长，实现楼盘网格化管理，由总楼长带头到各大楼盘张贴抗疫宣传资料，并协助物管人员向户主派发公告，加强宣传。”

这个做法带动了社区党员、群众积极参与，筑起了由党员干部牵头，物管公司、热心群众协助的防护网，多方位、多层次、多角度地开展防控、居家隔离工作。

2月2日上午，杏坛镇党委书记柯宇威就要求要落实好“楼长制”，压实各方责任，提升防控能力。

B 组建护村队 承诺“十带头”，守护群众健康

展开折叠桌，拿出体温仪、宣传册子，摆好交通锥，为过往行人进行体温测量……2月3日上午8时，高赞村党员骨干梁柳风、胡嘉锋、胡健康和村民胡世全，穿上红马甲来到高西大道测量点，开始了他们第四天的护村工作。1月31日以来，高赞村党委就以党群先锋队为基础，由村党员干部带头，成立护村队志愿组织，守在7个重要路口。胡嘉锋说：“那天很快就有了90多个党员、村民在微信群里报名，我差点没赶上。”

同一时间，高西大道测量点对面的西九小组村口，也出现了一批红马甲。“那是西九村小组自发组织的村民志愿队，昨天下午，有两个村民一直站在村口，我们一问才知道，他们也想站出来护村，但是缺少装备。我和胡嘉锋就向村党委报告了情况，党组织立刻配备了一批物资过去，不到半小时，就把测量点布置起来了。”70岁的老党员梁柳风说，组建护村队之前，还和其他党员一起在《众志成城抗疫情，杏坛镇高赞村党员干部“十带头”承诺书》上签了名，做好表率。

9时10分，高赞村党委委员梁建聪来到测量点，梁柳风就向他反映问题：“阿聪，你看，老鼠都快把旁边这个垃圾堆当成‘旅游区’了，村民经常在这里进出，大家都担心容易传播病菌，希望你们尽快协调处理一下。”梁建聪立即联系了镇上除四害工作队，对方也马上回复：“尽快安排工作人员进行处理。”

9时30分，高赞村党委委员梁广洪和同事骑着摩托车来到测量点，他们带来了一面党旗，竖立在了现场，格外显眼。

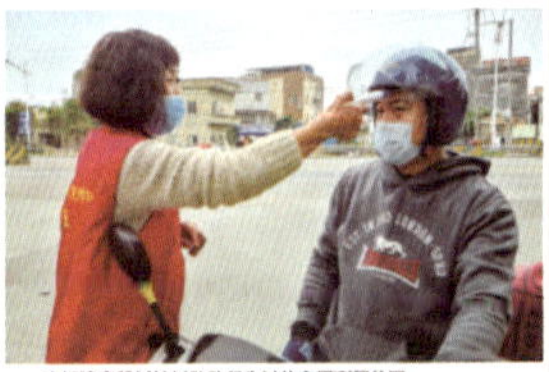

杏坛镇高赞村护村队队员为过往市民测量体温。/珠江商报记者陈家好摄

2月的顺德，室外气温已经让人感觉到钻骨的冷，但是测量点现场却透出了一股浓浓的暖意。10时10分，一辆小车将要驶入，胡世全拿起体温仪为车上的一对父女测量体温，后座的小朋友主动撩起刘海配合，然而测温枪却亮起了黄灯，“你家小朋友37.2℃，要再测一次，你是开了暖气吗？请先关一下。”胡世全把手伸进车内试了试，司机马上关掉暖气，果然，第二次测出体温是36.2℃，“好了，体温正常，可以进去了，感谢配合！”

经过4天的执勤工作，胡世全和他的拍档们已经总结出一套经验：“开摩托车的人，测出的体温大多数都比较低，开小车的人，如果车里开着暖气，就容易导致测量结果不准确，我们都会劝说他们下车，再测一次。”

13时，轮岗的另一组“红马甲”又出现在高西大道测量点。如今，对于护村队的队员们来说，守护村民的生命安全与健康，他们之间已经有了一种自觉的默契。

画外音

杏坛镇30个村居守好基层防控的第一道防线，确保做到早发现、早报告、早隔离、早治疗，村居干部、党员带头分村包干，参与设卡轮流值守、外来人员摸排、入户走访排查、公共场所消毒等工作，同时通过发放宣传单、张贴公告等方式引导村民做好自我防护，不信谣、不传谣，不恐慌、不松懈，将疫情防控工作推进到群众“最后100米”。

战胜疫情是艰难的，但杏坛镇各村居党员干部主动想办法、出力气、解难题，积极为抗击疫情献出一个个“金点子”，不断强化辖区疫情防控工作，以最大努力防止疫情蔓延扩散，确保全镇群众生命安全和身体健康。

新故事

两对阳光父子 用实际行动感染身边人加入防控队伍

“停一下，我给你量一下体温。”

“好啊！咦，怎么是你啊？苏伟桐。”

“苏荣新啊，体温36.5°，你可以走了。”

“有疫情，你勇敢地出来做义工，我要向你学习，我会告诉同学们。”

这是2月2日上午，在杏坛镇杏坛社区龙母桥体温测量点，杏联中学初二(1)班学生苏伟桐与好朋友苏荣新的对话。

苏伟桐是杏坛社区居委会工作人员、党员苏平芳的儿子，他们父子俩已经在测量点工作3天了。“我看到爸爸天天在外进行疫情防控，妈妈麦丽英也去麦村发放消毒物资了，我就主动加入到社区的疫情防控志愿者队伍。”

此时，杏坛社区党委第五党支部书记、有着22年党龄的退伍军人罗同发，带上正在胡宝星职校平面194班读书、今年15岁的儿子罗致鹏，主动参与到社区测量点的志愿服务。罗致鹏说，他与他爸爸从1月31日就开始每天出来做志愿者，“这种经历很能锻炼我们这代人。”

这两对父子的付出，感染了很多杏坛人，激发了很多党员、群众加入到疫情防控当中。74岁、1966年入党的苏杏芳，今年55岁、在容桂开办企业的苏万安等都参与到杏坛的防疫工作，他们用实际行动来践行共产党员的初心和使命，用实际行动去带领和发动身边更多年轻党员参与疫情防控阻击战。

画外音

《中共杏坛镇委办公室关于动员我镇基层党员参与疫情防控工作的通知》要求，全体党员要亮身份、作表率，充分发挥党员先锋模范作用，全镇6000多名党员要坚定站在疫情防控工作第一线，按照所属村（社区）党组织的工作安排，参与疫情防控工作；全镇各村（社区）50岁以下的党员必须参加所在村（社区）党组织的疫情防控工作，鼓励50岁以上党员积极参与。

《通知》要求，党员要坚决服从组织安排，落实党员包片、包户、包人的职责，广泛动员群众、组织群众、凝聚群众，及时解疑释惑，不信谣不传谣，做到哪里任务重，哪里就有党组织的旗帜；哪里有困难，哪里就有共产党员的身影。

截至2月3日，杏坛共计有1500多名党员到所属或户籍所属的村(社区）党组织报到，以及现场领岗，并马上投身到疫情第一战线，参与路口设卡、协助检测体温、落户派发宣传资料、劝导村民配戴口罩等工作，有序有效推进疫情防控工作。

小志愿者罗致鹏在父亲罗同发的指导下为进入杏坛社区的市民测量体温。/珠江商报记者朱德文摄

我到村居的防控点采访，积极、认真践行“四力”

第十章 企业欢乐复工

2020 年 2 月月 6 日下午 3 时 42 分，广东昇辉电子控股有限公司人力资源部总监苏顺兵，带上《企业复工备案表》《复工企业疫情防控责任承诺书》《昇辉控股 2020 年春节假期员工行程安排及每日动态统计表》《昇辉控股 2020 年春节假期在湖北员工行程安排及每日动态统计表》《昇辉控股新型冠状病毒疫情防控预案及应急方案》《陈村镇企业防控新型冠状病毒疫情责任书》等文件，前往陈村镇经济促进局办理 2 月 10 日的复工备案。

苏顺兵本人就是湖北鄂州人，许久没有回过老家的他，知道疫情的严重性后，就一直按照陈村镇新型冠状病毒感染的肺炎防控指挥部的指令，结合企业实际，从 1 月 23 日开始在公司值班，并进行员工动态管理、企业复工准备。

我在企业采访复工复产

这只是陈村镇近 9 000 家企业、个体工商户，有序地安度这个“与众不同”假期的代表之一。2 月 5 日，佛山市委副书记、顺德区委书记郭文海不打招呼，轻车简从，直奔陈村镇检查指导企业复工复产前的疫情防控工作时，就点赞了陈村设立企业疫情防控指导员等做法。我戴着口罩走进了这些企业进行蹲点采访，相关报道采用了观察、旁白等写法，有着特殊的意义。

【全景式报道】 复工新文明：饭堂每个就餐位置间隔 1 米

苏顺兵所在的企业有 1 166 名员工，其中来自或去过疫区的有 57 人，苏顺兵说：“他们中有 3 人春节后回来就被隔离了，因为有亲属是口罩生产企业员工，就一起回来了，其余员工都被我劝说暂缓返回陈村。2 月 10 日复工的有 1 050 人，他们回来的车票、火车票、机票等行程凭证都要留好查验。”

1 050 人开工后怎么进行疫情防控？记者在该公司看到，所有入口均设有“测量距离长、显示时间”的手持测量热像仪，可以秒测体温，车间里的工位调整后均有 1 米上下的间隔，大批口罩摆放在仓库，在厂内公共场所、生活区及各门口增设了洗手池、洗手液，四楼的饭堂已经封闭。苏顺兵说：“员工就餐全部在工位上进行，口罩每天派发。”

“复工后，我们公司员工的就餐模式将会成为一种新文明。”广东科达洁能股份有限公司总裁办副主任李芳芳对我介绍道。2 月 10 日开始，企业原来的自助餐改为订餐，所有饭菜由服务员分发，饭堂每个就餐位置都间隔 1 米，车间员工错峰吃饭，“管理人员全部自带餐具，在岗位上就餐，这些做法早就通知到了每位员工。”

科达公司今天（2 月 10 日）将有 1 800 多名员工复工。李芳芳说，公司已经采购回来 12.8 万个口罩，还有 8 万个在物流路上，足够保证复工使用，“我们的宿舍都是 2 至 4 人间，防控工作已经做好了。”

企业新时尚：开视频会议，走楼梯上下班

“李某波，查查这个员工是否在今天隔离的人员名单内？”

“是的，他全家 4 口人全部入住我们公司隔离房内，要隔离 14 天。”

“科达真是给力，企业担当。”

“今天有来自疫区的员工回了公司，我们强制隔离了他们 8 户人家，每户人家罚款 2 000 元，他们都认罚，罚款所得的钱全部用来买口罩给他们用。”

“陈村接下来对企业实行严格的企业负责制，对早返员工进行集中隔离，并落实责任人，一定要一对一，请理解。”

“支持。公司于 1 月 26 日召开疫情防控工作紧急会议，要求公司全员做好防控措施，要求各经营单位领导、部门经理、车间主任务必严格执行陈村镇政府的紧急通知和公司疫情防控工作的通知要求，实行并落实所在部门疫区员工的一对一责任管理，逐一通知到每一位返乡的湖北疫情高危区及节日前后驻留过湖北的同事暂时不得返回顺德和公司。”

这是 1 月 26 日晚上 11 时 56 分至 1 月 27 日凌晨 1 时 27 分，陈村镇副镇长韩军与李芳芳的对话节选。

事实上，科达公司、昇辉控股等企业的做法，都是根据陈村镇新型冠状病毒感染的肺炎防控指挥部下发的《陈村镇企业复工防疫指引》，结合企业自身实际进行的。《指引》要求企业复工前须严格进行一报健康状况、一测体温、一戴口罩、一设临时隔离留观室、一致电、一开展爱国卫生运动、一次健康教育、一强化人文关怀的“8 个一”；复工后要保障防疫物资储备、设置临时隔离留观室、进行封闭管理、加强日常消毒、减少集中开会、日常健康监管、宣传防治知识等。

“陈村所有镇领导分包了 104 家有来自疫区员工的企业，成了企业疫情防控指导员。”2 月 6 日下午 2 时 23 分，韩军在科达公司检查时说，为确保各企业对防疫工作落实到位，经查发现未按规范指引操作落实的一律停工整改。

截至 2 月 8 日，陈村各企业为了复工，已经采取错峰开工、递进开工、分散办公、居家办公等多种形式，尽量避免员工大量集聚。“我们还调整了各部门、班组上下班时间、根据生产进度安排必要人员上岗、行政人员尽量居家网上办公。”李芳芳对我说，在防疫期解除前，企业不举办集体活动及大型会议，尽量减少或停止因公出行、聚会等，“尽量用视频会议，我们连电梯都关闭了，走楼梯上下班，这种做法将是健康生活、工作的新时尚，这也是陈村镇政府《指引》的要求。”

【我的观察】 陈村在为顺德发展注入力量，展现担当

2 月 6 日，在陈村镇蹲点采访企业复工情况时，我看到镇人社局党员吴慧贤在给 86 岁的老人郭锦培送口罩，镇财政局党员欧锦华、区伟锋在社区入口驻守，心理咨询师、党员王丽在开导企业被隔离的员工，陈村第一批集中隔离人员解除隔离回

我在企业复工复产演练现场学习新型电子体温测量

到家中时的喜悦，这是陈村应对疫情的力量、担当与成效。

我看了陈村镇为战“疫”制定的《陈村镇企业复工防疫指引》《一人一档信息采集操作指引》《陈村镇个体工商户复工防疫指引》，这说明陈村在下大力气抓好抓实企业疫情防控工作的同时，更多是在服务好企业复工复产，把握企业员工尚未大规模返岗的关键期，充分做好企业复工复产前的各项准备。

今天，第一批满足“彻底排查每一名员工与疫情发生地的关联，精准掌握员工的身体健康状况；完成‘大扫除’‘大消毒’；建立健全疫情防控体系”的“三大条件”，经过陈村镇核查批准，并签订了疫情防控责任书，确保疫情防控措施落实到位的企业就要复工复产了，这将为经济大区顺德的发展注入一股力量，展现一种担当，必将取得更多更好成效。

【现场特写】

企业复工的“恋爱”

广东佰分爱卫生用品有限公司与佛山市隆深机器人有限公司、佛山市松川机械设备有限公司，本来分属不同行业，毫无关联。疫情发生以来，千年花乡陈村镇一手抓防疫、一手抓发展，有序加快企业复工复产、启动村级工业园改造，用有效给力的举措将不同业态企业联系在一起，为同时打赢疫情防控和经济社会发展两场战役发挥了“压舱石”的作用，取得了非常好的成效。

成效 1. 家门口“联姻”来“制罩”

广东佰分爱卫生用品有限公司主要生产婴幼儿纸尿片，除了内销，还将产品出口到日本、韩国，160 多名员工中有 4 名来自疫区，其中张晶环已经在线上远程办公，另外 3 名工人企业也都按规定发放工资。到 2 月 23 日，该公司有三分之一的员工还未返岗，但出口订单的出货期很快就要到了。

2 月 24 日 7 时 45 分，陈贵辉、玉尖甩夫妇来到公司门口，看到公司要招聘芯体操作工、包装工、质检员等 8 个工种约 80 名员工，就分别给韶关、云南老家的亲友发去招工信息。此时，陈村镇经科局干部李玉芝也来到佰分爱卫生用品公司，与该公司总经理何永深商量线上招聘事宜。

经过消毒、洗洁、风淋等流程后，陈贵辉、玉尖甩进入防尘车间，开始生产纸尿片。看着原本 3 条生产线的车间里只有 2 条在投产，何永深心里很着急：“我们已经通知还没有回来的员工，他们可以租车返回，所有费用公司出，带一个新人进厂奖励 500 元以上。”

我看到，防尘车间的一侧厂房正在装修，微生物检验室布置就绪。何永深说，公司扩招 50% 的人手，就是要结合企业的优势和经验，新增口罩生产，目前已签合同购买 3 条口罩生产线。“本周六之前将有一条生产线投产，下周日之前还有一条投产，这两条生产线都是生产成人用口罩；3 月 10 日第三条生产线投产，主要生产儿童使用的口罩，开学后儿童口罩的需求量不小。”

令我没想到的是，佰分爱卫生用品有限公司的一条口罩生产线，竟然是距离该公司 1 分钟车程的佛山市隆深机器人有限公司生产的。“陈村镇政府除了要求我们完成复工前后的规定动作外，更是帮我们解决了很多生产难题。”何永深说，隆深机器人有限公司和为企业提供复产设备支持的康的公司，都是陈村镇的企业，“我们之前没有一点互动，一个人也不认识，我们的设备都是去外地求购的，但陈村镇政府通过企业大数据分析，让我们之间在家门口就有了合作，这样不但省时省力省钱，我们的朋友圈也大了。”

旁白：

佰分爱卫生用品公司与隆深机器人公司的家门口“联姻”，得益于陈村镇委镇政府坚定不移地把企业复工复产作为防控工作的重点，组织骨干力量，主动对接辖区企业，持续优化政府服务，进一步加大保障企业复工复产工作力度，全力支持和推动受疫情影响的各类企业复工复产。按照属地管理、归口负责等原则，主动服务、强化担当，目前镇领导班子成员包重点企业 217 家，经科部门包镇级工业园企业及四大专业市场，村（社区）党组织书记和驻村工作组长包村级工业园区企业和辖区个体工商户。

截至目前，陈村镇防疫指挥部已召开 19 次企业复工复产专题会议，发出决定事项 47 条，并及时下发给相关部门和村居贯彻执行，全力保障企业复工的措施到位、服务到位。

成效 2. 宁愿少一人生产也要防疫到位

佰分爱卫生用品有限公司在装修口罩生产车间的同时，一旁的佛山市隆深机器人有限公司，潘希石、何雪英夫妇间隔一个工位的距离，正在机床前加工口罩生产线的零部件。他们两台机床背靠的墙上悬挂着“以百分之百的细致，创百分之百的优良”字样的横幅，这条横幅就是该公司与佰分爱卫生用品有限公司有生意往来之后制作的。

“哎哎哎，站住，请你来这里来测量体温、登记信息。”隆深机器人公司董事会秘书崔亚会，试着抄近道进入潘希石夫妇所在的车间，被保安毫不客气地拦住了。崔亚会对保安负责任的做法很满意，她告诉我：“公司 183 名员工中有 9 人是疫区的。我们在陈村镇政府的指导下，一手抓防疫，一手抓复工复产。尽管公司接到不少生产口罩生产线的订单，但我们会做好疫情防控措施，有疫区接触史的员工坚决隔离，做到‘不能为了复工忘记防疫’。”崔亚会的说法在员工黄业全、陈村镇经科局副局长何紫晴那里得到了印证。崔亚会是均安镇沙头村人，她说现在每天进出公司、宿舍要测量 4 次体温。

何紫晴一边翻看她与崔亚会的聊天记录，一边告诉我：“隆深机器人公司的 1 名河南籍员工 2 月 4 日从信阳东搭乘高铁到广州南回到公司，因为高铁在疫区的站点有停靠，就需要集中隔离。”崔亚会补充说：“陈村镇的干部每天都关注这名员工的动态，可没想到 2 月 21 日这名员工即要解除隔离那晚的 11 点多，他开始发高烧。”

当晚，何紫晴就安排这名发热员工到医院治疗、照 CT、做核酸检测。崔亚会说，公司生产车间所在的莱茵工业园属于陈村镇村级工业园改造项目，正在腾空间进行改造，即使在这样的环境下，公司依然宁愿少一人生产，也要确保防疫到位，“我们公司在疫区有分公司，目前分公司已经停产，19 名员工每天都要报送健康情况。”

旁白：

隆深机器人公司在缺人的复工复产过程中，把防疫工作放在第一位，这是因为陈村镇全力支持龙头骨干企业加快复工复产，主动服务、精准服务，以实际行动帮助企业解难题、渡难关。龙头企业因应企业自身情况，通过多种方式，加强疫情防控管理工作。通过信息化手段，每天线上收集员工动向；改变员工就餐模式，由自助餐改为订餐，所有饭菜由服务员分发，员工错峰吃饭。

企业复工复产前，陈村镇充分利用“问卷星”在线问卷平台和全镇干部包企实地排查，按照“一企一册、一人一档，绝不允许一笔糊涂账”的要求，精准掌握全镇企业在册员工人数、疫情高发地接触史员工人数，及时掌握员工位置和返回陈村情况。依照省区市企业复工复产要求，分类制定企业复工指引，明确企业复工各环节的具体工作要求。区镇合力，安排 90 名企业防控指导员，上门派发企业复工服务卡二维码，“一企一策”指导服务企业复工复产，对全镇企业核查实现全覆盖，最大限度地降低和消除了疫情传播的风险隐患。

成效 3. 赶货的同时提升改造口罩包装机

尽管有了佰分爱卫生用品公司与隆深机器人公司的“联姻”，还是不能实现口罩生产全流程，那是因为按照国家标准，还需要口罩专用包装机。正好，陈村镇干部从驻点企业得知，与隆深机器人公司一墙之隔的佛山市松川机械设备有限公司主要生产经营包装机械、食品机械、口罩包装机，这让佰分爱卫生用品公司在陈村的朋友圈更大了。

从大门口就可以感受到松川机械公司的防疫工作非常严格：在张贴着“祈福平安”的防疫检查点，不但进入的人员要登记、测量体温，就连进入工厂的货车、原材料都要在门外消毒。“不严格不行，我们是陈村镇第一批复工企业，防疫不能拖陈村的后腿。”松川机械公司财务总监徐协旺告诉我，公司现在有 600 多台口罩包装机的订单等候生产，订单来自深圳、东莞、顺德、上海、成都等地，“全公司 510 人有 420 人返工了，疫区有 30 多人还不能回来，我们照发工资。”

在这样的情况下，松川机械公司从 2 月 10 日复工那天开始按照两班制生产，每天能产出 50 台左右的口罩包装机，每台包装机出厂价在 5 万元左右。据该公司小包装机事业部机械工程师田伟城介绍，春节后对口罩包装机的订单大幅度增长。他带领的技术团队不断对原有的口罩包装机进行技术提升、改造，其中为了抽干净包装后袋子里的空气，团队优化了工艺改变了结构，使原来每分钟包装 200 个口罩的机器每分钟能包装 250 个以上的口罩，构件用材最好的那款机器可以达到每分钟包装 500 个口罩，“操作比原来简单，一学就会。”

2 月 24 日 11 时 21 分，松川机械公司迎来了一名不速之客，来自四川的客商王生进场后没有去销售部，而是在销售员潘越远的带领下，直接来到口罩包装机组装车间，一看到热闹的生产场景他立刻就下单了。王生说，他是从陈村镇政务网看到松川机械公司的相关资料的，经过多方了解后才来到工厂订购口罩包装机。看到客户直接进车间订货，来自江门的员工黎玩仙就从原本轻松的仓库岗位，自告奋勇来到送货车间，一个人用吊机把 100 多斤重的机器打包入库，“大家都需要口罩，我们也要加快机器的制造与发货，不管哪个环节慢了都会耽误防疫的进度，所以我就申请换岗来干活。这里缺人。你看陈村镇政府的干部也在我们这里帮忙，我们作为员工要更加主动。”

旁白：

松川机械公司在赶货时还不忘对产品提升改造，与同在广隆工业区的佰分爱卫生用品公司与隆深机器人公司，形成了完整的上下游产业链。这是陈村镇在推动企业复工复产的过程中，将紧缺的防疫物资需求与镇内产业链资源整合匹配的结果，离不开镇委镇政府和复工复产指导员的主动作为和灵活思维。

在实际工作中，陈村各村居结合社会治理网格化，建立和完善企业复工复产服务机制，将辖区划分成若干片区，每个片区规模以下企业及社会组织、个体工商户，由各村（社区）党组织视实际工作量，统筹安排村（社区）“两委”成员、支援陈村的市直单位党员干部、驻村组、股份社理事、村居工作人员、网格员、党员骨干等分片包干，负责对接联系，确保疫情防控和复工复产指导员全覆盖。

【我的观察】

服务送上门 陈村企业复工很有序特有力

我在陈村蹲点采访已是第四天了，进入企业也有两天了，不论是大企业、专业市场，还是小微企业，总能遇见陈村镇的干部在现场帮助企业协调解决问题，提供一对一精准服务，线上、线下沟通，随时掌握企业复工复产中的难题并及时解决，比如遇到招工的问题，经科局就会与人社局部门联动；遇到口罩生产难题，就跨行业协调对接形成合力。

我的所见所闻，用陈村镇党委书记黄志捷的话说就是：“陈村超前谋划、积极作为、主动服务，将企业复工复产准备工作与疫情防控工作同部署、同推进、同落实，支持和组织推动企业分类分时段有序复工复产。”

当前，部分企业复工复产面临一些难题：有的防疫物资短缺，有的资金有缺口，有的生产原料不足，有的人手不够等，这也说明只有上下游企业都开工了，才能保障整个产业链正常运转。在陈村，我看到广东佰分爱卫生用品有限公司要生产口罩犯难时，是陈村镇政府主动作为，把佛山市隆深机器人有限公司生产的口罩生产线、佛山市松川机械设备有限公司生产的口罩包装机，摆到了佰分爱卫生用品有限公司的面前。这就说明，陈村的驻企干部既做了宣传员的工作，更扮演了检查员、服务员、信息员的角色。

测量体温、消毒车间、启动生产线、装机出货……看着工人们戴着口罩投入工作，我到访的企业业主无不提及：“之所以能快速复工，与陈村镇政府的暖心服务分不开。”

疫情当前，陈村镇还提出坚持严管就是厚爱，压实企业主体责任，督促帮助企业建立健全疫情防控体系、备足防疫物资，企业要彻底排查所有员工与疫情高发地的关联，形成一人一档；全面做好大扫除、大消毒，如发现企业疫情防控措施存在明显漏洞或重大风险的，就要立即整改。

这就是我在陈村镇看到的一场与时间赛跑的战役。我想，当前，在做好疫情防控工作的前提下，陈村镇切实按照中央决策部署及省、市、区要求，一定能打赢疫情防控和经济社会发展两场战役。

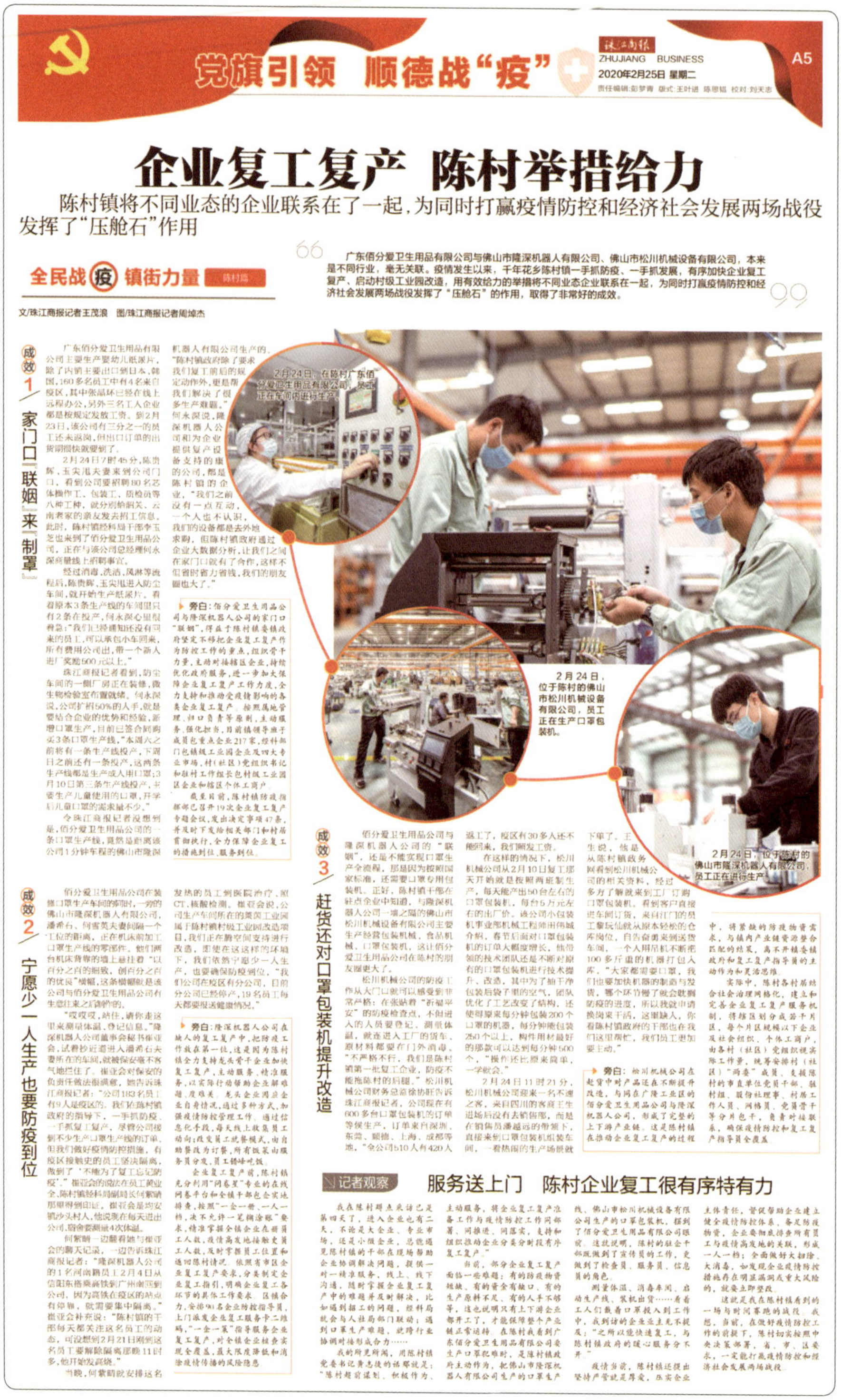
党旗引领　顺德战“疫”

珠江商报 ZHUJIANG BUSINESS
2020年2月25日 星期二
责任编辑：彭梦青　版式：王叶进　陈思韬　校对：刘天忠

A5

企业复工复产　陈村举措给力

陈村镇将不同业态的企业联系在了一起，为同时打赢疫情防控和经济社会发展两场战役发挥了“压舱石”作用

全民战疫　镇街力量　陈村篇

广东佰分爱卫生用品有限公司与佛山市隆深机器人有限公司、佛山市松川机械设备有限公司，本来是不同行业，毫无关联。疫情发生以来，千年花乡陈村镇一手抓防疫、一手抓发展，有序加快企业复工复产、启动村级工业园改造，用有效给力的举措将不同业态企业联系在一起，为同时打赢疫情防控和经济社会发展两场战役发挥了“压舱石”的作用，取得了非常好的成效。

文/珠江商报记者王茂浪　图/珠江商报记者周焯杰

成效1　家门口“联姻”来“制罩”

2月24日，在陈村广东佰分爱卫生用品有限公司，员工正在车间内进行生产。

2月24日，位于陈村的佛山市松川机械设备有限公司，员工正在生产口罩包装机。

2月24日，位于陈村的佛山市隆深机器人有限公司，员工正在进行生产。

成效2　宁愿少一人生产也要防疫到位

成效3　赶货还对口罩包装机提升改造

记者观察　服务送上门　陈村企业复工很有序特有力

我深入企业了解复工复产情况写就的蹲点式报道

第十一章 隔离点传笑声

2020 年 2 月 7 日，我直击顺德第一个集中留验点 22 人解除隔离回家全过程，并有了意外收获：顺德战“疫”阻击战打响后，一对老人就开始对顺德第一个来自疫区人员集中隔离留验点，也就是大良飞马留验点进行清洁、消毒工作。

我的这个发现就是践行脚力、眼力、脑力、笔力的具体展现。

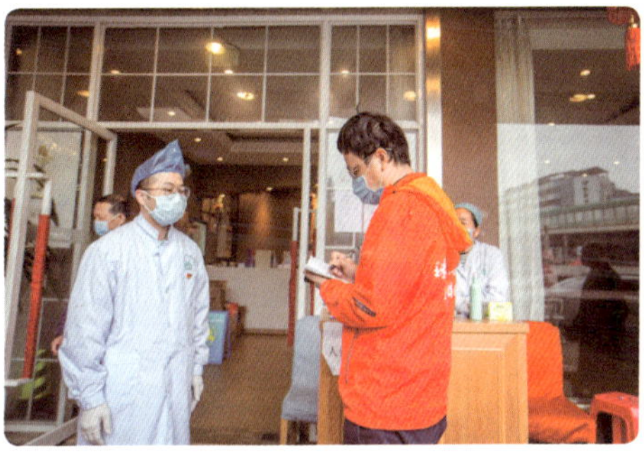

我到集中隔离点采访

【全景式报道】

“爸爸，爸爸——”

“我们回家喽。”

2020 年 2 月 7 日上午 9 时 39 分，我来到顺德第一个来自疫区人员集中留验点，也就是大良飞马留验点，目睹了 5 岁的小天和 6 岁的大天两兄弟，站在酒店大堂门口，看到爸爸出现在院子门口，一起张开双臂飞奔跑过去的画面。

此时，他们的妈妈朱艳（化名）则提着 4 袋子东西，朝着拘在一起的三父子，一边走过去一边笑着对大良街道办卫计局干部卢彦清说：“真心感谢你们过去 14 天对我们的守望，很感动。”

1 月 23 日 10 时起，武汉城市公交、地铁、轮渡、长途客运暂停运营，机场、火车站离汉通道暂时关闭。此前的 3 小时，44 岁的朱艳带着小天和大天，已经到了武汉的机场，她要带着两个孩子，按照此前计划，前往顺德与老公一起欢度春节，“我们每年的春节基本都是这样安排的，在顺德过年。我老公的企业在顺德，他长年在外公干，我的孩子们在武汉读书，但喜欢吃顺德的美食。”

1 月 23 日抵达大良后，朱艳他们入住了大良一家星级酒店。

1 月 24 日，也就是大年三十，朱艳一家吃完团圆饭，看到“1 月 23 日 10 时起，离开疫区的人员要集中留验观察 14 天”的新闻后，就主动联系上了酒店所在的居委会。

1 月 25，大年初一凌晨 1 时许，酒店退了朱艳的预订款后，朱艳一家四口在居委会的安排下，搭乘专车到了飞马留验点。此前，卢彦清带着大良街道办其他 9 名干部已经进驻了留验点。卢彦清是这个留验点的负责人，她需要 24 小时值班。

在一个人住一间房的留验点，朱艳被允许带着两个孩子一起居住，她的老公则住在旁边的房间。一家人隔着墙壁，因为不能出房门，只能通过视频“见面”。

1 月 27 日，由于朱艳的老公并非来自疫区，无须在留验点进行观察，临走时他隔着门对朱艳母子 3 人说：“这里隔离的条件很好，你们好好住着，我不担心。解除隔离那天我来接你们。”

“看到房间里各种居家用具都有，特别是小孩洗澡的浴盆都有，我很是感动，每天我会跟武汉的家人视频直播这里的情况。”朱艳说，1 月 26 日开始，工作人员每隔两天就会给他们送来一些玩具、儿童科普图书、动画片，这让孩子们很是兴奋，“每天吃得都很好，每餐都有不同的水果。”

同时，朱艳的孩子每天都要上网课，他们 3 人的隔离生活过得还不错，特别是每天有 5 个口罩使用，更是让朱艳感受到了大良街道办的贴心与关爱，“歧视是不可能的。”

不过，让朱艳出了一身冷汗的是 2 月 4 日，小天在进食的时候，突然噎住了。接到求助后，驻点医生谭杏映赶紧冲上楼去，“幸好处置妥当，一下子就化解了危机。”

1 月 24 日到 2 月 6 日，有 143 人 45 户人家在留验点集中隔离，其中 94 名成人、49 名儿童，谭杏映总共将其中 7 名发热、肚子疼等身体不适的人员，按规定进行了转院治疗，“其中还有一名孩子不舒服，这就需要大人一同出去跟着，隔离期间每个走出留验点的人，都需要遵照严格的程序与防护要求才能出去。”

党旗引领 顺德战“疫”
全民战疫 镇街力量
品质大良
五种“24 小时服务”共同织牢抗疫网
大良压实责任外防输入内防扩散
在疫情防控阻击战中展现大良铁军风采
“妈妈，我能不能再住几天呀？”
珠江商报社记者直击顺德第一个集中留验点40人解除隔离回家全过程

我在集中隔离点用脚力、眼力、脑力、笔力去发现新闻

“你们都是 36.4℃至 36.8℃，连续 14 天都是这样。”2 月 6 日晚上，测量完当天最后一次体温，谭杏映就对朱艳母子 3 人说。当晚，朱艳他们 3 人收到了《解除集中留观告知书》。“大良为我们隔离人员做得很好，付出很多，唯有感谢！天亮我们就可以解除集中隔离了。”朱艳又一次兴奋地把这一消息发布在了朋友圈与亲友群，她收到了很多祝福与点赞。

2 月 7 日天刚亮，朱艳就起床喊醒孩子们：“起来了，要出去了。”哪知，小天和大天竟然没有一丝兴奋，小天反倒问朱艳：“妈妈，我能不能再住几天？这里住着太舒服了。”

9 时 15 分，朱艳从留验点来自大良城管局的工作人员邓锦峰那里，拿到了 3 份由谭杏映签发的“留验区人员隔离期满放行条”后，就打电话给老公：“可以了，过来吧。”

9 时 20 分，朱艳拿着房卡到前台结账时，邓锦峰对她说：“不用钱，吃住都不要钱，谢谢你们配合集中隔离。”

很快，也就出现了本文开头的那一幕。

"4袋东西都是这几天'赚'的，孩子们用过还是带回家更好，水果没吃完也要带回家吃。"朱艳对她老公说，她老公回答道："每天视频看到你们的笑脸，特别是今天看到孩子们的笑脸，就知道你们这些天很顺心，真好。"

保安李德成查验过他们的放行条后说："可以回去了，祝你们顺利。"

"祝福大家健康！谢谢你们！"朱艳笑着提着"赚"来的行李，带着孩子上了老公开来的小车，她打开车窗，对前来送行的邓锦峰、谭杏映、卢彦清说："我们会继续在家隔离14天，不给大家添乱。"

众人挥手笑了。

【新闻外的新闻】

"娃，今天我们开始休息了，集中隔离留验点从昨天开始就没人来了，真好。"

"那就好，大年三十起你们就没有停一天，要注意身体，你们也为国家做了贡献，厉害！"

2020年2月12日早上起床后，今年66岁的杨文江、60岁的刘风珍夫妇，就给在珠海工作的儿子打去电话报平安。

河北人杨文江、湖南人刘风珍是大良的一对清洁工夫妇，顺德战"疫"阻击战打响后，这对老人就开始在顺德第一个来自疫区人员集中隔离留验点，也就是大良飞马留验点进行清洁、消毒工作。

这对夫妻是我2020年2月7日上午9时39分，来到大良飞马留验点采访第一批解除隔离人员时发现的新闻人物，这篇报道刊登当天，中央广播电视总台《新闻联播》栏目推出了一名清洁工的战"疫"故事，《人民日报》次日也开始推出清洁工在战"疫"中的报道。

1月23日夜里，杨文江接到广东同江医院要派人去集中隔离留验点搞清洁的通知后，就跟爱人刘风珍说："我们不去娃那里过年了，叫娃也不要从珠海来顺德，现在同行都回老家了，我去留验点做事，你待在家里做饭。"刘风珍回应说："那不行，我跟你一起去留验点吧，我也是清洁工，咱们互相还有个伴。去了再跟儿子说，省得他担心。"

就这样，这对年龄加起来126岁的老人，在大良组建顺德第一个来自疫区人员集中隔离留验点，遇到"缺人过来清洁"难题时挺身而出。大良街道办卫计局干部、留验点相关负责人卢彦清说："他们连报酬都没问就来了。"

1月24日早晨到了留验点后，夫妻俩就开始在各楼层的各房间门口摆放凳子、垃圾桶，搬运防疫物资。"第一天看到一对夫妻带着两个孩子入住，我就希望入住的人越来越多，这样就可以把病毒隔离开来。"杨文江说，他们每天的工作就是把隔离人员产生的各类垃圾收集起来，再对各楼层消毒，"我让老伴不要上有客房的楼层来清洁，让她清洁其他区域，但她看到我每天要分几次才能收集完上百个房间的垃圾，就自己上来帮忙了。"

2月7日上午9时39分，看到10户人家40人解除隔离时，杨文江、刘风珍这才意识到已经在留验点忙碌了半个月。刘风珍说，这期间令她最紧张的不是清洁与消毒，而是每次遇到有隔离人员发热被送去医院时，"我才想起在这里做事有危险，我就会提醒老伴做好防护，因为我们时刻都会接触隔离人员用过的东西。"杨文江却安慰老伴："我们心里知道就可以，我们要笑对隔离人员，你看他们要在屋里14天才

“能为国家做贡献，感觉不累”

顺德第一个集中留验点清洁工夫妻战“疫”记

杨文江、刘凤珍夫妇在大良集中隔离留验点搞清洁。

文图/珠江商报记者王茂浪

“娃，今天我们开始休息了，集中隔离留验点昨天开始没人来了，真好。”

“那就好，大年三十起你们就没有停一天，要注意身体，你们也为国家作了贡献，厉害！”

2月12日早上起床后，今年66岁的杨文江、60岁的刘凤珍夫妻，就给在珠海工作的儿子打去电话报平安。

河北人杨文江、湖南人刘凤珍是大良的一对清洁工夫妇，顺德战“疫”阻击战打响后，这对老人就开始在顺德第一个来自疫情人员集中隔离留验点，也就是大良飞马留验点进行清洁、消毒工作。

1月23日夜里，杨文江接到单位要派人去集中隔离留验点搞清洁后，就跟爱人刘凤珍说：“我们不去娃那里过年了，叫娃也不要从珠海来顺德，现在同行都回老家了，我去留验点做事，你呆在家里做饭。”刘凤珍回应说：“那不行，我跟你一起去留验点吧，我也是清洁工，还有个伴，去了再跟儿子说，省得他担心。”

就这样，这对年龄加起来126岁的老人，就在大良组建顺德第一个来自疫情人员集中隔离留验点，遇到“缺人过来清洁”难题时挺身而出。大良街道办卫计局干部、留验点相关负责人卢彦清说：“他们连报酬也没问就来了。”

1月24日早晨到了留验点后，两夫妻就开始在各楼层的各房间门口摆放凳子、垃圾桶，搬运防疫物资。“第一天看到一对夫妻带着2个孩子入住，我就希望入住的人越来越多，这样就可以把病毒隔离开来。”杨文江说，他们每天的工作就是把隔离人员产生的各类垃圾收集起来，再对各楼层消毒。“我让老伴不要上有客房的楼层来清洁，让她清洁其他区域，但她看到我每天要分几次才能收集完上百个房间的垃圾，就自己上来了。”

2月7日上午9时39分，看到10户人家40人解除隔离时，杨文江、刘凤珍这才知道已经在留验点忙碌了半个月。刘凤珍说，这期间令她最紧张的不是清洁与消毒，而是每次遇到有隔离人员发热被送去医院时，“我才想起在这里做事有危险，我就会提醒老伴做好防护，因为我们时刻在接触隔离人员用过的东西。”杨文江却回答老伴：“我们心里知道就可以，我们要笑对隔离人员，你看他们要在屋里14天才能出来，多闷啊，我们还可以楼上楼下走走。”

2月11日上午，看到留验点最后一户人家解除隔离回家，正在清洁的杨文江就对人家打招呼：“恭喜回家，不要再见！最好不要再有人来隔离了，这样就说明顺德外防内控做好了，我们也可以回家了。”隔离人员对他说：“每天你都及时收垃圾、消毒，谢谢你的付出，辛苦了。”

2月12日，做完一天的清洁、消毒，且连续15天没有人被送来隔离，杨文江、刘凤珍在留验点的工作也暂告一个段落，但他们心里知道从1月24日到2月11日，有160人52户人家在留验点集中隔离，“我们夫妻服务了这160人，每天单单往垃圾桶里套垃圾袋都要100多个，但看到他们高高兴兴地回家，没有一个人确诊，真是兴奋，辛苦过之后真的就不累了，更没想到我们年纪这么大的清洁工，也能为国家做贡献，万一有人再来隔离，我们还会来清洁与消毒。”

对于这对参与战“疫”的清洁工夫妻，卢彦清说：“他们在留验点做事充满被感染的风险，但他们一直是任劳任怨、无私奉献的忙里忙外。”

在采访中，我发现了新闻背后的新闻，那就是一对清洁工夫妻在集中隔离点的故事

能出来，多闷啊，我们还可以楼上楼下走走。”

2 月 11 日上午，看到留验点最后一户人家解除隔离回家，正在清洁的杨文江就向他们送去祝福：“恭喜回家，不要再见！最好不要再有人来隔离了，这样就说明顺德外防内控做好了，我们也可以回家了。”隔离人员对他说：“每天你都及时收垃圾、消毒，谢谢你的付出，辛苦了。”

2 月 12 日，做完一天的清洁、消毒，且连续 15 天没有人被送来隔离，杨文江、刘风珍在留验点的工作也暂告一段落，但他们心里清楚，从 1 月 24 日到 2 月 11 日，有 160 人 52 户人家在留验点集中隔离，“我们夫妻服务了这 160 人，每天单单往垃圾桶里套垃圾袋都要套 100 多个，但看到他们高高兴兴地回家，没有一个人确诊，真是兴奋，辛苦过之后真的就不累了，更没想到我们年纪这么大的清洁工，也能为国家做贡献。万一有人再来隔离，我们还会来做清洁与消毒工作。”

对于这对参与战“疫”的清洁工夫妻，卢彦清说：“他们在留验点做事被感染的风险很高，但他们一直任劳任怨、忙里忙外。”

第十二章 小人物大奉献

镇街、村居，是顺德抗击疫情的主战场。陈村镇各行各业尤其是党员干部，主动参与阻击战，人间大爱在 50.7 平方公里大地遍地开花，涌现出了很多感人肺腑的事迹。

在陈村镇长长的抗击新型冠状病毒大爱谱中，还可以看到有许多个体户、异地务工人员、党员群众等普普通通的“小人物”，也在为打赢这场战役出钱、出力、出点子，身体力行地上演一幕幕暖心的陈村战“疫”故事。他们是陈村朴素的榜样，用感动点燃了人性的光焰，犹如陈村花卉一样鲜艳。我冲在“疫”线，走近他们，努力用脚力、眼力、脑力、笔力把他们的故事融入读者心中。

我到社工机构采访

【报道侧记】

2020 年 2 月 4 日，立春，千年花乡草芽萌动，花枝孕蕾。当天下午，在潭洲村发生了暖心的一幕：一名热心村民拉上设备，在村内播放防控宣传视频。所经之地，均引起了村民的注意。这名热心村民名叫冯满祥，今年 60 岁，经常参加潭洲村的公益活动。他喜欢唱歌，自己购置了几套音响设备。他说，疫情当前，他一直希望能在自己能力范围内参加疫情防控工作。当潭洲村工作人员向冯满祥提出，想要借用他的音响，在村里出入口播放疫情防控宣传视频时，冯满祥二话不说便答应了下来。借出音响的同时，他还到村内出入口协助测量体温。要吃晚饭的时候，冯满祥觉得在出入口播放视频效果不够好，便自告奋勇用手推车拉着音响和电视在村里行走，边走边播放视频和音频，“这么做可以扩大宣传范围。”

突如其来的疫情，让今年的新春“与众不同”。大年三十开始，大都村的村民收到了 2 200 多个口罩。捐赠者不是企业，也不是富豪，而是汶生药房女店主林丽玲。她凭着职业敏感知道口罩会畅销，却从限购、降价卖口罩，到免费派送口罩。面对点赞，她只说了一句话：“希望这些口罩能让大都村的人安心，我不希望我的药店生意兴隆，我只要百姓身体健康。”

“今年春节与往年不一样，出现疫情就应该把群众的生命安全放在第一位。”今年 65 岁的黄永康是一名有着 44 年党龄的老党员。大年初三上午，他第一个来到锦龙社区居委会报到，并开始值守路口，这一守就是 10 多天。而弼教村党员罗凤清带着读大一的儿子，一起在村出入口参与体温测量、防控知识宣传等工作。

灿烂星空，谁是真的英雄？平凡的人们给陈村最多感动。在陈村各村居，一名说着普通话的志愿者引起了人们的注意。湖南户籍、现居住锦龙社区的周培高，2019 年成了一名预备党员，节前，他本已回到老家过年，但得知防疫工作需要人手，初二他便从老家赶回来加入志愿者队伍，日夜值守岗位。永兴社区华林路口检测站，

我到长者饭堂采访

居住在这里的异地务工人员李镜文夫妇，也主动加入社区疫情防控工作，负责测量体温等。

在这非常又特殊的日子，陈村又出现了许多平凡人的身影。2月2日下午，一名家住旧圩、不愿留下姓名的热心人来到陈村派出所，放下自费购买的20箱苹果、3箱消毒洗手液就走了。企业老板陈辉文将一批抗病毒口服液、一次性口罩、一次性手套、双黄连颗粒冲剂、复方金银花颗粒冲剂、洗手液送到永兴社区，给防控一线工作人员使用。潭洲村党员何锦添捐赠了一批蔬菜送给村内低保、困难家庭及居家隔离的湖北籍人员。“417 摩托侠”连续数天送口罩到旧圩、赤花、勒竹、南涌等村居岗亭，他没有留下姓名，放下物资就离开了。仙涌村的妇女们，为工作人员煲好抗病毒凉茶，送到各服务岗。

糖水、干粮、口罩，热心市民不断为陈村同心战“疫”献出一幕幕暖心举动，这些市民是打赢疫情防控阻击战的重要力量。他们都是陈村镇最普通的劳动者，在疫情蔓延的当下，他们却用朴实的行动，为最美的陈村“逆行者”们送上了一份心意。这份沉甸甸的真情格外打动人心。热心人送出的红彤彤的苹果、何锦添送出的绿油油的新鲜蔬菜，是一个个普通人为疫情笼罩的城市画出的一笔笔生机勃勃的颜色。

“00后”大学生到保安岗做义工

顺德各领域青年主动请缨深入抗疫一线，其中不少是在校大学生

基层先锋

珠江商报讯 记者胡露摄影报道：昨天是清明假期最后一天，大良德和社区居委会设立在保利中悦花园的党员志愿者服务队，来了一名大学生义工，坚持在风雨中为进入社区的业主及其他人员测量体温，协助保安人员进行出入查验、登记等工作。

这名大学生叫王哲靖，是黑龙江大学的大二学生，2000年出生。昨天一大早，她就响应顺德区团委号召，戴着口罩来到小区的东门保安岗，跟着保安员杜江学习疫情期间的安保工作。“我给您测量一下体温。”只见她拿着电子体温测量仪，笑着面对每位进入小区的群众，还不时提醒：“下雨了，路滑，小心慢走。”

王哲靖只是顺德社区防疫大学生志愿服务中的一员。事实上，早在1月25日，共青团顺德区委就向全区发出了《坚决打赢疫情防控阻击战中致全体顺德青年的倡议书》，呼吁广大青年主动担当，奉献爱心。《倡议书》一经发出，全区各领域青年主动请缨，在医疗救护、疫情监测和情绪疏导等领域，组建起了一支支顺德战“疫”青年突击队，其中不少是在校大学生。

记者看到，虽然天空下着大雨，但王哲靖依然坚持着在门口忙前忙后，认认真真地给进入小区的群众测量体温，给外出的人开门，看到行动不便的居民还上前帮忙。而对送快递、外卖的工作人员，她会主动上前进行登记。

中午12时10分，连续4个小时的忙碌下来，王哲靖还给保安岗整理了登记本，她说：“春节前我从学校回到顺德，就加入了顺德区团委的大学生志愿队伍。我家住在德和社区，在疫情期间又逢清明节假期，出入人员较多，我就主动来为保安岗分担一些事情。劳动中还学习到了不少服务老百姓的知识与做法，更体会到了防控一线人员的艰辛，这些在书本上是学习不到的。”

“00后”大学生到保安岗做义工

王哲靖的行动获得杜江点赞，他说：“一名女大学生，能到保安岗来做义工，还是疫情期间，很是感动。今天是清明节假期最后一天，出入人多，她帮了我们很多忙，让我们也轻松了很多。”

记者了解到，毕业于李兆基中学的王哲靖去年已经在学校向党组织递交了《入党申请书》。顺德区团委工作人员介绍，新冠肺炎疫情发生以来，全区共青团组织发扬“党有号召，团有行动”的优良传统，带领和动员了广大青年、志愿者深入到疫情的防控防治一线工作、义务服务当中。

新冠肺炎疫情期间，我把报道对象转向“00后”

党旗引领 顺德战“疫”

珠江商报 ZHUJIANG BUSINESS A7

2020年2月14日 星期五

用块口香糖让48岁男子安心隔离

陈村镇在抗击疫情中，温暖人心的故事一串串

全民战疫 镇街力量 陈村篇

核心提示：

陈村镇在抗击疫情中，温暖人心的故事很多。其中，陈村第一批集中隔离人员解除隔离的经历，以及心理咨询师、党员王丽在开导隔离人员的故事，更是让人感受到了春天般温暖。

文/珠江商报记者王茂浪 胡露 朱德文

▶他：带着一家五人安心回家

心理辅导小组工作人员手写的几十份便签鼓励留验点人员，并留下联系方式。/陈村镇综治办提供

▶她：促使两名男士安心隔离

【记者观察】

陈村构筑起疫情防控的人民防线

用一个小切口来展现普通人在疫情期间发挥的作用

党旗引领 顺德战“疫”

珠江商报 ZHUJIANG BUSINESS A6

2020年2月6日 星期四

全民战疫 镇街力量 陈村篇

这些“小人物”演绎暖心战“疫”故事

陈村各行各业人士主动作为，共同打赢防疫阻击战

文/珠江商报记者 王茂浪 胡露
图/陈村镇宣办

【数说陈村同心战“疫”】

陈村镇全力筑牢一线指挥、两道防线、三支铁军的党组织疫情防控体系。

截至2月5日，镇指挥部已召开16次工作会议，部署超40项防控保障措施，全镇15个村（社区）以党支部为单位成立指挥部。

公安、武装部、医院等单位共73名党员带头勇挑重担，积极参与辖区7个主干道路出入口、地域交界的检疫工作，尽心尽力把好顺德北大门。1月28日至2月5日16时，共检查车辆51392辆，检测人员体温69348人。

各村（社区）153个交通出入口、59个物业小区均设置防疫监测点，1648名党员志愿者踊跃参与防疫监测点值守工作，织密扎牢“自己家园自己守”的防线。

各医学隔离观测点的防控工作，实行24小时值班值守，专门安排2名社工开展心理辅导及安抚工作。

全面压实用工单位和企业主体责任，与企业签订责任书1614份，33名企业隔离人员全面签订责任书。

党员“区长”“楼长”实行包小区，全镇545名机关党员干部下沉基层一线。

18支党员抗疫突击队由参与一线疫情防控的医疗机构、公安交警、民兵预备役等538名党员组成，主动担当急难险重岗位。

45支党员防控先锋队由机关、事业单位、“两新党组织”等474名党员组成，全线参与一线防控工作。

全镇152名教师党员主动披上志愿服投身防疫前线，在疫情防控中践行初心使命。

59支家园守护队由各村（社区）、基层单位、物业小区等347名党员组成，基层党员担任小区长和楼长，进一步落实做细物业小区防控工作。全镇共5228人次的党员参与到防疫工作一线。

全镇4023人次的党员和群众参与爱国卫生大行动的队列。

全镇已收到34.5万元专项捐赠、1万个口罩、200套防护服、10台空气净化器、14桶消毒酒精、340公斤消毒液等。

在报道中，我发挥眼力，把报道对象锁定在普通老百姓身上

第十三章 英雄湖北归来

花开了，英雄回家啦！驰援湖北医护人员解除医学隔离回到顺德，我在大雨中全程参与了采访，更是在践行脚力、眼力、脑力、笔力中发现了很多媒体还没有发现的内容。这也是我经常在新闻大战中获得独家新闻的秘诀。

【全景式报道】

2020年4月8日，武汉将完成英雄的书写，熟悉的气息就要渐渐回到我们身边

2020年4月6日，佛山驰援湖北医疗队第二批返回队员共322人解除14天医学隔离回家了。当中，包括了顺德60名来自南方医科大学顺德医院的医护人员，他们解除隔离，迎来了脱下战服、与亲朋好友相见的那一刻……

“致敬英雄，欢迎回家。”4月7日上午10时许，大雨落下，我带领我的同事黄文静、莫胜娜、胡露、陈家好、黄祖兵等来到充满期盼的南方医科大学顺德医院，这里挂满了鲜艳的欢迎横幅，60名驰援湖北的医务人员就要解除医学隔离观察，从外地回到顺德。

他们的同事、亲属早已在此等候，有的手里还挥舞着小国旗，有的举着大幅的抗“疫”英雄照片，有的拉着“致敬英雄 胜利归来”“热烈欢迎支援湖北医疗队回家”“热烈欢迎英雄回家”等横幅，围在红地毯的两旁。

李琼美一家六口从均安过来，准备接妹妹李美君回家，她说，妹妹最想吃妈妈做的咸水角，这是清明期间的应节食品，“我们已经煲好了汤，等下午回去妈妈就做咸水角。”

护士吴丰娣的姐姐吴燕霞跟家人也在现场等候，“很想她！除了读大学外，没这么久没见她。”她说，姐妹俩感情很好，出征武汉的消息妹妹第一个告诉了她，“想不到她个子小小却坚强勇敢，我们全家都为她感到骄傲！”得知妹妹要回来了，家里人都请了假，准备补上今年的团圆饭，到时她会为妹妹准备一道清远白切鸡，“平时她最喜欢吃我做的菜了！”

护士长徐伟娟的丈夫带着两个女儿到现场迎接，“我实在是太想妈妈了，妈妈快一点回来！”5岁的姐姐奶声奶气地说，“明天我要给妈妈做蛋糕。”

“来了，来了，回来了！”11时15分，随着两辆挂有“欢迎援鄂抗疫顺德医护勇士回家”横幅的大巴车向南方医科大学顺德医院驶来，在此等候已久的医护人员亲属、同事一同欢呼。

当车门打开，援鄂医护领队李国华医生走下车，扬起院旗时，人群中传出欢呼声：“欢迎英雄回家。”

护士梁洁莹刚走进门诊大楼，远远地就看见奶奶和其他家人，她马上飞奔上前和家人拥抱。“好挂念您啊！”梁洁莹一一拥抱了家人。看到孙女平安归来，奶奶和

爷爷流下了激动、开心的泪水。她的科室同事伍惠凤手捧鲜花和礼物站在一旁，准备等仪式结束后把它们送到她的手中，“洁莹 1 月份才刚轮过来我们科室，看到她报名支援武汉，我很感动，想不到她这么勇敢。”

深情的呼喊，热烈的拥抱，满怀的鲜花，是家人、同事向归来的英雄们表达的思念。

“白衣执甲，血浓于水，医者仁心，大爱无疆。”援鄂医疗队队员们还带来了武汉市硚口区新冠肺炎疫情防控指挥部、武汉市民赠送的锦旗与画作，武汉、患者以

商报热线：
22209999
发行热线：
22200555

珠江商报

凭珠江通四海 立潮头观天下

无限顺德app 珠江商报官方微信 顺德新闻网

佛山传媒集团主办 国内统一连续出版物号 CN 44-0148 珠江商报社出版 天气预报16℃/21℃,小雨转阴,微风 2020年4月7日 星期二 农历庚子年三月十五 总第5732期(今日8版) 珠江商报社顺德新闻网:http://www.sc168.com 报料有奖,最高可达3000元

英雄回家

凌寒披战衣，归来花满枝。昨天，佛山驰援湖北医疗队第二批返回队员共322人解除医学隔离回家了。其中包括60名来自顺德的医护人员，他们正式归队、回家。

/珠江商报记者朱德文 林安迪 何冠洪摄

扫码可看英雄回家视频

A3、A4、A5

编辑:邓荣军 版式统筹:刘捷 版式:王叶进 陈思磊 校对:康建坤 电话:22313015

《英雄回家》报道

此向这些“为武汉拼过命”的顺德人致敬。

回家路上，

这一幕已在脑海里上演无数次，

经过 14 天的隔离期，南方医科大学顺德医院 60 名驰援湖北的医护人员终于迎来了回家的日子。这一天，凝聚了太多的情绪：疫情结束的欣慰、久未归家的挂念、归心似箭的激动，或者还有这段特殊日子里，每个人悄无声息的成长。

时　间：清晨 6 时
地　点：医学隔离点
关键词：欢送

带上热干面回顺德

清晨 6 时多，天刚蒙蒙亮，很多医护人员就迫不及待地开始收拾行李了。欧阳凤珊往行李箱里放上特意从湖北带回来的热干面、纪念品、防疫纪念册，还有湖北市民给援鄂医护人员送的小礼物和感谢信等，“这些都是最珍贵的东西”，欧阳凤珊说。最后，她还穿上了那件橙色的战袍——上面签满了同行医护人员的名字，开始踏上回家之路。

跟欧阳凤珊一样，罗露也十分珍视这件画满各种符号、写满各种名字的战袍，“这是一种纪念，虽然大家在同一家医院工作，但不同科室之间平时相聚的机会不多，归来之前，我们都在各自的战袍上留下了名字，像毕业纪念册一样。”

早上 9 时 20 分，隔离点为他们举办了欢送仪式。离别之际，顺德的医护人员们先后合唱了歌曲《真心英雄》和《朋友》，歌声在酒店大堂上空回荡，听得人热泪盈眶。看到酒店服务员边唱边哭，罗露心里也涌上了一股暖流，“那是一种无法言说的感动。”

时　间：早上 9 时 40 分
地　点：从医学隔离点到顺德的路上
关键词：归程

车上唱起《少年》

欢送仪式过后，车身挂着“欢迎援鄂抗疫顺德医护勇士回家”横幅的大巴车缓缓在酒店门前停下，陆续出发开始返程。这一天的到来，历时不算长也不算短，却承载了太多的重量。2 月 13 日，罗露和医院其他同事一起，踏上了驰援湖北的路程，当时疫情汹涌，援鄂之路困难又危险，但他们都没有退缩，接到命令后，他们收拾行李马上启程。直到 40 多天后的 3 月 23 日，他们才重新踏上佛山的土地。因为要隔离，他们已经 50 多天没有拥抱过家人了。

在车上，60 名医护人员依然保持着激情，在车上唱起了《我和我的祖国》《光辉岁月》《少年》等歌曲，其中，《少年》这首歌的选择别有深意，罗露说，大家都希望，抗疫归来，大家还是那个热血少年。

地图显示，从医学隔离点到顺德，大约几十公里，驾车需要大约 2 个小时。一路上也有安静的时候，罗露打开手机刷微信朋友圈，无意中看到了媒体对他们的直播，里面有丈夫的身影，她马上就转发了这个直播链接。事实上，这一路，她牵挂着家人，也被人牵挂着，护士长和丈夫都给她打过电话，问过她的情况，关注着她的点滴。

车窗外，一路的景色不断向后退去，说明他们离家已经越来越近了。罗露并不清楚车走的是哪条路，只感觉景色越来越熟悉。终于，伦教的广告牌映入眼帘，再然后，大巴车开上了顺德立交桥，魂牵梦萦的工作单位在他们眼里逐渐变得高大而清晰。

这些，都是在梦里梦了无数回的景色呀，至少，罗露就在脑海里想象了无数回。他们，在离别 50 多天后，终于回到了顺德。

时　间：11 时 15 分
地　点：顺德
关键词：归来

几次哽咽落泪

上午 11 时 15 分，他们回来了。

2 月 13 日，他们从这里出发，内心充满了坚毅；4 月 6 日，他们回到最初的地方，心里多了一份柔软。短暂的欢迎仪式过后，罗露跟领导和同事说起了在湖北的点点滴滴，那些临危受命的责任，那些逐渐学会排解压力的成长……说到动情处，罗露几次哽咽落泪。

短短的几十公里，车子在雨中却行驶了差不多 2 个小时，一边承载着那段没有硝烟的战争岁月，一边连接着亲人的期盼和社会各界的敬意，终于汇聚成这次特殊的欢聚。我们当然不希望有下一次，但如果有，相信罗露们依然会选择义无反顾，背井离乡，以自己的离别之苦换取更多家庭的欢聚之乐。

回到科室

“答应送去，也一定要迎回来”

中午 12 时，钟文浩、李美君、张晓杰、林家仪、李欢、赖永峰等 6 名英雄在科室同事的簇拥下走回他们心心念念的心血管内科，他们手上除了拿着同事们赠送的鲜花外，还拿着一份雪花酥。

前一天晚上，心血管内科护士刘伟娟和黄宝如做出这些雪花酥，作为送给援鄂归来的同事的一份心意。刘伟娟说：“我的年纪比他们大，把他们当作自己的弟弟、妹妹，他们说我像妈妈。”昨天，刘伟娟值夜班，她用白天的休息时间赶来迎接“弟弟”“妹妹”，“他们出发时，我就答应了送他们出去，也一定要迎接他们回来。”在看到“弟弟”“妹妹”的那一刻，刘伟娟晶莹的泪水夺眶而出。

从电梯口到心血管内科办公室需要穿过一条长长的走廊，一路上，李美君脚步轻快地走在队伍的前面，钟文浩和其他 4 位同事跟在后面，遇到好久不见的同事，李美君就蹦蹦跳跳地上前打招呼："老麦！""灼哥！"

"好，好，好，你们终于回来了。""你们回来，我好开心啊！""我的闺蜜回来了，哈哈哈！"……昨天，正在值班的心血管内科医生麦林琳一打开门就听到了熟悉的呼唤，护士长霍燕嫦见到了张晓杰就激动地把她抱住，护士王倩倩也紧紧拥抱着自己想念已久的闺蜜赖永峰，中午 12 时 30 分左右，医院外的天还在下着冰冷冷的雨，但心血管内科的走廊却充满了温情。

跟同事们见面后，钟文浩一行人回到了心血管内科办公室，这一次，钟文浩第一个冲进办公室，开口就说："我要去看看我的'乔巴'在哪里。"记者一问才知道，因为科室每个季度都要轮转，钟文浩就把这个叫作"乔巴"的公仔放在自己的办公桌上作为标记，用它来辨认自己的座位。

尽管离开了湖北武汉，钟文浩和他的同事们仍然保持着与湖北医护人员、患者、工作人员的联系。"一名患病的护士突然有一天给我们医疗队送来一个蛋糕，还加了我的微信，说要感谢我们。""一次查房，有个病人主动问起了我的名字，还特意到医院的官网上去查询。"钟文浩深有感触地说："我们用心对待病人，病人是能感受得到的。"

回到家里

近百业主自发欢迎英雄载誉归来

"妈妈终于回来了，好多天没见，我们太想她了！"黄业群拉着 4 岁的儿子黄子骞和 9 岁的女儿黄依依，昨天一大早就来迎接孩子妈妈归来。见到妈妈的那一刻，孩子们冲上去使劲地抱着妈妈不放手。一旁一同前来迎接的孩子外婆看到女儿凯旋，眼睛瞬间红了，连忙躲到一旁擦眼泪。

孩子们 40 天未见面的妈妈叫李春艳，是一名护士。"2 月 13 日出征至今，我们一家人牵肠挂肚，如今她终于平安回来，我们的心也平静下来了。"李春艳的丈夫黄业群哽咽着对记者说："我学土木，她学医，大学毕业后我们一起来到广东工作了 15 年，原本以为我们的工作永无交集。突如其来的疫情，是我们第一次为同一件事战斗，我也希望是最后一次。"

其实，黄业群也是一名抗疫英雄，理工男出身的他在老婆接到出发通知的同一天，正在中山火神山医院没日没夜地赶工期。在疫情最为艰苦的时候，李春艳等 8 名同志光荣地成为预备党员。

昨天下午，李春艳所居住的金域湾花园近百名热心业主在小区门口悬挂横幅"热烈欢迎抗疫英雄载誉归来"，向英雄致以崇高的敬意。组织者翟先生说，很自豪抗疫英雄就在身边，组织业主欢迎英雄回家，希望以此弘扬他们直面危险、勇于担当的大无畏精神，引导小区业主特别是孩子们向英雄学习、致敬。

"很感动。我只是一名平凡的医生，做了自己应该做的工作。"李春艳说，她的妈妈目前还在住院，因此，她当下最想做的是去医院陪伴妈妈，好好享受医院给予她的 10 天假期。"家人安好是我最大的心愿，我只想好好陪着家人，弥补这些天的遗憾。能好好吃一顿妈妈做的家常菜，我就觉得很幸福了。"

全程陪伴妈妈的黄依依很乖巧、懂事。就读鉴海小学四年级的她说:“我为爸爸妈妈骄傲。他们在祖国危难的时刻为国出力，我以后也要好好学习，成为一个有用的人，长大了也能像爸爸妈妈那样报效祖国。”

英雄所感

陈汉文：武汉就要解封，我们的努力没有白费

60名医护人员中有一位麻醉科医生，出发的时候他太太怀孕38周。10天后，千金诞生时，他却在武汉前线忙着准备明天的工作。载誉归来的他，和科室同事欢聚之后，便迫不及待地赶回岳母家。他说，最想“好好拥抱这个出生至今一个多月还没见过面的小宝宝，以及辛苦的老婆大人。”

他叫陈汉文，曾获得全国静脉麻醉操作模拟比赛总决赛冠军。3月23日从武汉返回佛山的日子里，陈汉文好好地总结整理了这次援鄂工作的经验。“我为自己是中国人而自豪。作为医务工作者，面对恐惧也不能忘了初心；上了‘战场’，我们就要尽最大的责任和力量去救治同胞。我还要说的是，请保重身体，请珍重生命，请敬畏自然。”

“当时的武汉停顿了，路上一个行人、一辆车都没有，我感到很恐惧，但在换上防护服，直扑武汉第一医院重症病房时，勇气就来了。大家忘了一切，忘了当初的那种恐惧，只知道，我们是来救人的。”陈汉文说，“8日武汉就要解封了，我很激动，我们团队的努力没有白费。”

欧阳凤珊：不仅治病还治了“心”

“作为临床医生，我责无旁贷，”欧阳凤珊说，更何况武汉是自己学医开始的地方，是她跟她先生认识的城市，“我找不到不去的理由。”

毕业于华中科技大学同济医学院的她，从昔日同学、师长处了解了很多疫情的信息。“他们在那边战斗，我也应该做一点事情，那么，机会来了，我就报名了！”在武汉的日子里，她负责重症患者的救治工作。收治病人，根据病情提供治疗方案；对重症患者采取一系列抢救措施；对病情稳定的病人促进其好转，直至出院。作为一名康复医生，她还提供呼吸康复治疗，病人肺康复了，才可以促进新冠肺炎病情的好转。

除了病情，她认为，作为医生，能做的还有更多，她说起自己遇到的一个70多岁的病人，病得很重，老人说自己的儿子病得更重，住在雷神山医院。“一个70多岁的老人还在担心他的孩子，我们在武汉救治的病人背后大多都有一个令人悲伤的故事。”她开始有意识地关注病人的内心，提供心理治疗。

武汉人民的团结、感恩也让她感动。在物资缺乏的情况下，他们倾其所有表达感恩。她印象最深的是有一家子，爸爸出来做志愿者，为居民买菜。他们为感谢医疗队的付出，熬了一大锅糖水，让家里的小儿子推了过来。在她的眼中，他们都是抗疫英雄。这次经历让她对生命有了更深刻的认识，学会了用感恩的心对待身边的家人亲友。她也深刻地感受到了国家的制度优越性，“没有国家的大力支持、社会各

界爱心人士的捐赠，我们很难打下这场战役。”

张晓杰：爱国，做出来让孩子看到、感受到

3 月 23 日，从张晓杰回到佛山开始，她就和远在湖北武汉的患者、“战友”一直保持着联系。

回到佛山的第一天，张晓杰就在微信上收到了一名患者托儿子编辑的感谢信息，这让她瞬间泪崩。原来，这名患者在这次疫情中失去了心爱的老伴，张晓杰知道了患者内心的创伤，积极为她提供心理护理，一直与其保持电话联系，即便是在患者隔离期间，她也坚持每隔两三天就给患者打一次电话。“阿姨说她没有女儿，虽然失去了老伴，但这段时间就像有了一个女儿的感觉。”张晓杰说，其实自己只是做了本应该做的事情。

除了患者的感谢，张晓杰还收到了湖北抗疫一线“战友”的问候，“他们会问起我们在隔离期间的吃和住，临走前，他们给我们送来了武汉的特产——小龙虾和鸭脖等，还问我们好不好吃。我们也很感激他们，感觉他们把我们当作亲人看待。”

隔离期间，张晓杰也会向“战友”们了解后续情况，“我们就想着等武汉全部病人治愈出院，才算真正地完成了任务。”张晓杰表示，在离开的时候，很多医护人员都不愿意走，就想坚持到最后一个病人出院。

“从这一次的疫情中，我们每个人都能看到祖国的强大，才知道为什么有这么多医护人员敢写请战书。”张晓杰说，走上抗疫一线，自己可以没有后顾之忧，可以感受到来自国家、政府和社会各界人士的关怀，因而也更爱自己的祖国了。

在前线的时候，张晓杰的儿子经常在视频通话的时候问她：“妈妈，你一定要洗手、做好消毒、戴好口罩。”“妈妈，你把病毒打跑了吗？”“奶奶的病都好了吗？”在张晓杰看来，爱国，不用特意去说，要做出来让孩子看到，“我感觉孩子是能体会和感受得到的。”

英雄印记

周姓良：最想踏踏实实睡个觉

作为本次驰援队伍中护理科的领队，周姓良给自己打 90 分。他表示，让他感到遗憾的是前期各种防护措施做得不是特别到位，让医护人员在工作过程中有所担心。但是他们很快便调整好了，做足防护措施后所有人变得无所畏惧，拧成一股绳，直至奋战到最后。

“这是爸爸呀，亲亲爸爸。”妻子是抱着不满 2 岁的小儿子来接周姓良的，但是因为离开得太久，儿子已经不认识爸爸了。“在湖北最放心不下的就是他们娘仨了。”周姓良告诉记者，妻子和两个儿子是他最深的挂念。

“我现在最想做的就是回家好好睡一觉。”满眼血丝的周姓良露出疲惫的笑容。作为本次驰援队伍中护理科的领队，周姓良带领着 45 名护士在前线战斗。“我带他们去的，就要把他们平平安安地带回来。”周姓良表示，时刻紧绷的神经让自己在这一个多月里没睡过一个踏实觉，现在队员们安全回到家，自己心里的大石头终于落下了。

马豫茜：为三甲科室复审通过出一份力

“我还有很大的提升空间。”对于这次驰援行动，马豫茜只给自己打 80 分。她表示，在这次驰援武汉和同事们奋战在前线的日子里，她发现了自己工作上的不足，而且身边的每个人都有很突出的闪光点值得她学习，所以扣掉的 20 分是为了让自己今后有提升的空间。

回想起在武汉奋战的日子，马豫茜一开始表示没什么思念的人，因为高强度的工作让她根本没有时间去想太多。但是看看身边早已泪目的亲友，马豫茜红了眼眶，“我当然很想念我的家人。”说完，他们紧紧地抱在了一起。

说起回到顺德最想做的事，马豫茜毫不犹豫地回答:“回到科室工作。”她告诉记者，自己所在的消化内科目前正在进行三甲科室复审，受疫情影响，复审工作有些滞后，现在自己从战场上退下来，迫切地想为复审通过出一份力。

何军：为儿子树榜样，马上去工作

“我们打了一场 100 分的仗。”祖籍湖北的何军告诉记者，自己在出发之前就觉得这次是去打仗的，所以不管是个人还是团队，都做好了战斗的一切准备。他表示，自己已经在顺德工作十几年了，如今家乡人民遭受灾难，他和同事并肩作战 30 多个日夜，为家乡人民打了一针强心剂，这是一场满分“战役”。

何军的妻子带着刚上一年级的儿子接他回家。见到父亲，儿子没有跑到父亲怀里撒娇，而是给了爸爸一个“硬汉”式的拥抱。虽然没有过于温情的相见场面，但是何军坦言“最牵挂的还是儿子”。他表示，希望通过自己这次的经历为儿子树立起榜样，告诉他男子汉要有家国情怀，平时要爱护自己的小家，在祖国需要自己的时候要义无反顾地站出来，保护国家和人民。

拳头碰拳头，何军和前来迎接的同事默契地一笑。虽然刚回到医院，何军已经开始想着尽快调整好心态和作息，回归自己所在的重症医学科，继续和同事们并肩作战，做好自己的本职工作了。何军告诉记者，自己所在的重症医学科工作量一直都很大，所以他这次回来最想的就是马上投入工作，救治更多的患者。

罗红英：每天在进步，给自己打 100 分

“我要给自己打 100 分。”1996 年出生的小姑娘罗红英激动地在镜头前比了个心，她说这个 100 分有 80 分是给自己的勇气分。提起刚开始到武汉时，罗红英坦言自己有点担心和害怕，因为自己刚参加工作没两年，经验比较少，但是她却勇敢地迈出了第一步。在武汉的 30 多天，每一天罗红英都在进步，直到最后完成任务，所以最后 20 分是给这些天自己的成长和经历的。

说起在湖北最思念的人，原本还欢呼雀跃的罗红英一下子安静了下来，“最想我的爸爸妈妈，但是他们今天没能来接我。”说到这里，罗红英“委屈”得眼泪差点掉下来，90 后的她在前线是无数患者的坚强后盾，但此时此刻，她就是一个需要爱的小姑娘。

“我现在就想马上回到清远，好好地跟爸妈吃一顿饭，赖在他们身边。”记者了解到，罗红英老家在清远，虽然离得不算远，但是因为医院繁重的工作，她很少有时间回家陪爸妈。这次驰援武汉她是瞒着爸妈的，回到家，她想跟他们说一句：“对不起，我爱你们。”

冯健聪：我现在就想向她求婚

“扣掉的 2 分是希望自己可以做得更好。”冯健聪笑着说。对于这次驰援活动，冯健聪对自己的表现很满意。他表示，因为自己很年轻，经验较少，出发前他很担心自己有些工作做不好而拖团队的后腿，但是真正到了武汉之后，他马上进入状态，开朗乐观的性格让他在工作中得心应手，而且还能影响身边的人。他表示，以后在工作中要多积累经验，弥补那 2 分的不足。

现场，看到女友的冯健聪幸福得像是拥有了全世界，他表示在湖北最思念的就是女朋友。记者了解到，冯健聪和女友已经 3 个多月没有见面了，请战驰援时，女

党旗引领　顺德战“疫”

花开了，英雄回家啦！

驰援湖北医护人员解除医学隔离回到顺德

回家路上

这一幕已在脑海里上演无数次

回到科室

“答应送去，也一定要迎回来”

回到家里

近百业主自发欢迎英雄载誉归来

英雄所感

陈汉文：武汉就要解封，我们的努力没有白费

欧阳凤珊：不仅治病还治了“心”

张晓杰：爱国，做出来让孩子看到感受到

英雄印记

周姓良：最想踏踏实实睡个觉

马豫茜：为三甲科室复审通过出一分力量

何军：为儿子树榜样马上去工作

罗红英：每天在进步给自己打100分

冯健聪：我现在就想向她求婚

朱倩雯：最想总结治愈经验

《英雄回家》报道从内容到版式都进行了创新

友很支持自己，在武汉奋战期间，两人只能用有限的视频机会排解思念。

“我现在就想向她求婚。”冯健聪略显羞涩。他表示经过这次疫情，他更坚定了对女友的爱。同时，经历了生死的冯健聪也更懂得珍惜，觉得能遇到这样的女孩是自己的福气。近期他会筹划向女友求婚。

朱倩雯：最想总结治愈经验

“如果再给我一次机会我会做得更好。”一向对自己很严格的朱倩雯只给自己打 70 分。60 分是打给自己的勇气，10 分是打给自己无比坚定的信念，但是仍然有 30 分的遗憾。在一线的她觉得自己这次虽然救治了很多病人，但是更多的病人还需要心理上的治愈，这是朱倩雯觉得遗憾的地方。

最想念的是自己的家人，因为开始报名驰援时曾害怕家人担心而不想告诉他们，还担心家人会埋怨自己，没想到家人非常支持自己，消除了自己的一切后顾之忧。“我的家人才是最可爱可敬的。”说到这里，朱倩雯满脸自豪。

如今回到顺德，朱倩雯除了想陪家人好好吃上一顿饭之外，更想利用这次在前线“战斗”的经验，在以后的工作中更好地为病人服务，用心地从身体和心理上治愈病人，实现自己作为一名医护人员更大的价值。

【策划方案】 驰援湖北医务人员解除隔离专题报道计划

由头：2020 年 4 月 6 日，佛山驰援湖北医疗队第二批返回队员共 322 人解除 14 天隔离回家了。当中，包括了顺德 60 名来自南方医科大学顺德医院的医护人员。

主题：花开了，英雄回家啦！

A1：主图，在南方医科大学顺德医院迎接的大场面，以及细节，如拥抱、欢喜、落泪等。

A3：消息，以现场带出背景，带出医院的迎接场面，最后加上此前解除隔离的 6 人，以及还有 1 人在武汉的情况。【甘柳莹，1 000 字以内，以好新闻标准来写。标题：出发时还是寒冬 归来时繁花满城 副题：顺德医疗队员表示已经养精蓄锐立即重返工作岗位】。

A4–5 跨版。

一、现场主打稿件

以现场观察为主，写出医务人员归来的喜悦，亲人、家属、医务人员、同事的期盼【900 字，标题：花开了，英雄回家啦！ 副题：驰援湖北医务人员解除隔离回到顺德】【实名采访】

二、回家路上【1 200 字】

找一名医务人员，讲述她 5 日晚上开始收拾行李，到 6 日早餐后，告别、上车，和谁坐在一起，说了什么，车上的其他人有哪些情况、细节。分一下时间段，从酒店讲述到南方医科大学顺德医院（约 87 公里）的经历，要细节，包括接到谁的电话、朋友圈发的内容等。

用以下 4 个时间点进行描述。【实名采访】

■清晨 6:00 距家 87 公里；

■上午 9:00 进入顺德；

■上午 9:00 距家 10 公里（到了勒流）；

■上午 10:30 距家 0 公里（到医院）。

三、回到科室【800 字】

找一名医务人员，有意识地请对方回到他所在的科室，与正在上班的同事见面。写好现场气氛，带出这个人在湖北驰援的一个感人故事，以及准备返岗上班的情况，特别是要采访科室同事对这名医务人员的关注、交流。【实名采访，一定要到科室采访，含摄影】

四、回到家里【1 000 字】

找一名医务人员，跟着对方一起回到他的家里，写好进入家门时的现场气氛，带出这个人在湖北驰援的一个感人故事，以及准备返岗上班的情况，特别要采访家人的担心、关注、期盼，包括中午吃的或晚餐吃的。【实名采访，如果中午没有回家，就要约他，看他什么时候回家，一定要上门采访，含摄影】

五、英雄印记【1 800 字】

采访 6 名医务人员，3 男 3 女，不要跟以上采访人员重复，每名对象 300 字左右。【实名采访，含摄影，要头像】

格式、问题如下：

姓名：

驰援湖北拼命 30 多天，现在给自己打多少分？

在湖北最想谁？

回家后最想做什么？

将以上 3 个问题，写成 300 字文稿。

六、三地所感

1. 找一名医务人员讲述他或她在湖北战“疫”的故事，要有细节、大局观，要有战“疫”思考、医者仁心的思想、爱国的体现。【600 字】

2. 找一名医务人员讲述他或她在酒店隔离 14 天的故事，要有细节、大局观，要有对生命、健康的思考。【600 字】

3. 找一名医务人员讲述他或她回到顺德的所思所想，要结合在湖北、隔离，对下一代教育的思考，他对学生的启发。【600 字】

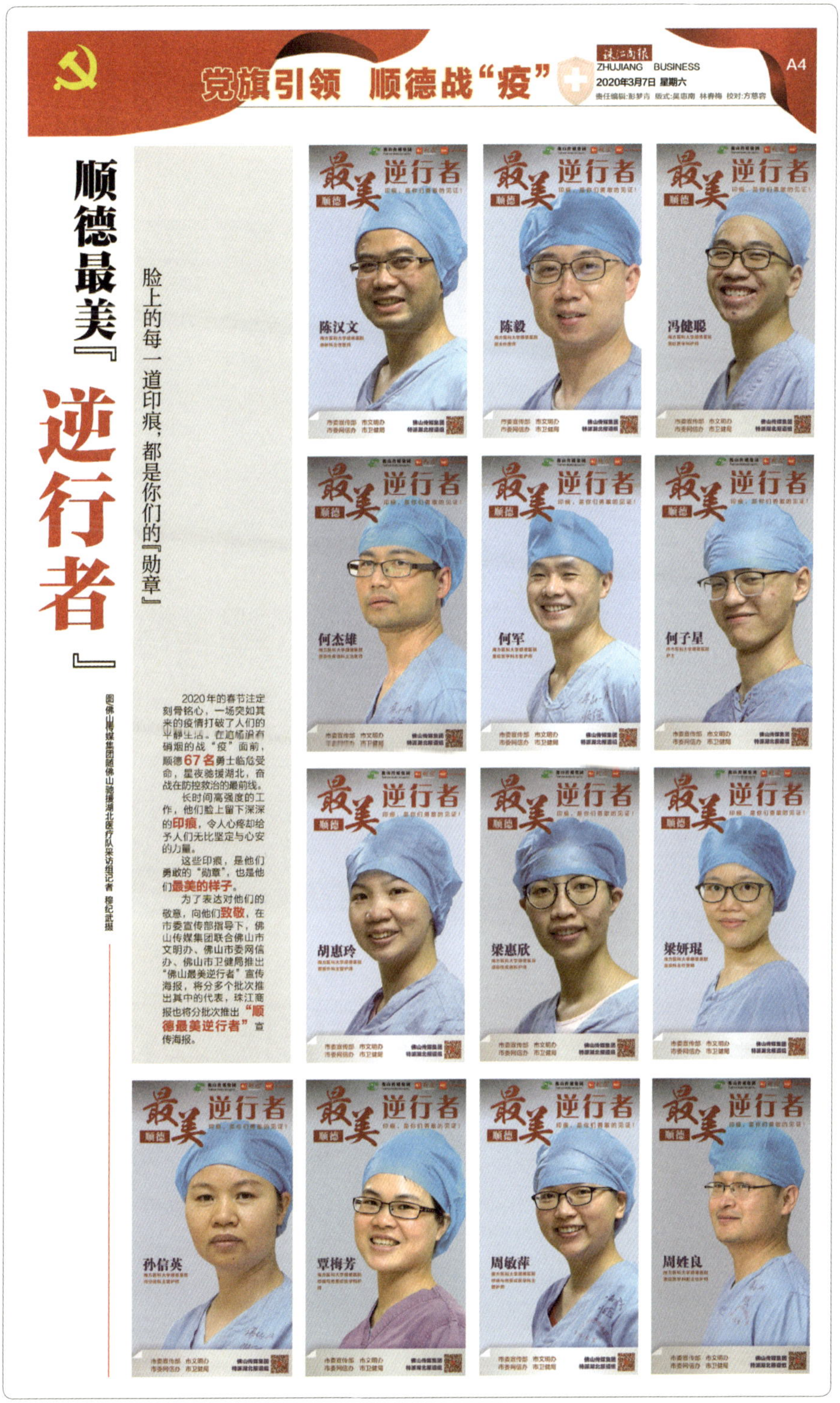

珠江商报
ZHUJIANG BUSINESS
2020年3月7日 星期六
责任编辑:彭梦青 版式:吴惠南 林青梅 校对:方慧容
A4

党旗引领 顺德战“疫”

顺德最美『逆行者』

脸上的每一道印痕，都是你们的『勋章』

图/佛山传媒集团随佛山驰援湖北医疗队采访组记者 穆纪武摄

2020年的春节注定刻骨铭心，一场突如其来的疫情打破了人们的平静生活。在这场没有硝烟的战“疫”面前，顺德**67名**勇士临危受命，星夜驰援湖北，奋战在防控救治的最前线。

长时间高强度的工作，他们脸上留下深深的**印痕**，令人心疼却给予人们无比坚定与心安的力量。

这些印痕，是他们勇敢的“勋章”，也是他们**最美的样子**。

为了表达对他们的敬意，向他们**致敬**，在市委宣传部指导下，佛山传媒集团联合佛山市文明办、佛山市委网信办、佛山市卫健局推出“佛山最美逆行者”宣传海报，将分多个批次推出其中的代表，珠江商报也将分批次推出**“顺德最美逆行者”**宣传海报。

英雄谱 1

党旗引领　顺德战“疫”

珠江商报 ZHUJIANG BUSINESS
2020年3月9日 星期一
A5

铿锵玫瑰 她们最美

设计/黄方锋
图/佛山传媒集团随佛山驰援湖北医疗队采访组记者 穆纪武
文/珠江商报记者 王茂浪

3月8日，南粤与荆楚大地都是春暖花开时节，我们迎来了第110个“三八”国际劳动妇女节。

此时此刻，在湖北武汉协和医院西院、武汉东西湖方舱医院、武汉第一医院和荆州市中心医院的新冠肺炎疫情防控第一线，一群顺德女同胞正在坚守岗位、英勇奋战，用无私无畏展现岭南女性风采，以担当作为贡献顺德巾帼力量。

今天，“顺德最美逆行者”宣传海报，我们聚焦一个个迎难而上、冲锋在前、日夜奋战、顽强拼搏的“铿锵玫瑰”，在疫情来势汹汹之时，她们成为了逆行的白衣天使，她们展现了救死扶伤、医者仁心的崇高精神，她们给这个春天带来了希望和生机。

致敬！期待你们凯旋！

英雄谱 2

珠江商报
ZHUJIANG BUSINESS
2020年3月10日 星期二
责任编辑:彭梦青 版式:王叶进 林春梅 校对:方慧容
A7

党旗引领 顺德战“疫”

铭记·感恩

图 佛山传媒集团随佛山驰援湖北医疗队采访组记者程纪武
文 珠江商报记者 王茂浪

疑似病患、确诊患者、重症者，量体温、送药、打针、插管、上呼吸机，还要送餐、递物、谈心……危险、繁重、琐碎，但都需要专业、细致、耐力。

佛山驰援湖北医疗队中的顺德67名医务人员，在湖北过着这样的每一天，抢救、医治、照料着那些有需要的人。

是你们千里驰援，妙手仁心，守护着生命与爱。

虽然你们的面容，裹藏在严密的口罩与防护服内，但我们已经记住了你们在战“疫”中不停歇的身影，记住了你们和暖的眼神，记住了你们坚强的声音。

今天，我们继续推出“顺德最美逆行者”宣传海报，致敬战“疫”一线最美面孔。

党旗引领　顺德战“疫”

珠江商报
ZHUJIANG　BUSINESS
2020年3月15日 星期日
责任编辑:朱德文　版式:肖莹雪　李明　校对:梁伟成
A3

致敬

文/珠江商报记者　王茂浪
图/佛山传媒集团随佛山驰援湖北医疗队采访组记者　穆纪武摄

自新冠肺炎疫情发生以来，顺德广大医务人员，奋战抗疫一线，与时间赛跑，同疫魔斗争。尽管明知可能会被感染、甚至可能会牺牲，但67名白衣战士依然义无反顾，热血出征，驰援湖北。

让我们向白衣战士致敬，是你们在不见硝烟但见生死的激战中殊死搏斗，是你们在我们和病毒之间筑起了一道坚固的屏障。

铭记英雄精神，凝聚前进力量，共同迎来灿烂曙光。

今天我们继续推出第四批“顺德最美逆行者”宣传海报，致敬战“疫”一线最美面孔。

顺德最美逆行者　李国华
顺德最美逆行者　陈桂阳
顺德最美逆行者　陈嘉莹
顺德最美逆行者　李春艳
顺德最美逆行者　刘晓娴
顺德最美逆行者　龙琴瑶
顺德最美逆行者　罗唐安
顺德最美逆行者　彭楚欣
顺德最美逆行者　彭志博
顺德最美逆行者　翁彩君
顺德最美逆行者　吴丰娣
顺德最美逆行者　朱倩雯

英雄谱 4

党旗引领　顺德战“疫”
珠江商报 ZHUJIANG BUSINESS
2020年3月21日 星期六
责任编辑:彭梦青　版式:李佳彬　林春梅　校对:刘天志
A4

真容

50多天来，佛山驰援湖北医疗队全体队员竭力尽智、攻坚克难，为打赢疫情防控阻击战，作出了重大贡献。

随着湖北新冠肺炎疫情形势好转，顺德67名英雄中有6人于3月20日回到家乡。时值春分，他们回来仍需要进行医学隔离，市民还是没能看到他们的真容，只好把岭南水乡最美的春光拍下向他们致敬！

在湖北拼命战“疫”的日子里，他们的面容均被口罩、护目镜等遮挡，少有人看到他们的模样。口罩，只不过是一时的面纱。总有一天，摘掉口罩就能让市民看清他们的面容。

相信，这一天很快就会到来。

至此，“顺德最美逆行者”宣传海报已全部刊发完毕。让我们记住这67张面孔，感谢他们的逆行和坚守。红棉花开，欢迎回家。

图/佛山传媒集团随佛山驰援湖北医疗队采访组记者　穆纪武
文/珠江商报记者　王茂浪

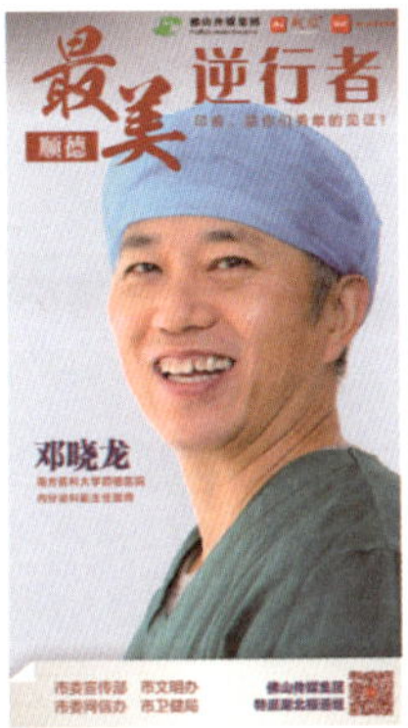

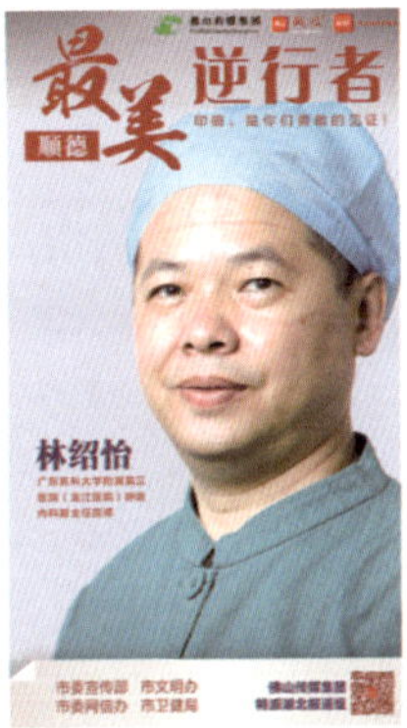

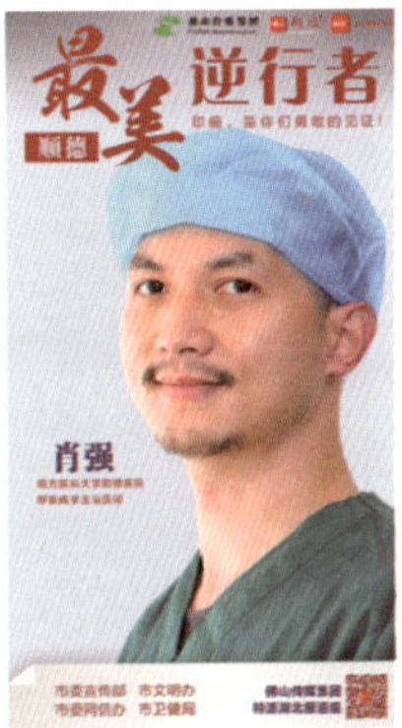

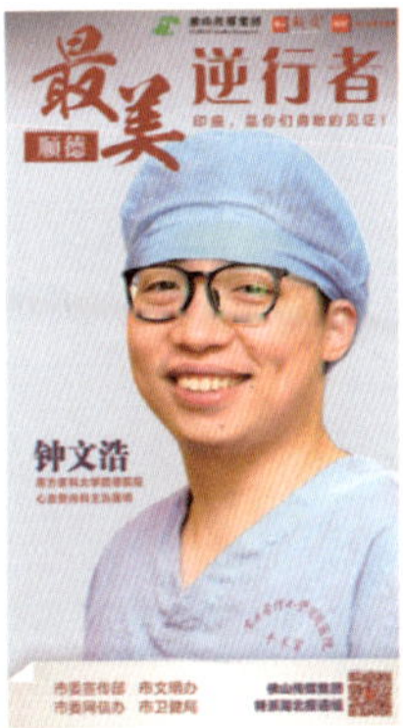

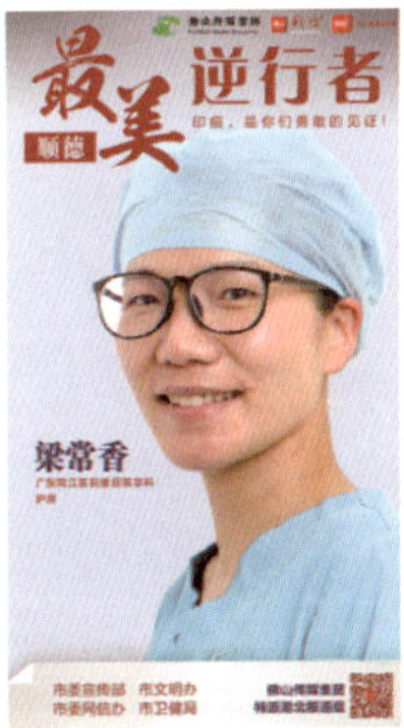

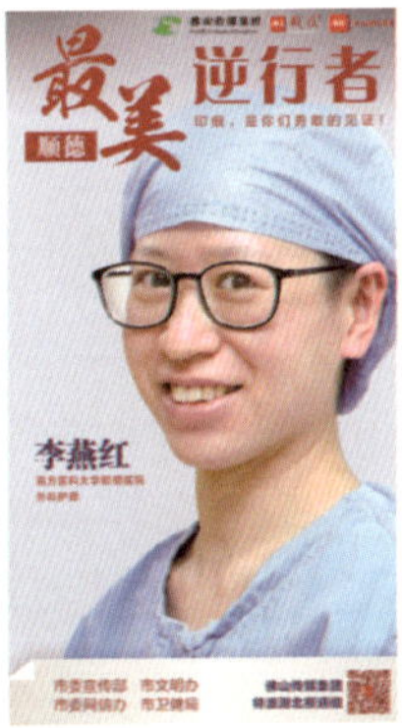

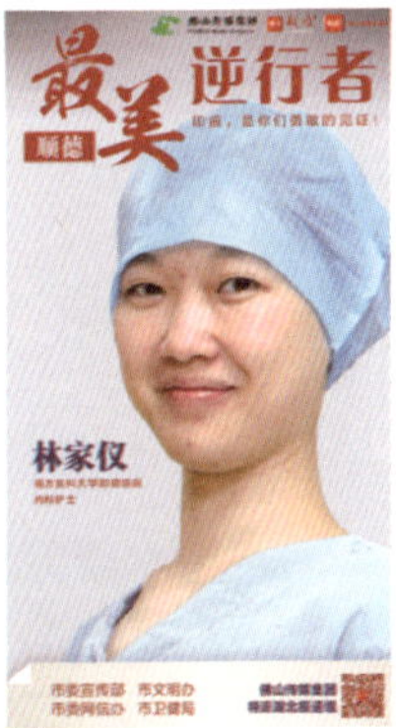

党旗引领　顺德战“疫”

珠江商报
ZHUJIANG　BUSINESS
2020年3月20日 星期五
责任编辑:彭梦青　版式:王叶纷　陈恩福　校对:刘天志

A8

期待

文/珠江商报记者 王茂浪
图/佛山传媒集团随佛山驰援湖北医疗队采访组记者 穆纪武摄

时光流逝，看到满人返程，我们期待67名顺德英雄回家！

离别湖北时，相信你们会有牵挂也有留恋，毕竟在过去的时间里，那里有你们奋战的身影与记忆。

带着责任去，付出了、努力了，这就是一生难忘的记忆。2020年的春天，顺德有你更灿烂，湖北因你更美丽。

白衣执甲入荆楚，抗疫勇士载誉归。我们的英雄，欢迎回家！我们内心澎湃等候着。

战“疫”的故事，归来的你，要讲给孩子们听，我们期待着。

英雄谱 6

第十四章 武汉解封之际

2020年4月6日上午，在采访佛山驰援湖北医疗队第二批返回队员中的顺德医务人员时，我没有聚焦他们的回归，而是将关注点放在他们从武汉带回来的物品上。当时，所有记者围着医疗队进行采访，我就默默走到大巴车的行李门边，看着4名工作人员在帮忙搬运物品。我一问才知道，这些物资包含武汉官方、患者送给顺德医务人员的锦旗、感谢信、致谢绘画等，这让我又一次采访到了现场10多家媒体记者没有采访到的独家新闻，就连南方医科大学顺德医院负责宣传的人也不知道医务人员带回来这么多“新闻宝贝”。

当晚，得知武汉4月8日就要解封，我坐在电脑前，根据积累的素材，结合自己走过的现场情况，一口气，也就是1个小时左右，写下了长篇通讯《武汉战“疫”顺德力量——写在武汉市解除离汉离鄂通道管控措施之际》，通讯于4月8日在《珠江商报》A7版见报。这也是我践行脚力、眼力、脑力、笔力的成果。

我带领团队到医院采访武汉归来的英雄们

我与武汉归来的医务人员合影

【新闻特稿】

武汉战“疫” 顺德力量

写在武汉市解除离汉离鄂通道管控措施之际

这次新冠肺炎疫情，是新中国成立以来在我国发生的传播速度最快、感染范围最广、防控难度最大的一次重大突发公共卫生事件。

你来势汹汹，我众志成城。

从 2020 年 1 月 23 日“封城”到 4 月 8 日“解封”这 76 天里，不同人在武汉这座英雄城市里的不同奋斗状态，构成了这段抗疫史的历史切片。这也包括很多属于顺德的经历，其中顺德护士梁常香至今还在武汉协和西院 ICU 战斗。

今天，武汉解除离汉离鄂通道管控措施，荆楚大地将逐步恢复往日的容颜。这背后展现的是这场严峻斗争中淬炼出的精神，有着顺德的力量。

——关闭离汉离鄂通道，有效切断传播途径；集结全国精锐力量，坚决打赢武汉保卫战、湖北保卫战……大战当前，闻令而动，顺德 67 名英雄向险而行

坚守从顺德出发而来的初心

国家危难关头，顺德激发出无穷力量——

2 月 7 日、2 月 9 日、2 月 11 日、2 月 13 日，顺德一周内先后派出 4 批共 67 名医护人员驰援湖北、驰援武汉。

截至 4 月 6 日，已有南方医科大学顺德医院（顺德区第一人民医院）、暨南大学附属口腔医院（大良医院）、广东医科大学附属第三医院（龙江医院）、暨南大学附属顺德医院（顺德区第二人民医院）的 66 名医护人员平安回到顺德，剩下来自广东同江医院的护士梁常香仍在武汉坚守。

梁常香是佛山市第一批驰援湖北医疗队的队员，也是顺德首名出征武汉的医务人员。她是顺德最早出发的那一个，也是坚守到最后的那一个。

梁常香说，看到顺德的队友们陆续回家，她心情特别激动也特别感动。她的激动与感动是因为顺德医务人员顺利完成了党和国家交给的救治任务，还实现了医护人员“零感染”。

梁常香所对口支援的武汉协和医院西院区，是武汉定点收治新冠肺炎危重症病人的“主战场”，也是到 3 月底武汉仅留的 10 家收治新冠肺炎病人的定点医院之一。

这就意味着，梁常香还要继续坚守阵地。她说她负责看管一名重症患者，这名患者需要进行 CRRT（血滤）和 ECMO（俗称“人工肺”）治疗。她说她能做到的，就是在黎明到来之前，站好最后一班岗，当好最后一批撤离武汉的健康守夜人。

南方医科大学顺德医院驰援武汉的第二批 60 名医务人员中有 15 名医生、45 名护士，他们当中有 60 后 1 人，70 后 5 人，80 后 21 人，90 后 33 人。

直面疫情肆虐的无情，亲历生离死别的悲恸，但梁常香他们依旧义无反顾地代表顺德冲锋在前。

这正如全国静脉麻醉操作模拟比赛总决赛冠军、南方医科大学顺德医院麻醉科医生陈汉文的经历。2 月 13 日，医疗队到达武汉的时候是新冠肺炎疫情最严峻的

时期。陈汉文在从武汉天河国际机场到住处的大巴车上，一路只看到霓虹灯闪烁着“武汉加油”“中国加油”的字样，却没有看到一个人、一辆车。

“那天天气特别冷，雨夹雪，全部队员在车里一句话都不敢说，就是我看着你，你看着我。我感受到大家心里有恐惧、有害怕。”陈汉文说，在换上防护服进入武汉第一医院重症病房时，“勇气就来了，大家只记得自己是一名医务工作者，必须坚守从顺德出发而来的初心，尽自己最大能力去抢救病人。”

“疫”线入党是追求信仰

疑似病患、确诊患者、重症者，量体温、送药、打针、插管、上呼吸机，还要送餐、递物、谈心……各项工作危险、繁重、琐碎，但都需要专业、细致、耐力。顺德 67 名医务人员在湖北、在武汉的每一天都是这样度过的，抢救、医治、照料着那些有需要的人。

在湖北武汉协和医院西院、武汉东西湖方舱医院、武汉第一医院和荆州市中心医院的新冠肺炎疫情防控第一线，这 67 名英雄挺身而出、辛勤工作，坚守岗位、英勇奋战，用无私无畏展现顺德风采，以担当作为贡献顺德力量。

60 人，她带领了顺德最大驰援“军团”远赴武汉；40 天，在团队努力下让接管病区成功实现“清零”。她，是南方医科大学顺德医院消化内科兼医务科副主任、主任医师李国华。

4 月 6 日上午 11 时 15 分，打着队旗，李国华第一个走下挂有“欢迎援鄂抗疫的顺德医护勇士回家”横幅的大巴，她的双眼充满泪水。在“疫”线，她带着的“南顺医队”克服艰辛，在与病毒“近身搏击”的过程中，充分发扬“佛山特色”中医药治疗优势，实现了对重症患者的精准救治。她的眼泪代表着如释重负：“我终于把大家都平安带回来了。”

李国华们进驻的是武汉市第一医院，她的团队与来自全国各地共十支队伍共同组成国家医疗队。在抵达武汉的第三天，就接管了该院感染十二病区。

“这是一个重症病区，队员们收治病人的压力非常大。”李国华说，第一批进入病区战斗的队员是感染科、呼吸科、重症医学科等专业的党员医师、护师，“党员更适合也需要带头冲在第一线。”

俯身上前、开放气道，剧烈的胸腔气流携带着新冠病毒喷溅而出；撑开下颌，探下喉镜，塞入救命的气管套管，连接呼吸机，病人的血氧饱和度开始回升……

这样的生死搏斗，对队员们来说，已是每日的常态。

也就是在这样的处境下，在疫情最为艰苦的时候，南方医科大学顺德医院外科护理学麻醉手术室总务女护士李春艳，在武汉前线主动向医疗队临时党总支递交了入党申请书，志愿加入中国共产党。鉴于医院队员在战疫期间的突出表现，经援鄂医疗队临时党支部党员大会表决通过，李春艳等 8 名同志成为光荣的中共预备党员。

“能够在战‘疫’一线入党，在武汉的这段时间，我深刻体会到共产党员的身份不仅是荣誉，更是沉甸甸的责任和使命。我牢记共产党员的初心和使命，敢于冲锋、勇于担当、不畏艰险，用优异的工作向党组织汇报，用实际行动践行医生誓言。”4 月 6 日回到大良家里的李春艳，当着孩子们的面，这样阐述了她的信仰。

珠江商报 ZHUJIANG BUSINESS　今日顺德　综合　A7　2020年4月8日 星期三　电话:22313015
责任编辑:彭梦青　版式:李佳彬　李秀贞　校对:方慧容

武汉战“疫” 顺德力量

写在武汉市解除离汉离鄂通道管控措施之际

文图/珠江商报记者王茂浪

这次新冠肺炎疫情，是新中国成立以来在我国发生的传播速度最快、感染范围最广、防控难度最大的一次重大突发公共卫生事件。

你来势汹汹，我众志成城。

从1月23日“封城”到4月8日“解封”这76天里，不同人在武汉这座英雄城市里的不同奋斗状态，构成了这段抗疫史的历史切片。这也包括很多属于顺德的经历，其中顺德护士梁常香至今还在武汉协和西院ICU战斗。

今天，武汉解除离汉离鄂通道管控措施，荆楚大地将逐步恢复往日的容颜。这背后展现的是这场严峻斗争中淬炼出的精神，有着顺德的力量。

——关闭离汉离鄂通道，有效切断传播途径；集结全国精锐力量，坚决打赢武汉保卫战、湖北保卫战……大战当前，闻令而动，顺德67名英雄向险而行

坚守从顺德出发而来的初心

国家危难关头，顺德激发出无穷力量——

2月7日、2月9日、2月11日、2月13日，顺德一周内先后派出四批67名医护人员驰援湖北、驰援武汉。

截至4月6日，已有南方医科大学顺德医院（顺德区第一人民医院）、暨南大学附属口腔医院（大良医院）、广东医科大学附属第三医院（龙江医院）、暨南大学附属顺德医院（顺德区第二人民医院）的66名医护人员平安回到顺德，剩下来自广东同江医院的护士梁常香仍在武汉坚守。

梁常香是佛山市第一批驰援湖北医疗队的队员，也是顺德首名出征武汉的医务人员。她是顺德最早出发的那一个，也是坚守到最后的那一个。

梁常香说，看到顺德的队友们陆续回家，她心情特别激动也特别感动。她的激动与感动就是因为顺德医务人员顺利完成了党和国家交给的救治任务，还实现了医护人员“零感染”。

梁常香所对口支援的武汉协和医院西院区，是武汉定点收治新冠肺炎危重症病人的“主战场”，也是到3月底武汉仅留的十家收治新冠肺炎病人的定点医院之一。

这就意味着，梁常香还要继续坚守阵地。她说她负责看管一名重症患者，这名患者需要进行CRRT（血滤）和ECMO（俗称“人工肺”）治疗。她说她能做到的，就是在黎明到来之前，站好最后一班岗，当好最后一批撤离武汉的健康守夜人。

南方医科大学顺德医院援武汉的第二批60名医务人员中，15名医生、45名护士，他们当中60后1人、70后5人，80后21人，90后33人。

直面疫情肆虐的无情，亲历生离死别的悲痛，但梁常香她们依旧义无反顾地代表顺德冲锋在先。

这正如全国静脉麻醉操作模拟比赛总决赛冠军、南方医科大学顺德医院麻醉科医生陈汉文的经历。2月13日，医疗队到达武汉的时候是新冠肺炎疫情最严峻的时期。陈汉文在从武汉天河国际机场到住处的大巴车上，一路只看到霓虹灯闪烁着“武汉加油”“中国加油”的字样，没有一个人、一辆车。

“那天天气特别冷，雨夹雪，全部队员在车里一句话都不敢说，就是我看着你，你看着我。我已经感受到大家心里已经有恐惧、有害怕。”陈汉文说，在换上防护服进入武汉第一医院重症病房时，“勇气就来了，大家只记得自己是一名医务工作者，必须坚守从顺德出发而来的初心，尽自己最大能力去抢救病人。”

“疫”线入党是追求信仰

疑似病患、确诊患者、重症者，量体温、送药、打针、插管、上呼吸机，还要送餐、递物、谈心……危险、繁重、琐碎，但都需要专业、细致、耐力。顺德67名医务人员在湖北、在武汉的每一天都是这样度过，抢救、医治、照料着那些有需要的人。

在湖北武汉协和医院西院、武汉东西湖方舱医院、武汉第一医院和荆州市中心医院的新冠肺炎疫情防控第一线，这67名英雄挺身而出、辛勤工作，坚守岗位、英勇奋战，用无私无畏展现顺德风采，以担当作为贡献顺德力量。

60人，她带领了顺德最大驰援“军团”远赴武汉；40天，在团队努力下让接管病区成功实现“清零”。她，是南方医科大学顺德医院消化内科兼医务科副主任、主任医师李国华。

4月6日上午11时15分，扛着队旗，李国华第一个走下挂有“欢迎援鄂抗疫的顺德医护勇士回家”横幅的大巴，她的双眼充满泪水。在“疫”线，她带着的“南顺医队”克服艰辛，与病毒“近身搏击”过程中，充分发扬“佛山特色”中医药治疗优势，实现了对重症患者的精准救治。她的眼泪就是如释重负：“我终于把大家都平安带回来了。”

李国华们进驻的是武汉市第一医院，还与来自全国各地共十支队伍共同组成国家医疗队。在抵达武汉的第三天，就接管了该院感染十二病区。

“这是一个重症病区，队员们收治病人的压力非常大。”李国华说，第一批进入病区战斗的队员是感染科、呼吸科、重症医学科等专业的党员医师、护师，“党员更适合也需要带头冲在第一线。”

俯身上前、开放气道，剧烈的胸腔气流携带着新冠病毒喷溅而出；撑开下颌，探下喉镜，塞入救命的气管套管，连接呼吸机，病人的血氧饱和度开始回升……

这样的生死搏斗，对队员们来说，已是每日的常态。

也就是在这样的处境下，在疫情最为艰苦的时候，南方医科大学顺德医院外科护理学麻醉手术室总务女护士李春艳，在武汉前线主动向医疗队临时党总支递交了《入党申请书》，志愿加入中国共产党。鉴于医院队员在战疫期间的突出表现，经援鄂医疗队临时党支部党员大会表决通过，李春艳等8名同志成为光荣的中共预备党员。

“能够在战‘疫’一线入党，在武汉经历的这段时间，我深刻体会到共产党员不仅是荣誉，更是沉甸甸的责任和使命。我牢记共产党员的初心和使命，敢于冲锋、勇于担当，不畏艰险，用优异的工作向党组织汇报，用实际行动践行医生誓言。”4月6日回到大良家里的李春艳，当着孩子们的面，这样阐述她的信仰。

没有硝烟的战场，直面生与死的考验。

67名顺德逆行的英雄中，近五成是党员。他们与病毒的战斗，在湖北、在武汉用自己的行动证明了中共党员的担当与责任。

从武汉带回一面面锦旗

面对新冠病毒这种人类尚未完全认识的全新挑战，多一个人坚持就多一分希望，多一个人守护就多一分曙光。

毕业于华中科技大学同济医学院的欧阳凤珊，是南方医科大学顺德医院康复科医生，武汉是她学医开始的地方，是她跟爱人认识的城市，她说她找不到不去一线的理由。

广东医科大学附属第三医院（龙江医院）呼吸内科副主任医师林绍怡、暨南大学附属口腔医院（大良医院）呼吸科主管护师伍素华、暨南大学附属顺德医院（顺德区第二人民医院）感染科护士朱妍，也是在新冠肺炎疫情最严峻的形势下“舍小家献大爱”，到了湖北、武汉最需要的地方驰援。

“在这场没有硝烟的战争中，我看到新闻中许多医务人员争先恐后，不怕牺牲，不怕困难，冲在最前线，他们的精神深深地感染了我，作为一名护士，在这个危难的关头，我也想贡献自己微薄的力量，因此必须响应医院号召，志愿申请加入武汉支援队伍，我将不负所托，尽我所能，圆满完成支援工作……”这正是梁常香书写在《请战书》上的内容。

突如其来，疫情汹汹！

疫情当前，医生、护士就是战士。

站出来、上前线，这是天职。

顺德的英雄们做到了。

李国华带领的团队从正式接管病区至3月18日关闭病区，医疗队管理重症床位139张，累计收治患者168人，治愈出院156人，治愈率达92.9%，转出9人。

这组数据正如2月9日中午，佛山市委副书记、顺德区委书记郑文海率区几套班子主要领导，为驰援武汉的医务人员邓晓龙、肖强、刘颖送行时所说：“生命重于泰山，疫情就是命令，防控就是责任。在党需要、祖国需要的时候，你们挺身而出，每位都是一座‘火神山’、‘雷神山’，非常了不起！”

武汉人民赠送锦旗向“为武汉拼过命”的顺德致敬。

4月6日，队员们带回来的一面面锦旗就是郑文海心中“非常了不起”的见证。

“白衣执甲，血浓于水；医者仁心，大爱无疆”——这是武汉市硚口区新冠肺炎疫情防控指挥部2020年3月23日给南方医科大学顺德医院赠送的锦旗赠言。

“佛心仁术，千里逆行爱无疆；德高艺精，恩情似海永铭记”、“指挥有方，队伍带得个个棒；运筹帷幄，医护救治人人夸”、“医术精湛品德优，服务热忱如亲人”——这是武汉治愈者杨杏芳分别实名送给南方医科大学顺德医院李国华医生、卢剑海医生的锦旗赠言。

这是武汉人民，用这种方式向“为武汉拼过命”的顺德人致敬。

——迅速建设火神山医院、雷神山医院、方舱医院和大量隔离场所，解决病人收治难题；只要众志成城、齐心协力，就没有克服不了的困难、跨越不过的沟坎。一方有难、八方支援，这正是顺德力量助力湖北、武汉越坎的生动体现，也是“顺德制造”的实力展现

特殊时期的顺德印记

面对疫情，短短十多天时间里，16座“生命之舱”在武汉三镇拔地而起，大幅扩容收治能力，托举起生命的希望。运行一个月后，就实现了从“人等床”到“床等人”的转变。3月10日下午，武汉16家方舱医院全部休舱。

这背后，有着顺德的特殊力量。

负压救护车是转运传染性疾病病人专用车辆，车内负压装置可使车内气压低于外界气压，让空气只能从车外单向流入车内，并确保车内空气无害化处理后排出，最大限度减少医护人员交叉感染的风险。

1月26日，在抗“疫”紧急关头，美的集团当即决定：向湖北捐赠80台负压救护车！2月12日，又决定增加捐赠60台。

负压救护车平时需求小，车企产能与零部件库存少，美的集团却在短短20多天，采购到140台负压救护车并火速运抵湖北，让各方倍感振奋。

“美的捐赠负压救护车行驶在来汉途中。”

这是2月份武汉16家方舱医院与各社区之间，以及在武汉市金银潭医院、武汉市肺科医院、武汉市中心医院等湖北省117家医院听得最多的一句话。

这句话也在2月16日、2月22日两天得到印证。140台负压救护车全部交接，从沈阳、厦门抵达武汉的路途，“向美的集团致敬”的标语，无不体现顺德企业的担当与作为。

驰援武汉的顺德医务人员休养后合影。

同样在2月16日，那天中午12时30分，这个时间让武汉与顺德有了共同的记忆：顺德自主研发的机器人为武汉医护人员煮好的第一个煲仔饭在武汉新鲜出炉，热腾腾的煲仔饭不仅让现场的医护人员闻香“暖胃又暖心”，更让爱心暖流在这两座相隔千里的城市间流动，让抗击疫情的信心紧紧联系在一起。

这是碧桂园集团通过国强基金会向武汉捐赠自主研发的煲仔饭机器人，战斗在一线的医护人员通过扫码下单，免费吃到热气腾腾的煲仔饭，还是24小时免费提供煲仔饭配餐服务。

顺德制造在抗疫一线无处不在

新冠肺炎疫情牵动人心，更变成了一场与时间赛跑的战“疫”。

在建设火神山、雷神山医院当中，在抗疫急需口罩、消毒液、防护服、医用手套、护目镜、防护头盔面屏以及手持体温枪等物资筹集当中，顺德企业有钱出钱、有物捐物，海运、陆运、空运齐上阵，第一时间从各地运到湖北、运到武汉。

1月23日，武汉封城第一天，格兰仕紧急调拨第一批救援物资，直奔武汉协和医院。阻断疫情不阻断感情，隔离病毒不隔离爱，在此之后，顺德企业形成了接力驰援、同心抗疫之势。

2月初，顺德就有超100家企业捐款捐物支援抗疫，总额超过3.2亿元，而这一数据一直在刷新中，直至今日。

顺德作为中国家电之都、制造强区，在疫情面前，各企业主动担当，勇于作为。美的集团向73家医院捐赠电暖器，康宝电器捐赠消毒柜，中辉控股已经将400多个集装箱隔离病房发至武汉，联塑排水管、大自然地板、万家乐热水器……走进武汉火神山、雷神山医院，走进湖北、走进武汉抗“疫”一线，顺德制造无处不在。

……

今天，武汉解封了。这座英雄的城市走过了最艰难的阶段，在春天开始复苏。此刻，我们很期待顺德和武汉能如往常那样见面走动。

但在疫情还在全球蔓延的当前，我们深知现在还不是如常走动的时候。

坚持防控，守住前期成果，城门和家门才能稳步打开而不出现反复。

需要坚持再坚持，坚守再坚守的，不只是武汉这座城市，也不只是武汉人民，顺德同样需要坚持，顺德人同样需要坚守。

只有这样，才不会辜负“我们同舟共济，众志成城，同疫情展开顽强斗争付出的巨大代价和牺牲”。

写在武汉市解除离汉离鄂通道管控措施之际的报道，全国县域媒体唯有此篇

没有硝烟的战场，直面生与死的考验。

67 名逆行的顺德英雄中，近五成是党员。他们与病毒战斗，在湖北武汉，他们用自己的行动证明了中国共产党员的担当与责任。

从武汉带回一面面锦旗

面对新冠病毒这种人类尚未完全认识的全新挑战，多一个人坚持就多一分希望，多一个人守护就多一分曙光。

毕业于华中科技大学同济医学院的欧阳凤珊，是南方医科大学顺德医院康复科的医生，武汉是她学医开始的地方，是她跟爱人认识的城市，她说她找不到不去一线的理由。

广东医科大学附属第三医院（龙江医院）呼吸内科副主任医师林绍怡、暨南大学附属口腔医院（大良医院）呼吸科主管护师伍素华、暨南大学附属顺德医院（顺德区第二人民医院）感染科护士朱妍，也是在新冠肺炎疫情最严峻的形势下“舍小家献大爱”，到了湖北武汉最需要的地方驰援。

“在这场没有硝烟的战争中，我看到新闻中许多医务人员争先恐后，不怕牺牲，不怕困难，冲在最前线，他们的精神深深地感染了我，作为一名护士，在这个危难的关头，我也想贡献自己微薄的力量，因此我必须响应医院号召，志愿申请加入武汉支援队伍，我将不负所托，尽我所能，圆满完成支援工作……”这正是梁常香书写在《请战书》上的内容。

突如其来，疫情汹汹！

疫情当前，医生、护士就是战士。

站出来、上前线，这是天职。

顺德的英雄们做到了。

李国华带领的团队从正式接管病区至 3 月 18 日关闭病区，医疗队管理重症床位 139 张，累计收治患者 168 人，治愈出院 156 人，治愈率达 92.9%，转出 9 人。

这组数据正如 2 月 9 日中午，佛山市委副书记、顺德区委书记郭文海率区几套班子主要领导，为驰援武汉的医务人员邓晓龙、肖强、刘颖送行时所说的：“生命重于泰山，疫情就是命令，防控就是责任。在党需要、祖国需要的时候，你们挺身而出，每位都是一座‘火神山’‘雷神山’，非常了不起！”

4 月 6 日，队员们带回来的一面面锦旗就是郭文海心中“非常了不起”的见证。

“白衣执甲，血浓于水；医者仁心，大爱无疆”——这是武汉市硚口区新冠肺炎疫情防控指挥部 2020 年 3 月 23 日给南方医科大学顺德医院赠送的锦旗赠言。

“佛心仁术，千里逆行爱无疆；德高艺精，恩情似海永铭记”“指挥有方，队伍带得个个棒；运筹帷幄，医护救治人人夸”“医术精湛品德优，服务热忱如亲人”——这是武汉治愈者杨杏芳实名送给南方医科大学顺德医院李国华医生、卢剑海医生的锦旗赠言。

这是武汉人民在用这种方式向“为武汉拼过命”的顺德人致敬。

——迅速建设火神山医院、雷神山医院、方舱医院和大量隔离场所，解决病人收治难题；只要众志成城、齐心协力，就没有克服不了的困难、跨越不过的沟坎。

一方有难、八方支援，这正是顺德力量助力湖北、武汉越坎的生动体现，也是“顺德制造”的实力展现

特殊时期的顺德印记

面对疫情，短短十多天时间里，16 座“生命之舱”在武汉三镇拔地而起，大幅扩容了收治能力，托举起了生命的希望。这些“生命之舱”运行一个月后，就实现了从“人等床”到“床等人”的转变。3 月 10 日下午，武汉 16 家方舱医院全部休舱。

这背后，有着顺德的特殊力量。

负压救护车是转运传染性疾病病人专用车辆，车内负压装置可使车内气压低于外界气压，让空气只能从车外单向流入车内，并确保车内空气无害化处理后排出，最大限度地减少医护人员交叉感染的风险。

1 月 26 日，在抗“疫”紧急关头，美的集团当即决定：向湖北捐赠 80 台负压救护车！ 2 月 12 日，又决定追加捐赠 60 台。

负压救护车平时需求小，车企产能与零部件库存少，美的集团却在短短 20 多天，采购到 140 台负压救护车并火速运抵湖北，让各方倍感振奋。

“美的捐赠负压救护车行驶在来汉途中。”

这是 2 月份武汉 16 家方舱医院与各社区之间，以及在武汉市金银潭医院、武汉市肺科医院、武汉市中心医院等湖北省 117 家医院听得最多的一句话。

这句话也在 2 月 16 日、2 月 22 日两天得到了印证。140 台负压救护车全部交接，从沈阳、厦门抵达武汉的路途上，“向美的集团致敬”的标语，体现了顺德企业的担当与作为。

同样在 2 月 16 日，那天中午 12 时 30 分，这个时间让武汉与顺德有了共同的记忆：顺德自主研发的机器人为武汉医护人员煮好的第一个煲仔饭在武汉新鲜出炉，热腾腾的煲仔饭不仅让现场的医护人员闻香“暖胃又暖心”，更让爱心暖流在这两座相隔千里的城市间流动，让抗击疫情的信心紧紧联系在一起。

这是碧桂园集团通过国强基金会向武汉捐赠的自主研发的煲仔饭机器人，战斗在一线的医护人员扫码下单，就能免费吃到热腾腾的煲仔饭，碧桂园集团同时还 24 小时免费提供煲仔饭配餐服务。

顺德制造在抗疫一线无处不在

新冠肺炎疫情牵动人心，更变成了一场与时间赛跑的战“疫”。

在建设火神山、雷神山医院的过程中，在口罩、消毒液、防护服、医用手套、护目镜、防护头盔面屏以及手持体温枪等抗疫急需物资筹集的过程中，顺德企业有钱出钱、有物捐物，海运、陆运、空运齐上阵，确保了各种物资和人力第一时间从各地运到湖北、运到武汉。

1 月 23 日，武汉封城第一天，格兰仕集团紧急调拨了第一批救援物资，直奔武汉协和医院。阻断疫情不阻断感情，隔离病毒不隔离爱。在此之后，顺德各企业形成了接力驰援、同心抗疫之势。

2 月初，顺德有超 100 家企业捐款捐物支援抗疫，总额超过 3.2 亿元，而这一

数据还一直在刷新，直至今日。

顺德作为中国家电之都、制造强区，在疫情面前，各企业主动担当，勇于作为。美的集团向 73 家医院捐赠电暖器，康宝电器捐赠消毒柜，中辉控股已经将 400 多个集装箱隔离病房发至武汉，联塑排水管、大自然地板、万家乐热水器……走进武汉火神山、雷神山医院，走进湖北、走进武汉抗“疫”一线，顺德制造无处不在。

……

今天，湖北武汉解封了。这座英雄的城市走过了最艰难的阶段，在春天开始复苏。此刻，我们很期待顺德和武汉的市民能如往常那样见面走动。

但疫情还在全球蔓延的当前，我们深知现在还不是如常走动的时候。

坚持防控，守住前期成果，城门和家门才能稳步打开而不出现疫情反复。

需要坚持再坚持，坚守再坚守的，不只是武汉这座城市，也不只是武汉人民，顺德同样需要坚持，顺德人同样需要坚守。

只有这样，才不会毁掉“我们同舟共济，众志成城，同疫情展开顽强斗争付出的巨大代价和牺牲”。

第二部
2020 年策划的眼力

脚力到位，笔力方能雄健，“懒人是当不了记者的”。

我坚信这句话是通过实践得出来的。

2020 年 4 月，看到疫情稳定后，我就在报社各部门中率先召开了视频会议、线下会议。2020 年，我带领的团队进行了各类新闻策划业务推广、好新闻写作等学习会；积极开展新媒体采写学习、佛山 App 推广会；请基层记者分享在新媒体操作中的做法、亮点，并就执行力、策划等方面开展了 7 场现场学习交流会；组织记者们到顺德区档案馆新馆、818 容桂活动现场、陈村昇辉集团、杏坛粤辉花园等地进行学习。

在 2020 年这一年里，我就是靠自己的眼力看到了疫情稳定后的防疫历程展示、顺德村级工业园改造发起总攻的价值、扫黑除恶收官之年的意义，开展了一系列的全媒体报道。

经过实践，我深信眼力是记者及时发现新闻价值的能力。记者眼力的强弱，直接关系新闻作品质量的高低。《新时代江村调查》之所以能获得广东新闻奖，就是源于这样的境界、胸怀和情操。

当然，用新闻同行郑加升的话就是：基层新闻记者的眼力，不是天生就有的，而是后天培养的。

第十五章 工业遇上龙舟

2020 年疫情期间，我结合顺德龙舟特色策划了设计顺德龙舟巡游惠，虽然最后因为各种原因没有实施，但我认为这个方案是我靠眼力洞察出来的。这种源于生活的策划，有利于新闻报道的开展，具有鲜活的生命力。

【策划方案】 设计顺德龙舟巡游惠策划方案

好的工业设计，能够催生好的产品，成就好的企业，进而带动产业链的发展，促进经济的繁荣，顺德的工业设计已经涉及所有行业。

如今，不仅是顺德，全国各地也正竞相角逐工业设计。你追我赶的背后是，有着“工业发展魔方”之称的工业设计，成为产业价值链的源头，处在创新链的起点，决定着制造服务的品质、价值和企业的竞争力。

龙舟，在顺德，不仅是一种团结协作、奋勇争先的群体运动，更是一种人民饱含美好向往的生活方式。

广东工业设计城好比一艘龙舟，园区企业就像划手，这需要企业自身有水准、有能力、有创造力，更需要大家齐心协力划好这艘龙舟。这艘龙舟就是顺德工业设计的“雁阵”，要使“雁阵”上的划手成为引领顺德制造业转型升级的重要力量，“设计顺德龙舟巡游惠”来帮你，该方案全程贯彻“129”的理念、概念，旨在让人们潜移默化地深入了解中国设计日，让更多的人知道广东工业设计城，让设计顺德与顺德文化相融合。

一、模式

1. 由珠江商报社制作一艘 20.129 米长的木制顺德龙舟，20.129 米就是 2012 年 12 月 9 日习近平总书记来广东工业设计城的日子，“12・9”也是中国设计日。

2. 龙舟有龙头、龙尾，前后书写“广东工业设计城”与“设计顺德号”12 个字，船舷书写“珠江商报社荣誉制造”9 个字。

3. 龙舟内设有 129 个产品展位，其中 12 个展位可以通电，9 个展位通水。

4. 龙舟设有 1 把罗伞、2 个锣鼓、9 个划桨。

5. 龙舟底座可移动，左右 12 个轮子、前后 9 个轮子。

二、方式

1. 由广东工业设计城联合珠江商报社在广东工业设计城所有驻园区企业，评选出 129 件最新、最潮、最实用的产品，摆放在龙舟上。

2. 每家企业可以提供 2 件产品竞选，但最多只能有一件产品入选。

3. 一年更换一次产品，评选方式如上。

4. 每件产品功能、外观都要正常，且需要附上能链接进入线上挑选、购买、查看的二维码，这样既可以让消费者买卖产品，又能推介广东工业设计城与顺德设计。

产品价格均在 12.9 元以上、129 元以下，也可以 129 元三件或两件。在实惠中吸引人们购买，引导人们对美好设计产品的喜欢与追求。

三、展出

展出最少 30 场，分别深入顺德全年龙舟、美食、文化特色活动现场进行工业设计宣传、产品推销，到各大职校、社区、小区宣传与推介。每次展出现场有 2 块总长 12.9 米的展板组成图文介绍。

1. 特色地点，凸显人气、购买力。

（1）2020 年 6 月 23 日—12 月 1 日，在顺德、南海、禅城、番禺、南沙等地区总共 15 个特色地方展出，每个地方 2 天（含以上），其中杏坛龙潭村（龙母诞、青田村）为 5 天。

（2）顺德分别为勒流龙眼村（龙眼点睛）、容桂南区社区（夜龙）、杏坛龙潭村（龙母诞、青田村）、勒流黄连村（龙虿赛）、陈村大都村（草龙赛）、大良顺峰山公园（龙舟赛）、北滘广场（龙舟赛）、伦教 678 文学街（美食街）、大良华侨城（美食节）、乐从上华村（文化节举办地）。

（3）南海、禅城、番禺、南沙地点待定，或者在顺德区内另选地点展出。

2. 学校展出，凸显工业设计知识、创新技术普及

2020 年 6 月 23 日—12 月 1 日，在顺德选择 10 家职业技术学校进行展出。

3. 社区展出，凸显购买力、吸引力。

2020 年 6 月 23 日—12 月 1 日，在顺德选择 10 个高档大型社区、小区进行展出。

四、宣传

1.《珠江商报》开设“设计顺德龙舟巡游惠”专栏，全程对最少 30 场活动进行图文报道。

2. 珠江商报社官微、顺德新闻网、顺德 +、佛山 + 等全媒体进行报道。

顺德有着敢为人先、奋勇拼搏的龙舟精神

第十六章 三大战“疫”栏目

在 2020 年新冠肺炎疫情期间，我及时推出了《全民防“疫”镇街力量》，对所有镇街在抗“疫”中的做法、行动、效果，特别是党员、党组织的引领作用进行了超过 40 个版的报道；开设了《与法同行》，推出普法专栏，及时传递疫情期间的法律知识，刊发版面超过 5 个；开办了《扶贫“疫”线 顺德担当》，适时报道湛江扶贫的顺德干部风采，极大地鼓舞了扶贫干部一手抓防疫，一守抓扶贫的士气。

这三个栏目其实就是三大战“疫”，从这些栏目的稿件里，不仅让人民群众看到了一批践行“四力”的基层记者走进百姓人家的报道，也为我带领的新闻队伍增加了许许多多增强“四力”的生动案例，尤其是眼力。

2021 年 1 月 25 日，我主导的“顺德在湛江决战脱贫攻坚报道选展”在雷州市南湖广场、徐闻县会议中心同时举行。这是一次全面反映“2016 年顺德对口帮扶湛江市雷州、徐闻以来，两地 26 个镇 65 个相对贫困村、贫困户 6 687 户 24 856 人在 2020 年全部实现脱贫”历程的展示，广大群众、扶贫干部深受鼓舞。

党旗引领 顺德战“疫”

73 岁老党员主动请缨走上一线

伦教街道党群同心、齐心协力，筑牢抗击疫情的“铜墙铁壁”

勒流街道党员主动出列，带头筑牢疫情防控防线

没想过“怕不怕” 只知道“要去做”

新冠肺炎疫情期间开设为基层鼓与呼的栏目

《全民战“疫” 镇街力量》栏目

【开栏语】在这个不一样的春节里，在防控新型冠状病毒肺炎疫情的第一线，珠江商报社记者深入顺德各镇街、村居，传递出一篇篇感人的战“疫”文章、一幅幅动人的战“疫”图片、一段段难忘的战“疫”视频。今天，我们推出《全民战“疫”镇街力量》栏目，将为您呈现更多战“疫”故事，敬请关注。

党旗引领 顺德战“疫”

依法做好新型冠状病毒感染的肺炎疫情防控工作

乘车不戴口罩还打人 男子被行政拘留

与法同行

法律知识小课堂

案情简介

新冠肺炎疫情期间开设的《与法同行》栏目

《与法同行》栏目

【编者按】岁末年初，我国多地发生新型冠状病毒感染的肺炎疫情，形势严峻。顺德区司法局服从和执行中央、省、市、区关于疫情防控的决策部署，为让顺德的防控工作在依法依规轨道上运行，坚决打赢这场疫情防控攻坚战，本专题选取了疫情防控期间重点领域的法律、法规及相关政策文件，筛选若干最近发生的具有典型意义的案例，整编了《顺德区防控新型冠状病毒感染的肺炎疫情工作重点领域法律法规政策指引、问答及案例》，开设了《与法同行》，力求让广大群众和经营者自觉遵守法律法规的相关规定。

党旗引领 顺德战“疫”

扶贫“疫”线 顺德担当

防疫物资短缺 他们帮“跑腿”

顺企力量

不能冲锋一线 捐款表达支持

多次捐钱捐物 支持疫情防控

连线湖北

4000瓶消毒液捐送武汉防控一线

农产品遇滞销 他们帮“推销”

2020年是不平凡的一年，更是全面决战脱贫攻坚的决胜之年，疫情期间，我策划推出了扶贫一线的报道

《扶贫“疫”线 顺德担当》

【开栏语】疫情汹涌，面对与扶贫工作截然不同的局面，顺德在湛江雷州、徐闻的扶贫干部并未被打乱阵脚，他们与对口帮扶的党委领导开会讨论，梳理需要扶贫干部协助解决的事项。达成一致目标后，他们马上回到自己所驻村居，与村书记一起，深入防疫一线。

第十七章 走在扶贫路上

“广东扶贫济困日”是由时任中共中央政治局委员、广东省委书记汪洋倡导并首先提议设立的。2010 年 6 月 4 日，经国务院批准，确定自 2010 年起，每年 6 月 30 日为“广东扶贫济困日”。从 2015 年起，每年 6 月 30 日前后，我就会策划出版一本顺德对外扶贫的特刊，记录脱贫攻坚路上的顺德力量，到 2020 年已出版 6 本，见报超过 120 个版。这是眼力洞察出来的新闻。

践行“四力”之外，我在江西省新余市渝水区南安乡下江村建立了农家书屋

2020 年是我国全面建成小康社会、实现第一个百年奋斗目标的决胜之年，也是脱贫攻坚战决胜之年。我带领的团队一直围绕脱贫攻坚这一伟大壮举，深入雷州半岛采撷贫困户摘穷帽、拔穷根的生动故事，充分挖掘扶贫干部、第一书记攻坚克难、忘我奉献的感人事迹，凝聚起决战脱贫攻坚、决胜全面小康的强大力量。

【策划方案】 脱贫攻坚 决胜小康——630 广东扶贫日顺德力量特别报道

“到 2020 年现行标准下农村贫困人口全部脱贫、贫困县全部摘帽，是我们党立下的军令状”“脱贫攻坚越到紧要关头，越要坚定必胜的信心”……近年来的全国“两会”上，“脱贫攻坚”是习近平总书记同代表、委员交流最多的问题之一。

2020 年，注定是中国历史上具有里程碑意义的一年。这是脱贫攻坚的决战决胜之年，是全面建成小康社会的收官之年。

2020 年 3 月 6 日，习近平总书记出席决战决胜脱贫攻坚座谈会并发表重要讲话。在会上，习近平总书记发出号令：到 2020 年现行标准下的农村贫困人口全部脱贫，是党中央向全国人民作出的郑重承诺，必须如期实现。

2016 年 5 月以来，顺德负责对口帮扶湛江雷州市、徐闻县 26 个镇 65 个相对贫困村贫困户 6 687 户、贫困人口 24 856 人。3 年多来，顺德区委区政府高度重视精准扶贫工作，投入各级扶贫资金超过 8.17 亿元，大力发展产业扶贫、教育扶贫、健康扶贫、党建扶贫、危房改造、劳动力转移就业和实施农村人居环境整治、新农村建设等扶贫措施，有效促进了贫困户增收，大力改善了村民生产生活条件，扶贫既定目标一一实现。2019 年顺德对口的雷州、徐闻预脱贫率超过 99%，超额完成年度减贫目标，脱贫效果非常明显。

精准扶贫的顺德优势 ——630广东扶贫日特别报道

解决产销难题 促就业助增收

伦教与5个协作单位一起帮扶徐闻4条相对贫困村，三年脱贫率达到78.18%

援建水塔 助村民喝上放心水

村企合作 农民增收还能解决就业

捐献图书作育人才

手机下单 徐闻农产品直达顺德

筹款超过1500万 惠及群众3000人次

2018年，伦教慈善会不断创新工作机制，拓宽了筹款渠道，加大了受助面积

累计捐出善款达500万

成立教育慈善基金筹款支持教育

2019年扶贫特刊版面用图说话

面对湛江、四川、新疆等地的扶贫工作，佛山市委副书记、顺德区委书记、区扶贫开发工作领导小组组长郭文海要求，脱贫攻坚工作已进入决战决胜、全力冲刺的关键阶段，顺德扶贫干部要学习当地群众艰苦奋斗的精神，将工作做得更好更扎实，在产业、就业等方面，要根据当地生态特点，将推动农业现代化作为重要的脱贫路径，与当地干部群众同心同向同力，共同努力高质量圆满完成对口帮扶工作，坚决打赢脱贫攻坚战。

同时，郭文海书记对慈善帮扶工作格外重视。他提出要弘扬慈善文化，弘扬互帮互助的大爱精神，弘扬社会主义核心价值观。其中，2020年4月17日，郭文海书记前往调研“和衷共济”小微企2亿元应急支援计划，对和的慈善基金会主动为全区小微企业纾难解困给予充分肯定，对何享健先生表示由衷感谢。

2016—2018年扶贫特刊封面

在一年一度广东扶贫日到来之际，顺德区扶贫办、顺德区慈善会联合珠江商报社，于 6 月 30 日共同推出了《脱贫攻坚　决胜小康——630 广东扶贫日顺德力量特别报道》（或《决战脱贫在今朝》），具体如下：

1. 每个镇街 1 个版（为《珠江商报》正常一个版 49cm × 31cm 的大小，4 000 字，配 5 张图），在《珠江商报》主报刊登，报眉用“脱贫攻坚　决胜小康——630 广东扶贫日顺德力量特别报道”。

2. 内容分别为镇街对外扶贫成效、对内慈善大爱故事。要做出一本可以称为区委区政府对外派送的特刊。特别是疫情发生以来，顺德在战“疫”一线的扶贫、帮扶、慈善、爱心力量，全力夺取疫情防控和经济社会发展“双胜利”，为顺德打造新时代广东贯彻落实新发展理念的实验区奠定坚实基础。

3. 6 月 28 日截稿与签印。

2020 年扶贫特刊封面，每年的扶贫特刊都能展现记者的脚力、眼力、脑力、笔力

第十八章 建党 99 周年特刊

2020年7月1日 星期三 T1

责任编辑:彭梦青 版式:李佳彬 周惠芬
校对:梁伟成 电话:22216558

党旗飘扬

——建党99周年顺德作为纪念特刊

一场场"硬战"是怎样打下来的

王茂浪

俯身上前，开放气道，剧烈的胸腔气流携带着新冠病毒喷溅而出；撑开下颌，探下喉镜，塞入救命的气管套管，连接呼吸机，病人的血氧饱和度开始回升……

也就是在这样生死搏斗的处境下，在疫情最为艰苦的时候，南方医科大学顺德医院外科护理学麻醉手术室总务女护士李春艳，在武汉前线主动向医疗队临时党总支递交了《入党申请书》，志愿加入中国共产党。

"能够在战'疫'一线入党，在武汉经历的这段时间，我深刻体会到共产党员不仅是荣誉，更是沉甸甸的责任和使命。我牢记共产党员的初心和使命，敢于冲锋、勇于担当、不畏艰险，用优异的工作向党组织汇报，用实际行动践行医生誓言。"4月6日回到大良家里的李春艳，当着孩子们的面，这样阐述她的信仰。

没有硝烟的战场，直面生与死的考验。

67名顺德逆行的英雄中，近五成是党员。他们与病毒的战斗，在湖北、在武汉用自己的行动证明了中共党员的担当与责任。

"这次疫情是对我国治理体系和能力的一次大考"——在中央政治局常委会会议上，中央作出如是判断。

作为国家治理体系和治理能力的基石，基层治理体系和治理能力如何，直接影响着整个大局。顺德，作为一个中国基层治理典范的县域，在经济社会发展中一路勇当先锋的排头兵，如何在这场战"疫"中坚守阵地，贡献力量，共克时艰，赢取胜利，无疑具有标志性的意义。

今年1月30日，佛山市委副书记、顺德区委书记郭文海主持召开顺德区新冠肺炎防控工作指挥部第六次会议，研究推出一系列创新举措，特别突出的就是党员上前线、干部下基层，让党旗在防控疫情斗争第一线高高飘扬，发挥基层党组织的战斗堡垒作用，一个支部就是一座堡垒，一名党员就是一面旗帜，广泛动员群众、组织群众、凝聚群众，构筑群防群治的严密防线。

2月10日傍晚，郭文海书记主持召开区委常委会（扩大）会议，第一时间传达省委李希书记到顺德调研检查时提出的工作要求，研究部署顺德区贯彻落实工作举措，其中就对广大党组织、党员干部提出了要求。如何强信心、暖人心、聚民心，齐心协力打赢疫情防控这场硬战？面对非常时期的大考，顺德打响了一场党旗引领下的全民战"疫"。在区委发出"五个最"总动员之后，全区各级党组织马上部署落实，迅速在全区织就一张最为严密的疫情防控网，筑起党旗引领下的红色防线。区直部门3600名党员干部全部奔向战"疫"一线，同行的还有区直单位科级干部100多名，机关支部书记200多名；全区党群先锋队共400多支20000多人，分布在10个镇街205个村居及企业，冲在抗疫一线……在复工复产中，顺德组织党员干部担任疫情防控指导员，主动上门帮助企业渡难关。一时间，区委主要领导带头的覆盖全区企业的指导员，就成了"战"时给予企业的最强"定心丸"。

6月11日召开的中共佛山市顺德区第十五届代表大会第五次会议提出，过去一年多来，顺德以闻鸡起舞、日夜兼程、风雨无阻的奋斗姿态，重燃当年"杀出一条血路"、敢于饮"头啖汤"的改革激情，激发新时代敢闯敢试、敢为人先的干事创业精气神，大胆试、大胆闯、自主改，举全区之力攻坚村级工业园改造，率先建设广东省高质量发展体制机制改革创新实验区，奋力闯出一条高质量发展的顺德之路。如今，省委要求把顺德建设成为新时代广东省贯彻落实新发展理念实验区，既是对顺德极大的鼓励鞭策和极大的信任重托，更是沉甸甸的政治责任和千载难逢的发展机遇，要牢牢把握这个历史机遇，动员全区上下对标新发展理念，奋力建设新时代广东省贯彻落实新发展理念实验区。

这次大会上，顺德宣布再派100名干部下基层、赴镇街，助力镇街打好村改攻坚战。这是2019年以来，顺德选派到基层攻坚村改的第三批干部。这100名干部主要是政治素质过硬、大局意识较强、服从组织安排且日常表现优秀、业务能力强、有发展潜力的年轻干部。事实上，在各级党组织、党员干部努力下，在党旗指引下，截至2020年6月10日，顺德已累计拆除村级工业园40258亩，淘汰散乱污企业8003家，为高质量发展腾出了宝贵的空间，为打赢污染防治攻坚战打下了坚实基础。村改激发了强大的市场活力，带动产业优化升级，推动城乡协调发展，开拓基层治理新格局，锻造了一支敢闯敢试、敢于担当、主动作为的"顺德铁军"。

今天，是中国共产党成立99年的日子。

新使命催人奋进，新征程任重道远。我们要更加紧密地团结在以习近平同志为核心的党中央周围，深入贯彻省、市各项工作要求，弘扬敢闯敢试、敢为人先的改革精神，全力建设新时代广东省贯彻落实新发展理念实验区，努力用智慧和汗水创造无愧于历史、无愧于时代、无愧于顺德人民的新业绩。

今天，珠江商报社推出《党旗飘扬——建党99周年顺德作为纪念特刊》，期待全区党员干部坚定信心、抢抓机遇、强抓创新、力抓落实，为建设新时代广东省贯彻落实新发展理念实验区不懈奋斗。

导读

T2 区委政法委
T3 区民政和人力资源社会保障局
T4 区人民法院
T5 区人民检察院
T6 大良
T7 容桂
T8 伦教
T9 勒流
T10 陈村
T11 北滘
T12 乐从
T13 龙江
T14 杏坛
T15 均安

1921 2020

联合出品：顺德区委区政府办公室
顺德区委组织部
顺德区委宣传部
珠江商报社

珠江商报

总 策 划：黄 琳
监 制：冯建珍 马志良 曹开文 余海涛 李炯聪
策 划：王茂浪
图文统筹：王茂浪 黄文静 黄祖兵
出版统筹：朱佳发 高文哲 杨新福
刘 捷 李佳彬 李秀贞 方慈容

珠江商报 官方微信

制图：李佳彬

2020 年党建特刊封面

我出生在井冈山核心区的东固山脉——吉安市青原区富田镇湖坵村，这里是革命时期第三、四次反围剿的主战场，我从小就在党旗下成长。2007 年光荣加入中国共产党，成为一名党员后，我就一直在宣传党的政策、方针。靠着敏感的眼力，从 2015 年开始，每年“七一”前后，我都会策划出版一本党建特刊，到 2020 年已经出版 6 本，版面超过 150 个。

我先后到中共一大、二大、三大、四大、五大以及召开过多次中国共产党全国代表大会的北京人民大会堂参访学习，通过眼见为实、深入学习，努力做一名合格的中国共产党党员，以及一名善于、勇于践行“四力”的新闻工作者。

【策划方案】 党旗飘扬——建党 99 周年顺德作为纪念特刊

党的“十八大”以来，以习近平同志为核心的党中央，提出了许多党的建设新思想、新观点、新举措。谈到此次疫情防控工作，习近平总书记说，这是我们社会治理体系、治理能力建设的一次大考。通过这次防疫，我们也要举一反三。中国共产党之所以成功，就在于不断地吸取教训，改正自己，完善自己。

2020 年 1 月 30 日，佛山市委副书记、顺德区委书记郭文海主持召开了顺德区新型冠状病毒感染的肺炎防控工作指挥部第六次会议，研究推出了一系列创新举措：党员上前线、干部下基层，让党旗在防控疫情斗争第一线高高飘扬，发挥基层党组织的战斗堡垒作用；一个支部就是一座堡垒，一名党员就是一面旗帜，广泛动员群众、组织群众、凝聚群众，构筑群防群治的严密防线。

2 月 10 日傍晚，郭文海书记主持召开了区委常委会（扩大）会议，第一时间传达了广东省委李希书记到顺德调研检查时提出的工作要求，研究部署了顺德区贯彻落实工作的举措。这次会议还对广大党组织、党员干部提出了要求。

疫情就是命令，防控就是责任。全区基层党组织和广大党员发挥战斗堡垒作用和先锋模范作用，坚守岗位，深入一线，组织开展疫情排查工作，引导、动员群众一起打赢疫情防控阻击战。各村居党组织精准掌握本村居疫情防控信息，看好自己的人、守好自己的门。各企业党组织落实责任，加强对相关员工的关心关怀和解释沟通，群防群治，坚决阻断输入性疫情。

疫情期间，各部门、各镇街都在全力建设好顺德高质量发展综合示范区，力求全力夺取疫情防控和经济社会发展“双胜利”，打造好顺德新时代广东贯彻落实新发展理念的实验区。这其中，党建最重要，在中国共产党成立 99 年之际，珠江商报社将于 2020 年 7 月 1 日推出《党旗飘扬——建党 99 周年顺德作为纪念特刊》，具体如下：

1. 每个镇街 1 个版，报眉用“党旗飘扬——建党 99 周年顺德作为纪念特刊”。

2. 内容分别为各部门、镇街党建成效，特别是主动担当、主动作为方面的亮点，比如疫情期间的作为，同时结合驻村干部推进村级工业园改造、人居环境整治等方面内容进行介绍，以小见大，要总结出每个部门、镇街党建的独特亮点。

第十九章 村改铁军背后

2018 年 4 月 16 日，顺德区政府召开顺德区村级工业园升级改造工作动员大会，吹响了村级工业园区改造的号角。顺德区委、区政府把村级工业园升级改造作为“头号工程”，提出解决村级工业园制约顺德发展空间的主要矛盾，解决安全生产、环境污染的源头问题，加快推进村级工业园升级改造提升工作，为乡村振兴注入强劲动力。

改革开放 40 年来，产业经济铸就了顺德的辉煌，支撑了城市建设和综合实力实现跨越式发展。同时，快速工业化和城市化背景下，“村村点火，户户冒烟”，村级工业园呈现出“规模大、布局散、产出低、污染重、隐患多、利益杂、改造难”的问题。

经摸查，顺德区 205 个村（居）拥有 382 个村级工业园，平均每个村居都有 1—2 个村级工业园区 / 点，占地面积近 13.5 万亩，占已投产工业用地的 70%，产出却仅占全区工业总产值的 27%。同时，由于早期经济发展方式粗放，村级工业园普遍存在缺乏总体规划、公共配套设施不全、建筑物低矮陈旧、安全隐患多、环境脏乱差、治安管理难等问题，不仅用地低效率，污染高排放，还影响了居民的生活质量和城市景观，制约着城市的和谐协调发展。

我在北滘的顺德蚬华多媒体制品有限公司工作了 6 年，也到勒流的广东新宝电器股份有限公司挂职过 8 个月，深知村级工业园改造的重要性。通过双眼的观察，我也曾专访原顺德市委书记、顺德村级工业区发起创立者冯润胜，从发起到改造历经 19 年，冯润胜非常赞村这个“头号工程”。正因为如此，佛山市委副书记、顺德区委书记郭文海两次向我了解采访冯润胜的情况，我也通过微信、邮箱把专访冯润胜的核心内容、专访录音发给了郭文海书记。

【新闻特写】 “一定大力支持、参与‘头号工程’”

顺德的老领导、企业家们认为，推进村级工业园改造是在为顺德、为顺德人办实事

珠江商报讯（记者 王茂浪报道）“村级工业园一头挑着顺德的现代化发展，如何回答好经济高质量发展的时代命题；另一头又挑着农村，怎么样进行新农村建设？农村历史问题如何化解？”面对市委常委、顺德区委书记郭文海发出的提问，顺德的老领导、企业家们昨天都给出了“一定大力支持、参与‘头号工程’”的回答。

2019 年 4 月 16 日，在顺德村级工业园改造动员大会召开一周年之际，郭文海主持召开区委常委会（扩大）会议时表示，村级工业园改造是一场没有退路的战斗，是一场必须打且必须打赢的攻坚战。全区上下要再动员、再部署、再发力，围绕高质量发展的要求，坚定不移、快马加鞭、乘势而上，以更大的力度推进村级工业园改造这一“头号工程”，加快推动高质量发展，不获全胜绝不收兵。

这样的部署，从侧面也反映出村级工业园改造所面临的难度。有一个深刻的细节也印证了这种难度，那就是有一次郭文海前往美的集团总部调研，创始人何享健专门指给他看，“郭书记，你看下面破破烂烂的那些厂房，这么多年过去了，还是很难搞得定！”

“是我在 20 世纪 80 年代于北滘发起建设工业开发区，也是我在 2000 年叫停顺德再办村级工业园。”看着正在有序推进的顺德村级工业园改造，老领导冯润胜 2019 年 4 月上旬主动约见我说，他非常支持以郭文海书记为“班长”的区委区政府“头号工程”，这是在为顺德、为顺德人办实事，“顺德村级工业园改造难度不亚于当年顺德的产权改革，但我支持改，不改的话，顺德就形成不了影响力。”

同时我注意到，顺德的各大企业、商会都在积极参与顺德村级工业园改造。世界 500 强品牌企业美的、碧桂园，就在乐从上华、伦教羊额两地分别将现有的村级工业园改造成为区域现代化、智能化标杆工业园区。碧桂园集团董事局主席杨国强表示，碧桂园正在积极参与顺德村级工业园改造。

“痛苦一阵子，幸福一辈子。”格兰仕集团总裁梁昭贤认为，顺德村级工业园的整治提升会有阵痛，但一定要将改造提升进行到底，村级工业园走上转型升级之路，对顺德整个产业的可持续发展有着重大的促进作用，格兰仕正在积极参与。

目前，万和、顺德农商银行等企业都在参与容桂细滘社区村级工业园改造。更为重要的是，顺德农商银行已经对均安镇村级工业园升级改造项目提供最高累计人民币 10 亿元的信贷支持，顺德农商银行总行行长张珩还出席了签约仪式。

在杏坛镇齐杏工业园，康宝旧工业区改造项目正如火如荼地进行着。康宝电器有限公司董事长罗小甲说：“通过村级工业园改造，能够在 3 年时间内提高整片土地的利用率，能推动产业发展升级，努力就能实现 3 年后公司产值从 20 亿元增长到 200 亿元。”

容桂总商会会长、广东恒基金属制品实业有限公司董事长孙志恒表示，正在积极参与四基工业园改造。而北滘总商会会长冼锡彬说，陈人滘工业区改造项目的一大特色，就是北滘总商会的企业参与其中。

广东德美精细化工集团股份有限公司的旧厂房列入了改造之列。对此，该公司董事长黄冠雄说，通过改造可以提高土地利用率，完善宿舍等生活配套设施，以更好地吸引和留住高科技人才。

【策划方案】 勒流村改整体宣传方案

2020 年，顺德坚定不移向村级工业园发起总攻，拆建并举重塑发展新格局，高标准规划建设一批连片现代产业集聚区和主题产业园区。勒流按照“1+7”总体规划推进村改工作，截至目前已在龙眼村改、江村村改、西华村改等村改项目中取得喜人进展。

随着村改总攻步伐的加快，拆的同时更强调建，为本土企业增资扩产和新兴产业的引入造空间造环境。为了系统展现勒流村改工作进展和成绩，呈现勒流发展潜力和蓝图，为日后招商引资做好铺垫，勒流要为自己发声、为自己代言。

一、整体宣传思路

结合勒流新一轮国土空间规划和村改“1+7”总体规划，拟打造一条参观线路，串联起多个村改亮点项目，并在这一过程中展现勒流农村人居环境提升、生态文明建设的成果。

· 参观线路

路线一:（起点）龙眼工业区→龙文化展馆→（经港口路）五金特色小镇→滨水生态区（终点）

参观点 1. 龙眼工业区一期改造项目［顺德（勒流）智慧家居产业园一期项目］，介绍勒流村改规划和重点项目，参观项目现场。

参观点 2. 龙文化展馆，了解龙眼如何结合村改建设“龙文化”村。

参观点 3. 经港口路车观扶安河、富华机械，到达五金创新中心，在中心展厅了解五金特色小镇创建工作，然后移步参观泰昌智造园项目。

参观点 4. 经港口路前往江义村（帆船直涌、加州鲈养殖基地），参观美丽田园；随后经堤围车观江义—黄连段滨水生态公园，到达黄连社区，参观澳心街，并在黄连画家村座谈交流。

路线二:（起点）龙眼工业区→龙文化展馆→（经港口路）中部产业园→南水村→街道办（终点）

参观点 1. 龙眼工业区一期改造项目［顺德（勒流）智慧家居产业园一期项目］，介绍勒流村改规划和重点项目，参观项目现场。

参观点 2. 龙文化展馆，了解龙眼如何结合村改建设“龙文化”村。

参观点 3. 经港口路车观扶安河、富华机械，到江村工业区参观环保产业园。

参观点 4. 从江村工业区转入南水村，沿途参观农棚整治、体育公园、农村别墅等，最后回到街道办座谈交流。

今日顺德
珠江商报官方微博　网罗顺德　珠江商报官方微信
商报热线:22209999
凭珠江通四海　立潮头观天下
2019年4月18日　星期四　电话:22313015

“一定大力支持、参与‘头号工程’”

顺德的老领导、企业家们认为，推进村级工业园改造是在为顺德、为顺德人办实事

村改进行时

文/珠江商报记者　王茂浪

老领导冯润胜接受本报记者采访。/珠江商报记者周婥杰摄

村级工业园改造的背后需要众多的工作先行，我在这场工作中发挥了媒体人的作用

二、重要节点策划

根据村改工作重要节点，做好宣传报道、展板、视频、现场发布会等内容。

开设《勒流村改》专栏，从“村改，改出产业一片天”“村改，改出一支新铁军”“村改，改出勒流新作为”“村改，改出民生好口碑”“村改，改出城市美誉度”等版块，梳理出勒流村改路径。

1.《珠江商报》纸媒报道，含“梁新平”评论。

2. 根据新媒体特色，将上述文章改成新媒体模式，结合图片、小视频，在珠江商报社官微、珠江商报社顺德＋、佛山＋上推出。

3. 在勒流主要场所、路段，含菜市场、祠堂、社区卫生服务中心、学校、居民聚集地、工业区，悬挂横幅。

4. 在公众场所制作顺德村改政策、勒流村改（特别是周边好的示范点）亮点展板进行展示，表示这是大势所趋。

5. 在人员密集场所摆设勒流历史文化、这几年所做工作、村改计划等展板。

绿色陈村

ZHUJIANG BUSINESS 珠江商报

2020年3月30日 星期一 A5

村改“破冰” 仙涌“先冲”树标杆

陈村今年首个村改项目同意率达99.5%，“村改+”助推仙涌乡村全面振兴

文/珠江商报记者苏淑婷

数读

5个小时表决超过70%，14小时达到97.6%，在最后的表决日，同意率达到99.5%！

通过推动美丽田园建设和文旅融合发展，仙涌村探索出一条乡村振兴的特色路径。该图为首届年桔文化活动周中，游客到桔田地观赏年桔。/珠江商报记者林安迪摄

迎难而上

385日实现改造项目方案高票通过

3月27日，《陈村镇仙涌工业区升级改造项目实施方案》进行公开计票表决，工作人员正在现场点票。/珠江商报记者林安迪摄

主动作为

5日15场座谈会为村民释疑

“村改+”提速

树立全国乡村振兴的典型

仙涌村内，党建引领花村振兴展示馆的建设为推动仙涌乡村全面振兴提供了阵地。/珠江商报记者周焯杰摄

“破冰”突围

“标杆”仙涌为陈村村改开创新局面

村级工业园改造是顺德区委区政府的“头号工程”，报道也要用“四力”跟上

第二十章 新时代走江村

“我是江村人，但村里环境不理想。”这是勒流江村村民的心声。在顺德造环境、造空间，轰轰烈烈发起村级工业园改造总攻的过程中，这里显得很不协调，脏乱差现象严重，村里集体经济薄弱，许多村民搬离江村。而旁边的江义村，则是中国最美乡村。

江村、江义，两村一字之差，为何有天壤之别？江村要迎头赶上，如何弥补差距？这一系列问题，都值得大家共同思考和行动。特别是江村工业区，要实现一根扁担的作用，一头挑着乡村振兴，一头挑着经济高质量发展，已经到了非改不可的时候了，不然就会被时代赋予的机遇抛弃。

2020 年疫情期间，我带着我的同事陈培仪、吕华平、朱德文深入江村，访干部、问村民、找症结，通过脚力、眼力、脑力、笔力，尤其是眼力对该村的方方面面都进行了认真调查，并推出“新时代江村调查”系列报道，期待能够为江村找到未来发展的方向，也期待江村能够以村改的力量，推动全村的品质提升。同时，我们也相信，江村一定会把握机遇、顺势而为，通过一系列举措，改出一片新天地，打开一个新空间。

事实上，也是通过这次调查，就把 2019 年村级工业园改造投票没有通过的江村在 2020 年通过了。2021 年 6 月，这组报道获得了广东新闻奖。

【策划方案】 《江村村改》宣传文案

村改进行时，根据勒流街道江村村改进展情况，珠江商报社拟提出以下宣传方案：

一、全媒体报道

1.《珠江商报》纸媒报道。

（1）第一篇：江村工业区给了江村什么？

从南水收费站右侧正在建设的高端厂房说起，同在高速、国道边，同在顺德轰轰烈烈的村级工业园改造当中，江村工业区显得跟不上新时代所需要的高质量发展以及乡村振兴。

记者走进江村工业区的计划改造区域进行实地采访、拍摄。配江村工业区与南水新厂房的照片。

1 200 字，配 300 字记者手记（谈村改给其他村居带来的变化）。

（2）第二篇：就差一个字，江义村怎么就美过江村？

从上篇报道了江村工业区的现状后，有村民致电记者说“我是江村人，但村里环境不理想，他已经搬到江义村的岳父家住了几年了”，就此带出江义村的人居环境，描述江村的人居环境，一个是中国最美乡村，一个是勒流排不上号的村。配 2 个村居入村大道的对比照片。

2 000 字，配 600 字评论（谈人居环境与下一代的健康）。

（3）第三篇：江村怎么啦？

从上述两篇报道说起，看看江村为何是这个样？村委会、股份社谈历史欠账，这几年怎么在努力弥补，但还是有差距，这就需要村级工业园改造，主要描述要改区域带来的红利与长远效益。配改造区域照片，以及改造后的效果图。

1 800 字，配 400 字记者手记（再不改就要被时代与历史淘汰）。

（4）第四篇：这“江村”水不能变死水。

以区委区政府名义创作的“梁新平”发布大篇幅书评，直接点破利益关系与长远发展。

2. 珠江商报社新媒体。

珠江商报社顺德 +、佛山 +、官微，根据新媒体特色，将上述文章改成新媒体模式，结合图片、小视频。

二、户外宣传

1. 在村内主要场所、路段，含菜市场、祠堂、社区卫生服务中心、学校、居民聚集地、工业区（特别是江村人开办的厂区路段），悬挂横幅，横幅宣传语由珠江商报社拟定 30 条，其中包括“梁是靓，李是丽，加起来就是江村靓丽”或者“梁 + 李 = 江村靓丽”，或者“李是理，梁是良，加起来就是江村人用良心明事理”。

2. 在公众场所制作顺德村改政策、勒流村改（特别是周边好的示范点）亮点展板进行展示，表示这是大势所趋。

3. 在人员密集场所摆设江村历史文化、这几年所做工作、村改计划等展板。

三、宣传模式

1. 4 篇报道各加印 1 000 份，在星期五、星期六派送、分发到户，剩余报纸留着在大型场合集中派发。

2. 新媒体转发。

【全景式调查报道】

新时代江村调查

【前言】

2020 年 5 至 6 月，我们用了差不多一个月时间深入江村，访干部、问村民、找症结，对该村的方方面面都进行了认真调查。我们把这次调查取名为“新时代江村调查”，期待能够借此机会为江村找到未来发展的方向，也期待江村能够以村改的力量，推动全村的品质提升。同时，我们也相信，江村一定会把握机遇、顺势而为，通过一系列举措，改出一片新天地，打开一个新空间，为我国工业发达地区的乡村振兴找到一条新路。

一字之差，何以天壤之别？
——从江村和江义的对比，看“村改”必要性

顺德区勒流街道办有两个村庄，名字仅一字之差，江义和江村。江义是“中国最美村镇”，近年来各地前往江义学习取经的考察团队络绎不绝；而江村，门可罗雀，无人问津。

我们近日走进两村调查时感受到，江义人对自己的家乡充满自豪，江村人脸上则写满了落寞。

两个村庄，差的不是名称上的一个字，而是村集体经济实力，乃至村庄规划的前瞻性和全局性。

两村对比：差距关键在于集体经济。

先看江义。

江义的进村大道，道路笔直宽敞，人行道与车行道分隔，两旁的黄花风铃木在花开时节会把整条进村大道染成金黄色，厂房、学校、住宅，依次有序分布在道路两侧，远远望去，就像一幅油画。

珠江商报 ZHUJIANG BUSINESS

镇街 A6 2020年5月22日 星期五 电话:22216558

责任编辑:梁杨开 版式:吴惠南 林春梅 校对:胡志鹏

一字之差，何以天壤之别？

从江村和江义的对比，看『村改』必要性

图/珠江商报记者朱德文
文/珠江商报记者王茂浪 陈培仪

【编者按】

"我是江村人，但村里环境不理想。"这是勒流江村村民的心声。在顺德造环境、造空间，轰轰烈烈发起村级工业园改造总攻的过程中，这里显得很不协调，脏乱差现象严重，村里集体经济薄弱，许多村民搬离江村。而旁边的江义村，则是中国最美乡村。

江村、江义，两村一字之差，为何有天壤之别？江村要迎头赶上，如何来弥补差距？这一系列问题，都值得大家来共同思考和行动。特别是江村工业区，要实现一根扁担的作用，一头挑着乡村振兴，一头挑着经济高质量发展，已经到了非改不可的时候了，不然就会被时代赋予的机遇抛弃。

近日，本报记者深入江村，访干部、问村民、找症结，对该村的方方面面都进行了认真调查。从今天起推出"新时代江村调查"系列报道，期待能够为江村找到未来发展的方向，也期待江村能够以村改的力量，推动全村的品质提升。同时，我们也相信，江村一定会把握机遇、顺势而为，通过一系列举措，改出一片新天地，打开一个新空间。

新时代江村调查之1

江义入村大道，车辆有序停放，道路两旁绿意宜人。

在江村入村大道，裸露的电线交叉着盘旋在空中。

顺德勒流有两个村庄，名字仅一字之差，江义和江村。江义是"中国最美村镇"，近年来各地前往江义学习取经的考察团队络绎不绝；而江村，门可罗雀，无人问津。

记者近日走进两村采访时感受到，江义人对自己的家乡充满自豪，江村人脸上则写满了落寞。

两个村庄，差的不是名称上的一个字，而是村集体经济实力，乃至村庄规划的前瞻性和全局性。

两村对比 差距关键在于集体经济

先看江义。

江义进村大道，道路笔直宽敞，人行道与车行道分隔，两旁的黄花风铃木在花开时节会把整条进村大道染成金黄色，厂房、学校、住宅，依次有序分布在道路两侧，远远望去，就像一幅油画。

再看江村。

接入龙洲路的进村大道，入口处仅能容纳两辆汽车并行。大道两旁，商铺密集，垃圾桶旁污水横流；行人与车辆并行，人车混行，车辆鸣笛声、行人呐喊声，此起彼伏；道路上空，低矮交错的电线，横七竖八……看到这里，让人想起早年的集镇农贸市场。

"没有对比就没有伤害"，用这句话来形容江村村民内心感受，可谓贴切。江义与江村的差距以及村民的心理落差感，从进村大道开始，蔓延到人居环境、福利待遇、集体收入等方方面面。

走进江义，映入眼帘的是田园美景，千亩基塘，阡陌纵横，整齐划一；村边绿化公园，古树参天，浓荫蔽日；河涌水流清澈，碧波荡漾……村民在鱼塘边忙活，在公园闲逛，好一幅田园美景。

在江义村民点赞"村里环境越来越好"时，江村村民则在黑臭的内河涌边，年复一年地抱怨、叹息。

相比环境，更让江村村民羡慕的是江义村民的分红和福利。

近三年来，江义村民股份分红人均超过4000元，而江村人均只有1500元。江义是顺德有名的"福利村"，早在2000年就成立了长者福利基金。如今，年满55周岁的村民，每月能领到550元福利金。

人居环境和福利待遇，是衡量村民幸福感的重要指标，影响着村民的行为。随着村里环境越来越好，有些江义村民选择搬回村里居住，把旧房子翻新或者重建。同样是环境的原因，与江义村民的回流不同的是，江村村民外迁现象有增无减。

环境和福利的差距，直接折射出两个村集体经济实力的差距。

鱼塘租金和物业租赁收入是江义集体经济的两大收入来源。经过多年发展，江义农业养殖现代化水平不断提升，2300多亩鱼塘投包价稳中向好；利用集体资产对提留地进行开发，建设收益较稳定的物业，通过物业数量的增加带来租赁收入的提升，进一步壮大集体经济，提升股民收益。

反观江村，工业区管理收入和210亩提留地出租租金两笔固定收入，在集体经济收入来源中占绝对比重。

追根溯源 缺乏村庄规划和集体物业

集体经济来源构成模式的截然不同，源自上世纪90年代工业发展起步时，两个村对于村庄规划的不同认知。

江义早在1996年就制定了工业区、农田保护区和住宅区三个功能分区的总体规划，此后一直坚持以规划为引领，统筹推动全村经济、民生、福利、文化等各项工作。发展至今，农业成为江义越来越突出的优势，集体经济实力和村民福利待遇走在全街道前列。

实事求是地看，江村曾是经济较为发达的村庄。上世纪70年代，江村与陈村仙涌村是顺德当时的农业试点单位，农业发达，种植的大白菜、大冬瓜远近闻名。当工业浪潮袭来，江村奔向工业，通过农用地流转，逐步建起两个工业区。如今连片1093亩的江村工业区，便是在1996年开始规划而来的。

"当时认为农业没有出路，办企业才有出路，当时来看是走对了。"回忆当年大规模发展工业的场景，罗列着在江村成长起来的有名企业，江村一名老干部如是说。

然而，站在现在回顾过去，当时江村的工业发展不仅缺乏科学规划，也没有站在更高的角度去谋划村庄阶段性和长远性的发展。

在建设江村工业区时，由于缺乏相关专业知识，计算出来的工业区开发成本并不科学。这就导致，"三通一平"的实际开发成本高于预期，每亩土地流转50年的价格相对而言就估低了，总体收益远低于预期。

工业区的规划和企业准入门槛，也并不精细。一方面，工业区与住宅区的界限模糊，形成了厂房与住宅混杂的现象；另一方面，对进入园区的企业没有把好关，高污染企业的进驻，对江村的生态环境造成了破坏。

当时，江村也大力发展集体企业，但受制于自身业务水平，集体企业发展并不顺利，处于亏本状态，不少在转制后即面临停产。当时用于发展集体企业的银行贷款，江村至今仍未还清。

最为关键的是，当时的江村没有为自己建起一定数量的集体物业，致使村集体缺乏重要且持续的收入来源，成为江村后续发展的"硬伤"。

正视问题 从"村改"之中寻求突破

历史遗留下来的难题，江村"两委"班子没有置之不理。

江村地处勒流中部，紧邻龙洲路、港口路等交通要道。在这些交通项目建设时，江村因征地得到210亩提留地补偿。这部分提留地，江村村民表决通过将其出租获取集体收益。于是从2016年开始，在工业区管理收入的基础上，集体经济有了新的收入。

与此同时，江村村委会重新对工业区内的企业进行摸底调查、测量厂房实际面积，进一步规范企业管理，理顺企业名单和管理收入账单。

近年来，江村"两委"班子积极申请各级政府竞争性项目建设资金，改造入村大道、将村心塘等环境较差的边角地改造成公园，提升村容村貌；举办农艇竞赛、醒狮巡游等活动，活跃村内文化氛围，拉近党群关系。

然而，江村村党委副书记康兆祥坦言："虽有小的改变，但始终力有不逮，没有新的规划和持续的资金投入，无法彻底改变现状。"

对比江义，江村看到了差距，也看到了村庄规划和全局思维的重要性。问题是，江村如何再出发？

村改，让江村看到了希望和机遇。

5月13日，龙江镇宝涌万洋数字装备园开园。短短一年时间，这个连片空间已从破旧落后的村级工业园变身现代化产业园区，引进多家高新技术企业。不仅如此，龙江镇还支持该园区所在的仙塘村不少于2000万元，加快推进乡村振兴工作。

4月30日，龙江镇西溪工业区村改方案以全体股民100%的同意率通过表决。西溪工业区（一期）升级改造后，西溪股份社将获得约1800万元的一次性现金收益和17万平方米的集体物业，同时，西溪工业区（一期）范围内的村集体年收益将提升为改造前的5.8倍。

……

一年多来，顺德村改推进的速度和成效有目共睹。

"村改得民心。我们江村的希望在村改，出路在于村改。"康兆祥对此很有信心。

结合江村工业区和江村未来发展规划，勒流街道与江村共同制定了江村工业区村改方案。康兆祥透露，江村村改方案有三大特点：一是保持现有土地性质不变；二是通过延长工业区土地使用年限，让村民能够获取一次性收益；三是会有部分村庄建设用地退还给村集体，并在其之上配建集体物业。

这意味着，借助村改，江村将获得土地和集体物业，进而壮大集体经济，促进股民增收。

近段时间，江村将紧锣密鼓开展村改宣讲活动，通过召开会议、入户走访、户外宣传等方式，让村民了解村改政策、村改将给江村人带来的好处等等。借此机会，江村也将进一步走好群众路线，拉近党群距离。

记者了解到，顺德区委、区政府要求每个镇街尽快划定一个千亩产业园。江村有着一个面积达1093亩的连片江村工业区，成功改造后，将成为勒流街道首个千亩产业园。

可以想见，村改后，江村工业区规划将更合理，环境将得到改观，江村未来发展将有着巨大的发展潜力。

"我们支持村改，期待通过村改，村集体、村民和企业都有更好的发展。"江村一名老干部说。

《新时代江村调查》1

再看江村。

接入龙洲路的进村大道，入口处仅能容纳两辆汽车并行。大道两旁，商铺密集，垃圾桶旁污水横流；行人与车辆并行，人车混行，车辆鸣笛声、行人呐喊声此起彼伏；道路上空，低矮交错的电线，横七竖八……看到这里，让人想起早年的集镇农贸市场。

“没有对比就没有伤害。”用这句话来形容江村村民内心感受，可谓贴切。江义与江村的差距以及村民的心理落差感，从进村大道开始，蔓延到人居环境、福利待遇、集体收入等方方面面。

走进江义，映入眼帘的是田园美景，千亩基塘，阡陌纵横，整齐划一；村边的绿化公园，古树参天，浓荫蔽日；河涌水流清澈，碧波荡漾……村民在鱼塘边忙活，在公园闲逛，好一幅田园美景。

在江义村民点赞“村里环境越来越好”时，江村村民则在黑臭的内河涌边，年复一年地抱怨、叹息。

相比环境，更让江村村民羡慕的是江义村村民的分红和福利。

近3年来，江义村民股份分红人均超过4 000元，而江村人均只有1 500元。江义是顺德有名的“福利村”，早在2000年就成立了长者福利基金。如今，年满55周岁的村民，每月能领到550元福利金。

人居环境和福利待遇，是衡量村民幸福感的重要指标，影响着村民的行为。随着村里环境越来越好，有些江义村村民选择搬回村里居住，把旧房子翻新或者重建。同样是环境的原因，与江义村村民的回流不同的是，江村村民外迁现象有增无减。

环境和福利的差距，直接折射出两个村集体经济实力的差距。

鱼塘租金和物业租赁收入是江义集体经济的两大收入来源。经过多年发展，江义农业养殖现代化水平不断提升，2 300多亩鱼塘投包价稳中向好；利用集体资产对提留地进行开发，建设收益较稳定的物业，通过物业数量的增加带来租赁收入的提升，进一步壮大了集体经济，提升了股民收益。

反观江村，工业区管理收入和210亩提留地出租租金两笔固定收入，在集体经济收入来源中占绝对比重。

追根溯源：缺乏村庄规划和集体物业。

集体经济来源构成模式的截然不同，源自20世纪90年代工业发展起步时，两个村对于村庄规划的不同认知。

江义村早在1996年就制定了工业区、农田保护区和住宅区三个功能分区的总体规划，此后一直坚持以规划为引领，统筹推动全村经济、民生、福利、文化等各项工作。发展至今，农业成为江义村越来越突出的优势，其集体经济实力和村民福利待遇走在全街道前列。

实事求是地看，江村曾是经济较为发达的村庄。20世纪70年代，江村与陈村、仙涌村是顺德当时的农业试点单位，农业发达，种植的大白菜、大冬瓜远近闻名。当工业浪潮袭来，江村奔向工业，通过农用地流转，逐步建起两个工业区。如今连片1 093亩的江村工业区，便是从1996年开始规划而来的。

“当时人们认为农业没有出路，办企业才有出路，当时来看是走对了。”回忆当年大规模发展工业的场景，罗列着在江村成长起来的有名企业，江村一名老干部如是说。

然而，站在现在回顾过去，当时江村的工业发展不仅缺乏科学规划，也没有站在更高的角度去谋划村庄阶段性和长远性的发展。

在建设江村工业区时，由于缺乏相关专业知识，计算出来的工业区开发成本并不科学。这就导致，“三通一平”的实际开发成本高于预期，每亩土地流转 50 年的价格相对而言就估低了，总体收益远低于预期。

江村工业区的规划和企业准入门槛也并不精细。一方面，工业区与住宅区的界限模糊，形成了厂房与住宅混杂的现象；另一方面，对进入园区的企业没有把好关，高污染企业的进驻，对江村的生态环境造成了破坏。

当时，江村也大力发展集体企业，但受制于自身业务水平，集体企业发展并不顺利，处于亏本状态，不少企业在转制后即面临停产。当时用于发展集体企业的银行贷款，江村至今仍未还清。

最为关键的是，当时的江村没有为自己建起一定数量的集体物业，致使村集体缺乏重要且持续的收入来源，成为江村后续发展的“硬伤”。

正视问题：从“村改”之中寻求突破。

面对历史遗留下来的难题，江村“两委”班子没有置之不理。

江村地处勒流中部，紧邻龙洲路、港口路等交通要道。在这些交通项目建设时，江村因征地得到 210 亩提留地补偿。这部分提留地，江村村民表决通过将其出租获取集体收益。于是从 2016 年开始，在工业区管理收入的基础上，集体经济有了新的收入。

与此同时，江村村委会重新对工业区内的企业进行摸底调查，测量厂房实际面积，进一步规范企业管理，理顺企业名单和管理收入账单。

近年来，江村“两委”班子积极申请各级政府竞争性项目建设资金，改造入村大道、将村心塘等环境较差的边角地改造成公园，提升村容村貌；举办农艇竞赛、醒狮巡游等活动，活跃村内文化氛围，拉近党群关系。

然而，江村村党委副书记康兆祥坦言：“虽有小的改变，但始终力有不逮，没有新的规划和持续的资金投入，无法彻底改变现状。”

对比江义，江村看到了差距，也看到了村庄规划和全局思维的重要性。可问题是，江村如何再出发？

村改，让江村看到了希望和机遇。

5 月 13 日，龙江镇宝涌万洋数字装备园开园。短短一年时间，这个连片空间已从破旧落后的村级工业园变身现代化产业园区，引进多家高新技术企业。不仅如此，龙江镇还支持该园区所在的仙塘村不少于 2 000 万元，加快推进乡村振兴工作。

4 月 30 日，龙江镇西溪工业区村改方案以全体股民 100% 的同意率通过表决，西溪工业区（一期）升级改造后，西溪股份社将获得约 1 800 万元的一次性现金收益和 17 万平方米的集体物业，同时，西溪工业区（一期）范围内的村集体年收益将提升为改造前的 5.8 倍。

……

一年多来，顺德村改推进的速度和成效有目共睹。

“村改得民心。我们江村的希望在村改，出路在村改。”康兆祥对此很有信心。

结合江村工业区和江村未来发展规划，勒流街道与江村共同制定了江村工业区村改方案。康兆祥透露，江村村改方案有三大特点：一是保持现有土地性质不变；二是通过延长工业区土地使用年限，让村民能够获取一次性收益；三是会有部分村庄建设用地退还给村集体，并在其之上配建集体物业。

这意味着，借助村改，江村将获得土地和集体物业，进而壮大集体经济，促进股民增收。

近段时间，江村将紧锣密鼓地开展村改宣讲活动，通过召开会议、入户走访、户外宣传等方式，让村民了解村改政策、村改将给江村人带来的好处，等等。借此机会，江村也将进一步走好群众路线，拉近党群距离。

我们了解到，顺德区委、区政府要求每个镇街尽快划定一个千亩产业园。江村有着一个面积达 1 093 亩的连片江村工业区，成功改造后，将成为勒流街道首个千亩产业园。

可以想见，村改后，江村工业区规划将更合理，环境将得到改观，江村未来发展将有着巨大的发展潜力。

“我们支持村改，期待通过村改，村集体、村民和企业都有更好的发展，”江村一名老干部说。

找准症结 破解发展难题

——从江村发展定位看“村改”长远意义

江村在与江义村的对比中，看到了差距，也看到了希望。

差距，在于村集体经济薄弱；希望，在于村级工业园改造。

最近这几天，江村村党委班子接二连三地召开会议，主题只有一个，那就是在找到江村落后的症结之后，如何尽快破解这个难题。

江村村党委书记伍信庭对我们说：“村改是大势所趋。现在我们真的很急，真怕错过了这一轮村改的机遇。如果我们再不发力，那就有愧于江村的老百姓，会在江村的历史上留下骂名。”

破旧立新：发展现代产业。

江村是顺德最早发展工业的村庄之一。2009 年，政府征用江村土地 1 100 多亩，江村成为勒流街道唯一一个完全征地村。占地 1 093 亩的江村工业区，约占全村土地面积的四分之一。

工业区的建设，曾经为江村带来了一时的“繁荣”。但是，这种不可持续的“繁荣”，给今天的江村带来了无尽的烦恼。

——环境破坏。由于早期缺乏规划，布局混乱，如今的工业区，道路破损、垃圾遍地……在前不久的区、街道村改联合执法行动检查中，就发现多家企业存在现场生产管理混乱、危废品转移手续不齐全等各种问题，偷倒、乱倒工业垃圾的行为也时有发生。

——技术落后。工业区内 200 多家企业，几乎都是小微型加工企业，经营范围涵盖木工机械、五金加工、塑料加工、小家电等，技术含量低，规模小、产值低。

不光如此，这些小微企业的无序发展，还给江村带来了治安上的隐患。

“现在到了非改不可的地步了，”江村村党委副书记康兆祥对我们说，他们当前最紧迫的任务就是破旧立新，“让江村工业区来一次彻底的改头换面。”

根据区委、区政府有关顺德建设超千亩现代主题产业园的工作要求，江村所在的勒流街道，规划了数个超千亩现代主题产业园。其中，以盈峰环保产业园为引领，将串联起江村和上涌连片工业区，规划建设面积超 3 000 亩的环保产业主题园区，发展现代产业。

“这对我们江村来说，是个难得的机遇。打破村级工业园的旧世界，建设现代产业园的新世界，为未来发展造空间、造环境。”康兆祥说，江村将借助盈峰环保产业园落户勒流的契机，对旧的工业区进行彻底的改造，通过发展环保产业，改变脏乱差的混乱业态，改善工业区乃至村庄环境；同时，江村将以村改的方式获取村庄建设用地，置换集体物业，盘活集体经济。

“有了集体物业，村里的集体经济才有保障。今后为村里办公益事业，就不会再缩手缩脚了，村民会有更多的获得感。”说到这里，康兆祥显得很兴奋。

致力村改：赋能乡村振兴。

我们在调查中发现，江村人未来的发展思路，远不止单纯的村级工业园改造，他

珠江商报
ZHUJIANG BUSINESS

责任编辑:黄秀娩
版式:李佳彬 李秀贞 校对:胡志腾

向村改发起总攻

A3

2020年5月26日 星期二
电话:22313015

新时代江村调查 之②

找准症结 破解发展难题

——从江村发展定位，看“村改”长远意义

图/珠江商报记者 朱德文
文/珠江商报记者 王茂浪 陈培仪

江村村在与江义村的对比中，看到了差距，也看到了希望。

差距，在于村集体经济薄弱；希望，在于村级工业园改造。

最近这几天，江村村党委班子接二连三地召开会议，主题只有一个，那就是在找到江村落后的症结之后，如何尽快破解这个难题。

江村村党委书记伍信庭对记者说：“村改是大势所趋。现在我们真的很急，真怕错过了这一轮村改的机遇。如果我们再不发力，那就有愧于江村的老百姓，在江村的历史上留下骂名。”

江村人希望通过村改，重新振兴江村经济、文化。

江村是顺德最早发展工业的村庄之一。2009年，政府征用江村土地1100多亩，江村成为勒流街道唯一一个完全征地村。占地1093亩的江村工业区，约占全村土地面积的四分之一。

工业区的建设，曾经为江村带来了一时的“繁荣”。但是，这种不可持续的“繁荣”，给今天的江村带来了无尽的烦恼。

——环境破坏。由于早期缺乏规划，布局混乱，如今的工业区，道路破损、垃圾遍地……就在

破旧立新 发展现代产业

前不久的区、街道村改联合执法行动检查中，就发现多家企业存在现场生产管理混乱、危废品转移手续不齐全等各种问题，偷倒、乱倒工业垃圾的行为，也时有发生。

——技术落后。工业区内200多家企业，几乎都是小微型加工企业，经营范围涵盖木工机械、五金加工、塑料加工、小家电等，技术含量低、规模小、产值低。

不光如此，这些小微企业的无序发展，还给江村带来治安上的隐患。

“现在到了非改不可的地步了。”江村村党委副书记康兆祥对记者说，他们当前最紧迫的任务就是破旧立新，“让江村工业区来一次彻底的改头换面。”

根据区委、区政府有关顺德建设超千亩现代主题产业园的工作要求，江村所在的勒流街道，规划了数个超千亩现代主题产业园，其中以盈峰环保产业园为引领，将串联起江村和上涌连片工业区，规划建设面积超3000亩的环保产业主题园区，发展现代产业。

“这对我们江村来说，是个难得的机遇。打破村级工业园的旧世界，建设现代产业园的新世界，为未来发展造空间、造环境。”康兆祥说，江村将借助盈峰环保产业园落户勒流的契机，对旧的工业区进行彻底的改造，通过发展环保产业，改变脏乱差的混乱业态，改善工业区乃至村庄环境；同时，以村改获取村庄建设用地、置换集体物业，盘活集体经济。

“有了集体物业，村里的集体经济才有保障。今后为村里办公益事业，就不会再缩手缩脚了，村民会有更多的获得感。”说到这里，康兆祥显得很兴奋。

记者在采访中发现，江村人未来的发展思路，远不止单纯的村级工业园改造，他们更希望通过村改，重新振兴江村经济、文化，让村民重新找回记忆中的水乡韵味。

江村的邻居，都很有名。除了江义村，江村还有一个赫赫有名的邻居——南水村。南水，这个以农业为支柱产业的村，2004年前也是名副其实的贫困村。十多年来，南水通过对全村鱼塘进行高标准“格子化”整治，鱼塘投包款的上涨带动村集体收入、村民分红的增加，实现了土地增值、农业增产、集体增收的“三赢”局面，蜕变成“中国十佳

致力村改 赋能乡村振兴

小康村”。

除了追赶江义、南水，江村人还把目光投向了禅城区南庄镇罗南村。因为罗南村的情况与江村的情况十分相似，曾经也是个工业村，也曾出现过环境污染。十多年前，罗南人“壮士断腕”，一口气关停12家陶瓷企业，利用腾出的1000亩土地进行连片整体改造，发展陶瓷机械设备产业，加速布局商贸、租赁、物业等第三产业，如今已嬗变成一个美丽乡村。

近些年来，江村“两委”班子一直在想方设法，争取扶持资金改善环境、治安等突出问题；利用村内五边杂地、村心塘，建起了三个体育公园；去年底，江村开始推进内河涌污水管网截污工程，完成后，村内河涌水质将得到有效改善；在入村口、重要道路节点等安装视频监控，提升治安水平，为群众生命财产安全提供保障。

值得一提的是，前年，江村推行了“规范车辆管理实行停车位收费”制度，成为勒流街道首个实施这一制度的村居。实施两年多来，既解决了车辆乱停乱放问题，保证交通安全、畅通，村股份社还能获得收益，增加股东分红。

“尽管我们做了不少实事，但由于集体经济太弱，还是感到有些力不从心。”伍信庭说，“乡村振兴离不开产业发展，更需要强大的集体经济作为支撑。江村期待通过村改，实现质的飞跃，还清历史旧账，增强村民的归属感、获得感、幸福感。”

记者在与村民交谈时也留意到，他们尽管对当前江村的现状有一定抱怨，但也看到江村“两委”班子所作出的努力。一名育有两个儿子的村民告诉记者，希望未来村里能够为村民分配宅基地，让村民可以在村里建房子，也希望村内环境能有所改善。

“村级工业园改造，已经成为我们全村的共识，对此，我们是铁了心，一定要改，而且一定要改好！”伍信庭对记者说，只有把村改这个症结解开了，村里才有实力为村民办实事、办好事，乡村振兴才有实实在在的抓手，村民记忆中的水乡才会重现在江村大地。

采访札记

以村改促乡村振兴

5月22日，佛山市委副书记、顺德区委书记郭文海率区党政代表团到南海区、三水区考察调研学习培育细分领域“隐形冠军”、乡村振兴等先进做法，表示更加坚定了顺德建设超千亩现代主题产业园的决心和信心。而在5月19日，顺德区委副书记、区长彭聪恩到勒流街道龙眼村调研时，则要求将“龙文化村”规划与龙眼工业园区改造有机结合，打造成一个产城人文融合的新发展理念项目，既推动乡村振兴，又服务产业升级。

区里两位主官不约而同地就村改、乡村振兴开展调研，说明了这两件事对于顺德今后发展的重要性。

顺德有205个村居，像江村这样的村，在顺德不在少数。如何立足村情，以村改为支点撬动乡村振兴？这是时代赋予顺德的思考题。

对此，长期研究乡村振兴问题的佛山市委党校原副校长、勒流黄连社区大学校长何劲和，在接受记者采访时说，乡村要振兴的一个重要前提就是村里需要有较为雄厚的经济实力。对于江村这样的全征地村而言，必须通过村改壮大集体经济，从而为乡村振兴注入动能，实现环境再造、文化再造、民心再造。

《新时代江村调查》2

们更希望通过村改，重新振兴江村的经济、文化，让村民重新找回记忆中的水乡韵味。

江村的“邻居”都很有名。除了江义村，江村还有一个赫赫有名的邻居——南水村。南水，这个以农业为支柱产业的村，2004 年前也是名副其实的贫困村。十多年来，南水通过对全村鱼塘进行高标准“格子化”整治，鱼塘投包款的上涨带动村集体收入、村民分红的增加，实现了土地增值、农业增产、集体增收的“三赢”局面，蜕变成了“中国十佳小康村”。

除了追赶江义、南水，江村人还把目光投向了禅城区南庄镇罗南村。因为罗南村的情况与江村的情况十分相似，曾经也是个工业村，也曾出现过环境污染。十多年前，罗南人“壮士断腕”，一口气关停 12 家陶瓷企业，利用腾出的 1 000 亩土地进行连片整体改造，发展陶瓷机械设备产业，加速布局商贸、租赁、物业等第三产业，如今，罗南村已嬗变成一个美丽的乡村。

近些年来，江村“两委”班子一直在想方设法争取扶持资金改善环境、治安等突出问题；利用村内五边杂地、村心塘，建起了三个体育公园；2019 年年底，江村开始推进内河涌污水管网截污工程，完成后，村内河涌水质将得到有效改善；在入村口、重要道路节点等地安装视频监控，提升治安水平，为群众生命财产安全提供保障。

值得一提的是，2018 年，江村推行了“规范车辆管理实行停车位收费”制度，成为勒流街道首个实施这一制度的村居。制度实施两年多来，既解决了车辆乱停乱放问题，保证了交通安全、畅通，村股份社还能因此获得收益，增加了股东分红。

“尽管我们做了不少实事，但由于集体经济太弱，还是感到有些力不从心。”伍信庭说，“乡村振兴离不开产业发展，更需要强大的集体经济作为支撑。江村期待通过村改，实现质的飞跃，还清历史旧账，增强村民的归属感、获得感、幸福感。”

我们在与村民交谈时也留意到，他们尽管对当前江村的现状有一些抱怨，但也看到了江村“两委”班子所做出的努力。一名育有两个儿子的村民告诉我们，希望未来村里能够为村民分配宅基地，让村民可以在村里建房子，也希望村内环境能有所改善。

“村级工业园改造，已经成为我们全村的共识，对此，我们是铁了心，一定要改，而且一定要改好！”伍信庭对我们说，只有把村改这个症结解开了，村里才有实力为村民办实事、办好事，乡村振兴才有实实在在的抓手，村民记忆中的水乡才会重现在江村大地。

调查札记：以村改促乡村振兴。

2020 年 5 月 22 日，佛山市委副书记、顺德区委书记郭文海率区党政代表团到南海区、三水区考察调研，学习培育细分领域“隐形冠军”、乡村振兴等先进做法，表示更加坚定了顺德建设超千亩现代主题产业园的决心和信心。而在 5 月 19 日，顺德区委副书记、区长彭聪恩到勒流街道龙眼村调研时，则要求将“龙文化村”规划与龙眼工业园区改造有机结合，打造一个产城人文融合的新发展理念项目，令其既能推动乡村振兴，又服务产业升级。

区里两位主官不约而同地就村改、乡村振兴展开调研，说明了这两件事对于顺德今后发展的重要性。

顺德有 205 个村居，像江村这样的村，在顺德不在少数。如何立足村情，以村改为支点撬动乡村振兴？这是时代赋予顺德的思考题。

对此，长期研究乡村振兴问题的佛山市委党校原副校长、勒流黄连社区大学校长何劲和在接受我们调查时说，乡村要振兴的一个重要前提就是村里要有较为雄厚的经济实力。对于江村这样的全征地村而言，必须通过村改壮大集体经济，从而为乡村振兴注入动能，实现环境再造、文化再造、民心再造。

话题渐“热”谁是动力之源？
——从村改话题变热，看决策的群众观念和企业意识

2020 年 5 月 26 日、27 日，顺德下了两天的瓢泼大雨，一时间，顺德的大江小河都涨起了“龙舟水”。

趁着大雨暂歇，我们再次来到江村，看见江村村民走出家门，在环村的扶安河畔，一边忙着手中的活计，一边聊着天。他们聊天的热门话题，就是我们“新时代江村调查”前两篇报道所反映的问题。

其实，不仅在江村，在整个勒流，村改都是一个热门话题。我们在勒流、江村调查时，明显感受到了当地街道、村居领导、企业和村民对江村村改的热切期盼。

把群众利益放首位。

对于江村未来如何发展，如何赶上周边村居的发展步伐，勒流街道党工委、办事处一直在思考、谋划。街道党工委书记王光对我们说，市委副书记、区委书记郭文海之前来勒流，专门就江村的发展开展了调研，以启发大家的思路。郭书记要求勒流和江村，要下定决心以城产人融合标准，做好村级工业园连片改造的规划，健全生态体系建设，形成经济效益、生态效益、社会效益的“三丰收”。

近期，王光等勒流街道主要领导多次带队到江村开展村改调研工作，了解江村工业区土地性质、企业属性、产业现状等情况，听取村集体有关村改的诉求和意见。王光说，江村村改关系到勒流村改的整体成效，一定要下决心把江村的村改工作搞好！

勒流街道党工委副书记、办事处主任伍成亮，最近下基层去得最多的村居，就是江村。就在前几天，伍成亮还专门到村里召集青年代表，围绕江村村改项目与青年们座谈交流。“江村要围绕‘红色引领，绿色发展，共铸勒流金色品牌’发展理念，将江村村改项目，打造成勒流乃至顺德村改的一个品牌项目。”伍成亮勉励江村青年代表要积极思考、敢于创新，推动江村村改项目和江村未来发展。

区、街道领导的重视，也激发了村党委一班人的积极性。村党委书记伍信庭告诉我们，经过区、街道、村三级共同努力，江村的村改方案已经初步形成，主要是结合前期收集的群众意见，提供灵活的补偿方案；同时，通过企业组团自主改造及其他改造模式相结合，为项目改造方提供全面多样的改造方向，兼顾业主利益，争取企业家的支持。下一步，勒流将对工业区进行重新规划。在合理制定企业安置方案的同时，勒流将通过村改同步解决江村的历史欠账。一方面，对于江村因历史原因迟迟未能落实的提留地问题，将在村内合适的地方落实规划；另一方面，将对村心塘等脏乱差的闲置地进行改造，建设街心公园，弥补人居环境欠账。

江村的村改方案，照顾到了村里大多数人的利益，“只有把群众利益放在首位，村改才会得到大家的拥护、支持。”伍成亮说，这是我们搞好村改工作的动力源泉。

大河有水小河满。

珠江商报
ZHUJIANG BUSINESS
综合 A5
责任编辑:梁晓华 版式:朱蕾 李明 校对:方慈容

新时代江村调查之3 向村改发起总攻

话题渐『热』 谁是动力之源?

——从村改话题变热，看决策的群众观念和企业意识

文/珠江商报记者王茂浪 陈培仪
图/珠江商报记者朱德文

5月26日、27日，顺德下了两天的瓢泼大雨，一时间，顺德的大江小河都涨起了“龙舟水”。

昨日，趁着大雨暂歇，记者再次来到江村，看见江村村民走出家门，在环村的扶安河畔，一边忙着手中的活计，一边聊着天。他们聊天的是热门话题，就是本报“新时代江村调查”前两篇报道所反映的问题。

其实，不仅在江村，在整个勒流，村改都是一个热门话题。记者在勒流、江村采访，明显感到当地街道、村居领导、企业和村民对江村村改的热切期盼。

随着江村环村涌综合整治工程的稳步推进，河涌水质有了改善。

群众利益放首位

对于江村未来如何发展，赶上周边村居的发展步伐，勒流街道党工委、办事处一直在思考、谋划。街道党工委书记王光对记者说，市委副书记、区委书记郭文海之前来勒流，专门就江村的发展开展调研，启发大家的思路。郭书记要求勒流和江村，要下定决心以城产人融合标准，做好村级工业园连片改造的规划，健全生态体系建设，形成经济效益、生态效益、社会效益的“三丰收”。

近期，王光等勒流街道主要领导多次带队到江村开展村改调研工作，了解江村工业区土地性质、企业属性、产业现状等情况，听取村集体有关村改的诉求和意见。王光说，江村村改关系到勒流村改的整体成效，一定要下决心把江村的村改工作搞好!

勒流街道党工委副书记、办事处主任伍成亮，最近下基层去得最多的村居，就是江村。就在前几天，伍成亮还专门到村里召集青年代表，围绕江村村改项目与青年们座谈交流。“江村要围绕‘红色引领，绿色发展，共铸勒流金色品牌’发展理念，将江村村改项目，打造成勒流乃至顺德村改的一个品牌项目。”伍成亮勉励江村青年代表，积极思考、敢于创新，推动江村村改项目和江村未来发展。

区、街道领导重视，也激发了村党委一班人的积极性。村党委书记伍倍庭告诉记者，经过区、街道、村三级共同努力，江村的村改方案已经初步形成，主要是结合前期收集的群众意见，提供灵活的补偿方案；同时，通过企业组团自主改造及其他改造模式相结合，为项目改造方提供全面多样的改造方向，兼顾业主利益，争取企业家的支持。下一步，将对工业区进行重新规划，合理制定企业安置方案的同时，勒流将通过村改同步解决江村的历史欠账。一方面，对于江村因历史原因迟迟未能落实的提留地问题，将在村内合适的地方落实规划；另一方面，对村心塘等脏乱差的闲置地进行改造，建设街心公园，弥补人居环境欠账。

江村的村改方案，照顾到了村里大多数人的利益，“只有把群众利益放在首位，村改才会得到大家的拥护、支持。”伍成亮说，这是我们搞好村改工作的动力源泉。

大河有水小河满

在扶安河边忙着清洗农具的村民梁胜，在谈起村改话题时，对记者说，江村村民对村改抱有极大的期盼，村民们都不想长期戴着落后的帽子。“如果那样，江村人真是太没面子了。”

街道、村“两委”出台的村改方案，让村民看到了未来江村的发展思路，也让村民看到了江村未来发展的希望。

“江村工业区非改不可。自从江村将土地使用权转让出去后，村民这几十年很少分红，如今村貌还是上世纪70年代的样子，没有什么改变，几乎是全顺德最差的村居。”看得出，村民对江村的现状十分不满。“现在要对工业区进行彻底的改造，我举双手赞成”，梁胜说着，他扳起指头数说村改的好处，“一是环境将会得到彻底的改观，二是村民的分红会增加，三是更多的年轻人会回到家乡就业、创业。”他指着身边的扶安河水说，村改就像这扶安河里的“龙舟水”，大河有水小河满，村里好了，村民才会受益。

对于村改，还有一个群体尤为关心，那就是在工业区开厂、做生意的企业家。这些人对村改的看法如何，也在一定程度上决定着江村村改的成败。

记者了解到，江村现有200多家企业，九成以上是属于小微、劳动密集型企业，技术含量低，环境污染大，转型难度大。

“我在江村办企业已经超过十年了，很多像我一样的企业家，都希望能通过村改，改善环境，帮助我们转型升级。”勒流江村工业区一公司负责人李生说，每次带客户来厂里，都觉得不好意思，生怕他们下次不来了，因为这里的环境实在差强人意。企业想找一些高素质的技术人才，但是他们到这里，一看到这样的环境，扭头就走，也是因为环境不好。由于招不到高素质的人才，也留不住人才，尽管企业想转型升级，实际上很难做得到。

有类似想法的企业家，在勒流江村工业区不在少数。尤其是看到了街道、村“两委”的决心和村改的补偿方案，对村改的态度发生了一百八十度转变，由原来的等待、观望，转变为全力支持。

“他们就是一个榜样。”李生对着新落成的盈峰环境产业园的方向，对记者说，在原先破旧的工业区里，企业永远难以转型，永远也做不成大企业，只有好的环境，才能招到优秀人才，引进先进技术。村改是个难得的机遇，我们没有理由不支持村改，哪怕牺牲一些眼前利益，也要全力支持。

村民、企业家的话里话外，看得出他们对江村改变的期盼，对江村未来的向往。而这些，何尝不是江村村改的又一动力之源?

《新时代江村调查》3

在扶安河边忙着清洗农具的村民梁胜，在谈起村改话题时，对我们说，江村村民对村改抱有极大的期盼，村民们都不想长期戴着落后的帽子。“如果那样，江村人真是太没面子了。”

街道、村“两委”出台的村改方案，让村民看到了江村未来的发展思路，也让村民看到了江村未来发展的希望。

“江村工业区非改不可。自从江村将土地使用权转让出去后，村民这几十年很少分红，如今村貌还是20世纪70年代的样子，没有什么改变，几乎是全顺德最差的村居。”看得出，村民对江村的现状十分不满。“现在要对工业区进行彻底的改造，我举双手赞成，”梁胜说，他扳起指头数着村改的好处，“一是环境将会得到彻底的改观，二是村民的分红会增加，三是更多的年轻人会回到家乡就业、创业。”他指着身边的扶安河水说，村改就像这扶安河里的“龙舟水”，大河有水小河满，村里好了，村民才会受益。

对于村改，还有一个群体尤为关心，那就是在工业区开厂、做生意的企业家。这些人对村改的看法如何，也在一定程度上决定着江村村改的成败。

我们了解到，江村现有200多家企业，九成以上属于小微、劳动密集型企业，技术含量低，环境污染严重，转型难度大。

“我在江村办企业已经超过十年了，很多像我一样的企业家，都希望能通过村改，改善环境，帮助我们转型升级。”勒流江村工业区一公司负责人李生说，每次带客户来厂里，都觉得不好意思，生怕他们下次不来了，因为这里的环境实在不尽如人意。企业想找一些高素质的技术人才，但是他们到这里，一看到这样的环境，扭头就走，也是因为环境不好。由于招不到高素质的人才，也留不住人才，尽管企业想转型升级，实际上很难做得到。

有类似想法的企业家，在勒流江村工业区不在少数。尤其是看到了街道、村“两委”的决心和村改的补偿方案，人们对村改的态度发生了一百八十度的转变，由原来的等待、观望，转变为全力支持。

“他们就是一个榜样。”李生面朝着新落成的盈峰环境产业园的方向，对我们说。在原先破旧的工业区里，企业永远难以转型，永远也做不成大企业，只有好的环境，才能招到优秀人才，引进先进技术。村改是个难得的机遇，我们没有理由不支持村改，哪怕牺牲一些眼前利益，也要全力支持。

村民、企业家的话里话外，看得出他们对江村改变的期盼，对江村未来的向往。而这些，何尝不是江村村改的又一动力之源？

改字当头 重振江村雄风

——江村村改方案出炉，预计改造后股份分红是改造前的4倍

2020年6月19日的江村，晴空万里，骄阳似火。

我们在江村调查，深深感受到，江村村民的心，就像天气一样明朗、火热。当日，村民期待已久的村级工业区改造方案终于出台了。

把群众利益放在首位：村民分红将是原来的4倍。

我们从江村村委会拿到了一份工业区改造实施方案。根据改造实施方案，江村工业区改造完成后，预计可以为江村集体带来每年近2 000万元收益，扣除管理费用外，股份分红预计可达 6 000 元 / 股，分红是改造前的 4 倍。

我们了解到，方案制定前，勒流街道驻村工作组和江村“两委”班子，进行了大规模的走访活动，聆听工业区企业和部分村民代表对村改的意见和建议，同时积极向上级争取政策支持。在统筹考虑江村工业区现状和江村未来发展规划，兼顾村集体、村民、企业等各方利益的基础上，制定了江村工业区改造实施方案。

江村村党委书记伍信庭告诉我们，他们将在维持土地集体性质不变的前提下进行改造，土地以及地上的建（构）筑物到期后，归还江村股份社所有。这样做的目的，就是通过工业区改造，提升村庄人居环境，提高村民收益。

发展现代环保产业：要让江村天更蓝、水更清。

根据顺德区委、区政府有关顺德建设超千亩现代主题产业园的工作要求，勒流街道规划了数个超千亩现代主题产业园。其中，勒流将以盈峰环保产业园为引领，串联江村和上涌连片工业区，规划建设面积达 3 000 亩的环保产业主题园区。

这次江村工业区改造规模将达 1 093 亩，将统一招选合作方，实施统筹改造，

珠江商报
ZHUJIANG BUSINESS

责任编辑:黄秀娴
版式:王叶进 周惠芬 校对:庸建坤

向村改发起总攻

A2

2020年6月20日 星期六
电话:22313015

新时代江村调查之④

文/珠江商报记者王茂浪 陈培仪

改字当头 重振江村雄风

江村村改方案出炉，预计改造后股份分红是改造前的4倍

昨日的江村，晴空万里，骄阳似火。

记者在江村采访，深深感受到，江村村民的心，就像天气一样明朗、火热。当日，村民期待已久的村级工业区改造方案终于出台了。

群众利益放在首位

村民分红将是原来的4倍

记者从江村村委会拿到了一份工业区改造实施方案。根据改造实施方案，江村工业区改造完成后，预计可以为江村集体带来每年近2000万元收益，扣除管理费用外，股份分红预计可达6000元/股，分红是改造前的4倍。

记者了解到，方案制定前，勒流街道驻村工作组和江村“两委”班子，进行了大规模的走访活动，聆听工业区企业和部分村民代表对村改的意见和建议，同时积极向上级争取政策支持。在统筹考虑江村工业区现状和江村未来发展规划，兼顾村集体、村民、企业等各方利益的基础上，制定了江村工业区改造实施方案。

江村村党委书记伍信庭告诉记者，他们将在维持土地集体性质不变的前提下，进行改造，土地以及地上的建（构）筑物到期后，归还江村股份社所有。这样做的目的，就是通过工业区改造，提升村庄人居环境，提高村民收益。

发展现代环保产业

要让江村天更蓝、水更清

根据区委、区政府有关顺德建设超千亩现代主题产业园的工作要求，勒流街道规划了数个超千亩现代主题产业园。其中，勒流将以盈峰环保产业园为引领，串联江村和上涌连片工业区，规划建设面积达3000亩的环保产业主题园区。

这次江村工业区改造规模将达1093亩，将统一招选合作方，实施统筹改造，建设成现代化环保科技产业园，同时允许部分土地用于企业自主改造，到一定期限后，工业区的土地及地上建（构）筑物，将无偿归还给村股份社。

“村民已经吃够了污染企业的苦头，我们再也不能走以前的老路，必须壮士断腕，彻底告别小、散、乱的产业发展模式。”伍信庭说，改造后的工业区，将引入具有发展潜力的现代产业，“我们要把一个天更蓝、水更清的江村带进新时代”。

在江村工业区扎根了近20年的一名企业家对记者说，自己曾经多次萌生过把企业迁到外地去的想法，听了村干部对村改方案的介绍后，坚定了在江村发展的信心。“自己对这里有一份割舍不了的感情，相信村改后，环境会越来越好，企业也会越来越好。”

伍信庭对记者说，对于江村来说，村改是凤凰涅槃。他介绍说，下周一起，村“两委”将全面开展方案宣讲，让方案深入人心。村党委已经决定，在开展村级工业区改造的同时，结合乡村振兴，开展大规模的美丽乡村建设，“通过村改，发展现代产业，改造村里的基础设施，落实乡村振兴规划，提升村庄人居环境。浴火重生后的江村，将重现岭南水乡的美景。对此，我们充满信心！”

江村工业区改造范围。/江村村委会供图

后记

江村新实践 顺德新时代

本报历时近一个月推出《新时代江村调查》系列报道，到今天告一段落。

近一个月来，记者多次深入江村，与村民座谈，与企业家交流，与村干部一起调研，了解江村村改的紧迫感和必要性。

在这一次不算短的采访调查中，我们深深感受到，江村的村改历程，实际上是顺德村改的一个缩影。江村实践的背后，实际上反映了顺德开展村级工业园改造、建设高质量发展示范区的大时代。

历经四十余年的历程，顺德发展进入了关键时期。顺德全区有将近两百个像江村一样的村庄。改革开放之初，村村点火、户户冒烟，成就了顺德早期工业化的辉煌。然而，进入新时代，这种发展模式已经严重阻碍了顺德进一步前行的脚步，已到了非改不可的地步了。

村改是顺德区委、区政府的创新之举，没有任何经验可供借鉴。可喜的是，经过全区上下的共同努力，顺德村改，不仅迈出了坚实的步伐，而且走出了一条康庄大道，创出了“顺德经验”，在全市乃至全省起到了示范带头作用，引起了全省关注。截至目前，顺德累计拆除村级工业园超4万亩，淘汰散乱污企业8003家，更规划建设十大超千亩现代化主题产业园。这是顺德在新时代交出的高质量发展的新答卷，为全省发展，为粤港澳大湾区建设，贡献了“顺德方案”和“顺德智慧”。

江村，珠三角一个普普通通的小村庄。从这个村庄的工业园改造实践，我们看到了顺德高质量发展的美好前景。

《新时代江村调查》4

建设成现代化环保科技产业园，同时允许部分土地用于企业自主改造，到一定期限后，工业区的土地及地上建（构）筑物，将无偿归还给村股份社。

“村民已经吃够了污染企业的苦头，我们再也不能走以前的老路，必须壮士断腕，彻底告别小、散、乱的产业发展模式。”伍信庭说，改造后的工业区，将引入具有发展潜力的现代产业，“我们要把一个天更蓝、水更清的江村带进新时代。”

在江村工业区扎根了近 20 年的一名企业家对我们说，自己曾经多次萌生过把企业迁到外地去的想法，听了村干部对村改方案的介绍后，才坚定了在江村发展的信心。“自己对这里有一份割舍不了的感情，相信村改后，环境会越来越好，企业也会越来越好。”

伍信庭对我们说，对于江村来说，村改是凤凰涅槃。他介绍说，下周一起，村“两委”将全面开展方案宣讲，让方案深入人心。村党委已经决定，在开展村级工业区改造的同时，结合乡村振兴，开展大规模的美丽乡村建设，“通过村改，发展现代产业，改造村里的基础设施，落实乡村振兴规划，提升村庄人居环境。浴火重生后的江村，将重现岭南水乡的美景。对此，我们充满信心！”

【调查后记】 江村新实践 顺德新时代

从 2020 年 5 月 21 日开始，我们历时近一个月的“新时代江村调查”，到 6 月 19 日告一段落。

近一个月来，我们多次深入江村，与村民座谈，与企业家交流，与村干部一起调研，了解江村村改的紧迫感和必要性。

在这一次不算短的调查中，我们深深感受到，江村的村改历程，实际上是顺德村级工业园改造的一个缩影。江村实践的背后，实际上反映了顺德开展村级工业园改造、建设高质量发展示范区的大时代。

历经 40 余年，顺德的发展进入了关键时期。顺德全区有将近 200 个像江村一样的村庄。改革开放之初，村村点火、户户冒烟，成就了顺德早期工业化的辉煌。然而，进入新时代，这种发展模式已经严重阻碍了顺德进一步前行的脚步，已到了非改不可的地步了。

我用报道推动江村村改的海报之一

村改是顺德区委、区政府的创新之举，没有任何经验可供借鉴。可喜的是，经过全区上下的共同努力，顺德村改，不仅迈出了坚实的步伐，而且走出了一条康庄大道，创出了“顺德经验”，在全市乃至广东省起到了示范带头作用，引起了广东省的关注。截至 2020 年 6 月中旬，顺德区累计拆除村级工业园超 4 万亩，淘汰散乱污企业 8 003 家，更规划建设了十大超千亩现代化主题产业园。这是顺德在新时代交出的高质量发展的新答卷，它为广东省发展，为粤港澳大湾区建设，贡献了“顺德方案”和“顺德智慧”。

江村，珠三角一个普普通通的小村庄。从这个村庄的工业园改造实践，我们看到了顺德高质量发展的美好前景，更看到新发展理念在我国基层的具体实践。这也是顺德全力夺取疫情防控和经济社会发展“双胜利”，为顺德打造新时代广东贯彻落实新发展理念的实验区奠定坚实基础的实干行动。

我用报道推动江村村改的海报之二

第二十一章 抗疫星河档案

新冠肺炎疫情发生后，我深入顺德 205 个村居采访，每到一处我就会把村子里拉起来、悬挂的抗击疫情的横幅、标语拍摄下来。后来我归纳总结，发现有 144 种不同的内容，这就让我想起来顺德支援武汉、湖北的医务人员带回来的“宝贝”，更让我想起如何与顺德区档案馆联合举办了一场抗击新冠肺炎疫情图片档案选展。我想，这些都是我践行脚力、眼力、脑力、笔力的生动体现。

2020 年 8 月 3 日，“见证 · 顺德——顺德区档案（方志）馆新馆开放日活动”在顺德区档案馆新馆举行，广东省人民政府地方志办公室党组成员、副主任刘卫，广东省方志馆馆长陈宏亮，佛山市档案馆馆长、佛山市人民政府地方志办公室主任孙少娜，中共佛山市委党史研究室主任朱月嫦，顺德区委副书记、区委政法委书记王勇等出席活动。在活动中，我策展的顺德区抗击新冠肺炎疫情图片档案选展迎来了第一批观众，并深受各界欢迎。

顺德区抗击新冠肺炎疫情图片档案选展解说词

【大门口】 **档案见证历史**

各位领导、各位嘉宾，欢迎大家来到感动与星河——顺德区抗击新冠肺炎疫情图片档案选展现场指导与观展。

【走进大门】

面对正门

庚子新春期间，新冠肺炎疫情来临。习近平总书记指出：“人民至上、生命至上，保护人民生命安全和身体健康可以不惜一切代价。”

【转向“前言”】

顺德始终坚持以习近平新时代中国特色社会主义思想武装头脑、指导实践、推动工作，全区上下团结一心，坚韧不拔，共同迎接大考，取得阶段性的胜利。

抗疫期间，顺德档案馆全体人员除积极收集、整理抗疫档案外，还投身到基层防控工作中，亲身体验战场的惊涛与血汗，并用镜头和键盘记录所见的点点滴滴，到村居、到民间搜集相关材料，与机构和媒体联系获取更多的信息，形成丰富的档案资源。

今天我们选取其中的部分文献、图片、视频和实物档案，稍做整理加工，再现顺德人民闻鸡起舞、日夜兼程、风雨无阻与疫情斗争的难忘画卷。

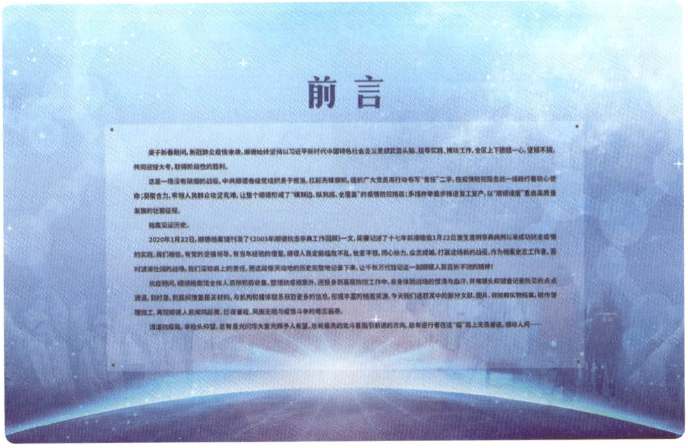

【走向大数据版块】　大家请跟我来。疫情来袭，顺德着重加强突发公共卫生事件信息公开，从 1 月 21 日起，就开始全媒体、全方位对外发布疫情信息，使区里指挥部的每项决策都及时让外界知道，这样就在疫情初期，以及攻坚、复工复产、复学等阶段起到了良好的社会引导作用，获得了广大人民群众的支持。

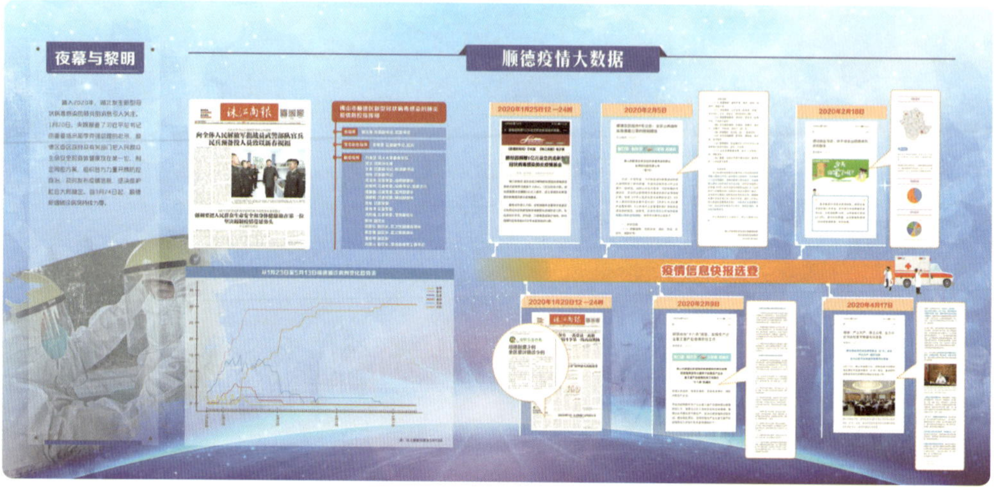

【来到横幅墙前】　我们的信息公开还包括全区上下的主动宣传，这些横幅、标语就贯彻了中央到地方的全部指导方针，每个抗疫阶段都有不同的主题，比如最上面的指示【指着总书记那条】，到村级工业园改造【指着左下角那条】，再到战疫还未结束之时【指着右下角那张】，我们都有充分的宣贯。

同时，顺德民间的自发宣传也有顺德特色，比如【指着左下角倒数第二条】"戴口罩 福星高照"，还有【指着蓝色那块】"赶走瘟疫"。

还有就是，我们顺德用了立体宣传方式，让我们的市民共同抗疫【指着 19 楼那张图片】。

【转身对着大屏幕】

我们有宣传，更有行动，大家请看我的左右边。【实物柜 1】里展出的物品，都是疫情发生以来，我们顺德人抗击新冠肺炎疫情用过的物品【可以稍微介绍一两件物品】。

有实物也有视频来记录我们抗击新冠肺炎疫情的实况，请大家观看。

【转身对着“旗帜”版块】

这是一场没有硝烟的战役，顺德各级党组织、党员用行动书写“责任”二字，在疫情防控阻击战一线践行着初心使命；凝聚合力，带领人民群众攻坚克难，让整个顺德形成了“横到边、纵到底、全覆盖”的疫情防控格局；多措并举稳步推进复工复产，以“顺德速度”重启高质量发展的壮丽征程。

【来到“突击”版块】

面对疫情，面对市场的变化，顺德各部门、各单位在春节前后、春节期间，进行了突击行动，先后设置 15 间疑似病例定点收治医院，14 个集中隔离留观场所，做好口罩、测温枪、防护服等 50 多种抗疫物资供应保障。疫情期间，顺德社会安定，秩序井然。

【来到“阵地”版块】

顺德启动重大突发公共卫生事件一级响应后，设置 58 处联合检疫点，逢车必查，逢人必检，高效精准阻击疫情。参与人员守土有责，各镇村根据自身环境实际，合理设置进出口通道和重要节点的检疫点，切实降低人员流动量，严防疫情输入和扩散。

【面对口罩组成的感动 2 字】

口罩是此次疫情最需要的物资之一，特别是普通群众，我们的人民待在家里不出门就是做贡献，就是节省抗疫物质。

【面对实物柜 2】

这些物品也反映了我们顺德人抗疫的过程【可以稍微介绍一两件物品，比如去湖北的顺德医务人员用过的物品、获得锦旗等】。

【来到“请缨出征”“奋战在鄂”“英雄归来”版块，结合展柜介绍】

面对来势汹汹的新冠肺炎疫情，在党和人民最需要的时候，67 位顺德白衣战士迅即响应党中央号召，主动请缨，挺身而出，逆风而行，义无反顾地奔赴疫情斗争最前线驰援湖北，在这场没有硝烟的战场上与死神赛跑、与病毒搏斗，以坚定的意志顺利完成任务，并以医护人员“零感染”、患者“零死亡”“零回头”“零投诉”的成绩，为驰援湖北抗击疫情交出了一份满意的答卷【对着柱子上的名单，着重介绍一下梁常香，第一个出征，最后一个归来，在武汉整整 62 天】。

67 名顺德医疗队员白衣执甲，不顾个人安危，舍小家顾大家，用实际行动践行了白衣天使的神圣使命，展现了新时代的顺德人精神，是我们最美、最可敬、最可爱的顺德人。

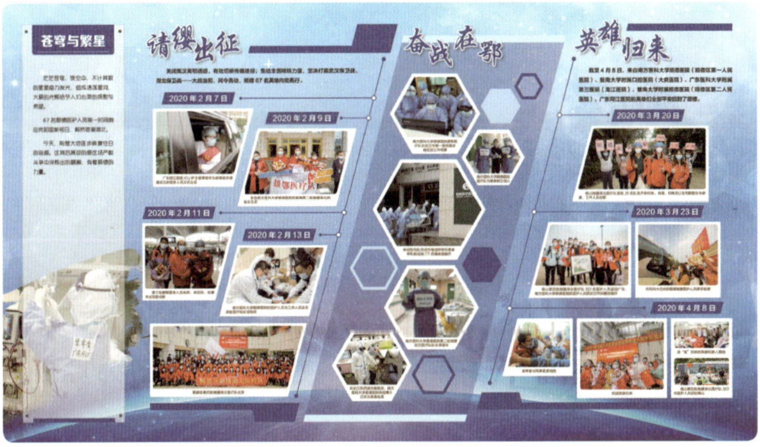

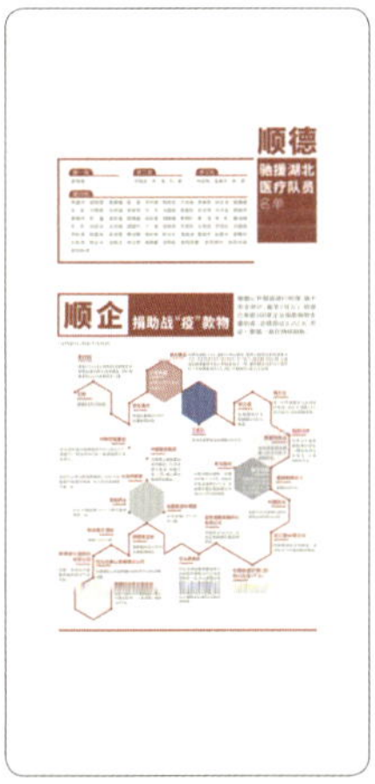

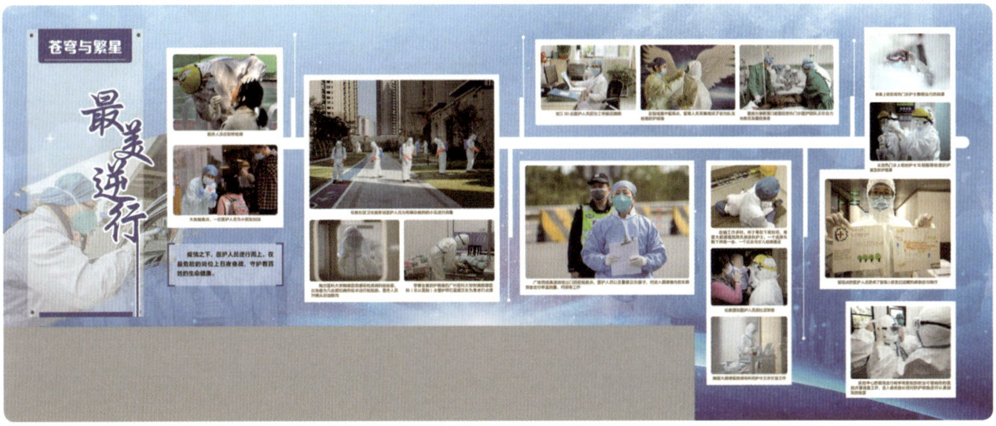

【引导参观人员来到“最美逆行”“最美铁军”“最美基层”“最美奉献”“最美情怀”版块】

与此同时，一大批坚守顺德的医护人员、公安干警、社区工作者、志愿者们挺身而出，众志成城，筑牢社区防疫的铜墙铁壁，在寒风、夜晚里，为顺德打赢疫情防控阻击战贡献了重要力量【对着展板一些精彩的图片，适当对照图说进行讲解】。

顺德企业家日夜兼程支援抗疫前线，美的、碧桂园、格兰仕等龙头企业向武汉抗疫一线捐款捐物资，一批企业千里驰援建设火神山、雷神山医院，共同为疫情防控取得胜利做出了重要贡献。

【转向“希望之光”版块】

在苍穹与繁星间，我们终于迎来了希望之光，花场开了，学生复学了，世界美食之都迎来五湖四海的客流，一批重大工程加速建设，一批重点项目签约落地，经济社会发展平稳有序，村级工业园改造更是火热展开。

【结语】

疫情还未结束，我们档案人还在记录。档案增进见识，接下来，区档案馆还会推出各种档案展，期待大家光临，谢谢大家聆听。

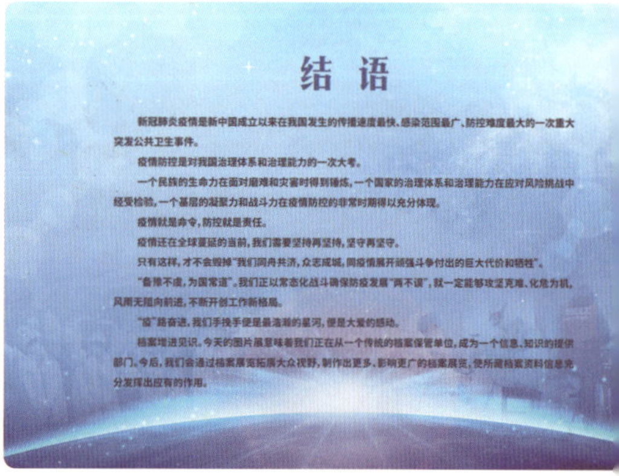

第二十二章 拍一拍多彩周

疫情发生后，户外活动停了下来，元宵节、三八妇女节、五一劳动节、端午节均没有办法开展活动，这给常年参与各种文体活动策划的我出了道难题。而临近暑假，微信推出了“拍一拍”功能，生活中“拍一拍”表示友好，在社交平台上同样表示友好，于是我把“拍一拍”嫁接到了“818”，想利用这样一个时间点来做活动促进经济复苏。

于是，2020 年 8 月 18 日，“容桂 818 精彩拍一拍——畅享顺德欢乐季之品质容桂多彩周”在顺德海骏达城正式启动。至 8 月 25 日，包括容桂爆品一元夺宝、全城热购之容桂 oh yeah 折购夜、车尾箱市集、夜探海洋馆等活动陆续举行，一系列活动激活了市场主体活力，提振了消费信心，用容桂力量有效助推、参与形成了以国内大循环为主体、国内国际双循环相互促进的新发展格局。

活动由顺德区总商会、容桂街道经济发展办公室发起，顺德海骏达城、容桂天佑城、容桂渔人码头、容桂南宏文创园、佛山 IF1959 文创园、城光・城市广场、火车头精酿啤酒、容桂餐饮行业协会、容桂零售服务业协会、顺德区跨境电子商务商会、顺德优店共同协办，珠江商报社承办。

活动得到格兰仕、海信科龙、容声、万和、村田等企业参与，海骏达城、容桂天佑城、容桂渔人码头、容桂南宏文创园、佛山 IF1959 文创园、城光・城市广场本土六大商圈及餐饮、零售类超过 200 家商户将以折扣优惠、优惠券、代金券等形式进行促销，覆盖餐饮旅游、商超购物、休闲娱乐、体育健身等领域，满足市民吃住行游购娱的多样化需求。

顺德区委副书记王勇对这次活动进行了多次批示、指示，亲自对新闻通稿发布、新媒体发布进行审核把关。这次活动是我练就敏锐的“眼力”的成果。此后，我在践行“四力”的过程中，能不断地从纷繁复杂的现实生活中发现有意义的人和事，捕捉有价值的闪光点，为地方经济复苏、发展鼓与呼。

【策划方案】 《多彩容桂欢乐周》全媒体宣传方案

2020 年 8 月 18 日至 25 日，容桂街道举行 818 精彩拍一拍——8.8 广佛购物嘉年华之多彩容桂欢乐周，汇集本地六大商圈、商企的优惠信息，覆盖餐饮旅游、休闲娱乐、商超购物等领域，意在通过开展形式多样的活动，“政府搭台、协会参与、商户联动，”掀起全城消费热潮，激活市场主体活力，提振消费信心，营造浓厚的城市商业氛围。

合力促消费 助力“双循环”

昨晚，“容桂 818 精彩拍一拍——畅享顺德欢乐季之品质容桂多彩周”活动在顺德容桂海骏达城正式启动，即日起至8月25日，包括容桂爆品一元夺宝、折购夜、车尾箱市集、夜探海洋馆等活动陆续举行，将能激活市场主体活力，提振消费信心，用容桂力量有效助推、参与形成以国内大循环为主体、国内国际双循环相互促进的新发展格局。

/珠江商报记者陈炳辉摄

A4

拍一拍活动就是促进市场双循环发展

珠江商报 ZHUJIANG BUSINESS

今日顺德 综合 A4

2020年8月19日 星期三

容桂818 精彩拍一拍——畅享顺德欢乐季之品质容桂多彩周昨晚正式启动

多方联动助力双循环 消费升温精彩拍一拍

01 市民“抢夺”爆品家电 一元起拍

02 六大商圈优惠活动大放送 整合资源

各方声音

“容桂爆品一元夺宝”活动吸引市民踊跃参与，以优惠价格买到容桂制造的品质家电。

砸重金优化生产线 练好内功抢占市场

上万平方米新建厂房投入使用

砸重金优化包装机生产线

政企合力让企业走得更远

拍一拍活动报道版面很有创意

推送日期	推送内容	推送平台
8 月 17 日	多彩容桂欢乐周的活动亮点（含拍卖产品预告及活动预报名 H5）突出提醒抖音与游记活动（简介即可）	珠江商报官微非头条
8 月 17 日	15 秒视频介绍多彩容桂欢乐周的活动亮点，添加话题“容桂 818 精彩拍一拍”	珠江商报抖音号
8 月 18 日	预告多彩容桂欢乐周启动仪式时间，容桂爆品一元夺宝活动预热（含拍卖产品预告及活动预报名 H5）	珠江商报官微非头条
8 月 19 日	多彩容桂欢乐周启动仪式当晚活动回顾；19 日晚容桂爆品一元夺宝活动预热（含拍卖产品预告及活动预报名 H5）；顺德海骏达城商圈活动预告（放商圈海报）	珠江商报官微非头条
8 月 19 日	多彩容桂欢乐周抖音拍一拍大赛、容桂时光游记大赛活动细则	珠江商报官微非头条
8 月 20 日	以 19 日晚公益电影播放为由头，预告容桂南宏文创园活动，以及 21 号晚顺德优店的“容桂直播 818 美食巨惠拍一拍”活动	珠江商报官微非头条
8 月 21 日	预告 22 日晚火车头精酿啤酒文化夜暨小龙虾剥虾比赛、8.8 广佛购物嘉年华 · 全城热购之容桂 oh yeah 折购夜活动；容桂天佑城活动预告（放商圈海报）	珠江商报官微非头条
8 月 22 日	以夜游 1959 游园会回顾 IF1959 文创园活动情况；以全民才艺大赛半决赛举办为由头，预告容桂渔人码头活动	珠江商报官微非头条
8 月 23 日	火车头精酿啤酒文化夜暨小龙虾剥虾比赛、8.8 广佛购物嘉年华 · 全城热购之容桂 oh yeah 折购夜活动情况，预告 24 日晚直播七夕探店活动	珠江商报官微非头条
8 月 24 日	日间：以 21 日举行的国风音乐会来宣传城光 · 城市广场的活动。再预告 8 月 25 日即将举行的多彩容桂欢乐周七夕直播活动	佛山+App
	晚间：直播探店——七夕商圈活动	珠江商报官微非头条
8 月 25 日	多彩容桂欢乐周抖音拍一拍大赛、容桂时光游记大赛活动再宣传，呼吁大家积极参与	珠江商报官微非头条
8 月 27 日	多彩容桂欢乐周总结回顾	珠江商报官微非头条
8 月 18—8 月 30 日	不定期转发优秀游记	珠江商报官微非头条
9 月中旬	抖音、游记活动评选结果公布	珠江商报官微非头条

第二十三章 818新发展理念

同样的2020年8月18日，由顺德区委区政府办公室、顺德区委宣传部、顺德区委全面深化改革委员会办公室、珠江商报社联合出品的《818拍一拍每一位践行新发展理念的你！》12个版特刊出版发行。

该特刊结合8月18日，以顺德的名义“拍一拍”每一位践行新发展理念的顺德人，展现了顺德人以闻鸡起舞、日夜兼程、风雨无阻的奋斗姿态，以敢想敢闯、敢为天下先的精神攻坚克难，在创新、协调、绿色、开放、共享的大道上勇攀高峰，为把顺德建设成新时代广东省贯彻落实新发展理念实验区而不懈奋斗。

特刊获得广大读者，镇街、村居干部好评。这个点子也是我策划与主导的，这践行了一名记者的脚力、眼力、脑力、笔力，紧跟中央、国家战略，激发地方活力。

【策划方案】

《818拍一拍每一位践行新发展理念的你！》特刊方案

2020年，建设新时代广东省贯彻落实新发展理念实验区现场会将在顺德举行，镇街将于当日推出8-12个版特别报道，介绍各镇街对标新发展理念，落实顺德“两会”精神，奋力建设新时代广东省贯彻落实新发展理念实验区的计划。每个版3000字，配大图（航拍）。

顺德全力谋划建设新时代广东贯彻落实新发展理念实验区。对标创新、协调、绿色、开放、共享的新发展理念，各镇街今年在坚持创新引领，构建产业发展新体系、坚持协调发展，提升城乡融合发展水平、坚持绿色生态优先，打造美丽宜居环境、坚持高水平对外开放，培育外向型经济新优势、坚持共建共治共享，更好地保障和改善民生等领域，有何亮点举措?

拍818一拍

每一位践行新发展理念的你！

不平凡的庚子年的秋天已经迎来第12天，再过3天就是处暑。处暑的到来，标志着炎热天气到了尾声，暑气渐渐消退，由炎热向凉爽过渡。

在这样的时间里，我们环顾顺德十个镇街、205个村居，可以看见推动顺德高质量发展体制机制改革创新实验区建设、打造新时代广东省贯彻落实新发展理念实验区的形势喜人，但还没到坐下来乘凉与接受掌声和鲜花的时候，需要敢想敢试、敢为人先的顺德改革精神，勇担打造新时代广东省贯彻落实新发展理念实验区的新使命。

一

回首郭文海2017年9月26日就任顺德区委书记时，为更好地了解民意，集中民智，更加广泛地听取社会各方面的意见建议，共同谋划顺德的未来发展之路，区委、区政府围绕“践行创新、协调、绿色、开放、共享的新发展理念，建设现代化顺德”主题，就向社会各界广泛征求意见建议。

不久，由征求意见而来的顺德村级工业园改造就在806平方公里的改革热土上火热展开、强势推进。

至今两年多的实践证明，村改取得了突出成效，推动经济逆势增长，带动各领域加快高质量发展，得到了上级的鼓励，得到了干部、群众、企业家、各级媒体的支持和鞭策。但形势逼人。省委主要领导在省委深改委第六次会议上对顺德改革创新实验区的指示精神，尤其要求推动顺德高质量发展体制机制改革创新实验区建设，打造新时代广东省贯彻落实新发展理念实验区，是对顺德实验区建设极大的鼓励鞭策、极大的关怀厚爱、极大的信任重托，是更新更高的要求。

这是顺德沉甸甸的政治责任，是顺德历史性的发展机遇。全区干部、群众、企业家共同决心守初心、担使命，推动习近平新时代中国特色社会主义思想在顺德落地生根、结出丰硕成果，共同扛起这一新使命。

二

村改不是简单的拆与建，而是一场系统工程，是顺德贯彻新发展理念这盘大棋的关键一子。“一子落、满盘活”，这一子是顺德贯彻新发展理念、走高质量发展之路的核心支点。

4月27日，虽然受到疫情影响，但在顺德区召开的2020年新发展理念产业园建设暨村改项目产业扶持政策新闻发布会上，顺德对外公布了《顺德区高质量推动村级工业园升级改造总体规划》。

这个规划包括20个产业集聚区及30个主题产业园，36个新发展理念产业园总体推进情况，以及目前村改项目相关扶持政策。顺德将让粗放零散、低效低端的村级工业园在2022年退出历史舞台，为顺德发展储备充足的发展空间。

这一规划要求顺德站得更高、看得更远，通盘考虑，把村改与建设现代化产业园区结合起来，充分用好村改腾出的空间，大力发展现代制造业；将村改与整村改造、乡村振兴结合起来，保障农村农民长远收益，共享高质量发展成果；将村改与城乡融合发展结合起来，学习江浙等先进地区的经验，加快提升城乡形态。

此后不久的几天里，涉及规划、土地、城市更新共9项市级审批事项，由佛山市政府同意正式下放给顺德。这大大缩减村改项目推进过程中手续的办理程序和时间，确保高速度、高效率服务项目落地，展现新时代的顺德速度。此外，顺德大力推行“容缺受理”“信任审批”。目前，首批容缺受理事项24个，信任审批事项13个。

三

处暑满地黄，家家修廪仓。

转眼，在闻鸡起舞、日夜兼程、风雨无阻建设新时代广东省贯彻落实新发展理念实验区的征途中，顺德奋力把疫情耽误的时间抢回来，没有坐等“脱了口罩”才开始谋划发展。

事实证明，年初这场突如其来的疫情并没有冲击顺德高质量发展的定力。这就是“越是困难时期，越要咬定青山不放松”的顺德实践：一边是快马加鞭拆除破旧村级工业园，更快更好地完成3万亩年度目标任务，另一边是启动建设10个超千亩的现代主题产业园。

更关键的就是，顺德建设新发展理念千亩主题产业园得到了市场的响应。深圳宝能集团、珠海华发集团等与顺德区政府签订战略合作协议，共同参与顺德村改，建设超千亩现代主题产业园。顺德企业也积极参与，纷纷增资扩产或直接参与主题产业园建设。

你看，面对顺德优质、高效的企业服务，总部位于浙江宁波的长三角装备制造“龙头”企业海天集团“抢滩”入驻顺德。

面对大好形势，在2020年顺德区科技创新大会上，顺德区委区政府与方洪波、杨国强、梁昭贤、郭建刚、江朝晖等企业家，一起“拍了拍”全球：瞄准顺德企业在国内面临的“卡脖子”技术难题，拿出20个项目，广邀海内外相关领域顶尖人才前来“揭榜”。

新发展理念，创新是第一位的。敢于“拍一拍”，这是来自于坚定的顺德信心。

任凭风浪起，稳坐钓鱼船。今天是8月18日，兹以此刊，珠江商报社以顺德的名义“拍一拍”每一位践行新发展理念的你，让我们一起以闻鸡起舞、日夜兼程、风雨无阻的奋斗姿态，以敢想敢闯、敢为天下先的精神攻坚克难，在创新、协调、绿色、开放、共享的大道上勇攀高峰，为把顺德建设成新时代广东省贯彻落实新发展理念实验区而不懈奋斗！（王茂浪）

导读

珠江商报

联合出品：
顺德区委区政府办公室
顺德区委宣传部
顺德区委全面深化改革委员会办公室
珠江商报社

总 策 划：黄　琳
监　　制：冯建珍　马志良　曹开文　李炯聪
策　　划：王茂浪
图文统筹：王茂浪　黄文静　黄祖兵　周焯杰
设计统筹：刘　捷　吴惠南

珠江商报官方微信　佛山+APP

2020年8月18日　星期二
编辑：黄秀娴　版式：吴惠南　李佳彬　陈思铭　校对：刘天志

2020 年 8 月 18 日《拍一拍》特刊封面

第二十四章 书写稔海村史

我在向嘉宾讲解勒流街道稔海村史馆馆藏

顺德有 205 个村居，每个村居我都去过不止一次，我对各村居的文化底蕴、传承都有一些了解。勒流街道办的稔海村文化底蕴在 205 个村居里并不出色，但我选择这样一个村做村史馆，就是“鸡蛋里挑骨头”，要把现有的稔海人文记录下来。

稔海村是“中国鳗鱼之村”，这是党的“十八大”以来，村党委在乡村振兴工作中收获的成果。2019 年 5 月至 2021 年 1 月 31 日，我先后去了 61 次稔海村，以至于现在我从顺德区政府所在的德和居委会出发，途经伦教去到稔海村，只需要经过一个红绿灯，这是 99% 的顺德本地人都不知道的捷径。这也是我在顺德村居不断熟悉新领域、开拓新视野，增强本领能力，加强调查研究，增强脚力、眼力、脑力、笔力的结果。

如今，你要去顺德 205 个村居中的任何一个，我都可以告诉你怎么走不堵车或者没有红绿灯。这又何尝不是践行“四力”呢?

稔海村史馆整体布局文案

【序号 1】

位置：大门口路边。

主题：门牌。

内容：稔海村史馆。

形式与要求：竖排，要有鳗鱼造型。

【序号 2】

位置：大门。

主题：对联。

内容：上联　稔起光辉歌凤地；

下联　海归百水任波涛。

横批　德泽施民。

形式与要求：红底黑字。

【序号 3】

位置：大门面朝水道左边。

主题：前言。

内容：稔海，中国鳗鱼之村，是珠三角一颗明珠，历史悠久，风景秀丽、民风淳朴。在岁月长河中绽放着水乡的芬芳，在时代的大潮中跳跃着绚丽的浪花。

改革开放后，稔海更是紧跟时代步伐，大力发展，取得前所未有的显著成就。

党的“十八大”以来，稔海继续奋进新时代，扎实进取，继续前进，开启新发展理念、高质量发展和乡村振兴的新篇章。

形式与要求：用材要防风防雨。

【序号 4】

位置：入口。
主题：小村荣光。
形式与要求：用“中国鳗鱼之村”牌匾，做一个浮雕造型展现生态养鳗，凸显荣光。

【序号 5】

位置：一层。
主题：第一部分，史话灏漫。
内容 1：地理位置：稔海村，位于勒流北部，辖区总面积为 4.11 平方公里，北江支流顺德水道穿越其中，地理位置优越，一河两岸风景优美。
形式与要求：用航拍顺德水道展现一河两岸（要看到菊花湾大桥）。配用古时稔海所在位置的“堡”图（顺德地情展里有）。

内容 2：村名由来：相传，明景泰三年（1452 年），周、林、何、梁、伍、洪、罗等姓先民看到这片丰收稔熟的海滩沃地，便逐渐聚居于此，且取名“稔海”并发展成为村落，村名延续至今。稔海村世居民族为汉族，属广府民系，讲粤语方言顺德话，操勒流口音。
形式与要求：用整个村庄航拍大图。

内容 3：建制是一个地方重要发展变迁的组成部分，从堡到乡、大队、生产队，再到人民公社、村委会，其发展见证了稔海的繁衍不息，特别是生产队的岁月，令人记忆犹新。曾以人民公社大食堂为标志，所有农户及其家庭成员在生产队所设“公共食堂”就餐，劳动不计报酬。
形式与要求：配生产队的图片（老照片，黑白的），含劳动、票据（工分）

内容 4：人口姓氏。稔海村以周、梁、伍、洪、罗五个姓氏为主。
形式与要求：制图、制表。

【序号 6】

位置：一层。
主题：第二部分，水乡帆幔。
内容：水利建设。

稔海以顺德水道为界，西侧为居民区，东侧则是近 4 000 亩的耕地。这些耕地原是无人理会的滩涂地，经过稔海当地农民长年的经营和开拓，这些土地变为有用之地，为后辈提供了不竭的资源。此外，与水为邻，有关部门在稔海修建了多处水利工程，守护一方安宁。

形式与要求：配图与实物（各种劳动工具，尤其是水利等与水有关的工具）、造型。

【序号 7】

位置：一层。
主题：第三部分，品质养鳗。
内容：稔海村以工业和农业为主，商业为辅，其中农业又以鳗鱼养殖为主，稔海共有农用地 4 300 亩，其中鱼塘养殖面积 1 210 亩，养殖业总产值约 6 500 万元。

如今，稔海鳗鱼养殖已有 30 多年的历史，不仅涌现出众多实力雄厚的鳗鱼产业相关企业，而且在漫长的养殖过程中，逐渐形成了涵盖鳗苗培育、饲料生产、鳗鱼养殖、鳗鱼加工等环节的一套成熟的、完整的鳗鱼产业链，成为世界上最大的鳗鱼养殖基地之一，为顺德鳗鱼、广东鳗鱼乃至中国鳗鱼行业的健康发展做出了卓越的贡献。

2018 年 5 月，稔海村成功申报“中国鳗鱼之村”国字号称号，将借助顺德水道和菊花湾大桥的区位优势，着力打造以产业兴旺带动乡村振兴的特色文旅项目，带动稔海村实现新一轮的高质量发展。

形式与要求：制图、制表。

【序号 8】

位置：一层。

主题：第四部分，朴古衍曼。

内容 1：一座建筑、一棵树都有一个故事、一段历史。

形式与要求：配图，祠堂可以做造型。

内容 2：芬芳宗祠。

周、梁、伍、洪姓氏建有祠堂。旧祠堂在 20 世纪 60 年代的历史风潮中被拆除，当时族人们将祠堂门口的牌匾和祭拜的木牌藏了起来，以待来日。

稔海的祠堂以新建为主，如振远周公祠重建于 2002 年，梁氏宗祠重建于 2004 年，伍氏宗祠重建于 2004 年，洪氏宗祠重建于 2009 年，大多以青绿色外墙为主，配以黄色琉璃瓦屋顶。

形式与要求：配图，祠堂可以做造型。

内容 3：茁壮古树。

村内有百年古树 8 棵，其中正榕 2 棵，黄桷榕 6 棵。

形式与要求：配图。

内容 4：玉虚祐民。

北帝庙是稔海村唯一的庙宇，解放初期由民间集资建成，取名“玉虚宫”。

形式与要求：配图，造型。

内容 5：凌云举人。

凌云桥：位于顺德勒流扶闾与稔海边界。建于清乾隆初年，现为嘉庆五年（1800 年）重修格局，全长 20.93 米，顶宽'1.88 米，石板厚 0.44 米。东西横跨河涌，由花岗岩构筑，三截梁式石板桥面，北侧桥面石条刻有“凌云桥”三字。

旗杆夹：振远周公祠前的广场上有立于清光绪年间“光绪辛丑补行庚子恩正科乡试第四十八名举人”的旗杆夹石碑。

形式与要求：配图，造型。

内容 6：和谐宗族。

1. 清明祭祖；
2. 太公分猪肉；
3. 北帝诞。

形式与要求：配活动图。

商报热线：22209999
发行热线：22200555

珠江商报

凭珠江通四海　立潮头观天下

珠江商报官方微信　顺德新闻网　佛山+APP

佛山传媒集团主办
国内统一连续出版物号 CN 44-0148 珠江商报社出版
2021年3月31日 星期三　农历辛丑年二月十九 总第6047期(今日12版)　珠江商报社顺德新闻网:http://www.sc168.com　报料有奖,最高可达3000元

中共中央政治局召开会议 习近平主持

审议《关于新时代推动中部地区高质量发展的指导意见》 A2

全省"粤菜师傅"工程高质量发展推进会在顺德召开

持续提升"粤菜师傅"工程实效 A3

"鳗"话村史

经过"中国鳗鱼之村"勒流稔海村委会、珠江商报社三年多时间的策划、构思、筹备与建设，稔海村史馆于近期建成启用。村史馆以史话灏漫、朴古衍曼、水乡帆幔、品质养鳗、民生国脉、时代骏迈、高凤流麦等篇章展开叙述，结合文图、视频、旧物陈列等形式，将稔海的历史文化、产业发展、民生事业、党建、乡村振兴等内容一一呈现。

01 史话灏漫
02 朴古衍曼
03 水乡帆幔
04 品质养鳗
05 民生国脉
06 时代骏迈
07 高凤流麦

制图：王叶进

顺德组织离退休党员干部开展"桑榆红·献礼建党百年"系列活动

重温党的历史 牢记初心使命

A3

党旗引领 决战村改
干帆万案竞风流

龙江：
同时启动清拆四个村改项目

勒流：
两个村改项目表决通过方案

A3

牵手广州名校 共办优质学校

三龙湾学校昨日在陈村启动建设

A5

疫情信息快报

全省新增两例境外输入病例

3月29日0-24时，全省新增境外输入确诊病例2例，广州报告，分别来自肯尼亚和乌克兰。新增境外输入无症状感染者3例，广州报告2例，分别来自美国和乍得；佛山报告1例，来自喀麦隆。新增出院1例。

截至3月29日24时，全省累计报告新冠肺炎确诊病例2277例（境外输入881例）。目前在院36例。（来源：广东省卫健委）

编辑：赵扬　版式统筹：刘捷
版式：王叶进 周惠芬 校对：方慈容　电话：22313015

勒流街道稔海村史馆的报道登上报纸头版

【序号 9】

位置：楼梯——承上启下，继往开来。

主题：稔海荣誉。

形式与要求：以楼梯阶梯串联上下两层。

【序号 10】

位置：负一层。

主题：第五部分，民生国脉。

内容 1：龙舟争先。

“顺德水道流村边，村内几千亩良田；河涌密布如织网，出入运输靠艇船”。这是稔海村得天独厚的地理环境。河涌网络孕育了农艇竞技传统文化，是这里的一大民俗特色。

形式与要求：新旧图片、实物、造型。

内容 2：美味佳肴。

随着鳗鱼的宣传推广，稔海村养殖的鳗鱼已进入广大百姓家庭，小至几人的家庭聚餐，大至宴会酒席、庆典活动等，都少不了这道特色美味。

形式与要求：图片。

内容 3：稔海村的基础设施建设以城乡融合发展为导向，推动城乡基础设施互联互通，如防洪涝设备、水利灌溉、田间道路和农村电网、垃圾处理、污水处理等。

内容 4：教育发展。

经过 70 年的努力，稔海教育发展取得了巨大成就，带动了教育水平和全民族素质的整体提升。然而你可能不知道，要是没有热心人士捐建稔海小学，稔海村的孩子就可能要去扶闾村念书了。

内容 5：医疗保健。

稔海村辖区内设置有一个社区卫生服务站，位于沿江一路 11 号。

形式与要求：配图。

【序号 11】

位置：负一层。

主题：第六部分，时代骏迈。

内容 1：党建引领。

由于一些历史遗留问题，2017 年稔海村被认定为党组织软弱涣散村，如何摘掉帽子，成了刚当选为村书记的周健朋心头最大的事。

形式与要求：图表，媒体报纸报道、书籍展示。

内容 2：基层党建。

近年来，稔海村党委前后与多个部门、单位、公司进行党建结对，有效促进村内产业、生态、文化的发展及人才振兴，着力改善村民的生活环境。

形式与要求：图表，媒体报纸报道、书籍展示。

内容 3： 乡村振兴。

稔海村围绕着鳗鱼的故事主题，迈步走上了乡村振兴的轨道。2019 年 5 月 20 日—22 日，以稔海鳗鱼养殖故事为原型的三集纪录片《鳗鱼的故事》连续三晚在央视纪录片频道播出，纪录片让稔海“中国鳗鱼之村”的美誉在神州大地传播。该纪录片深刻地记录了过去 10 年里，稔海从乱到治，经受了一番考验的历程。

形式与要求： 图表，媒体报纸报道、书籍展示。

【序号 12】

位置： 负一层。

主题： 第七部分，高凤流麦。

内容： 未来创想。

发挥稔海村党群活动中心的阵地作用，密切联系群众，完善“两微”党建宣传平台，抢占党建宣传的新阵地，及时将最新动向和民生政策传播给群众，真正实现党群共建共享。拉近党与群众的距离，注重听取民意，解决群众困难，凝聚人心。

形式与要求： 规划图。

【序号 13】

位置： 负一层。

主题： 第八部分，附录。

内容 1： 1. 中国共产党稔海村党委；
2. 村民自治委员会；
3. 稔海村股份合作经济社。

形式与要求： 图表。

内容 2： 稔海村下设 9 个村民小组。

形式与要求： 图表。

内容 3： 大中专学生名录（花名册形式）。

形式与要求： 可翻阅。

内容 4： 佛山市顺德区勒流街道稔海村村民自治章程。

我为村史馆配诗一首

稔海好

站在顺德水道旁，
看着清清的河水，
她静静地流淌穿村过，
两岸倒影荡漾；
清风徐来，
榕树摇曳，
带来一河的芬芳，满村的欢喜。

你看，堤上，塘边，
人人都在继续着这方水土的精彩，
坐在岸边的石凳上，
我听到了对岸养鳗增氧机的水声，
听到了身后学校稔海娃的读书声，
耐听回味。

在稔海小村，
你看到的，你听到的，
你走着，你坐下，
你品尝，你询问，
你买卖，你吆喝，
善总与你相伴，
我的理解，
那叫作稔海好。

第三部

9 年时间创意的脑力

2020 年 10 月 17 日，适逢我国第 7 个国家扶贫日和第 28 个国际消除贫困日。当天，由顺德区委宣传部（区文化广电旅游体育局）指导，顺德图书馆、区作家协会主办的《播洒爱心的顺德三捐》创作分享会在顺德文学馆举行，该书聚焦顺德发展的正能量事件，以小见大，弘扬顺德企业家、顺德民间所涌现出来的扶贫攻坚与慈善、人文大爱精神。

《播洒爱心的顺德三捐》由广东经济出版社出版发行、珠江商报社制作，清华大学公共管理学院教授、博士生导师、清华大学公益慈善研究院院长王名为此书作序。作者就是我本人。我花了十余年时间进行记录：追随顺德民营企业的教育扶贫之路、顺德市民捐献器官之事、顺德籍贯飞虎队队员捐出祖业之美、一名九旬老人临终捐出全部积蓄之感、一个基金会专注解决村居杂事之难等。这本书是基于我的调查的慈善、爱心故事的小集，分为“捐钱造血”“捐人造命”“捐物造世”三部分，字数达到 14 万字，用图近 200 张，共计 216 页。作为一名新顺德人、一名记者，我能够跟踪报道顺德企业家、顺德民间的爱心故事，深感荣幸。顺德的扶贫攻坚、慈善捐献氛围浓厚，顺德人的慈善大爱精神值得弘扬。

“书中故事很感人，作者用文字把这些故事记录下来，能够让读者透过书籍了解更多的顺德故事。”顺德区文联副主席梁国锋对书中扎实的调研和采写给予了较高的评价。同样的，凤城敬老院原院长周美雪在阅读书籍后深受感动，表示顺德基层有着许多爱心故事，作者长期扎根基层，用文字的形式将爱心精神传递出去，可以吸引更多的人关注弱势群体，为有需要的人提供帮助。

“在国家扶贫日、国际消除贫困日这个特别的日子，发布《播洒爱心的顺德三捐》一书，特别有意义。”顺德区老领导、原区委常委、宣传部部长梁惠英表示，这本书展示了以作者王茂浪为代表的新顺德人在顺德成长和追求人生价值的故事，他作为媒体人，多年来深入一线，以小见大，讲好顺德故事，体现了媒体人的担当。梁惠英还建议，顺德助力脱贫攻坚要创新形式，不仅要调动资源，积极参与到协作帮扶当中，也要为全面建成小康社会提供高质量的“顺德样板”。

《播洒爱心的顺德三捐》就是我在践行“四力”中，对脑力的实践。作为一名记者，我不仅善思考、勤思考地去“讲好故事”，还在注重诠释解读、提供立场观点中做到给人启迪，让群众知道“为什么会这样”、明白新闻背后的新闻，从而走进群众的“心坎”。

第二十五章 感动人物评选

2004 年 8 月 4 日，我踏入新闻行业后，获得的国家、广东、佛山市、顺德区新闻奖作品，都与慈善、爱心、奉献有关。到珠江商报社工作后，我成了《公益顺德》《慈善顺德》《广东德胜社区慈善基金会》专栏主编，主导了报社参与顺德 99 公益日等公益活动，也获得了顺德慈善、公益界的肯定。比如，广东德胜社区慈善基金会、顺德区慈善组织联合会先后录取我为学员，让我有机会学习国内外先进的慈善、公益项目做法。为此，我也爱上了慈善与公益，在践行四力中努力把慈善与公益放在第一位。

【策划方案】

2016 年“感动陈村”人物评选活动

在陈村镇勇当广佛桥头堡的进程中，为了促进此次评选活动在推进过程中有气氛，达到“感动一片”的宣传效果，珠江商报社提出了以下工作方案。

一、标识

2016 年 5 月 6 日前，由发布中心视觉部设计 3 款 2016 年“感动陈村”人物评选活动的统一标识，此标识将广泛用于评选全过程，并在《珠江商报》对此次活动的报道中作为栏花使用，使得报道有连续性。

设计要求：主题突出“感动陈村”人物评选，具有较强的视觉冲击力，与陈村勇当广佛桥头堡、“绿色陈村”相呼应。

二、海报

5 月 12 日前，由发布中心视觉部设计 3 款 2016 年“感动陈村”人物评选活动的海报，用于对外张贴或制作成宣传单页（如制作成户外 T 牌就另行依据实际产生收费）。

设计要求：主题突出“感动陈村”人物评选，具有较强的视觉冲击力，与陈村勇当广佛桥头堡、“绿色陈村”相呼应。

三、拍摄 VCR 短片

7 月起对候选人进行采访，编写短片文案，组织现场拍摄，后期编辑以 1 分 58 秒为准，初定 12 个人，所有短片均生成二维码进行传播。

拍摄要求：一气呵成，感动观者，配音优质，注重细节。

四、宣传报道

宣传标语：5 月 12 日前，由采集中心编写 5 条。

栏花：因我“感动陈村”，或“感动陈村”有你有我，或“感动陈村·勇当广佛桥头堡”。

适时根据节点进行采访报道，见人见事，注重细节，每次四分之一版或三分之一版、二分之一版，融合在新闻板块，头版导读。

活动结束后，出一个版的深度报道，以记者观察形式采写出 2016 年“感动陈村”人物评选活动带来的文明氛围，以及该活动提升市民素质、提高生产力、促进区域形象等作用。

珠江商报社顺德新闻网、无限顺德 App、顺德发布微信号进行（设立投票接口）推送。

【策划方案】 感动乐从 15 个感动人物、事例报道计划

感动乐从从 2019 年至 2020 年，共评选出了 15 个人物或组织的先进事迹，《珠江商报》对这 15 个事例至少要做半个版的报道。

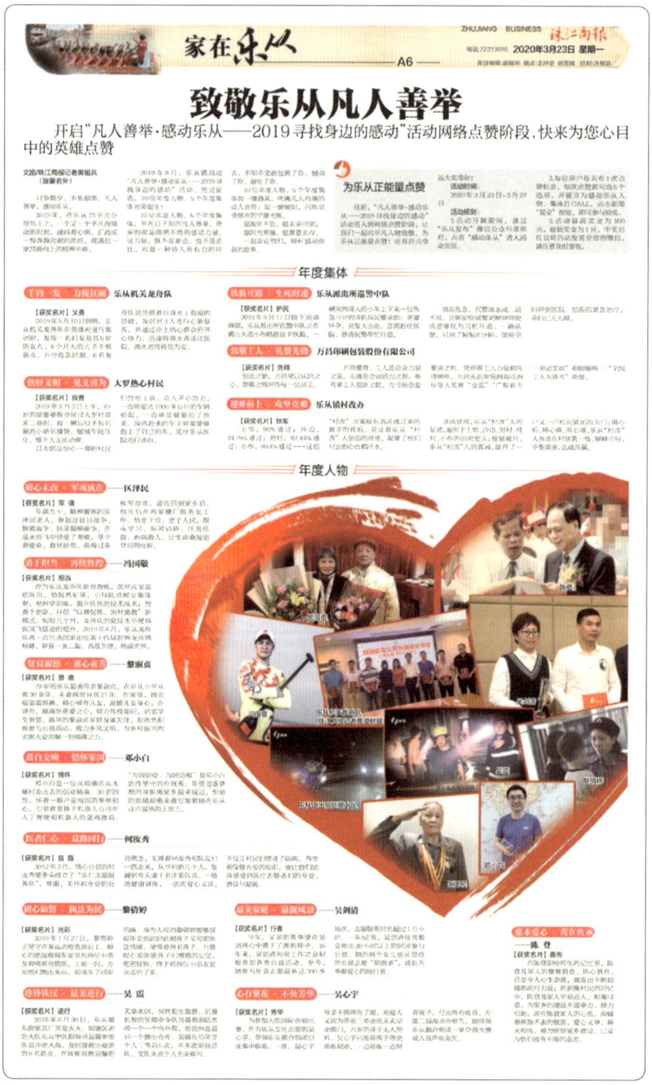
家在乐从
A6
ZHUJIANG BUSINESS 珠江商报
2020年3月23日 星期一

致敬乐从凡人善举

开启“凡人善举·感动乐从——2019 寻找身边的感动”活动网络点赞阶段，快来为您心目中的英雄点赞

为乐从正能量点赞

年度集体

千钧一发 · 力挽狂澜 乐从机关龙舟队

铁骑开路 · 生死时速 乐从派出所巡警中队

致敬工人 · 礼赞先锋 万昌印刷包装股份有限公司

侠肝义胆 · 见义勇为 大罗热心村民

迎难而上 · 攻坚克难 乐从镇村改办

年度人物

初心未改 · 军魂犹在——区泽民

勇于担当 · 再续辉煌——冯国敬

平凡人物的故事很感人

这 15 个事例为：

· 乐从龙舟队英勇抢救不幸落水的母女三人；

· 大罗村民施救阿婆；

· 乐从铁骑开路护送孕妇平安到达医院；

· 水藤村走出个“蓝胖子”；

· 老革命区泽民参与多个解放战争；

· 黎淑贞用一生诠释“淑娴”与“坚贞”；

· 何汝秀怀着一颗仁心十年“益”路同行；

· 全国“最美家庭”志愿服务超一万小时；

· 黎倩婷用母爱送迷路的孩子回家；

· 乐从罗浮宫龙舟队总教练冯国敬带队 6 年拿了 265 枚金牌；

· 乐从消防队员吴震烈火雄心铁汉柔情；

· 广东万昌荣获“全国工人先锋号”殊荣，致力成为“全球一流的产品形象增值服务商”

· 音乐老师吴心宇唯有音乐和爱不可辜负；

· 乐从村改铁军；

· 乐从籍旅港乡贤陈登及家人 20 多年来心系桑梓，为家乡建设倾力相助。

第二十六章 村居文化传播

走遍顺德各村居、各学校，是党的“十八大”以来，特别是2014年以来我给自己定下的目标，也就在这个过程中，我给一些村居、单位策划的一系列接地气的文化活动，到2020年12月底已超过200场。在这个过程中我也成为顺德区作家协会副主席、佛山市作家协会理事、广东省作家协会会员，出版了《顺德的桥》《佛山古今桥梁掠影》《顺德的山和树》《播洒爱心的顺德三捐》《顺德的水》《乐从记忆——一座古建筑轻触的历史》等地方特色书籍，还是佛山历史文化丛书、顺德区历史文化丛书、《北滘志》作者之一，佛山市委书记鲁毅，佛山市委副书记、顺德区委书记郭文海，清华大学慈善研究院院长王名教授等为我的书作序。

没有脑力，不善于思考，我写出来的作品就没有灵魂、策划的文化活动就得不到老百姓的喜欢，所以我在创新创意中践行了“四力”，我所干的工作甚至超越了一名记者的职责，就似一名文化站干部。

【活动方案一】 我们的节日——端午节2015年“龙眼点睛”采风团

一、活动目的

每年一度的勒流龙眼村“龙眼点睛”端午龙舟盛事，如今已成为顺德乃至珠三角地区一项深受欢迎的民俗活动。为打响勒流龙眼民俗品牌，彰显龙眼特色，提升勒流知名度，《珠江商报》特策划“龙眼点睛”采风团活动。

二、历史渊源

“龙眼点睛”历史渊源：

农历五月初三，勒流龙眼村太尉庙前群龙聚首，每年在这个时候“起龙”参加比赛的珠三角龙舟都来到这里参加点睛盛事，祈求点了睛的龙舟带着吉祥和灵气，在两天后的端午节击水奋飞，同时也祈求来年风调雨顺、阖家安康。

带着龙头进庙“点睛”代表人们对生活、对未来的美好期待。仪式还成为传承龙舟文化的一个载体，让这一文化代代相传，发扬光大。

三、活动安排

拟募集50名市民参与采风团活动。

5月31日（农历五月初三）上午10点自行到勒流龙眼村（列出具体某个位置，于10点半在龙眼村集中），自由活动，感受“龙眼点睛”气氛，中午12点在龙眼村饭店吃龙舟饭，饭后自由活动。

四、报名方法

1. 可通过顺德新闻网、新浪微博@珠江商报、珠江商报微信公众平台报名，额满为止。

2. 顺德新闻网开辟一个链接，报名者在网上填写资料报名。

3. 新浪微博 @ 珠江商报届时发布一条预热微博，转发该微博且 @ 三名好友后，可私信官微报名。

4. 通过珠江商报微信公众平台私信报名。

5. 名额先到先得。

珠江商报 ZHUJIANG BUSINESS 今日顺德 镇街 A6 2016年12月20日 星期二

第二届古鉴街坊节闭幕，品牌活动促新旧村民和谐共融

新型村居焕发新活力

村居盛事 新旧古鉴人融洽相聚

星梦才艺秀上小朋友的舞蹈表演。/珠江商报记者黄怡然摄

游园会上的夹公仔游戏。/珠江商报记者霍树华摄

阳光透明 八千万投入村居改貌工程

广场舞大赛表演现场。/珠江商报记者黄怡然摄

记者观察 以村民为本 活力村居建设走得更远

顺德第二届硬笔书法大赛优秀作品展上周六开幕，将展至27日

展出获奖精品作品766件

市民参观第二届硬笔书法大赛优秀作品展。/珠江商报记者黄怡然摄

桨板运动让逢简潮起来了

吸引了国内外100多位体育爱好者前来参与

桨板比赛吸引众多选手参与，其中还有来自外国的选手。

我一直主张村居报道放在重要版面

五、宣传方式

1. 活动前期，通过新浪微博 @ 珠江商报、珠江商报微信公众平台、新浪微博 @ 珠江商报勒流新闻做预热以吸引网友参加，用图文并茂的海报介绍活动内容和报名方式。

2. 活动期间，新浪微博 @ 珠江商报勒流新闻直播活动现场，每条微博都要附上现场图片，介绍活动的同时将融入龙眼点睛的渊源和龙眼村的历史,@珠江商报转发。为增加参与度，在微博、微信发起“随手拍”活动，让网友把活动现场图片或文字发布到微博、微信，并 @ 珠江商报、@ 勒流发布、@ 珠江商报勒流新闻转发。我们从中抽取一定数量的网友并给予奖品。

3. 活动结束后，主报上一个版的规模报道，拟分为“龙眼点睛”盛况和采风团活动；另外一个版刊登团友拍摄的照片，反映“龙眼点睛”的另一面。同时在微信、微博推广活动的报道。

【活动方案二】

龙眼点睛 · 勒水长流 2016 年全媒体系列报道

每年农历五月初三，珠三角不少龙舟都会聚集到勒流龙眼，参加此地的龙眼点睛仪式。龙眼点睛已经拥有 600 余年的历史，成为勒流乃至整个顺德水乡文化的代表性符号之一。《珠江商报》希望通过系列报道的形式，向读者展示这一民俗活动的魅力，以及这个小镇围绕民俗文化、村居建设而产生的一系列变化。

一、报道形式

系列报道 + 评论 + 新媒体，挂“龙眼点睛 · 勒水长流”栏花。

二、报道安排

系列报道篇一：以水为媒打造美丽村居

龙舟文化的孕育离不开水。作为典型的岭南水乡，水在龙眼的文化构成中占有重要比例，而近年来它在河涌治理方面的举措卓见成效，让龙眼保持了浓郁的水乡风情。

其实，除了龙眼，勒流黄连、江义、南水等村居的河涌治理都有着不错的成效。本篇报道计划以龙眼的河涌治理为切入点，全面展示勒流村居乃至镇面河涌治理方面的做法和成果。

报道规模：三分之二版（2 400 字 + 两图）、5 月 26 日见报，头版导读，顺德发布微信。

系列报道篇二：文化为桥营造社区自治氛围

毋庸置疑，龙眼已经成为勒流的一个文化符号之一，但是勒流的文化却不仅仅只有一个符号，众涌飘色、东风抢炮、连杜生菜会等都是勒流引以为豪的民俗文化。本篇报道希望以龙眼点睛作为切入口，将这些民俗文化展示出来，揭示这些文化维护过程中的故事。

另外，龙眼点睛属于民间自发组织的一个民俗活动，没有官方的组织，但是活动秩序井然，这跟龙眼本身的治理能力有关，本篇报道打算以此为切入点展示勒流村居在社区营造、村居治理方面的措施和成效。

报道规模：半个版（1 800 字 + 两图），5 月 31 日见报，头版导读，顺德发布微信。

系列报道篇三：连片打造美丽村居

围绕民俗文化建设，近年来龙眼村加大投入，新农村建设进行得如火如荼，历史人文得以保留，自然风光有了很大的改变。其实在勒流，近年共有 8 个村被纳入顺德区幸福村居示范片建设规划中，这些村居在新农村建设的风潮下，实现了怎样的变化？

此外，勒流近年来在城市建设、交通格局方面也发生了巨大的变化，例如菊花湾大桥、南水路口、勒良路、伦桂路的建设或提升改造都为勒流带来了巨大的利好消息。本篇报道希望通过对这个点的关注，展示勒流近年在城市建设方面取得的成绩。

匠心勒流　ZHUJIANG BUSINESS 珠江商报　电话:22216558　2018年6月18日 星期一　A4　责任编辑:吕敬新 版式:李佳彬 李明 校对:康建坤

过百龙舟点睛　祈求雨顺民安

文明顺德·2018基层文体嘉年华“乡村振兴·龙腾勒流”2018勒流街道龙舟文化月活动之省级非遗“龙眼点睛”习俗活动在勒流龙眼村举行

文/珠江商报记者陈培仪
图/珠江商报记者朱德文

16日是农历五月初三，文明顺德·2018基层文体嘉年华“乡村振兴·龙腾勒流”2018勒流街道龙舟文化月活动之省级非遗“龙眼点睛”习俗活动在勒流龙眼村举行，来自顺德乃至周边地区的过百艘龙舟敲锣打鼓划水而来，参与一年一度的点睛仪式，祈求全年风调雨顺、国泰民安。

活动不仅吸引了众多市民前来参与，市委常委、区委书记郭文海，佛山市文广新局局长陈新文，区委常委、宣传部部长唐福涵，区人大常委会副主任周叙洪，勒流街道党工委书记朱艺婷、办事处主任谭逢显等市、区、街道领导也来到现场，一同体验非遗文化魅力，感受勒流乡村振兴建设成果。

龙舟艘艘龙眼点睛

走近龙眼村点睛台，只见河边停靠着一艘艘龙舟，船手抬起卸下的龙头、龙尾和龙牌登岸，向太尉庙走去。“现在要进去点睛。”庙前，来自大良红庙七圣宫的陈兆强和队友一起排队等候，当日上午9时多，他们从大良河第一码头出发，划船一个多小时来此参加点睛仪式。

龙眼村“龙眼点睛”习俗已延续600多年，每年农历五月初三，珠三角附近的龙舟都会自发聚集到太尉庙点睛朝圣。2015年，“龙眼点睛”习俗被评为广东省非物质文化遗产。

陈兆强告诉记者，自1983年开始，他们每年都会来太尉庙点睛。走进太尉庙后，陈兆强一行递上写有“大良红庙七圣宫”的拜帖，放下龙头、龙尾和龙牌，村中德高望重的长者手拈满蘸朱砂的毛笔，边点画龙睛边喃喃“国泰民安”“风调雨顺”等吉祥语，每说一句，围观众人就响亮应和一声“好！”随后，陈兆强一行抬起龙头等，从殿内左侧门进，从右侧门出太尉庙，俗称“行大运”，并绕龙眼村河道一周后方才离去。

这项延续已久的习俗，众多市民、游客、摄影爱好者慕名前来，一睹点睛盛况。“真的好热闹，从没看过这么多龙舟，还能看到飘色。”专程从澳门过来参加活动的林玉枝十分高兴，同时她也欣喜于龙眼村的变化，村道畅通，环境整洁，绿树成荫。

龙舟队员把龙头取下前往太尉庙点睛。

民俗慈善相映成辉

除了“龙眼点睛”习俗这项重头戏，此次活动还融入了一系列文化、美食、慈善元素，为市民带来一场民俗文化盛宴。

站在龙眼龙冲河边，水上飘色、龙船、彩龙遥遥跃入眼帘，耳边传来青少年演绎龙舟说唱的声音；行至龙眼城巴站球场就来到龙舟文化展示区，大龙舟、龙强以及俗话讲的三人鸡和五人桡等龙舟款式都能在此一一看到，还有欣赏到精美的龙文化摄影展；而在德康园，还能看到黄连广绣等勒流本地民俗文化展示和14个佛山市国家级非遗图文展示。活动还创新设置了寻宝之旅活动，以寻找地图碎片赢取奖品的形式，让市民深入到龙眼公园、黎氏大宗祠、古桥、吕氏大宗祠、德康园以及阿多私房菜等6处景点，在游戏中发现、感受古村龙眼的文化底蕴和乡村美景。

不只美景与历史，更有美食。“吃过迎龙宴，一年好兆头。”勒流饮食协会会长单位卢史园掌勺烹制迎龙宴，四方来客齐聚共尝勒流地道美味，共同庆祝端午节的到来。

这不仅是一场民俗文化活动，还是一次慈善活动。当日上午，一批义工、龙眼小学学生和家长共计约150人齐聚龙眼村德康园包粽子，这些粽子蒸熟后将送到困难家庭、低保户、环卫工人手中，为他们带去节日的关怀。来自龙眼村健身队的吕肖珍是包粽小能手，不时手把手教下别人，吕肖珍认为活动很有意义，接下来也会参与落户送粽的活动，身体力行做善事。

包粽子活动得到了热心人士和龙眼村一家热心企业的支持，筹得善款21000元。勒流慈善会秘书长廖秀玲介绍，早前勒流长粽已经送了一批粽子到敬老院，加上德康园活动上所包的粽子，此次活动预计送出粽子6000只，近3000人能够收到这份心意。今天，勒流慈善会还组织孤寡、失独长者去喝早茶，共度端午节。

来自顺德各地的龙舟齐聚龙眼。

文化助推乡村振兴

活动当日，龙眼村迎来多个好消息，为实现文化振兴，进而推动乡村振兴注入新动能。

顺德社区发展（龙眼）博士研究基地、龙眼社区大学和龙眼生态博物馆等建办在龙眼村挂牌成立。与此同时，龙眼村结合自身优势，与顺德区龙舟文化传承协会、佛山市仁立德五金科技有限公司等8家企业进行结对共建签约，为发扬和传承非遗“龙眼点睛”习俗活动，发挥非物质文化遗产的作用，繁荣发展乡村文化，以及推动博士研究工作基地、龙眼社区大学和龙眼生态博物馆建设等项目提供支持，共建共赢，助力乡村振兴事业。

乡村振兴工作离不开党建的引领。为了加强基层党组织建设，提升基层治理水平，当日，勒流街道22个村（社区）全面启用“党员联系群众工作单车”，184部工作单车分发到各个村居，强化直联工作实效，推动机关融入农村，推动党员融入群众，不断提升基层党组织的影响力。

当前，顺德加强实施乡村振兴战略，勒流街道大力推进村级工业园升级改造，加强美丽文明村居建设。活动当日，勒流各村居落实“乡村振兴”和村级工业园升级改造的工作图文在龙眼城巴站球场上进行展出，呈现勒流实施乡村振兴战略的阶段成果。

相关链接

取材顺德乡村　研究顺德现象

顺德社区发展（龙眼）博士研究基地创新人才引入模式，为顺德乡村振兴提供智力支持

16日，顺德社区发展（龙眼）博士研究基地在勒流龙眼村挂牌成立，通过引入人类学、社会学、公共管理学、经济学等专业的博士，立足顺德本土实践，对顺德社区发展进行深度研究，发现问题，提炼经验，为顺德社区发展提供智力支持。

佛山市委党校原副校长、顺德中道改革研究所顾问何劲和表示，顺德社区发展（龙眼）博士研究基地就是一个平台、一个驿站，让对顺德社区发展感兴趣的博士来到这里做研究。该基地采取人才吸引的全新模式，进行精益化的研究产出，为顺德乡村振兴提供新思想、注入新活力。人才吸引的全新模式是指，充分发掘顺德乡土调研资源，吸引研究人才流动进驻，变“买”人才为“借”人才。

当日，来自清华大学、中国人民大学、澳门科技大学、香港大学、中山大学等高校的博士来到现场，见证研究基地的成立。清华大学一博士后表示：“这种靠兴趣吸引人才的全新模式，让人才因为兴趣走在一起，服务于乡村振兴战略，一定会越办越好。”同时，他认为顺德为研究者提供了一片很大的研究田野与支持，非常难得，“我们扎根顺德的乡村，要用乡村的逻辑把乡村的事情做好，把一些细节问题解决好”。

博士张舜媛是顺德人，目前在美国三一学院任教，研究方向有社区发展、文化人类学等。张舜媛表示，发展好这个基地，能够更好地服务于顺德的发展，“吸引人才去到顺德各个村居进行不同方面的研究，立足本地做的本地研究更加接地气，用顺德本土的元素来说顺德故事”。

而借助打造博士研究基地的契机，顺德可以集聚国内对乡村振兴、社区治理、社区营造有兴趣、有能力的高端人才，为他们提供深入社区一线观察、研究的平台，最终形成集研究、交流、展示、指导于一体的学术机构，使村居的社区治理实践得到更多智力支持，同时推动具有顺德特色的社区发展好经验、好案例得以提炼和推广。

与此同时，龙眼社区大学也在当日挂牌成立，将在促进社区成员全面发展和社区可持续发展方面开展更多有益的探索和尝试，为顺德社区发展提供勒流智慧、贡献勒流方案。

龙眼点睛成为广东省非遗得益于我的推动

报道规模：半个版（1 800 字 + 两幅图），6 月 2 日见报。

系列报道篇四：

今年龙眼点睛盛况预告，含交通指引或者交通管制情况、注意事项，珠江商报、顺德发布微信。

报道规模：三分之一版，6 月 3 日见报。

系列报道篇五：产业经济如火如荼

除了民俗文化，近年来勒流在产业方面也有着不俗的表现，例如富华集装箱项目即将启用；小熊电器计划在勒流建设电商总部；勒流商业照明产业园的建设情况良好等。本篇报道希望以此作为切入点，展示勒流近年来产业经济的发展情况以及在经济发展方面做出的努力。

报道规模：三分之二版（2 400+ 两幅图），6 月 6 日见报。

系列报道篇六：

龙眼点睛现场报道，以现场消息为主，加上一名龙舟划手龙眼点睛的故事、一名摄影师龙眼点睛的故事、一名游客龙眼点睛的故事。

报道规模：图文 1 个版，6 月 8 日见报，头版导读，顺德发布微信。

系列报道第七至九篇：

6 月 13 日起，针对以上内容，《珠江商报》安排以顺德区评论团队“梁新平”等人的名义同步配发共计三篇评论，顺德发布微信。

品质大良 DALIANG

珠江商报

2018年6月19日 星期二

A4

“粽”情凤城 飘香千里

文/珠江商报记者黄文静
图/珠江商报记者周维杰 朱德文 黄文静

对基层文化建设，可以不惜版面进行报道

【活动方案三】 2017年度陈村镇"绿动党源"书友沙龙

阅读使人如沐浴春风般舒畅，阅读使人如拥抱阳光般充实，为推动机关、村居等相关单位阅读文化发展，改变阅读习惯，营造好学氛围，提升党员品位，特策划开展2017年度“绿动党源”书友沙龙系列活动，让阅读真正成为党员提素的动力之源，成为提升绿色陈村文明程度的有效抓手。

一、活动主题

“绿动党源”书友沙龙、“绿动党源”读书会（待定）

二、活动时间和地点

2017年3月—12月，逢每季度最后一个月第二周星期三晚19:30—21:00开展活动，全年计划举办4期。活动地点以陈村镇党群中心为主。

三、活动方式

提前在党员沙龙上建立一个专门栏目、政府OA内网、微信微博平台发布通知公告，发布阅读书目，征集主持人、主讲嘉宾及观众。每期约50—100人（纳入党员分层积分范畴），市民免费参加，自由发言。

为促使活动持续举行，可在陈村党员沙龙微信公众号上，预告活动并作现场报道，在读书会结束后，征集读书心得，每季度在“陈村党员沙龙”微信公众号、《顺德视角》、《珠江商报》等刊物以及相关公众微信号刊登、发布，同时开展集赞抢红包（悦读基金“你悦读我买单”活动），读书心得得票最多的前若干名作者可获得相应的红包奖励，参与投票的市民也可以获得随机配送的悦读红包或书籍等纪念品。精选部分文章于年末制作活动专集（优先向我镇“黎简奖”文艺创作大赛以及上级征文活动推荐）。

【活动方案四】 第二届古鉴街坊节

一、活动背景

古鉴村位于广东省佛山市顺德区大良街道西部，原是一个农业村，发展较慢，本地住民与外来人口的比例为1:4。为努力创建和谐的新农村，近几年，村委会下大决心，大刀阔斧地进行改貌和经济建设。村党总支部、村委会提出“同心同德，建设古鉴”的口号，全面推动村容改貌，牵起古鉴建设新热潮。古鉴发生了翻天覆地的变化：面貌焕然一新，各项事业蓬勃发展，设施日臻完善，文体活动丰富多彩，人民群众的生活质量有了显著的提高。

为了让更多的新老古鉴居民感受村居发展带来的好处，感受古鉴睦邻友好的氛围，我们在首届古鉴街坊节的基础上，对活动进行了升级，务求能让更多的村民群众融入活动中，从而策划了本次第二届古鉴街坊节活动。

二、活动目的

1. 以群众创造、群众参与、群众享受为宗旨，以举办村居街坊节为载体，宣传、营造和谐共处、睦邻友好的社会风气，形成合力共建宜居宜业、民富民安、和谐古鉴的良好文化氛围。

2. 发动、调动新旧古鉴人参与活动的积极性与热情，用活动带来的正能量感染古鉴人，缓和村内气氛，寓“教”于乐。

3. 宣传、推广古鉴街坊节品牌及其所蕴含的文化，拉近群众与村委的距离与关系，让群众熟悉村委，了解村委的工作，并对之产生认同感。

三、宣传方案

宣传总规模：1.5 版 + 动态报道 + 新媒体

宣传时长：与活动同步，持续 1 周

宣传具体安排：

1. 动态报道：根据活动安排，持续在主报报道活动内容。

2. 综合报道：活动期间选取节点，综合报道古鉴发展主题内容，为活动宣传造势。

安排如下：

（1）活力古鉴显魅力

见报日期：活动启动次日。

见报规模：半个版（约 2 000 字，配图两张）。

内容安排：以活动启动为契机，介绍古鉴村优秀历史风俗、淳朴的民风建设、便民惠民的社区活动及其软硬件设施。采访古鉴村委主要领导，谈民风建设、和谐社区营造的规划；采访古鉴长者，谈古鉴发展的人文魅力。

（2）和谐古鉴惠民生

见报日期：活动中期。

见报规模：半个版（约 2 000 字，配图两张）。

内容安排：以活动为切点，介绍古鉴和谐农村新面貌：古鉴近年在社区面貌、党群关系、行政服务、养老服务、教育服务等方面取得的成效。

（3）开放古鉴谋发展

见报日期：活动闭幕次日。

见报规模：半个版（约 2 000 字，配图两张）。

内容安排：以活动取得成功为切点，响应区、街道开放发展的号召，介绍古鉴升级改造后的开放发展的村容村貌。在大良街道 105 国道以西片区提升计划下，古鉴多条路网建设，经济建设也取得成效。采访村委主要领导，谈古鉴发展开放思路。

3. 新媒体报道

· 珠江商报官微（粉丝 12 万）：头条（一次）；

· 顺德发布微信号（粉丝 3 万）：头条（两次，开幕式、闭幕式）；

· 开放顺德 App、顺德新闻网持续报道。

学习贯彻落实习近平总书记重要讲话精神
以新的更大作为实现"四个走在全国前列"

塑造新城市"面孔" 打造新水乡形象

建设智造新城、在村级工业园升级改造、乡村振兴中打造杏坛样本

共促乡村振兴发展
共享和谐美好生活

改造村级工业园区
打造杏坛发展推进器

做强两大平台载体
大力建设"科技杏坛"

强化基层党组织建设
创新党员教育方式

培育新兴产业链条
为未来注入了"强心剂"

保护"水乡"美景
杏坛会成智造新城

"四个走在全国前列"报道深入报道各镇街各村居的事和人

【活动方案五】 拿起笔来 书写美好
"顺德农商银行杯"顺德区第三届硬笔书法大赛今起征稿

【珠江商报讯】（记者 王茂浪报道） 昨天记者从顺德区文化艺术发展中心、顺德区教育发展中心、珠江商报社获悉，三家单位联合举行的"顺德农商银行杯"顺德区第三届硬笔书法大赛，今天起至 11 月 30 日对广大硬笔书法爱好者征稿。

现代信息化、智能化不断发展、更新的今天，人们慢慢习惯了对着电脑敲键盘，"提笔忘字"是常见的现象。基于人们对文字的"忘怀"情况，为弘扬中华书法文化，顺德区第三届硬笔书法大赛强势来袭，全区在校大学生及中小学生都可以参加比赛。大赛得到顺德区委宣传部创建办、顺德区教育局、顺德区社科联、顺德农商银行等单位大力支持。

记者了解到，顺德农商银行多年来大力支持本地文化事业建设，本次冠名赞助该活动旨在引起大众对中国书法艺术的关注，促进硬笔书法文化的发展。而本月的 1 日至 3 日，由广东省硬笔书法协会、顺德区文联主办，顺德区硬笔书法协会承办的广东硬笔书法界 2017 联谊会，以及首届广东省硬笔书法作品获奖精品巡回展、顺德硬笔书法协会会员邀请展，顺德硬笔书法协会至上教学培训基地挂牌仪式等系列活动都在顺德举行。

"我会至上培训基地的成立，充分发挥社会机构与协会相结合的优势，通过科学、规范的教学理念，提高中小学生的书写水平，培训书法教学人才，标志着我会在硬笔书法教育工作上又迈出了坚实的一步，进一步促进顺德区的书法发展。”顺德硬笔书法协会主席谢汉仁说，去年举行的顺德区第二届硬笔书法大赛，就得到全区中小学、中等职业学校以及成人硬笔书法爱好者热烈响应，组委会共收到作品 13 429 件，参与人数超过 7 000 人次。

谢汉仁说，期待更多的人参加“顺德农商银行杯”顺德区第三届硬笔书法大赛，“拿起笔来书写我们美好的生活与未来”。（2017 年 9 月 28 日刊登于《珠江商报》）

喜迎“十九大”

“顺德农商银行杯”顺德区第三届硬笔书法大赛征稿启事

为喜迎“十九大”，贯彻落实习近平总书记在文艺工作座谈会和中国文联第十次文代会上的重要讲话精神，继承和弘扬中国书法艺术，繁荣祖国传统文化。进一步贯彻教育部《关于在中小学开展书法教育的意见》和《中国书法发展纲要》，推动硬笔书写水平提高，促进硬笔书法文化的发展，特举办“顺德农商银行杯”顺德区第三届硬笔书法大赛。

指导单位：顺德区委宣传部创建办、顺德区教育局、顺德区社科联

主办单位：顺德区文化艺术发展中心、顺德区教育发展中心、珠江商报社

承办单位：顺德区硬笔书法协会、顺德区教育学会

协办单位：大良实验小学、容桂南环小学、北滘美的学校、伦教小学、龙江实验小学、乐从小学、勒流中心小学、杏坛昌教小学、均安文田中学、陈村弼教小学

冠名单位：顺德农商银行

一、大赛宗旨

推动本地区硬笔书法文化艺术发展，提高硬笔书法爱好者及中小学生的欣赏和书写水平。

二、征稿对象

全顺德区在校大学生及中小学生。本次比赛设：大中专高中组、初中组、小学甲组、小学乙组。其中，中小学学生组参赛由区教育发展中心统一组织（以教育发展中心通知为准）。

三、大赛赛制

1. 全区征稿：2017 年 9 月 28 日至 2017 年 11 月 30 日。

征稿作品以镇（街）为单位划分设十个分赛区进行初评，评选出初中组、小学甲组、小学乙组优秀作品参加全区终评，大中专高中组征稿作品直接参加全区终评，终评评选出各组别一等奖、二等奖、三等奖和优秀奖等获奖选手。

2. 初中组、小学组全区现场书写总决赛：2018 年 3 月。

现场书写总决赛，全区以镇（街）划分设十个分赛区，从各分赛区中评选出初中组、小学甲组、小学乙组优秀选手参加现场书写大赛，并现场评选出金笔奖、银笔奖等获奖选手。

四、奖项设置

1. 全区征稿：

小学甲组、小学乙组各设一等奖 20 名，二等奖 40 名，三等奖 60 名，优秀奖若干名。

初中组、大中专高中组各设一等奖 15 名，二等奖 25 名，三等奖 35 名，优秀奖若干名。

2. 现场书写总决赛：

初中组、小学甲组、小学乙组各设金笔奖、银笔奖等获奖选手若干名。

五、奖励及展示

1. 所有获奖作者均颁发获奖证书及作品集。

2. 组委会将根据各单位选送作品的数量、获奖情况及相关组织工作评定优秀组织奖和优秀辅导教师奖若干名。

3. 所有获奖作品将于 2018 年 5 月在顺德艺术展览中心展出，后集结作品出版《顺德区第三届硬笔书法大赛获奖作品集》。

4. 所有获奖作品择优在《珠江商报》发表、在珠江商报全媒体传播。

六、征稿要求

1. 参赛者每人限交作品 1 件，作品落款要真实署名。中小学生参赛必须以校为单位集体组织送稿。

2. 书写内容必须积极健康向上，以歌颂祖国、弘扬正能量、体现社会主义核心价值观和宣传新顺德、复兴中国梦等为主题。其他优秀古今诗词、联句、文赋、格言均可。小学生组参赛作品提倡写标准简化字，其他组可用繁体字（避免繁简并用）。

3. 书写要求：作品形式不限，纸品类别不限，大小控制在 50 cm×90 cm 以内；书写工具为各类硬笔（不收毛笔字和篆刻作品），小学低年级可用铅笔书写；参赛投稿作品不须装裱（拼接的可作托底处理）。

4. 请在作品背面写明：姓名、组别、年级、所在学校（单位）、指导教师及联系电话。集体参赛另附参赛人员名单总表。

七、征稿时间

即日起至 2017 年 11 月 30 日。

八、收稿地点及联系方式

大中专高中参赛作品以学校为单位送（寄）：顺德区文化发展中心（大良钟楼公园旁）顺德区硬笔书法协会办公室。

收稿人：刘老师；联系电话：0757-22227466、13549981999。

各分赛区协办（即发动宣传、组织收稿、承接初评）单位联系人及联系电话由区教育发展中心统一组织安排（以教育发展中心通知为准）。

九、投稿注意事项

1. 本次大赛不收任何费用，所有来稿必须符合本征稿要求。

2. 获奖结果将公布在顺德教育网站和《珠江商报》刊物上，部分作品将推荐在有关媒体上陆续刊发。

3. 限于人力，来稿一律不退，请自留底稿。大赛组委会拥有对参赛作品的所有权、出版权和展示权。

4. 凡投稿者视为认同并遵守本征稿启事。

5. 大赛官方微信公众号：顺德区硬笔书法协会。

6. 本征稿启事解释权归本届大赛组委会。

顺德区第三届硬笔书法大赛组委会
2017 年 9 月 27 日

第二十七章 夜间龙舟出游

我主导策划的容桂多彩龙舟文化节，报社团队合影

龙舟是文化、是民俗、是精神。佛山市委副书记、顺德区委书记郭文海曾表示，龙舟是顺德一张金灿灿的名片，根植于老百姓心中，具有深厚的群众基础和悠久的历史传统。作为“中国龙舟训练基地”，一直以来，容桂都不遗余力传承、推进传统龙舟文化走向深入。郭文海书记曾两次到容桂多彩龙舟文化节现场指导。

2018 年，在历时 40 多天的文明顺德 · 2018 基层文体嘉年华——格兰仕 · 2018 容桂多彩龙舟文化节中，夜龙汇游、彩龙巡游、龙舟竞渡等 19 项大小龙舟活动接连开展，引来了社会各界瞩目，刷新了人们对容桂本土龙舟文化的认知。中央电视台、《人民日报》、新华社、广东卫视等 20 多家国家、省级媒体纷纷把目光聚焦到容桂传统的游龙活动上。其中，中央电视台现场直播海尾龙舟大汇游活动，详细介绍游龙活动的历史与特别之处。2019 年 3 月在全国上映的电影《梦想之城》摄制组也在南区游龙大汇活动现场取景，将容桂端午吃龙舟饭、游龙等龙舟文化元素呈现在全国观众面前，引起巨大反响。这是一名努力践行“四力”的记者的收获。

【策划方案】 2020 年容桂多彩龙舟文化节（此方案因疫情未实施）

2018 年、2019 年连续举办了两年的容桂多彩龙舟文化节，在容桂广大龙舟迷、企业、企业家、村居的支持下，已经在岭南地区具有一定影响力。其中，文化节的夜龙巡游、彩龙比美更是获得中宣部、省市区的关注。

2020 年，在容桂重振千亿大镇雄风、全力推进村级工业园改造、积极进行文化建设之际，拟继续推出新一年的容桂多彩龙舟文化节，全面助力容桂经济、社会在丰富多彩的环境下振兴乡村、发展产业，让更多人在容桂安居乐业，让外界感受多彩的容桂力量。

【活动提要】

1. 2020 年容桂多彩龙舟文化节新闻发布会。
2. 2020 年容桂多彩龙舟文化节传统起龙活动。

3. 2020 年容桂多彩龙舟文化节启动仪式暨珠三角龙舟邀请赛。
4. 2020 年容桂多彩龙舟文化节夜龙巡游活动。
5. 2020 年容桂多彩龙舟文化节彩龙比美活动。
6. 2020 年容桂多彩龙舟文化节机器人龙舟水中展示活动。
7. 2020 年容桂多彩龙舟文化节各村居龙舟竞渡活动。

格兰仕·2018 容桂多彩龙舟文化节 系列报道
ZHUJIANG BUSINESS 珠江商报
A3
2018年6月18日 星期一

长龙夜游竞美 两岸万众喝彩

容桂举行夜龙汇游活动，13只传统龙舟散发现代美

文明顺德·2018基层文体嘉年华——格兰仕·2018容桂多彩龙舟文化节夜龙汇游活动在龙华大涌南区段上演。

相关链接

龙舟文化艺术展展出至28日

现场特写

泛舟对唱 展南区文化魅力

众人爱心筹集 “绿龙”格外耀眼

因热爱龙舟 他们走到了一起

水上粤曲表演。

随着龙舟健儿上下摆动，夜光游龙在河面上跃动向前。

各方声音

夜龙的出现，改变了珠三角百年龙舟出游模式

8. 2020 年容桂多彩龙舟文化节征文、彩绘、影音大赛及文创产品征集活动。
9. 2020 年容桂多彩龙舟文化节最美龙舟水评选活动。
10. 2020 年容桂多彩龙舟文化节龙文化晚会活动。

【活动特色】

1. 2020 年容桂多彩龙舟文化节所有涉及要设计的物料，必须要有龙舟元素，且突出多彩的容桂元素。比如宣传牌、横幅、指路牌、造型、拱门等，都要用到龙舟的各种形状。

2. 2020 年容桂多彩龙舟文化节各项活动，均要结合乡村振兴、村级工业园改造、文化提升等中心工作。

3. 2020 年容桂多彩龙舟文化节相比前两年新增的机器人龙舟水中展示、最美龙舟水评选，将从工业发展、水环境整治上展现容桂实力与容桂做法。

4. 2020 年容桂多彩龙舟文化节继续全力打造夜龙巡游、彩龙比美的容桂龙舟文化特色，特别是夜龙巡游，将更加凸显现代声光电与传统民俗相融的特点。

5. 2020 年容桂多彩龙舟文化节除了突出多彩、龙舟的主题，还凸显了文化的特质，会在整个活动期间举办征文、彩绘、摄影、视频等动静结合，适合社会各界的文化活动。

6. 2020 年容桂多彩龙舟文化节，将对支持活动的企业、企业家、村居、坊社、机构、家庭、个人，加大全媒体报道与推介。

7. 2020 年容桂多彩龙舟文化节首次开展与龙舟有关的文创产品征集活动，好的产品有可能被推荐转化为商业产品。

【活动布置】

一、2020 年容桂多彩龙舟文化节新闻发布会

1. 时间：6 月 9 日上午 10:00—11:00。
2. 地点：区政府会议中心容桂室，或者容桂文化中心。
3. 现场布置：简洁明了。背景板、罗伞、龙舟模型、龙舟工具。
4. 发布流程：观看 2019 年活动短视频、宣办推介 2020 年活动、回答记者提问、会后采访。
5. 其他：顺德 + 进行直播。

二、2020 年容桂多彩龙舟文化节传统起龙活动

1. 时间：6 月 16 日上午 09:00—11:30。
2. 地点：容里社区或东湖公园。
3. 现场布置：简洁明了，背景板。
4. 其他：顺德 + 进行直播。

三、2020 年容桂多彩龙舟文化节启动仪式暨珠三角龙舟邀请赛

1. 时间：6 月 21 日上午 09:00—11:00。
2. 地点：眉蕉河水闸水域。
3. 现场布置：隆重大方，背景板（含活动表）；龙舟文化元素、村级工业园改造

（以宣传语为主）、乡村振兴展板；VR、文创展品、慈善义卖、少儿彩绘、作家协会采风、摄影协会采风、赞助商展示等互动。

4. 仪式流程：播放 2019 年活动短视频、领导介绍 2020 年活动、启动（用划桨摇摆来启动电子屏的龙舟竞渡）、比赛。

5. 其他：顺德 + 进行直播。

四、2020 年容桂多彩龙舟文化节夜龙巡游活动

1. 时间：6 月 25 日晚上 07:00—09:00。

2. 地点：红星社区活动南区社区水域。

3. 现场布置：隆重大方。背景板（含活动表）；龙舟文化元素、村级工业园改造（以宣传语为主）、乡村振兴展板；作家协会采风、摄影协会采风、赞助商展示。

4. 仪式流程：播放 2019 年活动短视频、热场文艺活动，启动（用声电来启动电子屏的巡游）。

5. 其他：顺德 + 进行直播。

五、2020 年容桂多彩龙舟文化节彩龙比美活动

1. 时间：6 月 26 日上午 09:00—11:00。

2. 地点：红星社区水域。

3. 现场布置：隆重大方。背景板（含活动表）；龙舟文化元素、村级工业园改造（以宣传语为主）、乡村振兴展板；作家协会采风、摄影协会采风、赞助商展示等互动。

4. 其他：顺德 + 进行直播。

六、2020 年容桂多彩龙舟文化节机器人龙舟水中展示活动

1. 时间：6 月 27 日上午 09:00–11:00。

2. 地点：东湖公园水域。

3. 现场布置：简洁明了。背景板（含活动表）；龙舟文化元素、村级工业园改造（以宣传语为主）、乡村振兴展板；作家协会采风、摄影协会采风、赞助商展示等互动。

4. 由江西工程学院领衔全国 5 支机器人龙舟队前来展示与比赛。

5. 其他：顺德 + 进行直播。

七、2020 年容桂多彩龙舟文化节各村居龙舟竞渡活动

1. 时间：活动期间。

2. 地点：各村居水域。

3. 现场布置：简洁明了。背景板（含活动表）；龙舟文化元素、村级工业园改造（以宣传语为主）、乡村振兴展板；作家协会采风、摄影协会采风、赞助商展示等互动。

八、2020 年容桂多彩龙舟文化节征文、彩绘、影音大赛活动

1. 时间：活动期间。

2. 地点：各活动现场、各村居水域。

3. 设置一、二、三等奖进行物质奖励，优秀奖颁奖奖励，作品登报。

格兰仕·2019容桂多彩龙舟文化节 系列报道

以龙舟为媒 展示“文化之乡”深厚底蕴

十几万群众参与容桂多彩龙舟文化节，传承传统龙舟文化，提升城市品质和文化品位

农历五月初三眼涌河涌的热闹场面。

“哟嗬”声起，众人齐拉绳索，龙舟“出水”；彩灯点缀龙身，龙华大涌南区段夜龙汇游风景独好；彩龙巡游，浪花飞溅，泼水嬉戏，龙舟竞渡……这些精彩瞬间，拼接成了容桂多彩龙舟文化节万人狂欢的画面。

20日晚，文明顺德·2019基层文体嘉年华——格兰仕·2019容桂多彩龙舟文化节颁奖晚会在容桂文化艺术中心举行，容桂对大力支持本届多彩龙舟文化节的总冠名单位、赞助单位、支持单位颁发鸣谢牌匾，对获得“寻龙记”摄影摄像大赛、“我与容桂多彩龙舟文化节的故事”征文比赛、LOGO征集大赛、少儿创新龙舟设计大赛的获奖者颁发证书，并进行了以龙舟文化为主题的演出。

在这场历时两个多月的活动中，珠三角龙舟友谊赛、起龙仪式、夜龙汇游、眼村彩龙巡游、龙舟竞渡等20多项大小龙舟活动接连上演，掀起了一波龙舟文化热潮，引来社会各……

首场龙舟晚会点燃群众热情

多彩龙舟文化节是容桂一年一度的盛事，今年不但延续了去年的多项龙舟活动，而且还新增了一场龙舟晚会，多个融入了龙舟文化元素的舞蹈、歌唱、乐器合奏等节目共同展现容桂悠久的……

……表演的形式展示了龙舟活动的精神内涵，可以加深人们对传统文化的认知。”

格兰仕集团献上的《众人划桨开大船》掀开了晚会的序幕，向群众展现扎根容桂本土的格兰……

……演绎了龙舟说唱的传承故事，老一辈龙舟说唱传承人把说唱乐器交到年轻一代手中，使得传统文化代代相传。

晚会上，新容城乐队首次弹唱原创龙舟题材粤语歌曲《多彩……

文化活动彰显城市魅力和气质

顺德尚知舞艺术空间表演群舞（唱龙舟）。

新容城乐队弹唱原创歌曲《多彩龙季》。

颁奖晚会现场。

统筹/珠江商报记者黄祖兵
文/珠江商报记者叶芝婷 黄祖兵 谢意
图/珠江商报记者陈朋辉 周埠杰
制图：朱蕾

评论

当龙舟文化成为一种生活方式

梁新平

容桂多彩龙舟文化节报道

九、2020 年容桂多彩龙舟文化节最美龙舟水评选活动

1. 时间：活动期间。

2. 地点：各村居水域。

3. 评选布置：对各村居设置河长制，特别是针对活动期间各村居举行龙舟活动的河涌环境、水质、亮化等进行评比，比出容桂最美龙舟水或者容桂最美河涌，进行授牌。

十、2020 年容桂多彩龙舟文化节龙文化晚会活动

1. 时间：7 月 19 日晚上 07:00—09:00。

2. 地点：容桂大剧院。

3. 现场布置：简洁明了。背景板（含活动表）；龙舟文化元素、村级工业园改造（以宣传语为主）、乡村振兴展板；赞助商展示等互动。

4. 流程：颁奖、授牌、龙舟主题文艺展演。

5. 其他：顺德 + 直播。

第二十八章 龙舟上岸展演

2018 年 8 月 31 日，顺德获批率先建设广东省高质量发展体制机制改革创新实验区。这是广东省委再次赋予顺德的改革使命，同时也是对顺德提出的新期望，期待顺德奋力在构建推动经济高质量发展的体制机制上走在前列，以“顺德样板”“顺德示范”为全省高质量发展提供经验借鉴。到 2020 年，顺德在教育改革、村级工业园改造、乡村振兴、“顺德智造”、疫情防控等方面，破除藩篱，奋勇前进，交出了一张张亮丽的“成绩单”。

在广东县区一级，佛山顺德总是担当先行者。“十四五”开局，顺德在新年首个工作日奏响了经济高质量发展的“最强音”。过去的 2020 年，顺德一手抓抗疫、一手抓发展，新增 8 家上市（过会）企业，美的、新宝等企业在海内外节节突破，前三季度经济增长达 3%，加快融入以国内大循环为主体、国内国际双循环相互促进的新发展格局。

在 2021 年 1 月 4 日的顺德推动经济高质量发展大会上，顺德大手笔拿出 8600 多万元“科技顺德”建设专项奖励，宣布未来五年投入不低于 10 亿元作为人才补贴，帮助创新平台与产业、企业、主题产业园、行业商协会“联姻”，解读“5G+ 工业互联网”新政策，场内外的企业家人人振奋。

朝着打造贯彻新发展理念、推动高质量发展示范区的愿景，顺德加速前行。我就是在这样的环境下，高质量践行脚力、眼力、脑力、笔力，我经手的一系列的报道与活动开展与我扎根基层的脚力、发现新闻“蓝海”的眼力、对时代命题主动思考的脑力，以及善用镜头说话的笔力分不开。

【活动方案】 **追梦新时代 振兴高质量——2019 勒流乡村振兴高质量发展体验展**

党的“十九大”报告在乡村振兴战略中指出，“生活富裕”是乡村振兴的根本。一直以来，勒流围绕发展教育、文化、科技、旅游、生态等乡村特色产业，振兴传统工艺、推动基础设施提档升级、推进健康建设、持续改善人居环境。进入新时代，在区委区政府“头号工程”的指引下，勒流闻鸡起舞、日夜兼程、风雨无阻，以更加积极主动的姿态，推进全面开放高质量新格局加快形成。

【策展脉络】 1. 以一艘会随机而变、会动的百人“龙舟”为主线，将展览分成龙文化、水秘境、美生活三个篇章。

2. 三个篇章里包含南水（中国十佳小康村，联合国教科文组织设立桑基鱼塘观测站）、江义（中国最美乡村）、稔海（中国鳗鱼之村）、黄连（顺德乡村振兴的样板），众涌（桑市、飘色）、西华（村级工业园改造）、龙眼（争创中国龙文化第一村）、富裕（文物保护好村落）八个村居，设计制作时均为这艘“龙舟”的一部分，以动静结合又可以体验的模式展现勒流乡村高质量振兴的成果。

3. 灯光要在体验中起到重要作用。

4. 用小桥流水、广场、大树，展现一河两岸（龙舟实体的两侧）的怡景，让人走动、坐下都感到清新自然，展现一种顺德水乡村落特有的风情。

“追梦新时代 振兴高质量”2019勒流乡村振兴高质量发展体验展 珠江商报 2019年5月5日 星期日 A2
责任编辑：赵扬 版式：李佳彬 李明 校对：吴韬 电话：22216558

“五一”期间，勒流乡村文化与国家级艺术在顺德演艺中心交相辉映，诠释了顺德乡村振兴高质量发展的“勒流实践”

以文化振兴促进乡村高质量发展

这个“五一”假期，顺德市民有幸同时与两个“花木兰”相见，一个是荣获第十一届中国舞蹈“荷花奖”舞剧奖的《花木兰》，另一个是有着逾百年历史的勒流众涌飘色“花木兰”。市民左先生直呼：“二者相得益彰。”

当“顺德之夜”文化艺术盛会与“追梦新时代 振兴高质量”2019勒流乡村振兴高质量发展体验展联袂而至，促成了国家级艺术与勒流乡村文化的交相辉映。不仅以不同的艺术形式演绎中国古代巾帼英雄花木兰的故事，给予市民全新的体验，也让市民在勒流营造的乡村振兴高质量发展“田园风光图”中，读懂勒流通过繁荣发展乡村文化，增强文化自信，促进乡村振兴高质量发展的生动实践。

主动作为 勒流文化之舟挺进区级平台

这不是勒流第一次迈进区级文化平台展示勒流乡村文化。去年“五一”期间，勒流在清晖园举行文明顺德·2018基层文体嘉年华“醉美勒流 共映清晖”发现勒流之书乡味园博会，首次全面糅合勒流民俗、龙狮、水乡、美食等文化，向全区市民和外来游客进行展示，参观人次达10万。

延续去年的发现之旅，今年勒流抓住“顺德之夜”文化艺术盛会舞剧《花木兰》演出的契机，走向区级文化平台顺德演艺中心，展示勒流乡村文化精髓，以及落实乡村振兴战略以来所取得的成果，并创新性地搭建了龙舟造型展览空间。

对话勒流街道党工委委员、宣传文体办公室主任、经济和科技促进局局长黄宇恒，才发现这次体验展的诞生蕴含了多重意义。

这是一场高雅文化与乡村文化的会面。黄宇恒表示，舞剧《花木兰》和众涌飘色“花木兰”有共同点，借助前者引出后者，带出勒流优秀的乡村文化，不仅是探索高雅文化与乡村文化有机结合的尝试，还能向市民展示勒流的文化底蕴和文化自信。

选择以龙舟造型亮相，勒流也有其考虑。众所周知，勒流龙眼村省级非遗“龙眼点睛”习俗至今已有600多年历史，龙舟文化源远流长。此外，黄宇恒形容，勒流像是一艘龙舟，奋勇争先的龙舟精神激励着勒流要以闻鸡起舞、日夜兼程、风雨无阻的精神去落实区委区政府的重点工作，以更加积极主动的姿态，推进全面开放高质量新格局的加快形成。

在这样的背景下，勒流带来了这场乡村振兴高质量发展体验展。一艘80米长的“龙舟”，满载着勒流的水乡、民俗、非遗、美食等文化宝藏，停靠在顺德演艺中心前，迎接广大市民“登船”。

勒流飘色“花木兰”让游客大饱眼福

勒流街道党工委书记王光正在向来宾介绍勒流文化

积极互动 以体验的形式与市民“对话”

此次体验展以一艘百人“龙舟”为主线，衍生出龙文化、水秘境、美生活三个篇章，将龙眼村、江义村、富裕村、黄连社区、众涌村、南水村、稔海村和西华村共8个村居的特色，以动静结合的模式进行展示。

站在“龙舟”中央位置的西华村“见龙桥”上，能够清楚目睹全船的盛况。

往船头方向看去，市民在龙眼村“太尉庙”浏览“龙眼点睛”习俗内容，合影留念。对面，黄连龙狮制作传承人何东成向市民讲解龙狮的来历、制作过程。桥前的宽阔位置上，众涌飘色“花木兰”“赵子龙”“仙女散花”“杨贵妃”吸引了众多市民围观拍照。

转过来往船尾方向看去，最先入目的是在南水村“桑基鱼塘”逗留的人们，指着“鱼塘”里游动的稔海村鳗鱼、江义村加州鲈，热情讨论着。不远处，来自黄连社区广绣传承坊的绣娘们，一针一线展示着绣花技艺，不少市民围观良久，有的还会向绣娘问询请教。再往前，也是最多人聚集的地方——“中华美食名镇”展位，市民争相品尝黄连社区特色小吃、糕点，了解勒流生晒鱼干、烤鳗、百丈园桑果酒、先锋食品厂梅酱等。

除了展板文字以外，勒流搬来了龙头、龙狮、活鱼等实物，造出了“太尉庙”“[illegible]”“[illegible]”等历史建筑模型，请来了绣娘、龙狮制作者、本土食品企业员工，以互动体验的方式，向市民推介勒流水乡、民俗、非遗和美食文化，是这次体验展的用心所在。勒流街道党工委书记王光转了一圈后表示，希望通过这样的活动形式，将勒流优秀的传统文化推广开来，让更多的人了解勒流深厚的历史文化底蕴。

从武汉过来顺德探亲的熊燕平，带着孩子来逛展。她说这个展览让她可以很直观地了解到顺德本土的民风民俗，互动的方式也让孩子很感兴趣。作为一名初中语文教师，熊燕平对文化、教育话题十分感兴趣，她认为顺德在文化发展、教育环境方面都做得很不错，有一种慢生活的感觉，适合居住。

具有勒流特色的水乡文化、民俗文化、非遗文化和美食文化，吸引四方来客观摩

持续行动 为振兴乡村造平台聚人才

活动能够以互动体验的方式进行，离不开人的推动。

在勒流大大小小的文化活动中，时常能够见到黄连龙狮制作传承人何东成，这次体验展也不例外。为了这次活动，何东成搬来了初代、二代、三代龙狮实物，还赶制了4艘四代龙狮模型带到现场，做起了解说员。

他不仅是龙狮的制作者，也是黄连龙狮培训班的教练，还是黄连社区“文化45分”文化进校园品牌项目的讲师之一，在醒狮传承社讲解教导，让学生更加了解醒狮文化。有着多重身份的何东成，身体力行推动着勒流本土传统文化的传承。

发挥自己的力量，推动文化的传承与推广，这样的人，勒流还有很多。这与勒流紧紧抓住自身文化优势，通过搭建平台聚集人才，共同振兴乡村文化所做的努力是密切相关的。

在中共中央、国务院印发的《乡村振兴战略规划（2018－2022年）》中提到，要繁荣发展乡村文化，弘扬中华优秀传统文化，丰富乡村文化生活。在落实“头号工程”村级工业园改造，为产业发展营造空间营造环境的同时，勒流也在乡村振兴上广搭平台，以乡村振兴促进会、社区大学、画家艺术村、博士研究基地、书画基地、“粤菜师傅”工程培训基地等平台，吸纳本土和外地人才，凝聚多方智慧，为乡村发展出谋划策。

通过落实乡村振兴战略，开展美丽文明村居建设、古村落活化、美丽田园建设，配套文化平台的搭建，引进相关人才，勒流得以不断为乡村文化建设注入活水，进一步以文化的振兴带动乡村的振兴，促进高质量发展。

在多方联动下，勒流将其深厚的历史文化底蕴，以及在乡村振兴上的做法，通过这次活动一并展出，为顺德市民勾勒出一幅岭南水乡乡村振兴高质量发展的“田园风光图”。同时，活动也彰显了勒流围绕发展教育、文化、科技、旅游、生态等乡村特色产业，振兴传统工艺，推动基础设施提档升级，持续改善人居环境，大力实施乡村振兴战略的坚定决心。

此次活动也预告了即将到来的黄连起龙、农历五月初三龙眼村“龙眼点睛”习俗等勒流龙舟文化月系列活动。勒流盛情邀约广大市民游客，前往水乡，实地体验勒流美丽文明村居建设的成果，感受勒流的乡村文化。

文/珠江商报记者陈培仪
图/珠江商报记者林安迪

黄连广绣绣娘正在向市民教授广绣技艺

市民正在品尝勒流糕点美食

制图：李佳彬

本报地址：广东省佛山市顺德区大良沿江北路118号北座 邮编：528300 报料热线：22209999 广告热线：22216378 传真：22223429 订报发行热线：22211413 零售每份1元 佛山日报社印刷厂印

关于勒流乡村振兴的报道

【策展意境】

1. 从 8 个村居展现来勒流就能看到一幅岭南乡村振兴一体化发展的“田园风光图”。

2. 勒流的鱼塘边、河涌里、田间地头，一群白鹭或觅食，或飞翔，或小憩，成为顺德动人的田园风景。

【策展安排】

1. 地点：顺德区演艺中心南门（大门）口广场，演艺中心大门口到休息室、到剧场，约 100 米；

2. 5 月 1 日晚上，体验约 28 分钟，进入室内可以看到勒流党建相关展板。

【策展内容】

一、龙文化

1. 在“龙舟”最前面摆设 8 个龙头，供市民观赏，这也是此次体验展的灯光总开关，灯光也是一场小的“勒流灯光秀”（同时凸显勒流照明产业）；

2. 龙头旁摆设龙眼村太尉庙的模型，以及点睛台的模型，一旁有河涌，能听到流动的水声；

3. 此后，摆放 4 艘黄连龙虱，由黄连龙虱培训班学员在场“训练”，同时，黄连龙舟制作传承人何东成在场制作龙舟。

二、水秘境

1. 走过西华村的见龙桥（古桥模型，要求可供多人同时走过），来到一大片桑基鱼塘边（将百人“龙舟”上坐人的木板当成鱼塘的岸）；

2. “鱼塘”（用大型实用鱼缸，上面可以有玻璃桥同行）里养着稔海的鳗鱼、江义的加州鲈鱼；

3. 鱼塘边有联合国教科文组织设立的桑基鱼塘观测站（为南水村的，可做个观测站模型，用一个观测仪），能看到鱼缸里鳗鱼、加州鲈鱼的细节，以及桑基鱼塘大景（要做一个模型，凸显南水村的整体规划，划分为工业区、农田区和居民住宅区三大功能区，体现基层治理）；

4. 一旁设有烤鳗鱼、烹饪加州鲈鱼和黄连大头鹅等乡村美食的一个试吃小摊档，可以品味烧鳗等，不能在现场烹饪；

5. 看过桑基鱼塘，来到港口路（有一条河，做港口路一河两岸的简易模型，加入龙眼工业区、泰晖智造园、新城五金产业园、宏宇工业园元素），附近有勒良路、佛山一环南延线高速、南二环高速（路网图），不远处的菊花湾大桥（模型）上车来车往；

6. 这里对村级工业园领导关怀进行展示（图文、展板、显示屏，展示、播放郭书记等领导来勒流指导村级工业园的画面）。

三、美生活

1. 整治后村级工业园旁的村里，有人在众涌桑市公园（模型）里广绣（实景）、写书画（实景），更有“花木兰”的飘色在这里排练；同时，有党员志愿者在现场与民同乐；

2. 随着领导的脚步，花木兰的飘色也跟着一起走向演艺中心；

3. 沿路展示富裕村的瓮城高第、贝岗遗址、山岗等历史文物（展板），让人感受到富裕村的文化魅力；

4. 花木兰的飘色此时在一旁互动（作为摆动的龙尾），营造气氛。

四、室内

1. 前台转弯到嘉宾休息室摆设基层党建小展板；
2. 在前台到剧场摆设非公党建小展板；
3. 在休息室门口摆设勒流党建小展板。

一艘龙船造型的展览在夜色下很是耀眼

第二十九章 问题村变样记

2019 年 8 月 1 日，雨断断续续地下个不停，让人的心情不好了起来。

“之前选择‘留地’的人，第一期就收到了 34.4 万元，而我们选择‘收钱’的，却只能拿到 19.2 万元。”看着窗外的大雨，想到做出了“正确选择”的邻居，杏坛镇高赞村的梁先生心里很不是滋味：“没办法，谁也没想到最后的地价会升到这么高。我要对自己的选择负责。”

早在 2009 年，高赞村实现全征地，由于历史原因，“留用地”一直是引起基层矛盾的问题之一。为化解村民的矛盾，在 2017 年，政府在充分听取了村民各种诉求后，经综合考虑出台了《高赞预留发展用地处置方案》，让村民自主选择“留地”或“收钱”。

杏坛镇高赞村位于顺德高新区的核心启动区。在 2009 年，因发展的需要，杏坛镇政府对其实行全征地，并就留用地的问题对村民做出了“每名村民有 40 平方米的住宅留用地”的承诺，但受各种原因影响不能及时兑现。

一瞬间，有关部门的公信力降到了冰点，村民诉求的声音变得越来越大。

“地方还是要发展，问题还是要解决。”杏坛镇相关负责人坦言。问题如何解决？这一次，杏坛镇政府选择充分听取群众的意见。在 2015 年年底到 2016 年，杏坛镇把高赞村历史问题的解决工作作为重点工作去推进开展，结合高赞村委会和股份社收集村民的意见，杏坛镇政府经综合考虑，在 2017 年出台了《高赞预留发展用地处置方案》。

“对于‘40 平方米’住宅留用地的解决，各股东可以自由选择‘收钱’或‘留地’，表决实行一人一票制；选择‘收钱’的，每份‘40 平方米’（毛地 64 平方米）19.2 万元，由区土地储备发展中心收购，签名确认后立即一次性支付；选择留地的，高赞股份经济合作社整理选择集体整合处置股东的用地，在村民同意其完善相关的用地手续和划拨供地手续后，可进行公开招拍挂出让，亦可进行集体自主开发或租赁，所有收益扣除相关成本和税费后，由选择整合转让的部分股东平均分配。”

“这个方案的提出，通过村委会、股份社，广泛征集村民代表、党员，以及村小组的意见，形成方案后提交给杏坛镇政府，再由镇政府向上级争取实施的政策。”高赞村相关负责人介绍，当时为了让村民对方案有一个充分的了解，区镇两级成立了 37 个工作组，针对村民小组长、党员、村民代表等人群召开宣讲会，做好方案的宣传、解释工作，同时也通过电视媒体、公示栏、《致村民一封信》等方式对外公示。

自下而上形成的方案，群众还是认可、支持的。高赞村累计参与住宅留用地处置方式选择的村民共 8 725 人，参与率 89.6%。其中，选择“留地”的有 3 859 人，涉及土地 370.464 亩；选择“收钱”的有 4 866 人，涉及土地 467.136 亩。

选择“收钱”，可以马上实现自己的权益或解决生活上的燃眉之急；选择“留地”，未来会有升值的机会。

对于这两个选择的结果，梁先生早就有了清晰的认识，“如果‘留地’，不知道什么时候才能卖出去，毕竟要等人来买，钱不知道什么时候才能到手。”于是，梁先生选择了“收钱”。

但就在 2019 年 2 月份，第一次就选择了“留地”的村民在首次土地拍卖中就获得了每人 34.4 万元的收益。首次拍卖的土地占总用地的 48%，因此预计该部分村民的总收益高达 70 万元。“那一次的选择，真的是一次对自己眼光的考验，在那次‘考验’中，我输了。”梁先生坦言，输了就只能认了，“都是成年人啦，要为自己的选择负责。”

面对这个落差，当初选择“收钱”的村民难免心有不甘。但在梁先生看来，那些当初选择“收钱”的村民因为认为自己当初“选错”了而要求政府补偿的行为，是对自己的选择不负责任的表现。

合法合理地制定了方案，村民股东根据方案做出了选择，就要承担相应的后果。根据《中华人民共和国村民委员会组织法》关于“征地补偿费的使用、分配方案”的相关规定，超过三分之二的股东同意《高赞预留发展用地处置方案》并做出了选择是符合法律规定的，并具有法律约束力。

“同意方案后，村民有权利也有义务根据该方案就预留发展用地处置方式选择‘收钱’或‘留地’，且应当对自己的选择承担后果。”广东海迪森律师事务所律师丘集青表示，现出现选择“留地”的村民获益较高，而选择“收钱”的村民的获益较少的情况，选择“收钱”的村民反悔诉请补差价是没有事实和法律依据的。丘集青建议，如果该部分村民自认为上述处置方案不合法或者选择过程中存在问题，建议循法律途径解决，如向人民法院提起诉讼等，而不是通过宣泄情绪、扰乱社会秩序等触犯刑法的方式来解决问题。

这是我对顺德一个“问题村”主导做的报道，这个报道让村里安静了很多，尔后我参与制作了高赞村党群服务中心，开办了《高赞》内部刊物，让高赞人都“高兴地为自己点赞”。

珠江商报 ZHUJIANG BUSINESS　今日顺德　综合　A4　2019年8月2日 星期五　电话:22313015

责任编辑:邓荣军　版式:朱蕾 李明　校对:康建坤

依法依规解决高赞历史遗留问题

听取民意制定方案，村民自主作出选择

昨天，雨断断续续的下个不停，让人的心情不自觉的不好了起来。

“之前选择‘留地’的人，第一期就收到了34.4万元，而我们选择‘收钱’的，却只能拿到19.2万元。”看着窗外的大雨，想到作出了“正确选择”的邻居，杏坛镇高赞村的梁先生心里很不是滋味：“没办法，谁也没想到最后的地价会升到这么高。我要对自己的选择负责。”

早在2009年实现全征地的高赞村，由于历史原因，“留用地”一直是引起强烈矛盾的问题之一。为化解村民的矛盾，在2017年，政府在充分听取了村民各种诉求后，[illegible]了《高赞预留发展用地处置方案》，让村民自主选择“留地”或“收钱”。

工作组深入村小组解读方案。/杏坛镇供图

2018年杏坛镇高赞村固化宅基地摇珠会。/珠江商报资料图

“收钱”或“留地”，村民自己来决定

杏坛镇高赞村位于顺德高新区的核心启动区，在2000年，因发展的需要，杏坛镇政府对其实行全征地，并就留用地的问题对村民作出了“每名村民有40平方米的住宅留用地”的承诺，但受各种原因影响不能及时兑现。

一瞬间，有关部门的公信力降到了冰点，村民诉求的声音变得越来越大。

“地方还是要发展，问题还是要解决。”杏坛镇相关负责人坦言。问题如何解决？这一次，杏坛镇政府选择充分听取群众的意见。在2015年年底到2016年，杏坛镇把高赞村历史问题的解决工作作为重点工作去推进开展，结合高赞村委会和股份社收集村民的意见，杏坛镇政府经综合考虑，在2017年出台了《高赞预留发展用地处置方案》。

“对于‘40平方米’住宅留用地的解决，各股东可以自由选择‘收钱’或‘留地’，表决实行一人一票制；选择‘收钱’的，每份‘40平方米’（毛地64平方米）19.2万元，由区土地储备发展中心收购，签名确认后立即一次性支付；选择留地的，高赞股份经济合作社整理选择集体整合处置股东的用地，在村民同意其完善相关的用地手续和划拨供地手续后，可进行公开招拍挂出让，亦可进行集体自主开发或租赁，所有收益扣除相关成本和税费后，由选择整合转让的部分股东平均分配。”

“这个方案的提出，通过村委会、股份社，广泛征集村民代表、党员，以及村小组的意见，形成方案后提交给杏坛镇政府，再由镇政府向上级争取实施的政策。”高赞村相关负责人介绍，当时为了让村民对方案有一个充分的了解，区镇两级成立了37个工作组，针对村民小组长、党员、村民代表等人群召开宣讲会，做好方案的宣传、解释工作，同时也通过电视媒体、公示栏、《致村民一封信》等方式对外公示。

自下而上形成的方案，群众还是认可、支持的。

至今，高赞村累计参与住宅留用地处置方式选择的村民共8725人，参与率89.6%。其中，选择“留地”的有3859人，涉及土地370.464亩；选择“收钱”的有4866人，涉及土地467.136亩。

自己的选择，自己要负责

选择“收钱”，可以马上实现自己的权益或解决生活上的燃眉之急；选择“留地”，未来会有升值的机会。

对于这两个选择的结果，梁先生早就有了清晰的认识，“如果‘留地’，不知道什么时候才能卖出去，毕竟要等人来买，钱不知道什么时候才能到手。”于是，梁先生选择了“收钱”。

但就在今年2月份，第一次就选择了“留地”的村民在首次土地拍卖中就获得了每人34.4万元的收益。首次拍卖的土地占总用地的48%，因此预计该部分村民的总收益高达70万元。

“那一次的选择，真的是一次对自己眼光的考验，在那次‘考验’中，我输了。”梁先生坦言，输了就只能认了，“都是成年人啦，要为自己的选择负责。”

而对这个落差，当初选择“收钱”的村民难免心有不甘。但在梁先生看来，近日，那些当初选择“收钱”的村民因为认为自己当初“选错”了而要求政府补偿的行为，是对自己的选择不负责任的行为。

合法合理地制定方案，村民股东根据方案作出的选择，就要承担相应的后果。根据《中华人民共和国村民委员会组织法》关于“征地补偿费的使用、分配方案”的相关规定，超过三分之二的股东同意《高赞预留发展用地处置方案》并作出了选择是符合法律规定，并具有法律约束力。

“同意方案后，村民有权利也有义务根据该方案就预留发展用地处置方式进行选择‘收钱’或‘留地’，且应当对自己的选择承担后果。”广东海迪森律师事务所律师丘集青表示，现出现选择“留地”的村民获益较高，而选择“收钱”的村民的获益较少的情况，选择“收钱”的村民则反悔诉请补差价是没有事实和法律依据的。丘集青建议，如果该部分村民自认为上述处置方案不合法或者选择过程中存在问题，建议循法律途径解决，如向人民法院提起诉讼等，而不是通过宣泄情绪、扰乱社会秩序等触犯刑法的方式来解决问题。

高赞村的报道是深入践行“四力”的结果

【策划方案】　**高赞村党群服务中心文案**

高赞原为江边坦地，村落处坦之高处，故称“高坦”。宋代有龚、萧、王三姓人到此垦殖开村，至明洪武十四年（1381 年）人口渐增，村民嫌“高坦”之名有“詈家”之感，遂取“坦”之谐音，改称“高赞”。

高赞村内设有小学、幼儿园、社区卫生服务站、老人康乐中心、公园、篮球场等活动及生活配套设施。村办公大楼内有图书室、会议室、党员活动室。村组建有党群先锋队、龙舟队、女子健身队、曲艺社等，其中高赞曲艺远近闻名，曲艺社的锣鼓柜演出有着悠久历史，曾参加 2008 年北京奥运倒数 500 天表演、香港回归十周年表演等活动。此外，高赞村曾是顺德制作龙舟的重要基地，在国内外龙舟赛中屡获殊荣。

高赞村坚持党建引领、群众参与，以法治为核心、自治德治协同推进；坚持走群众路线，通过加强村级民主决策、民主监督、民主管理等制度建设，构建共建共治共享的基层治理体系，将打造和谐高赞、幸福家园作为奋斗目标，以提升高赞人民的获得感、安全感和幸福感。

党旗飘扬
——建党99周年顺德作为纪念特刊
珠江商报 ZHUJIANG BUSINESS
2020年7月1日 星期三 T14

鼓“劲”强堡垒 红色力量担使命
杏坛党建“重锤”敲响高质量发展“战鼓”

党群铁军聚合力 以党建引领发起村改总攻

党建亮点
党建引领产业兴旺 擦亮乡村振兴“底色”

党建引领社区治理创新 一方牵引 多元共治 融合发展

党建引领明方向 强基固本筑堡垒

我策划的“用党建促进乡村振兴来解决高赞村的历史问题”

高赞党群服务中心

高赞党群服务中心是高赞村党委坚持以“党建引领，群团共建，创新服务，凝聚人心，和谐高赞”的理念，在原有的党员服务基础上，整合工、青、妇以及各社会组织机构的群团力量打造的党群服务新阵地，旨在锻造战斗型和服务型的党组织。党群服务中心通过党建文化长廊的设置，在打造党建宣传阵地的同时，还有机整合了党建资源与社会综合服务资源，实现了党建引领团建、工会、妇联、关工委、社工等社群力量，为村民提供各种的服务，让村民切实感受到了“惠从党来”。

第三十章 国家安全教育

2015 年 4 月，我联系佛山市国家安全工作领导小组办公室，计划于 6 月 23 日上午在禅城区卫国路佛山市体育馆举行佛山市国家安全教育展主会场开幕仪式。6 月 23 日下午，南海、顺德、高明、三水分别在桂城千灯湖广场、大良德胜文化广场、高明区会议中心、三水区华侨中学体育馆举行了佛山市国家安全教育展分会场开幕仪式。这是佛山市第一次举办有关国家安全的公开展览，也是 2015 年 5 月 31 日广东省国家安全教育展闭幕后，全省第一个地级市举行国家安全教育展。

活动开展后的第七天，也就是 2015 年 7 月 1 日，全国人大常委会通过的《中华人民共和国国家安全法》第十四条规定，每年 4 月 15 日为全民国家安全教育日。

【全景式报道】

佛山首次举办国家安全教育展

五区同时展出，展期从 6 月 23 日起至 7 月初，由珠江商报社承办

【珠江商报讯】安不忘危，警钟长鸣。昨天上午，佛山市国家安全工作领导小组办公室，在禅城区卫国路佛山市体育馆举行佛山市国家安全教育展主会场开幕仪式。

省国家安全工作领导小组领导，佛山市委副书记、市政法委书记李子甫，市委政法委、市国家安全工作领导小组、佛山曾经工作在隐蔽战线的老同志以及青年代表参观了主会场的展览。

当天下午，南海、顺德、高明、三水分别在桂城千灯湖广场、大良德胜文化广场、高明区会议中心、三水区华侨中学体育馆举行了佛山市国家安全教育展分会场开幕仪式。这是佛山市第一次举办有关国家安全的公开展览，也是今年 5 月 31 日广东省国家安全教育展闭幕后，全省第一个地级市举行国家安全教育展。

【赞誉】

展览有效提高了群众的国家安全意识

为贯彻《国家安全战略纲要》，特别是贯彻 2014 年 4 月 15 日，习近平总书记主持召开中央国家安全委员会第一次全体会议提出的“总体国家安全观”，加强人民群众的国家安全教育，本次《安不忘危 警钟长鸣——佛山市国家安全教育展》由佛山市国家安全工作领导小组办公室主办，禅城、南海、顺德、三水、高明国家安全工作领导小组办公室协办，佛山传媒集团珠江商报社承办。

省国家安全工作领导小组相关负责人在开幕式上指出，佛山市在全省地级市率先举行国家安全教育展，营造良好的宣传氛围，以扎实有效的举措为广大群众提高国家安全意识构筑了良好的交流平台，有效提高了广大群众的国家安全意识。

记者注意到，展出内容分为“历史使命”“光荣业绩”“无名英雄”“居安思危”“天网恢恢”“众志成城”六个篇章，着重介绍了党的隐蔽战线斗争历史以及新时期反间谍斗争的成果。其中一些案例是大众平时在公开宣传中很少见到的，如新中国成立初期破获敌特阴谋暗杀叶剑英案、美国中情局间谍温瞭东案件、郭万钧泄密案、刘兵龙向京泄密案等。

【反响】

“居安思危”从来没有这样深刻

展览披露，近年来，境外间谍情报机关在策反中方人员，窃取中国政治、军事情报和外交秘密的同时，加大了对经济、科技领域的渗透、窃密的力度，严重危害了国家安全和发展利益；近年来已发现数百起境外间谍情报机关对中国实施的大规模网络技术窃密案件，被控计算机高达数千台，涉及党政机关、驻外机构等涉密单位，大量文件资料被盗。同时，境外间谍情报机关还指使境外公司雇员窃取中国商业机密，策反并利用境内外记者窃取中国国家机密。中国国家安全机关侦破大批间谍、窃密案件，其中部分涉案人员为党政军处级以上官员及核心、要害岗位人员。

看到安全机关近期侦破的境外间谍情报机构人员“飞哥”策反 40 名境内人员窃密案、广东航海学校专科生徐某在金钱利诱下为境外间谍搜集情报等案例，一名青年在参观后表示，展览对他触动很大，在电影里面“活动”的间谍原来就在自己的身边，“居安思危”的概念从来没有像今天这样深刻。

禅城区政法系统工作人员邝向东观展后告诉记者，本次展览加深了自己对国家安全形势的认识，一幅幅图片增强了自身对网络安全的认识，表示自己今后在网络安全方面也要警钟长鸣。

佛山市国家安全工作领导小组相关负责人介绍，本次国家安全教育展在五区同时展出，展期从 6 月 23 日至 7 月初，而相关的展览内容也将以一定的形式在佛山各镇街、企业、村居进行展览和宣传。此外，明年起，佛山市国家安全教育展将走进公共场所进行公开展出。

【声音】

高明区委领导：要进一步加强对党员领导干部进行反间防谍的宣传教育，进一步促进和保障高明区改革开放和经济建设的顺利进行。

三水区委副书记陈浩明：此次展览是一个很好的交流平台，有助于学生了解国家安全现状，可以增强学生们的国家安全意识，有助于形成维护国家安全的强大合力。

禅城区政法系统工作人员邝向东：本次展览加深了自己对国家安全形势的认识，一幅幅图片增强了自身对网络安全的认识，今后自己在网络安全方面也要警钟长鸣。

顺德职业技术学院学生李翠雯：平时除了在课堂，较少接触国家安全问题的教育，看了这次的展览，我更加了解革命先辈的事迹，也明白了当下国家还面临着内忧外患的严峻形势，“唤起了自己的爱国心”。

南海区市民陈耀辉：平时觉得国家安全离我们很远，看了这些案例才知道其实很近，我几年前也收到过类似的 QQ 留言，当时以为是病毒没有理会。现在互联网这么发达，大家都要留心了。

南海区：国家安全离我们其实很近

昨日下午，佛山市国家安全教育展南海区分会场展览，在桂城千灯湖广场如期开幕，尽管天气炎热，但仍有不少市民被宣传展板上触目惊心的间谍案所吸引，停下脚步认真阅读了起来。

南海区将展览地址定在千灯湖广场，是因为这里人流量大，受众面宽，更接地气。这几年，有关方面破获的间谍案及向外输送机密文件案和群众对国家安全防范意识的提高是密不可分的。南海区国家安全工作领导小组相关负责人介绍："像这类展览等宣传活动，不仅提升了南海人民对国家安全的认识，取得了一定的实效，也可以更好地帮助我们开展国家安全工作。"

"平时觉得国家安全离我们很远，看了这些案例才知道其实很近，我几年前也收到过类似的 QQ 留言，当时以为是病毒没有理会。现在互联网这么发达，大家都要留心了。"正在阅读案例的市民陈耀辉对记者说。

南海区国家安全工作领导小组相关负责人提醒广大市民，在信息时代，尤其是如今的大数据时代，市民要提高防范意识，在日常生活中要提高警惕，一旦发现可疑情况要及时报告给国家安全部门或公安机关。

记者了解到，南海区已印刷了国家安全相关的宣传资料，接下来会进村居、入高校派发，保障每一个村居、每一所高校都有一套。

高明区：要进一步加强反间防谍宣传教育

6 月 23 日下午，佛山市国家安全教育展高明区分会场展览，在高明区会议中心二楼南展厅举行，高明区委领导、区委副书记罗雄，区委常委、区委区府办主任林艳红等领导和来自各机关事业单位的 200 多人，一同认真地观看了展览。

图文并茂的国安展览颇为神秘且非常吸引参观者，参观的人员在认识我国隐蔽战线历史沿革、取得的成绩的同时，增强了新时期做好安全保密工作重要性的意识。

罗雄说，维护国家安全是我们每个人义不容辞的责任。他希望，通过本次国家安全图片展的宣传教育活动，增强广大人民群众的国家安全观念，提高反间防谍意识，做到防患于未然，形成维护国家安全的强大合力，为维护高明区社会政治稳定和人民安居乐业做出更大的贡献。

在接受记者采访时，区委领导表示，国家安全和保密工作仍然面临着严峻的形势，各种敌对势力进行的渗透、策反、窃密、分裂等破坏活动时有发生，我们要做好新形势下的国家安全和保密工作，要进一步加强对党员领导干部进行反间防谍的宣传教育，进一步促进和保障高明区改革开放和经济建设的顺利进行。

机关干部陈玟宇在观看展览后，深有感触地告诉记者，参观这个国家安全教育展让他深刻意识到，原来以为离我们很远的间谍活动有可能就在我们身边，我们要居安思危，提高国家安全意识。在平时的工作生活中，要规范工作流程，堵塞工作漏洞，不给敌对分子可乘之机。

顺德：顺职院特地组织学生来学习

昨天下午，佛山市国家安全教育展顺德区分会场展览在大良德胜文化广场开幕。这次的国家安全教育展图文并茂，吸引了众多市民前来参观，顺德职业技术学院还特地组织了 100 多名学生前来学习。

在展板前，顺德职业技术学院的学生李翠雯告诉记者，平时除了在课堂，她较少接触国家安全问题的教育，看了这次的展览，她更加了解了革命先辈的事迹，也明白了当下国家还面临着内忧外患的严峻形势，“唤起了自己的爱国心”。李翠雯还表示，最近朋友圈、微信上都流传着不少对邱少云、黄继光等英雄事迹否定、恶搞的文章，作为学生应该有自己理性的思维，以历史事实为依据，不能盲目相信网络谣传，抹黑自己祖国的形象。

此外，中国航天科技集团原高级工程师郭万钧出卖国家机密、境外间谍“飞哥”策反境内人员等一系列的间谍窃密案例，也让不少市民惊呼：原来电视剧里演的间谍情节竟离自己如此之近，实在有必要居安思危，打起“十二分精神”。

顺德职业技术学院的瞿老师向记者表示，像这样的爱国教育对学生乃至市民都是非常有意义的。“学生们尚处在懵懂的时期，市民对历史和国家的安全现状也不甚了解。”瞿老师说，特别是在网络时代，境外的势力容易渗透，就像展览介绍的“秦火火”网络推手案一样，学生和市民都很有必要接受国家安全教育，坚定自己的信仰和价值观。

三水：展览就是一个很好的法制教育

6 月 23 日下午，佛山市国家安全教育展三水区分会场，在三水区华侨中学体育馆举行展出，三水区委副书记、政法委书记、区国家安全工作领导小组组长陈浩明等区领导和华侨中学 200 名高中生一起观看了安全展。

在三水现场，展览内容提醒市民特别是学生应该做到明辨是非，分辨良莠，规范个人言行，不做危害国家安全、社会和谐的事情。陈浩明表示，此次展览是一个很好的交流平台，有助于学生了解国家安全现状，可以增强学生们的国家安全意识，有助于形成维护国家安全的强大合力。不少学生看了展览后也受益良多。高一学生梁珍瑜表示，展览图文并茂，内容比较全面，观展后较好地了解了中国国家安全现状，相关条例和案例也让人印象深刻。

三水区华侨中学副校长林婉萍观展后对记者表示，这类国家安全教育展很有必要，对于学校教育来说，成人比成才更重要，今天的展览就是一个很好的法制教育，对于学生进入社会非常有必要，可以提高他们的整体素质。（此文 2015 年 6 月 24 日刊登于《珠江商报》）

【策划方案】

国家安全是头等大事：2017 年佛山市国家安全教育展全媒体宣传方案

【策划背景】

安不忘危，警钟长鸣。

中共中央总书记、国家主席、中央军委主席、中央国家安全委员会主席习近平于 2017 年 2 月 17 日上午在京主持召开国家安全工作座谈会并发表重要讲话，强调要准确把握国家安全形势，牢固树立和认真贯彻总体国家安全观，以人民安全为宗旨，走中国特色国家安全道路，努力开创国家安全工作新局面，为中华民族伟大复兴中国梦提供坚实安全保障。

在 2017 年 4 月 15 日我国第二个国家安全教育日到来之际，佛山传媒集团珠江商报社拟联合佛山市国家安全工作领导小组办公室，开展主题为“国家安全是头等大事”的多种形式的全民国家安全教育日活动。

【活动形式】

一、展览

1. 时间：4 月 14 日至 23 日（横跨 2 个双休日，连续 10 天）。

地点：佛山市科技馆大厅。

2. 时间：4 月 14 日至 19 日，20 日至 23 日。

地点：南海千灯湖广场展。

20 日起移到佛山传媒集团展出到 23 日。

二、新媒体

1. 由珠江商报社制作微信版“2017 年佛山市国家安全教育展”，内容由佛山市国家安全工作领导小组办公室提供，并印刷 200 块二维码扫描牌，分发放给佛山市国家安全工作领导小组各成员，要求成员单位对外宣传此次“2017 年佛山市国家安全教育展”，并将部分二维码扫码牌在相关地方摆放。

2. 珠江商报社利用佛山新闻网、顺德新闻网、无限顺德 App、官微、顺德发布对“2017 年佛山市国家安全教育展”进行传播。

三、新闻报道

1. 4 月 14 日，在《佛山日报》《珠江时报》分别推出各半个版，珠江报社推出 1 个版面发布“全民国家安全教育日”公益广告，内容为“国家安全，事关你我他。危害国家安全行为举报受理电话 12339。佛山市国家安全工作领导小组办公室、佛山传媒集团珠江商报社（宣）”，由珠江商报社设计，版面由珠江商报社安排。

2. 4 月 15 日，《佛山日报》、《珠江商报》、《珠江时报》、佛山电视台、佛山新闻网、佛山电台、顺德新闻网推出“2017 年佛山市国家安全教育展”开幕新闻报道，其中，《珠江商报》为三分之二版图文专题报道。

3. 4 月 24 日，《珠江商报》推出“2017 年佛山市国家安全教育展”闭幕图文报道。

佛山市国家安全教育展 特别报道
珠江商报 ZHUJIANG BUSINESS
2015年6月24日 星期三
A6

佛山首次举办国家安全教育展

五区同时展出，展期从昨起至7月初，由珠江商报社承办

南海：国家安全离我们其实很近

高明：要进一步加强反间防谍宣传教育

顺德：顺职院特地组织学生来学习

三水：展出就是一个很好的法制教育

佛山五区联动报道国家安全教育展

第三十一章 名校行走职校

烈日下的操场上，各种测量仪器相互配合，以测量出最精确的数据，虽然他们只是北滘职业学校建筑专业一年级的学生，但他们已经是广东省工程测量比赛一等奖的获得者，现在，他们正在为全国赛做准备。工作室里，带着放大镜，郑敬诒职业技术学校珠宝加工与营销专业的学生正小心翼翼地为其作品镶嵌宝石，对每个细节都追求完美，是他们对专业中“工匠精神”的实践；实操室里，输入程序后，梁銶琚职业技术学校（古鉴校区）数控车间里，五轴加工设备马上工作起来，精度高、性能好的设备马上就能给学生的动手能力“打分”。

不走进去，你或许还不知道顺德职业教育所开设的专业是如此广泛；不亲自体验，你或许也不会知道，顺德的职业教育是如此专业；不深入了解，你或许也不会知道，现在从职校毕业的学生可以如此成才。

2018 年 5 月 15 日至 18 日，顺德区教育局、顺德区各职业教育集团、珠江商报社联合主办的“顺德名校行之走进职校”先后走进了顺德区第一、三、四职教集团的 10 所职校，120 多人次的读者通过对职校的参观，对顺德的职业教育有了新的认识。

其中，各集团统筹资源、抱团发展；各职校紧贴地方产业的发展开设针对性专业；灵活开展校企合作、点对点培养人才等各种先进做法，都给读者留下了深刻的印象。《珠江商报》读者、顺德区新顺德人协会会长、北滘决咨委委员王维说：“这里是顺德‘智力’的宝库，在这里，我们能看到‘科技顺德’发展的动力。”而我认为，这里更是我作为一名新闻工作者践行“四力”的大舞台、大空间。

在现实中，我深刻理解到，作为与地方产业发展息息相关的职业教育，其在发展的过程中，也曾遭遇瓶颈。顺德职业教育所取得的成绩背后，是其大力推动改革、加快创新实践的成果。顺德区教育局相关工作人员在这场活动后告诉我，顺德正在积极实践习近平总书记提出的“四个走在全国前列”的指示精神，继续深化职业教育改革，推动校企精准对接和精准育人，在加快高等教育平台建设的同时，完善配套扶持政策，为“科技顺德”的建设，乃至广东产业转型升级再上新台阶提供更强大的人才支撑，使教育真正成为经济社会转型升级的新引擎。

这让我很自豪，自己做的一个报道、一组策划能促进一个地方发展，能让众人对职业教育有更深的理解与支持。

这场活动拉近了社会与职校的距离

【活动方案】

2019“顺德名校行”之走进职教集团活动方案

【意义与目的】

2019 年 3 月 18 日上午，中共中央总书记、国家主席、中央军委主席习近平在京主持召开学校思想政治理论课教师座谈会并发表重要讲话，他强调，要扎根中国大地办教育，同生产劳动和社会实践相结合，加快推进教育现代化、建设教育强国、办好人民满意的教育，努力培养担当民族复兴大任的时代新人，培养德智体美劳全面发展的社会主义建设者和接班人。

全国职业教育工作会议 2014 年 6 月 23 至 24 日在京召开。习近平总书记就加快职业教育发展做出重要指示。他强调，职业教育是国民教育体系和人力资源开发的重要组成部分，是广大青年打开通往成功成才大门的重要途径，肩负着培养多样化人才、传承技术技能、促进就业创业的重要职责，必须高度重视、加快发展，努力让每个人都有人生出彩的机会。

2019 年 3 月 14 日，在顺德区职业教育发展情况座谈会上，中高职院校负责人、企业代表、行业商协会负责人等纷纷为顺德区职业教育发展建言献策。深化产教融合模式，探索建设产业学院等产教融合的资源平台，支持培养一批本土有追求、有归属感的核心工匠人才，这是顺德职业教育未来要努力的方向。

为此，珠江商报社联合顺德区教育局、各职业教育集团，将于 2019 年“职教宣传周”、招生期间，开展以“人生要出彩 这里有机会 我就是工匠”为主题的“顺德名校行”之走进职教集团活动。

【主题】

人生要出彩 这里有机会 我就是工匠

【主办单位】

顺德区教育局、顺德区各职业教育集团、珠江商报社

【时间与地点】

时间：2019 年 5 月（具体时间待定）。

地点：各职业教育集团所属学校。

【活动内容】

一、线下活动

1.【观摩走访】珠江商报社招募 20 名以上区镇街干部、人大代表、政协委员、区总工会领导、企业负责人、初中学生家长、顺德新市民服务协会等社会各界人士前往各属校进行观摩，建议不要参观学校所有流程，尽量将流程设置为听学校报告、看学生实操、让市民体验。此项除了午餐外，招募、出行等所有费用由珠江商报社承担。

2.【同期声】由珠江商报社安排从职校毕业的有为社会人士，到各学校对学生进行励志教育宣贯，可以是大型的主题会，也可以是小型的班会，每所学校一场，具体形式、时间待定，2019 年年内完成即可。由各学校组织会场，嘉宾接待由珠江商报社负责。

二、全媒体报道

1. 顺德新闻网开设《“人生要出彩 这里有机会 我就是工匠”——“顺德名校行”

之走进职教集团活动》专题页面。

2. 珠江商报社官微、无限顺德 App 实时报道。

3. 佛山 +、顺德 +、网易顺德实时直播。

4. 伦教、勒流、陈村、杏坛官微实时直播，其他各镇街新媒体择优转播。

5.《珠江商报》开设《“人生要出彩 这里有机会 我就是工匠”——“顺德名校行”之走进职教集团活动》专栏。

6. 珠江商报社制作《“人生要出彩 这里有机会 我就是工匠”——“顺德名校行”之走进职教集团活动》专题 H5。

名校行的第一篇报道

第三十二章 展示馆的背后

2009 年，广东工业设计城还是一块烂厂房时，我就开始跟进工业设计的新闻报道。2012 年 12 月 9 日，习近平总书记来到广东工业设计城视察。

2013 年结束在广东新宝电器公司的挂职后，我调到珠江商报社工作，并担任《顺德设计》专栏主编。2018 年，随着顺德区委区政府设计顺德战略的提出，《顺德设计》改成了《设计顺德》，我也继续担任这个专栏的主编，这就促成了我 2019 年 12 月中下旬前往武汉，采访连续在武汉举办了三届的中国工业设计展览会。

2018 年，我花费了 117 天时间，凭着扎实的脑力积累，成功策划出了两层楼的设计顺德展示馆。这个馆，全景式展示了国内国际工业设计先进理念及顺德工业设计的发展历程。2018 年 12 月 9 日上午，设计顺德展览馆揭牌后，顺德区委书记郭文海走在巡馆队伍中间，他时而聆听我与其他现场专业人员的讲解，时而为嘉宾补充故事。6 年前的 12 月 9 日，习近平总书记视察广东工业设计城，提出聚集 8 000 名设计师的殷切期望，今天，广东工业设计城已有 8 190 多名设计师，顺德工业设计人员超过 1.5 万人，郭文海期待聚集更多全国乃至全世界设计行业大家来顺德扎根发展。

【策划方案】 设计顺德展览馆项目规划方案

2012 年 12 月 9 日，习近平总书记到广东省视察调研，位于顺德的广东工业设计城成为总书记视察中的一站。

新时代新气象新作为，2018 年是我国改革开放 40 周年，也是工业设计产业在顺德的第十年。

深入贯彻落实党的“十九大”精神，深刻领会习近平总书记关于建设现代化经济体系，发展实体经济特别是先进制造业的战略思想，坚持“创新、协调、绿色、开放、共享”发展理念，深入实施“科技顺德”战略，谋划设立设计顺德展览馆就是要坚持工业设计与制造业融合发展，提高设计创新能力，培育工业设计主体和工业设计市场，创新设计服务模式，加快工业设计成果转化，引领制造业优化升级，满足人民群众对美好生活的需要，为顺德打造“工业设计之都”提供榜样。

顺德展览馆是以工业设计为主题，展示顺德优秀设计产品和成果的场馆。展品将着重反映各个历史时期批量生产的工业产品，并由此追溯顺德工业设计智慧，及近代的中国为实现工业化而努力的史实。同时可以举办各类设计展览、沙龙、论坛，向参观者介绍国际最前沿的设计信息和趋势。

展览馆将通过对设计与科技、设计与品牌、设计与电商、设计与文化、设计与生活的普及和推广工业设计在社会生活中所起到的重要作用，凸显中国工业设计中的顺德力量。

要让顺德成为全国乃至全球有影响力的工业设计高地，走进新时代，顺德正从“制造”大区走向“智造”强区、高质量发展示范区，位于北滘镇的设计顺德展览馆的建设恰逢其时，这将是鼓励工业设计创新、传播优秀设计文化的重要举措。

珠江商报

凭珠江通四海　立潮头观天下

商报热线:22209999
发行热线:22200555

无限顺德app　珠江商报官方微信　顺德新闻网

佛山传媒集团主办
国内统一连续出版物号 CN 44-0148 珠江商报社出版 天气预报14℃/10℃,阴,微风<3级。 2018年12月10日 星期一 农历戊戌年十一月初四 总第5248期[今日12版] 珠江商报社顺德新闻网:http://www.sc168.com 报料有奖,最高可达3000元

设计顺德—2018 DTech国际设计与科技大会昨在广东工业设计城举行

推动“设计+科技+产业”融合 打造顺德高质量发展重要引擎

设计顺德—2018DTech国际设计与科技大会现场。/珠江商报记者周焯杰摄

设计顺德展览馆开幕。/珠江商报记者周焯杰摄

几名专业观众正在试听创新型头戴式耳机。/珠江商报记者林安迪摄

三大机构助力

- 13人被聘为“设计顺德专家委员会”首届委员
- 中韩设计(顺德)中心落户广东工业设计城
- 国际科技设计产业合作联盟成立

大咖云集探讨

- 设计+人工智能
- 设计+智能体验
- 设计+智能制造
- 设计+投资

评论——

迈向“工业设计之都”,顺德自信而坚定

A3~A5

依法严惩暴力犯罪
10名犯罪嫌疑人被依法采取刑事强制措施
A8

创新形式开展普法
佛山举行“12·8”统计普法宣传活动
A2

看看珠海创新实力
第四届珠洽会集中采访第五站走进珠海市
A2

为新市民搭建平台
顺德区新市民服务协会助力新市民融入“大家庭”
A6

春节旅游行情火热
2019年海外游迎来热销行情
B1

举报佛山安全生产隐患黑点
报料热线22209999

PICC 中国人民保险　惠普金融

珠洽会 AEME　珠西智造 装备未来
距离2018第四届珠洽会开幕还有7天

编辑:高文哲　版式统筹:刘捷
版式:王叶进　陈思韬　校对:康建坤　电话:22313015

设计顺德展示馆的报道

【项目要素】

项目名称　设计顺德展览馆
项目规模　北滘乐创中心国际人才公寓一、二楼
项目时间　规划制定：2018 年 7 月—9 月
建设时间：2018 年 9 月—11 月
开展时间：2018 年 12 月 9 日，中国设计日
项目性质　长期，对公众开放

【项目定位】

建设关于顺德工业设计发展历程和成就的综合展览馆，为顺德打造一个了解世界、了解中国工业设计的展示空间，令观众知晓工业设计的价值与魅力，阅懂工业设计在顺德的十年磨成剑，感知设计顺德的未来与前景。

在这里，能够发现“广东领先”“顺德领跑”“不负重托”。2012 年 12 月 9 日，习近平总书记到广东工业设计城视察时提出的要求，五年后顺德做到了。这里既是工业设计成就展示的窗口，也是工业设计在顺德发展的一次梳理，是顺德践行“四个走在全国前列”中实现领跑的路径。

在这里，倡导创新的“动能转换”。这里不仅有展示功能，展馆可作为参观考察之用；也是设计师们日常使用的场所，他们在这里激发创新灵感，碰撞设计火花；更可通过路演、洽谈、论坛等活动，令这里成为对接设计成果实现价值转换的场所。

在这里，能够看到“顺德未来”，读懂《顺德区工业设计产业发展三年行动计划（2018–2020）》，看到国际最前沿的设计信息和趋势，捕捉先机，快人一步，知晓我们未来的生活。

【展览模式】

展览以设计优异的产品为主，辅以背景、展具的立体制作和图片、图表的平面制作，选用高清数字互动设备技术，利用视频播放、互动投影、全息投影、多角度投影、机器人导览、多媒体沙盘、VR 技术等，让观众能身临其境地感受设计的魅力和顺德设计及其未来。

1. 时空长廊的知晓旅程。用技术手段以时间轴串起设计发展的历程，用经典设计的生活产品、用具，让观众快速进入工业设计模式，令其对工业设计有个基本认知，从总体上了解其价值与魅力。

2. 顺德与工业设计的体验旅程。用全媒体技术，使得来访人在学习、科普过程中感知“十年磨一剑”的成果，了解工业设计给顺德产业带来的变化。

3. 设计顺德的触摸旅程。用 VR 等手法，确保来访人读懂未来的美好生活，培养其对工业设计的尊重。

【策展理念】

顺德区委书记郭文海 2018 年 1 月在顺德区第十三届党代会上提出建设“五个顺德”的工作要求，强化了将创新驱动、建设科技顺德作为重中之重。

顺德作为中国制造业最发达地区之一，依托强大的产业发展设计，并以此助力科技转化，推动产业升级，取得了令人瞩目的成就。特别是近十几年来，工业设计已经从制造业内部裂变，成长为一个独立行业，发展势头迅猛。

为全面梳理顺德工业设计发展历程、成就、特色与现状，描绘工业设计发展的产业基础、氛围与前景，结合建立“设计顺德展览馆”以及准备申报“中国设计之都”的契机，提出以下策展理念：

1. 以工业设计为核心，规划内容主线，涵盖产业基础、发展历史、产品与文化、成就与影响、政策与规划等。

2. 以设计内涵为脉络，挖掘“顺德设计”主题元素，整理顺德设计重要资料、案例、成果。

3. 以区域特色为主体，描绘“顺德设计”概貌特征，呈现顺德工业设计领域的深度与广度。

4. 以文图并茂的形式，展示“设计顺德”蓬勃的朝气，激起顺德各相关产业创新发展的后劲。

GIDW 2019中国设计活动日·广东工业设计城创意设计周

珠江商报 2019年12月9日 星期一 A4

牢记总书记嘱托 设计“+”速前行

写在“2019中国设计活动日·广东工业设计城创意设计周”启动之际

文/珠江商报记者王茂浪

核心提示：

对广东工业设计城而言，这是紧张忙碌、收获满满的7年。

2012年12月9日，习近平总书记视察广东工业设计城，提出了聚集8000名设计师的殷切期望。

“当时广东工业设计城才创建不到4年，总书记到来时设计城里一些新楼还在施工。”广东工业设计城负责人说，经过七年的发展，广东工业设计城的国际化成果显著，其中最大的亮点就是围绕制造业需求配置全球设计资源，为顺德率先建设广东省高质量发展体制机制改革创新实验区，增添强劲动力。

这位负责人的话，让佛山市委副书记、顺德区委书记郭文海感慨，顺德人民牢记总书记的嘱托，不断努力奋斗，广东工业设计城如今已聚集超过8300名设计师，整个顺德工业设计从业人员超过1.5万人。顺德工业设计界的每个人，都经历了昂首阔步的7年。广东工业设计城每家公司的蜕变，都体现着顺德的活力、创新力和竞争力。

“2019中国设计活动日·广东工业设计城创意设计周”今日启动。/珠江商报记者林安迪摄

设计创新成果如雨后春笋

“从0到1”结硕果

“设计顺德”注入新活力

评论

广东有座城，工业设计的城

杨文焰

我采写的广东工业设计城报道

第三十三章 乡村文化绽放

9 年里，我策划了近 100 场文化活动

2004 年 8 月至今，我在佛山传媒集团从事村居、镇街宣传工作。其中，2004 年—2012 年，我创建了“顺德好人”品牌，也是品牌创建的主力人员；2014 年，我组织了 12 场送文化进企业活动；2014 年—2017 年，我连续 4 年推广、包装龙眼点睛民俗活动，使之成为广东省非物质文化遗产；2011 年至今，我在顺德村居开展文化保育专题讲座 82 场，为德胜文化保育基金三名评委之一。龙眼点睛成为广东省非物质文化遗产，促进了顺德对古桥、古树等古迹的保护。

【全景式推介】 **翰墨水藤 等你来打卡**

2019 乐从镇乡村旅游文化节 11 月 12 日启幕，推出 20 多项文旅活动，打造特色旅游文化品牌

我策划组织的文化活动

赏粤曲、品美食、感受乡土传统文化、挖掘红色基因、看五人龙舟拉力竞速赛、沿村道公益徒步、舞龙狮、赛象棋、观画展……2019 年的乐从乡村旅游文化节亮点纷呈。11 月 12 日至 17 日，文明顺德·2019 基层文体嘉年华系列活动之“同心筑梦·翰墨水藤”2019 年乐从镇乡村旅游文化节在水藤村举办，20 多项活动串珠成链，多角度、全方位地为群众展现了乐从基层治理和乡村振兴的成果。

记者从 6 月 23 日召开的乐从镇乡村旅游文化节新闻发布会上获悉，今年的文化节由顺德区新时代文明实践中心、顺德区文化广电旅游体育局、乐从镇人民政府主办，中共乐从镇委宣传文体办公室、乐从镇水藤村民委员会承办，珠江商报社与佛山市睿航社会工作服务中心执行。

传承红色基因

20 多项活动展现水藤独特魅力

2019 乐从乡村旅游文化节以“同心筑梦·翰墨水藤”为主题，挖掘红色基因，意在传承六百多年水藤的厚重历史。

漫步在水藤村，阡陌与河道纵横交错，昔日以桑蚕渔业为主的水乡小城还保留着不少旧时的历史古迹。永锡堂、孔皆堂、玉麟桥、萃思堂、孝思堂、宏泽堂、古镇桥、东高书塾、竹桥、马姓回甦井、炮楼、蚝壳墙、百年龙眼树等，每一处都蕴含着一段悠悠的岁月故事。

水藤村党委书记邓良传介绍，目前该村共有 5 万多本土村民、新水藤人，因此活动期间举办的巧手厨艺大赛不限烹饪菜系，只要在乐从居住、工作、生活的群众都可同台展示拿手好菜，“这体现了乐从文化兼收并蓄、海纳百川的特点，能够更好地凝聚新水藤人，增强他们的归属感与参与感”。

另外，水藤名胜古迹众多，人文历史底蕴深厚，人才辈出，文化氛围浓厚。水藤还有顺德四座烈士纪念碑之一的水藤革命烈士纪念碑，有顺德区农村党建的标杆——红基石党群服务中心。水藤村商贸兴旺、村史悠久、红色基因元素丰富，这些将全部贯穿在今年的乡村旅游文化节 20 多项活动中。

节庆品牌蓄力

美丽乡村燃爆全域旅游

在乐从，有人类居住超过一千年的村庄，也有超过八百年的。村庄里的古街、古树、祠堂、牌坊、民宅、河涌，承载着一个又一个动人的传说，见证着乐从的沧桑年轮、文化印记、缱绻乡愁。

习近平总书记在党的“十九大”报告中指出，“文化是一个国家、一个民族的灵魂。文化兴国运兴，文化强民族强”。

乐从镇党委委员岑德荣认为，如果没有人文的传承，则没有乐从人今天耀眼的心智；如果没有精神的延续，也没有乐从人今日瞩目的成就。为传承和展示本土传统文化，充实文化内涵，在城市化进程中保留历史文化的精粹，更好地规划和利用历史文化资源，乐从乡村旅游文化节自 2014 年起至今，分别在沙滘、路州、葛岸、沙边、大罗等村举行乡村旅游文化节，挖掘祠堂、龙舟、鉴宝、美食、醒狮、粤曲、习俗的文化，希冀通过展现传统文化，让群众感受乐从在基层治理、乡村振兴领域取得的成果与文明城市的精神风貌，使传统文化的传承与繁荣成为乐从新一轮高质量发展的强大推动力。

岑德荣表示，优秀传统文化是中华民族永远的精神家园。乡村旅游文化节深入挖掘、传承、弘扬乐从厚重、优秀的传统文化，能够增强乐从人民的文化自信，打造特色文化旅游品牌项目，用历史文化浸润心田。

【活动方案】 **砥砺奋进 乐融水藤——2019 年乐从镇乡村旅游文化节**

【活动背景】 党的“十九大”提出的乡村振兴战略是面向新时代的新气象、新理念和新作为，是新的历史阶段下解决“三农”问题、推进城乡融合发展的重大战略举措。在中国特色社会主义新时代的历史语境下，乡村振兴指的是政治、经济、文化、社会、生态的全面振兴，其中作为灵魂的乡村文化振兴，摒弃了过去以经济水平作为乡村发展水平的单向度评价指标，直面新时期我国乡土中国和“三农”发展诉求的历史与现实。“十八大”以来，以习近平同志为核心的新一代中央领导集体立足人民自由全面发展的美好生活需要，结合决胜全面建成小康社会和进入社会主义现代化强国建设的时代背景，从推动乡村振兴和农业、农村、农民现代化发展的思想高度，不断加快乡村文化建设步伐，努力探索推动乡村全面振兴的有效路径。

自顺德区实施《顺德区乡村文明水平提升三年行动计划》以来，乐从镇全面投入热火朝天的乡村振兴工作中，立足此基础，为传承和展示传统文化，乐从镇从 2014 年开始每年举办乡村文化节。2014 年以沙良河为线，串联起了沙滘和路州的祠堂文化、龙舟文化、鉴宝文化、美食文化；2015 年以葛岸村传统的葛仙节巡游为切入点，重现了道家养生文化；2016 年以世界顺德联谊总会第十届恳亲大会为契机，在华侨之乡鹭洲村进行了一系列广府文化主题活动；2017 年以“千年顾村，魅力新城”为主题，围绕乐从本土传统节日、龙舟、乐曲、祠堂、醒狮以及美食文化，在沙边开展了多样文化活动；2018 年，以“乡约金秋・乐在大罗”为主题，开展了一系列丰富多彩的主题活动，彰显了大罗小桥流水、古树书香的岭南水乡特色。

乡村旅游文化节的举办，是乐从探索打造文旅特色小镇的重要一步。乐从乡村

我们团队在乐从水乡文化旅游节上合影

文化艺术节是以展示新农村建设成果为主要目的，以科学发展为指导，以促进社会主义新农村和谐文化为重点，丰富乡村文化生活，努力营造和谐向上、健康文明的文化氛围和艺术环境的群众性活动。2019 年的活动选点乐从水藤，以“破茧振翅，翰墨水藤”为主题，开展了系列活动。

【活动概况】

一、活动主题

砥砺奋进 乐融水藤——2019 年乐从镇乡村旅游文化节

二、活动时间

2019 年 11 月 15 日—17 日（周五—周日）

三、活动组织

· 主办单位：顺德区文化广电旅游体育局、乐从镇人民政府
· 承办单位：乐从镇宣传文体办公室、乐从镇水藤村村民委员会
· 执行单位：珠江商报社
· 协办单位：佛山市睿航社会工作服务中心、水藤红基石党群服务中心及各协会

四、活动概述

本次 2019 年乐从镇乡村文化节，主要采用红色文化和百年水藤史相结合，以“砥砺奋进 乐融水藤”为主题，以红基石公园到烈士纪念碑为前部分，“不忘初心，牢记使命”，在烈士纪念碑以千朵鲜花献烈士的形式展现“不忘先烈抛忠骨，民族复兴中华魂”；后部分以家具历史文化、桑蚕文化、粤曲文化、美食文化等本土传统文化为主线，让游览者享受到一场以文化为蕴、美食为媒的视觉及味觉盛宴。

活动项目一览表

日期	时间	地点	活动内容
11 月 15 日	9:00—11:00	红基石公园	“友爱水藤”魔术杂技嘉年华活动
	14:30—17:00	红基石公园	“乐融水藤 花香满溢”千人插花艺术节
	19:00—21:15	红基石公园	“乐融水藤 曲韵传情”粤剧晚会
11 月 16 日	9:30—10:00	水藤公园舞台	“砥砺奋进 乐融水藤”2019 年乐从镇 乡村旅游文化节开幕仪式暨美食节启动仪式
	集中 8:30 出发 10:00	水藤公园出发 终点红基石	“乐融水藤 爱不停步”水藤村环村公益行
	10:30—12:00	红基石党群服务中心	“乐融水藤 翰墨飘香”青少年书法大赛
	14:00—17:00	水藤公园	“乐融水藤 狮舞乐从”2019 年乐从镇 高桩醒狮邀请赛
	14:30—17:00	红基石	“乐融水藤 棋乐无穷”顺德区第三届村居 象棋团体赛暨国家级象棋大师应众表演活动
	19:30—21:30	水藤公园舞台	“乐融水藤 雏凤清音”乐从青少年歌咏晚会
11 月 17 日	9:00—12:00	水藤公园空地	“乐融水藤 乡味食谱”乐从镇厨艺大赛
	9:00—11:30	红基石党群服务中心	“乐融水藤 乒乓对垒”2019 年乐从镇 乒乓球公开赛决赛
	14:30—17:00	迳口涌—水藤涌	“乐融水藤 龙舟竞渡”2019 年乐从镇 水藤村五人龙舟邀请赛
	19:00—20:30	水藤公园	“乐融水藤 龙舟饭香”龙舟宴
	19:30—21:00	水藤公园	“乐融水藤 龙舟唱晚”龙舟晚会
日期	时间	地点	活动内容

（续表）

11 月 15—17 日（连续三天固定展出）	9:00—21:00	水藤公园停车场	“乐融水藤 美味纷呈”寻味·顺德乡村美食节
	19:30—21:30	水藤公园	“乐融水藤 国潮魅力”穿越集市
	9:30—17:30	水藤红基石	“乐融水藤 时代记忆”时光展厅
	9:30—17:30	水藤红基石	“乐融水藤 藤溪印象”摄影展
	9:30—17:30	水藤村	“乐融水藤 醉美乡村”乡村摄影大赛
	9:30—17:30	水藤村	“乐融水藤 翰墨飘香”书画展

同心筑梦 翰墨水藤——2019年乐从镇乡村旅游文化节

2019年11月18日 星期一 A3

2019年乐从镇乡村旅游文化节昨闭幕

23 项活动串珠成链展现美丽乡村魅力

11月16日，“同心筑梦·翰墨水藤”2019年乐从镇乡村旅游文化节启动仪式上，领导嘉宾宣布乡村旅游文化节正式启动。/珠江商报记者林安迪摄

统筹/珠江商报记者黄福兵
文/珠江商报记者黄福兵 苏淑婷 叶芝婷

11月12日至17日，文明顺德·2019顺德文体惠民年系列活动之“同心筑梦·翰墨水藤”2019年乐从镇乡村旅游文化节在水藤村举行。……书画展、乒乓球混合团体赛、象棋团体赛、毛笔书法协会创作大赛等23项精彩活动一一展开，串珠成链，多形式、多角度、多元化、全方位向群众展示乐从独特的文化魅力。

一步一景 水藤文化内涵一览无遗

市民正向参演水上飘色的小朋友们挥手致意。/珠江商报记者林安迪摄

凝心聚力 用心深挖传统文化

声音

新时代文明实践深入民心的体现

佛山市文化广电旅游体育局副局长桂红：乐从镇乡村旅游文化节把乡村旅游与新时代文明实践有机结合起来，是新时代文明实践活动深入民心的体现。

推动旅游文化多元融合发展

顺德区委宣传部副部长、区文化广电旅游体育局副局长郑卫红：水藤村历史文化丰富，是顺德区农村党建的标杆和红色基因的传承地。

擦亮乡村旅游节文化招牌

乐从镇党委书记崔伟丽

文化发展促进乡村振兴

乐从镇党委副书记、镇长冼英伟

宣传乡村振兴成就提升爱国爱乡情怀

珠江商报社党总支书记、总编辑黄琳

唤醒共同文化记忆记住历史留住乡愁

水藤村党委书记、村委会主任邓良伟

乐从乡村旅游文化节报道

第三十四章 盆景展不一样

2019 年 10 月 7 日，“爱我中华——南粤百园庆国庆”主题游园活动最后一场文艺表演在容桂花溪公园顺利举行，让广大市民畅享了发展成果。容桂盆景精品展也于同日结束展览，300 多件姿态各异的盆景佳作成为本次主题游园活动的焦点，吸引了大批市民驻足欣赏。

此次主题游园活动中，容桂为群众搭建起了表演舞台，一连十天均上演群众会演节目。2019 年 65 岁的梁少枝与其余 11 名队员参加了 6 日的演出，带来《母亲是中华》的舞蹈节目。为了此次演出，她们用了近 20 天的时间进行排练。“我们的队员平均年龄 60 岁以上，能够有机会登台演出，大家内心十分欢喜，”梁少枝说，他们是在用舞蹈表达对祖国的美好祝福。

除了梁少枝所在的花溪快乐健身队外，爱尚表演艺术团还组织了七支文艺队伍加入昨日的表演，她们带来了旗袍表演、拉丁舞等节目。市民徐炳辉称赞，一众演出人员舞出青春，让人们感受到了积极向上的精气神，希望日后能多一些类似的大众舞台，让更多有才之人能上台表演。

备受关注的还有在花溪公园内展示的 300 多件盆景佳作。容桂盆景精品展自 9 月 28 日开幕后，一直深受市民欢迎。市民林仕元 27 日特地从大良前来观展，“心花怒放”是他观展后的心情描写。“展出的盆景姿态非常好，让我大开眼界，可见容桂的盆景艺术大师造诣颇高。”林仕元不吝称赞。

本次对外展出的盆景佳作均由容桂园林盆景协会会员精心栽培，这其中有不少是获得过省级以上金奖的作品。此次容桂盆景精品展的成功举办，加深了市民对盆景艺术的认知，今后协会将搭建更多的交流互动平台，创作出更多优秀的盆景作品，擦亮容桂“中国盆景名镇”的品牌。这次活动更是我和我的团队践行“四力”的成效，除了新闻作品，我们还用新闻产品来感染群众。

2019 年 9 月 28 日，2019 容桂盆景精品展在容桂花溪公园开幕。现场利用盆景摆出“70”的字样，庆祝中华人民共和国成立 70 周年

【新闻报道】

2019 容桂盆景精品展开幕

300 多盆盆景等你来赏

珠江商报讯 记者叶芝婷 苏淑婷 周焯杰摄影报道 2019 年 9 月 29 日，多彩容桂乐万家——顺德农商银行·2019 容桂社区文化节之 2019 容桂盆景精品展在容桂花溪公园开展。即日起至 10 月 7 日，造型各异的 300 多盆精品盆景让广大市民近距离领略了盆景艺术的魅力。

本次盆景精品展是 2019 容桂社区文化节重头活动之一，由容桂街道办事处宣传文体办公室、中国风景园林学会花卉盆景赏石分会联合主办，容桂园林盆景协会承办，珠江商报社协办。

盆景展有了不一样的呈现

·亮点直击

70 盆盆景各有一首诗

昨日盆景精品展开幕后，市民李立迫不及待地入场观展。他用手机扫描了一盆盆景边上的二维码后，关于该盆景的基本信息立马显现出来，还配上了一首诗作。“这样的操作很接地气，可以让观展的市民及时了解信息。”李立觉得，此行既满足了观展兴趣，又能学习到知识，“特别棒”。

这个二维码的设置，是主办方巧花心思设计的。此次盆景精品展展出期间适逢新中国成立 70 周年，主办方便巧妙地将两个“70”融入其中。一方面，邀请顺德区作家协会、龙江锦屏诗社为 70 盆盆景量身打造专属诗词，市民在观展之余，用手机扫描二维码后便能阅读、聆听诗作。

“宏图大展显英姿，丹凤迎风入世宜。林立争雄辉异彩，天工巧夺庆佳期。”这是龙江锦屏诗社顾问卢兴强为勒杜鹃盆景所作的诗。据他介绍，此次诗社共有 24 名成员参与创作，仅用一个月的时间便完成了，成员们结合盆景外形、顺德风土人情等，使用具有庆贺、吉祥等意思的词语进行创作，希望以此弘扬一种积极向上、团结拼搏的精神，让市民通过诗词增强对盆景艺术的认知。

另一方面，主办方还精选了部分精品盆景组合摆放，勾画出“70”的字样。从高空俯瞰，数字“70”赫然入目，成为一道独特的风景线。中国风景园林学会花卉盆景赏石分会荣誉理事长胡运骅也为此景点赞，容桂盆景造型多样，十分耐看，盆景创作水准有了极大的突破，此次展览将能给人留下深刻印象。

另外，盆景精品展举办期间，主办方每天将会精选安排诗歌朗诵、器乐演奏、园艺技巧展示、插花分享、讲古等活动，与市民欢度国庆。（此文刊登于 2019 年 9 月 30 日《珠江商报》）

珠江商报 ZHUJIANG BUSINESS　镇街 A6　2019年10月1日 星期二

我和我的祖国

歌声颂祖国　快闪表深情

顺德各地以多种形式喜迎国庆

大良　网红打卡点 快闪迎国庆

顺德华侨城欢乐海岸PLUS全体员工深情放歌，歌唱祖国！/华侨城欢乐海岸PLUS供图

文艺嘉年华 礼赞新中国

容桂　看大师秀技 学修剪盆景

容桂园林盆景协会会长黄继涛与两名会员一同在台上展示修剪手法。/珠江商报记者闵婷杰摄

幼儿园娃娃 童声颂祖国

伦教　举办联欢会 开心迎国庆

汇贤中学表演戏剧小品《节日》。/珠江商报记者朱德文摄

师生齐放歌 共祝祖国好

学生们手举小红旗庆祝新中国成立70周年。

龙江　象棋大师炫技 丰富群众生活

拍影视作品向祖国表白

一场盆景展每天都有不同的主题活动，这也使得每天的报道都有亮点

第四部
9 年时间伏案的笔力

2015 年 3 月 27 日中午 1 时，珠江商报全媒体于 3 月 24 日推出的均安自梳女欧阳焕燕与李光耀家关系的报道，在中央电视台中文国际频道 CCTV-4《华人世界》播出，这使得均安文化、顺德自梳女群体被世界认识与关注。

3 月 24 日，珠江商报全媒体关于顺德自梳女欧阳焕燕与李光耀家的故事，特别是欧阳焕燕带大李光耀三子女的全媒体系列报道，经《珠江商报》、无限顺德 App、顺德新闻网，珠江商报官方微博、微信，顺德镇街通微信等纸媒与新媒体传播后，中央电视台编导即向珠江商报社要了文字、录音及视频等资料。

3 月 27 日中午 1 时，中央电视台国际频道 CCTV-4《华人世界》栏目，头条播出由《珠江商报》提供的关于欧阳焕燕的文字、图片、录音与视频，节目于 26 日晚 10:45 以及 27 日凌晨 5:00 进行了重播，市民可到中国网络电视台进行点播。

我注意到，节目开篇就讲到“在距离新加坡 3000 公里的顺德，有一位 98 岁的老人对李光耀的离世非常悲伤”。节目中着重介绍了“自梳女”的来历，多次出现均安冰玉堂、仓门村的场景，特别是放大了“冰玉堂”“鹤岭静安舍”等建筑。令我惊奇的就是，CCTV-4《华人世界》栏目在报道中直接署名“《珠江商报》记者报道”。

对此，均安镇宣传文体办常务副主任蔡汉华表示，珠江商报全媒体的运作是宣传报道模式的创新，就像均安人用同一种食材可以做出 5 道菜一样，除了纸媒，珠江商报还积极利用 App、微信、微博、网站，立体式地把同一件事情呈现给外界，对镇街文化的有效传播是一种全新的尝试，中央电视台中文国际频道此次报道就极大地体现了均安的文化内涵。

事实上，我与我带领的团队除了采用《珠江商报》对顺德各镇街、各村居、各企业进行宣传报道外，会加大利用新媒体的传播能量以及珠江商报的资源，让“开放顺德”背景下的顺德各镇街有更多“走出去”的机会。中央电视台《华人世界》栏目编导就曾对我说，以后会接受珠江商报社的推荐，多宣传些顺德海内外乡亲的故事以及顺德各镇街文化。

这个案例就是我 2013 年到 2020 年践行笔力的一个缩影。

笔力，在心中就是在脚力、眼力、脑力的基础上，力求文章既能够接地气，又能够看全局，在不断地修改与打磨中练就扎实的文字功底，书写好新闻，推动党中央的大政方针和决策部署更好地落地生根。

第三十五章 曹源芳的故事

十八洞村，位于湖南省花垣县排碧乡西南部，有“小张家界”之誉，被誉为“亚洲第一奇洞”。不过，美丽却难掩村子的贫困。2013 年 11 月 3 日下午，习近平总书记到十八洞苗寨调研，与苗族同胞促膝谈心，谋划发展，并做出“实事求是、因地制宜、分类指导、精准扶贫”的重要指示，明确提出了“可复制”“可推广”的原则。从此，十八洞村成了全国新一轮“精准扶贫”工作的“摇篮”，全国的精准扶贫从这里出发。

我给曹原芳送上珠江商报社的慰问金

2014 年 8 月初，得知全国首家全免费大学——广东碧桂园职业学院将于 9 月 9 日开学，已经调到《珠江商报》工作的我是新闻中心的主任助理，但我对碧桂园的大爱一直挂在心里，就赶紧制订了不一样的报道计划，我要把报社、个人的爱心与碧桂园相融合。9 月 8 日，正值中秋佳节，我带领 3 名记者，带着报社准备的月饼、油等物品及慰问金，从顺德驱车来到佛冈县龙山镇，在镇上我们又买了两只鸡以及一些食物，才驾车前往滙镇村，我们要与新生、广东省优秀共青团员曹源芳一起度过这个中秋佳节。曹源芳由于家庭变故成为孤儿，与爷爷奶奶一起生活，住在不到 30 平方米的小平房中，而爷爷的去世更是让这个本已不幸的家庭雪上加霜。不过，所幸曹源芳赶上了一个好时代，广东碧桂园职业学院在那年正式招生，曹源芳成为该学校首批学生之一，得以免费读完三年大学。

在驾车去滙镇村时，我们遇到了狂风暴雨、山洪暴发，去村里的桥也被冲垮了，我们的车子差一点冲入河内，幸好在距离崩溃处不到 1 米的地方停下来了，后来我们通过艰难的倒车才脱险，现在想想就可怕。当晚，好不容易到达了曹源芳的家里，我看到这个不幸的女孩仿佛并未受到命运的打击，脸上始终挂着笑容。看到我们，虽然当晚并没有看到月亮，但曹源芳十分开心：“没想到还有这么多人关心我，你们《珠江商报》的记者还专程过来和我一起过中秋节，我实在是太高兴了。”中秋节晚上，我们就在龙山镇一家小小的旅馆住下了。

9 月 9 日，我们陪同曹源芳带着行李来到龙山客运站点，一起搭车送她上学。到底是什么原因让这么多学生选择广东碧桂园职业学院呢？我跟曹源芳一块儿走进了位于清远的广东碧桂园职业学院，为读者揭开了这所全国首所全免费慈善大学的神秘面纱。当天，我和同事们采写出几个版面的大通讯《全国首所全免费大学开学》，对外界展示了杨国强投资 4.5 亿元办学的感人事迹。在协助我完成采访后，曹源芳就开始向学院的老师咨询自己有何事情可以帮忙。看着她的背影，我的脑海中忽然闪过碧桂园集团创始人杨国强说过，他希望广东碧桂园职业学院实现学生“一人就业、全家脱贫”的目标。我也相信曹源芳自被录取伊始，已走上一条宽敞的大道。她的未来，将会因碧桂园、杨国强的好善变得美好。2015 年 7 月，《全国首所全免费大学开学》获得广东新闻奖。2015 年 10 月，杨国强被授予 2015“中国消除贫困奖”，受到国家领导人的亲切会见。

2016 年 9 月 2 日，我自费慕名前往十八洞村走走，在距离村子很远的地方，中巴车师傅就把我放下了，说“村里最大的空地边是悬崖峭壁，没有中巴掉头的位置”。我就下车走了约 20 分钟水泥路，一路见到送孩子上学、干农活的村民，我都跟他们聊聊最近的生活。走到村寨口时，有人正在一块坡处施工，后来我看到新华社的新闻，才知道村里要在那里竖起“精准扶贫”几个字的宣传牌。当天，我在村子里走家串户，与和习近平总书记合过影、握过手的村民一一聊天，他们都很大方地向我介绍情况。其中一户人家的女主人还把《习近平谈治国理政》书上她的照片翻给我看。

事实上，我这些年与曹源芳的联系一直没有中断，我会让我爱人买些衣服给她寄去，也会给些钱让她买书，给她压岁钱，并根据她微信朋友圈发的内容进行生活、工作上的指导，比如她谈到奶奶时，我就会告诉她要坚强，比如她吃肯德基、麦当劳时，我就告诉她少吃这类食品，总的来说就是受杨国强先生的大爱感染，我会力所能及地帮助他人。从入学到毕业，我一直都非常关注曹源芳的成长，我一路看着她在 3 年学习中从一个青涩的高中毕业生逐步走入社会，一毕业就迈入管理岗位。2017 年 6 月 26 日，我开车载着我的 3 名同事，前往清远市的广东碧桂园职业学院，其中王祥、张泰银就是 3 年前跟我一同前往学院采访的同事。得知曹源芳同学毕业，我们感到很欣慰。我们在清远等了一天才见到她从惠州赶回来。如今，她已经在碧桂园十里银滩酒店找到工作，而且是一名西餐厅领班，月薪 3300 元。

3 年后再次接过我代表《珠江商报》送来的慰问金，曹源芳表示，在广东碧桂园职业学院就读 3 年，除了掌握了酒店管理的专业知识、技能外，更重要的是学会了感恩，杨叔叔希望她学会做人、学会做事，要懂得感恩。毕业工作后，她一定会积极奉献自己的一份力量，回馈社会。同时，她也谢谢《珠江商报》3 年来对她的关注，记者叔叔们时刻都在关注、关心她，帮助她成长。这让我百感交集，一口气带着同事们写了两个版面的报道，从其中的标题《职教精准扶贫挖掉贫困家庭的“穷根”，碧桂园职院首届学生毕业——289 名贫困生免费就读高薪就业》《3 年前，她迈入大学学酒店管理；3 年后，她毕业成为西餐厅领班——3 年大学生活助碧桂园职业学院学生曹源芳圆了梦》中，就可以看出我对碧桂园教育扶贫的崇敬之心。

2017 年 7 月 1 日，曹源芳回到碧桂园总部参加毕业典礼，我带着几名同事约上曹源芳一起，让她感受了一下顺德的人与文化。如今，曹源芳是我家人最熟悉的客人。

……

这就是我的笔力。

【策划方案一】 碧桂园职业学院开学报道

广东碧桂园职业学院经广东省人民政府批准、教育部备案，是一所纯慈善、纯公益的民办全日制普通高等学院，学院面向贫困家庭学生实行全免费招生。

今年是该校首次招生与开学，在省内招收了 305 名学生，并采用全免费的方式，使入读贫困家庭的学生实现了“读书梦”“大学梦”。

《珠江商报》立足顺德，并为顺德企业、顺德公益的发展进行鼓与呼，借广东碧桂园职业学院开学之际，特别制定《珠江商报》报道方案。

一、采访行程

1. 2014 年 9 月 8 日上午 10 时，王茂浪、王祥、邹忠辉、张泰银从顺德珠江商报社出发，前往佛冈县龙山镇涖镇村委中村；中午到达龙山镇安排好住宿；下午 3 时前往涖镇村委中村，在曹源芳借宿的叔叔家一起吃晚饭，过中秋，看曹源芳收拾开学行李；晚上 8 时前回到龙山镇住宿。携带一袋 30 斤装大米、一桶油、一些水果、一些菜肴前往。

2. 9 月 9 日早晨 5 时 50 分，王茂浪、王祥、邹忠辉、张泰银从龙山镇住宿点退房，前往曹源芳家，接曹源芳前往龙山镇搭车去清远。其中王祥、邹忠辉跟随曹源芳搭乘公共交通，前往清远市清城区东城街蟠龙园广东碧桂园职业学院，记录全过程；王茂浪、张泰银开车前往清远市清城区东城街蟠龙园广东碧桂园职业学院。

3. 9 月 9 日上午 11 时左右到达清远市清城区东城街蟠龙园广东碧桂园职业学院，王茂浪、王祥、张泰银分工采访。当天住宿在清远市区，发稿。

4. 9 月 10 日上午，返回报社。

5. 报道统一署名。

二、报道计划

1. 开学消息，题目为《全国首所全免费大学开学》，内容包含广东碧桂园职业学院的创办背景、首届招生情况、学生响应情况（以冯良燚为主）、全免费的具体细则、记者见闻，提及国华、国良以及杨国强的慈善教育等，以及顺德慈善精神、中国扶贫基金会的意见。（900 字，9 月 10 日见报）

2. 全国首所全免费大学揭秘，学（免学费、课室及教学设备情况、教学情况、毕业证书、专业设置等）、住（宿舍情况，包含洗衣粉的配置）、行（来回路费，假期路费）、穿（校服、鞋子、皮带等）、食（饭堂的情况）、用（零用钱，勤工俭学等机会）、动（学校的运动设施，展现大学校园）。（1 个版，学、住、行、穿，平均每块 500 字，要用不同学生来一一展现，以人见事；用、动，平均每块 500 字，要用不同学生来一一展现，以人见事；校园故事，1 000 字左右，这块要随机应变，以现场采访为准，比如校领导、教育部门介绍情况等，9 月 10 日见报）

3. 孤儿的免费读大学之路，要把报社给该名学生家送米送油送慰问金，以及送她上学写进去，体现报社的社会责任与人文关怀。（1 500 字，9 月 10 日或 13 日见报）

三、采访学生档案

曹源芳：女，21 岁，高考 473 分，综合评分 523.425 分。

家庭地址：广东省佛冈县龙山镇湴镇村委中村。

从小家庭变故，成为孤儿，现与其奶奶一起生活。

多次获奖：2012 年度佛冈县优秀共青团员，2013 年度清远市优秀共青团员，2014 年度广东省优秀共青团员。

冯良燚：男，18 岁，高考 514 分，综合评分 546 分。

家庭地址：广东湛江徐闻县南山镇芒海村。

家庭贫困，五口人，爷爷年老多病，该生不愿意再给家庭增加学费负担。

放弃 2A 学校的录取，坚持报考碧桂园学院。

初中时，就有“国华梦”，对杨国强主席十分信任。希望在该院能够圆他初中时候的“国华梦”。

四、联系方式

学院招生办罗树华主任。

负责学院宣传工作的陶老师。

五、配套安排

1. 报社配车、报销各种采访费用。

2. 碧桂园为采访提供便利，其中“全国首所全免费大学揭秘”版块，需要在学、住、行、穿、用、动这 6 个方块里，安排 6 名学生作为采访对象，男女生各一半。

【策划方案二】 碧桂园学院毕业生全部就业采访提要

一、消息

1. 导语 100 字以内。

2. 本届毕业生就读、毕业情况、就业去向，院长访谈，200 字。

3. 学生曹源芳访谈，谈个人就读，特别是走就业脱贫路子的情况，另外一名学生就业情况，这块是核心，采访要结实，500 字。

4. 国务院扶贫办或中国扶贫协会领导对碧桂园学院全体学生就业脱贫的评价，200 字。

二、通讯

1 个版，视采访内容而定。

回顾曹源芳 3 年的免费读书历程，以及如何走上就业岗位。

2014–2015 年，约 1 000 字。

2015–2016 年，约 1 000 字。

2016–2017 年，约 1 000 字。

走上岗位畅想未来，约 800 字。

核心提示，200 字。

【报道消息】 获广东新闻奖二等奖

全国首所全免费大学开学

2014 年 9 月 9 日上午，家境贫困的曹源芳从家乡佛冈县龙山镇涖镇村出发，搭车来到位于清远市清城区的广东碧桂园职业学院报到，成为一名大学生。在接下来的 3 年大学生活里，她所有的费用学校都包了，她不用花家里一分钱。

曹源芳因为家庭变故，自小成了孤儿，和奶奶一起生活，在她读初中、高中的 6 年间，只有 3 套衣服轮着穿。就是在这样的困境下，她自强好学，先后被评为县、市、省级优秀共青团员。在她为上大学的费用犯愁的时候，广东碧桂园职业学院给了她希望。走在被青山绿水包围，具有一流教学、生活设施的校园里，院长卢坤建博士向我介绍说，学院由广东省国强公益基金会投资主办，经广东省人民政府批准、教育部备案，是一所纯慈善、纯公益的民办全日制普通高等学院，是全国目前第一所也是唯一一所包吃住、包学费、包穿着的全免费大学，投入建设、管理资金约 4.5 亿元。2014 年是学院首次招生，首批在省内招收了 306 名学生，专业包括酒店管理、物业管理、工程造价、建筑工程技术等，学生达到学院毕业条件后，将可被推荐至总部在佛山市顺德区北滘镇的碧桂园集团就业，优秀毕业生还可进入管理岗位任职。

那一天开学报到，与曹源芳一样受贫穷困扰的徐闻县南山镇芒海村 18 岁青年冯良燚，也拿着录取通知书来到了学校，并免费领取了各种日常生活用品和四季的衣服，还报销了 119 元的车费。冯良燚说，那年高考他上了 2A 院校的录取线，但因为家里拿不出 7000 多元的费用就放弃了，转而报考了什么都不要钱的广东碧桂园职业学院，“不花家里的钱能圆大学梦，我要好好珍惜，学到一门实用的技术，为家里脱贫，也报答社会”。

在这里圆贫困学子读书梦、大学梦的，是来自顺德的一位企业家——碧桂园集团创始人杨国强。杨国强表示要把广东碧桂园职业学院办成全省乃至全国性具备扶贫慈善性质的名牌学院，实现学生“一人就业、全家脱贫”的目标。这也是他继投巨资创办国华纪念中学以及国良职业培训学校之后，兴建的第 3 所全免费、纯慈善的学校。

对于广东碧桂园职业学院的创举，中国扶贫基金会副秘书长安建荣说，顺德民营企业家受到顺德改革精神、顺德好善文化的浸润，按照我国国情、结合我国扶贫现状，开拓、创造出全新的“职业教育扶贫”模式，在全国扶贫工作中具有独特的引领性，也做到了功德无量、薪火相传、给人机会的扶贫新模式。（刊登于 2014 年 9 月 10 日《珠江商报》）

好记者讲好故事

经过选拔，我代表佛山参加了广东省新闻战线第五届“好记者讲好故事”决赛，以下为主题演讲稿。

“追”了四年，这名女孩脱贫迈进新时代

大家好！我是来自珠江商报社的记者王茂浪。

今年“七一”前夕，我去了惠州惠东看望一名女孩。刚到她工作的五星级酒店培训中心门口，我就看到那熟悉的身影，她穿着职业装，正在培训一群即将走上岗位的“小鲜肉”。

一年前，她还是一名贫困大学生，如今已是西餐部的领班。她叫曹源芳，我“追”了她四年。

曹源芳自小就是一名孤儿。就在她读高三上学期的 2013 年 11 月，习近平总书记在湖南的十八洞村提出了“精准扶贫”，也是那年，她成为广东省优秀共青团员，而我也是那一年在清远采访顺德扶贫干部时知道了曹源芳这个人。同样是那年，顺德企业家在清远动工开建全国第一所包吃住、包学费、包穿着的全免费大学。

2014 年，曹源芳考上了理想的大学，但因没有经济来源，就成为这所全免费大学的第一批受助学生。开学报到前一天就是中秋节，也是我女儿 7 岁的生日，我却在孩子的哭声中走出家门，带着 3 名同事从顺德前往曹源芳的家乡佛冈县龙山镇湴镇村，要与她一起欢度中秋、送她上学。

没想到，我驾车前往大山里的湴镇村途中，遭遇大风大雨、山洪暴发，当我看清前面的桥面不见了时，我才猛地刹车、换挡，这才听到有人大喊：桥断了！快往后退！往后退！

最终，我们逃过一劫，兜山路到达湴镇村见到小小的曹源芳时，她的第一句话就是：“叔叔，桥断了，你们顺德记者还是来了，我以为你们来不成啦！”

曹源芳的一句话，这才让我意识到危险，才让我在心里问自己：为了一条新闻，值不值这样远行。

此时，我看到曹源芳住在一间低矮、狭小的土屋里，连基本的厨具、食材都没有，怎么煮东西吃来欢度中秋呢？转身，我去了龙山镇的集市，买了一只鸡、一包大米、一桶花生油、一条鱼、一个冬瓜、一袋散装月饼，回来就与同事们、曹源芳一起动手煮饭，一起看着月亮慢慢升起过中秋。曹源芳整个过程都泪流满面，连她的邻居都说：长这么大，这是源芳第一次这么热闹地过节。

当晚在微信连线中，我把断桥前刹住车的事情告诉妻女那刻，女儿端着蛋糕喊着："爸爸快回来，我要爸爸，爸爸不要去采访，我要爸爸。"而我老婆更是拥抱着女儿哭了起来："你叫我们中秋节怎么团圆？"

次日，送曹源芳到了位于清远市清城区的广东碧桂园职业学院报到后，我才发现一名大学生其实日常生活还是需要一定费用的，我就毫不犹豫地给了她500元，并与同行的同事们商定，由我牵大头一起资助源芳读完大学、找到工作。为此，源芳哭着说："从此以后我有家人了。"

回到顺德的家里，我老婆知道曹源芳的情况，立即打电话问源芳的身高，还一口气买了一袋衣服快递过去。收到衣服后，曹源芳在朋友圈说，在顺德人开办的慈善学院，收到顺德家人寄来的衣服，真开心。

自那以后，曹源芳学习、生活等需要钱用时我就转给她，节假日还接她来我家住上一段时间。记得有一回，源芳来到我家，她身体也不好，又遇到小区停水，我就下楼去接水。我家住7楼，没有电梯，看到我提几桶水上楼，扭到了腰还坚持烧水让她冲凉，她哭了起来，那是因为在她的记忆中，第一次有人照顾她洗个澡。而每次送她上车回学校，我都会塞给她几百元，她都会流着泪对我笑："家人对我真好！"

她也经常跟人说："这辈子我遇见了记者，真是有福气。"

而曹源芳的福气，也给我带来一些麻烦。知道我这样用钱后，我家人就经常抱怨我："家里四兄弟筹资建房，每次你都说没钱，现在他们三兄弟已经开建了，看你到时住哪里？还去帮助别人！"

除了家人的抱怨，我的行为也引来一些人异样的眼光："阿浪你想用小钱办大事？！"但我知道，记者有一份社会责任，叫作"成风化人"，我要把我帮助曹源芳的事情讲出去感染人。从那年起，每到"6·30"广东扶贫日，我就会出版一本《精准扶贫》的特刊，向广大读者介绍顺德贯彻中央精准扶贫，以及顺德企业、市民的爱心故事，到今年已经是第三本了；每周出版一个《公益顺德》新闻版块，随时传播身边的好人好事，到今天已经改为《慈善顺德》了。而我也从中认识了一位位爱心人士、一个个爱心企业，与他们交朋友，并在2017年的中华慈善周里举行了首届顺德公益慈善评选活动，让大爱在顺德这座城市徜徉，让更多有需要的人得到帮助。

2017年10月18日，党的"十九大"开幕当天，在惠州惠东一家五星级酒店工作的曹源芳领到了见习后的第一个月工资3890元后，给我发来一个红包，并留言："叔叔，在您的帮助下，我终于脱贫了，我幸运地迈进了新时代。"我没有领取她的红包，而是给她留言："有能力就要去帮助别人，你还要积极入党，成为新时代的先锋。"

今年春节后，曹源芳进入管理层，这让我非常开心，因为我这四年没有白"追"她，她终于完全脱贫致富了。这对国家正在实施的打赢脱贫攻坚战，也算是一点点贡献。一直以来，顺德驻外地扶贫工作组帮扶任务重，对口帮扶的贫困人口多，压

珠江商报 ZHUJIANG BUSINESS　今日顺德　综合　A4　2017年7月3日 星期一　电话:22313015

责任编辑:梁晓华　图编:周焯杰　版式:李佳彬 赵蔚文　校对:吕慧婷

3 年前，她迈入大学学酒店管理
3 年后，她毕业成为西餐厅领班

3 年大学生活助碧桂园职业学院学生曹源芳圆了梦

■策划/珠江商报记者 王茂浪　■统筹/珠江商报记者 王祥
■文/珠江商报记者 王祥 张春银 王茂浪
■图/珠江商报记者黄怡然

核心提示：7月1日，全国唯一一所对贫困生全免费的大学——广东碧桂园职业学院首届毕业典礼在碧桂园总部举行。3年前，《珠江商报》全程陪同的碧桂园职业学院学生曹源芳，如今已经在碧桂园十里银滩酒店找到工作，而且是一名西餐厅领班，月薪3300元。

3年中，《珠江商报》作为主流媒体，一直都非常关注曹源芳的成长，看着她在3年学习中从过去一个青涩的高中毕业生逐步走到社会，甚至一毕业就迈入管理岗位。7月1日，记者在碧桂园总部看到这个本报一直关注的女孩，对于自己如今的生活，她非常感恩于社会对她的帮助，并告诉记者她短期内想努力成为主管、经理，并会在今后工作生活中奉献自己的力量回馈社会。

3年前，刚入读碧桂园职业学院的曹源芳在随身的小本上写下这样的字，“Fortune（命运），苦冲开了，便淡……”，当年梦圆的她，新的生活开始了，露出开心的笑容。/珠江商报资料图片

3年后，曹源芳接受记者采访时非常自信未来的生活会美好。

中午下课后，学生们结对从教学楼走向食堂。

珠江商报社向曹源芳赠送慰问金。

正在餐厅工作的曹源芳

初始　贫困孤儿免费读上大学

曹源芳是清远市佛冈县人，从小由于家庭变故成为孤儿，与爷爷奶奶一起生活在不到30平方米的小平房中，而2014年年初爷爷的去世更是让这个本已不幸的家庭雪上加霜。不过，所幸曹源芳赶上了一个好时代，广东碧桂园职业学院在2014年正式招生，曹源芳成为该学院首批学生之一，得以免费读完大学三年。

2014年9月8日，《珠江商报》4位记者带着报社准备的月饼、油等物品及慰问金，从顺德驱车来到佛冈县龙山镇湖镇村，与曹源芳一起度过中秋佳节。并在第二日，与曹源芳一同乘车前往碧桂园职业学院。

到达学校后，她立马加入义工大军中，她当时说，“这些义工都和我一样是新生，他们来得早，早就开始帮助老师拿我们的日常用品，我也不能闲着了。我已经在爱的包围中圆梦，真好。”

收获　如今当上领班 月薪达到3300

在去年12月经过竞聘后，曹源芳已成为碧桂园十里银滩酒店的一名领班，如今已经正式上班，月薪达到3300元。“我刚开始都不知道酒店管理是什么概念，是冲着管理的名字报考的。”曹源芳说，如今她对酒店管理有了较深的理解和认识，“酒店管理不仅仅是高层领导在安排工作人员做事，而是在你有专业技能、技术还有经验的基础上，才有资格去管理，怎么去运用资源、人力去提升收益，达到更好的效益”。

“现在我是领班级别，以后我要更多地积累和完善一些管理方面的经验和知识，朝着主管、经理的方向去发展。除了上好班，还要利用业余时间去考驾照，将来自己买车，在假期带家里人一起去旅行”。谈及未来的工作和生活，曹源芳满怀信心和喜悦。

蜕变　3年学习她学会技能更懂感恩

在校：学到知识自己更加自信

碧桂园职业学院实行的是准军事化管理，对学生纪律等方面的要求都比较高。在学校生活中，曹源芳早上6点10分起床，6点30分到操场集合出操，开展跑步、站军姿、打集体拳等活动，7点左右回到宿舍整理内务，要求纪律、要快，如被子要叠豆腐块，要有棱角，鞋子要摆整齐，东西不能乱摆放，内务要整齐划一。

在学校学习的时候，曹源芳每天课程比较紧密。学校中有规定，学生在上课期间不能待在宿舍，没有课程安排的时候就要到图书馆自习。这种准军事化管理模式，虽然个人支配时间不多，但曹源芳告诉记者她通过这一年学习生活有了很大的触动和收获，“在碧桂园职业学院期间，我们养成了很好的睡眠时间、作息时间，也很有纪律性，做事很准时、守时，同时也学会了更好地克制自己的惰性和懒惰。”

大一的时候，曹源芳还参加了学校的学生会。由于是学校的第一届学生，所以学生会的很多规章制度都是他们和老师一起商议制订。在学生会期间，一开始什么事情都是学校老师带着曹源芳去做，后来老师鼓励她自己想办法去解决遇到的问题。她告诉记者，在学生会工作的过程中，她不仅学会了和老师、同学沟通的能力、为人处世，同时也锻炼了自己组织和策划的能力。

碧桂园职业学院院长刘惠坚告诉记者，对于学生的培养，他们采取的是三段式教学模式，第一阶段（1~3学期）对学生进行综合素质、职业素养、专业基础知识和基本技能培养；第二阶段（4学期）根据学生特长和就业意愿实施岗位分流，定向加强专业知识、知识技能深化学习和训练；第三阶段（5~6学期）依托碧桂园集团强大企业资源平台，进行企业实践教学，强化实操技能提升。

刘惠坚还表示，他们对在校学生实行的是准军事化管理，平时会有军事训练，增加学生的军事素养，并将体育课程融入军事元素，将之融入到日常的教育中，“这样不仅能增强学生的体质，还会培养学生令行禁止的素养，形成团队精神，为学生将来出去工作打下基础”。

实训：多岗位实习飞速成长

从大二开始，曹源芳边上课边在酒店实习，在这期间，曹源芳除了学好理论知识，还在酒店的不同岗位实习。“一开始我觉得自己是一个内向的人，所以想在客房服务，这种环境比较合适，因为我觉得客房服务一般都是打扫房间，或者安排其他人去清洁等工作，不怎么需要和客人接触”。

在酒店客房部，曹源芳经过了一个学期的锻炼，工作可以较好较快达到一间干净客房的标准，而且她能完成的房量也是属于前列。过去三年，曹源芳得到了很多锻炼的机会，先后在客房部、西餐厅等酒店不同的部门岗位实习，学到了不少的东西，也增强了自己的自信心。

“在企业期间，锻炼成长最快的是在大三这一年。”曹源芳说，因为大一大二在其他酒店实习过，所以大三的时候去到现在实习的酒店，比较熟悉一些基本工作，也很快上手。在日常实习过程，曹源芳也是一个比较好学、勤奋的人。“有什么不懂的，我会很积极地问同事、主管，他们也很乐意地教给我知识，领导也很放心我做事”。

由于专业知识扎实、工作细致，对很多工作都比较熟悉，大三开始，曹源芳也开始学习如何去带人，培训员工、安排岗位。曹源芳表示，酒店服务的客人形形色色，经常会遇到一些突发事情，一开始有什么不懂的要请教主管或领班，但是后来就要自己想办法如何去解决它，而不是有什么麻烦、大事小事都直接找领导，要学会如何灵活处理，要锻炼自己解决事情的能力。“大三实习时，一些大二的学弟学妹也到各个酒店实习，到了我实习的酒店，也是我负责培训他们，这也积累了一些管理培训的经验。”曹源芳说，大三的实习，让她得到快速成长。

“在企业期间，我总结收获最大的就是无论做什么事情，都要踏实去做，虚心、谦虚地去问，别人才会愿意教你更多的东西”。曹源芳说，去年12月经过竞聘，她成为了碧桂园十里银滩酒店的一名领班，毕业后将去正式上班。

在大三企业实践过程中，曹源芳的努力获得了同事们的一致认同。在其6月中旬回学校处理毕业事宜时，她的同事们还送了一张卡片，上面写着“聪明的孩子，感谢你为咱们餐厅的付出。有你在，都不是事。你懂的！搞定了毕业的事情后，赶紧回来上班！”简单的语言，透露出同事们对曹源芳工作的认可和对她的依赖。

而曹源芳这样毕业后就直接走向主管、技术骨干岗位的学生在碧桂园职业学院这届毕业生中不在少数。290名毕业生管理干部、技术骨干岗179人，还有11人在企业通过竞聘获得月薪超过万元的岗位。

“这也是我们碧桂园职业学院对学生的培养目标。”刘惠坚说，对于学院的培养，创办人杨国强提出了“建设经济大潮中的黄埔军校”，不仅是培养了一个个国家建设人才，更是帮助一个个家庭从根本上消除贫困，“所以我们一开始的培养目标就是将学生往主管、技术骨干方向培养”。

刘惠坚说，为了达到这个目标，碧桂园职业学院在大二下学期的时候就会对学生的未来就业方向具体到岗位群，“比如说建设工程专业，它涵盖8个岗位群，若全部岗位群都要学生涉及，3年能培养出一个施工人员就很不错了，所以我们会根据学生的特点进行细化，有针对性地朝一个岗位群进行培养”。

在最后一年中，为了保证学生的成长，碧桂园职业学院还将最后一年的企业实践由学校老师和企业导师共同为学生量身定制。记者了解到，碧桂园职业学院每个实习岗位均配备“双导师”团队，即学校老师与企业导师针对学生特点，共同制定针对性的课程教纲，且不论是管理岗位还是技术岗位，企业导师均全程跟踪，通过“传帮带”建立师徒制的互动关系，帮助学生迅速提升实操技能，同时更容易日后融入工作氛围。

“应该说，这所学院成效初显，交出了首届毕业生的答卷。”刘惠坚告诉记者，四个专业的290名毕业生，就业率99.6%，就业对口率93.5%，特别是占毕业生总数61.7%的179位同学，在毕业前的集团各公司的公开竞聘中，获得了施工技术主管、施工质量主管、项目副经理、项目主管、商务主管、造价员、施工员、主管级管家、客房主管、餐厅主管、前厅副理等等基层管理干部岗位和技术骨干岗位，“当中还有11位同学通过竞聘获取的职务岗位，月薪超过万元”。

做人：3年学习学会感恩懂得做人

在碧桂园职业学院学习过程中，曹源芳除了学习到知识外，最大的收获就是懂得了感恩。记者了解到，学院在日常的教学中将感恩渗透到每个环节中。在大二的时候，曹源芳到碧桂园总部听碧桂园董事局主席杨国强的讲座，至今她还记得，“杨叔叔建立这所学校，希望我们学会做人、学会做事，要懂得感恩。杨叔叔给我们讲了许多简单却深刻的道理，他说：‘做人一定要通情达理，懂得感恩，有礼貌，会做人’。”

“那天杨叔叔在座谈会上讲起的一个小故事，在他小时候被开水烫伤昏迷不醒时，是他的邻居、亲友连夜抬他到镇上的卫生站救治的，所以到现在杨叔叔都很感谢他们，每年过节都会去看望他们，以表感恩。”曹源芳表示，“在这样一件事中，感觉到杨叔叔想要跟我们说‘做人不能忘本，做人要懂得感恩，要记住别人的好，适时加以报答’。杨叔叔告诉我们，在你成长过程中，那些帮助过你的人，给予过你的人都不要忘记。”

回到学校后，曹源芳在国旗下发表了《学会做人，学会做事》的演讲。在演讲过程中她说道，要成为一个合格的人，首先要学习的是做人的道理，其次才是学习本领。学会做人，学会做事，感恩是基础。感恩，不能仅仅停留在口头上，它需要付诸行动。“如果在我们毕业后，取得一定的成功，有所成就时，还能记得给那些曾经帮助过我们的人写一封信，跟他们说声谢谢，与他们一起分享成功的喜悦，这样的人才算是一个会做人、会做事的人”。

3年后再次接过《珠江商报》送来的慰问金，曹源芳表示，在碧桂园职业学院就读三年最大的收获，除了掌握了酒店管理的专业知识、技能外，更重要的是学会了感恩，“杨叔叔希望我们学会做人、学会做事，要懂得感恩。毕业工作后，我一定会积极奉献自己的一份力量，回馈社会。也谢谢《珠江商报》对我3年的关注，记者叔叔们时刻都在关注、关心、帮助我成长”。

曹源芳的求学之路就是我践行“四力”之路

力也大。但面对千头万绪、非常琐碎的扶贫工作，顺德人都是以高标准严要求去推动特有的产业发展、教育精准帮扶。

精准扶贫精准脱贫工作是以习近平同志为核心的党中央做出的重大战略部署，对口帮扶凉山、甘孜、湛江、云浮、清远等地，是中央、省交给顺德艰巨而光荣的任务。历来有乐善好施优良传统的顺德，作为对口扶贫地区的后盾，不论是区扶贫机构、镇街、村居，还是社会各界，无不体现出顺德慈善、帮扶的伟大力量。

而受我的影响，我的亲弟弟，也是顺德中医院骨科医生的王茂澎，在习近平总书记前往四川凉山考察的前三个月，他毅然放下才一岁多的孩子，主动向组织请求，远离经济发达的珠三角，带着顺德人的热情，去了凉山美姑县开展扶贫工作。他出发前往凉山那天，我则跟着一群热心的顺德企业家，去了湛江的雷州开展精准扶贫到户工作。

至今，我不允许曹源芳向别人介绍我是哪个单位的谁，我只需要她说：那人是我们顺德的一名记者，我就心满意足了，因为“成风化人”是一名记者的职责。

我的演讲结束了，谢谢大家！期待更多的同行们一起去“追”需要帮助的孩子，这是一件蛮开心的事情。

（注：此文为 2018 年广东省“好记者讲好故事”、佛山市“好记者讲好故事”、顺德区“好记者讲好故事”的演讲稿，部分字句根据演讲的需要适当进行了加工与处理。）

第三十六章 扬鞭踏春特刊

2015 年 1 月 22 日是佛山市委十一届六次全会举行的日子，珠江商报为此出版发行的《扬鞭踏春 镇街先行》面世后，出现了“洛阳纸贵”、一报难求的现象，不少读者、单位、企业来报社加印。

“一大早捧着这份沉甸甸的《扬鞭踏春 镇街先行》特刊争相阅读，大家都觉得这份特刊不错。”伦教街道宣传文体办公室常务副主任卢荣森见到我就竖起了大拇指。与卢荣森一样为这份特刊竖起大拇指的，还有很多《珠江商报》的忠实读者，这令小记小编们非常兴奋。

《扬鞭踏春》特刊封面

“读了特刊，我想说的就是，《珠江商报》作为扎根于顺德本土的主流媒体，长期坚持重心下移，奔赴基层，深耕镇街，充分发挥桥梁和引领作用，在服务全区中心工作和镇街各项工作中取得了显著成效，获得了部门、镇街和广大市民朋友的认同。”顺德区委宣传部副部长李孟华说。记者又一次深入镇街，实地采访近一个月，清晰梳理，深度解读，大力宣传，在社会经济发展新常态下，尤其是在广佛同城及深度发展深度融合的新常态下，各镇街迎接机遇，破解城市升级、产业转型、三旧改造、生态环保、民生幸福等各项难题的重点和思路，为各项工作开好局，迈好步，营造了良好的舆论氛围。

李孟华期待《珠江商报》继续努力探索更多、更有效、更接地气的宣传方式，更多、更好地服务基层，服务镇街。均安党政人大办公室常务副主任李松说，特刊在版式方面，有很多创新性的东西，“看了这个特刊，能给我们的工作提供一个方向性的指引”。陈村镇党委书记陈仲贤告诉我，对于政府来说，《扬鞭踏春 镇街先行》这份特刊可以让兄弟镇街互相参考借鉴，亦可以展示各个镇街最新面貌。另外，报纸特刊的形式，也能让更多的市民看到了政府的工作计划和发展蓝图。陈仲贤说：“像今天召开陈村镇党委工作会议，无法邀请全镇群众来参加，但通过特刊的形式，能让更多市民对会议增加了解和认识，我们也希望能与媒体加强沟通，鼓励村居多用一些群众喜爱并乐于参加的形式，向群众传递最新动态资讯。”

陈仲贤对特刊的点赞，在陈村市民岑佩玲身上得到了印证：“看了报道，觉得 2015 年的陈村让人充满期待。10 个镇街的报道放在一起，可以有个比较，方便了解自己周边镇街的大事小事。”均安镇宣传文体办公室常务副主任蔡汉华说，特刊把均安 2015 年的重点工作都写得比较清楚，图片也选得很漂亮，很赏心悦目。

大良宣传文体办副主任欧阳池标说，《扬鞭踏春 镇街先行》这份特刊出炉，10 个镇街齐齐亮相，展开一张张 2015 年的发展蓝图，实在给人一种“开春”的振奋人心之感。同时，这也给各镇街的单位基层干部指明了今年要努力的方向。欧阳池标认为，这份特刊无论是专题文字内容、图片质量还是版式设计都值得点赞，从中也能反映出《珠江商报》作为本地主流媒体的坚守态度。希望今后类似特刊在图片使用和版式设计上能更加新颖别致，例如“2015 蓝图”版块可多用图标、插画等“活泼”形式，让文字显得更生动易懂，抓人眼球之余也增强可读性。

珠江商报 ZHUJIANG BUSINESS
勒流
2015年1月22日 星期四 T9
连接“双核” 发力产城融合
——勒流街道党工委书记麦玉团访谈录
城区升级 活跃商业氛围
连接“双核”助推产城互动
城乡焕新颜 市民享品质生活

《扬鞭踏春》特刊创新点就是请地方领导书写向读者祝福的话语

把特刊从头到尾看过一遍的卢荣森认为，1 月份是一年的开始，是安排全年工作计划的节点，“在区委全会即将召开的这个全区政治、经济生活重大热点的背景下，特刊的出版，一方面顺应了全会的需求，另一方面突出了全会对各镇街的关切，即从特刊可以了解到 2015 年各镇街在想什么，将要做什么，计划怎么做”。“看特刊还可以认识一下各镇街的书记、镇长（主任）呢，可以领略一下他们的魅力。”卢荣森笑着说，在这个辞旧迎新、承上启下的时节，特刊没有将重点放在对 2014 年的总结上，而是放在对 2015 年的展望上，可以说是“风物长宜放眼量”，体现了顺德人不断追求、敢为人先的精神，“而受访者还亲自写下寄语，则提升了特刊的真实感，有画龙点睛之效”。对于特刊版面整体，卢荣森也大加赞赏：“整个特刊图文并茂，生动活泼，十分亲切。每个镇街两个版，一个版以图片为主，引人入胜；一个版以文字为主，配图刊发。”

北滘党办有关负责人何翔威认为，这次特刊是一个创新，能够在第一时间发布第一手的信息，而且来自各镇街的主要领导，这非常有意义。他认为，本次特刊在内容、版式上都有突破，总体上感觉良好。比如陈村突出了花卉的元素，版面非常漂亮。他希望以后的特刊能够在形式上更灵活，设计上更大胆，从而取得更好的效果。我采访时，佛山新城行政服务中心审改协调效能部负责人黄绮琦正在阅读特刊。她说，珠江商报《扬鞭踏春 镇街先行》新年特刊综合了各个镇街 2014 年年度政府工作总结以及 2015 年政府大计，在新旧年交际之时，正好满足了读者的需求。作为行政服务中心的工作人员，读懂施政计划，更有利于自己了解政府权力与职责所在，做到更好地服务于民。

广东日美光电科技有限公司董事长黎镜波是《珠江商报》的老读者，他认为《珠江商报》长期关注顺德，许多报道都很有价值。对于这样一次 10 个镇街的大规模报道，他认为很有必要。黎镜波认为，作为企业家，要非常关注顺德的动态，从中能学到很多，甚至能发现商机。他希望《珠江商报》能有更多的深度报道、挖掘式报道，从而让读者从中受益。

容桂市民龙田说，整个特刊内容比较丰富，能够从中看到容桂过去一年的工作，以及今年的工作安排，十分期待容桂能变得更好。“这次《珠江商报》的特刊确实是不错，各个镇街的特色都淋漓尽致地表现出来了。”龙江市民卢兴强说，昨天一大早，他就打开了《珠江商报》，想看看当天的新闻，想不到一下子被特刊大气的排版以及充实的内容吸引，“龙江镇镇长谈到要分步实现大目标，集中资源办大事，这是对龙江的准确会诊、对症下药以及长短结合，非常振奋人心，让人感觉龙江大有希望”。就职于杏坛镇党政人大办公室的蔡敏珊说，这次的特刊还是挺不错的，质量也是比较高的，看得出有很多地方都花了一些心思，也有不少创新的做法，例如各镇街地图板块与镇街 2015 年主要工作的融合，很有创意，“但如果能在 10 个镇街之前，能以报社的角度统筹一下 2014 年镇街作为主战场的一些表现，效果会更好”。

勒流社区居民卢剑锋是《珠江商报》的订户，翻到最后，他发现了厚厚的一叠特刊《扬鞭踏春 镇街先行》，卢剑锋说封面的设计既有灵性又有喜庆气氛，“特刊的刊名书法苍劲，羊的图案细看原来是由图片组成的，这个构思很好”。而龙眼村村民梁好妹看了特刊后知道了龙眼村发展民俗文化的一些做法，“村里有这么好的历史文化资源，应该好好利用起来，村民也能从中受惠”。

【特刊方案】 扬鞭踏春 镇街先行

珠江商报社在 2015 年区委全会当天发行《扬鞭踏春 镇街先行》特刊，现就特刊做以下安排：

一、出版发行

1. 12 个版。

2. 随珠江商报主报在 2015 年区委全会当天发行，区委全会、区“两会”上与会人员人手一份；给每个镇街赠送 300 份，在镇街 2015 年工作会议、镇街人大会上派发。

二、版面内容安排

1. 每个版约 3600 字，配 3 张图。

2. 核心提示 180 字、“2015 的期待”3000 字，“2014 的幸福”500 字。

3. “核心提示”要精准把握镇街 2015 年工作重心、主要工作，引发市民的期待；“2015 的期待”请佛山新城管委会党工委书记或主任，镇（街党工委书记）党委书记，或镇长（街办主任）详细谈 2015 年的工作安排、计划；“2014 的幸福”以流水账记录的形式，把镇街2014年的民生、环保亮点罗列出来。

4. 请佛山新城管委会党工委书记或主任，镇（街党工委书记）党委书记，或镇长（街办主任）题写2015年对市民的祝福。

三、采访安排

1. 请佛山新城管委会党工委书记或主任，镇（街党工委书记）党委书记，或镇长（街办主任）接受《珠江商报》记者采访，采访采用面对面的形式，除了文字、摄影记者，《珠江商报》还将派出视频记者全程拍摄，除了将专访内容见报之外，将在顺德新闻网开设专栏发布《扬鞭踏春 镇街先行》图文、视频。

2.《珠江商报》官方微博、微信，《珠江商报》镇街11个微博、《珠江商报》镇街微信，《珠江商报》App全程跟进特刊报道方案。

3. 2014年12月30日截稿，2015年1月6日签印。

四、封面封底

1. 封面为卷首语，约1000字，图片为10个镇街特色组合。

2. 封底为10个镇街行政服务中心办事指南，包含地址、联系电话、停车位、公交站等信息。

◎反响

扬鞭踏春 镇街要先行

昨天，珠江商报社出版的《扬鞭踏春 镇街先行》特刊所刊登的内容，在全会上亮相引起与会人员共鸣。记者注意到，在全会召开前、各镇街分组讨论前，与会人员都在认真阅读特刊，有位与会代表还拿着报纸说："你们看，龙江镇长说了要整治内河涌，他还划船去了河涌实地调查，我们也要学习他的实干作风，不看《珠江商报》还不知道，我们跟其它镇街还有很多差距。"

结合《扬鞭踏春 镇街先行》特刊中报道的内容，顺德区委副书记、佛山新城党工委书记、乐从镇党委书记列海坚在讨论中提到，在城市配套建设方面佛山新城、乐从镇计划在辖区内打造一个湿地公园，这利于打造佛山新城、乐从镇独具特色的城市旅游、农村旅游，"这一点，我们的做法与报告宗旨是一致的"。

这次区委全会的报告提出了"开放"的概念，容桂街道党工委书记赖雪晖说，《扬鞭踏春 镇街先行》特刊中各镇街书记或镇长的图片也体现这种精神，"各镇街书记或镇长图片中，手势大都是打开的，体现了一种开放式的胸怀，与报告传递的精神刚刚相重合"。

马东党支部书记徐兆祥说，《扬鞭踏春 镇街先行》能提前让基层干部了解到政府领导的一些想法，对政府的一些发展规划也有所了解，"今天看到区的报告，发现镇街很多的想法与报告的内容相一致，看了报纸以后，对我们理解这份报告也有很大的帮助"。

本报特刊在现场受到热捧。/珠江商报记者邹忠辉 陈耀帆摄

《扬鞭踏春 镇街先行》特刊作为顺德区委全会会议材料下发给与会代表

第三十七章 小镇有大宣传

2014年3月12日，随着《珠江商报》A5版以讲述一群北滘人的故事《恋上一座城 她的名字叫北滘》面世，《珠江商报》连续1个月对北滘区域进行的品牌宣传活动圆满画上句号，起到了对外推介北滘的良好效果。

2月17日起，《珠江商报》派出报社副总编辑在内的精干采编队伍，高质量推出产城人结合的《魅力小城春来早》系列首篇报道后，即受到社会以及网络高度关注。佛山市委书记李贻伟，佛山市委常委、顺德区委书记梁维东在上线与网友互动时，均多次提及北滘的魅力；李贻伟还邀请年轻人到北滘工作、生活。梁维东则多次提及北滘、美的以及《珠江商报》对北滘的报道。

践行“四力”就需要深入基层采写

截至3月13日总共9篇报道，佛山新城管委会官网等政府网站都给予了转载，而《白纸上崛起的魅力城市》《新平台家电企业排队等入驻求升级》《北滘生活：左手诗意 右手繁华》等稿件，更是被网易等新闻网站转发，佛山很多行业协会的网站均在网站首页推出《珠江商报》的报道。新浪微博@珠江商报、@珠江商报镇街新闻、@珠江商报北滘新闻，以及顺德新闻网都对网友推介了这些报道。这些报道受到网友好评，尤其是北滘镇各村居、各部门的官方微博都给予了关注。

针对《魅力小城春来早》系列报道，慧聪、广东工业设计城、美的、碧桂园等企业，报道涉及的采访对象、单位，都纷纷收集报道、加印报纸赠予自己的客户、亲人。广东慧聪家电城投资有限公司董事、总经理宋冰晨表示，北滘这样对外宣传辖区的大平台、大项目，是很好的区域品牌宣传。同时，顺德各镇街党办、宣办有关负责人都说，会借鉴北滘的做法来推介所在镇街的亮点，将整个《魅力小城春来早》的系列报道送给各镇街收藏。

《魅力小城春来早》系列报道是笔力的展示。报道刊发已6年，其仍是顺德人津津乐道的经典新闻策划，还多次被推荐给其他地方学习、借鉴。

【策划方案】 《魅力小城春来早》系列报道方案

2012年12月9日，习近平总书记视察北滘，对我们的城乡建设、产业转型升级、农村基层发展提出了殷切希望。建设魅力小城，这是北滘城市建设的总目标。将北滘分成中心区域和农村区域，中心区域20.67平方公里，包括君兰、北滘、三洪奇、林头、广教、顺江6个社区，其余为农村区域。

北滘对中心和农村两个区域分别采取不同的发展策略。对中心区域，一方面集中资源建设一批高规格的城镇配套设施；另一方面，产城融合，发展现代服务业、总部经济，包括君兰的总部经济区、临港现代都市产业区、工业设计城等。而对农村区域，以恢复生态、农村水乡风貌为工作重点，同时，北滘将建设环型路网连接各村居，以便捷的交通让农村区域共享中心区域的完善配套设施。

《北滘九章·新春魅力系列报道》是《珠江商报》创刊10周年的第一个镇街纪念报道，是《珠江商报》顺德镇街追梦系列特刊之首，接下来报社将陆续推出其他各镇街系列报道，以之形成以北滘为范例的顺德媒政互动促进工作新模式。

本次报道从元宵节后的第一个工作日开始逢周一、周三推出，横跨佛山市“两会”，直到全国“两会”闭幕那天结束，是一个很好的传播时段。

具体方案如下：

1. 开篇评论

小城梦，中国梦。从产业、小镇、农村的发展三个维度，对北滘梦进行阐述。重点论述北滘的新使命，其如何以建设“魅力小城”为目标，全面铺开“北滘发展三年行动计划”？如何探路理想城市？又如何实现产业、小镇和农村的融合发展？（《魅力小城春来早》，1 500字左右，2014年2月17日见报。发A3版，文章结尾注明“详见今日北滘九章·新春魅力特刊”）

2. 北滘九章

◇章一：新视野

关注底线民生 北滘带全国

中央城镇化工作会议指出，城镇化与工业化是现代化的两大引擎。北滘现在的产城融合发展思路就是围绕城镇化和工业化来开展的。通过实施“北滘发展三年行动计划”，2013年又指导村居制订了村居的发展三年行动计划，“两个行动计划”双轮驱动城乡建设取得了实质性的进展。

随着综合实力的提升，北滘政府将不断创新思路，投放更多资源关注底线民生，村级廉租房等富有创新意识的底线民生政策惠及更多困难群体。根据中央城镇化工作会议精神，城乡一体化建设要注意保留村庄原始风貌，充分尊重自然，要让居民望得见山、看得见水、记得住乡愁。这也是我们农村建设发展的一种理想状态。要通过狠抓村居发展三年行动计划，着力解决影响村居发展的瓶颈问题，形成全村上下一心谋发展的向心力和凝聚力。

（1）由冼阳福书记和余焯焜副书记分别谈北滘建设魅力小城取得的经验、未来

3 年发展的思路，和如何采用新的国际化新视野建设北滘，以及对卫生、养老、教育的新思路。（总共 2 000 字）

（2）由记者走访西海廉租房，让入住的住户实名讲述变迁，带出北滘农村基层发展的全国新视野，并带出北滘干部与贫困户一对一的扶贫模式，以及 1 亿元建设人才公寓的举措。（1 800 字）

（3）导语注意使用新春伊始，或者春天的气息，以及展现佛山“两会”开幕情况等。2014 年 2 月 17 日见报（正月十八，周一）。最好春节前或 2014 年 2 月 10 日交稿，2014 年 2 月 12 日交审核完毕的稿件。

◇章二：新动力

小城 2 家千亿企业世界罕见

北滘以总部经济和工业设计为抓手的产业转型工作在 2013 年也取得了突破性进展。继美的集团后，新增了第二家千亿民营企业。一个镇拥有两家千亿企业，这在全国，乃至全世界都是罕见的。

加快推进美的总部二期、美的销售总部、盈峰丰明总部、北滘国际商务中心一期建设，重点推进财富中心建设。进一步完善碧桂园中心周边市政配套设施。加大总部经济商圈项目推广和招商力度，吸引国内外优质项目落户北滘，以点带面，提升城市经济活力。

（1）采访美的、碧桂园高层，讲述其扎根北滘的原因、期望。（各 1 000 字）

（2）北滘如何加大总部经济商圈项目推广和招商力度，吸引国内外优质项目落户北滘，以点带面提升城市经济活力，成为北滘发展新动力。记者实地走访君兰的总部经济区、临港现代都市产业区，采访镇经科局负责人、总部经济区企业。（1 900 字）

（3）导语要引用欧美一些总部经济圈的做法，特别是体现美的、碧桂园已经走出国门谋发展，他国他地争相来北滘招商引资。也请留意佛山“两会”新提法。2014 年 2 月 19 日见报（周三）。2014 年 2 月 11 日交稿，2014 年 2 月 14 日交审核完毕的稿件。

◇章三：新使命

设计在北滘 制造在北滘

2013 年，广东工业设计城也迎来了 100 家设计企业和 1 000 名设计师进驻，朝着习近平总书记的期望又迈进了一步。2014 年，北滘将加快广东工业设计城建设。加快编制设计城控制性详细规划，明确功能分区和运营机制。实质性加快空间扩容，推动设计广场一期招商及二期建设。探讨运用市场化手段，推进设计城内 2 个居民点的改貌工程。加快推进研究生联合培养基地、广东顺德工业设计研究院建设，深化校企合作内涵，加速共性平台建设和专业指数发布。结合慧聪家电城项目，深挖工业设计在产业链前端价值，完善家电全产业链。

（1）深入工业设计城采访，以商家、客户的口来讲述工业设计城的好，并讲述记者的见闻、设计师们的故事，特别是建城以来一直坚守在工业设计城的设计师的故事，在新时期，经过发展应该有新的使命。（3 100 字）

（2）采访设计城内 2 个居民点的居民，工业设计城给他们带来了什么？特别是有无小孩以后要专研设计专业等故事。（800 字）

（3）导语要提及习近平总书记对工业设计城的寄望。2014 年 2 月 26 日见报（周三，要与顺德设计版错位），2014 年 2 月 18 日交稿，2014 年 2 月 21 日交审核完毕的稿件。

◇章四：新平台

智慧北滘 慧聪联天下

北滘将智慧城镇作为下一阶段引领北滘城市发展的核心理念。结合北滘城市发展、产业特色和历史文化，通过顶层设计，借助科技和信息技术，从科技、人文、生态三个方面打造“智慧北滘”，构建起以数字化、网络化、智能化为主要特征的智慧城镇基本框架。计划在城市管理、公众服务等领域选取重点、热点项目进行试点，通过政府主导，调动各方资源，共同推动建设智慧城镇。

北滘以家电全产业链项目为抓手，加快发展都市型产业。加快临港都市现代产业园区成型，推进以中国慧聪家电城项目一期为龙头的 10 个项目的建设。以家电博物馆项目为契机，大力发展会展经济，将北滘打造为区域会展中心。大力推广电子商务，促进电子商务与本土制造业有机结合，搭建面向未来的电子商务平台，加快企业营销体系转型升级。

（1）记者深入中国慧聪家电城工地采访，以签约进驻企业，特别是要找一家北滘企业和外地企业相关人员来讨论电商的发展，极力向外推介这一新平台。（3 100 字）

（2）记者深入中国慧聪家电城周边村居采访，谈谈村民的期盼以及如何抓住商机。（800 字）

（3）导语要跟上电商形势，特别是注意双十一等活动背景。2014 年 2 月 24 日见报（周一）。2014 年 2 月 15 日交稿，2014 年 2 月 18 日交审核完毕的稿件。

◇章五：城市品质

美城美出高效率慢生活

无论是新城区发展，还是旧城改造，通过建管并重，北滘的城市功能不断丰富，城市品质和内涵也逐步提升，市民对北滘城乡发展水平的满意度也在提高。

生活在北滘将是怎样的状态？或者说，北滘将给在这里工作和生活的人们提供一个怎样的环境。高效率、慢生活，便是回答。

进一步挖掘北滘的文化底蕴，提升城市品位。一是打造城市形象新标志。学习欧洲小城的建设经验，结合自身实际，打造一批有地方特色的城市雕塑，融入更多的城市文化元素。在门户节点等位置，设计建造一批体现北滘城市新形象的艺术雕塑。二是让工业设计元素融入城市景观。借助工业设计资源，在城市公共空间设计中，将北滘的产业文化、产业特色、发展理念以工业设计的方式体现，传承并发扬北滘精神。

（1）采访苏禹，请他谈谈北滘的文化底蕴、北滘精神与城市内涵。（800 字）

（2）北滘要启动一批旧祠堂的改造，实地走访莘村、碧江的旧祠堂，以乡愁的角度来介绍北滘村居三年改造、美城行动取得的成效，特别是突出美城行动的成效。采访北滘环运分局负责人，让其介绍情况。（2 500 字）

（3）记者实地走访北滘新城区、农村，感受美的感觉、欧洲小镇的感觉。（700 字）

（4）导语要注重提及全国“两会”开幕。2014 年 3 月 3 日见报（周一），2014 年 2 月 23 日交稿，2014 年 2 月 26 日交审核完毕的稿件。

◇章六：城市品位

山和水转角可见咖啡店

从专业镇经济到城市经济，北滘将如何做好城市经济这篇文章，把城市的品位做出来。比如城市经营、绿地、水乡保护，把岭南文化元素、现代交通建设等融合在一起，比如城中有村，村中有城，水在城中，城在水中，连走廊的构想，从细节看新城品位。

北滘的发展变化不仅体现在看得到的城乡建设上，更体现在实实在在的人文环境和社会民生事业中。这些好的基础和优势要进一步巩固、扩大，让更多的市民参与到魅力小城的建设中来。

加大治水工程力度。稳步推进城乡污水设施建设。推进污水处理厂二期扩建工程，启动群力围污水厂建设以及管网配套工程，继续加大农村分散式污水工程建设，完成 20 个农村分散式污水设施建设，切实改善镇内水环境。整体规划全镇自来水管网的改造，分年分片区实施自来水管网改造工程。加快水利设施建设。推进群力围片区河涌扩宽疏浚，完善西海、大东海等泵站和配套设施建设，有效提高群力围片排涝能力。继续加快推进林广电排站等 13 项在建水利工程。

做好“山和水”的文章。启动都宁山郊野公园建设。全面完成潭洲水道一河两岸绿化提升工程。完成陈北大桥至北滘沙水闸、林头桥至大沙桥西侧等共约 10 公里的景观提升工程。综合提升新城区周边主要道路和交通节点的绿化水平。继续推进旧城区道路和河岸绿化。推进细海河“一河两岸”二期改造（细海河南方桥至环镇西路段）工程。

（1）请北滘国土和水利局负责人谈水、山、绿化的改造。（2 800 字）

（2）采访北滘一家咖啡店，让店主谈谈为何选择把店开在北滘。（800 字）

（3）走访北滘一个村的水治理情况或者走访介绍一条水质好的河涌，请北滘国土和水利局提供相关资料。（1 000 字）

（4）导语要与全国“两会”相结合。2014 年 3 月 5 日见报（周三），2014 年 2 月 25 日交稿，2014 年 2 月 28 日交审核完毕的稿件。

◇章七：城市品相

北滘——中国的小城范

北滘城市化路径有别于传统的专业镇发展模式，后起之秀的北滘新城有自己全新的路径。那么，北滘新城在城市功能的设计上如何服务于产业？通过细节、走读将新城的城市规划、城市交通、建设管理、文化等方面一一呈现。

北滘加快推进市民服务中心、市民康体中心、北滘门、北滘慈善大楼等项目建设，启动新城区岭南园林项目、新城中学等综合配套项目建设。配合地铁三号线、七号线、广佛环城的轨道交通建设，做好前期的规划修编、土地储备工作。加快镇内环型路网建设。优化交通组织，畅通交通节点，推进美碧路、美的大道东、美伦路以及碧海路等重点道路工程建设。启动广碧大桥、美的大道下穿 G105 地道、天宁路人行天桥等重点桥隧工程。

（1）记者实地走访林头村新面貌，走进一家老店铺，让店里的人讲讲过去、现在等变迁情况。（800 字）

（2）记者实地走访北滘南源街、跃进路，走进一家老店铺，让店里的人讲讲过去、现在等变迁情况。（800 字）

（3）记者实地走访北滘文化中心、北滘文化广场，请宣办主任陈宇莹谈变化与经营模式。（1 500 字）

（4）请北滘国土和水利局负责人谈交通的改造，以及在建文化、慈善工程的进展。（900 字）

（5）导语要提及全国人大会议报告相关内容。2014 年 3 月 10 日见报（周一），2014 年 3 月 3 日交稿，2014 年 3 月 5 日交审核完毕的稿件。

◇章八：城市品名

选择北滘 让你出彩

我们都是北滘人

小城是否理想，发言权在于生活在这里的人们：他们是否感到舒适，是否感到宜商宜居。本章重点讲述人们对北滘生活的憧憬。

（1）该章主要针对本地村民的蜕变以及本地外地人的融合情况。如通过走访林头、三洪奇、广教周边村，以个案着手，看看村民如何融入城市化，共享新城发展的成果。村民如何培养二代，如何与新城的未来共同发展。黄龙村张锡尧家是冼阳福书记的帮扶对象，习总书记曾探望过他家人。采访北滘社工局，看看其怎样引导本地人和外地人，让双方建立互信。（3 000 字）

（2）余焯焜副书记、镇长谈如何从人才吸引的角度，向外地人才推荐北滘，从就业机会、发展前景和现代配套设施、交通优势等方面来阐述。其中讲述一名在北滘创业的高工的故事。（1 000 字）

（3）导语要引用国家领导人在全国“两会”的重要讲话，特别是与广东、北滘有关的话。2014 年 3 月 12 日见报（周三），2014 年 3 月 5 日交稿，2014 年 3 月 7 日交审核完毕的稿件。

◇章九：新增加

主要讲总部经济。顺德党代会开幕当天见报。

【一点总结】

“烂尾项目”靠点子团队服务来激活
我参与策划、实施“北滘九章”台前幕后的点滴经历

2013 年 12 月，刚到报社时我已经是北滘镇政府的决咨委委员，也是因为这个身份以及我曾在北滘摸爬滚打近 10 年，让我与北滘各界有了广泛接触。一次采访时，我听到一名村干部跟镇领导说“我们村委会都不知哪些部门明年的计划”后，就开始着手制定了一个名叫《北滘 2014 追梦特刊》方案。

有了方案，我约好我们驻镇的同事廖帆，来到北滘镇找人谈方案。很快，在交谈中，北滘负责人表示对我们的方案挺有意向，特别是廖帆把方案的名字改为《北滘 2014 工作蓝皮书》后，镇里就要求我赶紧完善方案。最终，我与北滘确定的主题就是把全镇 13 个办局、19 个村居的 2014 年工作计划制作成一本册子，且同步在《珠江商报》进行系列报道。

我想，《北滘 2014 追梦特刊》是《珠江商报》成立 10 周年，新闻采访中心出版的一个纪念特刊，是《珠江商报》镇街追梦系列特刊之首，接下来将陆续推出其他各

镇街、大部门系列的2014年工作蓝皮书，以之形成以北滘为范例的顺德媒政互动促进工作新模式。

一切似乎很顺利。一方面，我忙于其他工作；另一方面，也为了不影响廖帆正常工作，在15天内，我先后去了6次北滘完善方案以及确定出版时间。2013年12月底，正当《北滘2014追梦特刊》确定时，北滘主要领导批示“方案可以执行，但要把过去取得的成效和未来工作进行结合”。就这样，看似一切顺利的事情，也是我忙活了一个月的事情全部被否定了。这一切我没有告诉廖帆，我不想打击他对我的信心。

2014年元旦前2天的早上8点多，再去北滘谈接下来的合作时，我驾车在105国道上时接到一个电话。朋友在电话里说，他在《昆山日报》正在做一个镇“章节”的系列报道，希望我能提供美的集团联系人的电话，他们要引用美的的一些做法来促进昆山企业的发展。我给了他电话号码，也获得了启发。于是，我推掉了北滘的预约，返回家中关在书房里，开始撰写《北滘八章·新春魅力系列报道》方案。经过一天一夜的思索，我根据自己对北滘的熟悉程度，按照“产城人”的模式安排了8个版，推介北滘的新视野、新动力、新使命、新平台，城市品质、城市品位、城市品相、城市品名。

元旦放假前的那天上午11点，我拿着《北滘八章·新春魅力系列报道》方案又一次去到北滘，他们看了我的新方案后惊呆了，特别是我告诉他们这8个版的见报时间分别恰逢新年元宵上班后第一个工作日、佛山“两会”召开、全国“两会”期间，他们就当即决定投放，首次投放时间定在2月17日。此外，我说我们副总编辑会在2月17日那天写一篇评论作为开篇语见报，北滘更是高兴。

当天中午，我乐极了，一个人跑到1998年我租房子住的广教村，来到自己熟悉的那间云吞店，点了一碗云吞加上一碗我喜欢的鲜笋炒肉，一个人美美地享受了，连店老板都说阿浪今天特开心。尔后，见到廖帆，当我有些激动地告诉他“北滘答应做”时，我们两个还把握在一起的手变成了喜悦的拳头。而廖帆知道方案的内容那天，就是后话了。特别是需要这么多文字、摄影记者要参与8个版的报道，就是打动客户一个非常有趣的要害布局，因为客户见到这么多人的第一感觉就是我们重视他们。

那天算是顺德冬天最冷的一天，方案涉及的同事们，都回到报社二楼会议室参加了《北滘八章·新春魅力系列报道》动员会议，老曹到会给予的支持对我来说是一个莫大的鼓舞，同事们的支持更是让我又可以开始寻觅下一个落脚点。2014年春节后第一周我开始值夜班，也就是在那段时间我学会了编版。根据廖帆写的第一篇稿件，以及杨芳提供的图片，在美编、版式、校对同事的帮助下，我只用了不到2个小时，就把第一章的版面做好了。那晚，我还是按方案将版面取名为八章之一“新视野篇”。后来我想到顺德区党代会即将召开，就赶紧与北滘联系，他们也同意我再次调整方案，在版面上不突出“章”“新”“城市”的主题，写作风格可以根据记者本人自由发挥，怎么好就怎么做。就这样，北滘决定党代会召开那天，栏目新增了一章，同时，我把《北滘八章·新春魅力系列报道》更改成了《魅力小城春来早》。

这样一来，“北滘八章”就变成了“九章”，廖帆的压力也在一周内激增了，他要负责三个版的生产，以及要预备下一周的“顺德设计”内容。为了减轻廖帆的负

责任编辑:梁楠开 图编:王小许 版式:梁直南 周惠芬 校对:吴赓
电话:22313015 E-mail:bl@sc168.com
2014年3月5日 星期三 A6

BEIJIAO 魅力小城

魅力小城 春来早

山水城市 转角遇见咖啡厅

岭南水乡北滘,也曾被工业污染所困扰,但通过对生态的修复,又重现山清水秀、绿树夹岸的美丽风貌

核心提示:

纵横交错的水网,勾勒出北滘的空间格局;郊野都宁山,将"山韵"带进这座城市;春天用绿色的线条勾勒出小城北滘的轮廓,兼具山的沉稳、水的灵动。郁郁葱葱的新城区,则是北滘的城市客厅,在这里散步,小资情调斐然,转角处,可遇见10多家新开的咖啡厅。北滘,这座品位不断升级的绿色生态城市,已彻底穿上"新衣",与污染严重的工业化城镇这一概念说拜拜。日前,记者再次走读北滘,感受生态文明为这座小城注入的全新魅力。

北滘文化中心,成为开展公益文化活动的核心平台。/珠江商报记者朱德文摄

A 绿化变:开门可见公园美景

春节后的首个工作日,市委书记李贻伟,市委副书记、市长刘悦伦,市委常委、顺德区委书记梁维东等领导就来到北滘潭洲水道河堤植树,刘悦伦还表示到今年年底要打通30公里的潭洲水道滨河景观带,贯通佛山新城和北滘的连接,景观带的宽度将达到50–150米。

潭洲水道滨河景观带是北滘精心打造的城市建设项目之一,总投资1亿元,用于绿化改造提升总面积约60万平方米。记者从北滘国土城建和水利局了解到,项目结合绿道规划,建设驿站、亲水平台、景观亭、景观桥廊等园林小品,完善绿化景观配套设施,打造独具特色的滨河生态景观绿带,成为市民休闲娱乐的活动场所。

日前,潭洲水道滨河景观带君兰示范段已经完工,记者在现场发现,往时无人打理的滩涂,如今已经披上了绿衣,草地、竹林相互映衬,动感、跳跃、富有灵气、四季有花的景观效果跃然入眼。据了解,早在2012年率先启动的潭洲水道君兰示范段,绿化提升面积约100亩,投资约1200万元,种植乔木品种15种,灌木18种,水生植物6种。如今,独具特色的滨河生态景观绿带已成北滘居民早晚跑步骑行,休闲娱乐的活动场所。

除此之外,北滘大力推进的旧城改造,让原本略显老态的旧城重现活力。通过对旧城道路、外立面、停车场、河涌等节点进行活化改造,打通交通"瓶颈",腾出更多的城区绿化和休闲地。据统计,实施旧城改造以来,道路黑底化面积约3.5万平方米,移植栽种绿化树木约1000棵,沿街建筑物立面美化面积约2.5万平方米,改造闲置零散地为停车场和小公园达7个,市民居住环境得到进一步改善,昔日的北滘旧城迎来了华丽转身。

以三乐路和105国道交汇处至三洪奇牌坊这段路为例,过去两边地块荒草一片,垃圾随处可见。如今已经焕然一新,不仅建设了条条曲折小径,而且绿草如茵、花香醉人,成为附近居民休闲的好去处。在附近上班的潘国仁告诉记者,过去这里的荒草比人还高,很多人都把垃圾扔在这里,"绿化后,环境好了,乱扔垃圾的现象也少了,我和工友们常在这里走走,感觉蛮好的。"

不仅如此,在2013年,北滘实施"一村一公园"计划,使市民在家门口就可以享受到让人赏心悦目的景致。目前北滘已建成朝亮公园、上僚湿地公园等3个村级公园,正在推进顺江、广教、槎涌等6个公园项目,今年还将推进启动10个公园项目的建设,"一村一公园"的愿景可望在年底实现。公园就在家门口,村民茶余饭后都可以在附近的公园散步小憩,其乐无穷。

B 山水变:碧水环绕的绿色城市

北滘,古称"百滘",意为"百合交错、水网密集"。而随着北滘工业迅速发展,北滘的河涌生态一度受到不同程度的破坏。近些年来北滘政府不断加大治水力度,昔日岭南水乡的风貌,又逐渐回到市民的视野中来。

去年北滘镇启动了杨家大涌、细海河一河两岸改造,并取得了阶段性的成果。驻足细海河岸,记者发现,以往发黑发臭的河涌,如今看水荡漾,波光粼粼;河岸两旁再也不是脏、乱的淤泥堆,取而代之的是绿意葱茏的亲水栈道;凭栏望去,朝亮公园亭台巍然,翠竹掩映,不正是往时小桥流水人家的美好图景?

据了解,北滘今年还将大力推进污水处理厂二期扩建工程,启动群力围污水厂建设以及管网配套工程,继续推进农村分散式污水工程建设,完成20个农村分散式污水设施建设,切实改善镇内水环境。并推进群力围片区河涌扩宽疏浚,完善西海、大东海等泵站和配套设施建设,有效提高群力围片排涝能力,继续加快推进林广电排站等13项在建水利工程,未来北滘的水环境将会越来越好,宜居的水上小城正在逐步建成。

在治水之余,北滘还注重山林的活化利用,都宁岗郊野公园就是目前北滘重点打造的项目。作为北滘生态林带的重要载体,都宁岗郊野公园将参考番禺大夫山公园模式进行建设,将中式传统元素融入设计,打造新古典风格景观。从公园的改造示意图看,改造后的都宁岗郊野公园,植被丰富,环境优美,在健康、休闲、高雅的现代文化中体现着古朴和野趣。无疑,市民未来出游选择将更加多元化,而都宁岗郊野公园亦将成为我们爱上北滘的又一个理由。

改貌之后,南源路城市味道更浓。/珠江商报记者朱德文摄

C 品味变:城市客厅处处遇见咖啡馆

近年来,随着产业经济的迅速发展和城市品位不断提升,在北滘居住生活的白领阶层日渐增多,带着浓浓小资情调的咖啡馆在北滘也不知不觉地多了起来。在北滘新旧城区的交界处,就新开了一间名为海角7号的咖啡馆。

走进咖啡馆,店内装修简洁轻松,属于典型的休闲类咖啡馆。咖啡馆的负责人叶楚妍是陈村人,大学毕业后来到北滘工作。经过一番思考,她最终选定在北滘开始她的创业之旅。"如今北滘的城市品位日渐提高,白领阶层也越来越多,所以最后决定在北滘开这间咖啡馆。"

在北滘新旧城区的交界,邻近绿树成荫的林上路和风光宜人的林西河,尽享旧城区成熟的配套设施和新城区总部经济带来的客源,实是明智之选。而据记者观察,这附近大约还有4家咖啡馆,镇上新城区已开张或即将开张的咖啡馆,数量达10多家,可谓是北滘休闲聚会、细品时光的城市客厅。

而支撑起这大大小小十数家咖啡馆的,自然是北滘镇得天独厚的城市环境和产业环境。在北滘镇总部经济、工业设计产业、电子商务等现代服务业的带动效应下,大批高端人才来到这个魅力小城。而未来,北滘将吸引来自管理、商贸、设计、研发等领域的高端人才多达6万名。他们对于生活环境和城市品位的需求,正成为了北滘咖啡馆不断增多的肥沃"土壤"。

记者走读 杨家涌的"逆袭"

——从"浊气逼人"到"鱼虾洄游"

"绕堤柳借三篙翠,隔岸花分一脉香"。坐在船头,迎着晨风,看两岸绿树,听潺潺流水,这样舒适的岭南水乡生活曾是上一代顺德人的珍贵记忆。然而由于近年来河涌日益污染,临水而居不复美好。

眼看它渐浑浊,眼看它愈发臭,现在又眼看它转清澈,住在北滘社区居委会附近的居民廖美芳十几年来见证着杨家涌的"没落"与"逆袭"。得益于北滘以水文化作为城市灵魂,推动城市建设中的"露水"工程,加大污水处理力度,大做水文章,杨家涌恢复了小桥流水的景观,岸边的人家也多了一份静听水声、坐赏水景的怡然。

整治前:河面发臭 居民掩鼻而走

杨家涌是北滘旧城区主干河涌,流经双桥路、百福路等多条道路,全长约2.2公里,以往由于长期缺乏有效管理,改造前河水黑臭、河道不畅、两旁乱搭棚、违建现象多见,曾一度成为脏乱差的典型地带。

"水面总是浮着许多水藻,到了夏天雨季的时候根本不敢开窗。"廖美芳说。正准备到马路对面的移动垃圾车里倾倒垃圾的庞欣然则告诉记者,以前杨家涌污染比较严重,有些居民甚至环卫工人都随手把垃圾扔进河道。而饭后沿着河涌散步的闲适生活,对附近居民来说也是一种"奢望"。居民李贤文告诉记者,杨家涌与建设南路中间夹着一个小小的方形公园,以前杨家涌河堤护栏锈迹斑斑,路面坑洼,居民要锻炼只能去小公园慢跑绕圈。

整治后:水清河畅 散步游玩两相宜

2012年起,北滘启动杨家涌改造,通过清淤排污、搭建护栏、绿化景观提升,增设码头、广场、引入景墙、牌坊等岭南建筑元素、种植花乔灌木、打造节点公园等,让杨家涌彻底变身成为环境优美的生态内河涌,也成了北滘河涌综合改造项目的典范。

2月底的一个午后,记者走在杨家涌的河堤边,只见河面除了几片落叶顺流而下,再不见其余垃圾,也不闻任何异味。河道这边椰叶摇曳,那边居民窗户红花夺目,一河两岸景观相映成趣。小桥这头有人在遛狗,河堤那头有婴孩在蹒跚学步,尽现魅力小镇的闲适生活。

刚放学的北滘中心小学六年级学生周嘉莹正沿着河堤一路小跑回家,当记者问及是否注意到杨家涌的变化时,她很快地回答:"护栏是新修的,以前妈妈比较担心我在河边跑步会有安全问题,现在放心多了。"

整治后的杨家涌集运动娱乐、休闲观光为一体,尽得岭南水乡文化的精髓。为了保持长久整洁,现在每天有专职的人员进行河道清理保洁。而杨家涌污水改造二期工程即将启动,水清河畅、绿树夹岸、鱼虾洄游的河道生态景观有望再现。

小朋友在北滘跃进中心(原北滘文化广场)快乐嬉戏。/珠江商报记者朱德文摄

策划/珠江商报记者王茂浪 通讯员 何翔威 曾文华 统筹/珠江商报记者王祥 廖帆 通讯员何其亮 采写/珠江商报记者王祥 吴景邦

全国"两会"期间推出的基层报道深受关注

担，让他全力赶出新增板块内容，正在值夜班的我，除了参加一天三个会以及报社那段时间的改版会议，担下了廖帆原本约好的所有采访。我深入广东工业设计城采访后再回到报社开会、值班。也就是在这样的工作强度下，在镇街工作室伦教、龙江同事工作调整，以及个别同事休了年假的情况下，我在忙碌中忽视了一些“告知”的细节，后来的工作也给报社领导、中心领导增加了很多麻烦，这段经历也让我对于管理工作积累了更多经验。

2 月 17 日，第一章见报后，“鲜花、掌声”不断，区领导、北滘镇各界、报社同事都对报道给予了好评。报社领导帮忙撰写的评论在北滘政界、企业界、商界中讨论、传阅、学习。就这样，在我坚持看初稿的同时，廖帆扮演了一个不可或缺的角色，每个版他都帮我把关、联系采访对象、安排采访、审稿、审图、看版、审版，每个版他都是从头跟到尾，每个版他都跟着我一起忙到深夜。这些日子，真的感谢廖帆的帮助与支持。

意外也伴随着“鲜花、掌声”出现了，第四章刚出完，北滘镇就找到我说“我们领导说，这么密集的宣传，是不是要降温，就做四章算了”。闻讯，虽然天冷，但我的背已经出汗了，心里嘀咕着“这该咋办”的同时，我立即想到当天在北滘决咨委会议上，慧聪家电总经理宋先生对我说的“北滘政府好，在媒体上帮我们企业做宣传，企业正好也能宣传北滘的区域形象，我们还请你们的同事吴日辉帮忙加印了 1 000 份报纸”。

我一边想一边把宋先生说的话转给了北滘，他们听后就说，“啊，反响这么好，那就做完九章吧”。现在回想起来，虽然是个小插曲，但如果那时没有好的理由，没有提及这样做可以宣传北滘的区域形象，这就将成为一个“烂尾项目”，我将面临极大的心理压力。

过了小插曲这一关，我想到一定要做好服务工作，把接下来的几章完成。除了对团队写的稿子、拍摄的图片进行把关外，我每天都在微博、微信、网站上不断发送见报的北滘九章的内容，基本做到了早、中、晚各发送一次，起到了良好的传播效果。与此同时，廖帆也不断在网络中传播这些稿件，还用短信告诉镇领导见报时间、内容、版面等信息，这也极大地促进了各级领导的关注。

值得一提的是，佛山市委书记李贻伟，佛山市委常委、顺德区委书记梁维东在线上与网友互动时，均多次提及北滘的魅力，李贻伟还邀请年轻人到北滘工作、生活。梁维东则多次提及北滘、美的以及《珠江商报》对北滘的报道。两位领导都是在周二上线，与《北滘九章》周三见报时间吻合，这样一来，《北滘九章》的受关注度更高了。

3 月 12 日植树节那天，《北滘九章》圆满完成了，我默默地高兴、庆幸，因为这一切来之不易———我刚到报社，它就像我刚刚植下的树苗，希望它能茁壮成长。3 月 14 日，《〈魅力小城春来早〉系列报道受关注》一文见报后，我就带着我年前到发行部预订的 100 份《北滘九章》报纸，踏着春天的脚步，到容桂、陈村、乐从等镇街去推销，期待种下的树苗能结果。

3 月 20 日之前，我完成了《魅力小城春来早》系列报道总结，并将其提交给了客户，他们很满意我的服务。也就是在这期间，我开始制定《北滘九章——魅力小城春来早》项目效益分配方案，准备给参与这个项目的同事一个回报。

3 月 21 日，根据廖帆建议，经过争取，北滘决定将《北滘九章——魅力小城春来早》委托报社编辑成宣传册子，对外推介。也就是在《北滘九章——魅力小城春来早》的执行过程中，北滘对我们有了新的认识、新的期望、新的信任，直接把微博、微信委托给我们管理，直接把网站传播的东西给我们新闻网执行。

总结《北滘九章——魅力小城春来早》，我只能用我参与策划、实施“北滘九章”台前幕后的点滴经历来告诉大家：点子是开门、转变是掩门、熟悉是进门、团队是锁门、服务是关门。

【延伸】《魅力小城春来早》系列报道受关注总结

《珠江商报》连续1个月对北滘进行区域品牌宣传取得良好效果

时间：2014年2月17日、19日、20日、24日、26日，3月3日、5日、10日、12日。

时段：这个时段，恰逢元宵节假期后第一个工作日、佛山“两会”召开、顺德区党代会召开、全国“两会”期间，市委书记李贻伟、顺德区委书记梁维东上线与网友互动次日（与互动内容同一天见报），以及《珠江商报》改版。

版面：2月17日头版主图、A3评论、A4专题，其余版面均安排在A4、A5、A6，多数在A4，且所有报道头版均有导读。

发行：每期刊登报道的报纸，平均增印5 783份在北滘派送，送到美的、碧桂园、广东工业设计城、慧聪等大企业，以及各中小企业、各村居，其中有部分是由报道对象自己出钱增印的。

传播途径：顺德新闻网、新浪微博@珠江商报、@珠江商报镇街新闻、@珠江商报北滘新闻。

转载网站：顺德区政务网、佛山市政务网、佛山新城管委会政务网、网易、新浪、广佛都市网、25小时、佛山各大行业协会官网、顺德人、慧聪网、北滘各大企业官网等。

采编力量：本报派出报社副总编辑在内的精干采编队伍，高质量对外推出以产城人结合的《魅力小城春来早》系列报道。

稿件质量：《南方日报》《广州日报》《南方都市报》《佛山日报》等同行都给予了好评，尤其是可读性以及版式的变化与阅读感，均在《珠江商报》内部得到好评。

效果：佛山市委书记李贻伟，佛山市委常委、顺德区委书记梁维东，在上线与网友互动时，均多次提及北滘的魅力，李贻伟还邀请年轻人到北滘工作、生活。梁维东则多次提及北滘、美的以及《珠江商报》对北滘的报道。广东慧聪家电城投资有限公司董事、总经理宋冰晨表示，北滘这样对外宣传辖区的大平台、大项目，是很好的区域品牌宣传。顺德各镇街党办、宣办有关负责人都说，会借鉴北滘的做法来推介所在镇街的亮点。陈村、容桂、佛山新城（乐从）、龙江、伦教、大良都开始着手学习北滘推出系列报道的做法，其中伦教已经开始执行。同时，报道也让整个商报的人认识了北滘。特别值得一提的是，由于发布的内容受到认可，微信的公众平台也对这些新闻进行了广泛转载，转发量颇大。

第三十八章 47 个轮子齐转

2014 年到 2020 年，我在《珠江商报》先后创办了《商报记者百村行》《镇能量街地气》《多彩容桂》《品质大良》《容桂勒流》《宜居伦教》《匠心勒流》《绿色陈村》《中德工业服务区》《广州大学城卫星城》《杏坛塑料》《设计顺德》《家在乐从》《智慧龙江》《水乡杏坛》《欢乐海岸》《顺德家居》《慈善顺德》《广东德胜慈善基金会》《顺德警讯》《与法同行》栏目，以及开设了珠江商报镇街新闻微博与顺德镇街通、顺德好村居、爱在中欧等微信公众号，珠江商报大良新闻、珠江商报容桂新闻、珠江商报伦教新闻、珠江商报勒流新闻、珠江商报陈村新闻、珠江商报北滘新闻、珠江商报乐从新闻、珠江商报龙江新闻、珠江商报杏坛新闻、珠江商报均安新闻、珠江商报中德工业服务区新闻微博，还承接了魅力北滘、宜居伦教、绿色陈村、山水均安、水乡杏坛、匠心勒流、顺德高新区、伦教总工会、伦教安监等一批官方微博、微信工作。

这密密麻麻的栏目与新媒体，考验的除了脚力、眼力、脑力，更多的是笔力。笔力确保了 47 个轮子一起转动，提供了写作的动力。

A8
顺德家居产业
协办单位
顺德家具协会
广东华润涂料有限公司
本刊专家顾问人
新品发布上"云端" 全案服务成趋势
顺德家居全产业链复工复产，危中寻机不负春光
走上"云端"开拓市场
防疫和复工两不误
多方"护航"企业复产

9 年里，我连续负责了 50 多个专栏专刊

【策划方案一】 《三个一起干出幸福来》顺德村居书记系列访谈

"十九大"报告指出，党的基层组织是确保党的路线方针政策和决策部署贯彻落实的基础。4 月 26 日召开的广东省乡村振兴工作会议上，广东省委书记李希提出要把农村基层党组织建设成为引领乡村振兴的坚强战斗堡垒。

目前，顺德正在全力推进加强基层大治理乡村振兴战略。市委常委、顺德区委书记郭文海在 3 月召开的加强基层大治理推动乡村振兴工作大会上已明确要求，要强化村居党组织对基层治理、乡村振兴的领导核心作用，要建设一支优秀的村居党组织书记队伍和强有力的村居领导班子。可以说，基层党员就是推动这个战略实施的中坚力量。

顺德改革开放走到今天，一些主要矛盾和问题体现在农村，未来发展的希望和空间也主要在农村。长期以来，顺德农村基层积累了一些矛盾和问题。区党代会报告提出要"实施新一轮固本强基工程""深入开展基层大治理"，这些提法均聚焦于基层治理。郭文海强调，进入新时代，每个镇街都要摸清楚，每个镇街的每个村存在的主要矛盾和问题是什么，要做到心中有数。要将农村党建与基层大治理结合起来，与化解基层主要矛盾和问题结合起来，与推动农村振兴发展结合起来，以大视野大思路研究农村党建问题。

一个好的村居，一般都有一个好的带头人、一套好的机制制度。这就需要让党旗在每个村居高高飘扬。

区委副书记、政法委书记王勇表示，基层党建需要领头人，也要打造一个个坚实的战斗堡垒，而堡垒是由一块块坚固的基石组成的，每一位基层党员都应成为堡垒的基石，这样才能形成一个强有力的整体，一起冲锋陷阵，一起抵御风险，一起破浪前行。基层党建水平的提升，已变得非常迫切。

为此，珠江商报社拟于 2018 年 7 月 2 日（周一）起推出《幸福是干出来的》顺德村居书记系列访谈，力争在 2018 年年底之前，对全区 205 个村居书记进行访谈，以推动村级工业园改造、基层治理、扫黑除恶等工作。

珠江商报 ZHUJIANG BUSINESS
今日顺德 镇街 A4
2020年4月3日 星期五

在“适子故里”构建“和善潭洲”
深挖三字经文化内涵，树立地域特征文化品牌

捐赠30万元
助学子脱困

检查4间书店
整顿文化环境

19年融合教育
接纳108名“星儿”

夏荣群带动身边人参加志愿服务，助力社区防疫并为孤寡老人送去关怀
发挥党员引领作用 汇聚抗疫正能量

《镇街》专栏在全国媒体界都少有

一、出版安排

1. 版面：每个村居半个版，24cm×31cm（2 000 字左右，3 张图）。

2. 在《珠江商报》主报刊登，栏花为：三个“一起干出幸福来”。

3. 时间：2018 年内工作日推出。

4. 系列报道刊登后将出版大型报道集。

二、内容安排

1. 围绕大学习、大讨论，以 2017 年 7 月至今在贯彻党的“十九大”精神，“践行创新、协调、绿色、开放、共享的新发展理念，建设现代化顺德”村居党建中村级工业园改造、基层治理、打黑除恶等工作的成效为主要内容。

2. 介绍今后村居党建等工作思路。

三、采访要求

1. 以村居党建来举例子（接地气的实例），不要空谈，罗列数据。

2. 先进人物要谨慎把关。

3. 用图要注意把关。

4. 稿件中不要出现“今年”“去年”等字眼，均以 2016 年、2017 年、2018 年等字样见报。

【策划方案二】 《水乡杏坛》栏目报道计划

杏坛，产业新区、生态小城、美丽水乡，这里有“岭南式”的传统生活与人文魅力，更有保存完整的水乡风貌与历史，有了更有效的整体宣传，杏坛的未来会更加璀璨、更加具有人气。

现提出《水乡杏坛》栏目报道计划，实际内容根据实际需求再做出实际方案。

一、杏坛核心工作报道

围绕镇委镇政府中心开展灵活、机动的时事报道，对镇委工作会议、人大会议进行充分报道。

1. 高新区建设，尤其是 2020 年顺德一中南部校区开学，将引领杏坛新发展，对吸引人才起到积极作用。

2. 高速路网、城镇路网建设，加上顺德新港，杏坛区位优势将变得明显。

3. 乡村振兴，绿色发展，水乡特色，杏坛村居建设成为区域样板。

4. 文化活动深入群众，这是一个地方的底气与自信。

5. 党建与红色文化，迎接建党 100 周年。

6. 扶贫与慈善，特别是对外的扶贫以及企业的担当。

7. 针对杏坛 2020 年各项大型活动进行专题报道。

二、村级工业园改造

2020 年，顺德上下正学习宣传贯彻党的十九届四中全会精神，顺德村级工业园改造进入攻坚阶段。过去两年，顺德传承敢为天下先的改革基因，以村级工业园改造为突破口，坚定迈出为全国高质量发展趟路的步伐。两年间，顺德党委、政府，顺德干部群众、顺德本土企业围绕高质量发展这个目标，从质疑到思想统一，从畏难到斗志昂扬攻坚克难，从 1 平方米到 20 000 亩，顺德铁军的激情再次被触发，改革基因再次被激活。

此组报道将及时对外传播杏坛在村级工业园改造中的做法与进展，实行动态报道“杏坛力量”。

三、村落文化

杏坛有着丰富的乡村文化资源，29 个村居各有历史文化特色。在美丽文明村居建设、乡村振兴的实践道路上，杏坛乡村正努力奔跑着、探索着，也展示着自身的美。为让读者感受杏坛乡村的古朴、韵味、和谐、美丽，珠江商报社特别策划推出“水乡杏坛之走村居爱上杏坛”系列报道，具体如下：

1. 2 月 19 日（雨水）起推出，每周一、三、五刊出，每篇 1 500 字以内，配图，大约三分之一版。

2. 统一挂“水乡杏坛之走村居爱上杏坛”系列报道栏花。

3. 报道见人见事，以“村落文化”为主题，不要偏离主题，不要谈得太散，要聚焦一个点。注意：村落文化不一定是粤曲、舞蹈等文艺类，一定是这个村最具代表的特色方面；围绕杏坛的桥、杏坛的路、杏坛的祠堂、杏坛的船、杏坛的树、杏坛的典故、杏坛的人、杏坛的景、杏坛的涌、杏坛的事、杏坛的环境、杏坛的美。

智慧龙江 SMART LONGJIANG

ZHUJIANG BUSINESS 珠江商报

2020年3月6日 星期五 A5

责任编辑：梁燕华 版式：王叶进 陈思韬 校对：胡志腾 电话：22313015

五大关键工作抓手 “一盘棋”整体推进

龙江镇召开2020年重点工作推进会议，抢抓时间恢复经济社会发展秩序

疫情要防，发展也要抓。在当前疫情防控和复工复产的关键时期，昨日上午，龙江召开全镇重点工作推进会议，全面部署2020年各项重点工作，动员全镇上下坚定信心，努力抢回时间、夺回发展效益。

会议前，一份印有龙江镇机关各部门2020年重点工作的目标任务分解表派发到参会人员手中，涵盖党建、经济、民生等方面的50多个重点项目，详细列出了项目内容、完成时间、责任部门等，每项工作落实到具体责任人。除了镇党政人大领导班子成员、机关各办局负责人现场参会外，各村（社区）“两委”成员也以视频形式参会。龙江把重点工作目标任务分解表作为“军令状”，以目标倒排工作，挂图作战，并向社会公开，表明了龙江在全力防控疫情的同时，全镇“一盘棋”推进落实好各项重点工作的决心和干劲。

会上，龙江镇党委副书记、镇长孙春刚就今年全镇重点工作作了部署，其中一项关键工作就是村改总攻。去年，龙江被评为区“村改攻坚标杆单位”，今年的重点是如何继续发挥标杆作用，完成目标。2020年龙江的村改目标是完成拆改4860亩，建设宝涌千亩科技智造产业园、纺织与机械装备科技园两个现代产业园区。孙春刚表示，接下来要加快坦西工业区土地出让工作，提前谋划下半年的村改项目，同时加快村改招商步伐，做好配套服务，并鼓励更多社会企业共同参与村改。

在疫情冲击下，今年以来龙江经济社会发展受到较大影响。在经济方面，龙江出台“抗疫暖企”工作推进方案，减轻企业负担，促进企业复工复产。下一步，龙江将对一季度可能延迟开工的重大经济项目逐一列出问题清单、明确责任部门和完成时限，加快推进前期工作，同时也将马不停蹄开展小升规、招商、家具产业提升等经济工作。

“民生工程是关乎群众切身利益、切实增进人民福祉的项目。”在民生发展方面，孙春刚指出，今年龙江将从扎实推进中小学校舍扩容提质改造三年攻坚行动、重点跟进城市精细化治理、拓展发展空间与提升城市功能、抓好落实农村工作、加强社会治理五大方向出发，将重点民生工程“一鼓作气干到底”。

据悉，在召开本次会议前，龙江镇党委书记何春云已组织相关班子成员带着思考、带着问题、带着想法开展各项目的调研和现场办公。何春云认为，在当前，抓发展既是打赢疫情防控阻击战的实际需要，也是经济社会稳定运行的重要保证，龙江将坚持高站位，全镇一盘棋，在全力防控疫情的同时，落实好各项重点工作，其中要紧紧抓住“攻村改、抓党建、办教育、治河涌、优服务”五大关键工作，并坚持把作风建设融入重点工作，在重点、难点工作中锻炼、发现和提拔干部。“我们要为有序恢复生产生活秩序作出党委政府的表率，团结带领龙江的企业和群众，一起追回时间、追回效益，努力实现今年的发展目标。”何春云表示。

龙江镇党委书记何春云（右）带队走访企业，了解企业复工复产情况。

文/珠江商报记者何蕴瑶
图/龙江宣办供
制图：王叶进

2020年 龙江 重点工作解读

攻村改

2月18日，龙江镇与全区同步，开展了新华西和坦西村改项目厂房拆除行动，正式打响了今年村改的“第一炮”。龙江镇委镇政府在抓好疫情防控工作的同时，保持力度不减，温度不降，多管齐发推进村改工作：

●今年完成拆改4860亩，建设两个现代产业园区（宝涌千亩科技智造产业园、纺织与机械装备科技园）；

●上半年完成两个千亩园区（东涌、集北西溪）的表决，加快出让新华西宝涌工业区、坦西工业区土地，下半年村改在苏溪、东头、南坑和东海等村逐步铺开；

●佛山（顺德）万洋众创城已落实进驻意向的企业超20家，近期要完成重点服务项目一期尽快验收，争取5月1日前有企业入驻生产；

●加快村改招商步伐，做好配套服务，争取项目早日落地，已拆除整理的土地要加快出让，按产业定位承载招商项目，让招商和供地无缝对接；

●广泛宣传村改政策，鼓励社会企业共同参与村改。今年龙江村改在保持“分八留二”的基础上，探索逐步提高集体留成比例，为集体“造血”，促进村改推动乡村振兴，实现长远发展。

治河涌

今年，龙江将切实开展河涌清淤、污水管网建设、岸线整治等工程，继续推进“爱河治水”建设项目，深入治理水环境，提升乡村容貌，建设美丽龙江：

●压实镇治水攻坚办的责任，深入推进河涌治理，在年底前完成炮台涌、横坑涌的黑臭水体整治验收；

●开展全镇范围内的排污口摸底排查及封堵；

●推进西溪世埠涌、新开涌主干河涌的清淤；

●落实河涌节制闸建设任务，完成纳污坑塘涌整治余下工程；

●加快农村生活污水处理站建设，包括南坑、东海二期、左滩二期、万安4个站点；

●全面治理河涌污染源，建设60公里污水管网，推进污水处理厂扩建工程。

抓党建

今年，龙江将把农村党建、综合改革、基层治理、乡村振兴结合起来，发挥基层党组织战斗堡垒作用，确保党始终成为全镇各项事业的坚强领导核心，把党建优势转化为发展优势：

●重点抓好抓实“头雁”领导力建设、制度执行力建设，巩固农村“三职一肩挑”比例；

●切实抓好村民小组长的管理和培养，加强党员的教育和管理，鼓励优秀人才入党，充实基层党组织后备力量；

●推进楼宇党建、社区党建、园区党建示范点建设，扩展“两新”党建服务站；

●引导无物管、无业委会小区成立业委会，探索建立“楼（栋）长制”，通过业委会与小区网格员无缝对接，彻底解决老旧小区老、大、难的历史遗留问题；

●开展新市民党建工作；

●加强村级工业园党建工作，在万洋众创城建设党群服务中心；

●在左滩建设农民教育示范基地，开展爱国主义宣传、党性教育等。

办教育

教育是最大的民生工程。今年年初，龙江发起教育基金公开募捐活动，仅仅用一个星期就发动社会组建了超1亿元的教育基金。今年，龙江将积极回应社会的期望，努力推进教育体制机制改革，加大校舍建设力度，提升教师队伍和教学质量，推动龙江教育高质量发展。

●推进校舍扩容提质改造三年攻坚行动：

今年龙江将投入1.6亿元推进一批中小学校舍的改造、扩建。其中5月前完成龙江外国语学校的配建工程；7月完成拆除丰华中学旧校舍，启动重建工作，以及完成加固原锦屏中学校舍并交付丰华中学作腾挪周转办学；10月完成拆除龙山中学旧校舍，启动重建工作；12月坦田小学扩建综合楼动工；

●创建特色品牌学校：

推进龙江外国语学校、龙江实验学校、龙江城区中心小学、华东小学创建特色品牌学校；

●加快公办幼儿园建设：

力争实现常住人口规模4000人以上的行政村（居）集体办幼儿园全覆盖目标。

优服务

▶企业服务：

1、制定《龙江镇“抗疫暖企”工作推进方案》：

首期启动资金2000万元，主要用于企业复工包车、餐饮业员工参保补助、小微企业贷款贴息、企业用工保障、公有物业减租、人脸识别系统安装等，助企业在疫情时期加快复工复产。

2、家具产业提升：

●加快推动家具产业供给侧结构性改革，把十里家具长廊打造为特色小镇客厅，推动家具产业向高质量发展；

●举办龙家展20周年系列主题活动，营造浓厚的家居名镇氛围，充分释放“一镇三都”的潜力；

3、服务和鼓励重点企业联程、南兴加快增资扩产，继续加快生物医药等新兴战略性产业发展，加快形成生命科学产业聚集发展；

4、继续开展企业上市、高新技术企业培育、“小升规”企业培育等工作，扶持民营企业做大做强。

▶市民服务：

●在原有7个发起单位的基础上，扩充龙江镇新市民商会联合会成员单位，并充分发挥联合会作用，提供基础性服务，以及通过新市民学堂、社会矛盾纠纷联调工作室等平台，为新市民提供最优服务；

●探索出租屋小区式管理，夯实基层社会治理基础；

●大力推广小区人脸识别系统，扩大“雪亮工程”覆盖面。

党员在位于左滩的龙江镇委党校府参观学习。

2月18日，龙江开展新华西和坦西两村村改项目厂房拆除行动，打响今年村改“第一炮”。

除加大校舍建设力度，今年龙江将着力创建特色品牌学校。图为龙江外国语学校举办第一届体艺节。

栏目开办后还要不断在版式上创新，这也是群众喜闻乐见的报纸元素

第三十九章 记者走进百村

从 2014 年 4 月 8 日的大良中区，到 2015 年 1 月 28 日的均安新华社区，《珠江商报》记者在 10 个镇街的 100 个村居里完成了 100 条新闻报道，收集到上千条新闻线索，与这 100 个村居的群众有了 100 座沟通的“新桥”。

2014 年 4 月，践行党的群众路线教育实践活动正在火热开展时，《珠江商报》驻镇街记者开始深入顺德村居，详细报道各村居的特色、美景、文化、经济、民生，着重推荐每个村居的亮点。《珠江商报》推出的《商报记者百村行》栏目，就这样成为报社与基层读者沟通的另一座新桥梁，而顺德 50 多万华侨华人和港澳乡亲，通过珠江商报社顺德新闻网的报道更加了解和热爱自己的家乡。

从 2014 年 4 月 8 日刊登第一期《商报记者百村行》，至昨天已满 100 期。此栏目共收到 470 多人次的读者来电，提供各村居的威水史以及意见。其中，顺德区外的电话就有 53 次，来自境外的 8 次。老家是乐从镇大墩村的黎女，目前居住在英国，她看过“百村行”的稿件后，2 次致电记者，兴致很高地讲述大墩村很多鲜为人知的村史。

勒流黄连社区党委书记张乃顺说自己是“百村行”栏目的忠实读者，把“百村行”比作顺德的“索引”。他认为每一期的村（居）描写既有古代故事，又有目前的最新发展情况，无论是老年读者还是年轻读者，都能找到阅读的兴趣点。作为区农改试点，黄连社区目前正进行社区营造计划，“让更多年轻人熟知村里的威水史，激发他们对家乡的情感，留住人才为家乡做贡献。”张乃顺认为“百村行”栏目的开设有助于社区居民增强对家乡的凝聚力。

家住大晚社区的大三学生卢永亨说平时也有看“百村行”栏目，“我对历史比较感兴趣，看‘百村行’可以了解顺德各个村的历史，懂得了很多自己家乡的‘逸事’。”

对于“百村行”栏目，容桂街道办非常重视，对每个村居的采访都安排得非常细致：安排好 10 个村居的采访，列出每个村居的亮点，给采访提供线索。为了便于记者做好采前准备，街道工作人员提前与村居做好沟通，以便及时掌握最新信息。

吴煊老伯是记者陈晓莉在“百村行”的第一个采访对象。老伯被很多陈村人称为“活字典”，知道记者想了解旧圩，煊伯很是热情地翻出很多过去的资料报道给记者参考，为记者一一讲述他所知道的旧圩。历史文化对城市发展的影响，是采访写作“百村行”为陈晓莉带来的第一次深刻感受。

每个村庄都有一段耐人寻味的故事，著名的港药“宏兴”鹧鸪菜出自龙江，你肯定不知道吧？但记者莫胜娜通过深入各个村居就寻找到了这样的故事。作为驻镇记者，叶芝婷分别走访了容桂、均安两个镇街的村居，她说：“‘百村行’的采访，让记者主动走进村居，挖掘村居的历史风俗，感受当地的人文风情。”

作为报社新人，入职不到 1 年的记者何丽苑参与了两期“百村行”报道。她深入伦教常教社区和均安南浦村采访，切身感受到村居不乏美景，缺的是大家欣赏的目光。

为此，我决定在 2015 年春节后启动《商报记者百村行》第二季采访活动，2015 年将把顺德所有的村居都采访一遍。

【报道方案】 《商报记者 百村行》系列报道

2014年是我们商报10周年的生日，今年更是践行群众路线教育的关键一年。十年的风雨都是读者，特别是基层群众在支持我们。

为此，我们特别要求各位驻镇街同事，走出镇街办公大楼，深入村居去打通与老百姓的关系，深入报道村居的特色、美景、文化、工业、民生，着重推荐每个村居的亮点，让《商报记者 百村行》栏目成为架起我们与基层读者沟通的一个新桥梁、新平台。

OCT 华侨城·顺德 优质生活创想家

宜居小城 鸟的天堂

伦教鸡洲村通过城市环境提升打造魅力小城

文/珠江商报记者黄祖兵
图/珠江商报记者朱德文

鸡洲市场吸引了很多附近其他村居的居民前来购物。

这里，多个农村分散生活污水处理工程正在热火朝天施工、新旧市良路正在改造；这里，有云集祖国四面八方菜系的风情食街；这里，还有顺德最大的私人保护野生鸟类竹林，那里住着成千上万只白鹭、夜游鹤，是鸟儿们最向往的天堂。离大良城区很近的伦教鸡洲村正在逐渐向外展现一座宜居小城的魅力。

还有，这个月23日，鸡洲村委会将举行第十三届敬老大会。旅港乡亲、香港顺德联谊总会永远名誉会长、鸡洲人李锡先生捐资150万元，大摆110多围，宴请村里60岁以上的老人家。到时，李锡还将为90岁以上的老人家送上周大福订做的纯金金牌。

集中处理污水 改善生态环境

“四村片区农村分散生活污水处理工程，新、旧市良路的升级改造正在进行，今年的敬老大会也在紧锣密鼓地筹备着，忙啊。”鸡洲村党总支部委员李翠珊提着许多灭蚊子的物品对记者说，“刚才在街道开登革热防控工作紧急会议，等一会还得安排下去，灭蚊子是当下的头等大事。”

据介绍，目前，由广州中大环境治理工程有限公司投资近300万元的四村片区农村分散生活污水处理工程正在建设中，目前已完成进水调试，下月初将正式投入使用。“这个工程去年底开工建设，新建管网1200米，日处理水量120吨，服务人口约580人，服务范围约7.5万平方米。”鸡洲村党总支部书记、村委会主任杨汉棠介绍。

村居改貌工作带来的美丽城市生态环境有目共睹。新市良路将延伸至顺德城轨站，旧市良路的升级改造也提上了议程，多条现代化的城市主干道将呈现在鸡洲村民眼前，为他们的生活带来便利。

云集八方菜系 风情食街迷人

走在鸡洲村铺了沥青路面的新市良路，这个城市Ⅰ级主干道双向六车道两边的风情食街，每天都是人来人往，热闹非凡。伦教风情食街云集了祖国四面八方的菜系，吃货们均能在这里找到心头所好。

环境好了，自然能吸引食客。记者了解到，去年10月份，伦教就以“建筑亮化美化，广告招牌整治，规范经营秩序，店容店貌美化”为工作重点，对新市良路两侧建筑亮化及经营业户招牌、店容店貌进行提升改造，着意打造其成为具有欧陆风情的休闲美食街。

今年以来，鸡洲村继续和伦教城管分局合作，大力整治流动小贩乱摆卖、垃圾丢弃、交通阻塞等问题，还市民一个干净、整洁的市场秩序。

上万只鹭鸟 住私家园林

在桂畔路鸡洲村路段，有一片约180亩、顺德最大的私人保护野生鸟类的竹林，那里住着成千上万只白鹭、夜游鹤。40多岁的大良人“顺德环保卫士”冼铨辉就是这里的主人。

关心环保事业的人也许看过一部8分钟的微电影《寻鹭·寻路》。圆梦小组讲述了一个名叫‘阿鹭’的女孩为了完成奶奶的心愿，在城市里面寻找鹭鸟，却一无所获。历经艰辛后，终于找到冼铨辉守候的竹林。在竹林里，她看到了鹭鸟，也倾听了冼铨辉的无奈，最终决定在微博上发起护鸟行动，找到了一帮志同道合的伙伴，一起为鹭鸟天堂拍摄微电影，最终使得鹭鸟天堂得到媒体的关注，得以保存下来。

这部电影去年8月份在顺德梁銶琚图书馆播放的时候吸引了许多人的目光。“这片私家竹林是不对外开放的，”李翠珊告诉记者。不过，记者了解到，今年以来，伦教城管分局曾组织学生进去参观。有兴趣的读者也可以通过义工、志愿团队、政府组织联系，去看望野生动物们，以实际行动保护身边的生态环境。

践行群众路线 商报记者百村行 63

[OCT提醒您，第64站我们将去到勒流南水村，有意见请致电商报热线22299999或18924887675王记者。]

平安顺德

食品安全：北滘培训食品生产加工人员

珠江商报讯 通讯员罗乐 范宜超报道：昨日，顺德区市场监督管理局北滘分局，举行全镇食品生产加工单位食品安全监管知识培训班，对镇内各食品生产企业法人代表（负责人）、质量管理检验人员；持有证照的食品生产加工小作坊（康鹏熟食集中加工工场）管理员、经营者；各村居（社区）食品安全协管人员120多人进行了培训。

截至今年6月底，北滘镇持有证照的食品生产企业23家，持有证照的食品生产加工小作坊46家，今年1—9月北滘镇食品生产加工企业未发生较大以上食品安全事故。

培训班上，北滘市监分局食品监管负责人要求食品从业人员要强化食品安全意识，食品生产加工单位要做到“三不违”，一是不能违背良心制作食品；二是不能违法生产加工食品；三是不能违背诚信经营食品。北滘市监分局聘请顺德区标准化研究与促进中心主任、高级工程师张宇授课。授课以播放规范食品生产加工视频的形式，深入浅出地讲解了食品安全生产加工监管知识，并通过图片和视频生动地解读了2014年6月1日起强制实施的食品安全国家标准《食品生产通用卫生规范》。同时要求广大食品生产加工单位和食品安全监管工作人员要以最严谨的标准、最严格的监管、最严厉的处罚、最严肃的问责，确保广大市民群众“舌尖上的安全”。

安全生产：杏坛80多家企业签订标准化服务合同

珠江商报讯 记者苏淑婷报道：昨日，杏坛召开2014年第三季度安全生产和道路交通安全暨防范较大以上事故工作会议。记者在会议上获悉，今年杏坛镇重点针对涂料、电镀、家具木制品以及液氨使用单位等重点高危行业开展安全生产标准化的创建工作。至目前为止，已有80多家工商贸企业与安全中介服务公司签订安全生产标准化的服务合同。

除了大力推进安全生产标准化创建工作外，杏坛镇在前三季度还多次组织开展了安全生产隐患排查专项整治工作。据悉，下阶段，杏坛镇将对辖区内涉及燃气管道、特种设备、危险化学品、交通运输、建筑施工、消防、渔业船舶、粉尘爆炸的重点行业领域开展一次全面的部门联合隐患排查行动，对不具备安全生产条件的要责令限期整改，情节严重的要勒令停产停业整顿，从源头上消除安全隐患。

交通安全：勒流交通安全教育进幼儿园

珠江商报讯 记者吴景邦报道：昨日，勒流交警中队民警来到勒流前进幼儿园，面对面为全园师生、家长讲授了一堂生动的交通安全教育课。

交警详细讲解了日常过马路、乘车安全等注意事项，并结合生活中遇到的交通安全例子，让小朋友明白怎样过马路才安全。现场还通过与小朋友及家长一起互动的有奖竞答，开展生动有趣的交通安全宣传活动，加深孩子们对交通安全的认识。

随后，交警还向家长和师生们宣传了日常防诈骗技巧。

《商报记者 百村行》第一季报道

广东新闻奖新闻名专栏参评作品推荐表

栏目名称	《商报记者百村行》	创办日期	2014 年 4 月 8 日
专栏周期	2014 年 4 月 8 日至 2015 年 1 月 29 日	刊登版面	A 叠
刊载单位	珠江商报	主创人员	王茂浪
参评专栏简介 请见附页			
推荐评语	领导签名： 盖单位公章 2015 年　月　日		
联系人	王茂浪　手机：18924887675　电话：0757-22208115		
地　址	佛山市顺德区大良沿江北路 118 号珠江商报社	邮编	528000

广东新闻奖新闻名专栏参评作品代表作基本情况表

作品标题	《顺德“锅底”久而弥香》		
发表日期	2014 年 6 月 10 日	作品字数	1 130
作品评介	源于宋盛于明清的勒流街道办众涌村是典型的岭南水乡，这里曾是顺德最大的桑叶交易集散地，如今桑市虽已没落，但保留原址风貌的桑市公园重现了清中叶珠三角桑蚕交易盛况，而村中上至古稀翁，下至学龄童，他们对传统民俗飘色的坚守也让这座古老村庄在工业化浪潮扑来时仍保留迷人的魅力。		
采编过程	年轻的记者得知“桑基鱼塘的岁月里不仅有商号过千的南北两市，更是珠三角数一数二的桑叶、蚕卵交易集散地”之后，就开始在顺德村居寻找桑基鱼塘，通过 10 多天的线索寻找，了解到勒流街道办众涌村建设的桑市休闲文化公园。 经过深入采访村支书、87 岁的老人、村里退休的老校长、小学生，记者写出了勒流众涌村桑市公园重现清中叶桑蚕交易的盛况，以及对下一代传承传统文化的思考。		
社会效果	报道刊登后，引发 70 后、60 后、50 后、40 后读者的广泛关注，读者纷纷致电本报，说这类报道不但是记者“走转改”、践行群众路线的具体表现，更是群众喜闻乐见的新闻。 同时，很多读者，甚者是珠三角各地上了年纪的游客，都跟着报道来到村里重温桑叶交易场景，记住乡愁。		

伦教三洲要建“安全倡导小童军”

社工进驻帮助该社区营造守望相助氛围

商报记者百村行
(213)

文图/珠江商报记者黄祖兵

社工与三洲居民交流。

一年多以来，三洲天伦万家群益中心的社工走街串巷，几乎走访了伦教三洲社区所有的家庭，了解他们迫切需要的服务。近日，天伦万家群益中心向社区居民宣讲了接下来的服务内容。

回顾：上万人次接受社工服务

据三洲居委会党委委员关杏娟介绍，在社工进驻社区之前，居民晚上主要聚集在飞马公园、烈士碑广场开展一些文娱康乐活动，可就是热闹不起来，氛围不理想。自从2014年天伦万家群益中心进来后，不管是本地人还是新顺德人，他们都能明显感受到社区的变化。

三洲天伦万家群益中心主任梁艳玲介绍，一年多来，她们开展的基础服务包括个案、到校、恒常和便民服务。在项目服务方面，中心共开展“创出彩虹”儿童情绪健康发展计划、“守护天使”儿童安全保护计划、“半边天的热量”妇女增值计划、“行走·未来”青少年成长计划、“做个健康快乐人”长者身心健康计划、同心家庭互动互助参与计划以及社区温暖传递义工服务等七大项目，直接服务上万人次。而在社区发展服务方面，着重培育多个社区力量，营造守望相助的社区气氛。

计划：建立儿童团体活跃社区

那么，今年下半年天伦万家群益中心将提供哪些服务？据介绍，对于青少年群体，天伦万家群益中心提供了关爱儿童、青少年成长两大计划，计划建立包括“儿童话剧社”和“安全倡导小童军”在内的儿童团体，活化社区文化，推进青少年青春健康俱乐部计划，协助他们拍摄“你我的三洲故事”微电影，帮助青少年缓解学习压力。

而对于智障人士的服务，天伦万家群益中心为他们争取到逢周六在678文化街英雄广场举办跳蚤市场的工作机会。“我们将通过多种技能小组，利用家庭力量协助智障人士掌握自理能力，还与社区发展组合作，链接社区资源，搭建平台，让他们学习社区生活技能。”梁艳玲说。

此外，社工将发掘精神障碍人士社交活动等方面的能力，营造机会让他们参与社会活动和家庭互动沟通。同时，计划开展弱能长者“月光宝盒”回忆之旅，帮助他们整理人生有特别意义的物件，并制作成回忆框。

另悉，天伦万家群益中心还将开展“服务到家”片区街站、义工同学会、“绿色力量”社区行动等特色服务，辐射更多的人群，引导他们共同关注社区情况，解决社区问题，促进社区互助。

践行群众路线
商报记者百村行

【珠江商报第214站我们将去到勒流，欢迎致电22209999商报热线或18924887675王记者，提出您的建议与村居新闻线索。】

《商报记者百村行》第二季报道

第四十章 镇能量 街地气

2015 年 1 月 13 日的天气很冷，但当天下午，顺德 10 个镇街的干部们如常走进村居，与老百姓面对面交流，解决最后一公里的问题。2014 年，顺德 10 个镇街发挥着“镇”能量、“街”地气的干事风格，赢得了群众的点赞。

这一年，镇街村居生活更满意，我的脑力有活力。

中央城镇化工作召开后，城市工作、农村生活就成了很多人的梦想。你看在杏坛杏龙路边崛起的商住楼、大型购物广场；你看麦当劳、肯德基、苏宁在 10 个镇街开店；你看商业综合体在陈村等各镇街开放，生活在镇街、村居的群众，不再跑广州、香港、中山、江门、禅城去购物了，在家门口什么都能买到。

这一年，在佛山新型城镇化调研成果发布会上揭晓了“十大居民满意度镇街”，均安、大良、陈村、北滘在佛山五区的 32 个镇街评选中脱颖而出，获得佛山新型城镇化居民满意度十大镇街中的四个位置。而均安是综合满意度得分最高的 10 个镇街之一，荣誉的获得与均安的“美城行动”密不可分，均安“美城行动”中极为重视市民的感受，并以此不断提升城市环境。

“2014 中国最美村镇”获奖名单的揭晓，让顺德、佛山的小伙伴们都惊呆了，勒流江义村的美景俘获一众评委芳心，成功获得“循环发展”奖。江义村在顺德镇街里是岭南“桑基鱼塘”的典型代表，是代表顺德乃至全国加州鲈鱼养殖高标准的养殖区，是无公害养殖基地、省现代农业化试点。此外，江义村还是勒流有名的“福利村”，该村坚持每月发放长者福利金已经超过 12 年。

这一年，慈善让所需人群有奔头，我的脑力有热力。

“哗啦啦”一桶冰水当头淋下，容桂街道党工委书记赖雪晖全身湿透。在这一年的“容桂好人”之星颁奖晚会上，为唤起市民对慈善事业的关注，赖雪晖现场完成“冰桶挑战”，引得全场观众惊呼不已。

这一年，“美的集团支持北滘慈善捐赠千万善款仪式”在美的总部大楼举行，从 2009 年开始，美的集团每年捐赠 1 000 万元支持北滘慈善事业；这一年，由旅港乡亲、祖籍杏坛的胡宝星博士，捐资 1 000 万元设立的胡宝星博士教育慈善基金在杏坛镇正式成立；这一年，新加坡长远投资有限公司董事长吴健威捐资 1 000 万元人民币，成立乐从小学“吴长显奖教奖学基金”；这一年，胡锦超的儿子胡庆强根据父亲遗愿，捐资 1 000 万元港币成立胡锦超教育基金。

也是在 2014 年，杏坛镇马东村有了“爱心田”，爱心家庭每拿出 300 元，就能让困难家庭的人员种植一轮农作物。

在北滘，“爱心后备厢”义卖活动中，约 150 个由学生和家长充当义工主力军的“汽车后备厢”义卖摊位共筹到善款 65025 元。

2014 年 12 月，大良南霞幼儿园园长刁秀清特地穿上了新衣，这一天，对她而言，别具意义，因为，作为受助方代表，她到大良慈善会参加“善因营销”项目的签约后，这所超 18 年的陈旧幼儿园将迎来“新生”——得益于新成立的拔萃教育“春苗助教”基金，幼儿园将获得翻新园舍等提升改造的资助。受惠的不只薄弱的幼儿园，大良慈善会还签约成立了“生命之光”交通事故救助公益行动项目以及“大自然慈孝老人基金”，这些基金将专款专用帮助有需要的弱势群体。

这一年，路与水同样受重视，我的脑力有战力。

在顺德，杏龙路、百安路、碧桂路等路名都是以镇街、村居之间的路名取名。2015 年，更多这样的路名出现，比如伦桂路、乐龙路，就连勒流都开始修建菊花湾大桥，来与佛山新城、乐从镇进行融合。

2015 年春节后，市民从伦教经大良赶往容桂，除了选择碧桂路和 105 国道外，还可以通过伦桂路到达。

伦桂路分两期推进。一期从容桂龙涌口至南国西路，途经容桂龙涌口村（红旗西路）、穗香村、马冈村、容桂特大桥、南国西路。而乐从到龙江的乐龙路开通后，将实现佛山一环、顺德快速干线、江顺大桥的无缝接驳，从龙江出发仅需约 15 分钟即可快速直达佛山新城。借助此次交通改善优势与政府的加大投入，龙江镇将打造为顺德、南海两区西部的区域次中心。

这一年，还有一条路备受关注，那就是大良滨河路。该道路通车后将与太艮路、驹荣路、东乐路、锦上路等相连，成为区内又一条主要交通道路，缓解大良东部交通压力，这条路也会在春节前开通。

这一年，除了路，水一样受到重视。北滘现有大小河涌数量已超 241 条，长度超 227 公里。为了进一步保护现有河道水网，活化已有的水资源环境，提高城市滨水景观，北滘镇委镇政府提出“北滘镇水边景观改造”，拟定在北滘中心城区打造 10 公里长的环形水道滨水带。

而家具制造业集中的龙江镇共有 9 条主干河涌和 32 条支涌，由于城镇污水管网建设未尽完善，沿河大量的生活污水、生活垃圾和相关不良企业偷排工业废水造成了水质污染，导致该镇大部分的河涌水质均为劣五类（五类为达标），河涌达标率位列全区倒数，对河涌的整治工作已列入了龙江镇政府 2015 年的重要议事日程。

这一年，我的脑力激活了。

广东新闻奖新闻名专栏参评作品推荐表

<table>
<tr><td>栏目名称</td><td>《镇能量 街地气》</td><td>创办日期</td><td>2014 年 1 月 20 日</td></tr>
<tr><td>专栏周期</td><td>2014 年 1 月至 2018 年 2 月</td><td>刊登版面</td><td>A1—A12</td></tr>
<tr><td>刊载单位</td><td>《珠江商报》</td><td>主创人员</td><td>王茂浪、叶芝婷、苏淑婷、吴景邦、李海红</td></tr>
<tr><td colspan="4">广东乃至全国的改革排头兵——顺德。无论是经济建设、体制改革、农村改革、基层党建、社会治理，还是国家领导人来视察、各国元首来访问、世界各界名人来访，都是直接去到顺德 10 个镇街，主题均集中在产、城、人如何融合。习总书记、李克强总理来到顺德都是直接到企业、到村子了解企业发展情况、人民群众的生活情况、基层党组织建设情况。
就此，《珠江商报》派出 10 名记者分赴 10 个镇街，做到记者常年住在镇街，通过实地走访，深入企业、政府部门、村居、村民家里、田间地头，在镇街寻找到不少产城人融合的正能量、接地气的做法，并从 2014 年 1 月起，到 2018 年 2 月，逐一以“镇”能量“街”地气的方式为读者呈现了数百篇来自基层镇街、村居的报道，获得各界好评。
2014 年栏目开办至今，佛山市 7 名常委对栏目进行了表扬。对栏目进行赞赏的顺德区、10 个镇街的干部多达 340 多人次，而广大群众、企业负责人、村居干部对栏目的喜爱程度更是一天比一天加深，很多村居、企业、群众都以自己的新闻放到这个栏目为荣。
同时，栏目开办以来，均是由统一的主任负责选稿，每个季度召集记者、各级干部、基层群众进行座谈，对栏目稿件提出改进意见。至今，栏目获得各级各部门、各村居、企业员工、村居群众的喜欢，用接地气的报道达到了传播正能量的目的，把顺德各镇街的各类经验、做法进行了有效传播，新媒体转载率很高。</td></tr>
<tr><td>推荐评语</td><td colspan="3">这个用“正能量 接地气”谐音的栏目《镇能量 街地气》坚持对镇街、村居一级的新闻事件报道了整整 4 年，还引起了非常大的反响，更可贵的就是这 4 年均由一个团队在执行。
领导签名：
盖单位公章
2018 年　月　日</td></tr>
<tr><td>联系人</td><td>王茂浪</td><td colspan="2">手机：18924887675；电话：0757-22208115</td></tr>
<tr><td>地址</td><td>佛山市顺德区大良沿江北路 118 号珠江商报社</td><td>邮编</td><td>528300</td></tr>
</table>

广东新闻奖新闻名专栏参评作品代表作基本情况表

作品标题	养老助残旗舰“驶”进村居		
发表日期	2017 年 5 月 24 日	作品字数	1 000
作品评介	乐从镇大罗（片区）综合服务中心正式启用，随着这艘“养老 + 助残”专业服务旗舰“开”进大罗村，一幕幕残障人士自力更生的场景将陆续呈现，全镇残障人士告别“宅”在家中的日子。 这篇报道展现村居各类残障人士，因为有了新的去处而告别了“宅”在家中的日子，符合“镇能量 街地气”的栏目特色。		
采编过程	2016 年 10 月中旬，得知原乐从镇大罗小学校园要改造成大罗（片区）综合服务中心，记者就开始跟进采访，从综合服务中心第一天改造到投入使用，记者整整跟踪采访了半年多时间。 而获悉一个村的“综合服务中心引入了乐从慈善会慈佑阳光家园、大罗片区退管服务站、黎时煖松柏大学大罗分校等专业机构，能够为有需要的长者和残障人士提供日间照料、康复训练、就业培训、体艺培训、家庭支援以及志愿者支持等多元化的社会服务”后，记者更是与这些机构以及受助者打成一片，为后续新闻素材积累获得了宝贵资源。		
社会效果	乐从镇大罗（片区）综合服务中心投入使用的新闻见报后，佛山市民政局认为这个中心提供了一个很好的做法，值得总结推广。 顺德区更是根据此做法推广康园中心建设，到 2017 年年底各个镇街都建成了康园中心，为残障人士提供包括日间照料、康复训练、辅助就业等方面的综合服务。		

广东新闻奖新闻名专栏参评作品代表作基本情况表

作品标题	干部骑着单车进村去		
发表日期	2017 年 12 月 2 日	作品字数	890
作品评介	容桂街道办为 260 名直联干部分别配备一辆摩拜自行车，打通联系服务群众“最后一公里”。这是容桂探索基层治理新模式，利用共享自行车深化驻点直联工作的创新举措。 这是一篇展现基层干部绿色出行发挥带头作用，而不是作秀的稿件。890 个字的稿件短小精悍，极大凸显了“镇能量 街地气”的栏目特色，配上原图还原新闻现场。		
采编过程	在深入学习贯彻党的“十九大”精神之时，2017 年 11 月中旬，得知容桂街道办要为直联干部配备自行车进村居、企业去“串门”，记者叶芝婷就开始跟进发放时间。确定发放时间后，记者自配单车跟随直联干部骑行去了村民家了解情况。 在采访中，更是针对自行车的用途采访了当地主要领导，获得了“要把直联自行车用成民意直通车、矛盾调解车，今后各直联团队在直联期间能走路不骑车，能骑车不坐车，放下身段接近群众，主动与群众打招呼，面对面倾听群众心声，耐心解答群众疑问，通过骑车入户把沿途风景线变成民意直通线，还要直面群众提出的意见问题，办实事，化解矛盾”的核心内容。		
社会效果	这篇报道刊登后，引发佛山市领导、顺德区主要领导批示，顺德各镇街借助龙江镇的做法，用群众最受欢迎的出行方式深入基层，集中对全区直联干部进行了“能走路不骑车，能骑车不坐车”的动员，深受群众欢迎。报道在顺德 10 个镇街广大干部、群众之间引起广泛反响，各镇街干部借此集中深入村居进行大走访，利用每周二下午进村听取群众意见与建议，与村干部一起解决群众关切的共性问题。		

广东新闻奖新闻名专栏参评作品

2017 年每月第 2 周刊载作品目录

月份	标 题	刊载日期
1 月	择优扶持村居 严格环保执法	2017 年 1 月 5 日
2 月	龙山大涌清淤工程下月动工	2017 年 2 月 22 日（因为佛山、顺德两级党代会、人大会政协会议占用了版面，所以推后到了现见报时间）
3 月	为困难户更换灯具电线	2017 年 3 月 7 日
4 月	一年为 60 个家庭提供免费系列培训	2017 年 4 月 13 日
5 月	乐从发“红包”鼓励企业做大做强	2017 年 5 月 13 日
6 月	既有轮椅上的斗士 又有白手起家的 90 后	2017 年 6 月 10 日
7 月	社团参与管理 丰富教育理念	2017 年 7 月 10 日
8 月	“电竞”或成“乐商小镇”新抓手	2017 年 8 月 7 日
9 月	等了 10 多年 终于可通车	2017 年 9 月 5 日
10 月	伦教“严选 100”项目开业	2017 年 10 月 11 日
11 月	对农贸市场农产品每天进行抽样检测	2017 年 11 月 10 日
12 月	“一带一路”跨境创新孵化共享平台启航	2017 年 12 月 11 日

第四十一章 这个黄连很甜

2014 年“两会”，顺德政府工作报告中首次提出要着力打造“生活便利、管理有序、安全舒适、环境优美”的幸福社区。

寻找幸福的路，犹如黄连，黄连虽苦，但总有苦尽甘来的一天。勒流黄连社区就正在发力建设幸福社区，让居民品尝甜蜜。通过推行基层党组织工作实务化，重构社区自治体系，作为顺德农村综合改革试点的黄连将走出一条新型社区治理模式。

一不小心就走进了黄连的小巷深处。古风孑遗，轻舟秀水，那碧绿的水，不假修饰却有自然之美的水岸石阶，恰似著名作家陈残云在小说《香飘四季》中所描绘的岭南美景。时间在这里似乎被拉长了，岁月的沧桑感扑面而来。

“黄连”并不苦，这里的上空有股甜甜的味道，让经过的人心跳加速。近水而建的青砖瓦房，像一个远古的童话小屋，最是温馨。黄连开村于元末，彼时村里只有黄和连两大姓氏，故取名“黄连”。史载黄连自古“族多衣冠，为商贾舟楫之凑”，治学习字之风更是融入乡人的骨血中，这从乡人历代供奉现存为数不多的纪念文字始祖仓颉和沮诵的字祖庙可见一斑。

进庙便见中堂悬挂“始制文字”牌匾，述说着对仓颉和沮诵两位字祖点划创字、开启文脉的敬仰深情，门前左侧的字纸亭则敦促后辈“敬惜字纸”，敬重文化。每年三月廿八是上古传说中文字始祖仓颉的诞辰，家中凡有子女的村民，均把孩子的姓名贴在香油瓶上，奉送到字祖庙里，祈求孩子学业进步，聪明伶俐，此习俗已延续百年。

如今，作为顺德农村综合改革试点的黄连以党代表工作室为基层党务核心，以重构社区自治体系为目标，为全省农村综合体制改革先行先试。村民梁伟祥使用手机客户端“勒流黄连”反映街道小贩乱摆卖、垃圾乱扔的情况，居委会人员也很快给出了答复，“感觉效率挺高的，村委会不久就派人来多放置了一个大垃圾桶”。有感于村委会行政色彩过于浓厚，造成村委会的自治职能弱化，黄连推出手机平台就是希望能做到真正的村务公开，聆听村民的不同声音。黄连也已建立了社区党代表和党员志愿者两支队伍收集反馈民情民意。谭丽芳在黄连工作了几十年，是一名有近 50 年党龄的老党员，她自愿成为一名党员志愿

人人免费上“大学”
还能参与社区事

顺德首个社区大学
在勒流黄连成立，为居民
提供素质提升课程

启动仪式后，参会嘉宾一同在黄连社区议事厅，就社区大学日后的发展等内容展开讨论。/珠江商报记者周焯杰摄

嘉宾一同为黄连社区大学揭牌。/珠江商报记者周焯杰摄

珠江商报讯 记者曾明 吴景邦 王茂浪报道：只要你生活、工作在黄连社区，就不仅可以免费学到政治、经济、文化等知识，还能接触到礼仪、养生、摄影等感兴趣的内容。学习地点就是昨日揭牌的佛山市顺德区勒流街道黄连社区大学，该校旨在打造“人人皆学，时时可学，处处能学”的氛围。

昨日，尽管下着雨，不少黄连居民还是前来一睹这所建在家门口大学的风采。社区大学选址于黄连有着 80 年历史的旧楼斑雪儒学校里。过去的黄连凭借着其发达的水上交通而物阜民丰，近些年风光不再，经济空心化致使人心涣散。黄连社区党委书记张乃巅意识到，过去的治理模式只能把路越走越偏。前年黄连成为顺德综合改革试点，再到今年成立社区营造协会，通过社区大学凝聚人气的想法也就成型了。

这所特别的大学学生来自哪里？学什么呢？佛山市委党校原副校长、黄连社区大学校长何劲和介绍，无论男女老少，无论户籍非户籍，只要生活工作在黄连，就能成为社区大学的学员；社区大讲堂教授的内容也会因应居民的需求不断调整，形式也可以多样化，“可以在榕树头下讲，也可以你讲我听，我们倡导互动分享式的教学”。

黄连社区大学除了有传统文化修养、工艺美术等课程之外，还有培育社区各类组织管理层、社区领袖、精英人士的课程和居民社区意识的启蒙课程，旨在提高社区成员素质，鼓励社区成员参与社区事务，有空多回黄连看看，把离散的人心重新凝聚起来。

社区大学还开设了社区议事厅参与社区治理，并定期将居民关于公共事务的意见汇总给黄连居委会。何劲和表示，对于热心参与社区事务的居民，社区大学将通过一年一度的“黄连好街坊”评选予以表彰。

居民林万细既是黄连社区大学乒乓球的教练，同时也是社区大学的准学生。他作为社区党代表入户探访，在与居民沟通上也遇到过问题。社区大学针对沟通技巧方面也设置了课程，他表示会用心地学习，积极与居民沟通，再把居民关心的事情反馈到议事厅里。62 岁的顺德洪拳传人何东成在社区里义务教授洪拳已有十几年，他说开办社区大学很好，“大家同在一个社区，见面多点关系也融洽点，也能学多点东西。”

顺德区委宣传部副部长沈涌表示，黄连社区大学的形式是顺德社区建设、市民教育的一个创举，居民能够参与学习、分享乐趣，同时发挥作用参与社区治理，“这个模式也值得全区其他社区借鉴，为‘好学、文化、文明广东’加油”。

获得广东新闻奖三等奖的作品刊登在头版，内容就是黄连居委会的题材

者。尽管已经退休 20 多年，可芳姨仍然十分关心黄连的发展，“身为党员没理由不参加的，希望尽自己所能反映民意”。

黄连社区党总支书记张乃顺介绍，黄连 356 名党员中，由社区党总支挑选 80 名党员作为社区党代表，每人定向联系 30 户群众，每月主动上门联系次数不少于 1 次，收集民情民意，并通过基层党组织进行汇总核实、分析整理，主动解决群众提出的问题。黄连还将成立议监事会强化社区事务监督机制，实现政务协助的契约化和公共、公益角色的社工化。

对于黄连村的报道，我是下了很多功夫，最终用脑力收获了广东新闻奖三等奖。

【获广东新闻奖作品】

人人免费上“大学” 还能参与社区事

顺德首个社区大学在勒流黄连成立，为居民提供素质提升课程

珠江商报讯 记者曾明 吴景邦 王茂浪报道：只要你生活、工作在黄连社区，就不仅可以免费学到政治、经济、文化等知识，还能接触到礼仪、养生、摄影等感兴趣的内容。学习地点就是昨日揭牌的佛山市顺德区勒流街道黄连社区大学，该校旨在打造“人人皆学，时时可学，处处能学”的氛围。

昨日，尽管下着雨，不少黄连居民还是前来一睹这所建在家门口大学的风采。社区大学选址于黄连有着 80 年历史的旧建筑雪圃学校里。过去的黄连凭借着其发达的水上交通而物阜民丰，近些年风光不再，经济空心化致使人心涣散，黄连社区党委书记张乃顺意识到，过去的治理模式只能把路越走越僵。前年黄连成为顺德综合改革试点，再到今年成立社区营造协会，通过社区大学凝聚人气的想法也就成型了。

这所特别的大学学生来自哪里？学什么呢？佛山市委党校原副校长、黄连社区大学校长何劲和介绍，无论男女老少，无论是否有户籍，只要生活工作在黄连，就能成为社区大学的学员；社区大讲堂教授的内容也会因应居民的需求不断调整，形式也可以多样化，“可以在榕树头下讲，也可以你讲我听，我们倡导互动分享式的教学”。

黄连社区大学除了有传统文化修养、工艺美术等课程之外，还有培育社区各类组织管理层、社区领袖、精英人士的课程和居民社区意识的启蒙课程，旨在提高社区成员素质，鼓励社区成员参与社区事务，有空多回黄连看看，把离散的人心重新凝聚起来。

社区大学还开设了社区议事厅参与社区治理，并定期将居民关于公共事务的意见汇总给黄连居委会。何劲和表示，对于热心参与社区事务的居民，社区大学将通过一年一度的“黄连好街坊”评选予以表彰。

居民林万细既是黄连社区大学里的乒乓球教练，同时也是社区大学的准学生。他作为社区党代表入户探访，在与居民沟通上也遇到过问题。社区大学针对沟通技巧方面也设置了课程，他表示会用心地学习，积极与居民沟通，再把居民关心的事情反馈到议事厅里。62 岁的顺德洪拳传人何东成在社区里义务教授洪拳已有十几年，他说开办社区大学很好，“大家同在一个社区，见面多点关系也融洽点，也能学多点东西”。

顺德区委宣传部副部长沈涌表示，黄连社区大学的形式是顺德社区建设、市民教育的一个创举，居民能够参与学习、分享乐趣，同时发挥作用参与社区治理，“这个模式也值得全区其他社区借鉴，为‘好学、文化、文明广东’加油”。(刊登于 2015 年 11 月 14 日《珠江商报》A1 版)

【策划方案】 《行走黄连 · 聚焦改革》宣传报道

一、宣传背景

黄连历史悠久，文化底蕴深厚，曾一度是顺德“四小镇”之一，但如今的黄连经济发展和社会建设逐渐落后于周边区域，致使街巷萧条、社区凝聚力不足。

2013 年，黄连被确定为顺德区村 (居) 综合体制改革试点。两年来，黄连以重构社区自治体系为目标，有效推进落实了基层党组织工作实务化、工青妇社工化以及建立社区党代表定向联系群众机制等具体的改革措施。

此外，黄连居委会引入专业的社工服务居民，各种传承传统文化的自发社区组织也非常活跃，极大地提高了社区居民对传统文化的重视。

为此，《珠江商报》特策划“行走黄连 · 聚焦改革”系列报道，全面报道黄连在农改、社改及文化保育上的亮点工作。

二、宣传方式

纸媒推广:《珠江商报》每周刊出 1 篇报道，共 8 篇。每篇 1/2 版规模，2 200 字左右，配图，制作“行走黄连 · 聚焦改革”栏花，第一篇配开栏语。关于黄连新十景的报道增加配图。

新媒体推广：每期报道在珠江商报官方微博、珠江商报镇街新闻微信微博及无限顺德 App 推送。

三、版面内容

农村综合改革：以党代表工作室为基层党务核心，重构社区自治体系，如微信群，帮助民众解决民生实事。

社区营造：如建立全区首个社区营造协会、“文化一条街”、青年坊、老人大学等。

文化保育：如寻找发掘黄连新十景、风俗重现、口述历史等系列活动，建立洪拳武术醒狮协会等。

黄连美食：黄连烧鹅等特色美食。

四、活动

《珠江商报》组织顺德区作协 30 名作家，到黄连村采风，采写一批关于黄连农改、文化保育、社区营造的文章进行公开发表。

第四十二章 医本通进万家

怎么预防登革热等疾病？遇到突发病情该如何处置？《顺德医本通》来帮你。市民从 2014 年 10 月 17 日起，可到珠江商报社、区及十镇街行政服务中心等地，免费领取由珠江商报社出品的《顺德医本通》。

经过我的策划、珠江商报社数十名采编人员的努力，以及顺德区、镇街卫生、计生等部门、医疗机构的大力支持，70 页的《顺德医本通》出街了，其中包含医保政策介绍、生育保险知识、工伤保险知识、健康日科普知识、计生知识、疾病预防知识、急救知识、基本公共卫生服务知识，以及在顺德 10 个镇街遇到紧急情况需要救治的联系方式。被称为市民健康护航的《顺德医本通》，还介绍了顺德各大医疗机构、社区卫生服务的医疗特色。

珠江商报社派出多路工作人员，前往顺德区第一人民医院，顺德区妇幼保健院，区人口和计划生育服务中心，大良社区卫生中心锦湖服务站，区第一人民医院附属杏坛医院，区图书馆，北滘医院，和平外科医院，区客运总站，北滘图书馆，区行政服务中心，大良、伦教、北滘等镇街行政服务中心，309、303 路公交车，大良康城尚域小区等现场向市民免费派送了 1 万多本《顺德医本通》。

在 309 路公交车上，患鼻炎的市民梁间好翻阅《顺德医本通》后告诉记者："没想到顺德有这么多优质的医疗机构，我身边的亲友身体只要有点'风吹草动'就会往广州跑，在广州的各大医院耗太长时间寻医问药，看到《顺德医本通》的医疗资源，就可以让有需要的亲友在这本书里寻医问药了。"

市民刘先生说，一直以来，《珠江商报》都不断报道各类卫生、计生知识，特别是上月中以来，加大了对登革热防控的报道，"现在又推出《顺德医本通》，真的是做到了'讲好顺德话'的办报承诺"。区属、杏坛、北滘、伦教多家医院的相关负责人表示，《顺德医本通》除了公布医疗机构资源、卫计部门的工作举措外，还含有大量的卫生、急救、医保知识，可以成为市民家庭的必备用书。

在后来的 1 个月内，珠江商报社工作人员还到顺德中医院、区伍仲珮医院、区慢性病防治中心、桂洲医院、同江医院、大良医院、新容奇医院、伦教医院、勒流医院、区第一人民医院附属陈村医院、乐从医院、龙江医院、均安医院，以及 10 个镇街卫生服务中心下属的服务站，向市民免费派发《顺德医本通》。同时，市民可以到指定地点免费领取《顺德医本通》。

我想，这本册子就是我践行"四力"的目的。

【策划方案】 顺德医本通

寻医问药是每天发生的事情，每个人都会经历。在顺德上百家各类医疗机构中，特别是区委区政府正在筹划以马冈为中心的"生命医药岛"，加上南方医科大学，我们顺德人将在家门口享受各类高科技、高附加值的医疗服务。

如何让普通市民能在上百家医疗机构中，针对自己的身体状况，快速寻找到适合自己的治疗、体检、服务机构，《珠江商报》于 2014 年 7 月推出方便市民保存、收藏的"口袋书"——《顺德医本通》，这样可以促进顺德医疗资源得到良性发展，市民不必跑大城市去就医。

具体方案如下：

A. 部门采编

1. 医保制度等政策解读（5 个版）。

2. 基本公共卫生服务知识（1 个版）。

3. 急救知识、计生知识宣传（1 个版）。

4. 疾病预防（2 个版）。

5. 睡眠日等各种健康日的科普知识（3 个版）。

6. 10 个镇街卫生工作推介（10–20 个版）。

B. 机构采编

1. 各大医疗机构的特色医疗项目图文介绍，机构的地址、联系方式，包含公交车如何到达，各镇街如何转公交车，自驾车停车指引，等等。

2. 特色医疗项目图文介绍，机构的地址、联系方式由医疗机构负责，公交车如何到达、各镇街如何转公交车、自驾车停车指引由本报记者实地采访提供。不能夸大特色医疗项目，要符合国家有关规定。

3. 各医院特色医疗专家介绍，包含哪家医院、哪天坐诊等信息。

今日顺德 A9民　生

责任编辑:梁杨开 图编:薛国康 版式:朱蕾 李朗 校对:梁伟成
电话:22222446 E-mail:bl@sc168.com
2014年10月17日 星期五

《顺德医本通》在手 求医不用再往广州跑

本报出版的《顺德医本通》昨日出街，市民可到本报等地免费领取

珠江商报讯 记者王茂浪报道：怎么预防登革热等疾病？遇到突发病情该如何处置？《顺德医本通》来帮你，市民从今天起，可到珠江商报社、区及十镇街行政服务中心等地，免费领取由珠江商报社出品的《顺德医本通》。

记者了解到，经过珠江商报社数十名采编人员的努力，以及顺德区、镇街卫生、计生等部门、医疗机构的大力支持，70页的《顺德医本通》昨日出街，其中包含医保政策介绍、生育保险知识、工伤保险知识、健康日科普知识、计生知识、疾病预防知识、急救知识、基本公共卫生服务知识，以及在顺德10个镇街遇到紧急情况需要救治的联系方式。被称为市民健康护航的《顺德医本通》，还介绍了顺德各大医疗机构、社区卫生服务的医疗特色。

昨天，珠江商报派出多路工作人员，前往顺德区第一人民医院、顺德区妇幼保健院、区人口和计划生育服务中心、大良社区卫生中心锦湖服务站、区第一人民医院附属杏坛医院、区图书馆、北滘医院、和平外科医院、区客运总站、北滘图书馆、区行政服务中心，大良、伦教、北滘等镇街行政服务中心，309、303路公交车，大良康城尚域小区等现场向市民免费派送了1万多本《顺德医本通》。

在309公交车上，患鼻炎的市民梁阿好翻阅《顺德医本通》后告诉记者："没想到顺德有这么多优质的医疗机构，我身边的亲友身体只要有点'风吹草动'就会往广州跑，在广州的各大医院耗太长时间寻医问药，看到《顺德医本通》的医疗资源，就可以让有需要的亲友在这本书里寻医问药了。"

市民刘先生说，一直以来，珠江商报都不断报道各类卫生、计生知识，特别是上月中以来，加大了对登革热防控的报道，"现在又推出《顺德医本通》，真的是做到了'讲好顺德话'的办报承诺。"区属、杏坛、北滘、伦教多家医院的相关负责人表示，《顺德医本通》除了医疗机构资源的公布、卫计部门的工作举措，书中大量的卫生、急救、医保知识，可以成为市民、家庭的必备用书。

记者获悉，在接下来1个月内，珠江商报社工作人员还将到顺德中医院、区伍仲珮医院、区慢性病防治中心、桂洲医院、同江医院、大良医院、新容奇医院、伦教医院、勒流医院、区第一人民医院附属陈村医院、乐从医院、龙江医院、均安医院，以及10个镇街卫生服务中心下属的服务站，向市民免费派发《顺德医本通》。

同时，市民今天起可以到右边表格地点免费领取《顺德医本通》（派完为止）。

16日早上，在顺德第一人民医院，珠江商报出品的《顺德医本通》正式与市民见面
/珠江商报记者杨芳摄

时　间	地　点
10月17日至24日：每天上午9时30分–11时30分，下午3时–5时	珠江商报社大堂
10月17日起，工作日上班时间	区行政服务中心东座服务台
10月17日起，对外开放时间	顺德缤机楼大良东乐路格林服务点、区图书馆大堂、区新华书店康城尚域店、北滘图书馆服务台、区客运总站咨询台，各大医院服务台
10月18日起，工作日上班时间	区行政服务中心西座服务台，容桂、勒流，佛山新城、乐从镇，龙江、杏坛、均安行政服务中心
10月17日起，工作日上班时间	大良、北滘、伦教行政服务中心
10月29日起，工作日上班时间	区政府大堂服务台、顺德缤机楼大良嘉信广场服务点
11月1日起	中石化顺德各大加油站，区内各大商场、购物广场，顺德缤机楼北滘服务点

《顺德医本通》免费派发给市民

第四十三章 老人要求加印

2016年6月，中共中央政治局举行的集体学习强调，要坚持应对人口老龄化和促进经济社会发展相结合，努力挖掘人口老龄化给国家发展带来的活力和机遇，努力满足老年人日益增长的物质文化需求，推动老龄事业全面协调可持续发展。

面对人口老龄化的现实，从中央到地方都给予了高度重视。

在顺德大良、容桂、伦教、北滘、乐从、龙江、杏坛等镇街，各种完善的养老服务模式已经形成，一场全社会应对人口老龄化的行动也已进入快车道。你看，义工通知大良大门社区居委会的老人，到众善乐融长者服务中心就能吃到可口的素食，而这些素食都来自该中心自种的菜地。顺德大良街道正火力全开推动养老服务事业的发展，从打造“门打开，服务送进来”的居家养老，到加大力度投入社区养老建设，再到盘活相关资源，促进养老机构的发展，敬老爱老为老，大良为构筑新型养老服务体系打响攻坚克难战。

国内首创社区长幼活动中心——“幸福e家”在北滘的碧桂园长幼活动中心运营了一年多。最是情深岁寒时，老人冷暖在心间。这样暖心的画面不时出现在北滘余荫院及北滘各种敬老活动中。一直以来，常怀敬老之心，恪守敬老之责，多做利老之事是北滘敬老养老事业的写照。

《敬老，因为有你》特刊封面

在丰富长者文化生活的同时，龙江更关心长者们晚年的身心健康，在大数据的时代里，结合互联网打造的“智慧养老”模式，实现了对长者健康的信息全面化、家庭沟通方便化、管理效率高效化。

8年前开始，乐从镇政府便做好顶层设计，统筹各项资源，推动养老服务下沉到村居、落实到基层。现在，一个从院舍养老到居家养老，从政府福利到社工服务的养老体系在乐从镇已初步成型。

2016年4月29日，杏坛镇居家养老服务中心收到一通电话，致电的是麦村麦宝栈的侄媳。由于年老多病，麦宝栈行动不便，于是申请了居家养老服务，想不到护理员梁言茜的工作态度异常认真，每天不怕脏不怕累地协助其侄媳帮他换尿片、擦身体、清洁卫生等。

许多群众很感兴趣，伦教·颐老园的老人家们每天究竟是如何度过的呢？林玉燕园长笑言，为丰富长者们的精神文化生活，努力达到“六有”目标，根据长者不同的身、心、智的程度，颐老园开展了一系列丰富多彩的活动。

容桂共有 5 间养老机构，分别为容桂敬老院、冯派普敬老院、金秋颐养院、容桂长者综合服务中心及乐善居颐养院。在此“大树”下，老人能实现老有所养、老有所依。容桂养老事业遍地开花，与政府及社会各界的支持密不可分，各养老机构获得了“阳光与雨露”。

事实上，顺德全区 60 岁以上人口超过 19.2 万人。2016 年年中出炉的顺德区首份依托大数据做出的养老状况调查报告显示：2010 年顺德区的人口老龄化比例为 13.5%，2016 年达到 17.87%，依照这个比例，到 2030 年这一比例将达到 28.23%。这个基于大数据分析的调研表明，顺德人口老龄化已成为影响社会发展的关键因素。其中，普查甄别出 5 989 位空巢、失能、失智长者，空巢长者达到了 4 882 位，他们中 47.3% 的人在居住方式上选择主动空巢。

我写的特刊卷首语

为何选择主动空巢？因为老人们有两个想法，怕给子女添麻烦，同时觉得生活习惯不同、不自由。而那些愿意跟子女共同居住的老人给出的理由是为了得到子女经济、生活支持。一旦老人选择主动空巢，就意味着他们所需要的社会服务种类会更多。在十大类养老服务需求调查中，主动空巢的老人有 74.70% 都选择了需要其他人进行家居清洁，有 45.50% 的老人选择需要人对其进行精神抚慰。

10 月 9 日是重阳节，这天恰逢中国共产党佛山市顺德区第十三次代表大会开幕。佛山市委常委、顺德区委书记区邦敏在会上表示，今后五年顺德将为社会各界提供高效便捷的贴心服务。除了党委政府，我们每个人、每家企事业单位都要行动起来，请多陪陪老人，他们需要你和我；因为我们也会变老，请多关注敬老机构。

敬老，因为有你，才安乐。

基于我对以上社会现象的洞察，就于 2016 年 10 月 13 日推出《敬老，因为有你》特刊，这是珠江商报社历史上第一份敬老、关注老人的特刊，特刊发行后出现了洛阳纸贵，最后加印了 3 万份来满足读者的需求。

【策划方案】　《敬老，因为有你才精彩》特刊

2016 年 10 月 9 日，是一年一度的重阳节，顺德一直有爱老敬老的光荣传统，各镇街各村居的敬老活动更是会在重阳节前后不断推出，但敬老院不该只在这个时

候才会被人想起，敬老院干部、工作人员的辛勤付出需要让更多人知晓。为向群众展现顺德敬老事业成效，珠江商报社将于10月13日推出《敬老，因为有你》特刊，具体如下：

一、发行规模

随《珠江商报》发行；同时区委区政府10月召开的相关大会现场，参与单位分别送200份特刊。

二、版面安排

24cm×31cm，精装。

三、出版时间

2016年10月13日出版，10月9日截稿。

四、新媒体传播

顺德新闻网、无限顺德App、顺德发布微信、珠江商报官方微信微博、网易顺德频道。

五、内容

1. 各敬老院所做的工作与取得的成绩和亮点，特别是敬老院干部、工作人员风采展示。
2. 各镇街人力资源和社会保障局养老事业工作亮点、成效推介。

第四十四章 十封信的经历

2015 年 10 月 13 日至 12 月 15 日,《珠江商报》逢周二发出《我们致信顺德十镇街》,该栏目受到区委区政府、各部门、各镇街、各企业以及广大读者的广泛关注。这十封信以全新的媒政互动形式,让大家共同探讨顺德社会经济发展的方向,达成共识,凝聚发展动力。

12 月 16 日,《珠江商报》记者将收集到的各方声音告知大家。

10 月 13 日的《珠江商报》发出《容桂,你该亢奋起来,再低调就 OUT 了》的第一封致镇街的信之后,区委区政府多位领导给予高度关注、评价,称这种全新的媒政互动模式是"开放顺德"的重要体现,还要继续"加辣",支持《珠江商报》把剩下的九封信写好并收集好各方意见、反响。伦教慈善会秘书长欧阳伟雄看过《伦教老睡是不行哦,沉睡后就要醒来》之后说:"一针见血!很好!"

陈村镇旧圩社区政务工作站办事员苏帼惠说,希望《珠江商报》能像"致信"那样开辟一个固定窗口,让群众反映问题。均安市民幸翠君说,不得不承认,信里指出的问题都是事实,值得均安认真面对。

龙江市民邓志强说,信出来后,他也发现很多工程的进度有所加快。广东顺德渔人码头有限公司负责人陈浩文说,希望容桂能够不断完善配套设施,迎来更好的发展机会。

我了解到,面对区委区政府"开放顺德,同创辉煌"战略,宣传工作举足轻重,这其中就需要《珠江商报》与各部门、各镇街开启一种新的"开放,同创"互动模式,《我们致信顺德十镇街》算是互动模式之一。

【全景式报道】 权威解信

以负责任态度向各镇街提问题

顺德区委区政府办公室副主任、调研科科长熊军:《我们致信顺德十镇街》系列报道有其创新之处。作为本土媒体,《珠江商报》从长远的角度和负责任的态度向各个镇街提出了一些问题,这些问题有不少都能够切合各镇街发展的实际情况。

而各镇街在收到信之后积极回应的态度,更让熊军表示赞赏:"在和媒体沟通的过程中可以看出,各镇街对信中提及的问题都进行了反思,并结合自身的情况提出了切实可行的解决方案。各镇街勇于直面媒体问题的态度,也体现出了顺德人特有的坦诚和自信。总而言之,这是一次有意义的媒政互动的尝试。"

点到了镇街发展要害

原佛山市委党校副校长、顺德区公共决策咨询委员会主任委员何劲和:"致信顺德"用信件形式描述镇街的发展现状,很有创意;在镇街转型发展的节骨眼上给他们提个醒,很有必要;内容基本都点到了镇街发展的个性化要害,意见很中肯。总之,这种形式的出现是读者乐见的,"批评"也是善意的,而政府的回应也是积极的。当然,这种"当众批评"也在考验镇街政府的心理承受能力。

对区域发展有积极推动作用

佛山市人大代表、《南方日报》顺德记者站站长王基国："致信顺德"的推出，不愧是《珠江商报》媒政互动的成功案例。这种以书信的形式表达对各镇街的见解，一方面建言献策，另一方面又与镇街互动，以这种直面问题，又提出建议的方式，不仅可以让相关镇街能够坦诚面对，积极寻求解决方案，甚至有的镇街还专门召开了相关部门的沟通会，对所提问题积极回应并解决，这对于推动区域社会和经济的发展有着非常积极的推动作用，在目前媒政互动的环节上是不多见的。

镇街积极回应有催化作用

太子酒店董事、常务副总经理梁子刚：我是《珠江商报》的常年读者，在全媒体大行其道的今天，我仍然喜欢抽空看看《珠江商报》。"致信顺德"是我最爱看的栏目之一。说它好，是因为该栏目的确内容有料，大多都是针对镇街存在问题提出的善意批评和建议，这说明党的喉舌不仅发表党的声音，同时也大胆为民说话。行文如流水，批评绵里藏针。这种手法虽然不多见，但值得肯定。对于所反映的问题，各镇街也积极回应，勇于面对，无疑为解决问题起到了积极的催化作用。

我们致信顺德十镇街
A4
容桂，你该亢奋起来，再低调就OUT了
我们致信顺德十镇街
ZHUJIANG BUSINESS 珠江商报
2015年10月20日 星期二
A8
大良：5年后，顺德中心还是你吗？

分别写给容桂、大良的信

我们致信顺德十镇街

A4

勒流：没有"心"爱你的人会慢慢离开

ZHUJIANG BUSINESS 珠江商报

2015年12月8日 星期二

伦教 老睡是不行哦 沉睡后就要醒来

商报人：阿澈、阿兵
2015年12月7日

分别写给勒流、伦教的信

我们致信顺德十镇街

A4

北滘：教育、医疗没保障 下一个你会在哪呢？

ZHUJIANG BUSINESS 珠江商报

2015年11月24日 星期二

陈村：没有好水，怎能守住"中国花卉第一镇"的美誉呢？

商报人：阿澈、阿涵
2015年11月23日

分别写给北滘、陈村的信

ZHUJIANG BUSINESS 珠江商报
2015年11月10日 星期二
A4
我们致信顺德十镇街
龙江：留不住本地人，你怎么能留住外地人呢？

ZHUJIANG BUSINESS
A5
我们致信顺德十镇街
乐从 不要抱怨了，企业、市民需要你的服务
商报人：阿蔡 阿然 小何
2015年12月14日

分别写给龙江、乐从的信

ZHUJIANG BUSINESS 珠江商报
2015年12月1日 星期二
A4
我们致信顺德十镇街
均安：牛仔不牛 美食不实 乐园不乐 你该咋办？

ZHUJIANG BUSINESS
A4
我们致信顺德十镇街
杏坛：文化是你的根，水乡是你的本，丢了这两样，你什么也不是
2015年11月2日

分别写给均安、杏坛的信

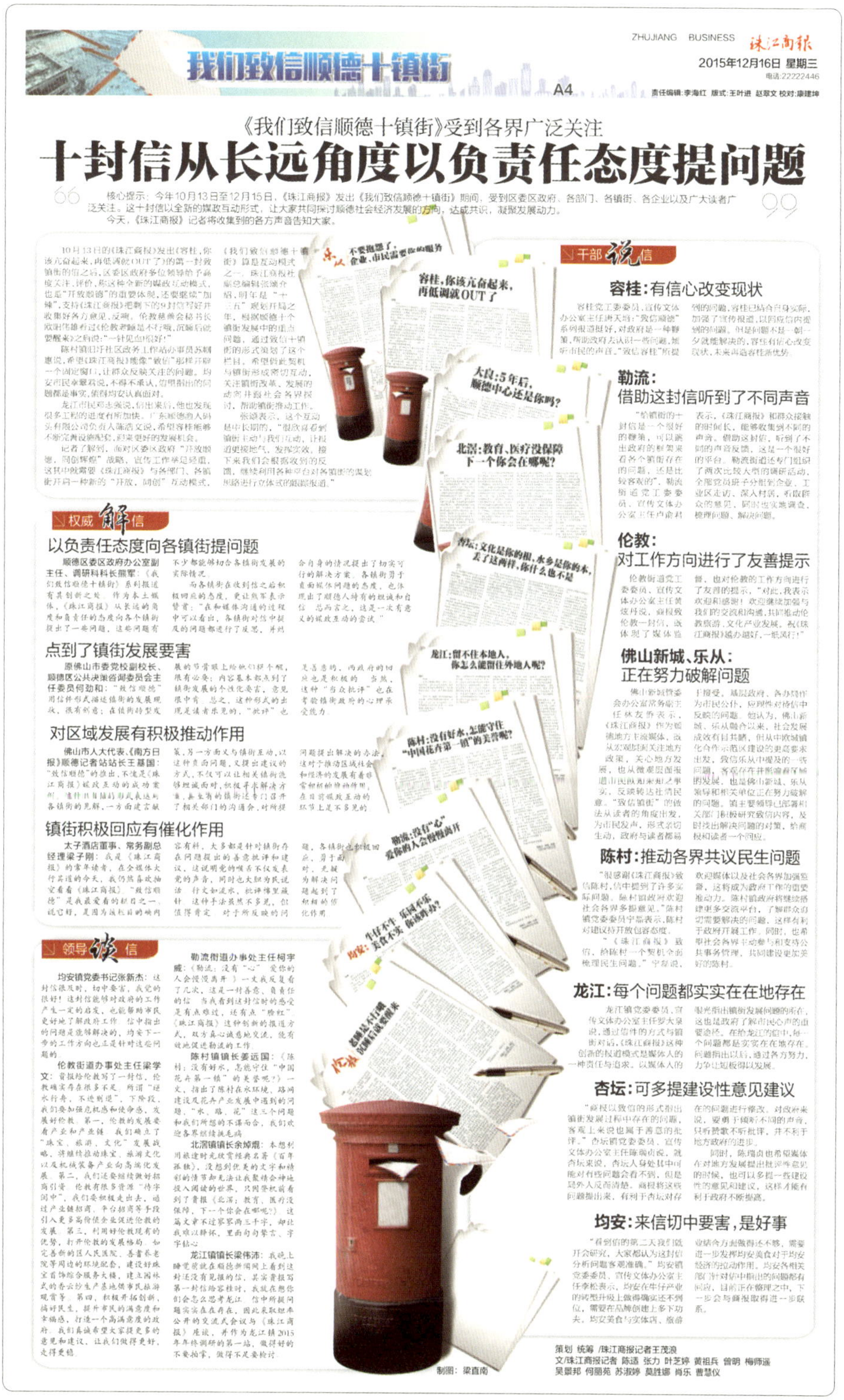
我们致信顺德十镇街
ZHUJIANG BUSINESS 珠江商报
2015年12月16日 星期三
电话:22222446
A4
责任编辑:李海红 版式:王叶进 赵翠文 校对:康建坤

《我们致信顺德十镇街》受到各界广泛关注
十封信从长远角度以负责任态度提问题

核心提示：今年10月13日至12月15日，《珠江商报》发出《我们致信顺德十镇街》期间，受到区委区政府、各部门、各镇街、各企业以及广大读者广泛关注。这十封信以全新的媒政互动形式，让大家共同探讨顺德社会经济发展的方向，达成共识，凝聚发展动力。
今天，《珠江商报》记者将收集到的各方声音告知大家。

干部说信
容桂：有信心改变现状
勒流：借助这封信听到了不同声音
伦教：对工作方向进行了友善提示
佛山新城、乐从：正在努力破解问题
陈村：推动各界共议民生问题
龙江：每个问题都实实在在地存在
杏坛：可多提建设性意见建议
均安：来信切中要害，是好事

权威解信
以负责任态度向各镇街提问题
点到了镇街发展要害
对区域发展有积极推动作用
镇街积极回应有催化作用

领导谈信

乐从：不要抱怨了，企业、市民需要你的服务
容桂，你该亢奋起来，再低调就OUT了
大良：5年后，顺德中心还是你吗？
北滘：教育、医疗没保障 下一个你会在哪呢？
杏坛：文化是你的根，水乡是你的本，丢了这两样，你什么也不是
龙江：留不住本地人，你怎么能留住外地人呢？
陈村：没有好水，怎能守住“中国花卉第一镇”的美誉呢？
勒流：没有“心”爱你的人会慢慢离开
均安：生计不牛 乐问不乐 你该咋办？
伦教：老牌是不行哦，沉睡着就被淘汰

策划 统筹 /珠江商报记者王茂浪
文/珠江商报记者 陈适 张力 叶芝婷 黄祖兵 曾明 梅师遥 吴景邦 何丽苑 苏淑婷 莫胜娜 肖乐 曹慧仪
制图：梁直南

我以十封信模式采写出十篇不一样的报道

领导谈信

均安镇党委书记张新杰：这封信很及时，切中要害，我觉得很好！这封信能够对政府的工作产生一定的启发，也能帮助市民更好地了解政府工作。信中指出的问题是能够解决的，均安下一步的工作方向也正是针对这些问题的。

伦教街道办事处主任梁学文：贵报给伦教写了一封信，伦教确实存在很多不足。所谓“逆水行舟，不进则退”，下阶段，我们要加强危机感和使命感，发展好伦教。第一，伦教的发展要看产业和产业链。我们确立了“珠宝、旅游、文化”发展战略，将继续推动珠宝、旅游文化以及机械装备产业向高端化发展。第二，我们还要继续做好招商引资。伦教有很多资源“待字闺中”，我们要积极走出去，通过产业链招商、平台招商等手段引入更多高价值企业，促进伦教的发展。第三，利用好伦教现有的优势，打开伦教的发展格局。如完善新的区人民医院、善耆养老院等周边的环境配套，建设好珠宝首饰综合服务大楼，建立园林式的香云纱生产基地供市民旅游观赏等。第四，积极开拓创新，搞好民生，提升市民的满意度和幸福感，打造一个高满意度的政府。我们真诚希望大家提更多的意见和建议，让我们做得更好，走得更稳。

ZHUJIANG BUSINESS 珠江商报
2015年11月19日 星期四
顺德十镇街回信给我们
A4

精雕细琢 汇聚人气吸引回流
贴心服务 解决企业和市民“琐事”
勒流致力提高政府服务效率，完善配套留住人心

商业氛围：
聚人气 打造大型商业综合体

交通环境：
路通才不“心塞” 从“有车坐”到“坐好车”

企业服务：
社会团体协同服务
软硬件保障安全生产

村居提升：
多听居民声音 基层治理不断探索尝试

文化发展：
擦亮勒流文化名片 坚持传承中不断创新

这个回应是及时的，是媒政互动最好的模式

勒流街道办事处主任柯宇威：《勒流：没有“心”爱你的人会慢慢离开》一文我反复看了几次，这是一封善意、负责任的信。当我看到这封信时，有点难过，还有点“脸红”。《珠江商报》这种创新的报道方式，双方真心诚意地交流，能有效地促进勒流的工作。

陈村镇镇长姜远国：《陈村：没有好水，怎能守住“中国花卉第一镇”的美誉呢？》一文，指出了陈村在水环境、路网建设及花卉产业发展中遇到的问题，"水、路、花"这三个问题和我们所想的不谋而合，我们欢迎各界继续挑毛病。

北滘镇镇长余焯焜：本想利用旅途时光欣赏经典名著《百年孤独》，没想到优美的文字和精彩的情节却无法让我聚精会神地投入阅读的世界，只因登机前看到了贵报《北滘：教育、医疗没保障，下一个你会在哪呢？》。这篇文章不过寥寥两三千字，却让我难以释怀，里面句句挚言、字字钻心。

龙江镇镇长梁伟沛：我晚上睡觉前就在顺德新闻网上看到这封还没有见报的信，其实贵报写第一封信给容桂时，我就在想你们会怎么思考龙江。信中所提问题实实在在，因此采取坦率公开的交流式会议与《珠江商报》座谈，并作为龙江镇 2015 年年终调研的第一站，做得好的不要拍掌，做得不足要检讨。

干部说信

容桂：有信心改变现状

容桂党工委委员、宣传文体办公室主任唐天培："致信顺德"系列报道挺好，对政府是一种鞭策，帮助政府去认识一些问题，倾听市民的声音。"致信容桂"所提到的问题，容桂已结合自身实际，加强了宣传报道，以回应信内提到的问题。但是问题不是一朝一夕就能解决的，容桂有信心改变现状，未来再造容桂新优势。

勒流：借助这封信听到了不同声音

"给镇街的十封信是一个很好的鞭策，可以跳出政府的框架来看各个镇街存在的问题，还是比较客观的"，勒流街道党工委委员、宣传文体办公室主任卢俞君表示，《珠江商报》和群众接触的时间长，能够收集到不同的声音。借助这封信，听到了不同的声音反馈，这是一个很好的平台。勒流街道还专门组织了两次比较大型的调研活动，全部党员班子分组到企业、工业区走访，深入村居，听取群众的意见，同时也实地调查，梳理问题、解决问题。

伦教：对工作方向进行了友善提示

伦教街道党工委委员、宣传文体办公室主任黄炫丹说，商报致伦教一封信，既体现了媒体监督，也对伦教的工作方向进行了友善的提示，"对此，我表示欢迎和感谢！欢迎继续加强与我们的交流和沟通，共同推动伦教旅游、文化产业发展。祝《珠江商报》越办越好，一纸风行！"

佛山新城、乐从：正在努力破解问题

佛山新城管委会办公室常务副主任林友侨表示，《珠江商报》作为顺德地方主流媒体，既从宏观层面关注地方政策，关心地方发展，也从微观层面报道市民欲知未知之事实，反映转达社情民意。"致信镇街"的做法从读者的角度出发，为市民发声，形式亲切生动，政府与读者都易于接受。基层政府、各办局作为市民公仆，应

理性对待信中反映的问题。他认为，佛山新城、乐从融合以来，社会发展成效有目共睹，但从中欧城镇化合作示范区建设的更高要求出发，致信乐从中提及的一些问题，客观存在并影响着区域的发展，也是佛山新城、乐从领导和相关单位正在努力破解的问题。镇主要领导已部署相关部门积极研究致信内容，及时找出解决问题的对策，给商报和读者一个回应。

陈村：推动各界共议民生问题

"很感谢《珠江商报》致信陈村，信中提到了许多实际问题。陈村镇政府欢迎社会各界多提意见。"陈村镇党委委员宁磊表示，陈村对建议持开放包容态度。

"《珠江商报》致信，给陈村一个契机全面梳理民生问题。"宁磊说，欢迎媒体以及社会各界加强监督，这将成为政府工作的重要推动力。陈村镇政府将继续搭建更多交流平台，了解群众迫切需要解决的问题，这样有利于政府开展工作。同时，也希望社会各界主动参与和支持公共事务管理，共同建设更加美好的陈村。

龙江：每个问题都实实在在地存在

龙江镇党委委员、宣传文体办公室主任罗大泉说，通过信件的方式与镇街对话，《珠江商报》这种创新的报道模式是媒体人的一种责任与追求。以媒体人的眼光指出镇街发展问题的所在，这也是政府了解市民心声的重要途径。在给龙江的信中，每一个问题都实实在在地存在。问题被指出以后，我们将通过各方努力，力争让短板得以发展。

杏坛：可多提建设性意见和建议

"商报以致信的形式指出镇街发展过程中存在的问题，客观上来说也属于善意的批评。"杏坛镇党委委员、宣传文体办公室主任陈瑞贞说，就杏坛来说，杏坛人身处其中可能有些问题会看不到，但是局外人反而清楚。商报将这些问题提出来，有利于杏坛对存在的问题进行整改。对政府来说，要勇于倾听不同的声音，只听赞歌不听批评，并不利于地方政府的进步。

同时，陈瑞贞也希望媒体在对地方发展提出批评性意见的同时，多提一些建设性的意见和建议，这样才能有利于政府不断提高。

均安：来信切中要害，是好事

"看到信的第二天我们就开会研究，大家都认为这封信分析问题客观准确。"均安镇党委委员、宣传文体办公室主任李松表示，均安在牛仔产业的转型升级上做得确实还不到位，需要在品牌创建上多下功夫。均安美食与实体店、旅游业结合方面做得还不够，需要进一步发挥均安美食对于均安经济的拉动作用。均安各相关部门针对信中指出的问题都有回应，目前正在整理之中，下一步会与商报取得进一步联系。

珠江商报 ZHUJIANG BUSINESS　今日顺德　综合　A4　2015年11月26日 星期四　电话:22313015

责任编辑:李海红　图编:周坤杰　版式:王叶进 周惠芬　校对:张澈

顺德十镇街回信给我们

陈村 与媒体不谋而合 欢迎继续“挑刺”

开放政社互动氛围，精细化政策提升陈村民生工作

核心提示：11月24日，一封刊登于《珠江商报》的题为《陈村：没有好水，怎能守住“中国花卉第一镇”的美誉呢?》的信成为陈村城中热议话题，也引起不少读者对陈村发展的关注。昨日，陈村镇组织各职能部门、人大代表及媒体召开民生专题调研座谈会，各界代表各抒己见，热议民生焦点问题。

陈村镇镇长姜远国表示，这种社会各界群体共同召开的见面互动活动形式很好，让市民更了解陈村各项工作开展的进度。陈村的特色是花卉，民生工作不能“昙花一现”，要做到“四季花开”，政社协同努力“出实招”，也随时欢迎媒体朋友监督。

河涌治理：好水才能浇灌出鲜花

陈村镇镇长姜远国回应致信陈村。

交通路网：对外交通更顺畅 对内路网更完善

陈村镇举行民生专题调研座谈会。

花卉产业：从“一枝独秀”到“百花齐放”

文化：深挖历史底蕴 加强文体设施建设

提到陈村，大家都知道她是“中国花卉之都”，中国三大国学启蒙读物之一《三字经》作者区适子、清代书画家黎简的故乡。陈村宣传文体办常务副主任邝转容介绍，陈村镇近年来举办众多影响力大、覆盖面广、群众参与度高的文体活动，丰富市民文化生活，提升陈村文化内涵。

给陈村的一封信写道“文化体育设施特别少，不少村居都只有那么一点点户外健身场所、一点点书籍放在角落”。邝转容表示，目前陈村镇各村居已建有篮球场、健身路径、羽毛球场、乒乓球台、健身室、戏台等设施，但相比群众的需求还有一定差距。镇政府将进一步把扶持村居发展竞争性资金覆盖到文体设施和文化活动项目，不断补充和完善村居文体设施。同时，镇图书馆今年经过改造提升已重新开放，并升级为顺德区图书馆集群分馆，可全区范围内“通借通还”。

今年初，总投资3200万元的玉带公园落成投入使用。玉带公园总用地面积12.4万平方米，包括市民休闲广场、休闲健身区、自行车道、足球场。潭洲水道规划打造15公里长的健身绿道，周边建设综合文体设施。

依托传统文化，如仙涌的朱氏宗祠、紫阳学校、登洲三字经公园等，陈村将建设富有特色的文化设施。前不久，陈村三字经文化公园主体部分区氏大宗祠暨区适子纪念馆重建落成，而以三字经为文化核心的第三期工程预计明年可完成。

文/珠江商报记者梅师遥 吴景邦
图/珠江商报记者杨芳

重点工程齐推进 东部片区显活力

“开放顺德东部行”活动昨日举行

珠江商报讯 记者陈适报道：“开放顺德东部行”活动于昨日上午举行，市民代表、专家学者以及区内外媒体代表共80多人组成了市民考察团，畅游顺德东部片区，感受东部新城建设成果，了解城市建设规划亮点。

5幼儿园将晋级为区一级幼儿园

目前顺德登记在册的幼儿园有283所，全区幼儿园评级率达到82.3%

珠江商报讯 记者王祥报道：顺德区5所幼儿园即将成功晋级为区一级幼儿园。目前顺德登记在册的幼儿园有283所，全区幼儿园评级率达到82.3%。

“顺德好人”巡讲伦教分享心得

在场100多名社区居民为之动容

陈村与媒体不谋而合，欢迎继续“挑刺”

第四十五章 英文报道亮相

2014 年 6 月 10 日，读完《珠江商报》A4 版《停车坐爱新城景　钟情才能长驻足》一文，读者梁翠悦就对我说，她追读《珠江商报》“智造新城国际范”大型系列报道近 2 个月以来，已经去了 5 次佛山新城、中德工业服务区，目的就是想在那里安居乐业。

2014 年 4 月 15 日至 6 月 10 日，《珠江商报》连续推出 10 个版的“智造新城国际范”大型系列报道，全方位为读者解读了虽位于乐从镇，但不少顺德人感到陌生的佛山新城、中德工业服务区。首篇报道《不断进化中的理想城市 》出街后，网易、广佛都市网、顺德新闻网等国内众多网站纷纷转载，很快就在顺德区各界引起强烈反响。4 月 17 日，从德国考察刚刚归来的佛山市委常委、顺德区委书记梁维东，在向《珠江商报》记者介绍此次德国之行的收获和感悟后，就仔细阅读起“智造新城国际范”大型系列报道，并提出了接下来报道的具体方向。

中德工业服务区
FOSHAN SINO-GERMAN INDUSTRIAL SERVICES ZONE
佛山德国工业培训基地陈登职校培训中心成立
中德工业服务区“舵手”列海坚接受《珠江商报》记者专访，“新年献辞”谈对欧战略合作平台新使命
由这里进入中国，从这里走向世界
服务论
对接工业4.0，这边风景独好
欧亚经济联盟有何意义

2015 年 1 月 7 日刊发的第一期《中德工业服务区》专栏

接下来的报道中，除了《珠江商报》主报刊登“智造新城国际范”大型系列报道之外，珠江商报社官方微博、微信，顺德新闻网，《珠江商报·圆梦》特刊，@珠江商报镇街新闻、@珠江商报中德工业服务区乐从新闻微博都对系列报道进行了多渠道转发、转载，受到网友广泛关注。中德工业服务区管委会技术产业项目部副部长黄雄，近日在与顺德区家电、纺织、机械、印刷、照明、软件等行业商协会负责人座谈时，就是用“智造新城国际范”大型系列报道来介绍中德工业服务区的。

“现在每周六下午，我都会带孩子从容桂去佛山新城露天泳场游泳，那个泳场不是天然的，但绝对好过任何一家人造游泳池，小孩子们特别喜欢，可以找到、拥有童趣。我现在就在等文化中心开放，到时可以一整天待在佛山新城了。”顺德市民李东升说，在看过《1 公里内叹尽浮华“慢生活”》《缔造沙滩流水中的活力典范》《东平河畔建起“仿真德国”》等文章后，他与亲友们才知道佛山新城、中德工业服务区不是水泥森林，而是有“心”和“芯”的理想家园以及安居乐业的乐土。

这是我深入了解“佛山新城、中德工业服务区在发展中需要什么”后策划的系列报道，这就是靠脚力、眼力、脑力、笔力磨炼出来的新闻精品，还在版面上根据读者的需求学习《昆山日报》的做法，增加了英文报道。这是顺德历史上第一次出现英文新闻报道。

【策划方案】　《中德工业服务区》系列报道

2015 年 4 月 9 日 A3 开篇稿件　700 字

一、水景与运动——高楼大厦下的活力典范

4 月 9 日见报，主题是滨河景观带。以踏春的方式，用记者所见所闻，游客、群众的真人真事，来描写 8 公里长滨河景观带，带出服务区内的水系。走进世纪莲体育中心，带出国际体育休闲区里的亚洲龙舟总部基地、NBA 标准篮球馆。目前正在加紧建设文化中心和体育休闲区。

佛山中德工业服务区以产、城、人融合为发展理念，将“站得更高、看得更远、更加务实、更加高效”，致力于探索国际城市与产业合作发展的新路子，打造中欧、中德合作的“理想之城”。（3 800 字，4 月 3 日交稿）

二、区域与交通——四通八达中的活力典范

4 月 16 日见报。来到滨河景观带的西边，用记者的所见所闻、广佛地铁工地的真人真事，向读者传递服务区的交通优势，带出交通枢纽中心。（3 800 字，4 月 11 日交稿）

三、民俗与文化——传统突破里的活力典范

4 月 23 日见报。搭乘地铁来到服务区，走进佛山市图书馆、佛山市档案中心、佛山市科技馆、佛山市青少年宫、进坊塔、艺术村、佛山市博物馆、佛山市大剧院，写出服务区的人文气息。全方位解读佛山市图书馆、佛山市档案中心的功能与外形。（3 800 字，4 月 16 日交稿）

四、“引资”与“引智”——“资智”引擎上的活力典范

4 月 30 日见报。走进商务中心，全方位解读商务中心的功能，请专家谈商务中心将为中德工业服务区发挥怎么样的作用，带出中德高技术产业服务平台。解读佛山德国服务中心，提及中德工业服务区在中德两国的战略地位。走进佛山新闻中心，同时解读佛山移动信息大厦。

着力打造中德高技术服务平台和中德高技术实验园两大科研载体，着力打造佛山德国服务中心。2014 年全国“两会”前夕，中央电视台《新闻联播》将佛山德国服务中心作为《广东：打造经济发展新引擎》的重大项目，给予高度评价（出电视画面，包括德国驻广州总领事的声音）。（3 800 字，4 月 25 日交稿）

《中德工业服务区》专栏触角延伸到了欧洲

五、科研与创新——佛山制造中的活力典范

5 月 7 日见报。解读佛山苏宁广场、佛山企业家大厦、中国金属交易总部基地、中信银行大厦、集成金融广场、中盈盛达国际金融中心、宝能国际文化金融中心。解读云制造体验培训中心、佛山中科院产业技术研究院。

科研和公共创新平台方面，深化与德国弗劳恩霍夫协会合作；佛山中科院产业技术研究院已引进多个创业团队；德国 TÜV 北德集团签约落户。（3 800 字，4 月 30 日交稿）

六、营商与服务——“引制”新模式的活力典范

5 月 14 日见报。以行政服务为中心进行走访，谈谈这里的服务区的服务环境。带出服务区要建的酒店、商场，带出服务区的一些中德文化节目、活动等。以“引制”先行先试为重点的国际合作新模式，大力营造与国际接轨的营商环境。

国际化营商环境方面，与国家发改委和欧盟合作，打造中欧城镇化合作示范区；继在杜塞尔多夫设立办事处之后，与商务部、广东省外经贸厅合作，将在法兰克福、慕尼黑分别设立代表处，引进德国世尊酒店和施泰根博格酒店。（3 800 字，5 月 9 日交稿）

七、村庄与城市——我们向往中的活力典范

5 月 21 日见报。走进麦家沙与一个改造得比较好的村庄，例如岳步、小涌，找到支持服务区建设的群众讲述他们的经历、期盼，主要与重建局沟通，采访要围绕新城、服务区将国家新型城镇化规划与欧洲风情相结合来展开，提升高度。（3 800 字，5 月 16 日交稿）

八、生机与活力——沙滩流水中的活力典范

5 月 28 日见报。主题是露天泳场和佛山儿童公园，以体验的方式，用记者的所见所闻、泳客的真人真事来描写如何乐在其中。（3 800 字，5 月 23 日交稿）

九、未来与保障——国际范儿们的活力典范

6 月 4 日见报。走进东平小学找学生、老师、家长，以及教育、卫生部门，带出服务区的教育、卫生等未来情景。比如启动建设佛山（中德）国际儿童医院等。（3 800 字，5 月 29 日交稿）

十、现实与理想——花园家园里的活力典范

6 月 11 日见报。走进依云水岸等 2 个住宅小区，各找一户人家讲述他们在服务区安居的故事。找 1 名在服务区的创业者（可以是顺德企业投资项目）、1 名在服务区的就业者，来讲述他们的故事。（3 800 字，6 月 4 日交稿）

第四十六章 大学城卫星城

2016 年 11 月 26 日，顺德区正式启动建设“大学城卫星城，打造高端人才集聚区”，举行高端人才集聚区和人才扶持政策发布会以及企业与高层次人才对接会。广东省教育厅与顺德签署协同推进 " 大学城卫星城 " 建设的框架协议，以顺德北部片区为核心打造高端人才集聚区，在顺德打造广州科学城—大学城—顺德北部片区“科技创新走廊”。

针对这一重磅消息，我迅速开设了《广州大学城卫星城》专栏，受到广州大学城广大教职工、学生的关注。

【运行方案】 《广州大学城卫星城》新闻版块运行方案

为提高广州大学城卫星城的知晓度，以及通过珠江商报社全媒体各类传播途径，让更多海内外商家、企业、顺德乡亲认识广州大学城卫星城，珠江商报社联合广州大学城卫星城建设单位，加大对广州大学城卫星城的宣传，现成立“广州大学城卫星城”项目小组。

版面安排如下：

1. 在主报逢周五（法定假日除外，广州大学城卫星城有重大、重要活动可以提前与推后刊登时间，但尽量确保一周一期，可以根据内容用报头做成半个版，下半版为各类广告）A4 版（国内外、市区重大会议、活动除外），开设广州大学城卫星城新闻版块。

2. 内容包含省市区关于广州大学城卫星城建设、发展、城市形象，尤其是安居、配套、创新创业等中心工作，本版不刊登任何广告，做到代言广州大学城卫星城的对外宣传工作，每期头版都要导读。

3. 针对部分广州大学城卫星城重大项目、事件，可以全版进行深度解读。

4. 广州大学城卫星城其他时效性新闻一律在主报刊登，要确保所有有时效性的政务报道及时刊登在主报上。

5. 注重版面内容质量、版面活跃度，每期内容在“顺德发布”微信公众号上播发，顺德新闻网、无限顺德 App 播发。涉及广州大学城卫星城重大活动或题材的新闻，在“珠江商报”微信公众号上免费播发；在“珠江商报”微信公众号上播发新媒体内容按照新闻规律进行，一般性新闻纳入“微播报”栏目，涉及广州大学城卫星城重大活动或题材的新闻单独播发。

6. 广州大学城卫星城相关版面内容新媒体可采用，但要注明出处。

广州大学城 卫星城

Guangzhou University City satellite city A5

2017年4月17日 星期一 珠江商报 总第08期

主办单位：广州大学城卫星城专责组办公室、珠江商报社

责任编辑：梁晓华 图编：黄绍然 版式：王叶进 赵源汶 校对：梁伟庭 传真：22313050 E-mail:zsb@sc168.com

名家纷至沓来 点燃文学热情

第15届华语文学传媒大奖文学周暨广州大学城卫星城“文学季”活动启动

打开“阅读季”，文学掀旋风。前日上午，第十五届华语文学传媒大奖启动仪式在顺德图书馆举行。名家演讲、诗歌之夜、华语文学传媒大奖往届图片回顾展等10余项精彩文学活动即将在顺德举行。李敬泽、舒婷、陈仲义、于坚、张悦然、陈先发、路内、须一瓜、江弱水、双雪涛等文学名家将齐聚顺德，为市民献上高端的文学盛宴。

文学盛宴阅享顺德

南方都市报常务副总编辑崔向红，顺德区政协副主席徐国元，区文化体育局局长陈影然等领导出席了启动仪式。据悉，本次大奖全部六个大奖将于4月22日举行的颁奖典礼上揭晓。

促进精英文学与大众的阅读需求相结合，是华语文学传媒大奖落户顺德后的一贯传统，而连续四年举办的“顺德阅读之星”推选活动则为引领顺德市民树立了阅读标杆。在启动仪式上，顺德区委宣传部（区文化体育局）与顺德区图书馆向获得2016年度“顺德阅读之星”奖项市民进行了颁奖。在乐从沙滘初级中学读初三的甘敏玲是中学组“顺德阅读之星”的获得者之一，她从小学开始就因为得到老师的鼓励开始养成阅读的习惯，如今完成作业之后读一个小时以上的书已经是每日的家常便饭。作为初中生，甘敏玲尤其喜欢老舍、季羡林等作家的作品，在阅读的同时更喜欢摘抄和做阅读笔记，而在闲暇时光更会与朋友和同学互相推荐新书，分享阅读心得。“这些作家的经典作品有很多优美的词句，对我的写作有很大的帮助”，甘敏玲说。

为鼓励市民积极参与阅读，顺德区文体局还在当日的揭幕仪式上发布了德胜读书会阅读书单的发布，而悦读地图（春季版）活动也同时启动，为顺德爱书人订制读书宝典阅读地图，方便市民分门别类找到自己喜欢和需要的书籍。

以华语文学传媒大奖为契机，为顺德市民搭建文学营造环境和平台，是顺德举办活动的目的所在。据了解，华语文学传媒大奖至今已经走过15个年头，自2013年开始永久落户顺德，至今已进入第5个年头。

几年来，华语文学传媒大奖已然深深打上了顺德烙印，2017年的华语文学传媒大奖在传承既往阅读文化的同时，将更多融入顺德元素，关注顺德文学的发展与变化，本次活动定名为第15届华语文学传媒大奖文学周暨广州大学城卫星城“文学季”系列活动。接下来的一周里，文学将成为顺德最热的词汇，而顺德市民也将有机会与众多文学名家面对面交流。

15日上午，第15届华语文学传媒大奖文学周暨广州大学城卫星城“文学季”系列活动启动仪式在顺德图书馆举行。

大学城学子探寻顺德文化

其中，作为系列活动的主体活动，广州大学城卫星城“文学周”从4月15日启动仪式开始至4月23日名家讲座，共10余项精彩展览、沙龙、采风、论坛、名家讲座轮番举行。作为大学城卫星城“乐活季”的重头戏，本次“文学季”活动还将于5月7日举行“广佛诗人看顺德”大型采风笔会，邀请广州、佛山知名诗人50人参观顺德北部片区与顺德制造业单位，创作顺德题材诗歌，并汇编成诗歌作品集出版。

文学周活动既是为顺德爱书之人打造的阅读盛宴，更是华语文学创作者深入顺德、了解顺德的一次大好机会。作为活动主办方代表的崔向红向媒体介绍，今年活动被纳入到大学城卫星城“文学季”当中，因此在采风活动除了文学创作者和爱好者之外，大学城学子也将加入到走访探寻顺德文化景点的队伍当中去，“希望大学生从校园走出来，与文学创作者们互动，与顺德风土人情互动”。

崔向红认为，顺德区正在不遗余力地促进制造业提升，希望通过软环境吸引高端人才，而文学正是提升城市内涵，为城市带来独特气质的重要元素。“今年是文学奖落户顺德第五年，这个奖项已经和顺德高度融合在一起”，崔向红表示，希望通过颁奖以及文学周活动，全方面展示顺德人文面貌，“我们希望对标戛纳影展对当地的作用，发挥一个奖项和一座城市高度融合的作用”。

15日上午，第15届华语文学传媒大奖文学周暨广州大学城卫星城“文学季”系列活动启动仪式在顺德图书馆举行。

活动回顾

书与影的交汇 年度“十大好书”与纪实摄影诞生记

在第15届华语文学传媒大奖启动仪式之后，南方都市报文化副刊部首席编辑、著名书评人、学者刘铮和顺德读者一起，分享南都2016年度十大好书评选的台前幕后。

刘铮介绍，年度十大好书评选规则是：一，只选中国原创书，不选翻译书；二，只选第一版，不选重版书；三，不选高冷书，偏重与时代更贴合、有创新思维、引领新潮流的书。这三点评选原则，若没有足够宽的视野和鉴别力，绝无可能评选出令人信服的十大好书。2016年度十大好书推出之后，立即引起全国同行的高度赞赏，很多读者也以此按图索骥，去寻找适合自己的书。

昨日，著名摄影师安哥、南方都市报首席编辑刘晨，与顺德读者一道解读纪实摄影的魅力。安哥是著名摄影师，从1970年代开始，他的摄影足迹遍布中国大街小巷，为中国社会大变迁做了非常生动而冷静的记录。通过他的镜头，带领读者仿佛回到那个已经消逝的年代，被人们所淡忘的记忆，将在安哥的一张张摄影作品中，得以渐渐回到我们的视野当中。安哥和刘晨一道共同解读了纪实摄影艺术的构成要素，如何在作品中传递更丰富的生活和时代气息。

著名摄影师安哥解读纪实摄影艺术。/北滘宣文办供图

天意君须会 人间要好诗 “好学顺德”文学对话沙龙走进广州大学城

4月16日下午，顺德的读者还有幸听到中山大学中文系主任彭玉平教授的精彩演讲。今年春天，一股“诗词热”席卷全国，很多读者对中国古典诗词燃起热情。而此时，来自中山大学的彭玉平教授，因他在中央电视台《百家讲坛》讲述中国古典诗词而为公众所熟知，一时间，普通读者都开始认知到这位多年沉浸书斋的谦谦学者。彭玉平教授在中国古典诗词研究有着非常深厚的造诣，而他良好的形象和出众的口才，让普通读者也能通过他而感受到中国传统文化的魅力。

彭玉平教授对华语文学传媒大奖坚持举办15年表示非常钦佩，借着本届文学周的举办，他表示会积极参与其中，与更多顺德读者见面。彭玉平教授说：“学术研究是我的本分，但我也认为，一个学者有向社会普及文化的使命。因为对经典的理解更深刻，解读可以避免许多误解和曲折。”

活动预告

作家与顺德的对话

作家采风团走进大学城卫星城

4月21日，华语文学传媒大奖的作家采风团，将在顺德的古老村落、现代企业中寻找到这座岭南名城的魅力。届时，来自全国各地和广东的作家，包括舒婷、张悦然、魏微、双雪涛、申霞艳等著名作家和文学评论家，对顺德风土人情有更深入贴切的认知，也将与顺德本地的写作爱好者一起，一路同行，共话文学。从落户顺德以来，华语文学传媒大奖每年都举办一次作家顺德采风团，走遍顺德各地，越来越多的文学名家，认知和喜爱上了顺德的本土文化、历史渊源和美食。而他们的足迹遍布顺德，也真正让顺德成为一座文学之城。

名家讲座系列活动

4月23日，著名诗人、作家、评论家将荟萃一堂，集聚顺德，为顺德带来4场高水平的讲座。其中，于坚+谢有顺将联袂演讲《百年新诗的荣光》；张悦然+双雪涛将联袂演讲《童年与文学》；江弱水将带来《我们为什么要读诗和小说》；陈先发将带来《时代困境和个人写作》的讲座。当晚，在顺德图书馆首层还将举办德胜读书会专场，南都负责人、广州作家和顺德市民共同探讨《顺德的读书声》。

“广佛诗人看顺德”大型采风笔会

5月7日，为展现顺德近年来的社会发展和改革成就，区作协邀请广州、佛山各区知名诗人举办“广佛诗人看顺德”大型采风笔会，走访顺德北部片区重要历史人文点：碧江金楼、陈村三字经公园、中欧中心等，用诗人的视角发现广州大学城卫星城的独特魅力，用诗人的角度讲述顺德改革开放以来的巨大变迁，并集结成书向世人展示。

“城”事快讯

区邦敏一行到访华工

4月11日上午，佛山市委常委、顺德区委书记区邦敏一行到访华南理工大学，深化校地合作，强化顺德未来的竞争力。华南理工大学党委书记章熙春在励吾科技楼接待。

区邦敏介绍了顺德北部片区的科技产业和教育医疗布局。他表示，顺德正通过大力提升教育卫生水平，吸引人才要素的聚集，实现城市内涵提升。他期望用顺德的产业优势、区位优势，对接华南理工大学的人才优势、科技优势。

章熙春对顺德的发展布局表示肯定。他介绍了华南理工大学广州国际校区的进展和医院建设的布点情况。他指出，华南理工大学的发展得到了广东省和广州市的大力支持，省市领导对学校寄予厚望。全校在办学方面已经形成高度共识，将立足广州，充分发挥高水平大学对国家和地方经济的支撑和引领作用。华南理工大学智库提出的粤港澳大湾区概念，被中央采纳写入两会报告。顺德的发展思路契合发展大势，华南理工大学将深化与顺德的产学研合作，为顺德科技创新持续加力。

大学城整治13条黑臭河涌

广州大学城建成十几年来，河涌污染问题日渐凸显，给岛内的师生和村民带来困扰。在广州全面推行河长制、实施新一轮治水工作中，大学城今年重点整治13条河涌。

近日，广东省委副书记、广州市委书记任学锋担任广州大学城内水系的总河长；今年年底前大学城内3条最主要的黑臭河涌要完成整治工程，水质变清，减少生活污水直排河涌，明年大学城的水环境质量要得到全面提升。

今年3月初水务部门开展了大学城河涌水质的检测、摸查工作，发现13条河涌沿岸85个排水点中有22个存在污水溢流现象，其中9个排水口污水来自城中村，13个排水口污水来自部分高校。

针对存在的问题，番禺区和广州市水务部门已经制定整治计划，而且多项工作已经启动。目前，南亭涌、合益围涌、北亭涌等3条河涌已被列入番禺区49条黑臭河涌开展整治。

番禺区表示，针对大学城内3条黑臭河涌，采用截污、清淤、补水和生态修复等多种措施，开展黑臭水体治理项目。其中北亭涌、南亭大社涌由番禺污水公司负责实施，合益围涌由广州大学实施。3宗项目均在2016年8月启动，目前正在开展前期工作。

（整理/珠江商报记者王志斌 梅师遥）

文/珠江商报记者陈适 吴景邦
图/珠江商报记者陈炳辉

版面内容丰富多彩，“城”事快讯提供资讯

【版面设置】 **《广州大学城卫星城》版面设置**

一、报头

设置专门的报头。暂定名：广州大学城卫星城，广州大学城卫星城城市生活报道，广州大学城卫星城 NEWS。

二、栏目（不定期推出，可以随时调整）

《门户》：报道以广州大学城卫星城内基础设施建设、市政建设为主，特别是以大的基础设施、市政项目、交通项目、人居环境建设为主，包括各类大型活动，对外宣传广州大学城卫星城的硬件与环境、气氛。（为主打栏目，以安居、配套为主）

《智高点》：报道以广州大学城卫星城制造业创新、转型的举措，“三旧”改造的具体做法，以广州大学城卫星城对外招商、对外引资、政策发布、平台建设等为主。（为主打栏目，以创新创业为主）

《擎调》：以影响广州大学城卫星城人生活、工作的事与人为主，特别是一些优秀的、带头来卫星城创业、创新人士的故事，以及广州大学城内发生的新闻事件（特别是与卫星城有关的人和事）。

《论城》：尽量做到每期出一篇 600 字左右的评论，主题是围绕广州大学城卫星城的事和人，以及顺德、佛山、广州、深圳、杭州、北京、上海的一些大事件。

第四十七章 慈善顺德来了

顺德作为一座经济重镇，公益慈善显然也是这座“大爱之城”“乐善之城”的又一城市品牌。顺德的慈善事业最大的特点就是它有浓厚的慈善文化，具有完善的慈善生态系统。现代公益就建立在本土慈善文化之上，两者是完全可以融合的，而顺商的慈善观念更是彰显开放顺德的特征。美的、碧桂园不仅是顺德企业的明星代表，其公益观念更成为顺商傲立市场的优秀品质，公益的理念不仅让顺企越走越远，而且形成了一种现代公益观念；不仅推动企业向前发展，而且在“顺二代”的成长中植入了公益基因。没有最高，只有更高，先富起来的顺德，正在从富裕之区向大爱之城演进，一些商界大佬在这里频频演绎出慈善公益的“惊天”之举。2017 年 7 月 25 日上午，美的集团创始人何享健公布总额 60 亿元人民币的捐赠计划，包含股权捐赠和现金捐赠两个部分——1 亿股美的集团股票和 20 亿元现金注入“广东省和的慈善基金会”，用以支持在佛山本土乃至全省、全国的精准扶贫、教育、医疗、养老、创新创业、文化传承等多个领域的公益慈善事业发展。佛山市委、顺德区委主要领导都表示，正是有一大批像何享健先生这样扎根实业、扎根制造业的企业家，我们这座城市才会蒸蒸日上，不断发展，“我们不仅要向何先生致敬，更要动员、号召全市的民营企业家，包括公务员队伍向何先生学习，学习何先生包容、开放、低调、务实、扎根实体经济的宽广胸怀”。

慈善顺德 滴水真情 总第22期
A3
2020年3月21日 星期六

一上救护车就可进入抢救阶段

顺德慈善会·和的爱心基金驰援医疗机构，捐赠价值约210万元的负压车及配套医疗设备

顺德慈善会向南方医科大学顺德医院致赠购买负压救护车和配套医疗设备的支票。

4000万善款助力乡村振兴

和的爱心基金支持北滘镇西滘村提升民生福祉及建设美丽乡村

提升民生福祉 传递善爱暖流

建设美丽乡村 助力乡村振兴

爱心捐赠

战疫英雄，欢迎回家 向广东援湖北医疗队致敬！

中共广东省委宣传部

《慈善顺德》专栏连续开办了 4 年

作为一个成功的企业家，何享健也是有名的慈善家——何享健和他的家人多年来热心慈善，何享健创立的美的集团至 2017 年累计捐赠 9 亿元人民币；何剑锋在 2010 年成立企业基金会——盈峰慈善基金会，这也是佛山市首家非公募基金会。在 2012 年 8 月将美的集团转交职业经理人运营后，何享健开始对家族公益慈善事业进行思考和规划，全身心投入慈善事业中，以至于有的员工曾打趣说，如果将做公益慈善、品红酒以及打高尔夫球三项兴趣进行排列，那么公益慈善一定占用了何享健退休后的大部分时间。

顺德的爱心故事太多太多……

这些善举背后，点染浸透的是一座城市文明的力量。

正是因为这样，我采写了不少慈善、好人稿件，开办了《慈善顺德》《公益顺德》专版专栏，获得了从国家到省区市的表彰。也正是因为这样，我坚持 10 多年采写出碧桂园的教育扶贫、顺德市民捐出人体器官、顺德人无偿献血、顺德籍贯飞虎队队员捐出祖业、九旬老人临终捐出全部积蓄等一个个爱心感人的故事，也参与主导了“顺德好人”品牌的创建工作，以及推进了感动陈村人物评选、感动乐从人物评选等工作。你看，龙启明及其后人，从 2005 年到 2019 年持续 15 年对顺德的贡献，让无数人为之感动。

同时，我也带着家人参与了汶川地震孤儿的资助等工作，以及在江西省新余市渝水区南安乡东洛村委下江自然村，建立了“美化心玲书屋”，任何人都可以免费借阅书屋的所有书籍且不限时间，更不要借书证、身份证以及押金，只要登记一下就可以，还书时还可以领取一本作业本。我相信提供这样的借阅平台，可有效提升一方居民的素质、传承一个村落的文化；促进乡村振兴，在江西革命老区传递顺德的“滴水精神”。

快速回应 高效资助 德胜基金会助力社区抗疫

目前，共有209个项目获得资助，其中多个镇街实现了村居资助全覆盖

和善同心 社区抗疫力量汇成河

把钱用在刀刃上 汇聚战“疫”新力量

德胜基金会社区抗疫行动时间轴

“和善同心”资助名单（共三批209个项目）

（资助项目为截至3月1日前申请的项目）

新冠肺炎疫情期间的爱心报道

第四十八章 设计顺德出炉

顺德，有家电之都之称。20 年前，邓小平视察南方时在顺德考察了当时的大型家电企业珠江冰箱厂。20 年后，在广东考察的中共中央总书记习近平同样来到顺德，他考察的是代表新方向的广东工业设计城。在离开广东工业设计城时，他表示，希望设计师能由现在的 800 人增加到 8 000 人。

很快，珠江商报社就开办了《顺德设计》专栏，派出专门的记者跟进广东工业设计城每天的变化。

2019 年 12 月 9 日，我采访清华大学美术学院教授、博士生导师柳冠中

2018 年 9 月 19 日，《“设计顺德”三年行动计划（2018–2020）》正式对外发布。佛山市委副书记、顺德区委书记郭文海表示，工业设计是引领制造业优化升级的龙头，顺德要从全区层面统筹规划设计产业发展，将顺德打造成为全国有影响力的工业设计高地，让“设计顺德”成为顺德的新名片。

到 2019 年 12 月，“设计顺德”落实了顺德区委区政府关于工业设计发展工作部署的具体行动，实施“六大工程”，从拓空间、提能力、促对接、揽人才、搭平台、造环境等方面入手，落实一揽子的开发和建设计划，产生的效果实现了郭文海的殷切期望。其中，我梳理发现，6 个设计产业园区均与当地的优势产业紧密结合。龙江、乐从是顺德家具产业的起源地，经过数十年的发展，家具产业已从传统产业向智能家居产业转型，为此，龙江镇打造了占地 2 万平方米的广东家居设计谷，目前已经引入家居设计机构近 20 家。乐从则建成了国际家居创新城，目前正在引入设计主题方向的运营商。此外，还有不少镇街正谋划设计主题园区，比如均安结合牛仔服装专业市场改造，拟筹划推出牛仔科技设计创意园；容桂拟选择旧改地块并结合组建“顺德设计中心”项目筹划建设智慧设计园。

我了解到，顺德设计产业园区正在不断引进更多设计企业，2019 年全区新增工业设计企业注册 100 家，总数达 380 家，地区集聚工业设计企业居于全省第二位。在工业设计生力军不断涌现的同时，一批原有的设计公司也不甘落后，开始向科技型企业转变，今年以来全区新增设计类高企约 10 家，总数约 50 家。从模式转变上看，由单纯的设计服务输出，向服务 + 产品 + 品牌 + 平台 + 新业态孵化模式转变；从链条整合上看，由原来单一的设计服务链正在向“服务链—创新链—产业链—供应链”方向整合。

实际上，从 2008 年顺德获授“国家工业设计与创意产业基地”，拉开工业设计产业化发展的序幕以来，顺德工业设计不断融入国际元素，走出独特的“顺德模式”。其中最具代表性的就是广东工业设计城，这里已吸引来自德国、瑞典、日本等国多家知名设计机构入驻，并逐步发展成为国际设计交流的前沿阵地。潜龙设计引进了德国、西班牙的设计师，拓宽了国际化视野。

工业设计在顺德很有基础，也正在打造“设计顺德”名片，正在以“12月9日中国设计日”为平台，坚持每年举办不同主题的活动，吸引国内外高端设计资源聚集顺德，最终落户顺德。设计不只是为了设计本身，今年以来，“设计+”新模式不断涌现，科技—设计—产业—金融一体创新格局逐渐成形。未来，“设计+”新模式将会被创新，设计与科技、互联网（电商、跨境电商）、金融将会深度融合，设计产业投融资大会、跨境电商原创设计选品会等“设计+”活动品牌也将被培育打造，推动各类设计驱动型创新业态的发展。

正是看到了这其中的新闻价值，我立即开设了《设计顺德》专栏，每周一个版，与读者见面。

【运行方案】 《设计顺德》2020—2021年运行方案

《设计顺德》是北滘镇与珠江商报社联合打造的一个宣传版块。合作期间，除了要关注广东工业设计城外，更多地要立足顺德工业设计界的新格局、大版图，要把设计企业与制造业项目对接、推动科技顺德建设、顺德各企业设计成果展示、各行业协会与工业设计合作等作为重要报道内容，展现一个开放化的顺德工业设计。

同时，珠江商报社将整合相关资源，诸如产业资源、媒体资源、活动资源等，与《设计顺德》专版协同融合推介顺德工业设计。

一、版面安排

1. 主报每两周逢周三（法定假日除外，要确保每两周一期，重大事件也可以连续两周都有报道）A5版（国内外、市区重大事件需要除外，版面顺延）刊载。

2. 内容包含广东工业设计城中心工作、设计顺德中心工作。本版不刊登任何广告，代言设计顺德的对外宣传工作。

3. 针对部分广东工业设计城重大项目、事件，可以全版进行深度解读。

4. 北滘经济、广东工业设计城其他时效性新闻一律在主报刊登，除周五、周六、周日举行的活动外，要确保所有时效性政务报道及时刊登在主报上。

5. 充实版面内容、提高版面活跃度，每期内容全媒体择优播发，顺德新闻网、顺德+App播发，重大题材推荐到学习强国。

二、版面设置

《展势》：报道以北滘经济建设，设计企业与制造业项目对接，推动各企业设计成果、各行业协会与工业设计合作为主；适时推出“设计+村改”等内容，围绕“科技—设计—产业”一体创新发展，着力通过工业设计推动制造业转型升级，构建“设计+”创新生态圈报道。

《他说·设计》：报道以各级政府部门、广东工业设计城对外招商、对外引资、政策发布、平台建设以及各类大型活动为主，对外宣传广东工业设计城的硬件与环境、气氛；报道以广东工业设计城各企业创新、转型的举措，产品研发、市场开拓的做法等为主，例如，设计城对外开放展示。

《较量》：此栏目将深入顺德各大制造业企业，深入采访创新、设计、专利、研发团队的故事，凸显创新，从设计顺德的定位、建设思路等方面，进行深度、高度和创新性报道，以设计创新挖掘消费新需求，推动新技术应用，促进智能化全方位融入人们的日常生活。

《他山之石·可学可用》：将加入国内工业设计园区的对比，获取中国工业设计园区发展情况和特色；顺德以外设计公司的创新、转型举措，产品研发、市场开拓的做法等；佛山其他创意产业园走访等内容，比如禅城创意产业园、顺德创意产业园等。

《设论》：尽量做到每期出一篇 600 字左右的评论，主题围绕广东工业设计城的事和人，以及全球工业设计的一些大事件，凸显全面实施设计创新系统工程，开启全球有影响力的工业设计高地建设之路等论述。

《"设"论》栏目受到年轻设计师们的垂注

设计顺德

SHUNDE DESIGN

A5　总第81期
2021年1月6日/星期三　编辑：彭梦青　版式：吴惠帝 陈迪媛　校对：方薇弈　电话：22222446　E-mail:hdunion@qq.com

文/珠江商报记者何僖瑶

工业设计已成为顺德高质量发展的重要引擎。回望“设计顺德”的2020年，一批新的设计产业载体相继落地揭牌、顺德设计周系列活动精彩纷呈、“设计顺德”区域品牌不断亮相国内大型展会……在突发的新冠肺炎疫情影响下，顺德工业设计的力量依然勇往直前，为顺德高质量发展注入了强劲动力。本期让我们回顾2020年“设计顺德”大事，总结过去，更好地走向未来。

“设计顺德品牌馆”亮相深圳国际礼品展，上百款顺德的创新产品吸引客商关注。/资料图片

“设计顺德”：出彩的2020

过去一年，工业设计为顺德高质量发展注入强劲动力

推动家电产业创新发展

国家级培育家电工业设计研究院落户广东工业设计城

2020年1月，广东工业设计城传来喜讯，根据国家工业和信息化部办公室公布的《关于首批国家工业设计研究院重点培育对象名单的通知》，由其申报及运营的“广东省家电工业设计研究院”被认定为首批国家工业设计研究院培育对象。

广东省家电工业设计研究院以广东工业设计城、广东顺德工业设计研究院（广东顺德创新设计研究院）等为核心建设单位，以家电产业工业设计关键共性技术为研究重点，整合、集聚粤港澳大湾区的各类设计资源，充分运用数字经济技术，建设开放共享的研究开发平台、协同高效的成果转化平台、产学研联动的人才培养平台，支撑我国家电产业创新发展的公共服务平台。

原创产品成抗疫“神器”

顺德企业设计的多款创新产品助力疫情防控

2020年初，面对突如其来的新冠肺炎疫情，顺德工业设计行业充分发挥设计创新服务的优势，齐心协力共同抗疫。

2月，由广东顺德库尔兹库尔兹创意设计有限公司联合新石器（慧通）北京科技有限公司设计和改装的国内首台无人驾驶消毒车正式上路“执勤”；3月，由顺德区古今工业设计有限公司设计的紫外线消毒干衣盒随省妇联的1600份“健康呵护包”运往湖北；4月，顺德工业设计协会和佛山好物电子科技有限公司共同捐献一批防疫物资“活氯消毒包”驰援欧洲……设计企业和设计师以自身的设计担当，助力疫情防控。

除此以外，顺德设计企业的多款创新产品在特殊时期为人们的健康“保驾护航”，全球最小的紫外线消毒器、杀菌喷雾、抗菌系列家居用品等先后成为抗疫“神器”。

为设计人才营造创业环境

广东工业设计城被认定为“佛山市返乡创业孵化基地”

2020年5月30日，佛山市人社局公布市返乡创业孵化基地名单，广东工业设计城位列其中，这是对设计城近年持续为设计人才营造良好创新创业环境的肯定。

历经十余年发展，广东工业设计城已成为中国工业设计集聚高地。如今设计城内相继建成了设计广场、国际设计中心、设计城博物馆、幸福生活体验馆（长者）、设计顺德展馆等重点项目，孵化面积近7万平方米。园区已集聚了280多家国内优秀的设计企业，8300多名设计研发人员，近万例的创新设计成果，累计设计服务收入超过50亿元。

超级流量赋能佛山智造

“快手大湾区泛家居直播中心”落户顺德

2020年9月，“快手大湾区泛家居直播中心”正式落户顺德，并在广东工业设计城启用。这是“快手”在广东落地的首个泛家居产业带直播中心，是对顺德贯彻落实党中央决策部署以及省、市工作要求的大力支持，也是对顺德产业发展、营商环境的高度认可。

快手大湾区泛家居直播中心由佛山传媒集团、佛山电台、“快手”科技、广东腾大投资管理有限公司联合打造，首期项目1000多平方米，主要分为直播、选品和培训三大业务板块，紧扣直播电商的“人、货、场”三大元素，引“快手”超级流量助推佛山打造数字经济，助力佛山制造直播电商提速发展。

打造设计行业交流盛会

2020顺德设计周暨DWE广东工业设计产业博览会举行

2020年10月29日，2020顺德设计周暨DWE广东工业设计产业博览会在广东工业设计城开幕。活动持续至12月12日，30余场系列活动陆续开展，通过多场特色活动，以及汇聚设计界的高端对话与分享会，从不同视角研讨、辨析设计赋能及探讨新环境下的产业态势和设计营商模式，展示设计界、产业界的创新成果。

本届活动延续“周+展”的模式，实现了全城参与，多点互动。除北滘、大良作为主要活动场地外，龙江、乐从、伦教、勒流等全区各有关镇街的专项设计活动也同时轮番举行，贯穿始终，扩大了顺德设计周的规模，也大大提升了活动的影响力。

2020年“12·9中国设计活动日暨广东工业设计城创新设计周”在广东工业设计城开幕。/设计城供图

“快手大湾区泛家居直播中心”在广东工业设计城正式启用。/珠江商报记者朱德文摄

“走出去”展示顺德设计水平

“设计顺德”展团接连亮相国内大型专业展会

2020年11月6-9日，第七届“成都创意设计周”在四川成都举行，“设计顺德”展团携100多件顺德的创新产品参展，覆盖日用家居、生活电器、卫生防疫、母婴用品、宠物电器等多个品类。这是“设计顺德”展团首次亮相成都，充分展示了顺德设计行业新时期的发展水平，呈现了顺德设计产业的创新成果，提升了顺德传统家电产业在中国西部的影响力。

过去的一年，顺德工业设计协会积极组织企业“走出去”，推广“设计顺德”区域品牌。除成都创意设计周外，2020年，“设计顺德品牌馆”还先后亮相春秋两届深圳国际礼品展，优质的设计创新型企业集体亮相，推出上百款创新产品，展现了“设计顺德”的魅力。

设计引领制造业高质量发展

2020年“12·9中国设计活动日暨广东工业设计城创新设计周”举行

2020年12月9日，2020年“12·9中国设计活动日暨广东工业设计城创新设计周”在广东工业设计城开幕。至14日，中国原创设计选品暨投融资大会、大湾区文创产品设计研发中心启动仪式暨主题研讨会、“有版有趣”工业设计版权季系列活动等15场活动在北滘陆续举行，以设计为纽带，进一步聚焦城市产业发展新动能，引领顺德设计往专业化、高端化、品牌化发展。

佛山市委副书记、顺德区委书记郭文海在出席活动开幕仪式时指出，顺德正积极推动“工业设计城”扩容提升，除了推动广东工业设计城这个策源地不断创新发展，目前正结合村改将陈大滘工业园区打造成创新设计产业园，还将结合各镇街产业特点，将整个顺德打造成一座工业设计城，让顺德的工业设计不仅服务本地制造业高质量发展，而且要服务全市、全省乃至全国工业高质量发展。

设计大赛引导企业创新发展

2020年设计顺德D-DAY大赛圆满举行

2020年8月14日，以“新设计·新消费”为主题的2020年设计顺德D-DAY大赛启动。经过多轮评审和选拔，在2020年12月7日举行的2020大赛终评中，最终决出本届大赛金奖3名、银奖6名、铜奖9名、优秀奖30名。

新冠肺炎疫情的发生，让直播电商等新的消费模式和业态快速崛起。为了适应新的市场节奏，本届设计顺德D-DAY大赛把疫情防控与引导企业创新发展相结合，让“设计”与“电商”深度融合。在原有的组赛框架下，大赛特别增设了电商设计专题，同时也将适销的电商产品设计纳入了征赛范围。

村改为工业设计提供发展空间

太火鸟（顺德）设计科技联合加速基地揭牌

2020年8月26日，太火鸟（顺德）设计科技联合加速基地在北滘镇陈大滘工业区正式开园揭幕，这是该工业区首个对外亮相的村改项目。

太火鸟（顺德）设计科技联合加速基地由北京太火鸟科技运营，是“设计顺德”三年行动计划的重点建设工程之一。基地总面积4万平方米，旨在将设计服务、设计交易、孵化培育与企业数字化转型相融合，重点培育以设计创新为引擎的新经济、新业态和新模式，推动顺德成为立足粤港澳大湾区、辐射全国乃至全球的工业设计产业聚区。

优质产业载体陆续落地

广东大门设计创新产业园正式开园

2020年12月18日，广东大门设计创新产业园在大良正式开园。作为崭新打造的工业设计主题园区，该产业园将汇集工业设计产业链企业，打通工业设计产业链各环节，把工业设计推向全产业链的服务设计范畴发展。

广东大门设计创新产业园规划建设创新人才服务平台、公共管理和服务平台、综合创新管理咨询平台三大基础平台，园区将打造用户研究、新品研发、设计服务、产品研制、营销创新、品牌服务、成果交易、测试认证、销售渠道、产权保护十大功能模块，并建设设计师公寓、餐厅、培训中心等园区配套。目前该园区已聚集工业设计产业链企业25家，服务范围涵盖产品全价值链设计服务，集聚约300名行业人才，同时设有多个行业协会驻园办事处。

《设计顺德》版式

第四十九章 走进千亿大镇

容桂力量
power of ronggui

2017年2月23日 星期四
总第08期
A5

“借库”不忘行善 百年民俗成全民“大趴”

容桂延伸“观音开库”城市文明内涵，传递乐善包容正能量

文/珠江商报记者吴丽邦 叶芝婷 图/珠江商报记者陈炳辉

据统计，容桂“观音开库”期间吸引二十三万善信到观音堂祈福。

近4000市民参加2017年容桂“观音开库”慈善生菜会。

2017年容桂“观音开库”慈善生菜会，388席生菜宴被认购一空，每席认购价中的200元将捐入容桂慈善会“佛山市顺德区容桂餐饮行业协会慈善基金”。

传承民俗 凝聚向善热情

“观音开库”当日，来自四面八方的善信手持风车到观音堂祈福。

内涵延伸 彰显城市魅力

《容桂力量》专栏开办已有4年多的时间

2006年12月11日是中国加入世贸组织5周年纪念日。此前一天，广东省社会科学院、南方报业传媒集团在顺德举行珠三角镇域经济发展高峰论坛，把加入世贸组织5年来“创新发展中的容桂模式”放诸珠三角镇域经济的高度下进行深入剖析。我在论坛上聆听了专家围绕“创新发展中的容桂模式”等典型个案，探讨中国加入世贸组织5年后，民营企业发展的体制改革、有关政策的制定与调整、融投资模式等方面的课题，也看到了专家与格兰仕、德美化工、松本电工、华润涂料等容桂企业的总裁面对面探讨为何珠三角大部分镇会出现“3个1/3”现象，即第一个1/3的企业不到5年就倒下了，要么破产，要么关闭，要么成为变革的对象；第二个1/3的企业由于自身的瓶颈，死不了也长不大；期待第三个1/3的企业能够做到基业长青。

容桂是珠三角镇域经济率先转型的楷模，更是我国赫赫有名的千亿大镇。2013年，我到珠江商报社工作后，自然把目光放到这个经济重镇上，开设了一系列属于一个地方的专栏，这让基层群众直接知晓媒体在践行“四力”。

容桂力量
power of ronggui
2018年5月18日 星期五
总第63期
珠江商报
主办单位：
容桂街道办事处
珠江商报社
顺德容桂微博 容桂发布微信
A8
责任编辑：吕敏新 版式：王叶进 林春梅 校对：康建坤
传真：22313050 E-mail:zsl@sc168.com

告别脏乱差 出“棚”即住“楼”

容桂率先在顺德探索棚户区改造，首期安置楼项目下月奠基，提供360套高端住宅

文/珠江商报记者吴景邦
图/珠江商报记者陈炳辉

村屋低矮破旧，电线无规划地乱搭，房屋周边垃圾无人处理，这就是容桂街道棚户区改造一期项目之前的面貌。随着政府推进棚户区改造，这里将建设一批高端住宅小区，并配备现代化的城市基础设施，翻开了顺德城市更新新篇章。

昨日，记者从容桂街道棚户区改造一期拆迁安置楼情况介绍会获悉，安置楼“容匠·筑晖名邸”将于下月奠基，工期约为28个月，共提供360套住宅。拆迁户可根据自身情况，在满足相关法律法规条件下，选择异地安置+安置楼、安置楼+货币、异地安置+货币、纯货币这四种方式中的任一种，如果采用安置楼的补偿安置方式，根据其证载登记用地面积，容桂街道将以1：1.5的高杠杆比例进行置换。

容桂棚户区改造一期安置楼地块位于105国道旁。

容桂街道棚户区改造一期拆迁安置楼效果图。/容桂街道办供图

创新探索

建顺德首例高档安置小区

容桂街道办事处相关负责人坦自，在之前十多年拆迁的过程中，推进安置区建设遇上了资金和土地的双重瓶颈，一方面由于土地权属的转让存在历史遗留问题，部分社区（村）已没有土地用作安置区，另一方面则是安置区必须完成“五通一平”，政府投入的资金有限。此外，安置拆迁户的程序相对复杂，这个过程中耗费的时间比较长，因而导致安置区建设进度比较缓慢，部分房子已经变成危楼，极大地影响了拆迁户的居住环境。

为解决各社区（村）所遗留的历史拆迁难题，去年容桂街道充分利用国家、省棚户区的优惠政策，丰富拆迁安置方式，在顺德率先探索建设高档安置小区，全部用于安置辖区内的拆迁户，启动了容桂街道棚户区一期改造项目。根据工作安排，容桂将在2017~2018年两年内完成762户的拆迁安置任务，去年则顺利完成了209户的拆迁安置任务指标，今年的任务指标为553户。

容桂采用棚户区改革政策后，解决了资金和土地的难题，也大大简化了审批手续，拆迁安置进度大大提升。以华口社区为例，该社区是容桂典型的旧工业区，存在较多老旧民房，改造需求较大。该社区相关工作人员列了一组数据：早在2003年，华口社区立项拆迁339户（间），十多年过去了，目前只完成了159户的拆迁安置，每年也只是推进10户左右。而去年推出棚户区改造政策后，社区积极配合政府、拆迁办推进，从去年到现在，已有42户拆迁户与政府达成共识，签订了拆迁协议，“这个推进的效率比之前可以说是飞速提升，拆迁户有望短时间内就能改善居住环境。”

方式灵活

4种安置方式供拆迁户选择

值得一提的是，在容桂街道以往的拆迁安置工作中，一般情况下只有两种安置补偿方式：对满足条件的，采取易地安置方式；对不满足易地安置条件的，采取货币拆迁方式。在安置楼置换方式出台后，拆迁安置方式将变得灵活化，且极具个性化。拆迁户可根据自身的情况，在满足相关法律法规条件下可选择异地安置+安置楼、安置楼+货币、异地安置+货币、纯货币这四种安置方式中的一种。

容桂街道办事处相关负责人介绍，在当前土地资源有限的情况下，容桂街道将会在政策范围内，最大限度地鼓励拆迁户选择安置楼的补偿方式。目前拆迁户如果采用安置楼的补偿安置方式，根据其证载登记用地面积，容桂街道将以1：1.5的“高杠杆”比例进行置换。即证载用地面积为100平方米的，可置换150平方米的安置楼。

该负责人解释，异地安置+安置楼及安置楼+货币的方式较为适用于用地面积较大的拆迁户，前提是拆迁户所在社区（村）有安置地，还要满足“一户一宅”的政策，且原用地面积超过100平方米，采取异地安置+安置楼的方式就可以留取80平方米的土地置换，剩下的面积按1:1.5的比例选择一套安置楼；而按照规定，每户拆迁户最多只能选择2套安置房，若面积还有剩，则作价补偿，安置楼住后可以自由出让。

配套成熟

拆迁户短期内可改善居住环境

安置楼设计方介绍，安置楼将结合南方地域特点以及周边建筑肌理、城市风貌，以高科技智慧住区为支点，可持续发展的绿色生态与节能设计为依托，将安置楼打造成为集生态、智慧、创新为一体的现代化高端住宅小区。拆迁户选择安置楼，将能够从破旧及脏乱差的居住环境，置换到环境优美、物业配套完善的生活小区居住，显著提升居住环境。

容桂安置楼一期项目命名为“容匠·筑晖名邸”，位于105国道西侧、金都名苑北面，原为中外运厂房旧址。项目所处位置交通便利，靠近容山小学等教育资源，周边配套成熟，坐拥德胜河江景。

安置楼占地超过9800平方米，容积率为3.49，建筑密度26.67%，绿地率25.41%；最高31层，高度为95.1米。共设计有360套住宅，其中建筑面积65~90平方米户型的占总建筑面积约76.15%，建筑面积106~135平方米的户型占总建筑面积约22.23%。配套机动车停车位数346个，非机动车停车位数377个。目前，安置楼正处于报建阶段，预计将在下月举行奠基仪式，工期预计为28个月。

容桂街道办事处相关负责人介绍，此次申请的棚户区改造项目只有两年的时间，希望社区（村）、拆迁户能够抓住此次千载难逢的契机，配合政府做好拆迁安置工作，早日实现旧房换新楼。此次容桂棚户区改造项目纳入顺德2017年~2018年城市棚户区改造任务，涉及762户间房屋改造，并配建安置房和基础设施建设。“政府专门拿出土地建设高档安置小区，实施棚户区改造，目的是改善群众的居住条件，完善城市功能，提升城市环境。”该项目负责人介绍。

目前已有拆迁户同意安置楼方案，计划于6月初签订第一批安置楼意向户协议。来自容桂街道朝阳社区的蔡先生正是代表有意向的拆迁对象之一，“现在这个方案比较适合我们，经过大家一致商量最终选定了安置楼方案的。”蔡先生盼望安置楼能早日建成，能够早日入住。

“海燕”飞到容桂“筑巢安家”

海信科龙王海燕博士选择顺德容桂实现人生价值

高层次人才看容桂

开栏语：他们都是抱着试试看来到容桂工作。而他们来到容桂后不仅喜欢上这份工作，更重要的是爱上了容桂，在容桂结婚生子、买房立业、投资兴业。他们就是容桂各行各业的高层次人才。今天起，《珠江商报》开设“高层次人才看容桂”栏目，描述这些博士、高管对近些年来容桂发展最深的印象，以期从他们的角度呈现容桂这座城市的魅力。

文/珠江商报记者叶芝婷
图/珠江商报记者陈炳辉

海信容声冰箱王海燕博士接受本报采访。

恋上一座城，可以有多种理由，或为追逐梦想，或为城市里一道动人的景色，又或为的仅仅是这座城市的魅力。对海信科龙王海燕博士来说，恋上顺德容桂，全因这里有着别样的亲切感。从广州到顺德容桂，从大学到企业，王海燕在描述自己职业转型后的感受时说“我觉得没有选择错”，她这样为自己的抉择下了定论，并且坚信“在顺德容桂这个地方，会走得越来越好”。

点赞环境

生活便利不逊于大城市

王海燕在中山大学博士毕业后留校工作。工作三年后，那种平淡、重复的工作让王海燕博士萌生了“改变”的想法，她决定走出校园，走进企业历练自己，收获不一样的人生经历。王海燕在来顺德之前，对顺德容桂一无所知。恰逢海信科龙招贤纳士，她就抱着试试看的心态前去考察。她寥寥数语描述了当时的情景，在公司人员的带领下，她参观了海信科龙公司的厂区，逛了逛容桂的主要街区，顺便看了看城市的配套设施，还品尝了当地的美食，“当下就觉得这座城市挺好”。

给王海燕留下深刻印象的是，容桂城市道路规划科学合理，道路两侧公共停车位，穿插在树荫和绿带之间。“特别是凤翔南路逛街购物很便利，让人感觉很舒适。”王海燕说。事实上，近些年来，容桂在城市道路升级改造上大费苦心，完成了凤翔南路、振华大道、桂洲大道、容奇大道、文华路等主城区道路改造，增加了路边停车位，也美化了绿化景观，大大地提高了城市形象。如今，容桂也在稳步推进105国道南头路口改造、红旗路快速化改造、乌冈大道西延等建设项目，为市民出行便利创造条件。

2013年10月，王海燕正式来到容桂，开始新的工作、生活。第二年，她在容桂买房安了家。她和家人表示，这里的生活环境好，人与人之间有亲近感，邻里之间互帮互助，关系非常融洽。

选择留下来，王海燕在这几年里也看到了容桂细微的变化：上班路上新增了不少楼盘并逐渐显露繁荣的景象，卫生环境变得更好，德胜河滨公园的道路打通了，渔人码头人气愈发旺盛，天佑城等地的商业氛围更加浓厚。王海燕认为，容桂本地的消费购买力强，也有一定的消费档次，生活便利，消费环境不逊于大城市。同样的，本地的美食也令人向往，垂涎三尺。

容桂是佛山“南大门”，也是佛山“大良—容桂”城市副中心之一，越发吸引更多的人前来居住和消费。究其缘由，是因为容桂“软硬兼施”提升城市环境，吸引了新兴商业业态涌入，渔人码头、柴油机1969等“文化+商业”项目反响不错，推动了容桂商业发展从普通商贸晋升到吃、玩、游综合型发展。容桂希望借“容桂时光”活化项目、上佳市特色文化街等项目建设，打造文化展示、怀古寻味、舒展创意、休闲娱乐的城市文明特色小镇。

王海燕说：“要通过情感把人才带进来，让人才真正认识容桂。人文环境、美食会是一个地方吸引人才的重要抓手。这些元素均存在于容桂。这个地方值得让人留下来。”

创新变革

做出高质量的好产品

在海信科龙，王海燕博士还有另一个身份，即冰箱研发中心预研技术部部长。今年年初，她被认定为“佛山市第四届创新领军人才”。这一称号的获得，是对王海燕在创新成果输出，推动产业转型升级上的肯定。

成绩取得的背后，离不开技术团队的支持。在王海燕看来，创新的前提条件是要有良好的创新氛围，而冰箱研发中心整体团队成员间的相互学习、帮助，奠定了创新的基础。“学习才能有变化，有变化了才会有创新。”王海燕在工作之余，会时常组织团队成员之间进行头脑风暴，钻研技术难题，在互动中激发灵感。

好的团队氛围，是王海燕选择留下来的其中一个原因。谈起技术团队时，王海燕还掰弄着自己的手指，向记者细数了有着10年以上工龄的人员数量，这个比例占了大半。“这是企业引以为傲的资本，也是企业走创新发展道路重要的支持力量。”王海燕如此强调技术人员的重要性。

王海燕表示，近年企业因消费升级更加关注产品创新，那么创新变革推动技术升级，从而带动企业做出高质量的好产品。

海信科龙于2017年对原有的顺德冰箱工厂进行技术改造，投入了1.6亿元打造行业标杆生产线，引进机器人等自动化智能设备，强化企业信息化和工业化融合，实现了高强度的工序由机器取代，生产端的信息与研发、市场端无缝对接，同时整条顺德冰箱生产线实现了减员25%，提效36%，成为智能制造、绿色制造的代表，海信容声因此获评为国家首批绿色制造示范企业。

《容桂力量》专栏版面之一

【版面设置】

容桂版面设置

一、报头

设置专门的报头。暂定名：新容桂，容桂力量，家在容桂，容桂城市生活报道，容桂 NEWS。

二、栏目（不定期推出，可以随时调整）

《门户》：报道以容桂基础设施建设、市政建设为主，特别是以大的基础设施、市政项目、交通项目、人居环境建设为主，包括各类大型活动，来对外宣传容桂的硬件与环境、气氛。（为主打栏目）

《顺德心》：报道容桂制造业创新、转型的举措，“三旧”改造的具体做法，容桂对外招商、对外引资、政策发布、平台建设等。（为主打栏目）

《容桂情》：以影响容桂人生活、工作的事与人为主，特别是报道一些优秀创业人士的故事。

《力量论》：尽量做到每期出一篇 600 字左右的评论，主题围绕容桂的事和人，以及顺德、佛山、中山的一些大事件。

容桂版面第一期内容安排

1. 专访街道办党工委书记，向中外客商、关注容桂的人发出欢迎投资的新邀请。
2. 容桂“三旧”改造典范与进展。
3. 写一篇 600 字左右的“容桂力量”评论。
4. 推进表。

容桂版面第二期内容

新年新气象，以图文方式推出容桂新一年市民、企业的愿景。【联系容桂知名企业家、知名人士为容桂新闻版发表新年贺词】

第五十章 决战脱贫攻坚

2020 年 10 月 17 日为国家扶贫日，我的新书《播洒爱心的顺德三捐》首发

2016 年年中，在第二轮扶贫开发“双到”工作中，顺德出色地完成了任务，争到了荣誉，留下了美谈。新时期精准扶贫脱贫，对口帮扶湛江雷州市、徐闻县的 65 个贫困村，顺德再出发。十个镇街的慈善事业也不甘落后，也在精准地组织各单位开展慈善义卖、爱心捐赠活动，将爱撒满顺德大地！这一切成就，都可以从顺德区扶贫办和《珠江商报》联合出品的《精准——新时期扶贫脱贫，顺德在攻坚》特刊中找到答案。

2016 年 6 月 30 日，恰逢广东省扶贫济困日，这份饱含着近百名扶贫工作人员的特刊一出街，就受到社会各界的广泛关注。在伦教街道扶贫济困日现场募捐活动结束后，伦教慈善会秘书长欧阳伟雄就边翻看着特刊边说:“这份特刊既对每个街道去年至今的慈善工作做了总结和回顾，又精确概括了兄弟镇街慈善事业的发展现状，让广大的顺德市民看到了伦教镇街慈善会的工作和慈善事业发展的新常态，激发更多市民积极投身到慈善事业中。小慈大爱，慈善事业透明，会吸引更多的社会热心人士关心辖区内的贫困群体。”

“报道里面总结了各个镇街上一轮扶贫工作的好做法，对陈村开展新一轮扶贫工作有借鉴意义。”陈村镇农社局副局长黄楚云表示，他将把扶贫特刊分发到各个村居，让干部们看看其他镇街的工作经验，其中肯定有可以在村居开展的做法。陈村镇负责雷州市白沙镇黎郭村、东岭村以及杨家镇土塘村、宅湾村、陈家村的三年帮扶脱贫工作，因此，黄楚云也计划将这份扶贫特刊送到扶贫的村居里去，让村民了解陈村扶贫的计划，推动扶贫工作的开展。

“有的镇街介绍了在扶贫地区开展自身‘造血’的脱贫模式，我觉得现在村居开展扶贫工作也可以使用。”陈村扶贫组一位工作人员介绍，陈村也将帮助贫困户开展“创业之星”自主创业项目，引导贫困户积极自我创业，涉及养牛、养羊、种桑养蚕、鱼塘养殖、蔬菜种植等项目。

“前段时间看新闻说北滘今年投入 3 700 多万元用于慈善事业，这座小城真有爱。”来北滘工作两年的“新北滘人”陈涌说，“温情”是衡量一座城市有否人情味的参考之一，看一座城市如何对待“弱势群体”，就知

《播洒爱心的顺德三捐》一书首发分享会

道这座城市的“温情”。近两年来，陈涌多次参加志愿活动，亲身感受到北滘这座美丽小城的“温情”，“比如小区里有位孤寡阿姨长期没人照顾，热心居民主动帮她买菜，一做就是几年，真难得”。

无论是政府牵头济贫救危，还是邻里友爱互助，这些“正能量”都被写进了扶贫特刊里，陈涌认为这正是媒体号召社会各界积极参与慈善所应起的作用。如今，北滘市民活动中心（慈善大楼）已经启用，陈涌期望慈善大楼能孵化培育更多的慈善公益组织，反哺慈善事业。

“扶贫地区的村居不像顺德，调研条件的确很艰苦，工作量、工作难度也大大增加。”顺德市民黄德善看完这份特刊后对记者表示，通过报纸宣传，市民会真正了解和参与扶贫事业。

松本电工的员工袁锦君看了《珠江商报》扶贫特刊后，对“关爱”和“帮扶”两个词语印象深刻。作为一名企业员工，他时常会参与企业的一些慈善公益活动，如到凤城敬老院慰问、参与义工活动、帮助一些困难员工等。“关爱与帮扶，不分阶层、不分贵贱，是一种有爱的待人之道。若是社会上能对身边的人多些关爱，大家多行善事，人与人之间的相处会更和睦，社会会更和谐。”6 月 30 日是扶贫济困日，听闻有渠道能够奉献自己的爱心，袁锦君兴奋地说，自己一定要尽小小心意，通过容桂慈善会的平台，捐钱帮助他人。

来自文秀社区的梁伯可谓是《珠江商报》的忠实读者，只要有空，梁伯就会来到梁銶琚图书馆读报。6 月 30 日，梁伯发现报纸突然加厚了不少，原来扶贫特刊当天随报发行。读后，梁伯向记者交流了他的心得。他认为，《珠江商报》作为顺德地方主流媒体，应该多在这样的时间节点上抓住主题，向社会宣传正能量。“很多市民并不知道原来顺德对口帮扶过多个村镇，也不知道帮扶到底做了些什么，这些都值得媒体为市民报道。”梁伯也提出了建议，“如果特刊能多报道扶贫先进个人的故事，以及被帮扶人的想法，会更适合读者的需求。大家看了肯定会更感动的。”

2013 年进入珠江商报社工作后，我每年都会策划出版一本扶贫特刊，记录过去一年扶贫干部的付出与收获。比如，2014 年《顺德扶贫“双到”风采》，2016 年《精准——新时期扶贫脱贫，顺德在攻坚》，2017 年《精准扶贫 善在顺德》，2018 年《善·扶有我》，2019 年《精准扶贫的顺德优势》，2020 年《脱贫攻坚决胜小康》。

【策划方案】 精准扶贫的顺德优势——6·30 广东扶贫日特别报道

2016 年 5 月以来，顺德负责对口帮扶湛江雷州市、徐闻县 26 个镇 65 个相对贫困村贫困户 6 687 户、贫困人口 24 856 人。3 年来，顺德区委区政府高度重视精准扶贫工作，认真贯彻落实中央、省和市的决策部署，结合当地实际和顺德优势，创新帮扶方式，全面推进落实“三保障”、产业、就业等帮扶工作，取得了很好的成效。

面对湛江、四川、新疆等地的扶贫工作，佛山市委常委、顺德区委书记、区扶贫开发工作领导小组组长郭文海充分肯定了顺德对口帮扶工作的成效，并要求扶贫干部要加强学习，帮扶工作要更加扎实，结合当地特点发挥顺德优势，做好精准扶贫工作。

过去 3 年，顺德的扶贫干部是如何发挥顺德优势，创新帮扶方式的？背后又有哪些不为人知的酸甜苦辣咸？顺德各镇街的慈善工作又有哪些亮点与大爱？在“6·30广东扶贫日”到来之际，顺德区扶贫办联合珠江商报社，于2020年6月28日共同推出《精准扶贫的顺德优势——6·30广东扶贫日特别报道》，具体如下：

每个镇街1个版（为《珠江商报》正常一个版49cm×31cm的大小，4 000字，配5张图），在《珠江商报》主报刊登，报眉用“精准扶贫的顺德优势——6·30广东扶贫日特别报道”。

内容分别为镇街对外扶贫成效、对内慈善大爱的故事，要做出一本让区委可以对外派送的特刊。

6月24日截稿与签印。

第五十一章 传播“七一”故事

2015—2019 年党建特刊封面

2015 年 7 月 1 日，正值中国共产党建党 94 周年，《珠江商报·党建促发展 顺德来先行》特刊与市民见面，并受到关注。受访的机关党员干部认为特刊让党员、群众读到身边模范党员的故事，从而增加了为民办实事的使命感，不少市民也反映特刊关注了身边细小的民生实事，感到很亲和。

作为一名从看《顺德报》到《珠江商报》十几年的老读者，陈村镇组织工作办公室副主任陈国勇表示特刊整体感觉不错，“从特刊可以看到每个镇街的党建特色、做法，其他镇街可以学习借鉴”。看过特刊后，顺德清远（英德）经济合作区人事财务科科长梁铁表示，特刊内容翔实，“搭建了一个窗口，让群众更加了解政府的党建工作”。

翻开“七一”党建特刊，佛山简奥工业设计公司董事长张永昌觉得版面清新，封面上，顺德各个村居尽收眼底，打开来，十个镇街的党建工作一目了然。“党建是一项非常重要的工作，对于一个国家、一个地区、一个企业来说都是这样。”张永昌表示，《珠江商报》发行这个特刊，可以让普通民众深入了解顺德党建的方方面面。

读者的肯定，就是给予我践行脚力、眼力、脑力、笔力最好的肯定。从 2014 年开始，每年到了“七一”前后我就会策划出版一本建党特刊，来激发广大干部群众爱党的热情。比如 2015 年为《党建促发展 顺德来先行》，2016 年为《光辉——建党 95 周年，顺德在奋进》，2017 年为《砥砺前行》，2018 年为《干，顺德范》，2019 年为《不忘初心 顺德铁军》，2020 年为《党旗飘扬》。

【策划方案】 不忘初心 顺德铁军——建党 98 周年纪念特刊

2019 年 4 月 30 日下午，市委常委、顺德区委书记郭文海主持召开区委常委会（扩大）会议，传达贯彻省委李希书记到佛山、顺德调研时的讲话精神，研究部署顺德区贯彻落实工作的举措。郭文海要求，全体干部要继续展示出闻鸡起舞、日夜兼程、风雨无阻的奋斗姿态，上下一心、团结一致，全力建设好顺德高质量发展综合示范区，不辜负省委省政府、市委市政府和全区人民群众的期盼；要坚持以人民为中心，始终牢记高质量发展最终要体现在人民群众生活的高质量上，加快推动民生事业高质量发展，努力提升人民群众的幸福感和安全感；要加强党的领导和党的建设，进一步激发主动担当、主动作为的精气神，打造高质量发展的顺德铁军。

作为全力建设好顺德高质量发展综合示范区的主战场，镇街党建最重要。在中国共产党成立 98 年之际，珠江商报社将于 7 月 1 日（星期一），推出《顺德铁军——建党 98 周年纪念特刊》，具体如下：

每个镇街为跨版（4 000 字，配 5 张图），铜版纸，随《珠江商报》主报发行，报眉用“顺德铁军——建党 98 周年纪念”。

内容分别为镇街党建成效，特别是主动担当、主动作为方面的亮点，同时结合驻村干部、推进村级工业园改造等方面进行介绍，以小见大，要总结出每个镇街党建的独特亮点，比如党群先锋队如何冲在高质量发展第一线。绝不能抄材料，不论是镇街党建工作还是单位、个人内容，都要突出先锋与铁军，要做出一本可以让区委对外派送的特刊。

6 月 21 日截稿与签印。

始终与人民群众想在一起干在一起

坚持了 9 年的党建特刊成为“走转改”的发布平台

第五十二章 平安扫黑除恶

我们深入基层了解扫黑除恶成果

2016 年 1 月 5 日，由顺德区平安创建办、《珠江商报》策划出版的《平安顺德》特刊出街，获得各界称赞，认为其内容全面，强化了平安顺德的宣传效果，有利于营造全民参与，创建平安顺德的良好氛围。

2012 年，省委省政府发出《关于全面创建平安广东的意见》，在全省范围内拉开了平安创建的序幕。2013 年年初，顺德区相继出台《顺德区平安创建工作三年行动计划（2013–2015 年）》和《顺德区平安创建工作十年计划（2013–2022 年）》，在全区范围内部署落实平安顺德创建工作。行动开展三年以来，顺德区不断优化防范网络，强化打击效能，创新防控模式，健全管理机制，有效构建了立体化社会治安防控体系。在区三年行动计划收官之际，《珠江商报》推出《平安顺德》特刊，回顾总结全区在平安顺德创建方面取得的成效。

顺德区公安局勒流分局相关负责人认为，《平安顺德》特刊强化了“平安勒流”工作的宣传效果，宣传勒流分局守护勒流平安的理念。勒流街道教育局负责人刘业洪说，平安校园建设作为重点工作之一，做好宣传非常重要。平时，他们每周每月会将平安建设情况总结出来，在内部通报，但是很少向外界宣传，《平安顺德》为这样的宣传提供了一个途径，“让外界可以了解学校所做的工作，同时也让学校了解自己以及整个街道的工作情况，这是个很好的做法”。也就是基于读者这样的期望与好评，我每年年底都会策划出版一本《平安顺德》特刊，全面展示平安建设成果，并把这本特刊作为顺德区人大、政协新一年“两会”会刊，进入顺德“两会”会场，深受人大代表、政协委员的好评，尤其在扫黑除恶斗争中发挥了非常好的舆论效果。

【特刊方案】 扫黑除恶 平安顺德

2018 年，顺德深入贯彻落实党的“十九大”及习近平总书记系列重要讲话精神，紧紧围绕创建平安顺德工作，以深化平安创建、扫黑除恶为主题，不断创新形式、拓展渠道、加强引导，开展适应新形势、群众喜闻乐见的系列宣传活动，有效提升群众知晓率、安全感和满意度，确保平安创建、扫黑除恶宣传工作“声势要大”的效果，努力营造共创、共建、共享平安顺德的社会环境和良好氛围，为建设平安顺德做出更大贡献。

2018 年即将过去，在平安顺德、扫黑除恶工作上，顺德各部门、各镇街、各村居、各企事业单位取得了哪些成效呢？顺德区委区政府办公室、区委宣传部、区委政法委、区人大常委会办公室、区政协办公室联合区平安创建办、区扫黑除恶办、珠江商报社，将在 2019 年顺德“两会”期间推出大型特刊《扫黑除恶 平安顺德》，向广大群众、企业展现平安顺德的成效、扫黑除恶的成果。

具体安排如下：

一、出版安排

1. 版面：24cm × 31cm（2 000 字左右，3 张图），铜版纸。

2. 发行：随《珠江商报》主报发行，覆盖顺德以及佛山其他四区党政机关、大型企业。

2016–2021 年《平安顺德》特刊封面

3. 时间：2018 年 12 月 24 日晚 8 点截稿，2019 年 1 月第一个工作日推出。

4. 亮点：在 2019 年顺德区人民代表大会、顺德区政协会议上，代表、委员人手一份，作为会议材料下发；在各镇街 2019 年 1 月主要开局、开年会议上作为会议材料下发。

二、内容安排

贯彻党的“十九大”精神，“践行创新、协调、绿色、开放、共享的新发展理念，建设现代化顺德”，打造“崇法向善明德”顺德；介绍 2019 年在平安顺德、扫黑除恶建设方面的思路。

平安顺德

珠江商报

2021年1月21日 星期四 T3

责任编辑:赵扬 版式:李佳彬 周惠芬 校对:胡志腾
电话:22313015

高水平的平安顺德是高质量发展基石

文/珠江商报记者 王茂浪

平安是人民幸福安康的基本要求，是改革发展的基本前提。

在中央政法工作会议上，习近平总书记着眼人民安居乐业、社会安定有序、国家长治久安，对加快推进社会治理现代化作出重要部署，为加强和创新社会治理、维护社会和谐稳定、建设更高水平的平安中国指明了努力方向和重要路径。

2021年1月10日，佛山市委副书记、顺德区委书记郭文海率区几套班子领导干部高规格出席首个“中国人民警察节”活动，向为顺德平安稳定付出艰辛努力、极大奉献的人民警察致敬。这只是区委区政府关心政法系统工作的一个缩影。

顺德政法队伍是对党忠诚、忠诚履职、无私奉献的，是一支特别有战斗力的队伍，展现出顺德铁军的风范，为顺德高质量发展保驾护航。公检法在抗疫、基层治理、村居换届等工作中都是付出艰辛和奉献极大。

“治政之要在于安民”。党的十八大以来，伴随着平安顺德建设的深入推进，人民群众居家更安心、出行更放心、生活更舒心，“平安顺德”成为一张亮丽的顺德名片。2020年，这张名片不断在优化。北滘镇整合各领域的调解组织，挂牌成立全市首个对接访调、诉调、检调、警调的联合机构——北滘镇联调中心，这个中心以服务经济建设、维护社会稳定为己任，坚持“调防结合，以防为主”的工作方针，努力将社会矛盾纠纷化解在萌芽状态。2020年，面对突如其来的新冠肺炎疫情，龙江镇在新形势下推进平安创建成效有了直接的体现：安装了人脸识别系统的小区让住户出入感到更安全、整治提升后的出租屋管理规范有序；无物管小区成立业委会以来，惠民举措获居民点赞。2020年，顺德区委政法委有力推进综治和平安创建工作向纵深发展，强化社会基层治理，营造安定有序社会环境。

努力建设更高水平的平安顺德，就要让社会各界的聪明才智成为社会治理创新的不竭源泉。容桂以“平安驿站”为中心开展辐射周边范围的“以点带面”巡防模式，进一步提高路面见警率、管事率、盘查率和抓获率，治安员和市民积极参与群防群治，为家园平安建设出一份力。顺德205个村居各有各的村情和治理重点，因地制宜推进各村（社区）平安建设工作，才能取得理想效果，勒流就在东风村开展社区营造示范点建设的同时，在西华村、新明村开展“平安示范村（社区）”创建工作。顺德区市场监督管理局积极发挥区“平安市场”建设办的牵头协调作用，重点推动平安农贸市场和平安商贸市场建设，加强平安创建工作与扫黑除恶工作的宣传力度，深入推进“平安市场”创建工作，助力顺德高质量发展。

努力建设更高水平的平安顺德，就要打造共建共治共享的社会治理格局。过去一年里，大良综治办把五沙、近良盗窃警情多发作为治乱切入点，以“打团伙、斩链条、清黑点、净环境”为目标导向，深入推进片区治安、出租屋、交通运输、消防等领域专项整治工作，带动社区治安刑事警情得到质的扭转。过去一年来，伦教综治办和派出所与社会环境平安稳定息息相关的部门携手合作，通过制度建设与实质行动，编织起一张严密的“平安防控网络”，为经济建设和各项社会事业的发展营造了良好的社会环境。过去一年中，顺德法院全力打造审判体系和审判能力现代化“顺德样本”，为地方经济社会复苏“提速”，为创建平安顺德、法治顺德提供坚实有力的司法保障。

努力建设更高水平的平安顺德，就要深入推进基层治理创新。而建设“大平安”，重点难点在基层，希望也在基层。顺德公安结合辖区涉警信访工作实际，不断探索创新矛盾纠纷多元化解机制，力求初访信初解决在初始、化解在基层，在2020年全力打造新时代“枫桥经验”顺德样本。均安镇被佛山禁毒委列为2020年禁毒重点整治单位。为确保整治成效，均安镇联合相关部门，在全镇范围内深入开展禁毒重点整治活动，狠抓落实两打两控、宣传教育、排查登记、帮教管控等工作，打出了一套禁毒治理工作的组合拳，实现预防教育、执法打击、戒毒康复“三驾马车”并驾齐驱。

发展是硬道理，稳定也是硬道理，抓发展、抓稳定两手都要硬。自2018年开展扫黑除恶专项斗争以来，顺德区依法净化了社会环境，提升了基层社会治理水平。2020年是为期三年的扫黑除恶专项斗争收官之年，陈村镇在过去三年里聚焦涉黑涉恶问题突出的重点地区、重点行业和重点领域，把打击的锋芒对准人民群众反映最强烈、最深恶痛绝的各类黑恶势力违法犯罪，以实效赢得群众满意，为顺德的高质量发展打下发展基石。2020年，顺德检察院以打造更高水平的“平安顺德”为目标，以更高的政治站位、更实在的举措推动“四大检察”全面协调充分发展，助力顺德全面建设新时代广东省贯彻落实新发展理念实验区，推动高质量发展。

2021年，相信只要把加强和创新社会治理摆到更加突出的位置，加快推进社会治理现代化，努力建设更高水平的平安顺德，我们就一定能更好聚民心、暖人心、筑同心。

制图：李佳彬

2021 年特刊的综述

第五十三章“十九大”好策划

按照 2016 年 11 月制订的 2017 年工作计划，我在完成 6·30 扶贫、“七一”党建特刊后，立即着手开展喜迎党的“十九大”特别报道计划。当得知报社不会做整体特刊后，我们就定下了要来一次“求变、求质、求新”大考试、大练习，把 2017 年的镇街工作推向高潮。

求变：遇到意外就视频会议解决

7 月底，工作室向镇街传送了两套“砥砺奋进的五年·党的‘十九大’特别报道”方案，一是跟着报社的特刊，有报社整体计划等；二是在报社不出特刊的情况下，镇街单独做特刊，并定于 11 月 8 日前后出版发行。在此情形下，很多镇街都持观望态度。进入 8 月，《人民日报》开始推送《砥砺奋进的五年·党的“十九大”特别报道》，对各省市区、部委每个工作日有 8 个版的特刊，且中央电视台也在推类似各省市区、部委的专题。同事李文杰专门收集了《人民日报》的专题给我做参考。

按照《人民日报》的特刊版式，我连夜制作出属于珠江商报社的“砥砺奋进的五年·党的‘十九大’特别报道”方案，每个镇街 4 个版，亮点有“镇街领导的署名文章”“2012 年 –2016 年数读发展”“镇街镇长、主任专访”“我想实现这个梦想”“图说这五年”。同时，工作室还制定了“喜迎‘十九大’顺德文艺展演”方案。

为了让镇街同事明白、清楚这两个方案，我们专门召开了宣讲会，我对方案的每句话、每个亮点，都一一做了讲解。宣讲会上，我也对有全年合作的镇街，比如容桂、伦教、勒流、龙江、杏坛、乐从等，提出了两套应变的专题方案。

哪知，刚进入 9 月，专题工作刚刚启动，得知党的“十九大”将于 10 月 18 日召开。获悉的当晚，工作室的主任们开了一系列微信视频会议，持续到当晚 11 点多才确定所有的工作安排。当晚，我熬夜到凌晨五点多，把确定参与此次特别报道的大良、容桂、伦教、勒流 4 个街道的细化报道方案写好，就连大标题、小标题、图片版标题都一一拟好了。

采写由此进入实战阶段。2 天后，原本计划“十九大”后的顺德区主要领导交接，跟我之前获得的信息一样，于 9 月 26 日进行。为此，原计划喜迎党的“十九大”特别报道，也跟着改为与“顺德新书记上任报道”同步，也就是于 9 月 27 日开始推出整个报道。

时间就是金钱，时间也就是任务的追赶，时间就是我们在变化中求生存。我们不等、不靠、不休，工作室再次召开了 6 次视频会议，连夜布置发布时间、细节，这也意味着大良将要成为这场“求变”中的样板工程。幸运的就是，招商到了此刻，只有杏坛、均安两个镇没有落实。

求质：急行军也要非一般

此次大型报道，从 9 月 27 日开始推出，每个工作日 4 个版在《珠江商报》主报刊登，逢工作日每天一个镇街，持续到党的“十九大”召开；截至 10 月 13 日，已经刊登了 9 个镇街的 36 个版，每个版统一配“砥砺奋进的 5 年——迎接党的‘十九大’特别报道”报眉。

4 个版中的封面版面左边为各镇街党（工）委书记“关于党的‘十八大’以来建设成就、民生成效、经济成果”的署名文章（或党委、党工委署名），配署名领导照片，文章下面为《珠江商报》出版标识。版面右边，上为“数读制图 2012 年 –2016 年各类数据”；中间为“大良、容桂、伦教、勒流、陈村、北滘、乐从、龙江、杏坛、均安”等代表镇街字样，每个字的笔画均用所在镇街图片填写；下为简要导读，以及镇街官方微信微博二维码。

第二版、第三版为跨版，是党建、富民、开放、创新、乐居、文化等内容，各镇街镇长（主任）的专访，以及群众的梦想展示。比如北滘镇跨版安排为——北滘：经济拔节生长 拥抱世界（包含两个世界五百强，家电、房产等产业发展，如何促进供给侧改革、技术创新）；好日子天天画里过（包含简岸一带河涌、林头古村落、和园，环保、生态、山林）；魅力之路越走越宽（包含特色小镇建设、对接广深，文化建设“图书馆 24 小时不打烊”）；把民生福祉举过头顶（以慈善公益、教育、卫生为核心）；干部拧紧思想“开关”（包括从严治党、基层治理，以习近平总书记视察北滘带来的变化为主）；镇长访谈；“我在北滘实现这个梦”“还有这个梦”等内容。

喜迎“十九大”特别报道

第四版为风光别样情，用图片展示各镇街的巨变。

这样的安排，事实上就是要确保质量的提升。以往做特刊，是材料的加工，是某个时间段、某个事件的加工，这次可不行，这次是 5 年的历练，是要把一个地方社会、经济、民生、文化等重大事件进行“有血有肉”的提炼，要做到这点，就必须要有质量的根本性变化。

第一期，也就是大良版块如期跟着郭文海书记到任顺德的报道出街。这个报道的导读，很特别，还有一点小故事。那就是，9 月 27 日的报纸头版，早已被伦教一家公司预订为“祝贺广告”，巧就巧在当天要刊登新书记就任的报道。为此，请示报社领导、说服广告商，同事莫胜娜连续做了几天的功课，争取到 3.5 厘米的位置出来进行导读，这样的结果十全十美，广告、导读的效益都大。当晚，我加班，把第一期的导读放入头版：砥砺奋进的 5 年——党的“十九大”特别报道 · 大良篇。见报次日，引起社会各界的广泛关注。同事黄文静的报道也就成了样板，我看到版面后很是激动，不过，一切藏于心底。

社会关注的不只是版面，更多的是质量：署名文章的质量、镇长（主任）专访的质量、图片的质量、人物的质量（这些人物都是我根据自己的积累、根据镇街产业特色确定的）。其中，图片的质量要求最高，每个镇街需要跨版，要有航拍图，而多个镇街交上来的图片我看后不满意，就要求他们重新拍摄，这样才能确保质量。

均安篇是在其他九个镇街基本完成的情况下，才确定要做，且只做两个版，时间只有5天。为此，工作室成立了由吴景邦、黄祖兵、叶芝婷、陈炳辉、陈家好5人组成的急行军采写团队，我也调整了版面、采写方案。就在这样高强度的压力下，均安版在“十九大”召开的前一天推出来了，令人感叹、令人惊讶、令人羡慕。

10月18日，党的“十九大”开幕当天，按照报社领导安排，喜迎党的“十九大”特别报道全部完成，推出了总结版，整个报道圆满完成，并且有着非同一般的高质量。我们求质的过程还是蛮拼的，各位同事都在办公室熬夜加班加点；大部分镇街的书记、镇长主任们，不断修改稿件，甚至国庆假期也在修改，还到报社看版。

求新：全新面世　她还说有“遗憾”

求新，还是有很多地方可圈可点。

看到同事黄文静的大良样本出来后，叶芝婷、苏淑婷、吴景邦、黄祖兵等都积极跟进，并提出自己做版，全力创新版面版式与内容，他们拿着《人民日报》的图片版、跨版不断研究、考据。也就在此时，《南方日报》开始推出砥砺奋进的五年各地级市系列报道，特别是湛江28个版的报道，同事们拿来反复研习——为的就是求新。

黄祖兵很快便把乐从篇的图片版做好了，苏淑婷看到后非常羡慕，就私底下通过沟通把乐从篇的版式让给了龙江篇的图片版。从这个细节可以看出大家对求新的追求。而乐从篇图片版，最后以另一种全新版式亮相，获得肯定。容桂篇的图片版，叶芝婷花了很大脑力，不时担心美编会厌烦，最终全新面世时，她还说有“遗憾”，可见我们对“新”的执着。陈村篇、北滘篇等的图片版也都惊艳四座。

图片版的创新，除了版面的版式，还有内容。同事苏淑婷写了一首诗，不但给我看，还找龙江镇的文豪们征求意见。就在苏淑婷写诗的同时，吴景邦也大胆地写了一首长诗，令人惊叹不已，只有我们的陈培仪“愤愤不平”：“邦领导没有帮我，原来偷偷在写诗，我早就请他帮我写一段美文，他没答应。”这足以证明陈培仪对“新”的感悟与追逐。

新，还在于同事们的态度，梅师遥、陈家好、莫胜娜以及其他部门的同事都非常给力，对这个特别报道及时地跟进、跟紧，各工作室主任、副主任、记者、美编、图编、校对、组版员等也都全力以赴。

所有见报的内容，珠江商报社官方微博、官方微信，顺德新闻网，无限顺德App等同时推送，各镇街官微也同时推出。报道见报后，《广州日报》总部采编人员来电索取报纸，其他媒体反响也很好。同时各镇街均把此组报道在大会小会上派发，区委区政府也高度评价，我们向市委宣传部做了汇报。

【策划方案】　砥砺奋进的5年——迎接党的“十九大”特别报道

党的“十九大”，将会在2017年下半年召开，作为每五年召开一次的代表大会，引起了全国各族人民的关注。《珠江商报》特策划、实施《砥砺奋进的5年——迎接党的“十九大”特别报道》方案。

一、刊播事宜

1. 2017 年 9 月底至 10 月上旬开始在《珠江商报》主报刊登，逢工作日每天一个部门或一个镇街，持续到党的“十九大”召开之前。

2. 两德合作区、每个片区、每个部门、每个镇街各 4 个版（一张 4 个版的报纸，大报），并将 4 个版内容集纳为 1 个版编印到党的“十九大”开幕当天发行的 100 个版《砥砺奋进的 5 年》特刊当中。

3. 珠江商报社官方微博、官方微信，顺德新闻网，无限顺德 App 等同时推送。

4. 每个版统一配“砥砺奋进的 5 年——迎接党的‘十九大’特别报道”报眉。

二、刊播内容

1. 封面：

版面左边：各管委会、部门党组书记或镇街党（工）委书记“关于党的‘十八大’以来建设成就、民生成效、经济成果”的署名文章（或党委、党工委署名），约 1 800 字，配署名领导照片；文章下面为《珠江商报》出版标识。

版面右边：上为“数读制图 2012 年 –2016 年各类数据”；中间为“良、容、伦、勒、陈、滘、乐、龙、杏、安、警、两德”等代表镇街、部门的字，每个字的笔画均用图片填写；下为简要导读，镇街、部门官方微信微博二维码，珠江商报社为所属镇街、部门特制的特刊内容电子版二维码“我为 ×× 点个赞”。

2. 第二版、第三版：

党建、富民、开放、创新、乐居、文化等内容。

3. 第四版：

风光别样情，用图片展示各管委会、各镇街的巨变。

三、采写事宜

1. 9 月 12 日前确定特别报道参与情况。

2. 同时将签印版面内容制作成电子版并生成二维码，印到报纸上。

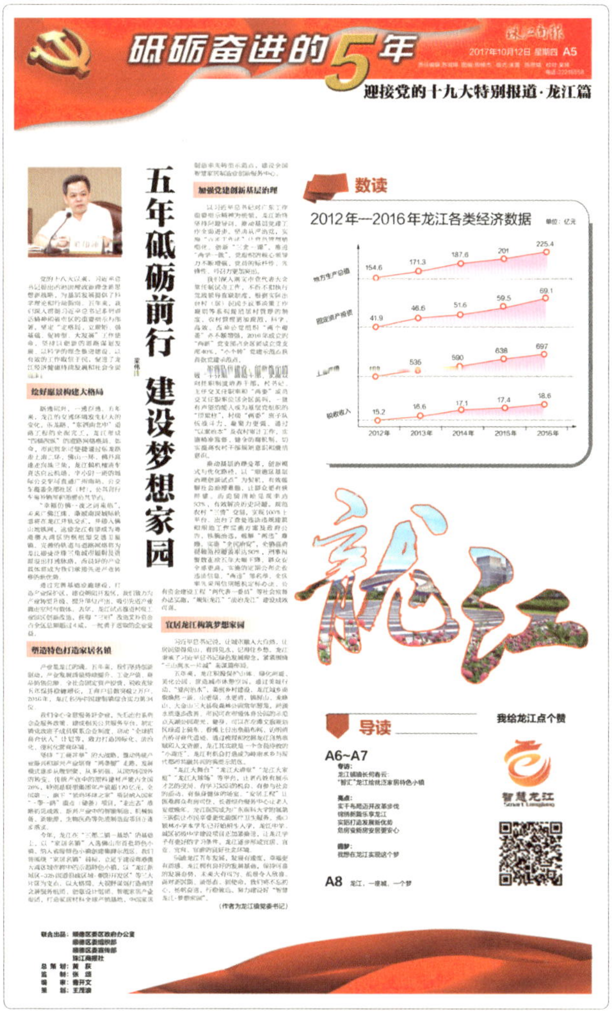

喜迎“十九大”特别报道

第五十四章 改革开放 40 年

我在北京参观改革开放 40 周年展览

2018 年 11 月，在第十九个中国记者节来临之际，中国报业协会在深圳举办“中国报业发展 40 年深圳峰会”，对一批在改革开放过程中涌现出来的报业经营管理先进单位和先进个人进行表彰，我所在的《珠江商报》获得“改革开放 40 年报业经营管理先进单位”荣誉称号。

《珠江商报》的前身是创刊于 1994 年的《顺德报》，2003 年更名为《珠江商报》。创刊 24 年来，《珠江商报》始终扎根顺德，服务顺德，与顺德改革开放共成长，为顺德改革开放鼓与呼，是顺德改革开放的见证者和参与者。

党的“十八大”以来，在佛山市委宣传部、佛山传媒集团正确领导和顺德区委宣传部的大力支持下，珠江商报社始终坚持正确舆论导向，充分发挥意识形态主阵地作用，围绕市区两级党委政府中心工作，把握主流，抓住根本，努力做好宣传思想工作；积极推进媒体融合发展，形成了报纸、网站、手机客户端融合发展的全媒体格局，不断提升新闻舆论传播力、引导力、影响力、公信力；面对新媒体时代的传播特点，坚持线上与线下联动，宣传与服务并重的报业经营管理理念，经济效益和社会效益得到全面提升。

我就在改革开放 40 周年的日子里，策划出一系列报道与纪念项目。

【策划方案】 改革开放 40 周年项目

2018 年，我国将迎来改革开放 40 周年。为了总结顺德 40 年改革开放历史，站在全面深化改革的历史新起点，探究顺德如何参与我国未来改革开放重大事项，珠江商报社在顺德区委宣传部的指导下，制定改革开放 40 周年项目策划方案如下：

一、大型报道、出版物、讲坛

【读起来】2017 年“十九大”召开前后，启动改革开放 40 周年大型报道，计划采访 40 名参与、见证顺德改革开放 40 年的企业家、公务员，海外顺德乡亲（含已逝世的、对顺德做出突出贡献的海外乡亲，请家属讲述），栏目为“改革开放四十载 顺德实践新力量”，每期 1 个版，以顺德参与国家、广东、佛山大事，推出全国、广东史无前例的举措等为基准，请采访对象结合个人、单位、顺德来讲述台前幕后的故事，从而总结顺德在我国改革开放中扮演的角色，每篇报道配 1 000 字专家点评。

【学起来】将以上 40 人的故事结集出版《力量——顺德纪念改革开放 40 年》一书，让这些故事成为学习的榜样。

【讲起来】开设“改革开放顺德力量”大讲坛，请以上 40 人的部分代表（选择 20 世纪 70 年代、80 年代、90 年代，21 世纪 00 年代、10 年代生人）从不同角度进行专场演讲，讲述顺德不断进行、参与改革开放的新举措、新内涵。

【忆起来】将以上 40 人的故事分类别制作 H5 推广宣传，在珠江商报社官方微信、微博开设“改革开放顺德力量”专栏，在顺德新闻网开设“改革开放顺德力量”专栏，用图文、动漫的形式推介顺德改革开放以来取得的成效、贡献的力量。

二、图片展、画册

【献起来】珠江商报社全媒体向全球征集“改革开放 顺德力量”图片，预计分为 40 个版块在德胜文化广场进行展示，分别为国、家、改、革、开、放、顺、德、力、量，10 个镇街，10 大行业，10 大人物等。

【存起来】将以上图片进行筛选，出版《力量——顺德纪念改革开放 40 年》画册，计划 77 个版，分为改、革、开、放、顺、德、力、量 8 个篇章。

三、活动、项目

【走起来】举行“改革开放 顺德力量——纪念改革开放 40 年”徒步活动，分为重走邓小平在顺德走过的地方，以及重走习近平总书记在顺德视察的地方。

【见起来】征集历届国家领导人、广东省领导人在顺德，以及企业、市民在过去 40 年里留下的纪念物、照片，在珠江商报社大院的原演艺楼建设顺德改革开放纪念馆或者博物馆，对外免费展示体现顺德改革开放巨变的物和图。

【大型报道方案】

“壮阔东方潮 奋进新时代——庆祝改革开放 40 周年”顺德镇街出新出彩大型报道

“今年是改革开放 40 周年，我们要总结经验、乘势而上，在新起点上推动改革开放，实现新突破。”“中国进行改革开放，顺应了中国人民要发展、要创新、要美好生活的历史要求，契合了世界各国人民要发展、要合作、要和平生活的时代潮流。”……习近平总书记发表的一系列重要讲话高瞻远瞩、总揽全局，为推进新时代中国改革开放作出了重要部署，指明了前进方向。顺德各镇街以扩大开放促进深化改革，以深化改革促进扩大开放，改革开放“双引擎”动力更加澎湃。

如今，广东省委全面深化改革领导小组正式批复同意顺德率先建设广东省高质量发展体制机制改革创新实验区，“改革先锋”顺德又一次被赋予改革的历史使命，

珠江商报 报话:22313015

壮阔东方潮 奋进新时代
——庆祝改革开放40周年

顺德镇街出新出彩大型报道 A5

责任编辑:黄祖兵 版式:李佳彬 林春梅 校对:康建坤 2018年11月13日 星期二

千年花乡 香溢万里

梁晓茵

陈村，享誉盛名的“千年花乡”“岭南花卉第一镇”，乃广东四大名镇之一。

生活在这个岭南小镇——我的第二故乡，每天沐浴在一片沁人心脾的花海中，幸福感像花儿一样，香溢万里。

爱上陈村，源于一个花卉世界。2001年，第五届中国花卉博览会在陈村花卉世界举办。从此，陈村花卉走遍神州，飘向海外。花卉世界从诞生到成长，已走过20年风雨，一双百花簇拥的“蓝翅膀”，带领着身后的5000亩花花世界，展翅翱翔，在中国的花卉市场化发展进程中留下了浓重一笔。

难以想象，40年前这里还是个经济一般般的小乡镇。

翻开旧书卷，回眸1978年，陈村的花卉种植面积不足17公顷，花卉年收入不足1000万元。改革春风吹起，陈村镇政府紧抓花乡资源优势，大刀阔斧，开放创新，把花卉业作为一个品牌做大做强。到了20世纪80年代，陈村花卉种植发展迅猛，花卉种植大户、花场、花圃如雨后春笋般涌现。

至2008年，陈村的花卉种植面积占可耕地面积的80%，花卉交易额高达20亿元。如今的陈村，早已是中国最大的花卉生产、交易中心，形成了大基地、大市场、大流通的新格局。

作为一名花乡人，我有幸见证。陈村近年以“花”为魂，策划独具特色的“美食花宴”“花海骑行”等活动，将花卉世界周边的村居打造成旅游、历史的文化“花村”，“广佛都市圈城央花园”美名远扬，世界各地的游客慕名而来，高端人才荟萃于此。

一个花卉世界带动了一个城镇的建设，盘活了花乡50.7平方公里的经济新活力，这就是陈村人“敢为天下先”、敢动真格改革开放的决心和魄力，带来了翻天覆地的蝶变。

人杰地灵。陈村还有着悠久深厚的文化历史，如三字经、黎简、朱彝等文化品牌，流传千古。在这片热土上生活，我对她爱得深沉，深种情根，创作充盈着陈村元素的散文连续两年荣获“黎简奖”文学金奖，原创歌曲《千年花乡》更是饱含着我对花乡的深深依恋。

物质文明迅猛发展，城市面貌日新月异，花乡人民胸怀宽广……发生在我身边的巨变向我们倾诉着：陈村不只是陈村人的陈村，还是中国的陈村，世界的陈村！

改革开放40年，千年花乡屹立国际舞台，陈村的改革始终站在顺德的前沿。走进新时代，在花卉的光环下，陈村正聚焦“产业转型升级”、“招商引资”和“企业服务”三大方面，继续做深做实做细陈村经济工作，促进陈村经济高质量大提升大发展。

如今，陈村人民秉着新一轮改革开放、解放思想的东风，正为全面打造“花乡智城”再下苦功、再立新功、再创辉煌！

陈村荣誉榜
（部分）

2000年，陈村镇被授予“中国花木之乡”称号

2003年，陈村镇获评广东省文明示范镇

2006年，陈村镇入选全国小城镇综合发展水平1000强镇

2006年，陈村镇获评“世界盆景赏石园艺博览之都”

2007年，陈村镇被授予“国家卫生镇”称号

2007年，陈村镇被授予“中国机械装备工贸名镇”称号

2009年，陈村镇获评全国亿万农民健康促进行动广东省示范镇

2009年，陈村镇获评广东省文明示范镇

2010年，陈村镇入选广东百强佛山十强镇

2011年，陈村镇获评广东省首个法治镇创建工作先行点

2011年，广东陈村花卉世界休闲农业园获评全国休闲农业示范点

2012年，陈村镇获评“国家级生态乡镇”

2013年，陈村镇被授予“中国花卉之都”荣誉

2013年，陈村镇获评广东省休闲农业与乡村旅游示范镇

2013年，陈村镇获评广东省技术创新专业镇（机械装备业）

2014年，陈村镇获评全国“六五”普法中期先进单位

2015年，陈村镇南涌社区获评全国民主法治示范村

2018年，“陈村年桔”获国家农产品地理标志登记保护

2018年，陈村镇“三字经传统文化宣讲”获评全国“百姓喜爱终身学习品牌”

制图：李佳彬

联合出品：顺德区委区政府办公室
区委宣传部
陈村镇党委、镇政府
珠江商报社
总策划：黄琳
监制：冯建珍 曹开文
策划：王茂浪
图文统筹：黄祖兵 王茂浪 陈炳辉 朱德文
设计统筹：刘捷 朱蕾

绿色陈村微信号 绿色陈村微博 珠江商报官方微信

庆祝改革开放40周年特别报道

各镇街要扛起改革大旗。

在改革开放 40 周年之际，顺德区委区政府办公室、区委宣传部联合珠江商报社、各镇街，将在 2018 年 10 月下旬至 12 月中旬，推出“壮阔东方潮 奋进新时代——庆祝改革开放 40 周年”顺德镇街出新出彩大型报道，向广大群众、企业展现各镇街改革开放，尤其是党的“十八大”以来，在发展中所取得的宝贵经验与伟大成就，激励新一代人努力拼搏，续写各镇街发展的崭新篇章。

一、第一版

1. 报头设计：“壮阔东方潮 奋进新时代——庆祝改革开放 40 周年”顺德镇街出新出彩大型报道。

2. 版面右边上方：镇街历来取得省级以上称号、名誉，包括村居获得的荣誉、称号，此部分设计成一面荣誉雕塑墙。

3. 版面右边下方：出版信息（包含顺德区委区政府办公室、区委宣传部、各镇街、珠江商报社），以及各镇街官微二维码。

4. 版面左边：寻找当地基层群众对所在镇街表白，每个镇街 800 字以内，主要凸显作者与所在镇街的不解之缘，用优美的文字描述所在镇街的变迁，要以小见大，凸显改革开放的镇街动力。标题统一为 4 字 +7 字格式。

范文如下：

浦东新区：改革开放，让城市更有温度

陆家嘴集团职工姚建良，退了休才有空闲去江边漫步。

“吓了一跳，居然这么漂亮！吹着江风，看着美景，不要太舒服！”摄影爱好者老姚，从 20 世纪 90 年代初坚持同一角度拍摄陆家嘴，见证了浦东的脱胎换骨。

去年底，黄浦江两岸 45 公里公共空间彻底贯通开放。其中，22 公里位于浦东。过去灰扑扑的“工业锈带”亮了，老码头、旧仓库纷纷变身创意空间，不同颜色区分出骑行道、跑步道、步行道、绿化带，如五彩丝带飘飞江畔。

还江于民，让上海人心里很暖。

为了让百姓更暖，上海在全市范围大调研，浦东新区的领导干部和机关工作人员也全压到里弄、村居和企业，细细走访梳理，解决群众的“急难愁盼”，调研对象 70 万余家、收集问题建议 5 万余条，问题解决率 70% 左右。

习近平总书记参加全国人大会议上海团审议时表示，加强和创新社会治理，关键在体制创新，核心是人，只有人与人和谐相处，社会才会安定有序。

上海治城，核心是人，目标是让城市更有温度。

二、第二、三版（跨版）

此版为跨版，内容为此次大型报道的精华与亮点，必须行文有条理，见人见事，以对历史负责的态度进行采写。

1. 核心提示：230 字左右。

2. 大标题：5 字 +8 字格式。

3. 统一在版面最上面中间位置用大图。

4. 内文主稿（4 200 字，以二版全部，二三跨版中缝为主）建议：

镇街	主标题	版面内容
大良	潮头大良立 +8 字	商贸业：从百佳到世界巨头 文化娱乐：从凤城影剧院到 10 分钟影圈 教育：从单一到多元，发展数据 旅游业：从清晖园到欢乐谷
容桂	天地容桂宽 +8 字	工业：从千亿大镇到科技创新 人才：从打工到博士后工作站 融合：从一桥之隔到一河两岸 民俗、艺术：从爱好到引领
伦教	福美伦教新 +8 字	珠宝：从小作坊到大湾区、一带一路 数字：从创意到样板 位置：从路过到新心 装备：从手工到集成
勒流	高质勒流造 +8 字	五金：从制造到制标 小家电：从大晚到全球 翰墨：从欣赏到引领 改革：从试点到担当 农业：从吃饱到现代化
陈村	画卷陈村绘 +8 字	千年花乡：从散户到花卉世界 产业：从模具到机器人 交通：从农艇到地铁 文化：从三字经到梦想秀
北滘	风从北滘来 +8 字	企业：从生产组到世界 500 强 产业链：从工业设计到全球家电平台 文化：从文化广场到文化中心 传承：从碧江金楼到和园
乐从	潮起乐从人 +8 字	家具：从买卖到晴雨表 塑料：从地摊到网络 钢铁：从市场到世界 体育：从红米酒到世界冠军
龙江	敢为龙江先 +8 字	家居：从卖场到品牌 慈善：从接济到习惯 创新：从甘竹滩水电站到联塑的世界版图
杏坛	花开杏坛香 +8 字	村庄：从污水横流到中国最美乡村 经济：从桑基鱼塘到国家高新区、顺德新港、佛山军民融合区
均安	图强均安清 +8 字	路网：从西伯利亚到四通八达 产业：从牛仔到多行业发展 生态：绿水青山就是金山银山

5. 内文三版右边，以亲历者说为主，结合自己、自家的变化讲述国家改革开放带来的变化，1 000 字左右，配亲历者或地方变化图 1 张。

6. 三版右下角：我家或我的 40 年，以实名制请 3 个家庭或 3 个人，谈谈自家、自我的变化，每个约 200 字，要结合旅游、教育、卫生、出行、住房、生活等来讲述，可以配图，如果有受访者的变化图最好。

三、第四版（图片版）

配图，最好有新旧对比图，没有就全部用新貌图，主要凸显人的精气神。约800 字配文。

镇街	内容
大良	文秀路的变迁，含人民医院、影剧院、钟楼公园、图书馆、人民礼堂、街道办、凤岭山等
容桂	容里村、上佳市的变化，包括产业、行政服务等
伦教	羊大路的见证，以荔村（人民医院）、三洲（城轨）为主的变化
勒流	一个家庭的奖章，看变化
陈村	佛陈路与白陈路交会处的变化
北滘	黄龙村巨变，包含张锡尧家的变化
乐从	乐从小涌村变成国际大都市
龙江	龙山村的变化，特别是商贸业
杏坛	一户居民家厨房的变化
均安	南沙岛的路网、旅游开发变化

壮阔东方潮 奋进新时代——庆祝改革开放40周年
顺德镇街出新出彩大型报道
A6~A7

画卷陈村绘 千年名镇人文流芳

从农户分散式经营到中国首席花卉特色小镇
千年花乡香飘世界 宜居小城跃然纸上

从传统机械装备业到智能制造
孕育细分行业"隐形冠军"的热土

从农艇到地铁
路网四通八达 市民出行真方便

从祠堂文化到三字经文化
文化阵地多元化 文化自信永传承

【亲历者说】
从瓦房校舍到集团式办学
陈村提升教育优质均衡发展

【变化】
生活幸福 政府为企业发展着想
更美家园 做好工作为母亲献礼
风水宝地 在陈村实现心中梦想

庆祝改革开放 40 周年特别报道跨版版面

第五十五章 新中国 70 周年

我策划的新中国成立 70 周年系列活动

2019 年，《我和我的祖国》是萦绕在我们耳边最熟悉的旋律，我们都在幸福地庆祝中华人民共和国成立 70 周年，我们都在弘扬中国精神，凝聚中国力量。

我策划的《壮丽 70 年 奋斗新时代——顺德镇街发展成就巡礼特别报道》紧扣"我和我的祖国"庆祝中华人民共和国成立 70 周年主题，以讲故事的形式，为读者讲述了发生在他们身边的一件件小事，从一个个小侧面，展现中华人民共和国成立 70 年来，特别是在改革开放 40 多年来，个人的成长、社会的发展和祖国的强盛，传递满满的正能量，做到了宣传上有热度、传播上有气度、情感上有温度，起到暖人心、增信心的良好效果。同时，我通过网络、微信、微博、微视频等新媒体开展宣传，扩大了报道的影响力。

【策划方案】 壮丽 70 年 奋斗新时代——顺德镇街发展成就巡礼特别报道

今年是新中国成立 70 周年。

70 年披荆斩棘，70 年风雨兼程。

70 年来，顺德各级干部团结带领顺德各族人民自力更生、艰苦奋斗，创造了举世瞩目的顺德速度、顺德创造、顺德精神、顺德改革，贡献出了属于中国奇迹的顺德力量。

要充分展示新中国成立 70 年来的顺德各镇街光辉历程、伟大成就和宝贵经验，珠江商报社从 9 月 16 日起连续 10 个工作日，计划推出《壮丽 70 年 奋斗新时代——顺德镇街发展成就巡礼特别报道》，以营造共庆新中国华诞、共铸复兴伟业的浓厚氛围，激励各级干部、群众为顺德区率先建设广东省高质量发展体制机制改革创新实验区，凝心聚力、闻鸡起舞、日夜兼程、风雨无阻，开创高质量发展的新局面。

珠江商报 ZHUJIANG BUSINESS
2019年9月19日 星期四
责任编辑:龚秀娟 版式:吴惠南 陈思韬 校对:吴贤
电话:22216558
A3

壮丽70年 奋斗新时代
——顺德镇街发展成就巡礼特别报道

联合出品:
顺德区委区政府办公室
顺德区委宣传部
勒流街道党工委、办事处
珠江商报社

总策划:黄琳
监制:冯建珍 黄琨
策划:王茂浪
图文统筹:王茂浪 吴景邦 黄文静 黄祖兵
设计统筹:朱蕾

珠江商报
官方微信

匠心勒流
微信公众号二维码

珠江商报

/勒流/

勒流城区。
/珠江商报记者林安迪摄

匠心智造品质 勒流奋进新时代

分连北江、西江的顺德水道、顺德支流,在这里交汇,滋养着地处顺德中部的勒流。勒水流长、奋斗不止,70年书写了勒流新辉煌。

回首70年,勒流人在90.78平方公里热土赢得了多个"国字号""世界级"品牌荣誉:国际标准化名镇、中国家居五金之都、中华美食名镇、中国滑轨产业基地、中国铰链产业基地、中国商业照明产业基地等,展现了勒流经济的实力和地位。"广东省民间艺术之乡、广东省教育强镇、广东省文明镇、广东省科技创新专业镇、广东生态示范镇"等匠心荣誉,则彰显了勒流70年发展的品质与追求。

匠心独运,勒流以拼搏和创新,书写产业发展新篇。扎根勒流31年的新宝电器,从最初的小作坊成长为今天的上市公司、中国小家电领域的领跑者,靠的是"创新"和"效率"两个核心,秉持的是"拼搏务实"的企业精神。始创于1997年的富华机械集团用了短短20年实现了半挂车车轴年销量突破100万支,领先全球,公司还成立了国际级实验室,开拓了集装箱产品市场,靠的是奋勇向上、永不止步的精神。1991年成立的东泰五金集团,快速成长为行业的脊梁,主导起草中国家居五金团体标准,产品荣获德国IF产品设计大奖和德国红点设计大奖,产品质量在欧美市场得到充分肯定,成功之道在于坚守自主创新和品质追求。发轫于电子商务的小熊电器有限公司,成立仅仅13年就成功登陆深交所平台,成为佛山电子商务唯一上市的小家电公司,在商业模式趋同的小家电市场异军突起,凭借的还是自身创新性的商业模式。创新不止于企业,勒流还孕育了国内规模最大的中高端家居五金产业集群。勒流家居五金产业不仅国内产值占比高,还主导了中国家居五金团体标准的制定,主要技术指标全面超越欧盟,引领行业昂首向前。七十载春华秋实,小家电、家居五金、机械装备、照明电工四大支柱产业,支撑勒流工业总产值稳居全区前列。在勒流这方盛产民营企业的热土,企业家们创业兴业、成就梦想、大放异彩。

匠心燃情,勒流以勇气和实践,谋划城市未来蓝图。勒流的关键词并不仅有"创新驱动",更有勇气魄力、勇于自我革命:"一盘棋"谋划产业空间布局、产业结构链条;产业转型升级:奋力攻坚村级工业园改造"头号工程",推进五大片区村级工业园全面改造提升;推动产业空间再造:加强产业平台建设,引导各类优质产业载体、企业向现代主题产业园区汇聚发展,打造勒流产业发展新引擎;出台扶持政策,实施高新技术企业提质计划,推动主导产业提档升级,占据行业龙头地位。用"产城融合""跨界融合"双融合推动产业、城市双发展:主动融入顺德整体规划发展,努力打造顺德的中部经济走廊和协同发展示范区;借助菊花湾大桥建设和港口路一河两岸改造提升的契机,突出开放创新、产城共融、文化传承的城市特色,实现"一轴一带两片区三组团"城市发展构想。

匠心筑梦,勒流以品质和服务,让群众有更多获得感。创新党建引领基层治理,勒流有章法:在全区成立首个家庭综合服务中心、首个社区营造协会以及启动首间社区大学,创新及丰富公共服务模式。在全国率先推广"手机村务通"平台建设,创新经验被确定为"广东省社区治理十大创新成果",现已全面升级为智慧村居"一门通"。推动乡村全面振兴,勒流有范式:70年来,顺德富有代表性的桑基鱼塘农耕文明和工业文明,在勒流交织、和谐发展,成为"最顺德"的镇街缩影。勒流一方面大力推进现代农业养殖基地建设,依托"四基六水"格子化标准的如城市绿肺的桑基鱼塘,开展特色化、规模化、产业化的淡水鱼养殖,让农民富起来;一方面注重村居环境改善,水乡生态修复,历史文化的传承与振兴,让乡村美起来。近年来,江义村荣获"2014中国最美村镇"循环发展奖,南水村被授予"中国十佳小康村"称号,稔海村获评"中国鳗鱼之村",黄连社区获得"美丽乡村营建"优胜奖。今年广东省在顺德召开珠三角地区"美丽田园"建设调研座谈会,基于勒流肆意盎然、水系完整的"美丽田园"基础,省委提出在顺德开展"美丽田园"建设试点,总结经验后在珠三角全面推进"美丽田园"行动,勒流将奋力争先。

匠心传承,勒流以坚守和创造,讲好勒流故事。工业和农业文明交织相融的"美食文化",坚守着勒流独有的匠心传承,成就厨师之乡、"中华美食名镇"品牌:粤菜师傅,人才辈出,民间烹饪队闻名于珠三角,既有掌握粤菜烹饪奥秘的扎实技术,又有置办"千桌万人宴""移动酒楼"的能力;那些"中华餐饮名店",街道集约成行的食肆,成为"舌尖上的粤菜""寻味顺德 味在勒流"所在;旧时"勒流鱼干满晒场",衍生今日顺德首个"生晒鱼干"团体标准;在"东海酒家"的鱼干包装盒上,用雅致的书法字体标注各种鱼干名称,映射了"勒流翰墨"文化品牌。1980年诞生了全国首个农村书法研究会——勒流书法研究会,并率先在北京举办农村书法作品展,轰动全国,走出了伍嘉陵、陈坚棋、郭子良、廖艺波等一大批书画艺术家,为勒流赢得"翰墨之乡"美誉。今天的勒流,依然在坚守和传承"翰墨"这块文化瑰宝,村村推书法培训,连续举办了28届青少年儿童书画即席挥毫大赛,每月举办中小学、幼儿园书画专场展览,擦亮"翰墨"文化品牌、夯实文化软实力,彰显文化自信。

迈进新时代,喜逢新中国七十华诞,菊花湾大桥通车、港口路拓宽在即,勒流得"佛山新城""顺德新城"两城中轴交通先利,以融入粤港澳大湾区发展的开放姿态,以闻鸡起舞、日夜兼程、风雨无阻的昂扬斗志,站在高质量发展的前列,砥砺前行,谱写勒流不一样的交响乐章。

(文/王茂浪)

勒流城区。/珠江商报记者林安迪摄

庆祝新中国成立70周年特别报道版面

壮丽70年 奋斗新时代——顺德镇街发展成就巡礼特别报道

珠江商报 ZHUJIANG BUSINESS A4 电话:22216558

责任编辑:黄秀娟 版式:王叶进 李明 校对:康建坤 2019年9月19日 星期四

三产齐驱 迈向高质量发展

新中国成立70年来，勒流从顺德的地理中心走向全国乃至全球，从一条鳗鱼到一名厨艺精湛的厨师，从五金零部件、开关照明到家用电热水壶、酸奶机，市民生活中随处可见“勒流印记”。

进入新时代，集“中国家居五金之都”“中华美食名镇”等“国字号”荣誉于一身的勒流，正以破浪前行的姿态，创新驱动一、二、三产业融合发展，向高质量发展迈进。

鳗鱼养殖闻名全国

9月的清晨，勒流稔海村的鳗鱼养殖户已经在准备鳗鱼的伙食。“按去年苗价计算，每卖出一尾菜鳗，扣除成本后约有30元进钱袋子，管理得好，还能多赚点。”稔海村民周伟涛站在鱼塘边，边注视鳗鱼进食边告诉记者，当时很多村民养鳗发家，“富起来，离不开这条鳗鱼”。

周伟涛口中的“当时”，指的是30多年前。1986年，发现国际鳗鱼市场缺口的稔海养殖户进行土塘养殖试验并取得成功，开创了国内土池养鳗先河，村民养鳗积极性空前高涨。随后，稔海鳗鱼养殖业逐步形成了鳗苗培育、鳗鱼养殖、饲料生产、烤鳗加工和产品出口等完整的鳗鱼业产业链和行业服务体系。目前，顺德鳗鱼占全国产量80%，出口占全国三分之一，稔海村鳗鱼产量就占了顺德的一半，稔海也成为了“中国鳗鱼之乡”顺德里的“中国鳗鱼之村”。

周伟涛的鱼塘旁，是稔海鳗鱼养殖大户、广东省鳗鱼业协会名誉会长周添雄的鳗苗培育场。除了壮大自身鳗鱼事业版图，在担任广东省鳗鱼业协会会长期间，周添雄更促成了纪录片《鳗鱼的故事》的诞生，“《鳗鱼的故事》是几代鳗鱼人故事的沉淀、情怀的表达”。随着纪录片在央视的播出，稔海逐渐走入国人视线。

以稔海鳗鱼养殖业为突出代表的勒流农业，在工业快速发展的同时，依然出彩。养殖技术的进步，鱼塘亩产不断提高，江义村的拳头养殖品种加州鲈，连片面积、养殖技术位居全区第一，亩产万斤以上。在勒流，像周伟涛一样，用新思维投身农业的新农民越来越多，“既要懂得如何养，也要懂得看行情，思路对才能赚到钱”。集装箱养鱼等新型养殖技术在勒流出现，先行先试。

依托良好的农业基础，勒流聚力推动片区文旅发展。12770亩高标准农田建设已经完成，南水村成功申报区美丽田园示范区，江义村美丽田园示范区建设正在加快推进，文旅发展格局雏形已现。

匠心“质”造“智”创未来

广东新宝电器股份有限公司，是勒流首家上市企业，从小作坊成长为掌握多项核心技术的小家电行业出口龙头企业，广东新宝电器股份有限公司副董事长郭建强认为，关键在于坚持“一种精神”和“两个核心”。

在发展中秉持“专注主业、拼搏务实”精神的新宝，始终专注于小家电的制造和研发，通过成立工业设计部门，推动自动化设备投入，以及平台化、模块化等工作的开展，驱动创新和效率“两个核心”，促进企业发展。

目前，新宝拥有广东省工程技术研究开发中心、广东省企业技术中心等研发平台，2300多名研发人员，2300多项专利，其中发明专利210多项。在生产效率方面，新宝基本实现了3年提升20%的目标。

富华机械集团专注于专用车底盘关键零部件的研发与制造，“一体式热成型车轴”加工工艺通过了ISO9001认证，较早通过澳大利亚ADR测试及认证……2014年，富华收购MCB集团旗下公司VALX，富华驱动桥及工程实验室、富华挂车零部件实验室落成并投入使用。2017年，富华国际级实验室揭牌成立。

东泰五金集团2017年建成东泰创展中心、科技中心。目前，东泰五金产品已经能够很好地满足欧美发达国家的品质要求，并大量进入发达国家的市场。

通过强化研发能力、实施技术创新，勒流成长起新宝等一批行业龙头企业和“隐形冠军”。龙头带动、产业集群，勒流形成以小家电、家居五金、机械装备和照明电工四大支柱产业为引领的工业格局，坚定走工业强镇的发展之路。近20年来，勒流工业总产值增长了约15倍。去年，勒流规模以上工业总产值增长了8.02%。

如今，勒流拥有省、市级企业技术中心和工程中心57家，省重点实验室1家，省、市级企业研究院各1家，高新技术企业186家。

创新永不止步。今年上半年，小熊电器智能小家电制造基地启动建设，新宝高端家用电器产业综合提升项目稳步推进，智能制造步伐明显加快。

勒流同时集中力量推进村改工作，推动连片产业园改造，推动产业集聚化。勒流五金创新小镇建设喜讯频传，企业自改意愿强、动力足，东荣金属制品公司将投资不少于8亿元对原企业地块厂房，包括生产线换代整合等方面进行更新改造。

在传统产业转型升级的同时，盈峰环境环保科技产业园首期项目工程量过半，环保装备等新兴产业正在酝酿，将为勒流经济发展注入新动能。

美食名镇餐饮业发达

7月27日，香港美食家蔡澜到顺德举行行草书法作品展时谈到，让他印象深刻的一道顺德菜是“咸蛋黄叉烧”。这道菜出自聚福山庄。除了叉烧，店内还有白切鸡、水蛇片等不少传统菜式，获得不少奖项。成立24年以来，聚福山庄秉承“传承不守旧、创新不忘本”的理念，为广大食客奉上舌尖上的美味，荣获“中华餐饮名店”“顺德美食示范店”等称号，是勒流餐饮业的杰出代表。

多年来，勒流不仅涌现出聚福山庄、东海海鲜酒楼等餐饮名店，还有众多特色店，餐饮市场红红火火。无论是餐饮名店，还是乡间饭店，都有大厨“撑腰”，客似云来。勒流民间厨艺氛围同样浓厚，“识煮”“好煮”的民间高手活跃在自家厨房。

勒流人与生俱来的喜爱美食、善于创新美食，成为传承勒流美食的最主要动能。发达的餐饮业、数量庞大的厨师、深厚的饮食文化，奠定了勒流“中华美食名镇”的地位。据不完全统计，目前勒流餐饮业店铺超过1400家，餐饮业从业人员近万人。去年，勒流限额以上批发零售餐饮业营业额达42.6亿元。

勒流美食是顺德美食代表，名店、名厨纷纷承担起传承和推广顺德美食的重任。顺德厨师协会会长连庚明表示，将坚持不懈推广以勒流为代表的顺德美食，积极做好饮食文化的推广和传承。顺德区饮食协会会长、聚福山庄创始人卢远森表示，将促进勒流美食事业以更加开放、包容的姿态，主动融入粤港澳大湾区建设，助力顺德高质量发展。

文/珠江商报记者陈培仪

稔海鳗鱼大丰收。/通讯员吴宝森摄

小熊电器自动化生产线。/小熊电器供图

新宝技术创新中心。/新宝电器供图

名厨林潮带现场展示过硬的刀工，蒙眼切水蛇片获得台下的阵阵掌声。/珠江商报记者周焯杰摄

建设中的菊花湾大桥。/珠江商报记者林安迪摄

庆祝新中国成立70周年特别报道版面

一、版面安排

1. 每个镇街 4 个版，单独一张新闻纸。

2. 版面为 A 叠，4 个版分别为：

A 版版面设计：7 字造型，带一个 0 的半圆，凸显壮丽。

B 版版面设计：从一个到另外一个，要有一条光明大道的感觉。

C 版版面设计：巡礼主题明确。

D 版版面设计：图片版（凸显新时代）。

二、内容安排

★一版

1. 综述：

概括过去 70 年，特别是改革开放以来，以及党的“十八大”以来，各镇街党委政府带领人民群众、企业发展的成就。所在镇街党委（党工委书记）、镇长（主任）一同署名，或者以镇街党委政府署名。《珠江商报》记者采写，或者请所在镇街党办、熟悉所在镇街发展人士代笔，主标题如下：

（1）大良：描绘好大良高质量发展新画卷

（2）容桂：守初心　担使命　容桂交出新答卷

（3）伦教：改革创新　伦教努力闯出新路子

（4）勒流：向着前方　勒流出彩　迈进新时代

（5）陈村：促进协调发展　激发陈村新活力

（6）北滘：重整行装出发　北滘踏上新征程

（7）乐从：闯出跨越发展　乐从再上新台阶

（8）龙江：奋力开创　智慧龙江建设新局面

（9）杏坛：守望相助　杏坛追赶　超越新风景

（10）均安：不断开创　富民均安山水新通道

2. 数据：

过去 70 年的数据对比，如 GDP、银行存款、学校数量、医疗机构数量、人口数量、工业产值等符合所在镇街实际情况的数据，可以选 1959 年、1969 年、1979 年、1989 年、1999 年、2009 年、2005 年、2018 年等年份进行对比，最少要 3 个年份，不少于 4 组数据。

3. 地标图：

镇街地标图一张，要一眼就看出是某某镇街。

4. 出版信息：

出版信息以及二维码，含报社、镇街的官微。

★二版

本版凸显从一个镇街的小的事务，逐渐变迁到一个巨大产业，见证、参与国家发展，突显顺德力量，要抓住家国情怀、奋斗故事来讲述一个镇街的发展。

1. 大良：

【关键词】文旅与城市（人文顺德）

【主题】从一座牌坊到一条“清明上河图”的欢乐海岸

【内容提要】讲述当时如何下大力气，拿出一块地来建设顺峰山公园，打造“城市绿肺”，修建一座亚洲最大的牌坊，从而慢慢演变到吸引粤港澳大湾区最大文旅项目落户，从而带出大良的城市人文氛围与城市建设，比如华盖山、步行街，以及诸多商城、电影院等。

【要求】见人见事，1 800 字，6 张图。

2. 容桂：

【关键词】产业与工业（工业强区）

【主题】从一件羽绒衣到一个世界微波炉生产王国

【内容提要】讲述格兰仕如何从做羽绒衣给人民身体保暖，到做微波炉给人民肠胃保暖的创举与故事，从而带出容桂健全的工业链条与体系，在顺德工业大区、强区中，贡献了千亿大镇的容桂力量等。

【要求】见人见事，1 800 字，6 张图。

3. 伦教：

【关键词】美丽与经济（“一带一路”）

【主题】从一个家族在伦教生产珠宝到参与“一带一路”建设

【内容提要】讲述周大福等家族在伦教设厂、设总部制造首饰、珠宝等故事。随着社会发展，周大福积极结合伦教实际，参与“一带一路”的建设等，从而带出顺德参与国家大事的意义。

【要求】见人见事，1 800 字，6 张图。

4. 勒流：

【关键词】出行与共享（共享经济）

【主题】从娶嫁三件套的一辆自行车，到大规模生产自行车，再到街头的一辆辆共享单车

【内容提要】讲述勒流人家嫁娶的三件套，必须要有自行车，到勒流大规模引进自行车生产企业，再到如今满大街的共享单车让人民出行便捷，包括购买单车的难度到现在骑行的便宜，从而带出我国的共享经济，凸显便利生活。

【要求】见人见事，1800 字，6 张图。

5. 陈村：

【关键词】花卉与外延（外延经济）

【主题】从一盆兰花的价值，到花卉博览会的举办、花卉世界的创立，再到北京园艺博览会，以及一桌花宴

【内容提要】讲述陈村人当年如何全民种兰花发财致富（兰花市场牌坊），到参与享受、欣赏经济，再到陈村花卉走出去，卖到国内外、种植到外地等。如今，城市发展给世界美食之都带来了一桌花宴，吸引中外来客，带出人民对美好生活的向往。

【要求】见人见事，1800 字，6 张图。

6. 北滘：

【关键词】家电与支柱（智造强区、高质量发展）

【主题】美的从一个模具小作坊做起，到突破千亿建立总部大楼，再到职业经理人，而今成了世界 500 强之一，开创智造机器人的新型产业

【内容提要】讲述以美的为代表的顺德家电企业发展历程，带出北滘的经济，特别是工业发展的成就；讲述北滘在广东高质量发展中发挥的作用，带出碧桂园参与机器人智造、顺德高质量发展的决心。

【要求】见人见事，1 800 字，6 张图。

7. 乐从：

【关键词】河涌与水利（生态建设，河长制）

【主题】从人工开建英雄河，到一条河涌不断被污染，再到成为一个国家级水利风景区

【内容提要】讲述水乡顺德的乐从，如何保护水环境，让一个没有山的小镇变成商贸兼顾的水利风景区，带出人民对绿水青山就是金山银山的期待。

【要求】见人见事，1 800 字，6 张图。

8. 龙江：

【关键词】家具与家居（工业体系）

【主题】从一个卖场，到一场场家具展，再到线上网点买庞然大物

【内容提要】讲述龙江家具市场的变化，直到现在做家居的线上线下生意，家居产品的设计变迁、人性化需求，其中前进会展的谭总最有发言权，带出人民对美好家居生活的向往。

【要求】见人见事，1 800 字，6 张图。

9. 杏坛：

【关键词】村庄与名气（乡村振兴）

【主题】从一个在珠三角名不见经传的水乡村子，到如今名气大涨的乡村振兴名村

【内容提要】讲述逢简水乡最近 15 年的变迁，如何保护水环境、开发村子的文化、历史，搬出去的人回来住，带出国家战略乡村振兴在顺德、杏坛的实践，比如青田、古朗等的变化，带出人民对纯真的向往与自然的回归。

【要求】见人见事，1 800 字，6 张图。

10. 均安：

【关键词】牛仔与小镇（穿着的变化）

【主题】从一条牛仔裤，到一座牛仔城，均安如何在时代变迁中将牛仔产业做好

【内容提要】讲述一名老人或企业家、设计师，在均安服装业的发展故事，特别是均安牛仔发展的故事，从而带出人民穿着的变化。

【要求】见人见事，1 800 字，6 张图。

★三版

此版主要是通过民生讲变化，用小故事、小人物来描述他们在大时代里的变迁，每个镇街一个主题，但需要 4–5 个故事，配图 5 张左右，全版控制在 3 000 字左右。

1. 每个镇街找一名获得过全国大奖或奖励的人物，特别是党员，来讲述他的家国情怀【650 字，配图】

2. 每个镇街围绕中心工作，采写一个所在镇街特有的民生事业发展故事【1 200 字】

（1）大良：好日子是干出来的【从全国第一家爱心超市，到现在大良慈善会的创新救助机制，结合对外扶贫工作，精准扶贫】

（2）容桂：人人都有大舞台【从第一个博士后工作站，到多彩容桂文化、人人参与的全民文体活动，人才是第一资源】

（3）伦教：脏乱差变成景区【龙洲路与羊大路周边村庄的变化，特别是三洲、新人民医院、路网带来的变化，这是人民对美好生活的向往】

（4）勒流：合力崛起奔小康【从勒流的五金业制定国家标准（抱团发展），到以黄连村为中心的几个村庄合力发展，一切都是为了人民奔小康】

（5）陈村：联通周边绿起来【地铁、高铁、桥梁，在三龙湾，陈村努力融合联通，但不忘千年花乡的根基，潭州、仙涌等村子美起来，大建设下的陈村凸显高质量发展下的乡村振兴】

（6）北滘：总书记来了我们这儿【黄龙、工业设计城，这是党中央、总书记与民心连心，不忘初心，牢记使命】

（7）乐从：小镇买全球卖全球【开放再开放，改革再改革，乐从家具城、一条街，钢铁、塑料、生物医药，都是全球买卖；龙舟队走天下，体现改革开放的顺德贡献、顺德精神】

（8）龙江：爱河治水得民心【从爱河治水到村级工业园改造，是一脉相承地推动高质量发展，也是改善民生，这对顺德未来发展起关键性作用】

（9）杏坛：绿水青山田园美景【山多水多，绿水青山就是金山银山，杏坛在发展中如何保护山山水水（有个村子无工业，还是个水寨）】

（10）均安：生态优势金不换【南沙村，从向往外面的世界到吸引外面的人进来；环山工程，从招商到选商，杜绝洋垃圾，打好生态环保战】

3. 民生变化小故事（各 300—500 字，自选，与镇街沟通，可以改变）

（1）奋斗者的家国情怀【企业家，遵纪守法，世界第一台消毒柜，全国、世界第一】

（2）带头人的群众情怀【村居干部、部门领导，党组织，全国第一】

（3）精神文明建设标兵【顺德好人，佛山第一、广东第一、全国第一等】

★四版

此版为图片版。此版是凸显奋斗新时代的版面，所以需选全新的镇街人文图片，配详细图说，美文、诗歌都可以。10 张图左右，字数自己控制。

主题：品质大良、多彩容桂、宜居伦教、匠心勒流、绿色陈村、魅力北滘、家在乐从、智慧龙江、水乡杏坛、山水均安。

三、出版安排

1. 大良提前到 9 月 10 日截稿，其余镇街 9 月 15 日统一截稿；所在镇街自行按流程编辑、审版。

2. 招商涉及的北滘、均安，请驻镇记者跟进，9 月 6 日前决定。

3. 稿件内容必须深入采访，不得抄袭、百度，要见人见事。

第五十六章 百年风华正茂

2021 年 1 月 18 日，中宣部在国家博物馆举行“奋斗百年路　启航新征程”大型主题采访活动启动仪式。中共中央政治局委员、中宣部部长黄坤明出席并讲话，强调隆重庆祝建党百年是党和国家政治生活中的一件大事，要记录历史伟业、展现百年风华，生动鲜活讲好中国共产党的故事，齐声唱响共产党好的主旋律，大力营造举国共庆百年华诞、齐心协力开创新局的浓厚氛围。

我在参加顺德区建党 100 周年文艺精品创作动员会

黄坤明指出，百年征程波澜壮阔，百年初心历久弥坚。要走进历史深处，生动讲述老故事、深入挖掘新故事，全面展现百年大党的梦想与追求、情怀与担当，突出展示党的“十八大”以来党领导人民推进伟大斗争、伟大工程、伟大事业、伟大梦想取得的历史性成就。要走进人民心间，充分反映我们党始终同人民想在一起、干在一起，永远与人民同呼吸、共命运、心连心。要走进思想高地，广泛弘扬各个历史时期铸就的伟大精神，深入挖掘蕴含其中的丰富内涵和时代价值。要走进奋斗一线，展现干部群众团结一心创造美好生活的精神风貌，凝聚立足新阶段、奋进新征程的强大力量。

我的老家在井冈山，我是一名有着 10 多年党龄的党员，还是一名有着 17 年在区、镇、村三级基层采访经历的记者。我懂基层，在中国共产党成立 100 周年之年，我怎么会放弃策划与采写呢？我在《奋斗百年路 启航新征程》主题采访中，努力践行脚力、眼力、脑力与笔力。

【策划方案】 奋斗百年路 启航新征程——顺德镇街庆祝中国共产党成立 100 周年大型报道

2021 年是中国共产党建党 100 周年，也是“十四五”规划开局之年。百年征程波澜壮阔，百年初心历久弥坚。历史和人民选择了中国共产党作为指引我们前进的掌舵者，我们经历了 100 年的风风雨雨，战胜了各种艰难险阻，创造了丰硕的成果。今天，我们还要继续奋斗，不忘初心、牢记使命，勇往直前，创造更加璀璨夺目的成果。

珠江商报社计划 6 月 16 日起连续 10 个工作日，推出《奋斗百年路 启航新征程——顺德镇街庆祝中国共产党成立 100 周年大型报道》。

一、见报时间

镇街	时间	镇街	时间
大良	6 月 16 日	北滘	6 月 23 日
容桂	6 月 17 日	乐从	6 月 24 日
伦教	6 月 18 日	龙江	6 月 25 日
勒流	6 月 21 日	杏坛	6 月 28 日
陈村	6 月 22 日	均安	6 月 29 日

二、见报内容

1. 随《珠江商报》主报发行。总共 4 个版。

2. 第一版：封面。过去一年、今年上半年以及党的“十八大”以来，各镇街党建工作的成效，以及未来的计划，约 3 000 字；不同时间党员、党组织发展数据，用于制图。

3. 第二版：7 个党委或党组或党支部的故事，包含一个村居党委带领人民致富、改善村居变化的经历（1 000 字，配图），一个企业党组织者的力量（800 字，配图），一个临时、流动或联合或协会党组织的故事（600 字，配图），4 个党组或党委的故事（比如教育线、经济线、文化线、派出所、消防、自来水、安全监管等部门，各 400 字）

4. 第三版：7 名党员的故事，包含一名书记（1 000 字，配图，带头人，特别是村改中的党员）、一名老党员（800 字，配图）、一名年轻党员（600 字，配图，传承，特别是村改中的党员），一名女党员、一名产业界党员、一名党员志愿者、一名党建工作者（各 400 字）。

5. 第四版：封底。“我为群众办实事”图片版，配 700 字以内的文字。

6. 以上内容可以根据实际调整。

党建引领有成就 为民办事见成效

“奋斗百年路 启航新征程——庆祝中国共产党成立 100 周年”大型镇街报道今起推出

珠江商报讯 记者王茂浪报道： 2021 年是中国共产党成立 100 周年，也是“十四五”规划开局之年。百年征程波澜壮阔，百年初心历久弥坚。历史和人民选择了中国共产党作为指引我们前进的掌舵者，我们经历 100 年的风风雨雨，战胜了各种艰难险阻，创造了辉煌发展成就。今天，我们还要继续奋斗，不忘初心、牢记使命，勇往直前，创造更加璀璨夺目的成果。

一直以来，顺德各镇街都在探索党建引领的基层治理。近年来，顺德各镇街坚持以习近平新时代中国特色社会主义思想和党的十九大精神为指导，认真落实习近平总书记关于广东要在营造共建共治共享社会治理格局上走在全国前列的要求，通过打造党群共建固本强基、协同共治联企活社、服务共创惠民乐众的“三共”模式，实施“强化党建夯实治理核心”“培育组织促进协同善治”等措施，促进政治、法治、德治、自治、智治“五治”相融。顺德通过共建共治共享，把各种资源利用起来，让参与对象更多元，以及智慧化的信息收集、基层治理等模式与实践，让各镇街、各村居老百姓切实感受到了惠从党来。

今天起，《珠江商报》陆续推出“奋斗百年路 启航新征程——庆祝中国共产党成立 100 周年”大型镇街报道，向读者展示顺德各镇街在探索党建引领基层治理的成就、为民办实事的成效。

今日 A3~A6 推出大良篇，敬请读者垂注。

庆祝中国共产党成立 100 周年大型镇街报道启动

庆祝中国共产党成立100周年
奋斗百年路 启航新征程
珠江商报
2021年6月16日/星期三 A3
编辑:黄秀娴 版式:吴惠南 陈思韫 校对:刘天志
大良篇

高质量党建 引领大良高质量发展

文/珠江商报记者黄文静
通讯员良建宣

大良街道党工委把党的组织优势转化为疫情防控的制胜优势。常住人口超50万人的大良街道，全员核酸检测高效完成。

在关键时刻，大良街道各级党组织坚强有力，广大党员勇当先锋，让党旗在核酸检测一线高高飘扬。全面提质的党组织建设，锻造了坚强有力的战斗堡垒，既是夺取大良疫情防控胜利的坚实力量，更是大良高质量发展的源动力。

党建引领品质大良建设再提升

2020年大良街道实现了疫情有效控制、经济稳中有进、产业提质升级、城市形态优化、民生持续改善、社会安全稳定的良好发展态势。

2020年实现规模以上工业总产值483.76亿元，同比增长7.2%；限额以上贸易住宿餐饮业营业额337.41亿元，同比增长0.12%；全社会固定资产投资额213.01亿元，同比增长40.07%，其中工业投资40.44亿元，同比增长8.34%。

以村改为突破口再造新凤城

2021年4月25日，随着新滘七组、南江南霞小组及红岗经联社三个居村集体改造项目表决同步通过，大良本年度村级工业园改造面积已经超过2000亩，顺利实现2021年村改“应改尽改”总攻目标。

截至目前，大良村改方案表决创下21个“双百”佳绩，累计实施改造提升7160亩，为中心城区高质量发展腾挪出宝贵空间。

2018年顺德村级工业园改造冲锋号吹响以来，在大良街道党工委的领导下，全体街道班子成员下沉村改一线“驻点分片包干”，机关、社区（村）党员干部勇趟“深水区”、敢啃“硬骨头”，日夜兼程、风雨无阻奋战在“村改”一线，以好政策、好方案画出村改最大同心圆。

通过不断摸索，大良探索出统筹解决集体经济组织工业地改造、农用地征收、农村“两地”安置的改造模式，打通“物业补偿为主，货币补偿为辅”的改造路径，并一揽子统筹解决农村基层历史遗留问题，有效保障集体长远利益，大大改善居村环境，打开了乡村振兴突破口。

抗疫与发展“两手抓”夺取“双胜利”

安全稳定的社会环境，是各项事业发展的基石。2020年初疫情来势汹汹，大良街道充分发挥党组织战斗堡垒作用和党员先锋模范作用，党群凝心聚力筑起疫情防控铜墙铁壁，街道班子成员开展“包村包企”服务，机关党员干部担任企业疫情防控指导员，主动上门帮助277家规模以上工业企业复工。同时安排逾2500万元专项经费，出台多项拉动经济的扶持政策。当年1-7月，大良经济各指标逆势增长，规上工业总产值增速全区第一。

一直以来，大良高度重视企业科技创新发展，2019年出台了《大良街道关于促进经济高质量发展的实施意见》及4个配套扶持办法，安排3亿元的财政资金助力企业高质量发展。2020年10月发放超3700万元，为企业创新发展注入强心针。2021年，大良正以顺德红岗科技城建设为依托，以科技创新为支撑，招新育强，助力大良经济更高质量增长。

聚焦民生福祉 提升群众获得感、幸福感、安全感

绿水青山就是金山银山。近年来，大良街道党工委着眼山水文章，陆续进行德胜河、桂畔河、大良河等一河两岸建设；借力红岗科技城建设，结合片区山体资源，打造两个超级公园；打通顺峰山至德胜河最后500米，打造20公里的中央绿环。

今年，大良投入超1亿元重点打造大门以及苏岗一逢沙2大乡村振兴示范片区。4月15日在逢沙开展的“三沿一口”专项整治暨城乡品质提升行动上，大良街道党工委书记霍茂昌，党工委副书记、街道办事处主任李少玲现场指导整治行动，要求力争在国庆前完成逢沙片区提升改造项目，展现寻味顺德小镇魅力。

高质量的教育和医疗是城市品质的重要组成。2019年，大良街道出台教育高质量发展方案，5年内持续投入约24亿元，对15所中小学进行新建、改建和扩建，其中今年将全面启动红岗科技城5所新学校建设。大良街道投入1亿元对暨南大学附属口腔医院（大良医院）设备、人才引入提供支持，升级完善社区（村）卫生服务站，全面优化15分钟医疗圈。

推动基层党建全面进步全面过硬

在“家门口”建立118个住宅小区党支部，实施党员楼长和党员街（巷）长制度，探索成立小区党群共治委员会，建强商务楼宇党建，打造城市基层党建示范项目；配强基层党组织干部队伍，实施头雁工程；创建“两新”组织党建品牌，2020年度祥和税务师事务所党支部获“全省两新组织党建工作示范点”称号……近年来，大良街道紧密围绕“规范化建设”“组织力提升”“基层党建全面进步全面过硬”等主题，全力推动党组织建设全面提质，锻造坚强有力的战斗堡垒。

创新形式 打通服务群众最后一公里

最近，顺德启动全员核酸检测，大良府又社区宝翠花园党支部书记劳建与党员楼长们没闲着，第一时间将信息传递给楼上楼下每个业主。

宝翠花园党支部是大良118个住宅小区党组织中的一个。成立于2016年的该党支部创新党员上门服务，为大良实行党员楼长制提供经验，是全区住宅小区党建示范点。

大良致力于提升党建引领的街道社区治理格局，形成以社区党组织为领导、住宅小区党支部为战斗堡垒、党群先锋队为“神经末梢”、党员楼长为“网格触角”的引领基层治理主干体系。

持续深入实施党员楼长制度，在社区（村）实施党员街（巷）长制度，在住宅小区和安全文明小区探索成立小区党群共治委员会，推动党建工作与城市发展深度融合。首创“三色推进法”落实在职党员报到服务，深入开展“我为群众办实事”活动，搭起党群“连心桥”。

大良创新党建品牌，提升城市党建内涵。以德和社区为重点打造城市基层党建示范项目，推进恒基国际金融大厦商务楼宇党建工作，连片打造城市基层党建新阵地新品牌。

整合优化红色资源 强化党性教育

“我们现在所处的位置是西山庙，在庙内的三元宫，是大革命时期顺德农民自卫军干部学校的旧址，它是广东省最早的县办农军干校之一……”4月24日上午，在顺德农民自卫军干校旧址陈列馆前，一群学生正跟着专业讲解员学习讲好红色故事、传承红色基因。这是“永远跟党走”大良街道文化活动内容之一。

大良是顺德的政治文化中心，是顺德红色文化的发源地，孕育了郭竹朋、李民智等众多的爱国志士，是全省最早成立党组织、开办农军干校的农村地区之一。大良辖区现有中国共产党顺德县支部展示馆、顺德农民自卫军干部学校旧址陈列馆、顺德抗日游击队成立遗址（罗氏大宗祠）、大良保卫战遗址、太平塔（旧寨塔）、顺德革命烈士纪念碑、顺德人民礼堂、大良公社党校等一批红色教育阵地。

党的历史是最生动、最有说服力的教科书。今年大良加强对辖区红色资源的整合优化，创新宣传教育方式，讲好本土故事，强化“接地气”的党性教育。如：升级改造中共顺德县支部展示馆并成功申报为佛山市党员教育基地，建设大良公社党校为党史学习教育提供重要阵地载体，拍摄《顺德人民礼堂记录片》重现顺德人敢为人先的精气神等。

健全“选育管用储”机制 锻造过硬队伍

2021年1月24日上午，大良街道召开村级“两委”换届工作总结会议暨“两委”任职宣誓仪式，大良新一届“两委”班子成员146人正式赴任。

新上任的146名班子成员实现学历、年龄“一升一降”，大专以上学历占比96.6%，平均年龄不到40岁。大良街道社区（村）“两委”干部呈现“年轻化、高学历”的态势，为深入推动乡村振兴、促进高质量发展，奠定了坚实的组织基础。

大良街道不断深化各领域基层党组织“头雁”工程，选优配强各领域基层党组织书记，推动社区（村）带头人队伍整体优化提升。加强社区（村）干部后备梯队建设，实施“种苗工程”加速社区（村）后备干部成长成才。

据悉，大良街道坚持党管人才，大力推动干部人才队伍建设，建立干部一线历练使用机制，统筹考虑年龄结构、专业技术等因素，合理配备老中青各层次干部，通过传帮带进一步优化干部队伍梯队建设。

大良街道党工委把党的组织优势转化为疫情防控的制胜优势。图为核酸检测现场。/珠江商报记者周焯杰摄

截至2021年6月，大良街道共有党员**14213名**，党组织**717个**，其中“两新”党组织**333个**，住宅小区党支部**118个**。

大良街道各社区（村）共有“双报到”在职党员**9136名**，党员楼长**365名**，党员街（巷）长**568名**。

专题策划：王茂浪
图文统筹：王茂浪 黄文静 周焯杰 林安迪
美术统筹：刘 捷
制 图：吴惠南

珠江商报官方微信　佛山+APP

从顺峰山公园眺望大良街道东部片区。/珠江商报记者林安迪摄

《奋斗百年路 启航新征程》报道内容

庆祝中国共产党成立100周年
The 100th Anniversary of the Founding of The Communist Party of China

奋斗百年路 启航新征程

珠江商报
2021年6月16日/星期三 A6
编辑：黄秀娴 版式：吴惠南 陈思韫 校对：康建坤

大良篇

办实事 暖民心 促发展

大良街道推进『我为群众办实事』实践活动见行见效

“感谢大良司法所和法律援助承办律师，一直为我们办实事！”今年5月，某餐饮设备有限公司原员工雷先生、石先生为大良司法所送来了锦旗，感谢大良司法所及法律援助律师在疫情期间仍在为他们的案件奔忙，最终维护了他们的合法权益。

这是大良街道各街属党组织“我为群众办实事”项目之一。据悉，大良街道各街属党组织利用“我为群众办实事”这一党史学习教育重要载体，进一步联系和服务群众，从改善人居环境、方便群众办事、维护市场安全、提升生活水平、保障居民健康、丰富文化生活等方面着手，着力推动党史学习教育以行见效。

目前，大良街道各街属党组织“我为群众办实事”项目近200项，各办（所）、社区（村）、相关行业企业齐齐参与，为找准人民群众的操心事、烦心事、揪心事不断努力，在实践实干中赢得民心民意。

在大良街道党史学习教育动员大会上，大良街道党工委书记霍茂昌提出，要坚持知行合一，把党史学习教育与推进高质量发展结合起来，在实际工作中充分展现新时代共产党人的良好精神风貌，以更加昂扬向上的奋斗姿态在中华民族伟大复兴新征程中拼搏奉献。

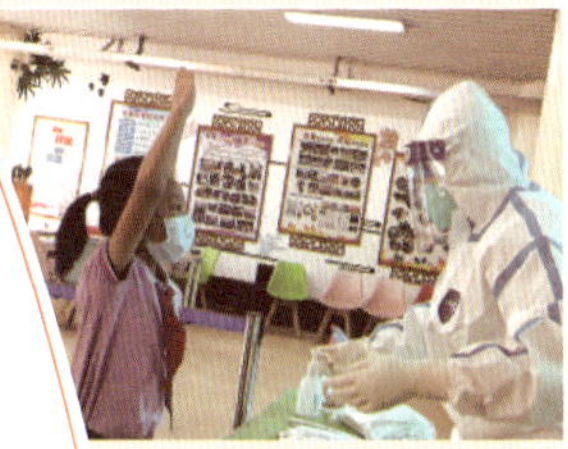

校园防疫

6月5日，为加强校园疫情防控措施，大良教育办快速响应，在卫健办的大力协助下，组织医护人员进驻辖区内21所中小学校，为全体师生开展核酸检测。

看到在炎炎夏日工作的医护人员穿着厚厚的防护服，汗流浃背还一丝不苟地工作，学生们不约而同地向医护人员鞠躬、敬礼，表达对战斗在一线的医务人员的崇高敬意。图为接受核酸检测的少年队员向医护人员致敬。

党性教育

为传承红色文化，大良街道新时代文明实践所、大良街道宣传文体旅游办公室举办“永远跟党走”大良街道红色文化系列活动。4月至5月，大良红色讲解员培训和实践活动率先开展，图为大良街道红色讲解员在顺德农民自卫军干部学校旧址培训。

燃气安检

燃气使用涉及千家万户。2021年以来，大良城建办共组织开展燃气安全生产专项检查5次，检查燃气企业、经营单位50家次，发现问题6宗，均责令相关单位限期整改。同时，已形成燃气安全生产常态化检查机制。此外，还逐步推进天燃气置换工程。

法律援助

大良街道法律援助工作站充分发挥法援律师的专业功能，着力解决关系人民群众切身利益的操心事、烦心事、揪心事，用实际行动践行初心使命，用群众满意度来检验教育整顿成效，让群众深刻感受到法律援助带来的帮助和温暖。

图为某餐饮设备有限公司原员工雷先生、石先生为大良司法所致送锦旗，感谢大良司法所及法律援助律师帮助其二人进行劳动仲裁、一审诉讼、二审诉讼，最终帮助其二人成功获得经济补偿金。

村貌整治

各居（村）积极推进“四小园”建设，统筹资源，科学开展村容村貌整治提升和“四小园”特色板块打造工作，把闲置土地、闲置资源盘活用好，使“新环境黑点”“建筑垃圾堆”等变废为宝，转化为村里各具特色的小景观。图为大门社区石牌村石牌路水闸边闲置地改造后。

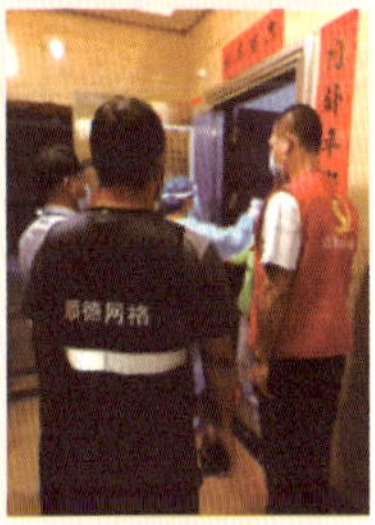

落户检查

因周边地区受新冠肺炎疫情影响，疫情防控压力较大，各社区“三人小组”工作组放弃周末休假，通宵加班加点落户核查疫情综治大数据名单，组织有中高风险地区逗留史的对象开展核酸检测工作，纳入社区管理追踪，务求尽快隔绝阻断疫情传播。图为红岗居委会“三人小组”利用晚上时间落户开展工作。

志愿服务

为倡导扶残助残良好社区氛围，5月22日上午北区社区在居委会礼堂开展“关爱你我·乐在北区”的助残日活动。活动当日设有游戏、美食分享、服务咨询、赠医施药等10个志愿服务摊位，均来自北区社区志愿服务总队。图为北区党员志愿者提供免费体检服务。

守护河涌

大良团委、红岗社区团委联合举办“‘河’你一起，守护碧水蓝天——红岗社区河小青志愿服务”，发动在职党员、团员青年等参与清理河面漂浮垃圾、美化河边环境、种植绿化、取样监测水质等，守护红岗辖区石涌涌、三益涌、金陡涌。图为4月30日下午，志愿者们在清理河面垃圾。

本版文字：珠江商报记者黄文静 通讯员李桑桑
本版图片：珠江商报记者林安迪
通讯员刘凯欣及大良街道相关办（所）、村居

核酸检测

由于周边地区发生疫情，为精准落实疫情防控各项措施，切实保障广大市民群众健康安全，大良街道疫情防控指挥部于6月7日早上开展五沙社区新一轮全民核酸检测工作。

时间紧，任务重，所有工作人员加班加点到深夜，制定方案、布置场地、物资配送、宣传发动，每一个环节都严格落实，保证各个检测点第二天能顺利开展检测工作，保障每个居民群众的健康。一晚的时间，五沙检测点从1个增加到38个。

在街道各部门、各村居、志愿者们的积极协助下，半天时间，五沙核酸采样点共为五万余人采样，顺利完成了新一轮的全员核酸检测工作。

“我为群众办实事”成果展示

后记

努力做一名好记者

1998年8月8日中午，我来到顺德工作，至今从未离开。那年我22岁，到2020年经过22年的洗礼、摸索、行走，我已到中年了。偶尔想起过去的那22年，还是有些事情值得怀念的。

来顺德前，我不知道顺德。1998年6月，受香港蚬壳集团深圳分公司委派，学生哥一枚的我在虎门大桥还没通车的交通条件下，代表分公司来顺德考察同属分公司的蚬华公司工作、生活环境，以便两家分公司合并部分业务。一到四周都是农田的蚬华公司，我就喜欢上了这里，特别是饭堂的蒸排骨、蒸鱼让我知道了菜可以“蒸着吃”，而公司负责人跟我说“我们这里叫北滘镇，书记是博士，我们老板也是博士”，这更让我记住了这个小镇。这趟难忘之旅，还让我记住了“蚬”与“滘”字，更让我在很短时间内就带着一群工友，从深圳来到了顺德。现在，跟我一起来的人员当中，还有十来个依旧在蚬华公司，我们时常小聚叹世界。

在蚬华公司，我曾一个人搬完一个货柜的仪器，我曾一个人设计出美国验钞机的线路板，我曾一个人改良好有缺陷的美国烤炉，我曾化解一群工友集体回流深圳的危机，我曾带着一个队伍参加北滘职工运动会，我曾写了200多篇宣传北滘的新闻或散文诗歌……由于我勤恳工作、积极创新，不但获得了多次提升机会，还有幸获得了集团主席翁祐先生的呵护。翁祐博士对于老一辈顺德人来说并不陌生，他虽身在香港，但情系故里，翁祐中学、何显潮纪念小学、伦教中学、北滘中学、杏坛南朗小学、顺德医院、顺德体育中心、顺德职业技术学院等，都有他捐赠兴建的身影。他与我来往多是通过电子邮件，他常问我一些公司运作的情况，偶尔也会赠送一些香港与外国的邮票给我；每次邮件往来他说得最多的就是“预备受苦”，他也曾跟我提及蚬华与美的集团过去的合作。为此我写过一篇小小说《预备受苦》，刊登在《南方日报》上。我也曾在上海世博会上，请一名书法家给我写了“预备受苦”四个字，珍藏至今。

2004年5月2日，翁祐先生与世长辞。此前几天，他还在邮件里跟我说：“我想新建翁祐中学，你代表集团去筹建。”没想到，他就这么走了。这么突然，使得何均厂长让我修改悼词时，我都几度无法下笔，我不相信他已经离开了我们。2004年8月4日，我带着沉重的思念，离开了蚬华公司。选择离开时，公司负责人说：“阿浪啊，你别辞职，每天来上半天班算一天的工资都行。”后来，我做了记者，去参加了新翁祐中学的奠基、投入使用、开学等事件的新闻报道，每次去采访见到翁祐先生的儿子翁国基，都会跟他聊一会，从他身上能看到他父亲的影子。偶尔获悉位于香港的顺德联谊总会翁祐中学学生获邀参加“第十九届中国国际软件博览会”时，我曾长时间在夜里想起他老人家。

2004年7月29日创刊的《珠江商报》上刊登了一篇有关于我的文章，讲我手持顺德报通讯员证连续参与近6小时“新闻大战”的故事。没想到，2004年8月4日，也就是《珠江商报》创刊不到一周时间，我却被珠江时报社录取为记者。至今我还保留着所有采访笔记，每本采访本的扉页我都写着“真实记录一切”的警示语。记得当时招聘我的报社领导说：“你在很多报纸上发表了很多文章，我都看过，看得出来你非常熟悉顺德与爱护顺德，你来时报直接去顺德驻站吧。”

这让我非常意外与感激顺德给我的锻炼舞台，让我从一名电子工程师变成了一名记者，这样我就能更好地服务、回报顺德了。在顺德，我挖掘出很多“顺德好人”。肖莉——顺德勒流的一名老师，她是佛山第一位器官捐献者。我将她的事迹公之于众，报道她时我经常流泪，她是一个坚强的弱女子，她是一个把自己器官捐献给他人的顺德好人。不过，因为这一报道，我接到了人生的第一张法院传票，有人把我告上了法庭，说肖莉不是佛山第一名捐献者，要赔 1 元钱、登报道歉。那场官司并没有让我放弃对好人的报道。2005 年开始，我在顺德不断挖掘“顺德好人”。2013 年之前，十个顺德好人中有五六个是我第一个采写出来的，而这些好人很多都成为佛山好人、广东好人、中国好人，为佛山创建全国文明城市贡献了顺德传媒人的力量。

除了在顺德本土挖掘好人，我也走出去挖掘更多的“顺德好人”。2008 年，上海世博会举行期间，佛山的媒体报道佛山与世博会的表现大都停留在“佛山制造”方面，而我在世博会上，看到数万的志愿者在辛勤地服务世博会，于是我开始在园区寻找顺德志愿者的身影。

我出版的书籍

每见到一名志愿者，我就会问她或他是否认识会讲粤语或者来自广东的志愿者，第一天、第二天、第三天，我起码问了几百名志愿者，得到的都是“帮忙找找”的回答。第四天，机会来了，我在茫茫人海中，找到了 2 名顺德籍志愿者，我说服来自陈村、容桂的世博会“小白菜”欧泳森、冯欣瑜，跟随她们在园区里采访，写出了顺德人在上海世博会上贡献与付出的报道。

做记者 17 年来，我采访过许多人，写过许多稿件，遇到过许多困难，也感受过许多关怀。难忘的是有一次我住院，我的线人、很多公务员朋友下班后都来看望我。这些人是我在顺德 10 个镇街发展起来的线人、交的朋友，有人因为带了两只活鸡被阻拦在医院外面不能进，这让我非常感动。2013 年 12 月，结束在广东东菱集团的挂职后，我到《珠江商报》工作，这更促进我要不断去挖掘好人来传递正能量，实现自己心中的顺德梦，那梦就是“喜欢，就从不伤害你——爱你，顺德”。

顺德是著名的龙舟之乡，明清以来扒龙舟之风日盛，扒龙舟整套仪式包括起龙、点睛、采青、赛龙、藏龙和散龙等环节。“龙眼点睛”已经有 600 多年历史，是一项远近闻名、广受欢迎的民俗文化活动。2014 年 3 月，我绘制勒流街道办龙眼村手绘地图后，对龙眼点睛的民俗进行了包装宣传。3 年后，在我的宣传、策划等推动下，“龙眼点睛”成为广东省非物质文化遗产。2017 年起，我参与策划、推动了容桂多彩龙舟文化节的持续开展。其中，以水、灯光和音乐相结合的夜龙汇游，创新了龙舟竞美的形式。灯光展示是新加入的元素，传统与现代元素的有机结合，让市民感受到传统文化的另一番味道。这两项龙舟活动，均获得了中宣部、中央电视台的肯定、关注。这是我作为一名记者的骄傲之作。

这也促使我奋力书写顺德。2017 年 3 月，我的第一本书《顺德的桥》由广东经济出版社出版发行。中国工程院院士、深圳建筑设计研究总院院长孟建民，时任广东省委宣传部常务副部长郑雁雄（后任广东省委常委，现任中央人民政府驻香港特别行政区维护国家安全公署署长），广东工业大学副校长陈为民，谢顺辉、张旗、徐国元、夏伟等顺德区委、区人大、区政协等几套班子领导参加了该书 2017 年 3 月 19 日在杏坛镇青田村举行的首发仪式。后来，以此书为媒，时任佛山市委副书记、市长朱伟到青田村视察，并拨款 2 000 万元支持该村乡村振兴建设。此书还作为世界顺德联谊总会恳亲大会用书，在全球五大洲发行。

2017 年 9 月，《佛山古今桥梁掠影》一书由广东人民出版社出版发行，时任佛山市委书记鲁毅同志作序，纳入佛山市历史文化丛书。两年后的 2019 年 9 月 10 日，《顺德的山和树》由广东人民出版社出版发行，时任佛山市委常委、顺德区委书记郭文海同志作序，纳入顺德区历史文化丛书。

2020 年 1 月 23 日，武汉封城，我国发生新冠肺炎疫情，我们一家人回到湖圻村当天去了新余再连夜返回顺德。1 月 27 日至 2 月底，我深入陈村镇大都村药店、顺德疾控中心核酸检测检验室、桂洲医院发热门诊部、大良近良居家隔离点、大良社区卫生服务中心、顺德集中隔离点、佛山一环防控点，以及杏坛、陈村的村居、企业进行蹲点采访新冠肺炎疫情防控实际情况。当年 7 月 23 日，我获得“顺德最美逆行者”称号。

2020 年 9 月 3 日，书写顺德脱贫攻坚的新书《播洒爱心的顺德三捐》由广东经济出版社出版发行，清华大学博士生导师、清华大学慈善研究院院长王名教授作序，于 10 月 17 日在顺德文学馆首发，原顺德区委常委、宣传部部长梁惠英出席首发仪式，后该书被送至重庆、北京、四川、香港、深圳、上海、广州等地以及海外推广。这年的记者节，我与中央广播电视总台记者王雪薇、《南方日报》记者王基国三人在“记者眼中的顺德——2020 年记者节”表彰活动中同台演讲，我讲述了在抗击新冠肺炎疫情的采访经历。时任佛山市委副书记、顺

我获得的各类新闻奖

德区委书记郭文海，顺德区委常委、宣传部部长唐磊晶等 200 多人出席该活动。

2021 年 3 月 30 日，我的第五本著作《乐从记忆：一座古建筑轻触的历史》由广东旅游出版社出版发行，顺德区乐从镇党委书记崔伟国作序，并于 4 月 30 日在乐从镇沙滘村陈家祠举行了首发仪式。感激顺德、感恩顺德，5 月 27 日，我把自己用脚力、眼力、脑力、笔力得来的顺德的水闸、牌坊、炮楼、山、树、桥、河堤、岛屿、学校、书塾等 2T 约 3 万多张的照片全部捐赠给顺德区档案馆。

人家说“十年弹指一挥间”，我觉得这 22 年也是一瞬间。再过 22 年，我就老了。但是在 22 年里，我同样会在顺德继续成长。

感谢为此书出版给予我支持的单位与同事、亲朋好友。谨以此纪念我在顺德做记者践行“四力”的历程，我将在未来的记者职业生涯中，不忘初心、牢记使命，继续用脚力、眼力、脑力、笔力书写顺德好故事，发出中国好声音，努力做一名好记者。

王茂浪

2021 年 5 月 29 日于珠江商报社